레오파드

PANSERHJERTE (THE LEOPARD)
Copyright ⓒ Jo Nesbø 2009
All rights reserved.

Korean translation copyright ⓒ Viche Korea Books 2012
This Korean language edition is published by arrangement with
Jo Nesbø c/o Salomonsson Agency through MOMO Agency, Seoul.

이 책의 한국어판 저작권은 MOMO Agency를 통한
Jo Nesbø c/o Salomonsson Agency와의 독점계약으로 도서출판 비채에 있습니다.
저작권법에 의하여 한국 내에서 보호를 받는 저작물이므로 무단전재와 복제를 금합니다.

레오파드

1판 1쇄 발행 2012년 10월 12일 **1판 13쇄 발행** 2025년 1월 27일

지은이 요 네스뵈 **옮긴이** 노진선
펴낸이 박강휘
편집 이승희
디자인 길하나

발행처 김영사
주소 경기도 파주시 문발로 197(문발동)
등록 1979년 5월 17일(제406-2003-036호)
구입 문의 전화 031)955-3100 **팩스** 031)955-3111
편집부 전화 02)3668-3295 **팩스** 02)745-4827 **전자우편** literature@gimmyoung.com
비채 블로그 blog.naver.com/viche_books
인스타그램 @drviche @viche_editors **트위터** @vichebook

ISBN 978-89-94343-74-7 03890 책값은 뒤표지에 있습니다.

비채는 김영사의 문학 브랜드입니다.

레오파드

요 네스뵈 장편소설

노진선 옮김

비채

차 례

PART 1

1 익사 • 12
2 빛나는 어둠 • 18
3 홍콩 • 20
4 섹스 피스톨스 • 36
5 공원 • 49
6 귀국 • 53
7 교수대 • 63
8 스노우 패트롤 • 66
9 다이빙 • 78

PART 2

10 독촉장 • 84
11 출력 • 92
12 범죄 현장 • 93
13 사무실 • 106
14 신규 모집 • 114
15 스트로브 라이트 • 120
16 스피드 킹 • 123

17 섬유 • 135
18 환자 • 144
19 순백의 신부 • 152
20 외위스타인 • 161
21 스노우 화이트 • 168
22 검색 엔진 • 173
23 승객 • 179

PART 3

- 24 스타방에르 • 184
- 25 영역 • 192
- 26 주사바늘 • 199
- 27 친절하고, 손버릇이 나쁘며, 인색한 • 206
- 28 드람멘 • 213
- 29 클루이트 • 222
- 30 숙박부 • 227
- 31 키갈리 • 234
- 32 경찰 • 252
- 33 라이프치히 • 266
- 34 매개체 • 273
- 35 잠수 • 279

PART 4

- 36 헬리콥터 • 284
- 37 프로필 • 296
- 38 지워지지 않는 흉터 • 304
- 39 연관 검색 • 310
- 40 제안 • 327
- 41 영장 • 336
- 42 비비스 • 344
- 43 가정 방문 • 355
- 44 닻 • 359
- 45 심문 • 366

PART 5

- 46 빨간 딱정벌레 • 382
- 47 어둠의 공포 • 398
- 48 가설 • 401
- 49 봄베이 가든 • 411
- 50 타락 • 419
- 51 편지 • 425
- 52 방문 • 426
- 53 힐훅 • 440
- 54 튤립 • 446
- 55 터키석 • 458

PART 6

- 56 미끼 • 468
- 57 천둥 • 481
- 58 눈 • 486
- 59 매장 • 493
- 60 요정과 난쟁이 • 502
- 61 낙하 • 515
- 62 환승 • 521
- 63 창고 • 524

PART 7

- 64 건강상태 • 530
- 65 카도크 • 544
- 66 화재, 그 후 • 552
- 67 백마 탄 왕자님 • 556
- 68 강꼬치고기 • 566
- 69 동글동글한 글씨 • 578
- 70 사각지대 • 586
- 71 행복 • 593
- 72 보이 • 598
- 73 체포 • 602
- 74 브리스톨 크림 • 614

PART 8

- 75 땀 • 622
- 76 재정의 • 628
- 77 지문 • 642
- 78 거래 • 652
- 79 부재중 전화 • 663
- 80 리듬 • 668
- 81 원추형 불빛 • 673
- 82 붉은색 • 677

PART 9

83 세상의 끝 • 688
84 재회 • 697
85 에드바르 뭉크 • 707
86 구경 • 723
87 칼라슈니코프 • 730
88 교회 • 736
89 결혼식 • 745
90 말론 브란도 • 749

PART 10

91 작별 • 756
92 추락 • 760
93 대답 • 766
94 국수 • 770
95 연합국 • 774

EPILOGUE

에필로그 • 779

옮긴이의 말 • 782

- 본서는 저자 및 저작권사의 공식 인정을 받은 Don Bartlett의 영어판 번역을 바탕으로 번역되었습니다.
- 해리 홀레는 강력반의 반장이자 직급은 경감에 해당합니다. 본문에서는 '반장'이라는 직함으로 통일하였습니다.
- 인명을 포함한 고유명사는 노르웨이 현지 발음을 기준으로 표기하였습니다.
- 모든 주는 옮긴이주입니다.

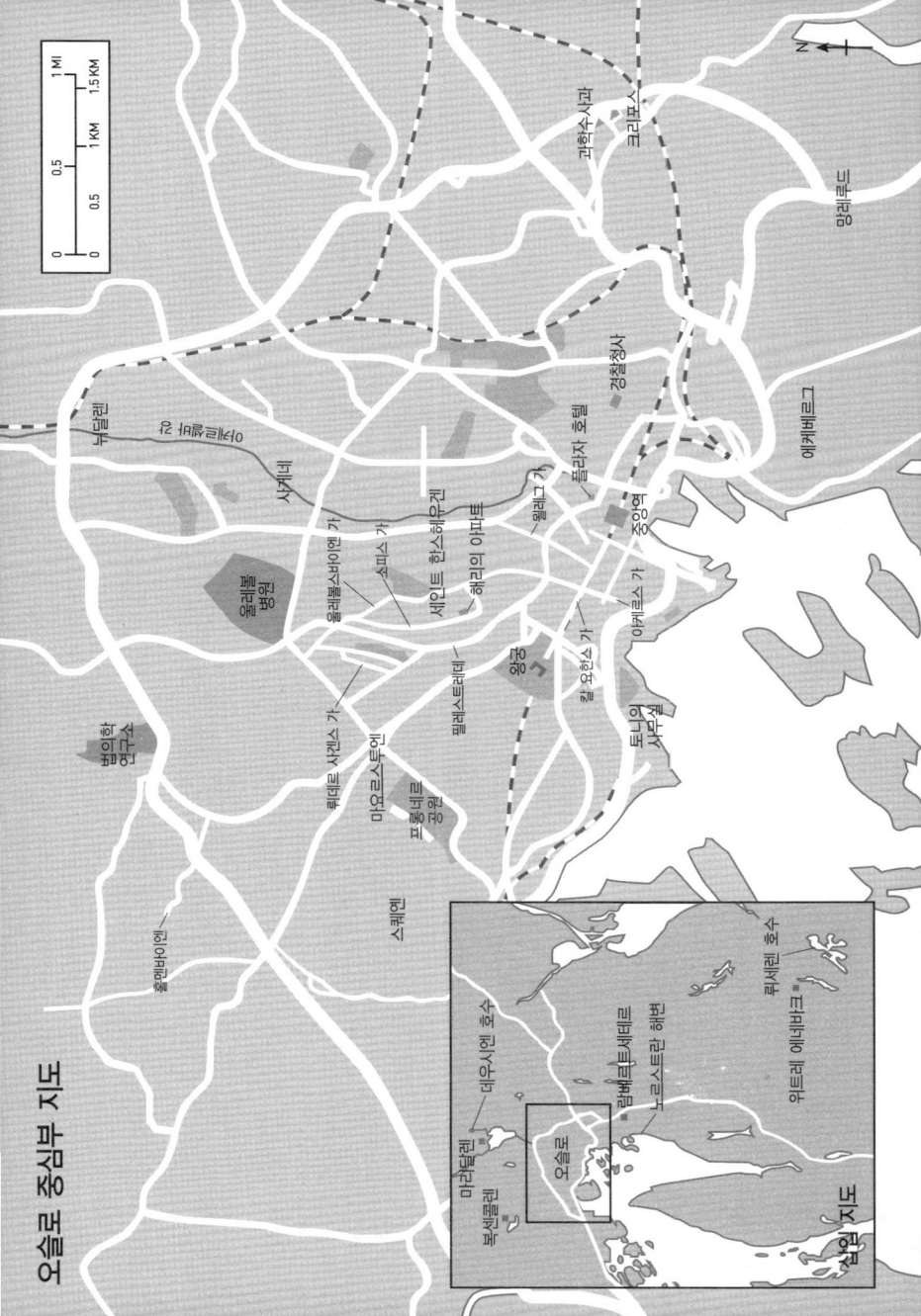

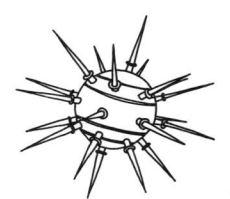

PART 1

익사

정신이 들자, 그녀는 칠흑 같은 어둠 속에서 눈을 깜박였다. 하품을 하고, 코로 숨을 쉬었다. 다시 눈을 깜박였다. 이미 말라버린 눈물 자국 위로 또 다른 눈물 한 줄기가 볼을 타고 흘러내렸다. 더는 목구멍으로 침을 삼킬 수 없었다. 입안은 버석하게 마르고 굳어 있었다. 양 볼은 입속의 물건 때문에 불룩하게 나와 있었다. 그 이물질은 그녀의 머리를 터뜨릴 기세였다. 이게 대체 뭐지? 뭘 넣은 거야? 정신이 들었을 때 맨 처음 떠오른 생각은 다시 돌아가고 싶다는 것이었다. 그녀를 감쌌던 어둠 속으로, 그 따뜻한 심연 속으로 돌아가고 싶었다. 남자가 투입한 약의 기운이 아직 남아 있기는 했지만 곧 통증이 느껴질 것이다. 천천히 약하게 뛰는 맥박과 급작스럽게 뇌를 통과하는 혈액을 타고 밀려드는 통증이 느껴졌다. 남자는 어디에 있지? 바로 뒤에 서 있나? 그녀는 숨을 죽이고 귀를 기울였다. 아무 소리도 들리지 않았지만, 분명 그의 존재를 느낄 수 있었다. 표범 같은 존재. 표범은 워낙 소리 없이 움직이기 때문에 어둠 속에서 먹잇감의 코앞까지 다가갈 수 있다는 말을 들은 적이 있다. 숨소리마저 먹잇감의 숨소리에 맞출 수 있다고 했다. 상대가 숨을 죽이면 그들도 숨을 죽인다고 했다. 그녀는 분명 그의 체온을 느낄 수 있었다. 대체 뭘 기다리는 거지? 다시 숨을 내쉬었다. 동시에 목에 누군가의 숨결이 닿는 게 느껴졌다. 그녀는 몸을 빙글 돌려 공격했지만, 주먹은 허공을 가를 뿐이었다. 이번에는 숨기 위해서 등을 웅크렸다. 부질없는 짓이었지만.

의식을 잃은 지 얼마나 됐을까?

약 기운이 떨어졌다. 통증은 채 1초도 가지 않았다. 그래도 맛보기로는, 징조로는 충분했다. 앞으로 어떤 고통이 다가올지 알려주기에는 충분했다.

탁자에 놓여 있었던 그 이물질은 당구공만 한 크기였다. 반짝이는 금속으로 만들어졌으며, 작은 구멍이 파여 있고, 무늬와 기호가 새겨져 있었다. 그중 한 구멍에 끝이 고리 모양으로 된 빨간색 철사가 튀어나와 있었다. 그걸 본 순간, 앞으로 일주일 후인 12월 23일, 부모님의 집에 장식해 드려야 할 크리스마스트리가 생각났다. 반짝이는 둥근 볼과 크리스마스 요정, 하트, 촛불, 노르웨이 국기로 장식될 크리스마스트리. 여드레 후면 온 가족이 크리스마스 캐럴을 부르고, 조카들은 눈을 반짝이며 선물을 뜯어볼 것이다. 후회되는 그 모든 일들. 현실을 도피하지 말고, 충만하게 살았어야 할 그 모든 나날들. 행복과 활력, 사랑으로 가득했어야 할 나날들. 그냥 건성으로 둘러본 여행지들, 앞으로 가려고 계획했던 여행지들. 지금까지 만났던 남자들, 아직 만나지 못한 그녀의 짝. 열일곱 살 때 떼어냈던 배 속의 아기, 아직 태어나지 못한 그녀의 아이들. 당연히 누리게 될 줄 알았던 미래를 위해 낭비했던 나날들.

그러다 모든 생각이 사라지고, 아까 그녀 앞에서 번득거리던 칼만 생각났다. 그리고 공을 입안에 넣으라고 말하던 부드러운 목소리도. 당연히 그녀는 시키는 대로 했다. 심장이 쿵쿵거리는 가운데 가능한 한 입을 크게 벌리고, 철사를 입 밖으로 내놓은 상태에서 공을 밀어 넣었다. 금속은 씁쓸하고 짭짤한 맛이 났다. 눈물처럼. 그러자 그가 그녀의 머리를 뒤로 젖혔고, 눕힌 칼날이 그녀의 목을 눌렀다. 차가운 칼날에 살갗이 얼얼했다. 조명이라고는 방의 한쪽 구석, 벽지도 페인트도 바르지 않은 회색 콘크리트 벽에 기대어진 스탠드형 램프뿐이었다. 이 방에 있는 물건은 그걸 제외하고 하얀색 플라스틱 캠핑용 테이블과 의자 두 개, 빈 맥주병 두 개, 그리고 두 사람뿐이었다. 그와 그녀. 그녀의 입 밖으로 나와 있던 빨간색 철사를 살짝 잡아당기는 그의 손가락에서 가죽장갑 냄새가 풍겼다. 그러자 다음 순간, 그녀의 머리가 터질 것만 같았다.

입안의 공이 팽창하면서 볼이 더욱 부풀었다. 턱을 아무리 벌려도 압박감은 사라지지 않았다. 남자는 마치 교정기가 제자리에 들어갔는지 확인하는 치과의사처럼 골똘히 그녀의 입안을 들여다보았다. 그러고는 만족스러운 듯 슬쩍 미소를 지었다.

혀로 더듬어보니 공의 파인 구멍 안쪽의 동그란 부분들이 튀어나와 있었다. 그것이 입천장과 부드러운 혀, 이, 목젖을 누르고 있었다. 그녀가 무슨 말을 하려고 하자, 그는 참을성을 발휘해 그녀의 입에서 흘러나오는 불분명한 소리에 귀를 기울였다. 하지만 결국 그녀는 하려던 말을 포기했다. 그러자 그가 고개를 끄덕이더니 주사기를 꺼냈다. 주사 바늘 끝에 맺힌 방울이 손전등의 불빛에 반짝 빛났다. 그가 그녀의 귀에 대고 속삭였다. "철사는 손대지 마."

그러고는 그녀의 목에 주사를 놓았고, 그녀는 이내 정신을 잃었다.

그녀는 어둠 속에서 눈을 깜빡이며 겁에 질린 자신의 숨소리를 들었다. 무엇이든 해야 했다.

땀에 젖어 축축한 손바닥으로 의자를 짚고 자리에서 일어났다. 그녀를 제지하는 사람은 아무도 없었다.

좁은 보폭으로 걸어나가다 벽에 부딪혔다. 매끈하고 차가운 벽의 표면을 더듬으며 계속 걸어나가자, 철문이 나왔다. 빗장을 잡아당겼지만 꿈쩍도 하지 않았다. 잠겨 있었다. 당연히 잠겨 있겠지. 대체 뭘 기대한 거야? 방금 웃음소리가 들렸나? 아니면 내 머릿속에서 들린 상상인가? 그는 어디 있지? 왜 나와 이런 게임을 하는 거야?

뭐든 해야 한다. 생각해. 하지만 제대로 생각하려면 통증으로 미치기 전에 입안의 금속 공부터 꺼내야 한다. 그녀는 엄지와 검지를 양 입꼬리로 밀어 넣었다. 구멍 안쪽의 돌출된 부분이 만져졌다. 그 아래로 손가락을 넣어보려 했지만 허사였다. 오히려 발작하듯이 기침이 나오고, 패닉 상태에 빠져 숨을 쉴 수가 없었다. 돌출된 부분 때문에 기도 주위의 살이 부어 있었다. 이대로 있으면 곧 질식해 죽을 것이다. 그녀는 철문을 발로 차면서 소리를 지르려고 했지만, 입안의 공이 소리를 삼켜버렸다. 다시 포기하고 벽에 등을 기댔다. 주변의 소리에 귀 기울였다. 방금 들린 소리는 그의 조심스러운 발소리일까? 그가 방 안을 돌아다니고 있는 건가? 지금 나와 까막잡기 놀이라도 하는 걸까? 아니면 혈액이 지나가며 귀에서 나는 박동 소리일까? 그녀는 다가올 통증에 대비하고, 억지로 입을 다물어 보았다. 돌출된 부분이 다 들어가기도 전에 다시 튕겨나와 그녀의 입을 벌렸다. 이젠 공이 고동치는 듯했다. 마치 철 심장이라도 된 듯이, 그녀의 일부가 된 듯이.

어떻게든 하자. 생각해봐.

용수철. 돌출된 부분 아래에는 용수철이 장착되어 있었다.

그가 철사를 잡아당겼을 때 튀어나온 것이다.

"철사는 손대지 마."

왜 손대지 말라는 거지? 손대면 어떻게 되는데?

그녀는 벽에 등을 기댄 채 스르륵 주저앉았다. 콘크리트 바닥에서 차가운 습기가 올라왔다. 비명을 지르고 싶었지만 그럴 수가 없었다. 고요. 정적.

사랑하는 사람들에게 미처 못한 그 많은 말들. 그녀는 그들에게 무관심했고, 그저 정적을 채우기 위한 말들만 했다.

이젠 막다른 길이었다. 자신과 이 끔찍한 통증, 터질 듯한 머리뿐이다.
"철사는 손대지 마."

만약 철사를 잡아당기면 튀어나온 부분이 다시 들어가고, 그녀는 고통에서 해방될지 모른다.

그녀의 생각은 다시 같은 자리를 맴돌았다. 여기에 얼마 동안 있었을까? 두 시간? 여덟 시간? 20분?

그녀가 할 수 있는 일이 철사를 잡아당기는 것뿐이라면 왜 진작 그러지 않았을까? 어느 모로 보나 정신병자인 남자의 충고라서? 아니면 이것도 게임의 일부라서? 남자에게 속아 넘어가 이 불필요한 통증을 멈추고픈 유혹을 참는 게임일까? 아니면 경고를 무시하고 철사를 잡아당겨서 무언가…… 무언가 끔찍한 일이 벌어지는 게임일까? 철사를 잡아당기면 어떻게 될까? 이 공은 대체 뭘까?

그렇다, 이건 게임이다. 잔인한 게임. 그리고 그녀는 이 게임을 해야만 했다. 더는 통증을 견딜 수 없었고, 목구멍은 계속 부어올랐다. 곧 숨이 막힐 것이다.

다시 한 번 비명을 질러보려 했지만 그것은 흐느낌으로 가라앉았다. 눈을 깜박이고, 또 깜박였다. 이제 눈물은 나오지 않았다.

손가락이 입술 밖으로 나와 있던 철사를 찾아냈다. 철사가 팽팽하게 될 때까지 살짝 잡아당겼다.

당연한 일이지만, 미처 해보지 못해서 후회되는 일들이 너무 많았다. 하지만 금욕적인 삶이 그녀를 지금 이 순간, 여기가 아닌 다른 곳에 있게 했다면 그녀는 그 삶을 선택했을 것이다. 그저 살고 싶었다. 어떤 삶이든 상관없었다. 지극히 간단했다.

그녀는 철사를 잡아당겼다.

돌출되어 있던 구멍 안쪽에서 7센티미터 길이의 바늘이 튀어나왔다. 바늘 네 개는 그녀의 양 볼을 뚫고 나갔고, 세 개는 부비강, 두 개는 비강, 두 개는 턱 아래를 뚫고 나왔다. 다른 두 바늘은 기도를 뚫었고, 하나는 오른쪽 눈, 하나는 왼쪽 눈을 찔렀다. 예닐곱 개의 바늘은 입천장 뒤쪽을 통과해 뇌까지 침투했다. 하지만 그것이 그녀의 직접적인 사인은 아니었다. 금속 공 때문에 턱을 움직일 수가 없었던 터라 상처에서 흘러나와 입안에 고이는 피를 뱉어낼 수 없었다. 피는 기도를 거쳐 폐로 흘러 들어갔고, 혈액의 산소 흡수를 방해했다. 그리하여 결국 심장마비, 그리고 검시관들이 보고서에 뇌 저산소증이라 기록하는 증상으로 이어졌다. 즉 뇌에 산소가 공급되지 못한 것이다. 다시 말해, 보르그뉘 스템 뮈레는 익사했다.

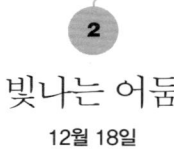

빛나는 어둠
12월 18일

낮은 짧다. 밖은 아직 환하지만, 여기 내 편집실은 영원한 어둠에 잠겨 있다. 책상 스탠드의 불빛 속에서 벽에 붙은 사진 속의 사람들이 보인다. 짜증날 정도로 행복하고 순진무구해 보이는 사람들. 마치 자신들은 천수를 누리는 것이 당연하다는 듯이 기대감으로 가득 차 있다. 자신들 앞에 거울처럼 매끈하고 잔잔한, 완벽하게 평온한 시간의 대양이 펼쳐져 있다는 듯이. 나는 신문에서 기사를 오려냈다. 충격을 받은 가족들의 가슴 아픈 사연은 싹둑 잘라냈다. 시신의 상태를 세세하게 묘사한 불쾌한 부분들도 빼버렸다. 그런 다음, 피살자의 친척이나 친구들이 기자의 등쌀에 못이겨 넘겨줄 수밖에 없었던 사진, 한창 때의 그녀가 마치 영원히 살 것처럼 웃고 있는 사진을 흐뭇하게 바라보았다.

경찰들은 아는 게 별로 없다. 아직은. 하지만 곧 조사할 시신이 늘어날 것이다.

인간을 살인자로 만드는 것은 대체 무엇이고, 어디에 있을까? 선천적인 걸까? 유전자에 깃들어 특정한 사람만 물려받는 잠재력일까? 아니면 필요에 의해 형성되고, 세상과 부딪히며 개발되었다가, 생존 전략이자 목숨을 구해주는 병이며 이성적인 광기가 되는 걸까? 병이 열을 동반하며 신체에 공격을 퍼붓듯이, 광기는 인간이 새롭게 자리매김할 수 있는 장소로 후퇴시키기 때문이다.

　나로 말하자면, 살인을 하는 능력은 건강한 인간의 기본 조건이라고 생각한다. 인간은 원하는 것을 얻기 위해 싸우는 존재이며, 이웃을 죽일 수 없는 사람은 존재할 가치가 없다. 결국 살인이란 인간에게 필연적인 죽음을 앞당기는 것에 불과하다. 누구도 죽음으로부터 벗어날 수 없다. 인생은 고해이기 때문에 그것은 잘된 일이다. 그런 의미에서 본다면 모든 살인은 자비로운 행위이다. 단지 따뜻한 햇살을 쬐거나, 물이 입술을 적시거나, 심장 박동을 느끼며 삶을 향한 어리석은 욕망을 깨달을 때에만 죽음이 비참하게 느껴질 뿐이다. 그럴 때면 살면서 이루어놓은 모든 것, 그러니까 권위, 지위, 원칙을 팔아서 시간의 부스러기라도 사고 싶어진다. 하지만 그럴 때야말로 내 눈을 멀게 하는 혼란스러운 빛을 피하기 위해 더 깊이 파 들어가야 한다. 차갑고 빛나는 어둠 속으로. 그리고 단단한 알맹이를 인식해야 한다. 진실을 인식해야 한다. 그것이 내가 찾아야만 했던 것, 또한 내가 찾은 것이기 때문이다. 인간을 살인자로 만드는 것이 무엇이든 간에.

　내 삶은 어떨까? 나 역시도 앞으로 평온하고 잔잔한 시간의 대양이 펼쳐져 있다고 믿고 있을까?

　천만에. 머지않아 나도 죽음의 폐물 더미에 누워 있게 될 것이다. 이 촌극에서 다른 역할을 연기해주었던 모든 이들과 함께. 하지만 내 육신이 얼마나 썩었든, 설령 다 썩고 뼈만 남았다고 해도 내 입은 미소를 짓고 있을 것이다. 지금으로서는 그것을 위해 산다. 그것만이 내가 존재하는 권리요, 내가 정화되고 모든 불명예를 씻어낼 수 있는 기회다.

　하지만 이는 시작에 불과하다. 이제 나는 스탠드를 끄고, 낮의 햇살 속으로 나갈 것이다. 얼마 남지 않은 햇살 속으로.

3
홍콩

아침이 되어도 비는 그치지 않았다. 오후가 되어도 마찬가지였다. 사실 비는 전혀 그칠 기미가 없었다. 한 주 한 주 지날수록 날씨는 습하고 따듯해졌다. 토양은 질척거렸고, 유럽의 고속도로들은 붕괴되었으며, 철새는 떠나지 않고 계속 머물렀다. 지금까지 북쪽 기후에서 발견된 적이 없는 곤충들이 나타났다는 보고도 이어졌다. 절기상으로는 겨울이었으나 오슬로의 녹지는 단지 눈이 없는 정도가 아니라, 심지어 누렇게 바래지도 않았다. 송^{Sogn}*에 깔린 인조 잔디만큼이나 새파랗고 푸릇푸릇했다. 낙심한 운동광들은 어서 송스반 호수 근처가 얼어 스키를 탈 수 있기를 헛되이 기다리며, 비에른 델리** 운동복을 입고 조깅하는 것으로 마음을 달랬다. 섣달그믐에는 어찌나 안개가 자욱했던지 오슬로 도심에서 쏘아올린 폭죽 소리가 교외까지 들렸지만 보이는 것은 하나도 없었다. 설사 뒷마당에서 쏘아 올렸다 해도 마찬가지였을 것이다. 그래도 소비자 조사 결과에 따르면, 그날 밤 노르웨이인들은 가정마다 600크로네에 달하는 폭죽을 쏘아 올렸다고 한다. 또한 같은 조사에 따르면, 태국의 백사

---
* 오슬로 북부의 주택가. 송스반 호수가 위치해 있다
** 노르웨이의 유명한 크로스컨트리 스키 선수. 자신의 이름을 딴 스포츠웨어를 제작한다

장에서 화이트 크리스마스를 보내겠다는 꿈을 이룬 노르웨이인의 숫자는 3년 만에 두 배가 되었다. 하지만 동남아시아도 날씨가 제멋대로이기는 마찬가지였다. 태풍철의 일기도에만 나타나는 불길한 기호들이 중국해에 걸쳐져 있었다. 홍콩의 2월은 1년 중에서 가장 건조한 달에 속했지만, 지금은 양동이로 들이붓듯이 비가 내렸고 가시거리도 짧았다. 이는 곧 런던에서 출발한 캐세이 퍼시픽 731기가 첵랍콕 공항에 착륙하기 위해서는 다시 한 번 공항 주위를 선회해야 한다는 뜻이었다.

"예전 공항이 아닌 걸 다행으로 아셔야 합니다." 손마디가 하얗게 되도록 팔걸이를 움켜잡은 카야 솔네스에게 중국인으로 보이는 옆자리 승객이 말했다. "예전 공항은 도심에 있었거든요. 마천루 속으로 곧장 날아다니곤 했죠."

비행기가 이륙한 지 열두 시간 만에 옆 사람이 처음으로 한 말이었다. 카야는 비행기가 난류를 통과하고 있다는 사실을 잠시나마 잊을 수 있는 이 기회를 놓치지 않았다.

"고맙습니다. 안심이 되네요. 영국분이세요?"

남자는 뺨이라도 맞은 듯 움찔했다. 카야는 과거 홍콩을 식민지로 지배했던 나라의 국민이냐고 묻는 것이 그에게는 매우 무례한 일임을 깨달았다. "어…… 그럼 혹시 중국분이세요?"

그는 단호하게 고개를 저었다. "광둥인이죠. 아가씨는?"

카야 솔네스는 자신도 호크순*인이라고 대답해야 할지 망설이다가, 그냥 "노르웨이 사람이에요"라고 대답했다. 그러자 광둥인은 잠시 생각에 잠기더니 의기양양하게 "아하!"를 내뱉고는 "스칸디나비아인이군요"라고 고쳐주었다. 그러고는 무슨 일로 홍콩에 왔는지 물었다.

"사람을 찾으려고요." 카야는 어서 대지가 모습을 드러내기를 바라며

* 노르웨이 부스케루 주의 도시

푸르스름한 잿빛 구름을 내려다보았다.

"아하!" 광둥인이 다시 한 번 말했다. "아가씨는 대단한 미인이에요. 중국인은 중국인하고만 결혼한다는 얘기는 절대 믿지 말아요."

카야는 희미한 미소를 지었다 "광둥인이겠죠."

"특히 광둥인들이 그렇죠." 그는 열심히 고개를 끄덕이더니, 반지가 없는 손을 들어보였다. "전 마이크로칩 사업을 합니다. 중국과 한국에 우리 가족의 공장이 있죠. 오늘 밤 뭐할 건가요?"

"자야죠." 카야가 하품을 했다.

"그럼 내일 저녁은요?"

"그때쯤이면 찾으러 온 사람을 데리고 다시 노르웨이로 돌아가는 길이면 좋겠네요."

남자는 얼굴을 찡그렸다. "아가씨, 뭐가 그리 바빠요?"

카야는 태워다주겠다는 남자의 제안을 거절하고, 시내까지 가는 2층 버스를 탔다. 한 시간 후에는 심호흡을 하며 엠파이어 주룽 호텔 복도에 홀로 서 있었다. 배정받은 객실 문손잡이에 카드를 넣은 상태였고 이제는 열기만 하면 되었다. 그녀는 억지로 손을 가져가 손잡이를 아래로 눌렀다. 그러고는 문을 홱 열어, 방 안을 바라보았다.

아무도 없었다.

당연히 아무도 없을 터였다.

방으로 들어가 수트케이스를 침대 옆에 세워두고, 창가로 가서 아래를 내려다보았다. 먼저 17층 아래에서 바글거리는 사람들을, 그다음에는 마천루를 바라보았다. 이곳의 마천루는 맨해튼이나 쿠알라룸푸르 혹은 도쿄의 우아하고 뻐기는 듯한 마천루와는 전혀 달랐다. 오히려 흰개미의 개밋둑과 비슷해서 징그러우면서도 감탄이 절로 나왔다. 700만 명의 거주자들이 1104제곱킬로미터의 면적에서 함께 살아야 할 때 인간이 어떻게 적응하는지 보여주는 기괴한 증거 같았다. 카야는 피로가 몰려오는 것을 느끼고, 신발을 내팽개친 후 침대에 털썩 누웠다. 별 네 개짜리 호텔의 2인실이었건만, 가로 120센티미터의 침대 하나로 방이 꽉 찼다. 이제 이 개밋둑에서 어떤 한 사람, 모든 증거로 보아 누구도 찾아내지 못하게 꼭꼭 숨어 있고 싶어 하는 한 남자를 찾아야 했다.

잠시 그녀는 두 가지 선택을 두고 저울질했다. 눈을 감을 것인가, 바로 행동을 개시할 것인가. 결국 그녀는 마음을 다잡아 침대에서 일어났다. 옷을 벗고 샤워를 했다. 샤워를 마친 후 거울 앞에 서서, 일말의 만족감도 없이 조금 전 광둥인의 말이 옳다는 것을 확인했다. 그녀가 미인이라는 말. 이것은 그녀의 의견이라기보다 사실에 가까웠다. 두드러진 광대뼈, 눈에 띄게 새까맣지만 아름답게 구부러진 눈썹, 그 아래 자리한 어린아이 같은 커다란 눈. 성숙한 여인의 진지함으로 반짝거리는 초록색 눈동자, 꿀색 머리카락, 다소 큼지막한 입, 마치 서로 키스하듯 붙어 있는 도톰한 입술. 목은 길고 가늘었으며, 마찬가지로 몸매도 늘씬했다. 핏기 없이 창백하기는 해도 매끈한 살결의 바다에 자리한 작은 가슴은 흙무더기 혹은 물결 정도로밖에 솟아 있지 않았다. 잘록하게 휘감아 들어간 허리, 늘씬한 두 다리는 오슬로의 모델 에이전시 두 군데에서 그녀를 찾아 호크순의 학교까지 오게 만들었다. 하지만 그들의 제안에 그녀는 침울한 표정으로 고개를 저었다. 그녀를 가장 기쁘게 한 것은 그중 한 사람이 떠나면서 한 말이었다. "싫다면 할 수 없지. 하지만 기억하렴. 넌 완벽한 미인은 아니야. 이가 작고 뾰족하니까 너무 자주 웃지는 말아라."

그 후로 그녀는 훨씬 더 홀가분한 마음으로 웃을 수 있었다.

카야는 카키색 바지와 얇은 방수 재킷을 입고 소리 없이, 사뿐히 안내 데스크로 내려갔다.

"청킹맨션요?" 급기야 호텔 접수원이 한쪽 눈썹을 치켜세우며 그렇게 물었다. 그러더니 손가락으로 밖을 가리켰다. "킴벌리 로드로 나가서, 네이선 로드를 올라가다 보면 왼쪽에 있습니다."

인터폴에 속하는 나라의 모든 호텔과 호스텔은 외국인 투숙객을 등록해야 할 법적 의무가 있다. 하지만 카야가 찾는 남자의 마지막 숙박지로 등록된 청킹맨션은 호텔이 아니었으며, 고급 저택을 의미하는 맨션도 아니었다. 그녀와 통화한 홍콩 주재 노르웨이 대사의 비서에 의하면, 그곳은 가게와 테이크아웃 전문점, 식당, 100개 이상의 호스텔이 모여 있는 네 채의 대형 건물을 가리켰다. 정식 혹은 불법의 그 호스텔들은 객실이 달랑 두 개인 곳부터 스무 개인 곳까지 다양했다. 따라서 깔끔하고 소박하며 아늑한 방은 물론 좁고 지저분한 방 혹은 별 하나짜리 감방까지 원하는 대로 구할 수 있었다. 가장 중요한 사실은 인생에 원하는 게 그다지 많지 않은 사람이라면, 이 개밋둑 안에서 먹고 자고 일하는 것을 모두 해결할 수 있다는 것이다.

반질반질 윤이 나는 명품 매장과 높다란 쇼윈도가 펼쳐진 쇼핑가인 네이선 로드를 걷던 카야는 청킹맨션의 입구를 발견하고 안으로 들어갔다. 패스트푸드 가게에서는 김이 솟구치고, 구둣방에서는 망치 소리가 들리는가 하면, 라디오에서는 이슬람 교도들의 기도회 방송이 흘러나왔다. 중고품 옷가게에는 지친 표정의 사람들이 보였다. 홍콩 날씨가 마냥 더울 줄만 알고, 눈처럼 새하얀 다리를 드러낸 채 군복 무늬 반바지를 입은 배낭여행자도 눈에 띄었다. 카야는 얼빠진 표정으로 손에 론리플래닛을 들고 있는 그 여행자에게 반짝 미소를 지어 보였다.

제복을 입은 수위는 카야가 내민 메모를 보더니 "C 엘리베이터"라고 말하며, 회랑 아래를 가리켰다.

엘리베이터 앞의 줄이 어찌나 긴지 세 번째로 내려온 엘리베이터에 간신히 탈 수 있었다. 사람들 틈에 끼어서, 삐걱삐걱 소리를 내며 덜덜 흔들리는 엘리베이터 안에 서 있노라니 죽은 사람들을 수직으로 매장한다는 집시들의 이야기가 생각났다.

호스텔의 주인은 터번을 두른 이슬람인이었다. 노인은 카야를 보자마자 열성적으로 쪽방 하나를 보여주었다. 기적적으로 공간을 마련한 쪽방은 침대 발치에 벽걸이형 텔레비전이, 침대 머리판 위에는 꼴꼴거리는 에어컨이 설치되어 있었다. 그녀가 청산유수로 떠벌이는 노인의 말을 중단시키고 사진 한 장을 보여주자, 노인의 열정도 시들해졌다. 사진에는 그의 여권에 적힌 것과 동일한 이름이 적혀 있었다. 카야는 지금 이 남자가 어디 있느냐고 물었다.

노인의 반응을 본 그녀는 얼른 자신이 그의 부인이라고 말했다. 대사관의 비서는 청킹맨션에서 경찰 신분증을 흔들어대는 것은, 그녀의 말을 그대로 인용하자면, '역효과'라고 했다. 카야는 확실히 하두기 위해 자신과 사진 속의 남자 사이에 아이가 다섯이나 있다고 덧붙였다. 그 말에 노인의 태도가 완전히 달라졌다. 이 세상에 벌써 그토록 많은 아이를 데려온 젊은 이교도 서양인이라면 그의 존중을 받아야 마땅했다. 노인은 땅이 꺼지게 한숨을 쉬더니, 고개를 절레절레 흔들며 짧게 끊어지는 영어로 처량하게 말했다. "안됐구먼, 안됐어. 놈들이 남편 여권 가져갔어."

"누가요?"

"누구긴. 트라이어드(삼합회)이지. 그런 짓 하는 놈들 트라이어드뿐이야."

카야도 당연히 트라이어드의 존재를 알고 있었다. 하지만 중국인 마피아는 막연히 만화와 쿵후 영화 속에만 존재한다고 생각했었다.

"좀 앉아." 노인이 황급히 의자를 내놓자, 카야는 털썩 주저앉았다. "그놈들이 남편 찾아왔는데, 남편 나가고 없었지. 그래서 여권 가져갔어."

"왜 하필 여권이죠?"

그는 머뭇거렸다.

"제발요, 전 꼭 알아야 해요."

"유감이지만, 당신 남편이 말에 돈 걸었어."

"말이라뇨?"

"해피 밸리. 경마. 참 혐오스러운 짓이지."

"남편이 빚을 졌나요? 트라이어드에게?"

그는 고개를 끄덕이더니, 다시 절레절레 흔들었다. 어쩔 수 없는 이 현실을 각각 인정하고 후회한다는 표시였다.

"그런데 왜 여권을 가져가요?"

"남편이 홍콩을 떠나고 싶다면 빚 갚아야 해."

"노르웨이 대사관에서 새 여권을 받으면 될 텐데요."

터번이 좌우로 흔들렸다. "여기 청킹에서도 미화 80달러면 가짜 여권 만들 수 있어. 하지만 그게 문제 아니야. 문제는 홍콩이 섬이라는 거지. 홍콩에 올 때 어떻게 왔지?"

"비행기로요."

"갈 때는?"

"비행기로요."

"공항은 하나뿐이야. 티켓 사면, 이름 전부 컴퓨터에 올라가. 들통 나기 쉽지. 트라이어드에게 매수된 공항 직원들이 얼굴 알아봐. 알겠어?"

카야는 고개를 끄덕였다. "도망가기 힘들겠군요."

노인은 호탕하게 껄껄 웃었다. "아니. 힘든 게 아니라 불가능해. 하지만 홍콩에 숨을 수는 있어. 인구가 700만이나 되니까 잠수 타기 쉬워."

수면 부족으로 인한 졸음이 쏟아지자 카야는 눈을 감았다. 호스텔 주인은 카야의 그런 행동을 오해하고는, 위로하듯이 그녀의 어깨에 한 손을 올리며 "저런 저런"이라고 중얼거렸다.

그는 머뭇거리더니 상체를 내밀어 속삭였다. "내 생각에 남편 아직 여기 있는 것 같아."

"네, 그건 저도 알아요."

"아니, 그게 아니라 여기 청킹에 있다고. 내가 봤어."

카야는 고개를 들었다.

"두 번이나. 리위안에서. 거기서 밥 먹었어. 값이 싸거든. 내가 알려줬다는 말 절대 하지 마. 남편 좋은 사람이야. 다만 골칫덩어리지." 그가 어찌나 심하게 눈동자를 굴리는지, 눈동자가 터번 속으로 들어갈 뻔했다. "못 말리는 골칫덩어리."

리위안은 카운터와 플라스틱 식탁 네 개로 이뤄졌고, 사람이라고는 중국인 주인 남자 한 명뿐이었다. 카야는 여섯 시간 동안 볶음밥 2인분에 커피 석 잔, 물 2리터를 주문해서 먹고 마신 뒤, 꾸벅꾸벅 졸다가 움찔하며 잠에서 깼다. 기름 범벅인 식탁에서 고개를 들어 주인을 바라보자, 그가 다정한 미소를 지어보였다.

"피곤해요?" 주인이 비뚤어진 앞니를 드러내며 웃었다.

카야는 하품을 하고 넉 잔째 커피를 주문한 뒤, 계속 기다렸다. 중국인 남자 두 명이 들어와 아무런 말도, 주문도 하지 않고 카운터에 앉았다. 고맙게도 그들은 그녀에게 눈길도 주지 않았다. 비행기를 타고 오느라 몸이 굳은 탓에 어떤 자세로 앉든 통증이 느껴졌다. 그녀는 혈액 순환을 돕기 위해 목을 좌우로 돌렸다가 뒤로 젖혔다. 목에서 뿌드득 소리가 났다. 천장에 달린 푸르스름한 하얀색 네온등을 바라보다 고개를 내리자, 쫓기는 듯한 창백한 얼굴이 정면으로 보였다. 그는 셔터를 내린 길 반대편의 상점 앞에 서서 리위안의 손바닥만 한 내부를 훑어보고 있었다. 그의 시선이 카운터에 앉은 두 중국인 남자에게 머무르더니, 이내 서둘러 가버렸다.

카야는 벌떡 일어났지만, 한쪽 다리에 쥐가 나는 바람에 체중이 한쪽으로 쏠려 비틀거렸다. 가방을 움켜쥐고 절룩거리는 걸음으로 가능한 빨리 남자를 따라갔다.

"금방 올게요." 카야의 말에 뒤에서 주인이 고함치는 소리가 들렸다.

그는 아주 말라 보였다. 사진 속에서는 떡 벌어진 어깨에 장신이었고, 토크쇼에 나왔을 때도 앉은 의자가 꼭 피그미족들을 위해 만든 것처럼 작아 보일 정도였다. 그래도 카야는 한 치의 의심도 없이 저 남자라고 확신했다. 빡빡머리, 움푹 파인 머리통, 매부리코, 혈관이 거미줄처럼 얽힌 흰자위, 알코올 중독자 특유의 빛바랜 연푸른색 홍채. 단호한 턱과 놀라울 정도로 부드러운, 아름답기까지 한 입매.

카야는 네이선 로드에 나와 있었다. 네온 불빛에 군중들 위로 솟아 있는 가죽 재킷이 보였다. 그의 걸음걸이는 빠르지 않았지만, 그래도 따라잡기 위해서는 속도를 내야 했다. 그가 붐비는 쇼핑객들에게서 떨어져 나와 더 좁고 인적이 드문 길로 접어들자, 카야는 그와의 간격을 넓혔다. '멜든 로'라고 적힌 간판이 눈에 들어왔다. 그에게 달려가 자신을 소개하고 어서 이 일을 끝내버리고픈 마음이 굴뚝 같았지만, 원래 계획대로 가기로 했다. 일단은 그의 거처를 알아내야 한다. 이미 비는 그친 상태였으나, 갑자기 먹구름 한 조각이 옆으로 물러나며 검은색 벨벳 같은 하늘이 드러났다. 바늘구멍만 한 별들이 총총 박혀 있었다.

20분간 걸어가던 그가 갑자기 어떤 모퉁이에서 멈춰 섰다. 카야는 미행이 들통 난 줄 알고 겁이 났지만 그는 돌아보지 않았다. 그저 재킷 주머니에서 무언가를 꺼냈다. 카야는 깜짝 놀라 그 물건을 바라보았다. 아기 젖병?

그가 모퉁이를 돌아 사라졌다.

그의 뒤를 따라가자, 젊은 사람들로 북적거리는 광장이 나왔다. 광장 맨 끝의 널찍한 유리문 위에 영어와 중국어로 쓰인 사인이 반짝거렸다. 그중 몇몇은 카야가 절대 볼 일이 없는 영화들이었다. 그의 가죽 재킷이 그녀의 눈에 들어왔다. 그는 빈 올가미가 달린 교수대를 표현한 청동 조각상의 야트막한 주춧돌 위에 젖병을 올려놓았다. 그러고는 이미 사람들이 앉아 자리가 없는 벤치 두 개를 지나 세 번째 벤치에 앉더니, 거기 있던 신문을 집어 들었다. 20초가 지나자, 다시 일어나 조각상으로 걸어갔다. 지나가는 길에 젖병을 집어 들어 재킷 주머니에 넣고 왔던 길을 되돌아갔다.

그가 청킹맨션에 들어갈 무렵에는 다시 비가 내리기 시작했다. 카야는 서서히 자신이 하려는 말을 준비했다. 이제 엘리베이터 앞에는 줄 선 사람들이 없었다. 그런데도 그는 계단 한 층을 올라가더니, 오른쪽으로 돌아 회전문을 통과했다. 서둘러 쫓아가보니 갑자기 인적 없고 황량한 계단통이 나왔다. 고양이 오줌과 젖은 콘크리트 냄새가 진동했다. 카야는 숨을 죽였지만, 들리는 소리라고는 물이 똑똑 떨어지는 소리뿐이었다. 위로 올라가야겠다고 생각하는 찰나, 아래쪽에서 쾅 소리가 들렸다. 그녀는 얼른 계단을 내려갔고 방금 그 소리를 냈을 만한 유일한 대상을 발견했다. 찌그러진 철문. 손잡이를 잡자 몸이 떨렸다. 그녀는 눈을 감고 자신에게 욕을 퍼부었다. 그러고는 문을 홱 열고, 어둠 속으로 발을 내딛었다. 그 어둠은 곧 밖이었다.

무언가가 그녀의 발 위로 지나갔지만 그녀는 소리를 지르지도, 움직이지도 않았다.

처음에는 그곳이 승강기 통로라고 생각했다. 하지만 고개를 들어보니 어지럽게 엉킨 수도관과 케이블, 뒤틀린 금속 조각과 무너지고 녹슨 쇠 발판의 틈 사이로 얼핏 검게 그을린 벽돌 벽이 보였다. 이곳은 두 건물 사이에 위치한 손바닥만 한 안마당이었다. 조명이라고는 저 위의 작은 사각형 하늘의 별빛뿐이었다.

하늘에는 구름이 없었는데도 아스팔트 도로와 그녀의 얼굴 위로 물이 튀었다. 알고 보니 건물 뒷면에 튀어나와 있는, 작고 녹슨 에어컨에서 떨어지는 응결수였다. 그녀는 뒤로 물러서서 철문에 몸을 기댔다.

그리고 기다렸다.

마침내 어둠 속에서 목소리가 들렸다. "원하는 게 뭐야?"

그의 목소리를 듣기는 처음이었다. 물론 그가 출연해 연쇄살인범에 대해 토론하던 토크쇼는 보았지만, 실제 목소리는 딴판이었다. 지치고 쉰 듯한 음색 때문에 그녀가 알고 있는 그의 나이인 마흔보다 훨씬 더 나이 든 목소리로 들렸다. 하지만 동시에 아까 그녀가 리위안에서 보았던 쫓기는 표정과 반대되는, 편안하고 자신감 넘치는 차분함도 깃들어 있었다. 저음의 따뜻한 목소리.

"전 노르웨이 사람이에요." 그녀가 말했다.

아무 대답도 없다. 그녀는 침을 삼켰다. 처음에 하는 말이 가장 중요하다.

"제 이름은 카야 솔네스, 당신을 찾아 오라는 임무를 받았어요. 군나르 하겐 경정님의 명령으로요."

강력반 최고 책임자의 이름이 나왔는데도 아무런 반응이 없다. 가버렸나?

"전 하겐 경정님 밑에서 살인사건을 조사하는 형사예요." 그녀가 어둠에 대고 말했다.

"축하해."

"축하는 필요 없어요. 지난 몇 달간 노르웨이 신문을 계속 읽었다면 모를까." 그녀는 혀를 깨물고 싶었다. 지금 이 상황에서 농담이라도 하려는 건가? 필경 잠이 부족해서다. 아니면 겁이 없거나.

"임무 완수를 축하한다는 말이었어. 날 찾아냈으니 이젠 돌아가." 목소리가 말했다.

"잠깐만요!" 카야가 소리쳤다. "제가 무슨 말을 하러 왔는지 듣고 싶지 않으세요?"

"사양하겠어."

그의 거절에도 아랑곳없이 그녀가 적어보고 연습했던 문장들이 저절로 튀어나왔다. "두 여자가 살해됐어요. 법의학적 증거로는 동일범의 소행이에요. 그것 말고는 아무런 단서도 없어요. 언론에는 최소한의 정보만 유출되었는데도, 벌써부터 또 다른 연쇄살인범이 활개를 친다고 난리들이에요. 범인이 스노우맨에게서 영감을 받았을 거라는 논평도 실렸죠. 인터폴에서 전문가를 데려오기도 했지만, 아무런 진전도 없었어요. 언론과 정부의 압박이……"

"사양한다는 건 듣기 싫다는 뜻이야."

문이 쾅 닫혔다.

"저기요, 저기요. 거기 있어요?"

카야는 손을 더듬으며 앞으로 걸어나갔다. 문이 나왔다. 공포가 마음 속에 뿌리 내리기 전에 얼른 문을 열었다. 그러자 또다시 어두운 계단통이 나왔다. 그녀는 위층의 불빛을 힐끗 본 다음, 한 번에 세 계단씩 올라갔다. 회전문의 유리를 통해 불빛이 새어 나왔다. 회전문을 밀고 들어가자, 아무것도 없는 텅 빈 회랑이었다. 회반죽이 벗겨진 벽은 그대로 방치되었고, 벽에서는 고약한 입냄새처럼 습기가 뿜어져 나왔다. 두 남자가 입꼬리에 담배를 문 채 벽에 기대어 있었다. 달착지근한 악취가 그녀 쪽으로 풍겨왔다. 두 남자는 나른한 눈동자로 그녀를 훑어보았다. 너무 나른해서 움직일 기운도 없으면 좋으련만. 둘 중 키가 작은 남자는 흑인이었다. 아마도 아프리카 출신이리라. 키가 큰 남자는 백인이고 이마에 피라미드 모양의 흉터가 있었는데, 꼭 차량용 안전 삼각대 같았다. 카야는 〈폴리티에〉*지에서 홍콩 거리에는 대략 30만 명의 경관들이 있고, 홍콩은 세상에서 가장 안전한 대도시로 꼽힌다는 기사를 읽었다. 하지만 다

---

* Politiet, 경찰

시 생각해보니 여긴 거리가 아니었다.

"해시시를 찾나, 아가씨?"

남자가 영어로 물었다.

카야는 고개를 저으며, 자신감 넘치는 미소를 지어 보이려 했다. 그녀가 학교를 돌아다니며 여학생들에게 해줬던 충고를 따르려고 했다. 목적지가 어디인지 알고 있는 사람처럼 행동할 것. 무리에서 이탈한 사람처럼, 먹잇감처럼 행동하지 말 것.

남자들도 미소로 답했다. 이 회랑의 유일한 다른 출구는 벽돌 벽으로 막혀 있었다. 두 남자는 주머니에서 손을 꺼내더니 입에서 담배를 뺐다.

"그럼 재미 좀 보려고?"

"길을 잘못 들은 것뿐이에요." 카야는 그렇게 말하고, 들어왔던 문으로 나가기 위해 돌아섰다. 그러자 손 하나가 그녀의 손목을 붙잡았다. 입 안에 든 은박지 같은 맛의 공포가 느껴졌다. 이론상으로는 이런 상황에서 어떻게 빠져나와야 하는지 알고 있었다. 불이 환하게 켜진 체육관에서 강사와 동료들이 지켜보는 가운데 고무 매트 위에서 연습도 했다.

"제대로 왔어, 아가씨. 제대로 온 거야. 재미를 보려면 이쪽으로 와야지." 그녀의 얼굴에 와 닿는 숨결에서 생선과 양파, 마리화나의 악취가 풍겼다. 체육관에서는 적수가 한 명뿐이었다.

"아뇨, 됐어요." 카야는 차분한 어조를 유지하려고 애썼다.

흑인이 쭈뼛거리며 다가와 그녀의 다른 쪽 손목을 잡더니, 가성과 진성을 오가는 목소리로 말했다. "우리가 길을 안내해주지."

"가봤자 별로 볼 것도 없을 텐데. 안 그래?"

갑자기 끼어든 목소리에 세 사람은 회전문을 향해 몸을 돌렸다.

여권에 기록된 그의 키는 192센티미터였지만, 홍콩 사람들의 신장에 맞게 설계된 문간에 서 있으니 최소 210센티미터는 돼 보였다. 또한 불과 한 시간 전보다 체격이 두 배는 커 보였다. 그는 양팔을 몸에서 살짝 뗀 채 옆으로 늘어뜨리고 있을 뿐 움직이지도, 노려보지도 않았다. 험상궂은 표정을 짓지도 않았다. 그저 차분히 백인 남자를 바라보며 다시 물었다. "안 그래, 저우예*?"

그녀의 손목을 붙잡고 있던 백인 남자의 손가락이 잠시 긴장했다가 느슨해졌다. 흑인 남자는 한쪽 발에서 다른 쪽 발로 체중을 옮겼다.

"음 꼬이**." 문간에 선 남자가 말했다.

두 남자의 손이 머뭇거리며 그녀의 손목을 놓아주었다.

"이쪽으로." 그가 그녀의 팔을 살짝 잡았다.

그와 함께 걸어나가며 카야는 상기된 볼에 열이 오르는 것을 느꼈다. 긴장과 부끄러움으로 인한 열이었다. 자신이 이렇게도 안도한다는 사실이, 방금 전과 같은 상황에서 머리가 한없이 더디게 돌아갔다는 사실이 부끄러웠다. 또한 그저 그녀를 살짝 겁주려고 했을 뿐 악의는 없었던 두 마약상도 제대로 상대하지 못한 채 그의 도움을 냉큼 받았다는 사실이 부끄러웠다.

그는 그녀와 함께 두 층을 올라가더니 회전문을 통과해 엘리베이터 앞으로 갔다. 그러고는 아래를 가리키는 화살표를 누르고, 그녀 옆에 섰다. 그의 시선은 엘리베이터 문 위에서 빛나는 11이라는 숫자에 고정되어 있었다. "이주 노동자들이야. 외롭고 지루해서 그래." 그가 말했다.

"알아요." 그녀가 대들 듯이 말했다.

"1층으로 가는 G를 누르고, 내려서 오른쪽으로 돌아 곧장 가면 네이선 로드가 나올 거야."

"제 말 좀 들어주세요. 강력반에서 연쇄살인범을 잡을 수 있는 사람은 반장님뿐이에요. 스노우맨을 잡은 사람도 반장님이잖아요."

---

* 광둥어로 약사, 약쟁이라는 뜻
** 광둥어로 고맙다는 뜻

"맞아." 그가 말했다. 카야는 그의 눈동자가 흔들리는 것을 눈치챘다. 그는 손가락 하나를 오른쪽 귀 밑으로 가져가더니 턱을 따라 목을 그었다. "그러고는 사직했지."

"사직했다고요? 휴가 중이라는 뜻이겠죠."

"사직했어. 그만뒀다고."

그제서야 카야는 그의 오른쪽 턱뼈가 부자연스럽게 튀어나와 있는 것을 깨달았다.

"하겐 경정님 말로는 반장님이 오슬로를 떠날 때 휴가를 주는 걸로 합의했다고 하던데요. 추후 공지가 있을 때까지."

그가 미소를 짓자, 카야는 그의 얼굴이 완전히 달라 보인다고 생각했다. "그건 하겐이 그 사실을 받아들이지 못하기 때문이지……." 그는 말을 멈췄고, 미소는 사라졌다. 그의 눈동자는 다시 엘리베이터 위를 밝힌 '5'라는 숫자로 향했다. "어쨌거나 난 이제 경찰이 아니야."

"우리는 반장님이 필요해요……." 카야는 숨을 들이쉬었다. 지금 자신이 살얼음판 위에서 스케이트를 타는 처지라는 건 알고 있었지만, 그를 다시 놓치기 전에 무언가 조치를 취해야 했다. "그리고 반장님도 우리가 필요하고요."

그의 시선이 다시 그녀에게 향했다. "대체 무슨 근거로 그렇게 생각하지?"

"반장님은 트라이어드에게 빚을 졌잖아요. 거리에서 젖병에 든 마약을 사셨죠. 그리고……." 카야는 얼굴을 찡그렸다. "……이런 데서 살잖아요. 여권도 없이."

"난 여기서 지내는 게 좋아. 그러니 여권이 왜 필요하겠어?"

땡 소리와 함께 엘리베이터가 도착했고, 삐걱거리며 문이 열렸다. 사람들로 가득 찬 엘리베이터에서 악취가 풍기는 후끈한 공기가 흘러나왔다.

"안 탈 거예요!" 카야가 말했다. 예상했던 것보다 큰 소리였다. 엘리베이터 안의 사람들은 확연한 호기심과 조바심이 뒤섞인 표정으로 그녀를 바라보았다.

"아니, 탈 거야." 그가 그녀의 등 한가운데에 손을 대고, 부드럽지만 단호하게 그녀를 엘리베이터 안으로 밀어 넣었다. 카야는 순식간에 자신을 에워싼 사람들에게 포위당했고, 움직일 수도 심지어 몸을 돌릴 수도 없었다. 간신히 뒤를 돌아봤을 때는 엘리베이터의 양쪽 문이 닫히고 있었다.

"반장님!" 카야가 외쳤다.

하지만 그는 이미 사라지고 없었다.

4
섹스 피스톨스

 노령의 호스텔 주인은 생각에 잠긴 채 손가락 하나를 터번 아래의 이마에 대고, 오랫동안 그녀를 뚫어지게 바라보았다. 그러더니 전화기를 들고 번호를 눌러 아랍어를 몇 마디 하고는 전화를 끊었다. "기다려봐. 될 수도 있고, 안 될 수도 있고."
 카야는 미소를 지으며 고개를 끄덕였다.
 두 사람은 안내 데스크 용도로 쓰이는 좁은 테이블에 서로를 마주본 채 앉아 있었다.
 이윽고 전화벨이 울렸다. 노인은 전화를 받더니 아무 말 없이 듣기만 하다가 끊었다.
 "15만 달러." 노인이 말했다.
 "15만 달러요?" 도무지 믿기지가 않아 카야가 따라 말했다.
 "홍콩 달러로."
 카야는 암산을 해보았다. 그렇다면 노르웨이 돈으로 13만 크로네쯤 된다. 그녀가 쓸 수 있도록 허가받은 돈의 대략 두 배였다.

◆

 자정이 넘은 시각, 그녀가 잠을 못 잔 지 거의 40시간이 되어갈 무렵,

카야는 그를 찾아냈다. 세 시간 동안이나 H블록을 뒤지고 다닌 결과였다. 그녀는 호스텔과 카페, 스낵 바, 마사지 클럽, 기도실 등을 지나며 건물 내부의 지도를 만들었고, 마침내 이곳에서 가장 저렴한 숙소에 도착했다. 아프리카와 파키스탄에서 온 노동자들이 지내는 곳이었는데 제대로 된 방이 아니라 그냥 칸막이만 쳐져 있었다. 문도 없고, 텔레비전도, 에어컨도, 사생활도 없었다. 야근 중이던 흑인 수위는 카야가 내민 사진을 오랫동안 바라보았다. 그녀가 들고 있던 100달러짜리 지폐는 더 오랫동안 바라보았다. 그러더니 돈을 낚아채며 손가락으로 어떤 칸을 가리켰다.

해리 홀레, 잡았다. 카야는 생각했다.

그는 매트리스 위에 반듯이 누워, 숨소리도 내지 않은 채 자고 있었다. 이마에는 주름 한 줄이 깊게 패어 있었다. 잘 때 보니 돌출된 오른쪽 턱뼈가 더욱 두드러져 보였다. 다른 칸에서 기침 소리와 코를 고는 소리가 들렸다. 천장에 고인 물이 낮고 불만스러운 신음을 내며 벽돌 바닥에 똑똑 떨어졌다. 칸막이 틈 사이로 안내 데스크에 걸린 네온등의 차갑고 푸른빛이 한 줄기 새어 들어왔다. 창문 앞에는 옷장이 있었고, 매트리스 옆에는 생수가 든 페트병이 있었다. 고무 탈 때처럼 씁쓸하고 들척지근한 냄새가 풍겼다. 바닥에는 젖병과 재떨이가 있었는데, 재떨이에 쌓인 담배꽁초에서 연기가 피어올랐다. 카야는 의자에 앉았다. 그의 손에 뭔가 쥐어져 있었다. 기름기가 도는 황갈색 덩어리. 순찰차를 타고 근무하던 시절 마약이라면 실컷 보았기 때문에 카야는 그것이 마리화나가 아니라는 정도는 알고 있었다.

그가 잠에서 깬 것은 새벽 2시 무렵이었다.

규칙적이던 숨소리가 살짝 변하더니, 그의 흰자위가 어둠 속에서 번득였다.

"라켈?" 그는 그렇게 속삭이고는 다시 잠들었다.

30분 뒤, 그가 눈을 번쩍 뜨며 벌떡 일어났다. 그러고는 주위를 두리번 거리다가 매트리스 아래에서 뭔가를 움켜잡았다.

"저예요. 카야 솔네스." 카야가 속삭였다.

그녀의 발치에 있던 그의 몸이 동작을 멈췄다. 그러더니 긴장을 풀며 다시 매트리스 위에 벌렁 누웠다.

"여기서 뭐하는 거야?" 그가 아직 잠이 덜 깬 목소리로 퉁명스럽게 말했다.

"반장님을 데려가려고요."

그가 킥킥 웃더니 눈을 감았다. "날 데려간다고? 아직도 포기 안 했나?"

카야는 봉투 하나를 꺼내 그의 얼굴 앞에 들이밀었다. 그가 한쪽 눈을 떴다.

"비행기 티켓이에요. 오슬로 행."

눈이 다시 감겼다. "고맙지만, 난 여기 남겠어."

"제가 반장님을 찾아냈다면 놈들이 반장님을 찾는 것도 시간문제예요."

그는 대답하지 않았다. 카야는 그의 숨소리와 탄식하듯 똑똑 떨어지는 물소리를 들으며 기다렸다. 그가 다시 눈을 뜨더니 오른쪽 귀 밑을 문지르고는, 양쪽 팔꿈치를 디뎌 몸을 일으켰다.

"담배 있어?"

그녀는 고개를 저었다. 그는 시트를 홱 젖히더니 일어나 옷장으로 갔다. 아열대 기후에 사는 사람치고 놀랍도록 창백한 피부였다. 게다가 어찌나 말랐는지 등에도 갈비뼈가 훤히 드러나 있었다. 그의 체격으로 보아 한때 근육질이었던 듯했지만, 이제는 퇴화된 근육이 하얀 살갗 아래로 짙은 그림자처럼 보였다. 그가 옷장을 열었다. 카야는 단정하게 개켜져 차곡차곡 쌓여 있는 옷들을 보고 깜짝 놀랐다. 그는 어제 입었던 티셔츠와 청바지를 입더니, 구깃구깃해진 담배를 바지 주머니에서 꺼내느라 끙끙거렸다.

그러고는 플립플롭 샌들을 신은 뒤, 라이터를 딸칵 켜며 그녀 옆으로 어슬렁어슬렁 지나갔다.

"가지. 저녁 먹으러." 그가 부드럽게 말했다.

새벽 3시가 다 된 시각이었다. 청킹맨션 안의 상점과 레스토랑에는 회색 셔터가 내려져 있었다. 리위안만 제외하고.

"어쩌다 홍콩까지 오게 되셨어요?" 카야가 해리를 바라보며 물었다. 해리는 하얀색 국수 그릇에 담긴 야들야들한 당면을 거칠지만 효율적으로 입에 밀어 넣었다.

"비행기 타고. 추워?"

카야는 허벅지 밑에 집어넣었던 양손을 얼른 뺐다. "왜 하필 홍콩이냐고요."

"마닐라에 가는 길이었어. 홍콩은 그냥 경유지였고."

"필리핀 말이군요. 필리핀에서 뭘 하실 생각이었는데요?"

"화산 속으로 뛰어들려고."

"어떤 화산이요?"

"글쎄, 아는 화산 있어?"

"없어요. 거기에 화산이 많다는 얘기는 읽었어요. 그중 일부가…… 음, 루손에 있지 않나요?"

"제법이군. 모두 합쳐 열여덟 개의 화산이 있는데, 그중 세 개가 루손에 있지. 난 마욘 산에 가고 싶었어. 2500미터의 스트라토 화산이지."

"폭발 이후에 용암이 켜켜이 쌓여서 양 옆으로 가파른 경사면을 이룬 화산을 말하죠."

해리는 씹던 동작을 멈추고, 카야를 바라보았다. "현대에 들어서 폭발한 적은?"

"많죠. 서른 번쯤?"

"기록에 따르면 1616년 이후로 마흔일곱 번이나 폭발했대. 마지막 폭발이 2002년이었어. 적어도 3000명의 사망자를 낸 책임이 있지."

"무슨 일이 있었던 거죠?"

"압력이 높아졌지."

"반장님 말이에요."

"그러니까 내가 그랬다고." 카야는 얼핏 그의 미소를 본 것 같았다. "비행기에 타자마자 폭발해서 술을 마셔대기 시작했어. 홍콩에서 내리라는 명령을 받았지."

"마닐라 행 비행기는 또 있었을 텐데요."

"화산을 제외하면 마닐라가 홍콩보다 나은 점이 없더라고."

"예를 들면요?"

"예를 들면, 노르웨이에서 딱히 더 먼 것도 아니고."

카야는 고개를 끄덕였다. 그녀도 스노우맨 사건에 관한 보고서를 읽었다.

"그리고 가장 중요한 건," 그가 젓가락으로 가리키며 말했다. "홍콩에는 리위안의 국수가 있다는 거야. 먹어봐. 시민권을 신청하고 싶을 정도라니까."

"그거랑 아편이요?"

카야는 직설적으로 말하는 성격은 아니었다. 하지만 지금은 타고난 수줍음을 버려야 했다. 이곳에 온 목적을 달성할 수 있는 유일한 기회였다.

해리는 어깨를 으쓱이더니 다시 국수 먹는 일에 집중했다.

"정기적으로 아편을 피우세요?"

"비정기적으로."

"왜 피우는 거죠?"

해리는 입에 국수를 가득 담은 채 대답했다. "그래야 술을 안 마시니까. 난 알코올 중독자거든. 그 점에 있어서도 마닐라보다 홍콩이 낫지. 여기는 마약으로 인한 형량이 더 낮거든. 감옥도 더 깨끗하고."

"반장님이 알코올 중독자라는 건 알고 있었는데, 마약 중독자인 줄은 몰랐어요."

"마약 중독자의 정의가 뭔데?"

"마약을 안 하고는 못 사세요?"

"아니, 살 수 있어. 하지만 하고 싶어."

"왜요?"

"감각을 무디게 하기 위해서. 이건 마치 취직하고 싶지도 않은 회사의 면접을 보는 기분이군. 아편을 피워본 적 있나?"

카야는 고개를 저었다. 남미를 여행할 때 마리화나는 몇 번 피운 적이 있었지만, 딱히 좋다는 느낌은 들지 않았다.

"하지만 중국인들은 피웠지. 200년 전에 영국은 중국과의 무역수지를 맞추기 위해 인도의 아편을 중국에다 팔았어. 그렇게 중국 인구의 반을 약쟁이로 만들어버린 거야. 눈 깜짝할 사이에." 그가 젓가락을 잡지 않은 손으로 딱 하고 손가락을 울렸다. "당연히 중국 정부에서는 아편을 금지시켰지. 그러자 영국은 중국에 아편을 판매할 권리를 되찾기 위해 전쟁을 일으켰어. 미국이 국경에서 코카인 좀 징수했다고, 콜롬비아가 뉴욕에 폭탄을 떨어뜨린 격이지."

"무슨 말이 하고 싶으신 건가요?"

"영국이 이 나라에 수출했던 그 쓰레기를 피워보는 게 유럽인으로서 내 의무라고 생각했다는 거야."

카야의 귀에 자신의 웃음소리가 들렸다. 정말로 잠을 좀 자야 할 것 같았다.

"반장님이 거래 중일 때 전 반장님을 미행하고 있었어요. 거래가 어떻게 이뤄지는지 봤죠. 반장님이 내려놓은 젖병 속에는 돈이 들어 있었어요. 나중에는 아편이 들어 있었고요. 맞죠?"

"흠. 마약수사과에서 일해본 적 있나?" 국수가 가득 든 입으로 해리가 말했다.

카야는 고개를 저었다. "왜 하필 젖병이죠?"

해리는 머리 위로 양팔을 쭉 뻗었다. 앞에 놓인 국수 그릇은 깨끗이 비워져 있었다. "아편은 냄새가 지독해. 주머니에 넣거나 호일로 싸서 가지고 있으면, 아무리 주위에 사람들이 많아도 마약 탐지견이 냄새로 찾아내지. 젖병은 전혀 돈이 안 되는 물건이야. 따라서 거래 중에 아이들이나 주정뱅이가 슬쩍할 일은 없지. 그래서 젖병을 쓰는 거야."

카야는 천천히 고개를 끄덕였다. 그가 점점 긴장을 풀기 시작했으니, 조금만 더 우기면 될 것이다. 한동안 모국어를 쓰지 않았던 사람은 동포를 만나면 수다스러워지기 마련이다. 당연하다. 계속 떠들게 해야 한다.

"말을 좋아하세요?"

그가 이쑤시개를 질겅질겅 씹었다. "별로. 감정 기복이 더럽게 심한 동물이라 말이지."

"하지만 경마는 좋아하시죠?"

"좋아해. 그래도 강박적인 도박이 내 악습은 아니야."

해리가 미소를 짓자, 카야는 다시 한 번 그가 완전히 딴사람으로 보인다고 생각했다. 인간적이며 다가가기 쉽고, 소년 같은 사람. 아까 멜든로 위로 힐끗 보았던 밤하늘이 생각났다.

"도박은 장기적으로 볼 때 이길 확률이 형편없이 낮은 전략이지. 하지만 잃을 게 없을 때는 유일한 전략이 되기도 해. 난 내 전 재산에다 내 소유가 아닌 상당히 많은 돈까지 합해 단 하나의 경기에 몽땅 걸었어."

"전 재산을 말 한 마리에 걸었다고요?"

"두 마리. 복승식이었거든. 말 두 마리를 골라서, 그 두 말이 순서에 상관없이 1, 2등을 할 경우에 배당받는 마권이지."

"그리고 트라이어드에게서 돈을 빌리고요?"

처음으로 카야는 해리의 눈에서 놀란 기색을 보았다.

"어떻게 했기에 잃을 건 아무것도 없고, 아편이나 피우는 외국인에게 홍콩의 무서운 조직폭력단이 돈을 빌려줬죠?"

"글쎄," 해리가 담배 한 개비를 꺼내며 말했다. "외국인은 여권에 입국 도장이 찍힌 후로 3주간, 해피 밸리 경마장의 VIP석에 출입할 수 있어." 그는 담배에 불을 붙이고는, 천장에 매달린 선풍기를 향해 연기를 뿜었다. 선풍기는 어찌나 느리게 돌아가는지 파리들이 앉아 있었다. "거기에는 복장 규정이 있어서 양복까지 한 벌 맞췄지. 처음 2주가 지나자, 경마에 맛을 들이게 됐어. 그러다 아프리카에서 광물 개발로 재벌이 된 사람을 만났지. 허먼 클루이트라는 남아프리카인이었는데, 그가 폼 나게 쫄딱 망하는 법을 가르쳐줬어. 폼 나게 망한다는 개념이 마음에 들더군. 3주째 됐을 때 경기가 있기 전날, 클루이트가 날 저녁 식사에 초대했어. 나를 비롯한 다른 손님들에게 자신이 콩고의 고마에서 수집한 아프리카 고문 기구들을 보여줬지. 거기서 클루이트의 운전수에게서 내부 정보를 들었어. 한 경기에 출전하는 인기마가 부상을 당했다는 거야. 그 정보는 비밀이었는데, 그럼에도 인기마는 출전할 예정이었거든. 요점은 그 말이 엄청난 인기마여서 마이너스 풀$^{minus\ pool}$ 현상이 일어날 우려가 있다는 거였어. 다시 말해, 그 녀석에게 걸어봐야 이겨도 돈을 벌 수 없다는 거지. 반대로 다른 말에 나눠 걸면 돈을 벌 수가 있어. 예를 들면, 복승식 같은. 하지만 물론 그것도 돈이 있을 때의 얘기지. 그래서 난 클루이트에게 돈을 빌렸어. 이 정직한 얼굴과 맞춤 양복을 담보로." 해리는 담뱃불을 바라보며, 그 생각에 미소 짓는 듯했다.

"그래서요?" 카야가 물었다.

"인기마가 6마신 차이로 압승을 거뒀지." 해리는 어깨를 으쓱였다. "내가 땡전 한 푼 없다고 설명했더니, 클루이트는 진심으로 유감스러워 하더군. 그러면서 사업가로서 자신에게는 지켜야 할 사업 원칙이 있다고 공손하게 설명했어. 그렇다고 해서 콩고의 고문 기구로 날 고문하지는 않을 거라고 했어. 다만 자신의 빚을 약간 깎아서 트라이어드에게 팔 거라고 했지. 자기 말로도 후자가 전자보다 크게 나은 방법은 아니라고 인정했어. 하지만 내 경우에는 특별히 트라이어드에게 빚을 팔기 전에 36시간을 기다려주겠다고 했지. 내가 홍콩을 떠날 수 있도록."

"그런데도 안 떠나셨어요?"

"난 가끔씩 이해력이 떨어지거든."

"그래서요?"

해리는 양손을 벌렸다. "여기 청킹에서 사는 거지."

"앞으로의 계획은요?"

해리는 어깨를 으쓱이며 담배를 비벼 껐다. 카야는 예전에 오빠가 보여주었던 음반 커버가 떠올랐다. 섹스 피스톨스의 시드 비셔스 사진이었다. 그때 뒤에서 흐르던 음악도 떠올랐다. "노 퓨-처, 노 퓨-처."

"이제 필요한 건 다 들었지, 카야 솔네스?"

"필요한 거요? 무슨 말씀이세요?" 카야는 눈살을 찌푸렸다.

"이해를 못했나보군." 해리가 자리에서 일어섰다. "내가 외로운 이방인이라서 동포를 만난 기쁨에 아편이며 빚에 대해 떠들어댔다고 생각하는 거야?"

그녀는 대답하지 않았다.

"노르웨이 경찰청에 필요한 사람은 내가 아니라는 사실을 알려주기 위해서였어. 그래야 자네가 임무를 완수하지 못했다는 죄책감 없이 여길 떠날 수 있을 테니까. 그래야 자네가 또 계단통에서 곤경에 처할 일이 없을 테고, 난 자네가 빚쟁이들을 데려올지 모른다는 걱정 없이 두 발 뻗고 잘 수 있으니까."

카야는 그를 바라보았다. 그에게는 어딘가 모질고 금욕적인 구석이 있었다. 하지만 그와 모순되게도, 그의 눈동자에는 즐거움이 춤추고 있었다. 그 눈동자는 매사를 그렇게 진지하게 받아들일 필요 없다고, 더 정확히 말하면 그는 이 일에 쥐뿔도 관심 없다고 말하고 있었다.

"잠깐만요." 카야는 가방에서 작은 빨간색 책자를 꺼내 그에게 건넸다. 그러고는 그의 반응을 살폈다. 책자를 손끝으로 주르르 넘겨보던 그의 얼굴에 믿을 수 없다는 기색이 번져갔다.

"젠장, 내 여권이랑 똑같이 생겼군."

"반장님 여권이에요."

"강력반에는 그럴 만한 예산이 없을 텐데."

"반장님 빚의 가치가 떨어졌더라고요. 할인받았어요." 카야는 거짓말을 했다.

"자네가 좋아서 한 일이었으면 좋겠군. 난 오슬로로 돌아갈 생각이 손톱만큼도 없으니까."

카야는 오랫동안 그를 응시했다. 두려웠다. 이젠 막다른 길이다. 어쩔 수 없이 마지막 카드를 써야 했다. 반장이 고집불통으로 나올 경우, 최후의 수단으로 내밀라고 하겐 경정이 말했던 카드.

"하나 더 있어요." 카야는 마음의 준비를 했다.

해리의 한쪽 눈썹이 위로 껑충 올라갔다. 그도 그녀의 말투에서 무언가를 감지한 모양이었다.

"아버님에 관한 일이에요, 해리." 카야는 본능적으로 그의 이름을 불렀다. 진심에서 우러난 것이지, 효과를 높이기 위해 계산된 행동은 아니라고 굳게 믿었다.

"우리 아버지?" 해리는 마치 자신에게 아버지가 있다는 사실이 놀랍다는 투로 말했다.

"네. 반장님이 어디에 계시는지 혹시 아실까 해서 아버님께 연락을 드렸어요. 요점만 말하면, 아버님이 편찮으세요."

카야는 테이블을 내려다보았다.

해리가 숨을 내쉬는 소리가 들렸다. 그의 목소리에 다시 나른함이 묻어났다. "심각해?"

"네. 그리고 이런 소식을 전하게 돼서 죄송해요."

그녀는 여전히 시선을 들 엄두가 나지 않았다. 부끄러웠다. 그래서 리위안의 카운터 뒤쪽에서 흘러나오는 텔레비전의 기관총 소리를 들으며 기다렸다. 침을 삼키고 기다렸다. 정말이지 빨리 눈을 좀 붙여야겠다.

"몇 시 비행기야?"

"8시요. 택시 타고 세 시간 뒤에 청킹맨션 앞으로 올게요."

"공항까지는 나 혼자 갈게. 가기 전에 처리해야 할 일들이 한두 가지 있어."

해리는 손바닥을 내밀었다. 그녀는 눈으로 물었다.

"그러니까 여권을 달라고. 그동안 자넨 뭐 좀 먹어. 뱃가죽에 기름칠 좀 하란 말이야."

카야는 머뭇거리다가 여권과 비행기 티켓을 건넸다.

"반장님을 믿어요." 카야가 말했다.

해리는 멍한 시선으로 그녀를 바라보았다.

그러고는 가버렸다.

첵랍콕 공항의 C4 게이트 위의 시계가 7시 40분을 가리켰다. 카야는 포기했다. 당연히 오지 않을 것이다. 상처를 받으면 숨는 것이 인간과 동물의 자연스러운 반응이다. 그리고 해리 홀레는 분명 상처를 받았다. 스노우맨 사건 보고서에는 여자들이 어떻게 살해되었는지 상세하게 묘사되어 있었다. 하지만 군나르 하겐은 거기에 적혀 있지 않은 것들까지 말해주었다. 해리 홀레의 전 여자친구인 라켈과 올레그 모자가 그 미치광이 살인마의 손아귀에 들어가게 된 과정, 그리고 사건이 해결되자마자 두 모자가 노르웨이를 떠났으며, 해리 홀레가 사직서를 던지고 몰래 도망간 사실까지. 그의 상처는 그녀가 생각했던 것보다 깊었다.

카야는 탑승권을 건네고 탑승교를 통과하면서, 이번 임무에 실패했다는 보고서를 어떻게 써야 할지 생각했다. 그때 터미널 빌딩을 뚫고 들어오는 비스듬한 햇살 사이로 그가 뛰어오는 모습이 보였다. 한쪽 어깨에는 평범한 더플백을 메고, 손에는 면세점 봉투를 든 채 담배를 뻑뻑 피워대면서. 그가 게이트 앞에 멈춰 섰다. 그러더니 직원에게 탑승권을 주는 대신, 더플백을 내려놓고 절망적인 표정으로 카야를 바라보았다.

카야는 다시 게이트로 나갔다.

"왜 그래요?" 그녀가 물었다.

"미안. 못 가겠어."

"왜요?"

해리는 면세점 봉투를 가리켰다. "1인당 담배 한 보루까지만 면세가 된다는 걸 깜빡 했어." 그가 눈 하나 깜짝하지 않고 태연하게 말했다.

카야는 안도의 표정을 감추기 위해 어이없다는 듯이 눈을 굴렸다. "저 주세요."

"이렇게 고마울 데가 있나." 해리는 그렇게 말하며 가방을 열었다. 카야가 우연히 들여다본 그의 가방 안에 술은 한 병도 없었다. 그에게 건네받은 카멜 한 보루는 이미 뜯어져서 한 갑이 사라지고 없었다.

그녀는 앞장서서 비행기로 걸어갔다. 해리에게 자신의 미소를 들키지 않기 위해서였다.

비행기가 이륙하고, 홍콩이 그들의 발아래로 사라지고, 병들이 즐겁게 딸그락거리며 가다 서다를 반복하는 음료수 카트가 다가올 때까지만 해도 카야는 깨어 있었다. 그리고 해리가 눈을 감고, 들릴 듯 말 듯한 목소리로 스튜어디스에게 "필요 없습니다"라고 대답하는 것까지도 보았다.

카야는 군나르 하겐의 생각이 과연 옳을지, 자신의 옆에 있는 이 남자가 정말로 그들에게 필요한 사람일지 생각했다.

그러고는 의식을 잃고 곯아떨어졌다. 꿈에서 그녀는 닫힌 문 앞에 서 있었다. 숲에서 누군가가 새를 부르는 소리가 들렸다. 하늘 높이 태양이 반짝이고 있었기 때문에 외롭고 싸늘한 그 소리가 한층 이상하게 들렸다. 그녀는 문을 열었다…….

카야는 해리의 어깨에 머리를 기댄 채 잠에서 깼다. 양 입꼬리에 침이 말라붙어 있었다. 곧 런던 히스로 공항에 착륙하겠다고 알리는 기장의 목소리가 흘러나왔다.

공원

마리트 올센은 산악스키는 좋아했지만 조깅은 싫어했다. 고작 100미터만 달려도 헐떡거리는 자신의 숨소리, 발을 내딛을 때마다 느껴지는 미진 같은 땅의 진동, 산책하는 사람들의 살짝 당황한 표정이 싫었다. 그리고 그들의 눈에 비칠 자신의 모습도 싫었다. 떨리는 턱, 쫙 달라붙은 운동복 밑에서 출렁이는 살, 물 밖으로 나온 물고기처럼 입을 헤벌린 무기력한 표정. 그녀도 다른 과체중인 사람들이 운동할 때 본 적이 있는 표정이었다.

  그런 이유로 일주일에 세 번씩 프롱네르 공원을 달리는 마리트의 조깅은 밤 10시에 이뤄졌다. 그 시간의 공원은 인적이 없었다. 설사 사람이 있다 해도, 헉헉거리며 달리는 그녀의 모습이 잘 보이지 않을 것이다. 오슬로에서 가장 큰 공원을 열십자로 가로지르는 산책로에는 가로등이 드문드문 있어서, 사실상 칠흑처럼 어두웠기 때문이다. 게다가 그녀를 본 소수의 사람들 중에서 그녀가 핀마르크 주* 소속의 사회당 하원의원임을 알아보는 사람은 극히 드물었다. 아니, 알아보기는커녕 마리트 올센을 아는 사람조차 거의 없었다. 주로 자신의 고향을 대변해 연설할 때면 그

---

* 노르웨이 최북동부에 위치한 주

녀는 사진을 잘 받는 다른 여자 국회의원들만큼의 주목을 받지 못했다. 게다가 스토르팅에*에 출석했던 두 번의 회기 동안 어떤 잘못된 언행도 한 적이 없었다. 적어도 그녀는 자신이 주목받지 못한 이유가 그 때문이라고 생각했다. 그녀가 정치적으로 존재감이 가볍기 때문이라는 〈핀마르크 다그블라데〉 편집장의 말은 그녀의 거구를 빗댄 악의적인 말장난에 불과했다. 하지만 그 편집자는 언젠가 사회주의가 집권했을 때 그녀가 내각에 임명될 가능성을 배제하지 않았다. 그녀는 제대로 된 교육도 받지 못했고, 남자도 아니었으며, 오슬로 출신도 아니기 때문이다.

마리트의 강점이 거대하고 복잡한 공중누각에서 비롯되지 않는다는 그 편집자의 말은 옳을지도 모른다. 하지만 그녀에게는 서민적인 매력이 있었다. 그녀는 평범한 사람들의 생각을 읽을 만큼 소탈했다. 또한 자기중심적이고 자기만족에 빠진 이 수도의 유권자들 사이에서 서민을 대변하는 목소리가 될 수 있었다. 왜냐하면 마리트 올센은 직설적인 발언을 서슴지 않기 때문이다. 결국 그것이야말로 그녀의 진정한 자질이었고, 지금의 그녀를 만든 요인이었다. 탁월한 언어 능력과 위트(남부인들이 '북부 노르웨이인의 기질' 그리고 '적나라함'이라고 부르기 좋아하는) 덕분에 그녀는 너덧 번 참가했던 논쟁에서 확실한 우승자가 될 수 있었다. 국민들이 그녀를 주목하게 되는 것은 시간문제다. 이 살만 뺀다면. 여론 조사 결과 뚱뚱한 공직자들은 신뢰도가 떨어지는 것으로 나왔다. 자제력이 부족한 사람으로 인식되기 때문이다.

내리막길이 나오자, 마리트는 이를 악물고 속도를 줄여 산책 비슷한 단계로 들어섰다. 그러나 이것은 산책이 아니라 파워 워킹이었다. 그렇다, 말 그대로 파워를 향한 행진이었다. 몸무게가 줄고 있었고, 공직자로서 그녀의 자질은 늘어나고 있었다.

* 노르웨이 국회

뒤에서 오도독 자갈 밟히는 소리가 들렸다. 자동적으로 그녀의 등이 뻣뻣해지고, 맥박이 몇 단계 빨라졌다. 사흘 전에 조깅할 때 들었던 소리와 똑같다. 그리고 그보다 이틀 전에도. 두 번 다 누군가가 그녀 뒤에서 약 2분 정도 뛰다가 사라져버렸다. 지난번에 돌아봤을 때는 검은색 트레이닝복에 검은 후드를 뒤집어쓴 사람이 있었다. 마치 그녀의 뒤를 따르며 그녀를 훈련시키는 특공대원처럼. 하지만 그녀만큼 천천히 달려야 할 사람이 또 누가 있단 말인가? 특히나 특공대원이라면.

물론 이번에도 동일인인지 확실하지 않았지만, 발소리를 들으니 왠지 그런 것 같았다. 모놀리트 조각상까지는 약간의 오르막길이었고, 그다음에는 그녀의 집이 있는 스퀘엔으로 이어지는 편안한 내리막길이었다. 집에서는 남편이 어느 모로 보나 비호감인 뚱뚱한 로트바일러와 함께 그녀를 기다리고 있었다. 발소리가 가까워졌다. 지금이 밤 10시이고, 공원이 칠흑같이 어두우며, 인적이 끊겼다는 사실이 이제는 그다지 달갑지 않았다. 마리트 올센이 무서워하는 것이 몇 가지 있었는데 특히 외국인이 제일 무서웠다. 물론 그것이 제노포비아이고, 자신이 속한 사회당 정책에 어긋난다는 건 알고 있었다. 하지만 이질적인 것에 대한 두려움은 분별력 있는 생존 전략이 되기도 한다. 지금으로서는 사회당이 추진했던 그 모든 친이민자 법안에 반대하지 않은 게 후회되었다. 좀 더 직설적으로 퍼부을걸.

그녀의 몸은 너무 천천히 움직였고, 허벅지는 쑥쑥 쑤셨으며, 폐는 산소를 달라고 아우성쳤다. 이제 곧 한 발짝도 걷지 못하게 될 것이다. 그녀는 자신이 강간의 대상으로 딱히 적합하지 않다는 이성적인 생각으로 두려움을 떨치려 했다.

두려운 나머지 몸이 더 높이 뛰어올라, 이제는 언덕 너거 마드세루드 대로까지 보였다. 차 한 대가 정원 문을 빠져나오고 있었다. 저기까지는 불과 100미터도 되지 않으니 뛸 수 있으리라. 마리트 올센은 미끄러운 잔디밭을 지나, 내리막길을 뛰어 내려갔다. 금방이라도 넘어질 듯해 간신히 균형을 잡았다. 더는 뒤에서 발소리가 들리지 않았다. 모든 게 그녀의 헐떡거림에 묻혀버렸다. 이제 차는 도로로 나왔고, 운전자가 기어를 후진에서 1단으로 바꾸는 소리가 들렸다. 언덕을 거의 다 내려왔다. 도로까지, 헤드라이트가 뿜어내는 고마운 원추형 불빛까지는 몇 미터밖에 남지 않았다. 내리막길에서 그녀의 육중한 몸무게는 이미 앞으로 살짝 쏠린 상태였는데, 이제는 무지막지하게 앞으로 기울어지고 있었다. 너무 심하게 기울어져서 다리가 더 따라갈 수 없을 정도였다. 마리트는 도로로, 헤드라이트의 불빛 속으로 곤두박질쳤다. 땀에 젖은 폴리에스터 안쪽에 있던 그녀의 배가 아스팔트를 쳤다. 그녀는 반쯤 미끄러지고, 반쯤 앞으로 굴러 죽은 듯이 누워 있었다. 입안에서 씁쓸한 흙 맛이 났고, 자갈에 쓸려 살갗이 벗겨진 손바닥은 따끔거렸다.

누군가 서서 그녀를 내려다보더니 어깨를 붙잡았다. 마리트는 신음하며 몸을 옆으로 굴리고, 방어하듯이 얼굴 위로 양손을 가져갔다. 하지만 상대는 특공대원이 아니었다. 그냥 모자를 쓴 노인이었다. 그의 뒤로 차 문이 열려 있었다.

"괜찮으시오, 부인?" 노인이 물었다.

"괜찮을 리가 있어요?" 마리트 올센이 쏘아붙였다. 분노가 부글부글 끓어올랐다.

"잠깐만! 어디선가 본 적이 있는데."

"그것 참 놀랄 일이네요." 그녀는 일으켜주겠다는 노인의 손을 홱 뿌리치고는 혼자 끙끙대며 일어났다.

"그 코미디 프로에 나오는 사람 아니오?"

"신경 *끄고*……." 마리트는 공원의 어둡고 고요한 공동을 들여다보며 골반을 문질렀다. "……가던 길이나 가세요, 할아버지."

6
귀국

오슬로 가르데모엔 공항 도착 터미널 옆의 횡단보도 앞에 차 한 대가 멈춰 섰다. 1970년 볼보 공장에서 마지막으로 출시된 볼보 아마존이었다.

낡은 우비를 입은 유치원생들이 2열 종대로 아마존 앞을 지나갔다. 몇몇 아이들은 호기심 어린 눈초리로 보닛에 체크무늬가 그려진, 이상하고 낡은 차를 바라보았다. 또한 아침의 빗줄기를 획획 튕겨내는 와이퍼 뒤의 두 남자도.

조수석에 앉은 군나르 하겐 경정은 손에 손을 잡고 걸어가는 아이들을 보면 저절로 미소가 지어져야 정상이라는 것을 알고 있었다. 더불어 결속과 타인에 대한 배려, 서로가 서로를 돌보는 사회가 떠올라야 마땅했다. 하지만 그의 머릿속에 제일 먼저 떠오른 것은 사망한 것으로 추정되는 실종자를 찾는 수색팀이었다. 강력반 책임자로 일하다 보면 그런 쪽으로 머리가 돌아가기 마련이다. 혹은 어떤 재치덩어리가 해리 홀레의 사무실 문에 영어로 써 놓은 것처럼 '나는 죽은 사람이 보여요.*'의 경지가 되거나.

"유치원 애새끼들이 공항에는 웬일이래요?" 운전석에 앉은 남자가 말

---

* I see dead people, 영화 〈식스 센스〉에 나오는 대사

했다. 그의 이름은 비에른 홀름이었고, 아마존은 그가 지극히 아끼는 애마였다. 시끄럽지만 신기할 정도로 뜨거운 바람이 빵빵 나오는 히터와 땀이 밴 인조 가죽, 뒷좌석 뒤의 먼지 쌓인 선반, 이 모두가 합쳐진 냄새는 그의 마음을 편안하게 해주었다. 거기다 적당한 회전 속도, 그러니까 평지에서 시속 80킬로미터 정도로 달리는 엔진 소리에 카세트 플레이어에서 흘러나오는 행크 윌리엄스의 노래까지 더해지면 금상첨화였다. 과학수사과 소속의 비에른 홀름은 스크라이아 출신의 촌놈으로, 뱀피 카우보이 부츠를 신었고 달덩이 같은 얼굴에 눈이 툭 튀어나와 있었다. 늘 놀란 듯한 그 표정 때문에 그의 재능을 과소평가한 사람이 한둘이 아니었다. 하지만 사실 그는 카를 베베르* 이후로 가장 뛰어난 감식 능력을 가진 수사 요원이었다. 홀름은 술이 달린 부드러운 스웨이드 재킷에 털실로 뜬 라스타파리안 모자**를 쓰고 있었다. 모자 아래로는 양 볼을 거의 다 덮을 정도의 붉은색 구레나룻이 자리했다. 지금까지 하겐이 노르웨이에서 본 것 중에 가장 무성하고 빽빽한 구레나룻이었다.

홀름은 커브를 돌아 단기 주차장에 아마존을 밀어 넣었다. 피시익 소리와 함께 차가 멈추고, 두 남자가 내렸다. 하겐은 코트 깃을 세웠지만, 물론 반들반들하게 벗어진 그의 머리에 무차별적으로 퍼부어대는 빗줄기를 막을 수는 없었다. 머리를 따라 화환처럼 둘러진 검은 머리카락은 어찌나 숱이 많고 윤기가 도는지, 군나르 하겐이 대머리가 아니라 약간 괴상한 헤어스타일을 선택했다고 착각할 정도였다.

"그 재킷, 정말로 방수 되나?" 공항 출입문으로 걸어가며 하겐이 물었다.

"아뇨." 홀름이 대답했다.

---

* 베아테 뢴의 전임 과학수사과 책임자. 해리 홀레 시리즈의 네 번째 책 《네메시스 Nemesis》에 등장한다

** 녹색, 빨간색, 검은색, 노란색으로 물들인 모직 모자. 레게 뮤지션들이 많이 쓴다

아까 그들이 공항으로 오는 도중에 카야 솔네스에게서 전화가 왔다. 그녀는 스칸디나비아 항공사의 비행기가 예정보다 10분 일찍 도착했다고 말했다. 또한 해리 홀레를 놓쳤다고도 했다.

회전문을 통과한 군나르 하겐은 주위를 둘러보았다. 택시 예약소 옆에 카야 솔네스가 있었다. 수트케이스에 걸터앉아 있던 그녀는 하겐을 향해 고개를 까딱이더니, 세관 조사실이 있는 쪽으로 걸어갔다. 안쪽에서 승객이 나오면서 문이 열리자, 그 틈을 타 하겐과 홀름도 안으로 들어갔다. 처음에는 그들을 제지했던 수위가 이내 허리를 굽혀가며 인사했다. 하겐이 신분증을 들어 올리며 무뚝뚝하게 "경찰이오"라고 외쳤기 때문이다.

하겐은 오른쪽으로 돌아 곧장 걸어갔다. 세관원과 탐지견을 지나고, 임상병리학협회의 카트를 연상시키는 금속 카운터를 지나 그 뒤의 칸막이가 처진 공간으로 들어갔다.

하겐이 갑자기 멈추는 바람에, 뒤에서 따라오던 홀름은 하마터면 그와 부딪힐 뻔했다. 귀에 익은 목소리가 이를 꽉 문 채 씩씩거리며 말했다. "안녕하세요, 보스. 유감스럽게도 지금은 서서 경례를 할 수가 없군요."

비에른 홀름은 상사의 어깨 너머를 바라보았다.

거기에는 앞으로 몇 년간 그를 괴롭힐 흉측한 광경이 펼쳐져 있었다.

의자 등받이 위로 허리를 숙인 남자는 오슬로 경찰청뿐 아니라 노르웨이 전역의 경찰서에서 살아 있는 전설로 언급되는 인물이었다. 좋은 의미로든 나쁜 의미로든. 홀름은 그 전설의 측근으로 일했던 적이 있었다. 하지만 저 남자 세관원만큼 가까운 사이는 아니었다. 세관원은 전설의 뒤에 서서 라텍스 장갑을 낀 손으로 그의 새하얀 엉덩이 사이를 쑤셔대고 있었다.

"이 사람은 내 소속이오." 하겐이 세관원에게 자신의 신분증을 흔들어대며 말했다. "풀어주시오."

세관원은 하겐을 응시했다. 풀어주기 싫은 표정이었다. 하지만 나이도 더 많고, 견장에 별이 달린 고위 세관원이 들어와 두 눈을 감은 채 고개를 까닥였다. 그러자 젊은 세관원은 마지막으로 손을 비틀더니 항문에서 손가락을 빼냈다. 피해자는 큰 소리로 신음했다.

"바지 입게, 해리." 하겐은 그렇게 말하고 돌아섰다.

해리는 바지를 올리며, 라텍스 장갑을 벗는 세관원에게 말했다. "자기도 좋았어?"

❖

세 동료가 다시 문으로 나오자, 카야 솔네스는 수트케이스에서 일어났다. 군나르 하겐이 음료수를 사러 매점에 간 동안, 비에른 홀름은 차를 빼러 갔다.

"세관에 자주 잡히시나 봐요." 카야가 물었다.

"매번." 해리가 말했다.

"전 잡힌 적 없어요."

"알아."

"어떻게 아셨어요?"

"세관원들이 찾는 작은 징후가 천 개쯤 있는데, 자네는 그중 하나도 해당되는 게 없거든. 그에 비해 난 최소한 절반은 해당되지."

"세관원들이 그렇게 편견에 사로잡혀 있다고 생각하세요?"

"글쎄, 지금까지 뭔가를 몰래 들여온 적 있어?"

"아뇨." 카야는 웃었다. "좋아요, 그럼 있다고 쳐요. 하지만 만약 세관원들이 그렇게 잘 안다면 반장님이 경찰이라는 것도 알았어야죠. 알고 그냥 보내줬어야 한다고요."

"그 사람들도 알고 있었어."

"무슨 소리예요. 그런 일은 영화에서나 가능해요."

"제대로 알고 있었다니까. 내가 타락한 경찰이라는 걸 안 거야."

"정말요?"

해리는 담뱃갑을 찾아 몸을 더듬었다. "저 택시 예약소 쪽으로 시선을 돌려봐. 저기 눈이 작고 눈꼬리가 살짝 치켜 올라간 남자, 보여?"

카야는 고개를 끄덕였다.

"우리가 나온 후로 바지를 두 번이나 추켜올렸지. 벨트에 무거운 물건이라도 달린 것처럼 말이야. 수갑이나 곤봉 같은 거. 몇 년간 순찰 경찰 혹은 구치소에서 일하다 보면, 자동으로 생기는 습관이지."

"저도 순찰 경찰로 일했지만 한 번도……."

"저자는 현재 마약반 소속이야. 세관을 통과한 후에 지나칠 정도로 안도하는 사람들을 눈여겨보고 있지. 아니면 더는 항문에 물건을 넣고 있을 수 없어서 곧장 화장실로 직행하는 놈들이나. 그것도 아니면 주인이 바뀌는 수트케이스나. 순진한 탑승객이 밀수업자에게 속아서 마약이 든 수트케이스를 들고 세관을 대신 통과해주는 경우가 있거든."

카야는 고개를 갸웃하고는, 입가에 슬쩍 미소를 지으며 실눈으로 해리를 바라보았다. "아니면 저 사람은 그저 바지가 줄줄 내려가는 평범한 남잔데, 엄마를 기다리는 중일 수도 있죠. 반장님은 헛다리 짚은 거고요."

"물론이지." 해리는 손목시계를 보더니 벽에 걸린 시계를 바라봤다. "나야 늘 실수투성이니까. 근데 저 시계가 정말로 맞아?"

가로등에 불이 들어올 무렵, 볼보 아마존은 고속도로로 진입했다.

앞좌석에서는 홀름과 카야가 열심히 대화를 나누는 중이었고, 카세트 플레이어에서는 타운서 반 찬트의 흐느끼는 노랫소리가 흘러나왔다. 뒷좌석에 앉은 군나르 하겐은 무릎에 놓인 서류 가방을 쓰다듬고 있었다. 매끈한 돼지가죽으로 만든 가방이었다.

"얼굴이 좋아 보인다는 말은 차마 못하겠군." 하겐이 나지막이 말했다.

"시차 때문입니다, 보스." 앉았다기보다 누운 듯한 자세로 해리가 말했다.

"턱은 왜 그렇게 된 건가?"

"설명하자면 길고 재미도 없습니다."

"어쨌거나 돌아온 걸 환영하네. 아버지 일은 유감이야."

"전 사직서를 제출한 걸로 아는데요."

"그거야 전에도 있었던 일 아닌가."

"그럼 대체 몇 번이나 더 내야 합니까?"

군나르 하겐은 자신의 전직 수사관을 바라보며 눈썹을 내리깔고, 목소리는 한층 더 내리깔았다. "말했다시피 아버지 일은 유감이네. 그리고 지난번 사건으로 자네가 얼마나 지쳤는지도 알아. 자네와 자네가 아끼는 사람들이 겪은 일은……. 음, 그런 일을 겪었다면 누구라도 새로 시작하고 싶어질 걸세. 하지만 이건 자네가 해야 할 일이야, 해리. 자네가 잘하는 일이기도 하고."

벌써 추운 고국에 돌아온 기념으로 감기에라도 걸린 듯 해리는 코를 훌쩍였다.

"두 건의 살인사건이 있었네, 해리. 동일범의 소행이라는 것만 알 뿐, 범인이 피살자를 어떻게 죽였는지도 몰라. 다행히 최근에 비싼 수업료를 치른 덕분에 우리가 어떤 놈을 상대하고 있는지는 알지." 하겐 경정이 말을 멈추었다.

"그 단어를 말한다고 해서 어디 덧나지 않습니다, 보스."

"그건 모르는 일일세."

해리는 눈이라고는 찾아볼 수 없는 갈색의 전원 풍경을 바라보았다. "사람들은 여러 번 늑대가 왔다고 외쳤지만, 실제로 연쇄살인범의 소행이었던 적은 아주 드물죠."

"나도 알아." 하겐은 고개를 끄덕였다. "내가 경찰로 일해온 동안에는 스노우맨이 유일하지. 하지만 이번에는 꽤나 확실하다네. 피살자들은 서로 아무런 상관이 없고, 혈액에서 동일한 신경안정제가 발견됐어."

"대단한 걸 알아내셨군요. 행운을 빕니다."

"해리……."

"사건의 적임자를 찾아보세요, 보스."

"적임자는 바로 자네야."

"전 이미 박살났습니다."

하겐은 숨을 깊이 들이쉬었다. "그럼 우리가 고쳐주겠네."

"수리가 불가능할 정도로 박살났죠." 해리가 말했다.

"이 나라에서 연쇄살인범을 상대할 수 있는 경험과 실력이 있는 사람은 자네뿐일세."

"미국인 전문가를 데려오세요."

"그래 봤자 소용없다는 거 자네도 잘 알잖나."

"그렇다면 유감이군요."

"그런가? 지금까지 두 사람이 죽었네, 해리. 둘 다 젊은 여자인데……."

하겐이 서류 가방을 열고 갈색 서류를 꺼내자, 해리가 손을 휘휘 저었다.

"진심입니다, 보스. 제 여권까지 사주신 건 감사하지만, 피로 흥건한 사진과 보고서를 보는 일은 이제 안 할 겁니다."

하겐은 상처받은 표정으로 해리를 바라보았지만, 무릎 위의 서류를 도로 집어넣지 않았다.

"이것만이라도 읽어보게. 더는 부탁 않겠네. 그리고 다른 사람에게는 우리가 이 사건을 조사하는 걸 비밀로 해주게."

"네? 그건 왜죠?"

"복잡한 사정이 있네. 그냥 다른 사람에게는 함구해주게, 알았나?"

앞좌석의 대화가 잠잠해졌고, 해리는 카야의 뒤통수를 뚫어지게 바라보았다. 비에른 홀름의 아마존은 '편타성 손상*'이라는 단어가 생기기 한참 전에 출시된 차량인지라 머리 받침대가 없었다. 게다가 카야는 머리카락을 모아 틀어 올린 터라, 해리는 그녀의 가느다란 목과 새하얀 살결을 볼 수 있었다. 그리고 그녀가 얼마나 상처받기 쉬운지, 모든 게 얼마나 빨리 변했는지, 눈 깜짝할 사이에 얼마나 많은 것이 파괴될 수 있는지 생각했다. 그것이 인생이다. 파괴되는 과정, 시초의 완벽함으로부터의 붕괴. 갑작스럽게 한순간에 무너질 것이냐, 천천히 무너질 것이냐만이 유일하게 마음을 졸이는 사항이다. 서글픈 생각이었지만 해리는 그 생각을 떨칠 수가 없었다. 그러다 입센 터널을 통과했다. 세상 어느 도시에서나 볼 수 있는, 자본의 교통 조직 속 회색빛 익명의 요소. 그래도 그 터널을 통과하는 순간, 그는 느꼈다. 여기 오슬로, 고국에 돌아왔다는 순수하고도 벅찬 즐거움을. 그 즐거움이 너무도 강렬해 한순간 해리는 자신이 왜 돌아왔는지도 잊었다.

아마존이 시야에서 멀어지자 해리는 소피스 가 5번지를 바라보았다. 그가 떠나기 전보다 건물 앞면의 낙서가 늘었지만, 그 밑으로 보이는 푸른색 페인트는 변함이 없었다.

결국 그는 사건을 맡지 않기로 했다. 병원에 입원한 아버지를 돌봐야 한다. 그가 돌아온 이유는 그 때문이다. 하지만 만약 아버지의 병환을 아는 것과 모르는 것 중에서 선택할 수 있었다면, 모르는 쪽을 선택했으리라는 말은 굳이 하지 않았다. 그는 아버지를 사랑해서 돌아온 것이 아니다. 수치심 때문에 돌아온 것이다.

해리는 자신의 집이 있는 3층의 검은 창문 두 개를 올려다보았다.

문을 열고, 건물의 뒤뜰로 걸어 들어갔다. 늘 있던 자리에 대형 쓰레기

---

* 교통사고로 인해 발생하는 목뼈 부상

컨테이너가 있었다. 그는 컨테이너의 뚜껑을 밀어 열었다. 아까 하겐에게 사건 보고서를 읽어보겠노라고 약속했던 이유는 그의 체면을 세워주기 위해서였다. 자신의 여권을 사느라 강력반에서 꽤 많은 돈을 지불했기 때문이다. 해리는 커피 가루와 기저귀, 썩은 과일, 감자 껍질이 터져 나온 비닐봉지 위로 보고서를 떨어뜨렸다. 숨을 들이쉬었다. 어쩌면 쓰레기 냄새는 세계 어느 나라나 이렇게 놀라울 정도로 똑같을까?

방 두 개짜리 아파트는 떠날 때 그대로였지만 무언가 달랐다. 뿌연 회색빛 색조가 감돌았다. 마치 방금 전까지 누군가 있다가 떠났으나, 아직 그의 하얀 입김이 남아 있는 듯했다. 그는 침실로 들어가 가방을 내려놓고 뜯지 않은 담배 한 보루를 꺼냈다. 침실 안은 모든 게 그대로였다. 죽은 지 이틀 된 시체의 거죽처럼 회색빛이었다. 침대에 누워 눈을 감고, 익숙한 소리를 맞이했다. 예를 들면, 홈통의 구멍에서 창틀 둘레의 번쩍이는 납 위로 똑똑 떨어지는 물방울 소리. 홍콩 숙소의 천장에서 떨어지던 뚝, 뚝 소리처럼 느리고 위안이 되지는 않았지만, 똑똑 듣는 물방울에서 흐르는 물로 변화하는 과정 어딘가에 위치한 열정적인 두드림이었다. 시간이 흐르고 있음을, 초침이 달리고 있음을, 수직선의 끝이 다가오고 있음을 상기시키는 듯했다. 해리는 이탈리아 애니메이션 〈라 리네아〉의 막대인간이 떠올랐다. 막대인간은 4분이 지나면 어김없이 만화가가 그리는 선 끝으로 떨어져 흔적도 없이 사라졌다.

해리는 싱크대 아래 선반에 반쯤 마시다 만 짐 빔이 있다는 걸 알고 있었다. 이 집을 떠날 때 멈췄던 지점에서부터 다시 마실 수도 있었다. 젠장, 몇 달 전 그날, 그는 공항으로 가는 택시를 타기도 전에 이미 잔뜩 취해 있었다. 그 상태로 마닐라까지 갈 수 없었던 것도 당연하다.

지금 당장 부엌으로 직행해, 술병 안에 든 내용물을 싱크대에 버릴 수도 있다.

해리는 신음했다.

그녀가 누굴 닮았는지 생각하다니, 정말 말도 안 되는 일이다. 해리는 그녀가 누굴 닮았는지 알고 있다. 라켈을 닮았다. 세상 여자들은 죄다 라켈을 닮았다.

교수대

"하지만 난 무서워, 라스무스. 무서운 걸 어쩌라고!" 마리트 올센이 말했다.

"알아." 라스무스 올센이 말했다. 그의 나지막하고 다정한 목소리는 25년이 넘는 세월 동안 그녀가 정치적 결단을 내리거나, 면허 시험을 보거나, 분노가 폭발하거나, 간혹 패닉 상태에 빠질 때마다 아내의 곁을 지켜주고 아내를 위로해주었다. "당연히 그렇겠지." 라스무스는 그렇게 말하며 한 팔로 그녀를 끌어안았다. "당신은 하는 일도 많고, 생각하는 것도 많으니까. 당신의 뇌는 그런 생각을 차단할 여력이 없을 거야."

"그런 생각?" 소파에 앉은 마리트는 몸을 틀어 남편을 바라보았다. 보고 있던 디브이디, 〈러브 액츄얼리〉에 대한 흥미는 떨어진 지 오래였다. "그런 생각이라니? 그런 쓸데없는 생각이란 뜻이야?"

"중요한 건 내 생각이 아니야. 중요한 건……." 그는 양 손끝을 모았다.

"당신 생각이지." 마리트가 남편의 말투를 흉내 냈다. "제발이지 그놈의 닥터 필 쇼* 좀 그만 봐, 라스무스."

라스무스의 입에서 실크처럼 매끄러운 큭큭 소리가 새어 나왔다. "국

---

* 심리학자 필 맥그로우가 진행하는 토크쇼

회의원으로서 당신은 위협당한다고 느낄 때 당연히 보디가드를 요청할 권리가 있어. 하지만 그게 정말로 당신이 원하는 거야?"

"으음." 남편의 손가락이 그녀가 좋아하는 지점을 정확히 문지르자, 그녀가 신음했다. 그곳을 문지르면 좋아한다는 것을 라스무스는 알고 있었다. "내가 정말로 원하는 거냐니? 그게 무슨 뜻이야?"

"생각 좀 해봐. 당신이 그런 요청을 하면 어떻게 되겠어?"

마리트 올센은 생각해보았다. 눈을 감고, 그녀의 몸과 조화를 이루며 차분히 문지르는 남편의 손가락을 느꼈다. 그녀는 핀마르크 주의 알타에 있는 노르웨이 취업지원 서비스센터에서 일하던 시절에 남편을 만났다. 주 공무원 노조인 NTL의 임원으로 뽑힌 마리트는 쇠르마르카에서 열리는 교육 과정에 참가하게 되었다. 그런데 첫날 저녁부터 그녀에게 접근하는 남자가 있었다. 급속도로 벗어지기 시작하는 머리에 강렬한 푸른색 눈동자를 가진 마른 남자였다. 그의 말투는 알타의 청소년 클럽에서 구원받아 행복하다고 외치는 기독교인들을 연상시켰다. 다만 종교가 아닌 정치에 대해 이야기한다는 점만 달랐다. 그는 사회당 비서실에서 일하며 하원의원들의 실무와 여행, 언론 홍보를 도왔고, 심지어 가끔은 연설문을 작성해주기도 했다.

라스무스는 그녀에게 맥주를 사주었고 함께 춤추자고 했다. 점점 느려지는 옛날 노래 네 곡과 점점 가까워지는 신체 접촉 끝에, 라스무스는 마리트에게 자신과 함께해달라고 말했다. 사귀어달라는 뜻이 아니라, 사회당에 들어오라는 뜻이었다.

집에 돌아온 마리트는 알타에 있는 사회당 모임에 나가기 시작했고, 저녁이면 라스무스와 통화하며 그날 있었던 일과 서로의 생각에 대해 오래 이야기를 나눴다. 가끔씩 마리트는 두 사람이 가장 행복했던 시절은 2000킬로미터나 떨어져 있었던 그때라는 생각이 들었다. 물론 그 생각을 입 밖으로 말한 적은 없었지만. 그러던 차에 사회당 인사 위원회에서 전화가 걸려와 그녀를 명단에 올리더니, 그녀는 짠 하고 알타 시의회에 선출되었다. 2년 후에는 알타 사회당의 부의장이 되었고, 그다음 해에는 주 의회에 앉아 있게 되었다. 그러고는 또다시 전화가 걸려왔는데 이번에는 국회 인사위원회였다.

이제 그녀에게는 국회의 작은 사무실과 연설문 작성을 도와주는 남편이 있었고, 출세할 가능성이 보였다. 모든 게 계획대로 진행된다면. 그리고 큰 실수만 피한다면.

"국회에서는 날 지켜주라고 경찰관 한 명을 붙여주겠지. 그러면 언론에서는 왜 들어본 적도 없는 여자 하원의원이 국민들의 세금으로 망할 놈의 보디가드를 대동해야 하는지 그 이유를 알고 싶어 할 거야. 그러다가 그 이유가 '공원에서 누군가 따라오는 것 같았다'라는 걸 알게 될 테고, 겨우 그런 이유라면 오슬로의 모든 여자들이 정부의 보조금을 지원받아 경찰 보호를 요청할 거라고 쓰겠지. 보디가드는 필요 없어. 관둘래."

라스무스는 소리 없이 웃으며, 손가락으로 동의의 뜻을 전했다.

프롱네르 공원의 헐벗은 나무들 사이로 바람이 울부짖었다. 깃털 속에 머리를 깊이 묻은 오리 한 마리가 호수의 칠흑 같은 수면 위를 가로질러 둥둥 떠갔다. 텅 빈 프롱네르 야외 수영장 바닥에는 썩은 이파리들이 달라붙어 있었다. 이곳은 태곳적부터 버림받았던 잃어버린 세상 같았다. 바람이 깊은 수영장 안에서 멋들어진 연주를 하며, 10미터 높이의 다이빙대 밑에서 단조로운 만가를 노래했다. 밤하늘을 배경으로 우뚝 서 있는 다이빙대는 꼭 교수대 같았다.

8

스노우 패트롤

해리는 오후 3시가 되어서야 깨어났다. 가방에서 꺼낸 깨끗한 옷으로 갈아입고, 옷장에 있던 모직 코트를 걸치고 밖으로 나갔다. 이슬비를 맞으니 정신이 들었다. 덕분에 담배 연기가 자욱한 슈뢰데르 바의 갈색 실내에 들어섰을 때는 꽤나 멀쩡해 보였다. 그의 전용석은 다른 사람이 차지하고 있어서, 텔레비전 아래의 모퉁이 자리로 갔다.

해리는 주위를 둘러보았다. 처음 보는 얼굴 두셋이 맥주잔을 앞에 둔 채 어깨를 웅크리고 있었다. 그것만 제외하고는 모든 게 똑같았다. 웨이트리스 리타가 하얀 머그컵과 스틸로 된 커피포트를 내려놓았다.

"해리." 리타가 말했다. 환영한다는 말투가 아니라, 그저 해리가 맞다는 투였다.

해리는 고개를 끄덕였다. "안녕, 리타. 지난 신문 좀 갖다주겠어?"

리타는 쪼르르 뒷방으로 가더니, 누런 신문 뭉텅이를 들고 돌아왔다. 해리는 왜 슈뢰데르에서 날짜가 지난 신문을 보관하는지 분명한 이유를 들은 적은 없지만, 그로 인해 덕을 본 적이 한두 번이 아니었다.

"오랜만이네." 리타는 그 말만 남기고 가버렸다. 슈뢰데르의 좋은 점이 무엇이었는지 기억났다. 집에서 제일 가까운 술집이라는 것 외에도 여기 직원들은 말이 별로 없었다. 그리고 손님들의 사생활을 존중해주었다. 손님이 돌아왔다는 사실만 알면 될 뿐 다른 설명은 필요 없었다.

해리는 의외로 맛없는 커피를 두 잔이나 마시면서, 지난 몇 달간 이 왕국에 무슨 일이 있었는지 대충 파악하기 위해 비디오를 빨리 감아 보듯 신문을 휘리릭 훑어보았다. 늘 그렇듯이 별다른 사건은 없었다. 그것이 노르웨이의 가장 좋은 점이었다.

〈노르웨이지언 아이돌〉의 승자가 결정되었고, 한 유명인사가 댄스 대회에서 탈락했으며, 3부 리그의 축구선수 하나가 코카인 복용으로 체포되었다. 선박왕 안데르스 갈퉁의 딸 레네 갈퉁이 유산의 일부인 몇 백만 크로네를 미리 상속받았고, 약혼식을 치렀다는 기사도 있었다. 상대는 그녀보다 출중한 외모를 가졌으나 아마도 재력은 떨어질, 토니라는 투자가였다. 〈리베랄〉의 편집장 아르베 스퇴프는 사회민주주의 국가의 모범이 되고 싶어 하는 노르웨이가 아직도 군주제를 유지한다는 사실이 부끄러워지기 시작했다고 썼다. 모든 게 그대로였다.

12월로 넘어가자, 살인사건에 관련된 첫 번째 기사들이 보였다. 범죄 현장을 묘사한 카야의 설명이 실려 있었다. 범죄 현장은 공사 중인 뉘달렌의 오피스단지 지하였다. 사인은 명확하지 않았지만 경찰은 살인으로 의심했다.

해리는 신문을 휙휙 넘겼다. 차라리 가족과 더 많은 시간을 보내기 위해 일을 그만둔다고 자랑하는 정치가의 기사를 읽는 게 나았다.

슈뢰데르에서 보관하는 신문에는 빠진 날짜도 많았건만, 두 번째 살인사건 기사가 실린 2주 뒤의 신문도 보관되어 있었다.

두 번째 피살자는 마리달렌의 데우시엔 호수 옆에 위치한 숲 가장자리에서 발견되었다. 부서진 닷산 자동차 뒤에 쓰러진 채로. 경찰은 '범죄'의 가능성을 배제하지 않았으나, 사인에 관해 어떤 정보도 밝히지 않았다.

기사를 훑어보던 해리는 경찰이 침묵을 지키는 이유는 뻔하다는 결론을 내렸다. 단서가 없는 것이다. 그들의 레이더는 아무것도 없는 망망대해를 훑고 있으리라.

겨우 두 건의 살인일 뿐인데도, 범인이 연쇄살인범이라고 말하는 하겐의 말투는 확신에 차 있었다. 두 사건의 연결고리가 뭐지? 언론은 모르는 사실이 뭘까? 해리는 자신의 뇌가 오래된 익숙한 길을 따라가기 시작하는 것을 느꼈다. 도무지 자제라고는 모르는 자신을 욕하며 계속 신문을 뒤적였다.

포트의 커피가 다 떨어지자, 테이블에 꼬깃꼬깃한 지폐 한 장을 남겨두고 거리로 나갔다. 코트를 단단히 여미고 잿빛 하늘을 실눈으로 올려다보았다.

빈 택시를 향해 손을 들자 택시가 보도 옆에 멈춰 섰다. 운전사가 상체를 뻗더니, 뒷문이 벌컥 열렸다. 요즘에는 보기 힘든 서비스였다. 해리는 나중에 계산할 때 팁을 얹어주기로 했다. 편하게 택시에 올라탈 수 있을 뿐 아니라, 해리 뒤에 주차되어 있던 차의 운전자 얼굴이 차창에 비쳤기 때문이다.

"국립병원으로 갑시다." 해리가 뒷좌석 가운데로 꿈틀꿈틀 이동하며 말했다.

"그럽죠." 운전사가 말했다.

택시가 그곳을 뜨는 동안, 해리는 백미러를 뚫어지게 바라보았다. "아, 먼저 소피스 가 5번지로 가주십시오." 택시가 디젤 엔진을 덜덜거리며 소피스 가에서 기다리는 동안, 해리는 긴 다리로 성큼성큼 계단을 올라갔다. 머릿속에 온갖 가능성이 교차했다. 트라이어드일까? 아니면 허먼 클루이트? 아니면 고질병인 편집증? 장비는 그가 오슬로를 떠나기 전에 두었던 곳에 그대로 있었다. 찬장 속의 공구 상자 안에. 이제는 무용지물이 된 경찰신분증. 신속하게 채울 수 있는 히아트 수갑 두 개. 그리고 경찰청에서 지급해준 리볼버, 스미스앤드웨슨 38구경.

다시 밖으로 나온 해리는 왼쪽도, 오른쪽도 보지 않은 채 곧장 택시에 올라탔다.

"국립병원으로 갈까요?" 운전사가 물었다.

"일단 그 방향으로 갑시다." 해리가 말했다. 택시가 모퉁이를 돌아 스텐스베르그 가를, 그다음에는 울레볼스바이엔 가를 지나가는 동안 그는 백미러를 열심히 바라보았다. 거울 안에는 아무것도 없었다. 두 가지 의미였다. 고질적인 편집증이거나, 상대가 프로이거나.

해리는 머뭇거리다가 마침내 "국립병원으로 갑시다"라고 말했다.

베스트레 아케르 교회와 울레볼 병원을 지날 때도 그는 백미러에서 눈을 떼지 않았다. 자신의 가장 큰 약점으로 적을 곧장 안내하는 짓은 무슨 일이 있어도 피해야 했다. 적이 늘 공격하려고 노리는 대상. 바로 가족이었다.

노르웨이에서 가장 큰 병원인 국립병원은 도심 위에 자리 잡고 있었다.

해리가 택시비를 내자, 운전사는 팁을 고마워하며 다시 한 번 뒷문을 열어주었다.

병원 정면이 해리 앞에 우뚝 솟아 있었고, 지붕은 낮게 드리운 구름에 잠겨 보이지 않았다.

해리는 숨을 깊이 들이쉬었다.

병원 베개 위로 보이는 올라브 홀레의 미소가 너무 부드럽고 금방이라도 부서질 듯해서, 해리는 침을 삼키지 않을 수 없었다.

"홍콩에 있었어요. 생각 좀 하려고요." 해리가 대답했다.

"그래서 생각은 다 끝났니?"

해리는 어깨를 으쓱였다. "의사는 뭐래요?"

"이렇다 할 말이 없구나. 좋은 신호는 아니지만 그편이 더 낫겠다 싶어. 너도 알다시피, 우리 집안 사람들은 인생의 현실을 감당하는 데 서투르잖니."

해리는 아버지가 어머니의 이야기를 하려는 것인지 궁금했다. 하지 않았으면 싶었다.

"일자리는 구했니?"

해리는 고개를 저었다. 아버지의 이마에 머리카락이 드리워져 있었다. 어찌나 단정하고 새하얀지, 진짜 머리카락이 아니라 병원에서 파자마나 슬리퍼와 함께 나눠준 액세서리 같았다.

"전혀 못 구했어?" 아버지가 물었다.

"경찰대학의 강사 자리를 제안받기는 했어요."

아주 거짓말은 아니었다. 스노우맨 사건이 끝난 뒤, 하겐이 일종의 휴가로 그에게 제안했었다.

"선생이라고?" 아버지가 조심스럽게 웃었다. 조금만 더 심하게 웃었다가는 죽는다는 듯이. "내가 했던 일은 절대 하지 않는 게 네 철칙인 줄 알았는데."

"그렇지 않아요."

"괜찮아. 넌 언제나 네 방식대로 살았어. 이 경찰 일도 그렇고……. 난 그저 네가 나처럼 살지 않았다는 사실에 감사해야 할 것 같구나. 난 누구에게도 귀감이 못 되니까. 너도 알다시피 네 엄마가 죽은 후에……."

이 하얀 병실에 들어온 지 20분밖에 안 되었는데도, 해리는 벌써 달아나고픈 강렬한 충동을 느꼈다.

"네 엄마가 죽은 후에 난 그 죽음을 조금이라도 이해하려고 안간힘을 썼다. 내 껍질 속으로 들어가, 누구와도 어울리지 않았어. 마치 외로움만이 네 엄마와 날 더 가깝게 해주는 듯했지. 적어도 난 그렇게 생각했어. 하지만 그건 실수였다, 해리." 아버지의 미소는 천사처럼 온화했다. "라켈과 헤어져서 네가 얼마나 힘들지 안다만, 넌 나처럼 하면 안 된다. 숨으면 안 돼, 해리. 문을 잠가버리고 열쇠를 던지는 짓은 하지 마라."

해리는 자신의 양손을 내려다보며 고개를 끄덕였다. 개미들이 온몸을 기어 다니는 기분이었다. 뭐라도 마셔야 했다. 아무거라도.

남자 간호사가 들어오더니 자신을 알트만이라고 소개했다. 그는 주사기를 들어 올리며, 살짝 혀 짧은 소리로 이제부터 '올라브'에게 잠드는 데 도움이 될 약물을 주입하겠다고 말했다. 해리는 자신에게도 한 대 놔줄 수 있는지 묻고 싶었다.

아버지가 옆으로 돌아눕자, 얼굴 피부가 축 처지며 아까보다 훨씬 더 늙어 보였다. 아버지는 무겁고 공허한 눈으로 해리를 응시했다.

갑자기 의자 다리가 바닥에 긁히는 요란한 소리와 함께 해리가 벌떡 일어섰다.

"어딜 가는 게냐?" 아버지가 물었다.

"담배 피우러요. 금방 올게요." 해리가 말했다.

해리는 주차장의 야트막한 벽돌담에 앉아 카멜 담배에 불을 붙였다. 도로 건너편으로 블린데른*과 아버지가 다녔던 대학 건물이 보였다. 원래 아들이란 정도의 차이만 있을 뿐, 아버지의 위장 변종에 불과하다는 주장이 있다. 거기서 벗어나는 모든 행위는 그저 환상에 불과할 뿐 결국에는 돌아가게 되어 있다. 피의 중력은 의지보다 강할 뿐 아니라, 의지 자체이기도 하다는 것이다. 해리는 늘 자신이 그 주장에 대한 반증이라고 생각했다. 그런데 왜 베개에 놓인 아버지의 적나라하고 황폐한 얼굴을 보고 있으니 마치 거울을 보는 것 같을까? 아버지의 말이 왜 자신의 독백처럼 들렸을까? 아버지의 생각을 듣고 있자니, 그 단어들이…… 마

* 오슬로대학의 메인 캠퍼스

치 치과의 드릴처럼 한 치의 오차도 없이 그의 신경을 정확히 찾아내 찌르는 듯했다. 그는 아버지의 판박이였기 때문이다. 젠장! 탐색하던 해리의 시선에 주차장의 하얀색 코롤라가 걸려들었다.

언제나 하얀색이다. 가장 익명의 색이기 때문이다. 슈뢰데르 바 앞에 세워져 있었던 코롤라도 하얀색이었다. 운전대 뒤에는 채 24시간도 되기 전에 그 눈꼬리가 치켜 올라간 작은 눈으로 그를 바라보던 얼굴이 있었다.

해리는 담배꽁초를 던져버리고 서둘러 안으로 들어갔다. 아버지의 병실로 이어지는 복도에 들어서자 속도를 줄였다. 모퉁이를 돌자 복도가 넓어지며 사방이 트인 대기실이 나왔다. 테이블에 놓인 잡지 더미를 뒤적이는 척하면서 시야의 한쪽 구석으로 대기실에 앉은 사람들을 훑어보았다.

한 남자가 〈리베랄〉 뒤로 얼굴을 감추고 있었다.

해리는 레네 갈퉁과 그녀의 약혼자 사진이 실린 〈세 오그 회르〉를 집어 들고 그곳을 나왔다.

올라브 홀레는 눈을 감고 누워 있었다. 해리는 허리를 숙여 아버지의 입에 귀를 가져다댔다. 아버지의 숨소리는 너무도 가벼워서 거의 들리지 않았지만, 뺨에 와 닿는 숨결이 느껴졌다.

잠시 침대 옆에 앉아 아버지를 바라보고 있자니 마음이 어린 시절의 추억들을 보여주었다. 순서도 뒤죽박죽이고, 그가 또렷이 기억하는 사건들 외에 다른 주제도 없는, 형편없이 편집된 기억들이었다.

그는 문 옆에 앉아 문을 빼꼼 열어두고 기다렸다.

30분이 지나자, 대기실에 있던 남자가 복도를 걸어 내려왔다. 땅딸막하고 건장한 체격의 남자는 다리가 바깥쪽으로 아주 심하게 휘어 있었다. 양 무릎 사이에 비치볼을 끼우고 걷는 듯했다. 국제적으로 통용되는 남자 화장실 기호가 달린 문으로 들어가기 전, 남자는 허리춤을 끌어올렸다. 마치 벨트에 무거운 물건이라도 달려 있다는 듯이.

해리는 의자에서 일어나 그를 따라갔다.

화장실 앞에 멈춰 서서, 숨을 들이쉬었다. 아주 오랜만이었다. 해리는 문을 밀치고, 안으로 슬그머니 들어갔다.

화장실은 이 병원의 다른 구역과 마찬가지로 지은 지 얼마 되지 않아 깨끗하고 쾌적하며 지나치게 컸다. 맞은편에 여섯 개의 칸막이가 있었는데, 잠금장치 위의 사각형이 빨간색인 칸은 없었다. 길이가 짧은 벽에는 세면기 네 개가, 긴 벽에는 허리까지 오는 소변기 네 개가 설치되어 있었다. 남자는 해리에게 등을 돌린 채 소변기 앞에 서 있었다. 남자의 머리 위로 파이프가 가로질렀다. 튼튼해 보였다. 저 정도면 충분하리라. 해리는 리볼버와 수갑을 꺼냈다. 남자 화장실에서 통용되는 세계적인 에티켓은 서로 시선을 피하는 것이다. 아무리 고의가 아니었다 해도, 눈이 마주치는 행위는 살인까지 일으킬 수 있다. 따라서 남자는 해리를 보기 위해 몸을 돌리지 않았다. 해리가 아주 조심스럽게 화장실 문을 잠글 때도, 서서히 다가갈 때도, 남자의 목과 머리 사이에 있는 두툼한 살덩어리에 총신을 밀어 넣고, 한 동료가 경찰이라면 평생 한 번은 외쳐봐야 한다고 늘 주장하곤 했던 그 말을 속삭일 때도. "꼼짝 마."

남자는 그 말대로 했다. 남자의 몸이 굳어지며, 목 뒤에 소름이 돋는 것이 보였다.

"손 들어."

남자가 울룩불룩하고 짧은 양팔을 머리 위로 들어 올렸다. 해리는 상체를 앞으로 숙였다. 순간, 자신이 큰 실수를 저질렀음을 깨달았다. 남자의 몸놀림은 그야말로 전광석화였다. 해리는 오랫동안 맨손 무술을 공부한 덕분에 맞는 것이 때리는 것 못지않게 중요하다는 것을 알고 있었다. 잘 맞는 비결은 우선 근육의 긴장을 풀고, 맞는 것은 피할 수 없되 오로지 그 강도만 줄일 수 있음을 인식하는 것이다. 따라서 남자가 무용수처럼 유연하게 한쪽 무릎을 치켜세우고 빙글 돌았을 때 해리는 그 움직임을 따라갔다. 상대의 발길질과 같은 방향으로 몸을 움직인 것이다. 상대의 발은 그의 옆구리를 강타했다. 해리는 균형을 잃고 화장실 타일 바닥에 쓰러져, 상대의 공격 범위 밖으로 미끄러졌다. 그는 그대로 누운 채 한숨을 내쉬고 천장을 바라보았다. 담뱃갑을 꺼내, 담배 하나를 입에 물었다.

"신속하게 수갑을 채우는 기술이야." 해리가 말했다. "시카고에서 FBI 과정을 공부하던 해에 배웠지. 카브리니 그린, 거기 숙소는 최악이야. 백인 남자는 저녁에 할 일이 아무것도 없어. 밖에 나갔다가 강도에게 털리는 거라면 모를까. 그래서 난 숙소에 처박혀서 두 가지만 연습했지. 어둠 속에서 최대한 빠르게 총알을 장전했다가 빼는 법, 그리고 테이블 다리에 대고 신속하게 수갑을 채우는 법."

해리는 양 팔꿈치를 짚고 몸을 일으켰다.

남자는 여전히 짧은 팔을 머리 위로 들어 올린 채 서 있었다. 양쪽 손목에 수갑이 채워져 파이프에 고정되어 있었다. 그는 멍한 시선으로 해리를 바라보았다.

"클루이트가 보냈나?" 해리는 영어로 물었다.

남자는 눈도 깜빡이지 않은 채 해리의 시선을 되받았다.

"그럼 트라이어드? 난 빚을 갚았는데, 못 들었나?" 해리는 무표정한 남자의 얼굴을 뚫어지게 바라보았다. 외모는 동양인 같았지만, 생김새나 피부는 중국인이 아니었다. 몽골인쯤 될까? "그래서 내게 원하는 게 뭐야?"

아무 대답도 없다. 나쁜 소식이다. 상대가 뭔가를 요구하기 위해서가 아니라, 뭔가를 하기 위해서 왔을 공산이 크기 때문이다.

해리는 바닥에서 일어나, 반원을 그리며 남자 옆으로 다가갔다. 남자의 관자놀이에 리볼버를 댄 채 왼손으로 남자의 양복 재킷 안쪽을 훑어

내렸다. 손 아래로 차가운 강철 무기가 만져지더니 지갑이 나왔다.

해리는 지갑을 빼들고 세 발짝 물러섰다.

"어디 보자…… 미스터 유시 콜카." 해리는 아메리칸 익스프레스 카드를 불빛에 비춰보았다. "핀란드인인가? 그럼 노르웨이어는 좀 할 줄 알겠군." 해리가 다시 노르웨이어로 말했다.

아무 대답도 없다.

"너 경찰이지? 가르데모엔 공항의 도착 터미널에서 널 봤을 때는 잠복 중인 마약 단속반인 줄 알았어. 내가 몇 시 비행기로 오는지 어떻게 알았지, 유시? 유시라고 불러도 되겠지? 곤봉을 가지고 다니는 친구들은 이름으로 부르는 게 더 자연스러워서 말이야."

잠깐 가래 끓는 소리가 나더니, 침 덩어리가 빙글빙글 돌아가며 허공을 가르고 날아와 해리의 가슴팍에 떨어졌다.

해리는 티셔츠를 내려다보았다. 스누스*에 물든 검은색 침이 두 번째 'o'에서 사선으로 흘러내리고 있었다. 그리하여 스노우 패트롤Snow Patrol은 이제 스노우 패트룈**이 되었다.

"그러니까 노르웨이어를 알아듣는군. 누구 밑에서 일하지, 유시? 원하는 게 뭐야?" 해리가 말했다.

남자의 얼굴은 미동도 하지 않았다. 누군가 밖에서 화장실 문의 손잡이를 돌리다가 욕을 하고는 가버렸다.

해리는 한숨을 쉬었다. 그러고는 핀란드인의 이마 높이로 리볼버를 들어 올리고, 공이치기를 잡아당겼다.

"넌 아마 날 정신이 온전한 정상인이라고 생각할 거야, 유시. 하지만 보다시피 내 정신 상태가 이래. 우리 아버지는 무력하게 저기 병상에 누워 있지. 네가 그걸 알았으니, 내겐 문제가 생긴 거야. 이 문제를 해결할

---

* 갈색의 끈적이는 가루를 입안에 붙여서 니코틴을 흡수하는 스웨덴제 담배
** Snow Patrøl, ø는 노르웨이어의 모음

방법은 딱 하나뿐이지. 다행히 넌 무장한 상태였으니까 난 경찰에게 정당방위라고 말할 수 있어."

해리는 공이치기를 더 뒤로 젖혔다. 익숙한 울렁거림이 느껴졌다.

"크리포스."

해리는 동작을 멈췄다. "다시 말해봐."

"난 크리포스 소속이야." 핀란드인이 씩씩거리며 스웨덴어로 말했다. 노르웨이의 결혼식 피로연에서 재치 있는 연설을 하는 사람들이 그토록 선호하는 핀란드어 억양이 섞여 있었다.

해리는 남자를 바라보았다. 그의 말이 사실이라는 데는 추후의 의심도 없었다. 다만 도무지 이해가 안 될 뿐이었다.

"내 지갑을 봐." 핀란드인이 목소리에 깃든 분노를 눈빛으로 드러내지 않은 채 으르렁거리듯이 말했다.

해리는 지갑을 열고 안을 살펴봤다. 래미네이트를 입힌 신분증을 꺼냈다. 신분증에 별다른 정보는 없었지만 이것으로 충분했다. 해리의 앞에 있는 남자는 크리미날폴리티에 Kriminalpolitiet, 줄여서 크리포스 Kripos 소속이었다. 크리포스는 나라 전체에 영향을 미치는 살인사건 수사를 돕거나 주도하는 오슬로의 중앙 범죄 수사 기구였다.

"크리포스가 내게 무슨 볼일이지?"

"벨만에게 물어봐."

"벨만이 누군데?"

핀란드인이 기침소리 같기도 하고, 웃음소리 같기도 한 짧은 소리를 냈다. "벨만 경정이다, 이 병신 새끼야. 내 상사지. 이제 날 보내줘, 꽃미남 아저씨."

"젠장." 해리는 신분증을 다시 한 번 바라보며 말했다. "젠장, 젠장, 젠장." 해리는 지갑을 바닥에 던지고, 문으로 향해 갔다.

"이봐! 이봐!"

해리의 등 뒤로 문이 닫히며, 핀란드인의 고함소리가 걸어졌다. 해리는 복도를 걸어가 출구로 향했다. 아까 아버지에게 주사를 놓아주었던 남자 간호사가 반대편에서 걸어오고 있었다. 거리가 좁혀지자, 간호사가 미소를 지으며 고개를 까닥였다. 해리는 조그만 수갑 열쇠를 허공에 던졌다.

"남자 화장실에 바바리맨이 있어요, 알트만."

간호사는 본능적으로 두 손을 들어 열쇠를 잡았다. 밖으로 나갈 때까지 해리는 간호사의 얼빠진 시선이 자신의 등에 꽂히는 것을 느꼈다.

9
다이빙

밤 10시 45분, 섭씨 9도. 마리트 올센은 내일 한층 더 따뜻할 거라던 일기예보가 기억났다. 프롱네르 공원에는 개미 새끼 한 마리 없었다. 야외 수영장을 보고 있으니 폐선된 배가 생각났다. 또한 더는 사람이 살지 않고, 집의 벽 사이로 바람이 속삭이는 어촌 마을, 비수기의 유원지도 생각났다. 어린 시절의 기억이 파편처럼 떠오른다. 예를 들어, 바다에 빠져 죽은 어부들. 트론홀멘에 출몰하는 이 어부들은 머리에는 해초를 감고, 입과 콧구멍에는 물고기들이 박힌 채 밤이면 바다에서 나왔다. 입김을 내뿜지는 않지만, 차갑고 목쉰 갈매기 소리를 질러대는 버릇이 있는 유령들. 사지가 부풀어 오른 망자들. 부풀어 오른 사지가 나뭇가지에 걸리며, 뿌지직 소리와 함께 떨어져나간다. 그래도 망자들은 아랑곳하지 않고 트론홀멘의 고립된 집으로 향한다. 할머니와 할아버지가 살았던 트론홀멘. 어린 그녀가 방에서 부들부들 떨며 누워 있었던 곳. 마리트 올센은 숨을 내쉬었다. 계속 내쉬었다.

저 아래쪽은 바람이 잠잠할 테지만, 10미터 높이의 이 다이빙대에서는 바람의 흐름이 느껴졌다. 마리트는 관자놀이와 목, 사타구니에서 맥박이 고동치는 것을, 혈액이 사지로 흘러나가며 몸에 활기가 도는 것을 느꼈다. 산다는 것은, 살아 있다는 것은 멋진 일이다. 다이빙대의 계단을 다

올라온 후에도 거의 숨이 차지 않았다. 그저 자신의 심장, 미친 듯이 펄떡이는 그 충직한 근육만 느껴졌다. 마리트는 발아래의 텅 빈 수영장을 내려다보았다. 달빛이 부자연스러울 정도의 푸르스름한 광채를 던지고 있었다. 더 아래쪽, 수영장 바닥에 놓인 커다란 시계가 보였다. 바늘은 10시 5분을 가리켰다. 정지된 시간. 도시의 소음이 들렸고, 키르케바이엔 가의 차량 불빛이 보였다. 손에 잡힐 듯 가까우면서도 너무 멀었다. 누군가 그녀의 말소리를 듣기에는 너무 멀었다.

마리트는 숨을 쉬고 있었다. 그런데도 죽어 있었다. 그녀의 목에는 선원들이 사용하는 것과 같은 굵직한 밧줄이 걸려 있었다. 갈매기 소리가 들렸다. 곧 그녀가 만나게 될 귀신들의 소리였다. 하지만 그녀는 죽음을 생각하지 않았다. 삶을 생각했다. 자신이 얼마나 행복하게 살았을지 생각했다. 그녀가 해보고 싶었던 그 모든 소소한 일들, 그리고 그 모든 거창한 일들. 아직 가보지 못한 나라들을 여행했을 것이고, 조카들의 성장을 지켜봤을 것이고, 세상이 비로소 제대로 돌아가는 것을 보았으리라.

그것은 칼이었다. 가로등 불빛에 번득이는 칼날이 그녀의 목에 닿았다. 두려움은 에너지를 샘솟게 한다지만, 그녀의 경우에는 아니었다. 오히려 모든 에너지를 빼앗아갔다. 움직일 수 있는 힘을 박탈해버렸다. 저 칼날이 자신의 살을 가른다고 생각하자 그녀는 무력감에 떠는 살덩어리로 전락해버렸다. 따라서 상대가 울타리를 넘어가라고 명령했을 때 마리트는 그럴 수가 없었다. 바닥에 쓰러져 빈백*처럼 그 자리에 누운 채 눈물만 펑펑 흘렸다. 앞으로 무슨 일이 벌어질지 알고 있었기 때문이다. 저 칼날에 베이지 않기 위해 무슨 짓이든 할 테지만, 결코 저 칼날을 막을 수 없으리라. 그녀는 너무도 살고 싶었기 때문이다. 몇 년만 더, 몇 분만 더. 이런 상황에서는 누구나 하게 되는, 맹목적이고 정신 나간 합리적 생

---

* bean bag. 커다란 부대 같은 천 안에 작은 플라스틱 조각을 충전해서 의자 대용으로 사용한다

각이었다.

마리트는 울타리를 넘을 수 없다고 설명하기 시작했다. 남자가 입 다물고 있으라고 했던 말을 깜빡 잊었던 것이다. 칼이 뱀처럼 꿈틀대더니 그녀의 입을 가르고 들어왔다. 한 바퀴 휙 돌아 치아 위를 우두둑 지나 밖으로 나갔다. 피가 왈칵 쏟아졌다. 남자가 마스크 안에서 뭐라고 속삭이더니, 울타리를 따라 그녀를 앞쪽으로 밀쳤다. 덤불이 있었고, 덤불을 헤치니 울타리에 구멍이 뚫려 있었다.

마리트 올센은 입안에 계속 차오르는 피를 삼키며, 아래의 관중석을 내려다보았다. 그곳 역시 푸른 달빛에 잠겨 있었다. 텅 빈 관중석은 마치 참관자나 배심원은 없고 판사만 있는 법정 같았다. 군중은 없고, 사형 집행인만 있는 처형장이었다. 아무도 참석할 가치가 없다고 여기는 그녀의 마지막 공식 석상이었다. 삶뿐 아니라 죽음에게도 그녀는 매력 없는 존재였다. 게다가 이제는 말도 할 수가 없었다.

"뛰어내려."

겨울인데도 공원은 참으로 아름다웠다. 마리트는 수영장 바닥에 있는 시계가 작동해서, 자신이 도둑맞고 있는 매 초를 볼 수 있었기를 바랐다.

"뛰어내려." 목소리가 다시 한 번 말했다. 남자는 마스크를 벗은 게 분명했다. 목소리가 달라졌기 때문이다. 이제는 그것이 누구 목소리인지 알 수 있었다. 고개를 돌린 그녀는 충격을 받은 채 상대를 응시했다. 그러자 상대의 발이 그녀의 등을 밀쳤다. 그녀는 비명을 질렀다. 더 이상 발아래에는 발판이 없었다. 한순간 놀랍게도 그녀의 몸이 깃털처럼 가벼워졌지만 곧 수영장 바닥이 그녀를 끌어당겼다. 그녀의 몸에는 가속도가 붙었고, 푸르스름한 하얀색 자기로 된 바닥이 그녀를 향해 달려들었다. 그녀를 산산조각 내기 위해서.

수영장 바닥으로부터 3미터 위의 지점을 통과할 때 마리트 올센의 목에 감긴 밧줄이 팽팽해졌다. 보리수와 느릅나무로 만든 그 구식 밧줄은 탄성이라고는 전혀 없었다. 그 밧줄로 마리트 올센의 육중한 몸을 저지하기는 무리였다. 결국 몸은 머리로부터 분리되어 둔탁한 쿵 소리와 함께 수영장 바닥에 떨어졌다. 머리와 목은 밧줄 안에 남아 있었다. 피는 그다지 많이 흐르지 않았다. 이윽고 머리가 앞으로 기울면서 올가미에서 빠져나가더니, 마리트 올센의 푸른색 트레이닝복 위로 툭 떨어졌다. 그러고는 타일 바닥 위를 데구르르 굴러갔다.

수영장은 다시 조용해졌다.

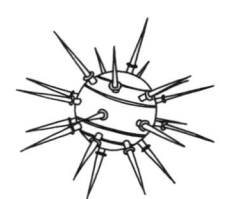

PART 2

독촉장

 새벽 3시가 되자, 해리는 잠들려는 노력을 포기하고 침대에서 일어났다. 부엌으로 가서 수도꼭지를 틀고 유리컵을 댔다. 물이 흘러넘쳐 손목을 타고 흘러내렸다. 차가웠다. 턱이 욱신거렸다. 조리대 위에 붙은 두 장의 사진이 그의 시선을 끌었다.

 표면에 한두 줄 금이 간 사진은 하늘색 여름용 원피스를 입은 라켈의 사진이었다. 하지만 사진 속 배경은 여름이 아니었다. 뒤로 울긋불긋한 단풍잎들이 보였다. 그녀의 맨어깨에는 밤색 머리칼이 폭포수처럼 흘러내렸고, 눈동자는 카메라 렌즈 너머의 무언가를 찾는 듯했다. 아마도 사진을 찍는 사람일 것이다. 이 사진을 그가 직접 찍었던가? 이상하게도 기억이 나지 않았다.

 또 다른 사진 속에는 올레그가 있었다. 작년 겨울, 발레 호빈 스케이트장에서 훈련받던 모습을 해리가 휴대전화로 찍은 사진이었다. 당시 올레그는 허약한 소년이었다. 하지만 훈련을 계속했다면, 지금쯤은 그 빨간색 스킨슈트가 딱 맞을 정도로 건장해졌을 것이다. 지금은 뭘 하고 있을까? 어디에 있을까? 그곳에서 라켈은 두 모자를 위한 가정을 꾸렸을까? 여기에 있을 때보다 더 안전한 가정을? 라켈의 삶에는 새로운 사람이 등장했을까? 지금도 피곤하거나 집중력이 떨어지면 올레그는 해리를 '아빠'라고 부를까?

해리는 수도꼭지를 잠갔다. 무릎에 닿는 찬장 문이 느껴졌다. 찬장 속에서 짐 빔이 그의 이름을 속삭였다.

해리는 바지와 티셔츠를 입고 거실로 나가, 마일스 데이비스의 〈Kind of Blue〉를 틀었다. 스튜디오에서 약간 느리게 돌아가는 릴테이프에 녹음한 것을 전혀 보완하지 않은 오리지널 음반이었다. 따라서 음반 전체가 미세하게 현실감이 없었다.

한동안 음악을 듣던 해리는 부엌에서 들리는 속삭임을 지우기 위해 음량을 키웠다. 눈을 감았다.

크리포스. 벨만.

들어본 적이 없는 이름이었다. 물론 하겐에게 전화해서 물어볼 수도 있지만 귀찮았다. 이게 다 무슨 일인지 알 듯했기 때문이다. 자는 개는 자도록 내버려두는 게 최상이다.

음반 마지막 트랙의 'Flamenco Sketches'가 흘러나오자, 해리는 포기했다. 자리에서 일어나 거실을 나와 부엌으로 향했다. 복도에서 왼쪽으로 방향을 틀어, 닥터 마틴 신발을 신고 밖으로 나갔다.

해리는 찢어진 비닐봉지 아래에서 찾던 물건을 발견했다. 맨 윗장은 말라빠진 강낭콩 수프 비슷한 것으로 덮여 있었다.

다시 거실로 돌아와 초록색 윙체어에 앉아, 몸을 부르르 떨며 보고서를 읽기 시작했다.

첫 번째 피살자인 보르그뉘 스템 뮈레는 서른세 살로 북쪽 지역인 레방에르 출신이었다. 미혼에 자녀는 없고, 오슬로의 사게네에 거주했다. 직업은 미용사였는데 아는 사람이 많았고, 특히 같은 미용사나 사진작가, 패션지 종사자들과 잘 알고 지냈다. 오슬로 몇몇 식당의 단골이었는데, 그렇다고 최고급 식당만 다닌 것은 아니었다. 그 밖에도 야외 스포츠에 열심이었고, 이 산장 저 산장에 머물며 등산을 하거나 스키 타기를 좋아했다.

"보르그뉘가 레방에르를 떠나오기는 했어도, 촌티를 완전히 벗지는 못했죠." 이것이 그녀와 함께 일했던 동료들의 의견을 대략적으로 요약하는 말이었다. 해리는 아마도 그 발언이 자신이 시골 출신이라는 사실을 완전히 지우는 데 성공한 동료들에게서 나왔을 거라고 생각했다.

"우린 보르그뉘를 좋아했어요. 이쪽 업계에서 보기 드물게 진정성이 있는 친구였거든요."

"이해할 수가 없어요. 그 애를 죽이고 싶어 하는 사람이 있다는 게 믿기지가 않아요."

"보르그뉘는 너무 착했어요. 그래서 그 애가 좋아했던 남자들은 결국 죄다 그 애를 이용했죠. 보르그뉘는 그런 남자들의 장난감으로 전락해버렸어요. 기본적으로 눈이 너무 높은 게 문제였어요."

해리는 파일에 첨부된 그녀의 사진을 유심히 바라보았다. 살아생전에 찍은 사진이었다. 금발이었지만 아마도 염색했으리라. 평범한 외모였고 딱히 눈에 띄는 미인은 아니었다. 그래도 밀리터리 재킷과 라스타파리안 모자로 멋을 낸 옷차림이었다. 멋쟁이이면서 너무 착한 성격이라, 이 두 가지가 공존할 수 있던가?

그녀는 모노 레스토랑에서 열린, 월간 패션지 〈스헤네스〉의 창간 축하 파티에 참석했었다. 그때가 7시에서 8시 사이였고, 그녀는 동료이자 친구에게 다음날 있을 사진 촬영을 준비하기 위해 집에 가겠다고 했다. 사진작가가 '정글과 펑크록, 그리고 80년대 스타일이 만난' 머리모양을 요구했다는 것이다.

경찰은 그녀가 레스토랑에서 가장 가까운 택시 승강장으로 갔을 거라 추정했다. 하지만 그 시간에 근처에 있었던 택시 운전사들 중에서(노르게스 택시와 오슬로 택시회사에서 뽑아온 명단이 첨부되어 있었다) 보르그뉘 스템 뮈레의 사진을 알아보거나, 사게네로 가는 손님을 태운 사람은 없었다. 다시 말해 보르그뉘가 레스토랑을 나간 후로 그녀를 본 사람은 아무도 없었다. 다음날 출근한 두 폴란드인이 철제 방공호의 자물쇠가 끊어진 것을 보고 안으로 들어갔더니, 옷을 다 입은 보르그뉘가 뒤틀린 자세로 바닥 한가운데 누워 있었다.

해리는 사진을 꼼꼼히 살펴보았다. 조금 전의 사진과 똑같은 밀리터리 재킷이었다. 얼굴은 백랍으로 만들어진 듯했다. 카메라의 플래시 불빛이 지하실 벽에 선명한 그림자를 드리웠다.

검시관은 보르그뉘가 밤 10시에서 11시 사이에 사망했다고 결론을 내렸다. 혈액에서 케타노메의 흔적이 발견되었는데, 케타노메는 설령 근육에 주입해도 매우 빨리 작용하는 강력한 마취제였다. 하지만 직접적인 사인은 입안의 상처에서 흘러나온 피로 인한 익사였다. 여기서 가장 충격적인 요인이 끼어든다. 검시관은 피살자의 입안에서 스물네 군데의 자상을 발견했다. 이 자상은 좌우대칭으로 분포되었으며, 모두 7센티미터 깊이였다. 그러니까 얼굴을 관통하지 않은 자상의 경우에 그렇다는 말이다. 하지만 경찰은 어떤 무기나 기구가 살인에 사용되었는지 갈피를 잡지 못했다. 이런 경우는 본 적이 없었기 때문이다. 법의학적 증거는 전무했다. 지문도 DNA도 심지어 신발이나 부츠 자국도 없었다. 발열선과 바닥재를 깔기 위해 전날 콘크리트 바닥을 깨끗이 청소했기 때문이다. 법의학 보고서는 해리가 경찰청을 그만둔 후에 입사한 것으로 보이는, 킴 에리크 로케르라는 감식반원이 작성자로 되어 있었다. 진회색 자갈 두 개를 찍은 사진도 첨부되어 있었는데, 콘크리트 바닥에서 발견된 이 돌은 범죄 현장 주변의 자갈밭에서 나온 자갈이 아니었다. 로케르는 바닥이 단단한 부츠의 경우, 작은 돌멩이가 끼어 있다가 콘크리트처럼 더 단단한 바닥을 걸을 때 빠지는 경우가 종종 있다고 지적했다. 게다가 두 개의 돌은 무척 특이하게 생겨서 후에 자갈밭을 조사하다가 발견되었다면 눈에 띄는 한 쌍을 이루었을 거라고 했다. 보고서에는 서명된 날짜 이후로 첨부된 사항이 하나 더 있었다. 피살자의 양 어금니에서 극소량의 철분과 콜탄이 발견되었다는 내용이었다.

해리는 이미 결론을 짐작할 수 있었다. 그는 보고서를 휙 넘겼다.

두 번째 피살자인 샬로테 롤레스는 프랑스인 아버지와 노르웨이인 어머니 사이에서 태어났으며, 오슬로의 람베르트세테르에 거주했다. 스물아홉 살의 정식 변호사였고, 혼자 살았지만 남자친구가 있었다. 남자친구는 미국 와이오밍 주의 옐로우스톤 국립공원에서 열리는 지질학회 세미나에 참석했던 터라 바로 수사에서 제외되었다. 원래는 샬로테도 남자친구와 함께 가기로 했으나, 자신이 맡고 있던 심각한 재산 분쟁 때문에 떠나지 않았다.

동료들이 그녀를 마지막으로 본 것은 월요일 저녁 9시 무렵, 사무실에서였다. 그녀는 아마 영영 집에 돌아가지 못했을 것이다. 그녀의 서류 가방은 그녀의 시신과 함께 마리달렌 숲 근처의 버려진 차량 뒤에서 발견되었다. 재산 분쟁의 양쪽 당사자들도 수사에서 제외되었다. 검시 보고서는 샬로테 롤레스의 손톱 밑에서 페인트와 녹이 발견되었다는 사실을 강조했다. 이는 자동차 트렁크의 자물쇠 주위에 긁힌 자국이 있었다는 감식반의 보고서와도 맞아 떨어졌다. 마치 그녀가 트렁크 문을 열려고 했던 것으로 보였다. 자물쇠를 더욱 면밀히 감식한 결과, 최소한 한 번은 누군가 철사로 자물쇠를 쑤셔 트렁크를 연 것으로 밝혀졌다. 그러나 그 장본인이 샬로테 롤레스였을 가능성은 매우 낮다. 해리는 그녀가 잠긴 트렁크 안에 든 무언가에 매여 있는 모습을 떠올렸다. 아마도 그래서 달아나려고 했을 것이다. 후에 살인범은 그 무언가를 가져가버렸다. 그게 대체 뭘까? 그리고 어떻게, 왜 가져갔을까?

샬로테와 같은 법률회사에서 일했던 한 여자 동료를 면담한 기록에는 이렇게 적혀 있었다. "샬로테는 늘 야근을 하는 야심만만한 친구였어요. 그 친구가 얼마나 능력이 있었는지는 잘 모르지만요. 항상 온화했지만, 남유럽 사람처럼 보이는 외모나 미소와 달리 활달한 성격은 아니었죠.

기본적으로 자기 이야기를 잘하지 않았어요. 일례로 남자친구에 대해서도 일절 말하는 법이 없었죠. 하지만 상사들은 샬로테를 꽤나 예뻐했어요."

아마도 그녀는 샬로테에게 자신의 남자친구에 대한 은밀한 정보를 하나둘씩 늘어놓았지만, 그 대가로 샬로테의 미소만 얻었을 것이다. 이제 해리의 추리용 뇌가 자동으로 돌아갔다. 샬로테는 여자들과의 끈끈한 우정에서 한 발짝 물러서려고 했을지 모른다. 무언가 숨기고픈 사연이 있었을지도 모른다. 어쩌면…….

해리는 그녀의 사진을 유심히 바라보았다. 약간 냉정해 보이지만 매력적인 얼굴, 갈색 눈동자. 꼭 누구와 닮았다. 젠장! 그는 두 눈을 감았다가 다시 떴다. 훌쩍 건너뛰어 검시관의 보고서로 넘어갔다. 보고서를 대충 훑어보았다.

마취제. 입에 생긴 스물네 군데의 자상. 익사. 외부 폭력이나 성교의 흔적 없음. 해리는 이것이 보르그뉘의 검시 보고서가 아니라는 걸 확인하기 위해 맨 위에 적힌 샬로테의 이름을 다시 한 번 보았다. 유일한 차이점이라면 사망 시각이 11시에서 자정 사이라는 것뿐이었다. 하지만 이 보고서에도 추가로 기록된 사항이 있었는데, 피살자의 치아에서 소량의 철분과 콜탄이 발견되었다는 내용이었다. 아마도 과학수사과에서는 이 성분이 두 피살자 모두에게서 발견되자, 뒤늦게 이것이 사건과 연관이 있을지도 모른다고 생각했으리라. 콜탄. 슈왈제네거가 연기했던 터미네이터가 이걸로 만들어지지 않았던가?

해리는 이제 잠이 다 달아났고, 자신이 의자 끝에 걸터앉아 있는 걸 깨달았다. 일렁임이, 흥분이 느껴졌다. 울렁거림도 느껴졌다. 첫 잔을 마실 때와 같았다. 그의 속을 뒤집히게 하는 첫 잔, 그의 몸이 필사적으로 거부하는 첫 잔. 하지만 이내 그는 좀 더 달라고 애걸하게 된다. 좀 더, 좀 더. 자신과 주위 사람들이 모두 파멸할 때까지. 지금도 그랬다. 해리는 현기증이 일어날 정도로 벌떡 일어나, 서류를 움켜잡았다. 두꺼워서 반으로 찢기는 힘들 것 같았지만 그래도 그럭저럭 성공했다.

그는 찢어진 종잇조각을 집어 들고, 쓰레기 컨테이너로 향했다. 종잇조각을 컨테이너 가장자리로 떨어뜨린 다음, 쓰레기 봉지들을 들어 올려 종잇조각이 맨 밑바닥으로 떨어지게 했다. 내일 혹은 모레쯤에는 쓰레기차가 오기를.

해리는 다시 거실로 돌아가, 초록색 윙체어에 앉았다.

밤이 희끄무레한 색조로 희석되면서, 깨어나는 도시의 첫 번째 소리가 들렸다. 하지만 필레스트레데 가에 몰려든 러시아워 차량의 규칙적인 소음을 뚫고 다른 소리도 들렸다. 주파수를 이리저리 바꿔가며 울려 퍼지는, 아득하고 새된 사이렌 소리. 다른 사건일 수도 있다. 또 다른 사이렌 소리. 다른 사건일 거야. 그러자 또 다른 사이렌 소리가 들렸다. 아니, 다른 사건이 아니다.

유선전화기가 울렸다.

해리는 전화기를 들어 올렸다.

"하겐일세. 방금 전갈이 들어왔는데……."

해리는 전화기를 내려놓았다.

전화가 다시 울렸다. 해리는 창밖을 내다보았다. 아직 여동생에게 연락하지 않았다. 왜? 세상에서 가장 열렬히, 그리고 무조건적으로 그를 숭배하는 여동생에게 지금의 이런 꼴을 보이고 싶지 않았다. 본인의 표현대로라면 '미약한 다운증후군' 환자인 동생은 여전히 오빠인 해리와는 비교도 되지 않을 만큼 훌륭하게 살아가고 있었다. 여동생은 그가 절대 실망시킬 수 없는 유일한 대상이었다.

전화벨 소리가 끊겼다. 그러더니 다시 울리기 시작했다.

해리는 전화기를 확 잡아챘다. "아뇨, 보스. 제 대답은 노예요. 이 일 맡기 싫습니다."

잠시 전화기 반대쪽에서 침묵이 흘렀다. 그러더니 낯선 목소리가 들렸다. "여긴 오슬로 전력 공사인데요, 홀레 씨인가요?"

젠장. "그런데요?"

"전기세가 미납되었네요. 최종 통고에도 답이 없으셨고요. 오늘 밤 자정을 기해서 소피스 가 5번지의 전력 공급이 중단된다는 말씀을 드리려고 전화했습니다."

해리는 아무 말도 하지 않았다.

"체납금을 지불하시면 전력은 다시 공급될 겁니다."

"그게 얼맙니까?"

"독촉장과 공급 중단 비용에 가산세까지 합쳐서 1만 4천 463크로네입니다."

침묵이 흘렀다.

"여보세요?"

"듣고 있습니다. 지금 당장은 돈이 없군요."

"체납금은 전력 공사의 수금 대행업체에서 받아갈 겁니다. 그동안은 기온이 영하로 떨어지지 않기를 바라야겠군요. 그렇죠?"

"그렇군요." 해리는 대답하고 전화를 끊었다.

밖에서 사이렌 소리가 오르락내리락했다.

해리는 침실로 갔다. 눈을 감고 15분간 누워 있다가 포기하고, 다시 옷을 입었다. 밖으로 나가 국립병원 행 트램을 잡아 탔다.

11
출력

오늘 아침 잠에서 깼을 때 내가 또 그 꿈을 꿨다는 걸 알았다. 꿈은 늘 이런 식으로 진행된다. 우리는 땅바닥에 누워 있고, 피가 흐른다. 옆을 힐끗 바라보면, 그녀가 우릴 보며 서 있다. 그녀는 슬픔 어린 눈으로 날 바라본다. 마치 이제야 내가 누구인지 알았다는 듯이, 이제야 내 가면이 벗겨지고, 자신이 원하는 남자는 내가 아님을 깨달았다는 듯이.

아침 식사는 훌륭했다. 텔레텍스트*에 그 소식이 나왔다. '여성 하원의원, 프롱네르 야외수영장에서 변사체로 발견.' 뉴스 사이트마다 그 이야기로 가득하다. 출력, 싹둑, 싹둑.

머지않아 각 웹사이트의 메인화면마다 그 이름이 실릴 것이다. 지금까지의 소위 경찰 수사라는 것은 너무도 우스꽝스러운 광대극에 불과해서, 재미있다기보다 짜증이 난다. 하지만 이번에는 경찰이 전 인력을 투입할 테니, 보르그뉘와 샬로테 사건처럼 얼렁뚱땅 넘어가지는 않겠지. 뭐니 뭐니 해도 마리트 올센은 하원의원이 아닌가. 이제는 이 일을 막아줘야 할 때다. 내가 다음 희생자를 정했기 때문이다.

---

* 텔레비전 방송 전파 사이에 문자정보를 전달하는 서비스

범죄 현장

해리는 병원 현관 앞에서 담배를 피웠다. 위로는 연푸른색 하늘이, 발아래로는 야트막한 초록색 산등성이 사이의 함지陷地에 위치한 도심이 안개에 휘감겨 있었다. 그 광경을 보니, 어릴 때 옵살에서 외위스타인과 1교시를 빼먹고 노르스트란 해변의 독일군 벙커로 놀러가던 때가 생각났다. 두 사람은 그 벙커에서 짙은 스모그에 감싸인 오슬로를 내려다보곤 했다. 하지만 세월이 흐르며 스모그는 산업, 장작과 더불어 오슬로에서 점차 사라져갔다.

해리는 발꿈치를 비벼 담배를 껐다.

아버지는 한결 나아 보였다. 어쩌면 그냥 햇빛을 받은 덕분인지도 모르겠다. 아버지는 해리에게 왜 웃느냐고 물었다. 그리고 턱은 어쩌다 그렇게 되었느냐고 했다.

해리는 조심성이 없어서 부딪쳤다고 얼버무렸다. 몇 살 때부터 자식은 진실로부터 부모를 보호하려 할까? 언제 이런 변화가 시작되는 걸까? 아마도 열 살 무렵부터이리라.

"네 동생도 오슬로에 있다." 올라브 홀레가 말했다.

"잘 지낸대요?"

"응. 네가 돌아왔다는 얘기를 듣더니 이젠 자기가 널 돌봐줘야겠다고 하더구나. 이제 자기는 어른이고, 넌 아직도 어린애니까."
"흠. 똑똑한 녀석. 오늘은 좀 어떠세요?"
"좋다. 사실 아주 좋아. 퇴원해야 할 때가 된 것 같구나."
아버지는 미소를 지었고, 해리도 미소로 답했다.
"의사들은 뭐래요?"
올라브 홀레는 계속 미소를 지었다. "말이 너무 많아. 다른 얘기를 해도 되겠니?"
"그럼요. 무슨 얘기를 하고 싶으신데요?"
올라브 홀레는 곰곰이 생각했다. "네 엄마에 대해 이야기하고 싶구나."
해리는 고개를 끄덕였다. 그러고는 묵묵히 앉아서 아버지의 이야기를 들었다. 아버지와 어머니가 만나서 결혼하기까지의 이야기, 해리가 어릴 때 엄마가 병에 걸린 이야기.
"네 엄마는 늘 날 도와줬어. 늘. 네 엄마가 내 도움을 원할 때는 거의 없었지. 아프기 전까지는. 가끔은 네 엄마의 병이 은총이었던 것 같다."
해리는 움찔했다.
"내가 네 엄마에게 보답할 기회를 줬으니 말이다. 실제로도 그랬어. 네 엄마가 부탁한 일은 거의 다 했다." 올라브 홀레의 시선이 아들에게 고정되었다. "거의 다."
해리는 고개를 끄덕였다.
아버지의 이야기는 계속되었다. 이번에는 여동생 쇠스와 해리에 관한 이야기였다. 쇠스가 얼마나 다정한 아이였는지, 해리가 얼마나 의지가 강한 아이였는지. 해리는 아무리 겁이 나도 절대 내색하는 법이 없었다. 어린 해리의 방문에 귀를 대보면, 아이가 울면서 보이지 않는 괴물에게 욕하는 소리가 들렸다. 하지만 부부는 들어가서 해리를 위로하고, 괴물은 없다고 달래줄 수 없었다. 그랬다가는 해리가 길길이 날뛰면서 그들이 모든 걸 망쳐놓았다고, 빨리 나가라고 소리 지를 게 뻔했기 때문이다.

"넌 늘 혼자 힘으로 괴물과 싸우고 싶어 했어. 정말로 그랬다, 해리."

해리가 거의 다섯 살이 되어서야 말문이 터진 이야기도 들려주었다. 말이 없던 해리의 입에서 어느 날 문장이 통째로 흘러나온 것이다. 느리지만, 어른들의 단어를 구사한 진지한 문장. 어린아이가 대체 어디서 그런 단어를 배웠는지 알 수 없었다.

"하지만 네 동생 말이 맞다." 올라브는 미소를 지었다. "넌 다시 어린애가 됐어. 말이 없어졌지."

"흠. 제가 말하길 바라세요?"

올라브는 고개를 저었다. "듣는 게 더 중요하지. 하지만 오늘은 충분히 들어줬다. 나중에 또 와주려무나."

해리는 오른손으로 아버지의 왼손을 꼭 잡고, 자리에서 일어섰다. "욉살의 집에서 며칠 지내도 될까요?"

"그렇게 말해주니 고맙구나. 널 귀찮게 하고 싶진 않지만 집을 관리해 줄 사람이 필요하긴 하지."

해리는 아파트의 전력이 끊길 거라고 말할 작정이었지만 그만두기로 했다.

올라브가 벨을 누르자, 미소 띤 젊은 여간호사가 들어와 아버지를 이름으로 불렀다. 애교 부리듯이, 천진난만하게. 해리는 아들에게 수트케이스 속에 든 집 열쇠를 줘야 한다고 설명하는 아버지의 목소리가 굵어진 것을 눈치챘다. 병상의 아픈 남자가 여자 앞에서 깃털을 부풀리는 것이다. 그리고 왠지 모르게 그런 모습이 딱해 보이지 않았다. 당연한 현상이기 때문이다.

헤어지면서 아버지가 다시 말했다. "네 엄마가 부탁한 일은 전부 다 했다." 그러더니 속삭였다. "한 가지만 제외하고."

해리를 창고로 안내하며, 간호사는 담당의가 잠깐 봤으면 하더라고 전했다. 수트케이스 안에서 집 열쇠를 찾아낸 해리는 간호사가 알려준 사무실 문을 노크했다.

의사는 고갯짓으로 의자를 가리키더니, 자신이 앉은 회전의자에 등을 기대고 양 손끝을 모았다. "돌아오셨다니 다행입니다. 그동안 계속 연락하려고 했었거든요."

"압니다."

"암세포가 퍼졌습니다."

해리는 고개를 끄덕였다. 예전에 누군가 그것이 암세포의 기능이라고 말해준 적이 있다. 퍼지는 것.

의사는 해리의 다음 행동을 주시하듯 그를 뚫어지게 바라보았다.

"좋습니다." 해리가 말했다.

"좋아요?"

"네, 다음 이야기를 들을 준비가 됐다고요."

"보통은 환자에게 시간이 얼마 남았다는 말은 하지 않습니다. 의사의 판단이 틀릴 수도 있고, 그로 인한 환자의 심리적 부담이 너무 크니까요. 하지만 아버님의 경우에는 지금 살아 계신 것도 기적이라는 말씀을 드려야겠네요."

해리는 고개를 끄덕이며 창밖을 내다보았다. 아래쪽 도심에는 아직도 안개가 자욱하게 깔려 있었다.

"비상시에 연락드릴 휴대전화 번호가 있나요?"

해리는 고개를 저었다. 방금 안개 속에서 사이렌 소리가 들렸나?

"그럼 혹시 전갈을 전해줄 사람이라도?"

해리는 다시 고개를 저었다. "상관없습니다. 제가 매일 전화 드리고, 병원으로 올 거니까요. 됐죠?"

의사는 고개를 끄덕이고는, 자리에서 일어나 성큼성큼 걸어가는 해리의 뒷모습을 바라보았다.

❖

해리가 프롱네르 수영장에 도착한 시각은 9시쯤이었다. 프롱네르 공원 전체는 50헥타르 정도였는데, 야외 수영장은 공원의 한 귀퉁이만 차지했다. 게다가 주위에 울타리까지 쳐져 있어 경찰로서는 범죄 현장에 폴리스 라인을 치기가 수월했다. 울타리를 따라 폴리스 라인을 두르고, 매표소 앞에 경비원 한 명만 세우면 끝이었다. 독수리 떼처럼 하늘을 날아다니던 범죄 담당 기자들은 급강하했고, 입구 앞에 서서 언제쯤 시신을 볼 수 있는지 궁금해 했다. 게다가 피살자는 다름 아닌 하원의원이 아닌가. 대중들은 이런 유명인사의 시신을 볼 권리가 있지 않을까?

해리는 카페 피케네에서 아메리카노를 한 잔 샀다. 그곳은 2월 내내 야외석을 마련해두었다. 그는 그중 한 테이블에 앉아 담배에 불을 붙이고, 매표소 앞에 모인 기자들을 바라보았다.

한 남자가 옆의 의자에 와서 앉았다.

"진짜 해리 홀레로군. 그동안 어디 갔었습니까?"

해리는 시선을 들었다. 〈아프텐포스텐〉의 범죄 담당 기자, 로게르 옌뎀이 담배에 불을 붙이고는 몸짓으로 프롱네르 공원을 가리켰다. "마침내 마리트 올센은 원하던 걸 얻었군요. 오늘 저녁 8시쯤이면 이 여자는 유명인사가 될 겁니다. 다이빙대에서 목을 매다니. 훌륭한 정치적 행보죠." 그는 해리를 바라보더니 얼굴을 찡그렸다. "턱은 왜 그 모양입니까? 몰골이 말이 아니군요."

해리는 대답하지 않았다. 그저 커피를 한 모금 마실 뿐, 이 어색한 침묵을 완화시킬 어떤 말도 하지 않았다. 자신이 좋은 말동무가 아니라는 사실을 상대가 알아차릴지 모른다는 헛된 기대를 하면서. 머리 위로 드리운 안개 속에서 빙글빙글 돌아가는 헬리콥터의 날개 소리가 들렸다. 로게르 옌뎀이 위를 바라보았다.

"분명 〈베르덴스 강〉에서 띄웠을 겁니다. 거긴 걸핏하면 헬리콥터를 띄우니까. 안개가 걷히지 않았으면 좋겠군요."

"흠. 〈베르덴스 강〉만 사진을 찍으니 아무도 못 찍는 게 낫다?"

"당연하죠. 뭐 아는 것 좀 있어요?"

"당신이 나보다 많이 알 거요." 해리가 말했다. "야간 근무를 하던 경비원이 시신을 발견했고, 즉시 경찰서에 신고했다는 것만 알고 있소. 당신은?"

"머리가 잘렸어요. 여자가 목에 밧줄을 감고, 다이빙대에서 뛰어내렸죠. 겉보기에는 그래요. 알다시피 여자는 체중이 꽤 나가죠. 100킬로그램이 넘을 겁니다.

여자가 넘어간 것으로 추정되는 울타리에서 그녀의 운동복과 같은 재질의 실이 발견됐어요. 그 외에는 단서가 전혀 없으니, 여자 혼자 있었을 거라고 생각하고 있죠."

해리는 담배 연기를 들이마셨다. '머리가 잘렸어요.' 이 기자라는 사람들은 말할 때도 기사를 쓸 때처럼 소위 역피라미드 방식으로 말한다. 즉 가장 중요한 정보를 제일 먼저 말하는 식이다.

"사건 발생 시각은 새벽이겠군." 해리가 유도신문을 했다.

"아니면 밤일 수도 있죠. 남편 말에 따르면, 마리트 올센은 밤 9시 45분에 조깅하러 집을 나섰대요."

"조깅하기에는 늦은 시간이군."

"분명 늘 그 시간에 조깅했을 겁니다. 공원을 독차지하고 싶었던 거죠."

"흠."

"그건 그렇고, 난 시신을 발견한 경비원이나 찾아봐야겠습니다."

"뭐 하러?"

엔뎀이 놀란 표정으로 해리를 바라봤다. "그거야 직접 설명을 듣기 위해서죠. 당연한 거 아닙니까?"

"당연하군." 해리는 그렇게 말하며, 담배를 빨아들였다.

"하지만 경비원은 숨어버린 것 같네요. 여기에도, 집에도 없어요. 분명 충격받았을 겁니다, 불쌍한 친구 같으니."

"수영장에서 시신이 발견된 게 이번이 처음도 아닌데, 뭘. 아마 이번 수사를 지휘하는 담당 형사가 당신 손이 닿지 않도록 경비원을 잘 숨겨뒀을 거요."

"그게 무슨 말입니까? 처음이 아니라니?"

해리는 어깨를 으쓱였다. "내가 여기 온 것만 해도 두세 번은 되지. 젊은 청춘들이 한밤중에 여기 몰래 숨어들거든. 한 번은 자살이었고, 한 번은 사고였소. 술에 취한 네 명이 파티가 끝나고 집에 가는 길에 더 놀고 싶어진 거야. 그래서 누가 다이빙대 맨 끝까지 갈 수 있는지 시합했지. 시합에서 이기려고 객기를 부리다 사망한 소년은 열아홉 살이었소. 가장 나이가 많았던 소년이 그 애의 형이었고."

"맙소사." 옌뎀이 착실하게 대꾸했다.

해리는 마치 서둘러서 가야 할 곳이 있는 사람처럼 손목시계를 보았다.

"분명 밧줄이 아주 튼튼했나 봅니다. 머리가 잘리다니. 그런 얘기 들어본 적 있어요?" 옌뎀이 말했다.

"톰 케첨." 해리는 남은 커피를 한 번에 쭉 들이켜고 자리에서 일어났다.

"케첨?"

"케첨. 홀 인 더 월 갱단 소속이오. 1901년 뉴멕시코에서 교수형에 처해졌지. 평범한 교수대였는데 단지 밧줄을 너무 많이 감은 거요."

"그래요? 얼마나 감았는데요?"

"2미터 넘게."

"겨우? 분명 뚱뚱한 친구였나 보군요."

"아니. 그만큼 목이 부러지기 쉽다는 얘기요."

옌뎀이 그의 등에 대고 뭐라고 외쳤지만, 해리는 듣지 못했다. 그는 수영장 북쪽의 주차장과 잔디밭을 가로지른 다음, 왼쪽으로 꺾어져 수영장 정문으로 이어지는 다리를 건넜다. 수영장 주위에 쳐진 울타리의 높이는 족히 2.5미터가 넘었다. '100킬로그램이 넘을 겁니다.' 마리트 올센은 울타리를 넘으려고 시도했겠지만, 혼자 힘으로는 이 울타리를 넘을 수 없었을 것이다.

해리는 다리 반대편으로 건너가 왼쪽으로 꺾어져서, 이번에는 반대 각도에서 수영장에 다가갔다. 오렌지색 폴리스 라인을 건너뛰어 비탈 맨 위의 한 관목 옆에 멈춰 섰다. 최근 몇 년 간 기억력이 놀랄 만큼 나빠졌지만 사건에 관한 기억만큼은 고스란히 남아 있었다. 아직도 다이빙대에 올라갔던 그 네 소년의 이름을 기억했다. 죽은 소년의 형, 그 애가 해리의 질문에 단조로운 음성으로 대답할 때의 멍한 시선, 그리고 자신들이 들어왔던 곳을 가리키던 그 애의 손도.

해리는 혹시라도 있을지 모를 단서가 훼손되지 않기를 바라며 조심스럽게 발을 내딛고는, 관목을 한쪽으로 밀었다. 오슬로에 있는 공원들은 유지가 잘되는 모양이었다. 계획적인 유지인지는 모르겠지만. 울타리에 뚫린 구멍은 아직 그대로였다.

해리는 쪼그리고 앉아, 구멍의 깔쭉깔쭉한 가장자리를 살펴봤다. 거뭇한 실이 걸려 있었다. 누군가 여기로 몰래 들어간 것이 아니라, 억지로 통과한 흔적이었다. 혹은 떠밀렸거나. 해리는 다른 증거를 찾아보았다. 구멍 맨 위에 기다란 검은색 털실이 달려 있었다. 거기까지는 꽤 높았기 때문에 분명 똑바로 서야 닿을 높이였다. 머리. 그렇다면 털실이라는 게 말이 된다. 털모자일 것이다. 마리트 올센이 털모자를 쓰고 있었을까? 로게르 옌뎀의 말에 따르면 마리트 올센은 공원에서 조깅을 하기 위해 9시 45분에 집을 나섰다. 옌뎀은 그녀가 늘 그 시간에 조깅을 했을 거라고 했다.

해리는 그 장면을 그려보았다. 예년 기온보다 훨씬 따뜻한 저녁의 공원, 덩치 큰 여자가 땀을 뻘뻘 흘리며 달리는 모습이 보였다. 털모자는 보이지 않았다. 털모자를 쓴 사람은 어디에도 없었다. 추의서 쓴 모자가 아니다. 아마 다른 사람의 눈에 띄지 않기 위해서였을 것이다. 검은색 털모자. 발라클라바*일 수도 있다.

해리는 조심스럽게 관목에서 나왔다.

그들의 발소리는 전혀 듣지 못했다.

그의 앞에 한 남자가 총(아마도 오스트리아제 반자동 슈타이어)을 든 채 서 있었다. 총구는 해리를 향해 있었고, 총을 든 남자는 금발에 심한 주걱턱이었다. 그의 벌어진 입에서 꿀꿀거리는 웃음소리가 나오자, 해리는 크리포스 소속의 이 남자, 트룰스 베른트센의 별명이 기억났다. 비비스, 미국 애니메이션 〈비비스와 벗헤드〉에 나오는 그 비비스였다.

두 번째 남자는 땅딸막하고 다리가 휘었으며, 코트 주머니에 양손을 찔러 넣고 있었다. 해리는 저 코트 안에 권총과 핀란드식 이름이 적힌 신분증이 숨겨져 있다는 걸 알고 있었다. 하지만 해리의 관심을 끈 남자는 우아한 회색 트렌치코트를 입은 세 번째 남자였다. 그는 다른 두 남자의 옆에 서 있었다. 하지만 총잡이와 핀란드인의 몸짓에서 마치 그들이 세 번째 남자의 연장선상에 있는 듯한 느낌이 들었다. 그리하여 실제로 총을 쥔 사람도 이 세 번째 남자인 것만 같았다. 그의 가장 인상적인 점은 여자처럼 예쁘장한 얼굴이 아니었다. 어찌나 또렷한지 혹시 마스카라를 바른 게 아닐까 의심될 정도의 짙은 속눈썹도 아니었다. 코도, 턱도, 멋진 광대뼈도 아니었다. 숱이 많고, 희끗희끗하며, 세련되게 다듬은 데다 일반 경찰보다 훨씬 긴 머리카락도 아니었다. 마치 산성비에 노출되었던

* 머리와 얼굴을 완전히 덮어서 눈만 보이는 방한용 모자

사람처럼, 그을린 피부에 다닥다닥 생긴 하얀색 잡티도 아니었다. 아니, 해리에게 가장 인상적이었던 것은 증오였다. 그를 뚫어지게 바라보는 눈동자에 담긴 증오. 그 증오가 어찌나 격렬한지 물리적으로 느껴질 정도였다. 무언가 단단하고 새하얀 물질로.

남자는 이쑤시개로 이를 파고 있었다. 그의 목소리는 해리의 예상보다 높고 부드러웠다. "넌 우리가 수사를 위해 접근 금지로 지정한 지역을 침입했어, 홀레."

"반박의 여지가 없군." 해리가 주위를 둘러보며 말했다.

"왜 그랬지?"

해리는 남자를 바라보며 마음속으로 가능한 대답들을 하나씩 퇴짜놓다가, 마침내 적당한 답이 없음을 깨달았다.

"날 아는 것 같아서 하는 말인데, 지금 내가 누구를 만나는 즐거움을 누리고 있는 거지?" 해리가 말했다.

"아마 이 만남은 우리 둘 다에게 별로 즐거운 경험이 되지 않을 거야, 홀레. 그러니까 지금 당장 여길 떠나서 다시는 크리포스의 범죄 현장 근처에 얼씬대지 마. 알아들었어?"

"글쎄, 듣기는 했지만 완전히 알아듣지는 못하겠군. 만약 내가 경찰에 도움이 될 정보를 알고 있다면 어쩔 거야? 마리트 올센이 어떻게……"

"지금까지 네가 경찰에게 준 도움은……." 부드러운 목소리가 해리의 말을 잘랐다. "경찰의 명성을 더럽히는 일뿐이었어. 내 생각에 넌 술주정뱅이에 범법자에 기생충이야, 홀레. 그러니까 충고 하나 하지. 누군가 널 발뒤꿈치로 뭉개버리기 전에 원래 있었던 곳으로 기어들어가."

해리는 남자를 바라보았다. 직감과 머리의 의견이 일치했다. 하라는 대로 하자. 물러서자. 내겐 맞서 싸울 총알이 없다. 똑똑하게 굴자.

해리도 자신이 똑똑하기를 진심으로 바랐다. 그랬다면 정말 감사하며 살았으리라. 해리는 담뱃갑을 꺼냈다.

"그리고 그 누군가는 그쪽이겠지, 벨만? 당신이 벨만 맞지? 날 미행하라고 사우나 원숭이를 보낸 천재 양반." 해리는 핀란드인을 향해 고갯짓을 했다. "그런 짓을 시키는 걸로 봐서 당신이 과연…… 듬…… 음……." 해리는 적절한 비유를 기억해내려 안간힘을 썼지만, 끝내 기억나지 않았다. 빌어먹을 시차증.

벨만이 끼어들었다. "지금 당장 꺼져, 홀레." 그는 엄지손가락으로 등 뒤를 가리켰다. "어서. 꺼지라고."

"난……." 해리가 말문을 열었다.

"그만." 벨만이 활짝 웃으며 말했다. "널 체포한다, 홀레."

"뭐라고?"

"넌 범죄 현장을 떠나라는 명령을 세 번이나 듣고도 따르지 않았어. 손등 뒤로 돌려."

"이거 왜 이래!" 해리가 으르렁거렸다. 실험실의 미로에서 지극히 예상대로 행동한 끝에 붙잡힌 쥐가 된 듯한 불길한 기분이 들었다. "난 그저……."

베른트센, 일명 비비스가 그의 팔을 밀치는 바람에 해리가 입에 물고 있던 담배가 젖은 땅에 떨어졌다. 해리가 떨어진 담배를 주우려고 허리를 숙이자, 핀란드인이 발로 그의 엉덩이를 걷어찼다. 해리는 앞으로 고꾸라지면서 머리를 땅에 부딪혔고, 입에서는 흙과 담즙의 맛이 났다. 귓가에 벨만의 부드러운 목소리가 들렸다.

"지금 체포에 불응하는 건가, 홀레? 두 손을 등 뒤로 돌리라고 말했을 텐데? 두 손을 여기에 두라고……."

벨만은 자신의 손을 가볍게 해리의 엉덩이에 댔다. 해리는 움직이지 않은 채 코로 씩씩 숨을 들이쉬었다. 벨만이 원하는 게 무엇인지 정확히 알고 있었다. 경관 폭행 혐의. 증인도 둘이나 된다. 127절, 형량은 5년. 그렇게 되면 게임 끝이다. 벨만의 속셈이 뻔히 보이는데도, 해리는 곧 벨만이 원하는 대로 되리라는 걸 알고 있었다. 그래서 다른 것에 집중했다. 비비스의 꿀꿀거리는 웃음소리와 벨만의 오데콜롱 냄새를 머리에서 몰아내고, 그녀를 생각했다. 라켈을 생각했다. 양손을 등 뒤로 돌려 벨만의 손 위에 두고, 머리를 돌렸다. 그들 위에 드리웠던 안개가 바람에 걷히자, 우중충한 하늘을 배경으로 서 있는 가냘픈 하얀색 다이빙 타워가 보였다. 다이빙대에 뭔가가 대롱대롱 매달려 있었다. 아마 밧줄일 것이다.

부드러운 철컥 소리와 함께 수갑이 채워졌다.

벨만은 미델툰스 가 옆의 주차장에 서서 그들이 탄 차가 떠나는 것을 지켜보았다. 그의 트렌치코트 자락이 바람에 부드럽게 휘날렸다.

세 남자가 구치소 카운터에 도착했을 때 그곳을 지키던 경관은 신문을 읽고 있었다.

"잘 있었나, 토레." 해리가 말했다. "전망 좋은 금연실 있어?"

"오랜만이네요, 반장님." 경관은 뒤에 있던 선반에서 열쇠를 집어 들어 해리에게 건넸다. "허니문 스위트로 드리죠."

비비스가 상체를 내밀어 열쇠를 낚아채고는, "갇힐 사람은 바로 이놈이야, 이 멍청한 늙다리야"라고 으르렁거렸다. 토레의 얼굴에 혼란스러운 기색이 역력했다.

핀란드인 콜카가 해리의 몸수색을 하며 열쇠 몇 개와 지갑을 카운터에 꺼내두는 동안, 해리는 사과의 뜻으로 토레에게 얼굴을 찡그려 보였다.

"군나르 하겐에게 전화 좀 해주겠나, 토레? 하겐이……."

콜카가 수갑을 홱 잡아당기자, 수갑이 해리의 살 속을 파고들었다. 두 남자를 따라 안쪽으로 끌려간 해리는 뒤로 나동그라졌다.

가로 2.5미터, 세로 1.5미터의 감방에 해리를 처넣자마자, 콜카는 다시 토레에게 가서 서류에 사인했다. 그동안 비비스는 창살 밖에 서서 해리를 뚫어지게 바라보았다. 비비스는 뭔가 할 말을 마음에 담아두고 기다리는 눈치였다. 그러더니 마침내 분노를 억누르고 떨리는 목소리로 그 말을 내뱉었다.

"기분이 어때, 응? 연쇄살인범을 둘이나 잡고, 텔레비전에도 출연한 대단한 형사 나리께서 이렇게 감방에 갇혀서 창살을 바라보는 기분 말이야, 응?"

"왜 그렇게 화가 난 거야, 비비스?" 해리는 부드럽게 물으며 두 눈을 감았다. 오랜 항해를 마치고 이제 막 뭍에 도착한 사람처럼 몸 안에서 파도의 출렁임이 느껴졌다.

"화나지 않았어. 하지만 좋은 경찰을 총질하는 똘마니는 가만둘 수 없지."

"한 문장에 세 군데나 틀렸군." 해리가 침대에 누우며 말했다. "우선 '경찰을'이 아니라 '경찰에게'야. 둘째로 볼레르 반장은 좋은 경찰이 아니었어. 셋째로 난 그에게 총을 쏘지 않았어. 팔을 뽑아버렸지.* 여기, 어깨 옆으로 말이야." 해리는 시범을 보여주었다.

비비스는 입술을 달싹거렸지만, 아무 말도 하지 않았다.

해리는 다시 눈을 감았다.

---

* 해리 홀레 시리즈의 다섯 번째 책인 《데블스 스타 The Devil's Star》에서 일어난 사건을 가리킨다

사무실

해리가 다시 눈을 떴을 때는 감방에 갇힌 지 두 시간이나 지난 후였다. 군나르 하겐이 감방 밖에서 열쇠로 문을 열려고 끙끙대고 있었다.

"미안하네, 해리. 회의 중이었어."

"괜찮습니다, 보스." 해리는 침대에 누운 채 하품하며 기지개를 켰다. "석방되는 건가요?"

"우리 측 변호사와 이야기했는데, 가도 좋다더군. 구치소에 가두는 건 구금이지 처벌이 아니니까. 크리포스 소속의 두 남자가 자넬 데려왔다고 들었네. 무슨 일인가?"

"경정님이 말씀해주시면 좋겠는데요."

"내가?"

"오슬로에 도착한 후로 전 계속 크리포스의 감시를 받았습니다."

"크리포스?"

해리는 몸을 일으켜 앉아, 한 손으로 뻣뻣한 머리칼을 훑어 내렸다. "놈들은 병원까지 절 따라왔어요. 정식 절차를 밟아 체포했고요. 무슨 일입니까, 보스?"

하겐은 턱을 치켜들고, 후두 위의 살갗을 쓰다듬었다. "젠장, 이런 일을 예상했어야 했는데."

"뭘 예상해요?"

"우리가 자넬 찾아내려 한다는 사실이 새어나갈 수도 있다는 것. 벨만이 어떻게든 그 일을 막으리라는 것."

"추가 설명을 좀 해주시면 고맙겠는데요."

"말했다시피 꽤나 복잡한 문제라네. 이 모든 게 경찰 부서의 예산 감축과 경영 합리화 때문이야. 관할권 때문이지. 강력반과 크리포스의 오랜 싸움일세. 이 작은 나라에 비슷한 전문 지식을 가진 특별 부서를 두 군데나 운영할 자금이 과연 충분한가의 문제이기도 하고. 크리포스의 차장이 새로 임명되면서 문제가 다시 불거졌지. 그 새로운 차장이 바로 미카엘 벨만일세."

"어떤 사람입니까?"

"벨만? 경찰대학을 졸업했고, 노르웨이에서 잠깐 근무하다가 헤이그에 있는 유로폴로 갔지. 그러다 유능한 인재가 되어 출세할 작정을 하고 크리포스에 복귀했고. 첫날부터 인터폴에서 함께 일했던 옛 동료를 고용하겠다며 말썽을 부렸어. 그것도 외국인을 말이야."

"설마 핀란드인은 아니겠죠?"

하겐은 고개를 끄덕였다. "그렇다네. 유시 콜카. 핀란드에서 경찰 훈련을 받긴 했지만, 노르웨이에서 경찰이 될 만한 정식 요건은 하나도 갖추지 못했어. 노조에서는 펄펄 날뛰었지. 결국은 콜카가 교환 직원이 되어 임시 채용되는 걸로 해결됐다네. 벨만의 다음 계획은 대규모 살인사건 수사에 관한 규칙을 세우는 거였어. 수사를 관할 구역에서 맡을지, 아니면 크리포스가 맡을지 우선적으로 크리포스가 결정한다는 내용이지. 그 반대가 아니라."

"그래서요?"

"우리로서는 당연히 그걸 받아들일 수 없지 않겠나. 이 나라에서 가장 큰 살인사건 수사팀이 이 경찰청사에 있으니 말일세. 어떤 사건이 오슬로 관할 구역 소관이고, 어떤 부분에서 크리포스의 도움이 필요하고, 어떤 부분을 크리포스가 맡아주길 바라는지는 우리가 결정하네. 크리포스는 원래 살인사건을 맡은 각각의 관할 구역에게 자신들의 노하우를 제공하기 위해 설립된 단체야. 그런데 벨만은 아무 거리낌 없이 크리포스에게 황제 자격을 부여해버렸어. 이 일에 법무부까지 끌어들였지. 그들은 곧 지금까지 우리가 오랫동안 막아왔던 일을 하려고 들걸세. 살인사건 수사를 중앙집권화시켜서 전문 지식을 하나로 통합하려고 할 거야. 획일화와 파벌 인사의 위험, 지방 정보와 수사 요령 전파의 중요성 등에 관한 우리 주장에는 눈곱만큼도 관심이 없어. 그뿐인가 인사 채용과……."

"고맙습니다만, 전 이미 경정님 편이니 설득하실 필요 없습니다."

하겐은 한 손을 들어 올렸다. "알겠네, 하지만 법무부는 현재 입장 발표를 하려고 하네……."

"어떻게요?"

"실용적인 노선으로 갈 거라더군. 적은 자본으로 비용 효율을 최대한 높이는 게 중요하니까. 만약 크리포스가 관할 구역의 방해를 받지 않고 최상의 성과를 이룰 수 있다는 걸 증명한다면……."

"그럼 모든 권력이 브륀에 있는 크리포스 본사로 가겠군요. 벨만은 큰 사무실을 얻고, 강력반은 사라지는 거고요."

하겐은 어깨를 으쓱였다. "비슷하게 되겠지. 샬로테 롤레스가 닷산 자동차 뒤에서 발견되었을 때 우리는 그 사건이 보르그뉘 스템 뮈레 사건과 유사하다는 걸 알았네. 그리고 그 일로 크리포스와 정면충돌했지. 크리포스에서는 설사 시신이 오슬로에서 발견되었어도, 이중살인은 오슬로 경찰청이 아니라 크리포스 소관이라고 주장했어. 그러면서 자기들끼리 독자적으로 수사를 시작했지. 법무부의 지원을 두고 벌이는 싸움의 결과가 이 사건에 달렸다는 걸 깨달은 거야."

"그러니까 크리포스보다 먼저 이 사건을 해결해야 하는 거군요."

"말했다시피 이건 복잡한 문제일세. 크리포스는 아무런 진척도 없으면서 어떤 정보도 우리와 공유하려 하지 않아. 대신 법무부에 기대고 있지. 법무부에서 청장님께 전화해, 앞으로 수사 책임권을 누구에게 맡길지 결정할 때까지는 이 사건을 크리포스에게 맡기고 싶다고 말했다네."

해리는 천천히 고개를 저었다. "이제야 이해가 가는군요. 그래서 경정님이 그렇게 절박하게……."

"절박한 정도는 아니었네."

"절박하게 연쇄살인범 추적꾼인 저를 찾아내신 거군요. 전 더 이상 정식 직원도 아닌 외부인이고, 이 사건을 비밀리에 조사할 수 있을 테니까요. 그래서 이 일에 대해서도 함구해야 했던 거고요."

하겐은 한숨을 쉬었다. "하지만 벨만이 알아낸 모양이야. 그래서 자네에게 미행을 붙였고."

"경정님이 법무부의 요청에 순응하는지 보려고 그랬겠죠. 또 제가 사건 보고서를 읽거나, 증인을 취조하면 절 현행범으로 붙잡기 위해서요."

"그보다 더 효과적인 방법도 있네. 자네를 이 게임에서 탈락시키는 거지. 자네가 딱 한 번만 실수를 저질러도 그걸 빌미로 정직시킬 수 있으니까. 근무 시간에 맥주를 한잔한다든지, 규칙을 하나라도 어긴다든지."

"흠. 아니면 체포에 불응하거나요. 벨만은 일을 더 심각하게 만들려는 모양이군요. 비열한 놈."

"내가 얘기해보겠네. 어차피 자네가 이 사건을 맡고 싶어 하지 않는다는 걸 알게 되면, 벨만도 그만둘 거야. 자네를 엿 먹일 이유가 없으니까." 하겐은 손목시계를 힐끗 보았다. "일이 있어서 난 가봐야겠네. 그만 나가지."

◆

두 사람은 구치소를 나와 주차장을 가로질러, 경찰청사 정문 앞에 멈취 섰다. 콘크리트와 강철로 만들어진 경찰청사는 공원을 거느리고 있었다. 그들 옆에는 지하 배수로를 통해 경찰청사와 연결되어 있는 오슬로 구빨 감옥, 봇센의 낡은 회색 벽이 우뚝 솟아 있었다. 그 아래로 그뢴란 지역이 피오르와 항구까지 펼쳐져 있었다. 도심의 외관은 마치 재라도 내려앉은 듯이 지저분하며 창백했다. 항구 근처에는 하늘을 배경으로 크레인이 교수대처럼 서 있었다.

"예쁜 전망은 아니야. 안 그런가?"

"네." 해리가 숨을 들이쉬며 말했다.

"그래도 이 도시에는 뭔가가 있어."

해리는 고개를 끄덕였다. "맞습니다."

두 사람은 주머니에 양손을 찔러 넣은 채, 체중을 발꿈치에 실었다가 내리기를 반복하며 한동안 서 있었다.

"쌀쌀하군요." 해리가 말했다.

"아닌데."

"그럴지도 모르죠. 하지만 제 온도계는 아직 홍콩에 맞춰져 있어서요."

"그렇군."

"위층에서 경정님을 기다리는 건 커피 아닌가요?" 해리가 몸짓으로 7층을 가리키며 말했다. "아니면 일인가요? 마리트 올센 사건?"

하겐은 대답하지 않았다.

"흠. 그럼 벨만과 크리포스도 그 사건을 조사하고 있겠군요."

❖

7층의 레드존 복도를 가로질러 가며 해리는 드문드문, 느릿한 인사를 받았다. 그는 이 건물의 전설이었을지 몰라도, 결코 인기 있는 사람은 아니었다.

두 사람은 '나는 죽은 사람이 보여요'라고 적힌 A4 용지가 붙은 사무실 문 앞을 지나갔다.

하겐은 헛기침을 했다. "망누스 스카레에게 자네 사무실을 쓰게 했네. 다른 곳은 다 인원 초과라서 말이야."

"괜찮습니다." 해리가 말했다.

그들은 간이 부엌으로 가서, 악명 높은 사이폰 커피*를 종이컵에 한 잔씩 따랐다.

하겐의 사무실로 들어간 해리는 하겐의 책상 맞은편 의자에 앉았다. 예전에 숱하게 앉았던 의자였다.

"여전히 있군요." 해리는 책상 위의 기념품을 향해 고갯짓을 했다. 얼핏 보면 하얀색 느낌표처럼 보이는 그 물건은 사실 박제된 새끼손가락이었다. 해리는 그 손가락의 주인이 2차 세계대전 당시 일본인 대대장이라는 것을 알고 있었다. 자신의 군대가 후퇴하게 되자, 대대장은 죽은 전우들의 시신을 가져오지 못하는 것을 사과하는 의미로 부하들 앞에서 새끼손가락을 잘랐다. 하겐은 중간 관리자들에게 리더십을 가르칠 때 그 이야기를 즐겨 들려주곤 했다.

"자넨 여전히 없군." 하겐은 해리의 손을 향해 고갯짓했다. 종이컵을 든 손에는 가운뎃손가락이 없었다.

해리는 순순히 인정하고 커피를 마셨다. 커피 맛도 여전했다. 타르를 녹인 듯한 맛.

해리는 얼굴을 찡그렸다. "세 명으로 된 팀이 필요합니다."

하겐은 천천히 마시다가, 종이컵을 내려놓았다. "세 명으로 되겠나?"

"늘 그렇게 말씀하시네요. 제가 소수의 인원으로만 일한다는 거 아시잖습니까."

---

* 증기압을 이용해 추출해내는 커피

"이번에는 나도 불평하지 않겠네. 인원이 적을수록 우리가 이중살인사건을 조사 중이라는 소문이 크리포스와 법무부의 귀에 들어가지 않을 테니까."

"삼중살인입니다." 해리가 하품을 하며 말했다.

"잠깐만, 아직 마리트 올센의 죽음이 살인인지……."

"밤중에 혼자 있던 여자가 납치되어 전례가 없는 방법으로 살해된 겁니다. 이 작고 늙은 오슬로에서 세 번째 살인이죠. 삼중살인입니다. 절 믿으세요. 인원이 몇 명이든 간에, 우리의 진로가 크리포스와 겹치지 않도록 각별히 주의하겠습니다. 그 점은 약속드리죠."

"그래. 알고 있네. 그렇기 때문에 만약 자네의 수사가 세상에 밝혀지면, 그 일은 강력반과 아무 상관없는 일이 되어야 하네."

해리는 눈을 감았다. 하겐은 말을 이었다.

"물론 우리 직원들 몇 명이 연루된 것은 유감스럽지만, 이 일은 악명 높은 이단아 해리 홀레가 독자적으로 벌인 일이라고 발표할 걸세. 강력반 책임자도 모르게 말이야. 자네도 그렇게 말해야 하네."

해리는 다시 눈을 뜨고, 하겐을 바라보았다.

하겐도 그를 마주보았다. "질문 있나?"

"네."

"말해보게."

"어디서 새는 겁니까?"

"뭐라고?"

"벨만에게 고자질하는 사람이 누구냐고요."

하겐은 어깨를 으쓱였다. "벨만에게 우리가 하는 일을 알아내는 조직적인 접근 경로가 있다는 느낌은 못 받았네. 자네의 귀국에 관한 소식은 여러 곳에서 들을 수 있었을 거야."

"망누스 스카레가 아무 데서나 분간 못하고 떠들어대는 습관이 있죠."

"더는 묻지 말게, 해리."

"좋습니다. 어디에 진을 칠까요?"

"그래, 그래." 군나르 하겐은 마치 두 사람이 이미 이 일을 의논했던 것처럼 고개를 여러 차례 끄덕였다. "사무실 문제라면……."

"네."

"말했다시피 여긴 초만원일세. 그러니까 외부로 알아봐야겠군. 그다지 멀지 않은 곳으로."

"좋습니다. 그래서 어디요?"

하겐은 창밖을, 봇센 감옥의 회색 벽을 바라보았다.

"농담이시겠죠?" 해리가 말했다.

신규 모집

비에른 홀름은 오슬로, 브륀 구의 과학수사과 회의실에 들어섰다. 창밖으로 태양이 물러나며 오후의 어스름이 도심에 내려앉고 있었다. 주차장은 차들로 빼곡했고, 길 건너 크리포스 건물 앞에는 버스 한 대가 서 있었다. 지붕에 위성접시가 달리고, 측면에 노르웨이 방송국 로고가 찍힌 하얀색 버스였다.

회의실에는 홀름의 상사인 베아테 뢴뿐이었다. 유달리 창백하고 몸집이 작으며 몸가짐이 차분한 여자였다. 아무것도 모르는 사람이 봤다면, 저런 여자가 노련하고 전문적이며 자의식 강하고 괴팍한 데다 충돌을 꺼리는 과학수사 요원들을 이끄는 것은 무리라고 생각했을 것이다. 하지만 그녀야말로 그런 요원들을 다룰 수 있는 유일한 적임자임을 알 만한 사람은 안다. 그녀가 경찰이었던 아버지와 역시 경찰이었던 아기 아빠를 영원히 떠나보내고도 꿋꿋하고 당당하게 살아간다는 사실로 직원들의 존경을 받아서가 아니었다. 그녀가 최고의 과학수사 요원이며, 신뢰와 성실함, 진지함이 흘러넘치기 때문이다. 따라서 베아테 뢴이 눈을 내리깔고, 볼을 붉힌 채 조용한 어조로 명령을 내리면 그 명령은 즉시 이행되었다. 그래서 비에른 홀름도 오라는 전갈을 받자마자 이곳으로 달려왔다.

베아테 뢴은 텔레비전 화면 앞으로 다가간 의자에 앉아 있었다.

"기자회견실에서 생방송으로 중계하고 있어." 그녀가 고개를 돌리지 않은 채 말했다. "앉아."

홀름은 텔레비전 속의 사람들을 단번에 알아보았다. 지금 이 순간, 바로 길 건너편에서 벌어지는 일을 알기 위해 우주까지 수천 킬로미터를 여행하고 돌아온 텔레비전 신호를 바라본다는 것이 참으로 희한하게 느껴졌다.

베아테 뢴은 음량을 키웠다.

"정확하게 이해하셨습니다." 미카엘 벨만이 앞에 설치된 마이크를 향해 몸을 내밀며 말하고 있었다. "현재로서는 단서도, 용의자도 없습니다. 그리고 다시 한 번 말하지만 자살의 가능성도 배제하지 않고 있습니다."

"하지만 아까 말할 때는……." 기자석에서 누군가의 목소리가 흘러나왔다.

벨만이 그 여기자의 말을 잘랐다. "이 죽음을 '의심스럽게' 본다고만 했습니다. 기자니까 당연히 정확한 뜻은 아시겠죠? 그렇지 않다면야……." 벨만은 말을 끝맺지 않은 채 카메라 뒤에 서 있던 다른 기자를 지목했다.

"〈스타방에르 아프텐블라드〉입니다." 염소 울음소리 같은 로갈란 주의 사투리가 느릿느릿 흘러나왔다. "경찰에서는 이 사건과 앞선 두 사건 간에 연관성이 있다고……?"

"아뇨! 계속 지켜봤다면, 우리가 연관성을 '배제하지 않는다'고만 했다는 걸 들었을 텐데요."

"듣긴 들었습니다." 느리고 침착한 사투리가 이어졌다. "하지만 여기 모인 우리 기자들은 당신들이 '배제하지 않는' 것보다 당신들의 생각에 더 관심이 있거든요."

비에른 홀름은 벨만이 조바심에 양 입꼬리를 잡아당기고, 독기 어린 시선으로 상대를 노려보는 모습을 보았다. 벨만 옆에 서 있던 제복 입은 여경관 니니가 마이크를 손으로 가리더니, 벨만에게 몸을 기울여 뭔가를 속삭였다. 벨만의 안색이 어두워졌다.

"미카엘 벨만은 기자들을 어떻게 다뤄야 하는지 특강을 받고 있군요." 비에른 홀름이 말했다. "제1강, 정수리에 털 난 짐승들은 쓰다듬어주어라. 특히나 지방 신문사는."

"신참이잖아. 배우게 될 거야." 베아테 뢴이 말했다.

"과연 그럴까요?"

"응. 벨만은 배워나가는 타입이야."

"겸손은 배워서 생기는 게 아니라고 들었는데요."

"진정한 겸손은 그렇지. 하지만 상황을 봐서 꼬리를 내리는 건 현대 커뮤니케이션의 기본이야. 니니도 그렇게 말했을 거고. 벨만은 똑똑하니까 그 말을 알아들을 거야."

화면 속의 벨만이 기침을 하더니, 억지로 소년 같은 미소를 지으며 마이크 위로 몸을 숙였다. "제 말투가 퉁명스러웠다면 사과드립니다. 하지만 오늘은 우리 모두에게 힘든 하루였습니다. 그 비극적인 사건을 다시 조사해야 한다는 생각에 제 마음이 급해졌다는 사실을 이해해주시기 바랍니다. 일단은 여기서 끝내고, 추가 질문이 있으신 분은 여기 니니에게 직접 연락하십시오. 이따 저녁에 다시 기자회견을 열도록 노력하겠습니다. 기사 마감 전에요. 어떻습니까?"

"내가 뭐랬어?" 베아테가 의기양양하게 웃었다.

"스타 탄생이로군요." 홀름이 말했다.

화면이 하얀 점으로 줄어들며 꺼지더니, 베아테 뢴이 몸을 돌렸다. "반장님이 전화했어. 널 넘겨달래."

"절요? 뭘 하는데요?"

"뭘 하는지는 네가 더 잘 알 텐데. 반장님이 귀국했을 때 하겐 경정이랑 공항에 있었다며?"

"아이쿠." 홀름은 윗니와 아랫니를 모두 드러내며 미소 지었다.

"경정님은 반장님 설득 작전에 널 투입하고 싶어 했던 거 같아. 넌 반장님이 함께 일하고 싶어 하는 몇 안 되는 사람이니까."

"그렇게까지 친한 사이는 아니에요. 게다가 반장님은 그 일을 거절하셨고요."

"이젠 마음을 바꾼 것 같던데."

"그래요? 어쩌다요?"

"그건 말 안 했어. 그냥 내 허락을 받는 게 순서인 것 같다는 말만 했어."

"당연하죠. 과장님이 여기 책임자니까."

"그래도 반장님과 관련해서 당연한 건 없지. 너도 알다시피, 난 반장님을 꽤 잘 아니까."

홀름은 고개를 끄덕였다. 두 사람이 각별한 사이라는 건 그도 알고 있었다. 베아테 뢴의 남자친구이자, 예비 아빠였던 잭 할보르센은 홀레 반장의 수사를 돕다가 살해되었다. 엄동설한의 어느 겨울날, 그뤼네르뢰카에서 환한 대낮에 칼로 가슴을 찔린 것이다. 홀름은 할보르센이 살해된 직후, 현장에 도착했다. 푸른 얼음이 뜨거운 피로 흠뻑 젖어 있었다. 경찰의 죽음. 아무도 해리 홀레를 비난하지 않았다. 그 자신만 제외하고.

홀름은 짧은 구레나룻을 긁적였다. "그래서 뭐라고 하셨어요?"

베아테는 숨을 깊이 들이쉬고는, 크리포스 빌딩에서 급히 빠져나오는 기자들과 사진기자들을 바라보았다. "지금부터 내가 하려는 말을 그대로 했지. 법무부는 크리포스에게 우선권을 준다고 밝혔고, 따라서 이 사건과 관련해 내가 우리 수사 요원을 넘겨줄 수 있는 대상은 오로지 벨만뿐이라고."

"하지만?"

베아테는 볼펜으로 테이블을 세게 톡톡 내려쳤다. "하지만 이 이중살인 말고도 다른 사건들이 있지."

"삼중살인이에요." 베아테가 날카롭게 바라보자, 홀름이 덧붙였다.

"정말이라니까요."

"반장님이 뭘 조사 중인지 난 정확히 모르지만, 분명 그 일련의 살인사건들은 아냐. 그 점에 있어서는 반장님과 내 의견이 완벽히 일치했어. 따라서 앞으로 2주 동안, 넌 내가 모르는 다른 사건을 조사하러 가는 거야. 그 일이 뭐든 네가 작성한 첫 번째 보고서의 복사본을 내 책상에 올려놓도록. 오늘부터 주말 제외하고 닷새 후까지. 알겠어?"

―◇―

카야 솔네스는 마음속으로 환하게 웃었다. 앉아 있던 회전의자를 빙글빙글 돌리고 싶은 충동을 참기 힘들 정도였다.

"하겐 경정님만 좋다면야 저도 당연히 합류하죠." 카야는 속마음을 감추려고 했지만, 그녀가 듣기에도 기쁨에 겨운 목소리였다.

"경정님은 좋다고 했어." 한 팔을 머리 위로 올린 채 문틀에 기대, 문간에 대각선을 그리며 서 있는 남자가 말했다. "그러니까 자네와 나, 홀름, 이렇게 셋이야. 우리가 수사하는 사건이 뭔지는 극비사항이고. 내일부터 시작이야. 7시까지 내 사무실로 와."

"아⋯⋯. 7시요?"

"칠, 세븐, 07시 00분."

"알겠어요. 사무실은 어디죠?"

남자는 씩 웃으며 설명했다.

카야는 믿을 수 없다는 표정으로 그를 바라보았다. "감옥에 있다고요?"

문간의 대각선이 느슨해졌다. "거기서 봐. 모든 게 준비 완료야. 질문 있어?"

카야는 몇 가지 질문이 있었지만, 해리는 이미 가고 없었다.

❖

이제는 낮에도 꿈을 꾸기 시작한다. 아직도 멀리서 'Love Hurts'를 연주하는 밴드의 소리가 들린다. 우리 주위에 몇몇 소년들이 서 있지만 곁으로 다가오지는 않는다. 잘됐다. 나로 말하자면, 그녀를 바라보고 있다. 네가 무슨 짓을 했는지 보여? 나는 그렇게 말하려고 노력한다. 저 남자를 봐. 이래도 그를 원해? 맙소사. 저 여자가 미워 죽겠다. 내 입에서 칼을 꺼내 그녀를 찌르고 싶다. 그녀의 몸에 구멍을 내서 피와 내장, 거짓말, 어리석음, 바보 같은 독선이 콸콸 흘러나오는 것을 보고 싶다. 누군가 그녀의 내면이 얼마나 추악한지 그녀에게 보여줘야 한다.

텔레비전으로 기자회견을 봤다. 무능력한 저능아들! 단서도, 용의자도 없단다! 사건 발생 후의 황금 같은 48시간이 모래처럼 빠져나간다. 서둘러, 서둘러라고. 내가 어떻게 해줄까? 벽에 피로 써주기라도 할까?

이 살인이 계속되는 건 너희들 탓이다.

편지가 완성되었다.

서둘러.

15
스트로브 라이트

스티네는 방금 자신에게 말을 건 청년을 바라보았다. 턱수염을 길렀고, 금발에 털모자를 썼다. 그것도 실내에서. 더구나 실내용 모자가 아니라, 귀를 따뜻하게 감싸는 두툼한 모자였다. 스노보더인가? 어쨌거나 자세히 들여다보니, 청년은 아니었다. 서른은 넘어 보였다. 갈색으로 그을린 피부에 하얀 주름이 있었기 때문이다.

"그래서요?" 스티네는 스테레오에서 쿵쿵 흘러나오는 음악을 뚫고 큰 소리로 외쳤다. 최근에 오픈한 이 레스토랑 크라베는 여기야말로 스타방에르*의 젊은 전위 음악가, 영화감독, 작가들의 새로운 본거지라고 주장했다. 사업 지향적이고, 달러가 중요시되는 석유 산업 도시 스타방에르에는 그런 예술가들이 꽤 많았다. 하지만 여기 모인 사람들은 크라베가 자신들의 호의를 살 만한 곳인지 아닌지 아직 결정하지 않았다. 마찬가지로 스티네도 이 청년, 아니 이 남자가 자신의 호의를 살 만한 사람인지 아닌지 아직 결정하지 않았다.

"당신이 내 말을 들어줘야 할 것 같아서요." 남자가 자신감 넘치는 미소를 지으며 그녀를 바라보았다. 그녀의 눈에는 지나치게 연한 푸른색으

---

* 노르웨이 남서부 로갈란 주의 주도

로 보이는 눈동자였다. 여기 조명 때문일까? 스트로브 라이트인가? 저 조명이 멋있나? 시간이 지나면 알게 되리라. 남자는 맥주잔을 집어 들고 바에 등을 기댔다. 따라서 그가 하는 말을 들으려면 상체를 내밀어야 했지만 그녀는 그 수법에 넘어가지 않았다. 남자는 두툼한 패딩 점퍼를 입었는데도, 그 우스꽝스러운 털모자 밑의 얼굴에는 땀이 한 방울도 맺혀 있지 않았다. 아니면 저 모자가 시원한가?

"미얀마 델타 지역을 자전거로 일주한 사람 중에 그 이야기를 들려줄 수 있을 만큼 쌩쌩한 경우는 아주 드물죠."

지나칠 정도로 쌩쌩하군. 아무래도 수다쟁이 같다. 스티네도 어느 정도는 수다쟁이를 좋아했다. 그런데 이 남자, 누군가를 닮았다. 옛날 미국 영화나 1980년대 미국 드라마에 나왔던 액션 영웅을 연상시켰다.

"만약 스타방에르에 돌아가게 된다면, 바에서 맥주 한 잔을 마시고 거기서 가장 매력적인 여자에게 지금 내가 하려는 이 말을 하겠다고 결심했죠." 남자는 양팔을 활짝 벌리더니, 새하얀 이를 드러내며 함박웃음을 지었다. "당신이 푸른 탑 옆의 소녀 같아요."

"네?"

"러디어드 키플링 몰라요, 아가씨? 당신은 모울메인의 오래된 푸른 탑 옆에서 영국 군인을 기다리던 소녀예요. 그러니 어떡할래요? 나와 함께 맨발로 쉐다곤의 대리석 위를 걸어다닐래요? 바고에서 코브라 고기도 먹고, 양곤에서는 이슬람교도들의 기도 소리가 울려 퍼질 때까지 잤다가 만달레이의 절에서 눈을 뜨는 겁니다."

남자는 숨을 들이쉬었다. 스티네는 상체를 내밀었다. "그러니까 내가 여기서 가장 매력적인 여자라는 거예요?"

남자는 주위를 둘러보았다. "아뇨, 하지만 당신 가슴이 제일 커요. 얼굴도 예쁘긴 하지만, 여긴 워낙 경쟁이 치열해서 당신이 제일 예쁠 순 없죠. 함께 나갈래요?"

스티네는 깔깔 웃으며 고개를 저었다. 이 남자가 웃기는 건지, 아니면 그냥 미친 건지 알 수가 없었다.

"난 일행이 있어요. 그 작업 멘트는 다른 여자에게 써먹어요."

"엘리아스."

"뭐요?"

"내 이름이 뭔지 궁금하잖아요. 혹시 또 만날지 모르니까. 내 이름은 엘리아스 스코그예요. 성은 잊어버리겠지만, 엘리아스는 기억할 겁니다. 그리고 우린 다시 만날 거예요. 생각보다 빨리."

그녀는 머리를 갸우뚱 기울였다. "그래요?"

그는 맥주를 다 들이켜고 잔을 내려놓더니, 그녀에게 미소를 짓고 가버렸다.

"누구야?"

친구 마틸데였다.

"모르는 사람이야. 괜찮은데 좀 이상해. 말투가 동부 출신 같아."

"이상해?"

"눈이 왠지 이상해. 치아도 그렇고. 혹시 여기 조명이 스트로브 라이트야?"

"스트로브 라이트?"

스티네가 웃었다. "일광욕실의 치약 색깔 조명 같은 거 있잖아. 얼굴을 좀비처럼 보이게 하는 거."

마틸데가 고개를 저었다. "넌 술 좀 마셔야겠다. 이리 와."

스티네는 마틸데를 따라가며 출구 쪽으로 몸을 돌렸다. 누군가가 창문에 얼굴을 대고 있는 것 같았는데, 다시 보니 아무도 없었다.

16
스피드 킹

밤 9시, 해리는 오슬로 도심을 가로질러 걷고 있었다. 아침 내내 새 사무실로 의자와 책상을 날랐다. 오후에는 병원에 갔지만 아버지는 무슨 검사를 받는 중이었다. 그래서 다시 사무실로 돌아가 보고서를 복사하고, 몇 군데 전화하고, 베르겐 행 티켓을 예약하고, 서둘러 상점가로 가서 담배꽁초만 한 심카드를 샀다.

해리는 성큼성큼 걸어갔다. 이 아담한 도시를 동서로 가로지르며 사람이나 패션, 인종, 건물, 상점, 카페, 술집 등이 점진적이면서도 확연하게 변하는 모습을 지켜보는 일은 늘 즐거웠다. 맥도날드에 들러 햄버거를 하나 먹고, 빨대 세 개를 챙겨 코트 주머니에 넣은 다음, 산책을 계속했다.

빈민가 같은 그뢴란의 파키스탄인 거주지에 들어선 지 30분 후, 해리는 어느새 자신이 웨스트엔드에 와 있음을 깨달았다. 티끌 한 점 없이 깨끗하고 말끔하며, 오로지 백인들만 모여 사는 지역이었다. 카야 솔네스의 집은 뤼데르 사겐스 가에 있는 크고 오래된 목제 저택이었다. 어쩌다 매물로 나오면 오슬로 시민들이 긴 줄을 서는 그런 저택. 집을 사기 위해서가 아니라(그 정도로 경제적 여유가 있는 사람은 매우 드물다) 구경하고 꿈꾸기 위해서, 역시 파게르보르그 지역이 소문대로라는 것을 확인하기 위해서였다. 이곳은 부유하되 지나치게 부유하지 않았고, 졸부들이 살지 않으며, 수영장이나 전동 차고문 혹은 천박한 현대 발명품이 발을 들이지 못하는 동네라는 소문이었다. 여기 주민들은 그들을 지칭하는 파게르보르게르*의 의미 그대로 늘 지금까지와 같은 삶을 고수하기 때문이다. 여름이면 그늘이 많은 정원의 사과나무 아래에 자신들이 사는 집만큼이나 쓸데없이 크고, 거뭇거뭇 때가 탄 옥외용 테이블과 의자를 내놓는다. 그 가구들이 다시 집 안으로 들어가고 낮이 점점 짧아지면, 납틀 창문 안쪽에 촛불이 밝혀진다. 뤼데르 사겐스 가는 10월부터 3월까지 크리스마스 분위기가 감돈다.

대문이 어찌나 삐거덕거리며 열리는지 따로 개를 키울 필요가 없을 듯했다. 실제로도 그러기를 해리는 바랐다. 부츠 아래로 자갈이 오도독 소리를 냈다. 옷장에서 이 부츠를 발견하고 재회했을 때는 어린아이처럼 기뻤지만, 지금은 양쪽 모두 흠뻑 젖어 있었다.

그는 현관 계단을 올라가, 이름이 적혀 있지 않은 초인종을 눌렀다.

문 앞에는 예쁜 여자용 구두 한 켤레와 남자 신발 한 켤레가 있었다. 46사이즈**쯤 되어 보였다. 카야의 남편은 덩치가 크다고 말하는 듯했다. 남편이 있는 게 당연하다. 왜 미혼일 거라고 생각했을까? 그는 분명 그녀를 미혼이라고 생각했다. 무슨 상관인가. 현관문이 열렸다.

"반장님?" 카야는 지나치게 훌렁한 모직 재킷에 물 빠진 청바지, 펠트 슬리퍼 차림이었다. 재킷은 앞을 여미지 않았고, 슬리퍼는 어찌나 낡았는지 검버섯까지 피어 있었다. 화장기 없는 맨얼굴, 그저 놀란 미소뿐이었다. 그런데도 그녀는 해리가 오기를 기다리고 있었던 사람 같았다. 마치 그가 이렇게 불쑥 찾아오리라는 걸 알고 있었다는 듯이. 물론 그는 홍콩에 있을 때 카야의 눈동자에서 이미 그것을 보았다. 좋은 쪽으로든 나

---

* Fagerborger, 훌륭한 시민이라는 뜻
** 300밀리미터

뿐 쪽으로든 명성을 떨치는 남자들에게 많은 여자들이 느끼는 끌림을. 그는 자신의 발걸음을 이 집으로 향하게 한 일련의 사고 과정을 종합적으로 분석해보지는 않았다. 하지만 46 혹은 46.5 사이즈의 신발을 보니 안 하길 잘했다는 생각이 들었다.

"하겐에게 주소를 물어봤어. 우리 집에서 걸어갈 수 있는 거리이기에 전화하는 대신 들러보자고 생각했지." 해리가 말했다.

카야는 음흉한 미소를 지었다. "휴대전화 없으시잖아요."

"틀렸어." 해리는 주머니에서 빨간 휴대전화를 꺼냈다. "하겐에게 받았지. 근데 벌써 비밀번호를 잊어버렸어. 내가 방해한 건 아니야?"

"아뇨, 아뇨." 카야는 문을 활짝 열었고, 해리는 집 안으로 들어섰다.

한심하게도 그녀가 나오기를 기다리는 동안, 그의 심장 박동이 잠시 빨라졌었다. 15년 전이었다면 그런 자신에게 짜증이 났겠지만 이제는 포기했다. 미인 앞에서는 자신이 늘 그렇게 조금 약해진다는 진부한 사실을 받아들이기로 했다.

"커피를 내리던 중이었어요. 좀 드실래요?"

두 사람은 거실로 갔다. 벽은 책이 빡빡하게 꽂힌 책장과 사진들로 뒤덮여 있었다. 책이 어찌나 많은지 그녀 혼자서 다 읽었을 성싶지 않았다. 거실은 분명 남성적 색채가 물씬 풍겼다. 큼직하고 모난 가구, 지구본, 물담배, 또 다른 선반에 꽂힌 옛날 레코드판, 지도, 눈 덮인 고산의 사진들. 해리는 남편이 카야보다 훨씬 연상이라는 결론을 내렸다. 텔레비전은 켜져 있었지만, 소리는 나지 않았다.

"뉴스마다 마리트 올센이 주요 소식이에요." 카야가 리모컨을 들어 텔레비전을 끄면서 말했다. "야당 지도자 두 명이 일어나서 빠른 해결을 촉구하더군요. 정부에서 조직적으로 경찰을 해체하고 있다고 주장했어요. 당분간 크리포스도 잠잠할 날이 없겠어요."

"아까 말한 커피 좀 마실 수 있을까?" 해리의 말에 카야가 쪼르르 부엌으로 달려갔다.

그는 소파에 앉았다. 존 판테의 책이 커피 테이블에 엎어져 있었다. 그 옆에는 여성용 안경이 있었고, 그 옆에는 프롱네르 수영장을 찍은 사진이 있었다. 범죄 현장이 아니라, 구경하기 위해 폴리스 라인 밖에 모여든 사람들을 찍은 사진이었다. 해리는 만족스러운 신음 소리를 냈다. 카야가 집까지 일거리를 가져와서만이 아니라, 감식반에서 이런 사진을 계속 찍었다는 사실 때문이었다. 감식반에게 늘 군중을 찍으라고 주장해 온 사람이 해리였다. 그가 FBI에서 연쇄살인에 관해 공부할 때 배운 가르침이었다. 살인자들이 범죄 현장에 돌아온다는 말은 괜한 소리가 아니다. K-마트맨과 샌안토니오의 킹 브라더스는 바로 그 때문에 체포되었다. 자신의 작품에 탄복하고, 자신이 일으킨 그 모든 소동을 구경하고, 사람들이 얼마나 연약한지 느끼기 위해 범죄 현장으로 돌아가고픈 충동을 억누르지 못한 것이다. 과학수사과 직원들은 그것을 홀레의 여섯 번째 계명이라 불렀다. 그렇다, 그런 계명은 아홉 개가 더 있었다. 해리는 사진을 휘리릭 넘겼다.

"우유 안 넣으시죠?" 카야가 부엌에서 외쳤다.

"응*."

"넣으세요? 히스로 공항에서는……."

"내 말은, 자네 생각이 맞다는 뜻의 '응'이야. 맞아, 난 우유 안 넣어."

"아하. 반장님은 광둥어 체계로 넘어가셨군요."

"뭐라고?"

"이중부정을 사용하지 않으시잖아요. 광둥어가 더 논리적이죠. 반장님은 논리적인 걸 좋아하시고요."

"그래? 광둥어가 정말 논리적이야?"

---

*Ja. 노르웨이어도 영어와 마찬가지로 부정의문문에 ja로 대답하면 긍정의 의미. 따라서 원래는 '응, 우유를 넣어'의 뜻이지만, 해리는 우리말처럼 '응, 안 넣어'의 의미로 사용했다

"저도 몰라요. 그냥 똑똑한 척해본 거예요." 카야가 부엌에서 깔깔 웃었다.

해리는 이 사진들이 몰래 찍혔다는 걸 알 수 있었다. 플래시를 터뜨리지 않고, 엉덩이 높이에서 찍었다. 관중들의 관심은 다이빙대로 향해 있었다. 멍한 눈동자와 반쯤 벌어진 입은 이렇게 기다리기가 지루하다는 표정이었다. 고작 끔찍한 무언가를 잠깐 좀 보겠다고, 앨범에 꽂아두거나, 나중에 이웃 사람들을 깜짝 놀라게 할 수 있는 사진 좀 건지겠다고 말이다. 한 남자는 머리 위로 휴대전화를 들고 있었다. 분명 사진을 찍는 것이리라. 해리는 보고서 더미 위에 놓여 있던 돋보기를 집어 들고, 얼굴을 하나씩 꼼꼼히 바라보았다. 자신이 찾는 게 무엇인지 그도 몰랐다. 그의 머릿속은 텅 비어 있었다. 이것이 최선의 방법이다. 이렇게 해야 거기에 있을지도 모를 무언가를 놓치지 않는다.

"뭐 좀 나왔어요?" 카야가 그의 의자 뒤에 서서, 허리를 숙였다. 라벤더 비누의 순한 향이 풍겼다. 일전에 비행기에서 그녀가 해리의 어깨에 기대어 잠들었을 때도 맡았던 향이다.

"흠. 이 사진들에서 뭐가 나올 거라고 생각해?" 해리가 커피가 든 머그컵을 받으며 물었다.

"아뇨."

"근데 왜 집으로 가져온 거야?"

"모든 경찰 업무의 95퍼센트는 삽질이니까요."

그녀는 해리의 제3계명을 인용했다.

"그리고 그 삽질을 즐기는 법을 배워야 한다. 아니면 미칠 것이다."

제4계명.

"보고서는?" 해리가 물었다.

"경찰에게 있는 건 보르그뉘와 샬로테의 보고서뿐인데, 그나마 아무것도 없어요. 법의학적 단서도 없고, 특이한 행동을 했다는 진술도 없어요.

철천지원수나 질투심 많은 연인, 탐욕스러운 상속인, 정신 나간 스토커, 인내심이 부족한 마약상이나 빚쟁이들에 대한 정보도 없고요. 한마디로…….”

"단서도, 뚜렷한 동기도, 살인 도구도 없군. 마리트 올센 사건과 관련된 사람들을 만나보고 싶지만, 알다시피 우린 그 사건을 조사하는 게 아니니까."

카야는 미소를 지었다. "물론이죠. 그건 그렇고, 오늘 〈베르덴스 강〉의 정치부 기자와 얘길 좀 했어요. 국회 출입 기자들 가운데 마리트 올센에게 우울증이 있다거나, 현재 힘든 시기라거나, 자살을 생각한 적이 있다는 얘기를 들은 사람은 없대요. 공적으로나 사적으로 적이 있다는 얘기도 없었고요."

"흠."

해리는 일렬로 늘어선 군중들의 얼굴을 훑어보았다. 몽유병자의 눈동자를 하고, 아이를 안은 채 서 있는 여자가 있었다.

"이 사람들이 원하는 게 뭘까?" 군중들 뒤로 그 자리를 떠나는 한 남자의 뒷모습이 보였다. 패딩 점퍼, 털모자. "충격, 놀라움, 재미, 정화……."

"놀랍네요."

"흠. 존 판테의 책을 읽고 있군. 자넨 골동품을 좋아하나 봐. 안 그래?"

해리는 거실과 집을 향해 고갯짓을 했다. 실제로도 거실과 집을 두고 한 말이었다. 하지만 만약 그의 짐작대로 남편이 훨씬 연상이라면, 분명 남편에 대한 말이 나올 것이다.

카야가 흥분한 시선으로 해리를 바라보았다. "반장님도 판테를 읽으셨어요?"

"어려서 한참 부코스키에게 빠졌을 때 지금은 제목이 기억나지 않는 판테의 책을 하나 읽었지. 찰스 부코스키가 판테의 열렬한 팬이었거든." 해리는 손목시계 보는 시늉을 했다. "이런, 이제 그만 가봐야겠네."

카야는 놀란 표정으로 해리를, 그리고 그가 입도 대지 않은 커피를 바라보았다.

"시차 때문에." 해리가 미소를 지으며 자리에서 일어섰다. "남은 이야기는 내일 회의 시간에 하지."

"그러죠."

해리는 바지 주머니를 툭툭 쳤다. "그건 그렇고, 담배가 다 떨어졌어. 자네가 나 대신 세관을 통과해준 그 면세점 카멜 담배 좀……."

"잠시만요." 카야가 미소를 지었다.

그녀가 담배 보루를 들고 돌아왔을 때 해리는 벌써 재킷을 입고, 신발을 신은 채 복도에 서 있었다.

"고마워." 해리가 담배 한 갑을 꺼내어 뜯으며 말했다.

그가 현관 계단에 있는 동안, 카야는 문틀에 기대어 서 있었다.

"이런 말은 하면 안 되겠지만, 이게 왠지 테스트였다는 느낌이 드네요."

"테스트?" 해리가 담배에 불을 붙이며 말했다.

"무슨 테스트였는지는 묻지 않을게요. 근데 제가 통과했나요?"

해리는 킥킥 웃었다. "그냥 이거 때문에 온 거야." 그가 담배를 흔들어대며 계단을 내려갔다. "07시 00분이야."

해리는 아파트로 들어갔다. 전등 스위치를 눌러보니 아직은 불이 들어왔다. 코트를 벗고 거실로 들어가 딥 퍼플의 시디를 틀었다. '못 말리게 웃기지만 그래도 끝내준다' 카테고리에 속한 밴드 중에서 그가 가장 좋아하는 밴드였다. 'Speed King.' 이언 페이스의 드럼. 해리는 소파에 앉아 손끝으로 이마를 눌렀다. 개들이 목에 묶인 사슬을 잡아당기고 있었다. 길게 울어대고, 으르렁거리고, 짖어대며, 이빨로 그의 내장을 뜯어냈다. 녀석들을 풀어주었다가는 돌이킬 수 없을 것이다. 지금은 안 된다. 지금까지는 술을 그만 마셔야 할 이유가 늘 충분했다. 라켈, 올레그, 직장, 그리고 어쩌면 아버지도. 그러나 지금은 그 이유 중의 어떤 것도 남아 있지 않다. 풀어주면 안 된다. 술로는 안 된다. 다른 것에 취해야 한다. 취하는 정도는 조절할 수 있었다. 고마워, 카야. 부끄럽냐고? 물론 부끄럽다. 하지만 그에게 자부심이란 누릴 여유가 없는 사치스러운 감정이었다.

해리는 담배 보루의 비닐 포장지를 찢어서, 맨 아래의 담뱃갑을 꺼냈다. 한쪽 바닥이 뜯어진 표시는 거의 나지 않았다. 카야 같은 여자들이 절대 세관에 걸리지 않는다는 말은 사실이다. 해리는 담뱃갑을 열고 알루미늄 호일을 꺼냈다. 호일을 펼치고, 그 안에 든 갈색 덩어리를 바라보았다. 그 들척지근한 향기를 들이마셨다.

이제 준비에 착수했다.

그는 아편을 피우는 온갖 방법들을 보았다. 아편굴에서는 각양각색의 파이프를 이용해 다례茶禮 못지않게 복잡다단한 의식과도 같은 절차를 거쳐 아편을 피웠다. 그런가 하면 그냥 아편 덩어리에 불을 붙이고 그 위에 빨대를 대, 아편이 말 그대로 연기처럼 사라지는 동안 전력을 다해 그 연기를 들이마시는 간단한 방법도 있었다. 어떤 방법이든 원리는 똑같았다. 마약(모르핀, 테바인, 코데인, 그리고 다른 화학 물질의 복합체)을 혈류 속에 투입하는 것이다. 해리의 방법은 간단했다. 테이블 끝에 테이프로 양철 스푼을 고정한 뒤, 성냥개비 머리만 한 크기의 작은 덩어리를 스푼 위에 올려두고, 라이터로 스푼을 가열한다. 아편이 타기 시작하면 그 위로 컵을 거꾸로 세워 컵에 연기를 모은다. 그런 다음, 구부러지는 빨대를 컵 속에 넣고 연기를 들이마신다. 그의 손가락은 아무런 떨림 없이 그의 명령을 따랐다. 홍콩에 있을 때 그는 정기적으로 자신의 마약 의존도를 확인했다. 그런 점에서 보면, 그는 자신이 아는 마약 중독자들 가운데 가장 자제력이 강했다. 술을 마실 때도 마실 양을 미리 결정한 후에 딱 거기서 멈출 수 있었다. 아무리 취했다 해도, 홍콩에 있을 때는 1~2주간 아편을 끊고, 진통제 두 알만으로 버티기도 했다. 진통제가 금단 증상을 막아주지는 못했지만, 심리적인 효과는 있었다. 진통제에는 소량의 모르핀이 함유되어 있기 때문이다. 그는 중독되지 않았다. 일반적으로 약물에는 중독되지 않았는데, 아편은 더욱 그랬다. 물론 상황에 따라 양이 늘어날 수는 있었다. 스푼을 테이블에 고정시키는 동안에 벌써 개들이 잠잠해진 것이 느껴졌다. 이제 녀석들도 알기 때문이다. 곧 자신들의 배가 부르리라는 것을.

곧 평화로워지리라는 것을. 다음번까지는.

뜨거워진 라이터에 그새 손가락이 그슬렸다. 테이블에는 맥도날드에서 가져온 빨대들이 놓여 있었다.

1분 뒤, 첫 모금을 빨아들였다.

효과는 즉각적이었다. 있는 줄도 몰랐던 통증이 사라지고, 연상되는 이미지들이 떠올랐다. 오늘 밤에는 잠들 수 있으리라.

비에른 홀름은 잠을 이루지 못했다.

루신다 윌리엄스의 부틀렉* 시디를 들으며, 컨트리 음악의 전설적 인물이 살다간 짧은 삶과 긴 죽음에 대해 쓴 《행크 윌리엄스 전기》를 읽어보려고 했지만 허사였다.

그는 지금 딜레마에 빠져 있었다. 그게 정확한 표현이었다. 적절한 해결책이 없는 문제가 생겼다. 과학수사 요원 홀름은 이런 골치 아픈 상황이 싫었다.

---

* 콘서트 실황을 팬들이 비공식적으로 녹음한 음반

그는 약간 길이가 짧은, 소파 겸 침대 위에서 몸을 새우처럼 웅크렸다. 이 침대는 엘비스 프레슬리, 섹스 피스톨스, 제이슨 앤드 더 스코처스의 음반 컬렉션과 내슈빌에서 구입한 핸드메이드 양복 세 벌, 영어 성경책, 3대째 쓰고 있는 거실 가구와 함께 그가 고향인 스크라이아에서 가져온 물건이었다. 하지만 아무리 자세를 바꿔봐도 도무지 집중이 되지 않았다.

문제는 그가 마리트 올센이 목을 맨, 더 정확히 말하면 참수된 밧줄을 검사하던 중에 흥미로운 사실을 발견했다는 것이다. 딱히 무언가를 밝혀내는 단서는 아니었지만, 그래도 여전히 딜레마였다. 이 정보를 크리포스에 넘기는 게 옳을까, 아니면 홀레 반장에게 넘기는 게 옳을까? 그가 밧줄에서 작은 조개껍질을 찾아낸 것은 아직 크리포스 밑에서 일할 때였다. 그는 오슬로대학 생물학 연구소의 담수 생물학자에게 자문을 구했다. 그런데 그 사실을 미처 보고서로 작성하기 전에, 베아테 뢴이 그를 홀레 반장에게 보낸 것이다. 따라서 내일 컴퓨터 앞에 앉아 보고서를 쓰게 되면, 사실 그 보고서는 홀레 반장에게 제출해야 한다.

좋다, 엄밀히 말해서 이건 딜레마가 아니다. 이 정보는 크리포스의 것이다. 크리포스 외의 다른 사람에게 이 정보를 주는 것은 직무유기이다. 게다가 해리 홀레에게 딱히 빚진 것도 없다. 그 인간은 늘 문제만 일으킨다. 괴팍한데다, 일할 때 남을 배려할 줄도 모른다. 술에 취하기라도 하면 단연코 위험인물이다. 하지만 취하지 않았을 때는 정직하다. 일단 그가 나타나면 일이 간단히 해결되고, 그걸로 '너 나한테 빚졌어'라고 생색내지도 않는다. 짜증나는 적수지만 좋은 친구다. 좋은 사람이다. 빌어먹게 좋은 사람. 사실 행크 윌리엄스와 약간 비슷하다.

비에른 홀름은 신음하며 벽 쪽으로 몸을 굴렸다.

◆

스티네는 깜짝 놀라 잠에서 깼다.

어둠 속에서 드르륵 소리가 들렸다. 몸을 옆으로 굴렸다. 천장은 어둠 침침했다. 빛의 진원지는 침대 옆의 마룻바닥이었다. 지금 몇 시지? 새벽 3시? 스티네는 팔을 뻗어 휴대전화를 집어 들었다.

"네?" 실제보다 더 졸리는 목소리로 전화를 받았다.

"델타 지역을 벗어난 후로는 뱀과 모기가 지긋지긋했죠. 그래서 나와 오토바이는 미얀마의 해변을 따라 북쪽에 있는 아라칸으로 향했어요."

스티네는 그 목소리를 단번에 알아차렸다.

"사이청 섬으로요." 남자가 말했다. "거기에 폭발 직전의 진흙 활화산이 있다고 들었거든요. 사흘째 밤에 그 섬에 도착했는데, 화산이 폭발했죠. 진흙만 나올 줄 알았더니 그 유명한 용암도 뿜어내더군요. 마을을 천천히 관통하는 찐득한 용암이라서, 다들 태평하게 걸어서 도망칠 수 있었어요."

"지금 한밤중이에요." 스티네가 하품을 했다.

"그래도 용암은 멈추지 않더군요. 그렇게 끈적거리는 용암을 차가운 용암이라고 부르지만, 그래도 용암이 지나간 자리는 모두 불타버려요. 잎이 성성한 초록색이던 나무들도 4초 동안 크리스마스트리가 되었다가 결국엔 재가 되어 사라져버렸죠. 마을 사람들은 잡히는 대로 차에 세간을 싣고 떠나려고 했지만, 짐을 너무 오래 싼 거예요. 사실 용암이 그렇게 느리지는 않았던 겁니다! 사람들이 텔레비전을 들고 나왔을 때는 용암이 벌써 벽에 닿았어요. 그들은 차에 뛰어올랐지만, 열기로 인해 타이어가 펑크 났죠. 그러자 석유 때문에 차에 불이 붙었고, 다들 인간 횃불이 되어 기어올랐어요. 내 이름 기억해요?"

"이봐요, 엘리아스."

"내가 기억할 거라고 했죠?"

"나 자야 해요. 내일 수업 있어요."

"나도 그런 분출물이에요, 스티네. 난 차가운 용암입니다. 천천히 흐르지만 멈출 수가 없어요. 지금 당신이 있는 곳으로 가고 있어요."

저 남자에게 내 이름을 알려줬던가? 잘 기억나지 않았다. 자동적으로 그녀의 시선이 창문으로 향했다. 창은 열려 있었다. 밖에서 바람이 쏴쏴 불었다. 평화로운 바람 소리가 그녀를 안심시켰다.

그가 낮은 목소리로 속삭였다. "가시철조망에 걸린 개 한 마리를 봤어요. 개는 도망치려고 했죠. 용암이 지나가는 길목에 있었거든요. 근데 용암이 왼쪽으로 방향을 틀어 바로 옆으로 비켜가더군요. 난 신이 자비를 베풀었다고 생각했어요. 하지만 용암이 개를 살짝 스쳤죠. 그러자 개 몸 뚱이의 절반이 그냥 증기처럼 날아갔어요. 나머지도 불에 타서 재가 돼버렸고. 결국엔 몽땅 잿더미로 변했죠."

"으웩, 전화 끊어요."

"밖을 봐요. 이제 당신 집에 다 왔어요."

"그만해요."

"진정해요. 장난친 겁니다." 그의 요란한 웃음소리가 그녀의 귓가에 울렸다.

스티네는 몸을 부르르 떨었다. 이 남자는 취한 게 분명하다. 아니면 미쳤거나. 아니면 둘 다이거나. "잘 자요, 스티네. 곧 만납시다."

전화가 끊어졌다. 스티네는 전화기를 바라보다가 전원을 끄고, 침대 발치로 던져버렸다. 욕이 나왔다. 이미 알고 있기 때문이다. 더 자기는 글렀다는 것을.

섬유

6시 58분. 해리 홀레, 카야 솔네스, 비에른 홀름은 지하 배수로를 걸어가고 있었다. 300미터 길이의 이 배수로는 경찰청사와 오슬로 구 감옥을 연결했는데, 이따금씩 죄수들을 경찰청사로 이동하는 통로로 쓰였다. 때로는 취조하기 위해, 때로는 겨울에 운동을 시키기 위해, 조 사정이 나빴던 옛날에는 유달리 말을 안 듣는 죄수들을 몰래 구타하기 위해.

천장에 맺힌 물이 콘크리트 바닥에 뚝뚝 떨어지며 축축한 키스를 하는 소리가 어둠침침한 배수로에 울려 퍼졌다.

"여기야." 배수로 끝에 다다르자, 해리가 말했다.

"여기라뇨?" 비에른 홀름이 물었다.

그들은 감옥으로 이어지는 계단 밑으로 지나가기 위해 고개를 숙여야 했다. 해리가 열쇠를 밀어 넣고 철문을 열었다. 뜨듯하고 축축한 곰팡내가 코를 찔렀다.

조명 스위치를 누르자, 네온등의 차가운 푸른색 불빛이 콘크리트로 된 사각형 방을 감쌌다. 바닥에는 청회색 리놀륨 장판이 깔려 있고, 벽에는 아무것도 걸려 있지 않았다.

창문과 라디에이터는 물론, 세 사람의 사무실 역할을 해야 하는 공간으로서 갖춰야 할 시설이 전혀 없었다.

세 개의 책상과 의자, 그리고 각각의 책상에 놓여 있는 컴퓨터뿐이었다. 바닥에는 생수대와 갈색으로 그을린 커피머신이 있었다.

"감옥 전체를 난방하는 보일러가 바로 옆방에 있어. 그래서 여기가 이렇게 덥지." 해리가 말했다.

"한마디로 그다지 아늑하진 않네요." 카야가 책상에 앉으며 말했다.

"그러게. 왠지 지옥이 연상되는데?" 비에른은 그렇게 말하며, 스웨이드 재킷을 벗고 셔츠 단추를 하나 끌렀다. "여기 휴대전화는 터지나요?"

"그럭저럭." 해리가 말했다. "인터넷도 연결되어 있어. 필요한 건 전부 있다고."

"커피잔만 제외하고요." 비에른이 말했다.

해리는 고개를 젓더니, 재킷 주머니에서 하얀 커피잔 세 개를 꺼내 각자의 책상에 하나씩 올려놓았다. 다시 재킷 안주머니에서 커피 봉지를 꺼내 이번에는 커피머신이 있는 곳으로 갔다.

"구내식당에서 가져오셨군요." 비에른은 해리가 두고 간 커피잔을 들어 올렸다. "행크 윌리엄스?"

"사인펜으로 쓴 거니까 손에 묻지 않도록 조심해." 해리는 이로 커피 봉지를 뜯으며 말했다.

"존 판테?" 카야는 자신의 잔에 적힌 글씨를 읽었다. "반장님 잔엔 뭐라고 적혀 있죠?"

"당분간은 아무것도 적지 않을 거야."

"왜요?"

"가장 유력한 용의자의 이름을 적을 거니까."

두 사람 다 아무 말도 하지 않았다. 커피 머신이 후루룩 물을 삼켰다.

"커피 다 내릴 때까지 세 가지 가설을 준비해두도록." 해리가 말했다.

◆

두 잔째 커피를 다 마시고, 여섯 번째 가설을 세울 무렵, 해리가 회의를 중단했다.

"좋아, 지금까지는 뇌세포에 시동을 걸기 위한 워밍업이었어."

방금 카야는 또 다른 가설을 내놓은 참이었다. 세 번의 살인사건이 성범죄이며, 범인은 비슷한 범죄를 저지른 전과자로 경찰에게 자신의 DNA가 있다는 것을 알고 땅에 정액을 흘리지 않았지만, 대신 범죄 현장을 떠나기 전에 비닐봉지나 다른 용기에 자위했을 것이라는 가설이었다. 따라서 범죄 기록을 뒤지고, 성범죄수사과의 직원들과 상의하는 일부터 시작해야 한다고 말했다.

"뭔가 중요한 게 나올 것 같다는 믿음이 들지 않으세요, 반장님?" 카야가 말했다.

"난 아무것도 믿지 않아. 그냥 머릿속을 깨끗하게 비워두고, 모든 걸 받아들이려고 하지." 해리가 말했다.

"그래도 뭔가 믿는 게 있을 텐데요."

"그래, 있어. 이 세 건의 살인이 한 명 혹은 그 이상의 동일범 소행이라고 믿어. 또 이 사건들 간의 연관성을 찾아낼 수 있고, 그 연관성이 동기로 이어지고, 동기가 우리를 범인 혹은 범인들로 안내할 거라고 믿지. 운이 억세게 좋다면 말이야."

"운이 억세게 좋다면요. 그럴 확률이 많지 않은 것처럼 들리네요."

"글쎄." 해리는 의자에 등을 기대고, 두 손을 머리 뒤에서 깍지 꼈다. "전문가들은 연쇄살인범의 특징에 대해 꽤 많은 책을 썼지. 영화에서는 경찰이 심리학자를 찾아가면 심리학자는 보고서를 한두 개 읽은 후, 살인범의 정확한 프로파일을 말해주지. 사람들은 영화 〈헨리: 연쇄살인범의 초상〉이 연쇄살인범의 일반적인 유형이라고 생각해. 하지만 사실 슬프게도 연쇄살인범들은 일반인만큼이나 제각각이야. 연쇄살인범이 다른 범죄자와 다른 점은 딱 하나야."

"그게 뭔데요?"

"잡히지 않는다는 것."

비에른 홀름은 웃음을 터뜨렸다가, 지금이 웃을 시점이 아님을 깨닫고 입을 다물었다.

"그렇지 않아요. 제가 아는 것만 해도……." 카야가 말했다.

"지금 자넨 일정한 패턴이 나타나서 잡힌 경우를 생각하는 거야. 연관성을 밝혀내지 못한 채 아직도 진행 중인 그 모든 미해결 살인사건들을 잊지 말라고. 수천 개쯤 될 거야."

카야는 비에른을 바라보았다. 비에른은 의미심장하게 고개를 끄덕였다.

"이번 사건에 연관성이 있다고 믿으세요?" 카야가 물었다.

"응. 그리고 이번 수사에서는 우리의 존재가 발각될 우려가 있기 때문에 탐문 과정 없이 그 연관성을 찾아내야 해."

"어떻게요?"

"국가보안기구로부터 협박받을 낌새가 보이면, 우린 사람들과 일체 접촉하지 않고서 연관성을 찾는 일만 했어. 야후나 구글이 생기기 훨씬 전부터 우리에게는 나토에서 만든 검색엔진이 있었으니까. 그걸 이용하면, 인터넷에 접속하지 않고도 어디에나 숨어들어서 사실상 모든 걸 훑어볼 수 있지. 우리가 여기서 해야 할 일도 바로 그거야." 해리는 손목시계를 힐끗 보았다. "내가 한 시간 반 후에 베르겐 행 비행기에 몸을 싣는 이유도 그 때문이고, 세 시간 후에 실직한 동료와 이야기를 나누는 것도 그 때문이지. 그 동료가 우리를 도와줬으면 하는 게 내 바람이야. 그러니까 오늘은 여기서 끝내자. 카야와 난 지금까지 실컷 떠들었어, 비에른. 자네가 아는 건 뭐야?"

비에른 홀름은 졸다가 깬 사람처럼 움찔했다.

"저요? 음…… 유감스럽지만 별로 없는데요."

해리는 조심스럽게 턱을 문질렀다. "자넨 뭔가 알고 있어."

"아뇨. 수사에 참여했던 과학수사 요원이나 형사나 파리똥만큼의 단서도 찾지 못했어요. 마리트 올센 사건도 그렇고, 앞의 두 사건도 그렇고요."

"두 달이나 됐어. 없을 리가 없잖아." 해리가 말했다.

"요약은 해드릴 수 있어요. 두 달 동안 우리는 사진과 혈액 샘플, 머리카락, 손톱, 기타 등등을 눈이 빠져라 들여다보고, 분석하고, 엑스레이로 찍어봤죠. 범인이 왜 그리고 어떻게 두 피살자의 입안에 스물네 군데의 상처를 내고, 그 모든 상처가 중앙의 한 지점을 가리키는지 스물네 개의 가설을 세워봤지만 허탕이었어요. 마리트 올센의 입에도 상처가 있었지만, 칼에 의한 상처예요. 마구잡이로 잔인하게 낸 상처. 한마디로 아무것도 없어요."

"보르그뉘가 발견된 지하실에서 나온 자갈은 어떻게 됐어?"

"분석해봤는데 다량의 철과 마그네슘, 소량의 알루미늄과 이산화규소가 함유되어 있었어요. 소위 현무암이라 부르는 돌이죠. 구멍이 뽕뽕 뚫려 있고, 검정색이에요. 감이 잡히세요?"

"보르그뉘와 샬로테 모두 어금니 안쪽에서 철분과 돌탄이 나왔잖아. 그건 무슨 의미지?"

"두 사람이 망할 놈의 같은 도구로 살해되었다는 뜻이죠. 하지만 그게 뭔지는 여전히 오리무중이에요."

정적이 흘렀다.

해리는 기침을 했다. "좋아, 비에른, 말해봐."

"뭘요?"

"여기 온 후로 계속 고민하는 거."

비에른은 해리를 빤히 바라보면서 양쪽 구레나룻을 긁적였다. 그러더니 기침을 한 번, 또 한 번 하고는 마치 좀 도와달라는 듯이 카야를 힐끗 바라보았다. 그러고는 입을 벌렸다가 다시 다물었다.

"좋아." 해리가 말했다. "그럼 다음으로 넘어……."

"밧줄요."

해리와 카야가 비에른을 바라보았다.

"밧줄에서 조개껍질이 나왔어요."

"그래?"

"하지만 염분은 없었어요."

두 사람은 여전히 비에른을 바라보았다.

"흔치 않죠. 담수에 사는 조개는." 비에른이 말을 이었다.

"그래서?"

"그래서 담수 생물학자에게 물어봤더니 이 연체동물을 유틀란트 홍합이라 부른다더군요. 웅덩이에 사는 홍합 중에 가장 작은 종류로, 노르웨이에는 딱 두 군데의 호수에만 있대요."

"어딘데?"

"외예렌 호수와 뤼세렌 호수요."

"외스트폴 주에 있는 거예요. 둘 다 큰 호수이고 서로 인접해 있죠." 카야가 말했다.

"인구밀도도 높은 지역이고." 해리가 말했다.

"유감이네요." 비에른이 말했다.

"흠. 밧줄을 어디서 샀는지 알 수 있는 표시는 없어?"

"네. 바로 그게 문제예요. 아무런 표시도 없어요. 게다가 지금까지 제가 봤던 어떤 밧줄과도 달라요. 100퍼센트 유기농 섬유로 되어 있고, 나일론이나 다른 합성 섬유는 없어요."

"대마." 해리가 말했다.

"네?"

"마리화나와 밧줄은 같은 재료로 만들어지지. 마리화나를 피우고 싶으면, 항구로 내려가서 덴마크 페리의 계류 밧줄에 불을 붙이라고."

"대마가 아니에요." 카야의 웃음소리를 무시한 채 비에른 홀름이 말했다. "느릅나무와 보리수 섬유였어요. 대부분이 느릅나무였지만."

"일반 가정에서 만든 밧줄이로군요. 옛날에는 농장에서 밧줄을 만들곤 했죠." 카야가 말했다.

"농장에서?" 해리가 물었다.

카야는 고개를 끄덕였다. "일반적으로 마을마다 밧줄을 만드는 사람이 최소한 한 명씩 있었어요. 한 달간 나무를 물에 담가 두었다가, 외피를 벗겨 인피를 얻어내죠. 그걸 꼬기만 하면 밧줄이 되는 거예요."

해리와 비에른은 의자를 빙글 돌려 카야를 마주보았다.

"왜요?" 카야가 머뭇거리며 물었다.

"글쎄, 그게 누구나 아는 상식은 아니잖아?" 해리가 말했다.

"아, 그거요. 할아버지가 밧줄을 만드셨거든요."

"그랬군. 그럼 밧줄은 느릅나무와 보리수로 만드나?"

"원칙적으로는 어떤 나무의 인피든 사용할 수 있어요."

"구성은?"

카야는 어깨를 으쓱였다. "저도 전문가는 아니지만, 여러 종류의 나무로 밧줄을 만드는 건 흔치 않은 일일 거예요. 오빠가 할아버지는 보리수만 쓴다고 말한 적이 있거든요. 보리수가 물을 적게 먹어서 타르를 칠할 필요가 없다고 했어요."

"흠. 어떻게 생각해, 비에른?"

"그렇게 섞어 만든 밧줄이 흔치 않다면 어디서 만들었는지 알아보기 쉽죠, 당연히."

해리는 자리에서 일어나 앞뒤로 서성이기 시작했다. 신발의 고무창이 리놀륨 바닥에서 떨어질 때마다 깊은 한숨 소리가 났다. "그렇다면 특정 지역에서만 그 밧줄을 만들어 판매한다고 가정할 수 있겠군. 그렇게 생각해도 무리가 없을까, 카야?"

"그런 것 같아요, 네."

"그리고 밧줄의 생산지와 소비지가 근접해 있다고 추정할 수 있지. 가정에서 만든 이 밧줄을 멀리까지 가져갈 일은 별로 없을 테니까."

"맞는 말이에요. 하지만……."

"그러니까 거기를 시작점으로 삼자고. 자네 둘은 외예렌 호와 뤼세렌 호 근처에서 밧줄 만드는 사람들을 찾아봐."

"하지만 지금은 그렇게 밧줄을 만드는 사람이 없어요." 카야가 주장했다.

"하는 데까지 해봐." 해리는 손목시계를 보고는 의자 등받이에 걸려 있던 코트를 집어 들고, 문으로 걸어갔다. "어디서 만든 밧줄인지 알아내. 벨만은 이 유틀란트 홍합에 대해 전혀 모를 거야. 그렇지, 비에른?"

비에른 홀름은 대답 대신 억지 미소를 지었다.

"성적 충동에 의한 살인이라는 제 이론을 계속 조사해도 될까요?" 카야가 물었다. "제가 아는 성범죄수사과 직원에게 물어볼 수 있는데."

"안 돼. 우리가 하는 일을 절대 비밀로 해야 한다는 명령은 특히 경찰청에 있는 우리 동료들에게도 해당돼. 경찰청과 크리포스 사이의 어딘가에서 정보가 새는 것 같아. 그러니까 우리가 말해도 되는 사람은 군나르 하겐뿐이야."

카야는 입을 열었지만, 비에른의 시선에 다시 입을 다물었다.

"대신 화산 전문가에게 연락해봐. 그 사람에게 그 자갈의 실험 결과를 보내봐." 해리가 말했다.

비에른의 희멀건 눈썹이 이마 위로 껑충 올라갔다.

"구멍이 뿡뿡 뚫린 검정색 현무암 말이야. 아마 용암이 굳어서 만들어졌을 거야. 4시쯤이면 베르겐에서 돌아올 거야."

"베에-겐 경찰청에 안부 전해주세요." 비에른이 힘없이 웅얼거리며 커피잔을 들어 올렸다.

"경찰청에 안 가는데." 해리가 말했다.

"네? 그럼 어디요?"

"산비켄 병원."

"산비……."

해리의 등 뒤로 문이 쾅 닫혔다. 카야는 비에른 홀름을 바라보았다. 비에른은 넋이 나간 표정으로 닫힌 문을 바라보고 있었다.

"그 병원에는 왜 가는 거예요? 검시관을 만나려고요?" 카야가 물었다.

비에른은 고개를 저었다. "산비켄 병원은 정신병원이야."

"정말요? 그럼 연쇄살인 전문인 정신과의사를 만나려고요?"

"내 이럴 줄 알았어. 그냥 안 한다고 했어야 했는데." 비에른은 여전히 문에서 시선을 떼지 못한 채 중얼거렸다. "완전 제정신이 아니야."

"누가요?"

"일하는 곳은 감옥이지, 게다가 우리가 무슨 일을 하는지 경정님이 알았다가는 해고될지도 몰라. 그리고 베르겐의 동료는……."

"그게 누군데요?"

"단단히 미친 여자지."

"설마요."

"정신병원에 갇힐 정도로 미친 여자."

18
환자

 장신의 형사가 한 걸음 뗄 때마다 셰르스티 뢰스모엔은 두 걸음을 옮겨야 했다. 그런데도 남자보다 뒤처진 상태로 산비켄 병원의 복도를 걸어가고 있었다. 피오르와 면한 좁고 길쭉한 창문 밖에서는 비가 억수로 들이붓고 있었다. 피오르의 나무들은 어찌나 초록빛인지 겨울보다 봄이 먼저 온 것 같은 착각이 들 정도였다.
 어제 전화를 받았을 때 셰르스티 뢰스모엔은 그 목소리를 금방 알아차렸다. 마치 그가 전화하기를 기다렸다는 듯이. 마치 그가 그런 요청을 하기를 기다렸다는 듯이. 그의 요청은 환자와 이야기하고 싶다는 것이었다. 환자는 익명성을 최대한 보장하기 위해 그냥 '환자'로 불렸다. 그녀는 형사로 일하던 당시 마지막으로 맡았던 사건에서 너무 큰 중압감에 시달린 나머지 원점인 이곳, 정신병동으로 돌아오게 되었다. 사실 그녀는 빠른 속도로 회복했고, 다시 집으로 돌아가서 정상 생활을 하기도 했다. 하지만 스노우맨 사건이 해결된 지 한참 지난 후에도 여전히 병적으로 그 사건을 조사하는 언론이 그녀를 가만히 두지 않았다. 그리하여 서너 달 전인 어느 저녁, 환자는 뢰스모엔에게 전화해 다시 병원에 입원해도 되겠느냐고 물었다.
 "이제 좀 괜찮아졌나요? 약물 치료도 받고 있습니까?" 형사가 물었다.

"첫 번째 질문의 대답은 예스예요. 두 번째 질문의 대답은 기밀사항이고요." 세르스티 뢰스모엔이 말했다. 사실 환자의 상태는 아주 좋아서 약물 치료를 더 할 필요도, 병원에 남아 있을 필요도 없었다. 그래도 뢰스모엔은 이 면회를 허락해도 될지 고민했다. 이 남자는 스노우맨 사건에 연루되었던 사람이고, 그녀의 옛 상처를 떠올리게 할 수 있다. 정신과의사로 일하면서 세르스티 뢰스모엔은 억압과 차단, 망각의 힘을 점점 더 믿게 되었다. 비록 그녀의 그런 견해가 심리학 분야에서는 인기가 없었지만. 반면 사건에 연루되었던 사람을 만난다는 것은 환자가 얼마나 건강해졌는지 알아볼 수 있는 좋은 테스트가 될 수도 있다.

"30분 드리죠. 사람의 마음은 연약하다는 걸 잊지 마세요." 뢰스모엔이 휴게실 문을 열며 말했다.

지난번에 만났을 때 카트리네 브라트는 알아볼 수 없는 몰골을 하고 있었다. 갈색 머리칼과 윤기 나는 피부, 반짝이는 눈동자의 매력적인 아가씨는 사라지고, 드라이플라워를 연상시키는 여자만 있었다. 생기 없고 연약하고 창백하며 부서질 듯한. 손을 너무 세게 쥐었다가는 바스라질 것만 같았다.

그랬기에 지금의 카트리네를 보자 안심이 되었다. 더 나이 들어 보이기는 했다. 어쩌면 그냥 피곤한 것인지도 모른다. 하지만 미소를 지으며 자리에서 일어나는 그녀의 눈동자는 다시 예전처럼 반짝거렸다.

"해리 H." 카트리네가 해리를 껴안았다. "잘 지냈어요?"

"그럭저럭. 자넨?" 해리가 말했다.

"죽지 못해 살아요. 그래도 훨씬 나아졌어요."

카트리네가 웃었고, 해리는 그녀가 원래대로 돌아왔다는 것을 알았다. 완전히는 아니더라도 상당 부분.

"턱은 왜 그 모양이에요? 아파요?"

"먹고 말할 때만. 그리고 깨어 있을 때하고." 해리가 말했다.

"나랑 비슷하네요. 제 기억보다 훨씬 못생기셨어요. 그래도 다시 보니 반갑긴 하네요."

"피차일반이야."

"'동감이야' 겠죠. 못생겼다는 부분만 빼고."

해리는 미소를 지었다. "당연하지." 그는 주위를 둘러보았다. 휴게실의 다른 환자들은 의자에 앉아 창밖이나 자신의 무릎, 혹은 벽을 바라보고 있었다. 아무도 해리나 카트리네에게 관심을 두지 않았다.

해리는 두 사람이 못 만났던 동안의 일들을 들려주었다. 어딘지 모르는 외국으로 가버린 라켈과 올레그에 대해, 홍콩에 대해, 아버지가 병에 걸린 일에 대해, 그가 맡은 사건에 대해. 사건에 대해서는 반드시 함구해야 한다고 당부하자, 그녀는 웃기까지 했다.

"자넨 어때?" 해리가 물었다.

"병원에서는 내가 나가길 원해요. 괜히 멀쩡한 사람이 다른 환자의 자리만 차지하고 있다고 생각하거든요. 하지만 난 여기가 좋아요. 룸서비스는 후지지만 안전하죠. 텔레비전도 있고, 원할 때 들락날락할 수도 있고. 한두 달 후면 집으로 돌아갈지도 모르죠. 누가 알겠어요."

"그래, 누가 알겠어?"

"아무도 모르죠. 광기란 간헐적으로 찾아오거든요. 근데 반장님은 무슨 일이세요?"

"무슨 일로 찾아왔으면 좋겠어?"

카트리네는 한동안 해리를 뚫어지게 바라보다가 입을 열었다. "나랑 자고 싶은 욕망에 불타서 온 거면 좋겠어요. 그게 아니면 내게 일거리를 주러 왔거나."

"바로 그거 때문에 왔어."

"나랑 자고 싶어서?"

"일거리를 주려고."

"쳇. 좋아요. 뭔데요?"

"여기 인터넷이 되는 컴퓨터 있어?"

"오락실에 공용 컴퓨터가 한 대 있지만, 인터넷은 안 돼요. 그건 너무 위험하니까요. 컴퓨터 카드 게임용이죠. 하지만 내 병실에 개인 컴퓨터가 있어요."

"공용 컴퓨터를 써." 해리는 주머니에 손을 넣더니, 테이블 너머로 동글dongle을 던졌다. "이건 소위 모바일 오피스라는 거야. 이걸……."

"USB 포트에 꽂기만 하면 되죠." 카트리네가 동글을 받아, 주머니에 넣으며 말했다. "사용료는 누가 내죠?"

"내가. 그러니까 하겐 경정이."

"야호, 오늘 밤 실컷 인터넷 서핑이나 해야겠네요. 추천할 만한 새로운 포르노 사이트 있어요?"

"아마도." 해리는 테이블 위로 파일 하나를 내밀었다. "이건 보고서야. 세 건의 살인, 세 개의 이름. 스노우맨 사건 때와 같은 일을 해줬으면 좋겠어. 우리가 놓친 연관성을 찾아줘. 무슨 사건인지는 알아?"

"네." 카트리네가 파일에는 시선도 주지 않은 채 말했다. "피살자가 다 여자잖아요. 그게 연관성이죠."

"신문을 읽었나 보……."

"거의 안 읽어요. 피살자들이 마구잡이로 선택된 게 아니라고 믿으시는 이유라도 있나요?"

"난 아무것도 안 믿어. 그냥 찾아보는 거지."

"뭘 찾는지 모른 채요?"

"그렇지."

"하지만 마리트 올센을 죽인 범인이 전의 두 여자도 죽였다고 확신하는 거죠? 마리트 올센은 완전히 다른 방법으로 살해되었다고 알고 있는데요."

해리는 미소를 지었다. 카트리네가 신문에 실린 기사를 낱낱이 읽고도 안 읽은 척했다는 사실이 재미있어서였다. "아니, 카트리네, 난 확신 없어. 하지만 자네도 나와 똑같은 결론을 내린 걸로 들리는데."

"당연하죠. 우린 소울메이트잖아요, 잊었어요?"

웃음을 터뜨리자, 그녀는 단번에 카트리네로 되돌아갔다. 모든 것이 무너지기 전까지 그가 알고 지냈던 똑똑하고 괴팍한 형사의 모습은 사라지고 없었다. 놀랍게도 해리는 무언가 울컥 치밀어 오르는 것을 느꼈다. 빌어먹을 시차증 같으니.

"날 도와줄 수 있겠어?"

"크리포스가 두 달 동안이나 찾지 못했던 걸 찾아달라고요? 그것도 정신병원 오락실의 구식 컴퓨터로? 전 반장님이 제게 왜 그런 부탁을 하는지도 모르겠어요. 경찰청에는 저보다 컴퓨터를 잘 다루는 친구들이 널렸잖아요."

"알아, 하지만 난 그들에게 없는 걸 가지고 있어. 그리고 그들에게는 그걸 줄 수가 없거든."

"지하조직의 암호라도 되나요?"

카트리네는 이해가 안 된다는 시선으로 그를 바라보았다. 해리는 주위에 사람이 없는지 확인했다.

"내가 레드브레스트 사건을 맡아서 보안 기관인 POT에서 일할 때 테러리스트들을 추적하는 검색엔진을 썼어. 그들은 미군용의 밀넷^{MILNET} 같은 네트워크상의 뒷문을 사용했지. 밀넷은 1980년대에 아르파넷^{ARPANET}을 통해 상업적 목적의 네트워크가 발표되기 훨씬 전에 만들어졌어. 아르파넷은 자네도 알다시피 인터넷이 됐어. 하지만 뒷문은 여전히 존재했지. 검색엔진은 트로이 목마 프로그램을 이용하는데, 이 프로그램은 첫 번째 진입점에서 암호와 코드, 업그레이드된 사항을 업데이트해주지. 이것만 있으면 항공권 예약, 호텔 예약, 통행료, 인터넷 뱅킹 등 많은 걸 볼 수 있어."

"그런 검색엔진이 있다는 소문은 들었지만, 솔직히 정말로 존재하는 줄은 몰랐네요." 카트리네가 말했다.

"정말로 존재해. 1984년에 만들어졌어. 조지 오웰의 악몽이 실현된 거야. 가장 좋은 점은 내 암호가 아직 유효하다는 거지. 내가 확인해봤어."

"그런데 왜 제가 필요하죠? 반장님이 직접 하시면 되잖아요."

"오로지 POT만 이 시스템을 쓸 수 있어. 그것도 응급 상황에서만. 구글처럼 이 검색엔진도 이용자를 추적할 수 있어. 나나 경찰청의 다른 누군가가 이 검색엔진을 이용한 게 발각되면, 우린 쇠고랑을 찰지 몰라. 하지만 추적 결과, 그게 정신병원의 공동 컴퓨터로 밝혀지면……."

카트리네 브라트가 깔깔 웃었다. 그녀의 또 다른 웃음소리, 사악한 마녀의 웃음소리였다. "이제야 감이 잡히네요. 그러니까 반장님이 원하는 건 똑똑한 형사로서의 카트리네 브라트가 아니라……." 그녀는 양손을 들어 올렸다. "정신병자로서의 카트리네 브라트군요. 왜냐하면 정신병자를 고소할 수는 없으니까요."

"맞아." 해리가 미소를 지었다. "그리고 자넨 입이 무겁다고 믿을 수 있는 몇 안 되는 사람에 속하지. 그리고 설령 천재까지는 아닐지라도, 일반 형사들보다는 단연코 더 똑똑하니까."

"니코틴에 쩐, 으스러진 손가락 세 개를 반장님 똥구멍에 처박았으면 좋겠네요."

"우리가 뭘 하는지 아무도 모를 거야. 하지만 약속하지. 여기선 우리가 블루스 브라더스*야."

---

* 천주교 고아원 출신의 두 형제가 고아원이 위기에 빠지자, 그곳을 구하는 일을 하느님의 사명이라 생각하고 밴드를 조직한다는 내용의 영화

"하느님의 사명을 받은?" 그녀가 영화의 대사를 인용했다.

"동글 안의 심카드 뒷면에 암호를 적어뒀어."

"왜 제가 그 검색엔진의 사용법을 알 거라고 생각하세요?"

"구글하고 비슷해. POT에서 일할 때 나 같은 사람도 그 사용법을 알아냈으니까." 해리가 삐딱한 미소를 지었다. "어쨌거나 경찰을 위해 만들어진 엔진이라고."

카트리네는 긴 한숨을 쉬었다.

"고마워." 해리가 말했다.

"나 아무 말도 안 했어요."

"대충 언제까지 알아낼 수 있을 거 같아?"

"엿이나 먹어!" 카트리네는 한 손으로 테이블을 내려쳤다. 그들을 힐끗 바라보는 간호사의 시선이 느껴졌다. 해리는 카트리네의 이글거리는 눈빛을 마주보았다. 그리고 기다렸다.

"모르겠어요." 그녀가 속삭였다. "벌건 대낮에 오락실에 앉아 불법 검색엔진을 사용할 수는 없을 거 같아요."

해리는 자리에서 일어섰다. "좋아. 사흘 뒤에 연락하지."

"뭐 잊은 거 없어요?"

"뭐?"

"이 일의 대가로 내가 얻는 걸 말해주셔야죠."

"글쎄." 해리가 코트의 단추를 잠그며 말했다. "이젠 자네가 뭘 원하는지 아니까."

"내가 원하는 걸 안다고요……?" 그녀는 놀라는 표정을 지었다. 하지만 이내 해리가 한 말의 의미를 깨달으면서, 놀라움은 점차 즐거움으로 변해갔다. 카트리네는 해리의 뒤에 대고 "건방진 자식! 잘난 척하지마!" 하고 소리 질렀지만, 그는 벌써 문을 향해 가고 있었다.

해리는 택시에 올라타 "공항으로 갑시다"라고 말한 뒤, 휴대전화를 꺼냈다. 휴대전화 전화번호부에 있는 달랑 두 개의 번호 가운데 하나로부터 부재중 전화 세 통이 와 있었다. 잘됐다, 뭔가 찾아낸 모양이다.

해리는 그 번호로 다시 전화했다.

"뤼세렌호 근처에 밧줄을 만들던 곳이 있대요." 카야가 말했다. "15년 전에 폐업했다네요. 위트레 에네바크 담당 경관이 오늘 오후에 그곳을 보여주겠다고 했어요. 경관 말로는 그 동네에 상습범이 서너 명 있는데, 대단한 건 아니고 무단 침입이랑 자동차 절도 정도래요. 부인을 때려서 감옥에 갔다 온 남자가 하나 있고요. 그래도 일단은 전과자들 목록을 보내줬어요. 지금 전과기록을 조회해보려고요."

"좋아. 뤼세렌호 가는 길에 공항에서 날 태우고 가."

"방향이 다른데요."

"알아. 그래도 태우고 가."

19

순백의 신부

외스트폴 주의 초원과 들판을 구불구불 가로지르는 좁은 길 위로 비에른 홀름의 아마존이 상하좌우로 요동치며 느릿느릿 굴러가고 있었다.

뒷좌석에 탄 해리는 잠들어 있었다.

"그러니까 뤼세렌호 부근에 성범죄자는 없다는 거야?" 비에른이 물었다.

"잡히지만 않았다뿐이죠." 카야가 정정했다. "〈베르덴스 강〉에 실린 통계 못 봤어요? 남자 스무 명 중 한 명꼴로 성적 학대라고 할 만한 행동을 저지른 적이 있다잖아요."

"사람들이 그런 설문조사에 정말로 솔직히 대답하나? 만약 내가 어떤 여자에게 심한 행동을 했다면, 나중에 내 뇌가 그 빌어먹을 일을 합리화시켜버릴 것 같은데."

"그런 짓을 했단 말이에요?"

"나?" 비에른이 차를 옆으로 휙 빼더니 트랙터를 추월했다. "아니. 나야 나머지 열아홉 명에 속하지. 위트레 에네바크라. 젠장, 여기 출신의 코미디언 이름이 뭐였지? 금이 간 안경에 모페드*를 타고 다니는 촌스러

---

* 페달 달린 오토바이

운 사람인데. 위트레 에네바크에서 온 뭐였어. 아주 웃기는 패러디였지."

카야는 어깨를 으쓱였다. 비에른은 백미러를 바라보았지만, 거울 속의 해리는 입을 벌린 채 자고 있었다.

약속대로 위트레 에네바크 담당 경관이 뵈엔탕엔 반도의 오수 처리장 옆에 서 있었다. 그들이 차에서 내리자, 경관은 자신을 스카이라고 소개했다. 비에른 홀름이 그토록 높이 평가하는 인조 가죽의 명칭과 똑같은 이름이었다. 그들이 스카이 경관을 따라간 선창에는 열두 개의 보트들이 잔잔한 수면 위에서 끄덕거렸다.

"호수에 배를 띄우기에는 아직 이르지 않나요?" 카야가 물었다.

"올해는 수면이 전혀 얼지 않았소. 앞으로도 그럴 거요. 내가 태어난 후로 처음 있는 일이죠." 경관이 말했다.

그들은 폭이 넓고, 바닥이 평평한 보트에 올라탔다. 비에른은 다른 사람들보다 조심스럽게 탔다.

"여기는 수심이 얕네요." 경관이 노로 선창을 밀자, 카야가 말했다.

"그렇소." 경관이 호수를 내려다보며 말하더니, 줄을 좇아당겨 엔진의 시동을 걸었다. "저기가 밧줄 제조소요. 수심이 깊은 쪽이죠. 육로도 있지만, 지형이 워낙 가팔라서 배로 가는 게 편해요." 경관은 엔진 옆에 달린 핸들을 위로 올렸다. 무슨 종류인지 정확히 가늠할 수 없는 새 한 마리가 헐벗은 숲속 나무에서 날아오르며 경고하듯 비명을 질렀다.

"난 바다가 싫어요." 비에른이 해리에게 말했다. 선체 바깥에 설치된 2행정 모터의 요란한 소리 때문에 해리는 비에른의 말을 간신히 알아들었다. 그들이 탄 배는 회색빛 오후 햇살을 받으며 2미터 높이의 골풀 사이로 미끄러져 내려갔다. 비버들의 보금자리로 보이는 나뭇가지 무더기를 지나, 맹그로브 같은 나무들이 늘어선 수로를 통과했다.

"여긴 호수야. 바다가 아니라고." 해리가 말했다.

"거기서 거기죠. 전 내륙과 소똥, 바위산이 좋다고요." 비에른이 보트의 정중앙으로 이동하며 말했다.

수로가 넓어지더니, 그들 앞에 뤼세렌호가 모습을 드러냈다. 보트가 통통거리며 크고 작은 섬들을 지나갔다. 섬에는 검은 창문이 달린 오두막들이 있었는데, 겨울이라 인적 없는 오두막들은 경계의 눈초리로 그들을 응시하는 듯했다.

"소박한 오두막이오." 경관이 말했다. "여기서는 이웃과 보트 크기나 오두막 증축을 두고 경쟁하는 부자 동네의 스트레스에서 벗어날 수 있죠." 그가 호수에 침을 뱉었다.

"위트레 에네바크 출신의 그 코미디언 이름이 뭐였죠?" 모터의 소음을 뚫고 비에른이 외쳤다. "금이 간 안경에 모페드를 타고 다녔는데요."

경관이 멍한 시선으로 비에른을 보더니, 천천히 고개를 저었다.

"저기요." 경관이 말했다.

뱃머리 앞, 호수 바로 옆에 낡은 목조 건물이 나타났다. 직사각형 모양의 건물은 양쪽에 빽빽한 수풀이 우거진 가파른 비탈 발치에 홀로 서 있었다. 건물 옆에 설치된 강철 난간이 산비탈을 따라 내려가다가 검푸른 물속으로 사라졌다. 창문과 문이 나 있는 벽은 빨간 페인트가 벗겨지고 있었다. 해리는 눈을 가늘게 떴다. 저무는 햇살 속에서, 하얀 옷을 입은 누군가가 창가에서 그들을 바라보는 것 같았다.

"와, 귀신 나오는 집으로 완벽한데요." 비에른이 웃었다.

"그렇게들 말합디다." 스카이 경관이 엔진을 끄며 말했다.

갑작스런 침묵 속에서 비에른의 웃음소리가 메아리가 되어 반대편에서 울려 퍼졌다. 호수 가로질러 먼 곳에서 양의 목에 달린 방울 하나가 딸랑거리는 소리도 들려왔다.

카야는 밧줄을 들고 물으로 뛰어내렸다. 그러더니 선원 기질을 발휘해 수련 사이로 삐죽 튀어나온 썩은 초록색 기둥에 밧줄을 둘러 반매듭을 묶었다.

나머지 사람들도 보트에서 내려 선창 역할을 하는 커다란 바위로 올라갔다. 현관을 통해 집 안으로 들어가자, 폐허가 된 좁은 사각형의 실내가 나왔다. 타르와 오줌 냄새가 풍겼다. 건물 가장자리가 울창한 수풀과 뒤섞인 탓에 밖에서 볼 때는 규모를 짐작할 수 없었다. 하지만 안에 들어와보니 가로는 채 2미터가 되지 않는 반면, 세로는 60미터가 넘었다.

"두 사람이 양 끝에 서서 밧줄을 꼬는 거예요." 해리가 묻기 전에 카야가 설명했다.

한쪽 구석에 빈 병 세 개와 불을 붙이려 한 흔적이 보였다. 맞은편 벽에는 느슨해진 판자에 그물이 걸려 있었다.

"시몬센 후로는 아무도 밧줄 만드는 일을 이어받으려 하지 않았죠." 스카이 경관이 주위를 돌아보며 말했다. "그 후로 쭉 빈 집이오."

"건물 양쪽에 있는 난간은 무슨 용도입니까?" 해리가 물었다.

"두 가지 용도요. 목재를 모아 오는 배를 들어 올리고 내리는 용도. 그리고 나무토막을 물에 불리는 동안 묶어두는 용도. 시몬센은 나무토막을 철제 마차에 묶어 보트창고로 가져갔소. 그리고 마차를 통째로 물속에 집어넣었다가, 서너 주 후에 나무가 충분히 불면 마차를 다시 물에서 꺼냈죠. 실용적인 친구였소, 시몬센은."

갑자기 숲에서 소리가 나자, 다들 깜짝 놀랐다.

"양일 거요. 사슴이거나." 스카이 경관이 말했다.

그들은 스카이 경관을 따라 2층으로 이어진 좁은 목재 계단을 올라갔다. 2층 한가운데에 엄청나게 긴 테이블이 있고, 실내의 양 끝은 어둠에 잠겨 있었다. 창틀 가장자리에 뾰족뾰족한 유리만 남은 창문으로 바람이 들어오며 나지막한 휘파람 소리가 났다. 바람결에 신부의 면사포가 펄럭였다. 신부는 창가에 서서 호수를 내려다보고 있었다. 신부의 머리와 상체 밑은 뼈대, 즉 바퀴 달린 검은 쇠막대였다.

"시몬센이 허수아비로 썼던 마네킹이오." 스카이 경관이 마네킹을 향해 고갯짓했다.

"오싹한데요." 카야가 스카이 경관 옆으로 가서 섰다. 코트 안에서 그녀의 몸이 부르르 떨렸다.

경관이 그녀를 슬쩍 보더니 한쪽 입꼬리를 올리며 미소 지었다. "동네 아이들은 이 여자를 무서워하죠. 어른들은 보름달이 뜨면 이 여자가 결혼식 날 자기를 버리고 간 남자를 찾아 동네를 떠돌아다닌다고 말해준다오. 그리고 그녀가 녹슨 바퀴를 삐걱거리며 다가오는 소리가 들린다고. 나도 여기 바로 뒤쪽인 하가Haga에서 자랐소."

"정말요?" 카야가 물었고, 해리는 웃음이 나오려는 걸 참았다.

"그렇소. 그건 그렇고, 이 마네킹이 시몬센 인생의 유일한 여자요. 약간 은둔자처럼 살던 친구라서. 그래도 밧줄 하나는 잘 만들었죠."

그들 뒤에서 비에른 홀름이 못에 걸린 밧줄 뭉치를 끌어내렸다.

"내가 방 안의 물건을 만져도 된다고 말한 적 없을 텐데요." 경관이 뒤도 돌아보지 않은 채 말했다.

비에른은 황급히 밧줄을 제자리에 걸었다.

"알겠습니다." 해리가 입술을 꾹 다문 채 미소를 지어보이며 스카이 경관에게 말했다. "방 안의 물건을 만져도 되겠습니까?"

경관은 해리를 찬찬히 바라보았다. "아직 이게 무슨 사건 때문인지 듣지 못했소."

"극비 사항이라서요. 죄송합니다. 사기사건입니다. 아시다시피."

"확실한 거요? 당신이 내가 아는 해리 홀레가 맞다면, 전에는 살인사건을 조사하지 않았소?"

"이제는 내부자거래와 탈세, 사기를 조사합니다. 실생활에 한발 더 가까워졌죠."

스카이 경관은 한쪽 눈을 찡그리며 감았다. 새 한 마리가 비명을 질렀다.

"물론 스카이 경관님 말씀이 옳아요." 카야가 한숨을 쉬며 말했다. "하지만 수색 영장을 발부받는 그 불필요한 절차를 담당한 사람이 바로 저예요. 보시다시피 저희 팀은 인원도 부족해요. 그러니까 시간 절약을 할 수 있도록 경관님께서 그냥……." 카야는 조그맣고 뾰족한 이를 드러내며 미소를 짓더니, 밧줄이 있는 곳을 향해 몸짓을 했다.

경관은 카야를 바라보았다. 발꿈치에 체중을 싣고, 몸을 앞뒤로 두세 번 움직이더니 고개를 끄덕였다.

"보트에서 기다리리다." 그가 말했다.

비에른은 얼른 작업에 착수했다. 밧줄을 긴 테이블에 올려놓고, 가져온 작은 배낭을 열어 손전등을 꺼냈다. 그러고는 손전등에 이어진 줄 끝에 부착된 갈고리를 천장의 두 판자 사이에 단단히 밀어 넣어 고정시켰다. 다음에는 노트북 컴퓨터와 망치처럼 생긴 휴대용 현미경을 꺼내어, 현미경을 컴퓨터의 USB 포트에 꽂았다. 현미경에서 컴퓨터로 사진이 전송되는지 확인한 뒤, 여기 오기 전에 컴퓨터에 다운로드해둔 이미지를 클릭했다.

해리는 신부 옆에 서서 호수를 내려다보았다. 보트 안에서 주홍색으로 타오르는 담배가 보였다. 그의 시선은 물속으로 이어지는 난간으로 옮겨 갔다. 수심이 깊은 쪽이라. 해리는 호수에서 수영하는 것을 좋아하지 않는다. 특히나 예전에 외위스타인과 수업을 빼먹고, 외스트마르카에 있는 하욱세른 호수로 달려가 악마의 계곡 꼭대기에서 뛰어내린 후로는. 악마의 계곡은 12미터쯤 된다고들 한다. 해리는 수면에 닿기 몇 초 전, 발아래로 독사 한 마리가 물속을 미끄러져 가는 것을 보았다. 이내 얼어붙을 듯 차가운 초록색 호수가 그를 감쌌다. 패닉 상태에서 호수 물을 절반은 들이마셨고, 다시는 햇빛을 보거나 공기를 마실 수 없을 거라고 생각했다.

카야가 그의 뒤로 왔는지 그녀의 향기가 풍겼다.

"빙고." 비에른 홀름이 속삭이는 소리가 들렸다.

해리는 뒤돌아보았다. "같은 종류의 밧줄이야?"

"의심의 여지가 없어요." 비에른이 밧줄 끝을 현미경에 댄 채 해상도를 높이기 위해 키보드를 눌렀다. "느릅나무와 보리수. 두께와 섬유 길이도 같아요. 하지만 빙고라고 외친 건 최근에 잘린 밧줄 끝부분 때문이에요."

"뭐?"

비에른 홀름은 모니터를 가리켰다. "왼쪽 사진이 제가 가져온 거예요. 프롱네르 수영장 살인사건의 밧줄을 스물다섯 배로 확대한 거죠. 그런데 지금 여기 있는 이 밧줄의 끝과 완벽하게……."

해리는 자신이 듣게 될 말을 최대한 음미하기 위해 눈을 감았다.

"……일치해요."

해리는 눈을 뜨지 않았다. 마리트 올센의 목을 매달았던 밧줄은 단지 여기서 만들어졌을 뿐 아니라, 지금 그들 앞에 있는 밧줄에서 잘라간 것이다. 그것도 최근에. 멀지 않은 과거에, 지금 이 자리에 범인이 있었다. 해리는 코를 킁킁거렸다.

◆

모든 것을 감싸는 어둠이 내렸다. 이제 창가에 선 순백의 신부는 잘 보이지 않았다.

카야는 해리와 함께 보트 맨 앞에 앉았다. 모터의 소음 때문에 카야는 해리 옆으로 몸을 숙인 채 말을 해야만 했다.

"밧줄을 잘라간 사람은 분명 이 근방을 잘 아는 사람일 거예요. 그 사람에게서 몇 다리만 건너면 범인일 거예요……."

"내 생각엔 다리를 건너고 자시고 할 것도 없어. 밧줄은 최근에 잘라갔어. 여러 사람의 손을 거쳐 밧줄을 전달해야 할 이유는 없지." 해리가 말했다.

"이 지역을 잘 알고, 근처에 살거나, 여기에 오두막을 가지고 있을 거예요. 아니면 이 동네에서 자랐거나." 카야가 곰곰이 생각하며 말했다.

"하지만 왜 고작 밧줄 몇 미터 얻자고, 저 폐기된 밧줄 제조소까지 왔을까? 200크로네만 주면 가게에서 긴 밧줄을 사고도 남을 텐데." 해리가 물었다.

"우연히 근처에 왔고, 저기 밧줄이 있다는 걸 알고 있었겠죠."

"좋아. 하지만 '근처'라는 것은 그자가 분명 이 주변의 오두막에 머물렀다는 뜻이야. 여긴 사람들에게 꽤나 인기 있는 보트 여행지이니까. 목록은 만들고 있어?"

"네, 인근 주민들의 목록을 만들고 있어요. 그건 그렇고, 반장님이 말씀하셨던 화산 전문가에게 연락해봤어요. 지질학회 소속의 펠릭스 뢰스트라는 괴짜예요. 화산 관측을 하는 모양인데, 전 세계를 돌아다니면서 화산과 화산 폭발, 뭐 그런 걸 보고 다니나 봐요."

"얘기는 해봤어?"

"그 사람과 함께 사는 여동생하고만요. 여동생이 이메일이나 문자로 연락하라더군요. 오빠는 그걸로만 연락을 주고받는대요. 어쨌거나 펠릭스 뢰스트는 체스를 두러 가고 없었어요. 일단은 자갈이랑 관련 정보를 보냈어요."

보트는 달팽이가 기어가는 듯한 속도로 얕은 수로를 통과해 부교로 향했다. 비에른이 수면에 드리운 뿌연 안개 속을 밝히기 위해 손전등을 랜턴 삼아 들어 올렸다. 경관이 모터를 껐다.

"저기 봐요!" 카야가 해리에게 한층 더 가까이 몸을 숙이며 속삭였다. 해리는 카야의 향기를 맡으며, 그녀의 검지가 가리키는 곳을 바라보았다. 선창 뒤의 수풀에서 커다란 하얀색 백조 한 마리가 나타나, 안개의 베일을 가르고 손전등의 불빛 속으로 들어왔다.

"정말…… 아름답지 않아요?" 카야는 넋이 나간 표정으로 속삭이더니, 깔깔 웃으며 해리의 손을 잠깐 쥐었다가 놓았다.

스카이 경관은 그들을 오수 처리장까지 데려다주었다. 그들이 볼보 아마존에 올라타고 막 떠나려는데, 갑자기 비에른이 맹렬하게 차창을 내리더니 경관을 향해 외쳤다. "프리초프!"

경관은 걸음을 멈추고 서서히 몸을 틀었다. 그의 근엄하고 무표정한 얼굴에 가로등 불빛이 떨어졌다.

"텔레비전에 나왔던 그 웃기는 남자요. 위트레 에네바크 출신의 프리초프예요." 비에른이 외쳤다.

"프리초프?" 경관은 바닥에 침을 뱉었다. "들어본 적 없소."

25분 뒤 아마존이 그뢴모에 있는 소각로 옆의 E-도로에 접어들자, 해리는 마음의 결정을 내렸다.

"이 정보를 크리포스에 흘려야 해." 해리가 말했다.

"네?!" 비에른과 카야가 동시에 외쳤다.

"내가 베아테에게 말하면, 베아테가 이 사실을 크리포스에게 전하는 거야. 그러면 마치 과학수사과에서 밧줄을 분석하다가 연구원이 알아낸 것처럼 보이겠지. 우리가 아니라."

"왜요?" 카야가 물었다.

"만약 범인이 뤼세렌 지역에 살고 있다면, 탐문 수사를 해야 해. 하지만 우리에게는 그럴 만한 인력도, 수단도 없잖아."

비에른 홀름이 한 손으로 운전대를 내려쳤다.

"알아. 하지만 가장 중요한 건 범인을 잡는 거야. 누가 잡는가가 아니야." 해리가 말했다.

거짓으로 들리는 그 말의 여운 속에서 그들은 말없이 차 안에 앉아 있었다.

외위스타인

전기가 들어오지 않았다. 해리는 어두운 복도에 서서 전등 스위치를 위아래로 딸깍거렸다. 거실로 가서도 똑같이 했다.

그러고는 윙체어에 앉아 검은 허공을 응시했다.

그렇게 한참을 앉아 있는데 휴대전화가 울렸다.

"홀레입니다."

"펠릭스 뢰스트예요."

"네?" 전화기에서 들리는 목소리는 마르고 몸집이 작은 여자를 연상시켰다.

"전 동생인 프리다 라르센이고요. 오빠가 전화해서 알려주라고 했어요. 당신들이 발견한 자갈은 고철질이고, 용암이 굳어서 된 현무암이에요. 됐나요?"

"잠깐만요. 그게 무슨 뜻입니까? 고철질?"

"섭씨 1000도가 넘고, 점성이 낮은 용암이 굳어서 된 돌이라는 뜻이죠. 점성이 낮기 때문에 화산이 폭발할 때 넓게 퍼져요."

"오슬로에서 만들어졌을까요?"

"아뇨."

"왜죠? 오슬로도 용암 위에 세워진 도시인데요."

"오슬로는 오래된 용암이에요. 이 용암은 최근 거고요."

"최근이라 하면 얼마나요?"

여자가 손으로 전화기를 막고, 말하는 소리가 들렸다. 하지만 다른 목소리는 들리지 않았다. 그래도 대답을 얻었는지 이내 다시 말했다.

"오빠 말이 폭발한 지 5년에서 50년 사이의 화산이래요. 하지만 그 돌이 어느 화산에서 나온 건지 알아낼 생각이라면 꽤 힘들 거예요. 지구상의 활화산은 500개가 넘거든요. 그것도 우리가 아는 것만 그렇죠. 또 다른 문의사항 있으면 이메일로 연락하세요. 메일 주소는 당신 조수가 알고 있어요."

"하지만……."

여자는 이미 전화를 끊었다.

해리는 다시 걸까 하다가 마음을 바꾸고, 다른 번호를 눌렀다.

"오슬로 택시입니다!"

"어이, 외위스타인. 나 해리 H야."

"설마. 해리 H는 죽었어."

"아직은 아냐."

"좋아, 그럼 내가 죽었나 보군."

"소피스 가로 와서 날 태우고, 내 어릴 때 집으로 데려다줄 생각 있어?"

"없어, 하지만 데려다주지. 어차피 가는 길이니까." 외위스타인의 웃음소리는 기침으로 변했다. "해리 H! 염병할……. 도착하면 전화할게."

해리는 전화를 끊고, 침실로 가서 창밖의 가로등 불빛에 의지해 짐을 꾸렸다. 거실에서는 휴대전화 불빛으로 시디 서너 장과 담배 보루, 수갑, 권총도 챙겼다.

윙체어에 앉아, 어둠을 만난 김에 리볼버로 연습이나 하기로 했다. 손목시계의 스톱워치 기능을 누르고, 스미스앤드웨슨의 실린더를 휙 연 다음, 총알을 뺐다가 장전했다. 네 개는 실탄이고, 네 개는 공탄이다. 스피드로더* 없이 오로지 민첩한 손가락만 이용했다. 끝. 9초 66. 기존의 기록보다 거의 3초나 늦다. 다시 실린더를 열어 확인해보았다. 엉망진창이었다. 첫 번째로 발사될 약실에는 공탄이 들어 있었다. 이래로는 죽은 목숨이다. 다시 해보았다. 이번에는 9초 55. 이번에도 역시 죽었다. 20분 후, 외위스타인이 벨을 눌렀을 때 속도는 8초로 줄어들었고, 여섯 번이나 죽었다.

"지금 나가." 해리가 말했다.

그는 부엌으로 들어가 싱크대 아래의 선반을 바라보았다. 잠시 머뭇거리다가 라켈과 올레그의 사진을 떼어서 코트 안주머니에 넣었다.

"홍콩?" 외위스타인 아이켈란이 코를 훌쩍였다. 그는 큼지막한 코, 슬프게 처진 코밑수염, 알코올 중독자 특유의 부은 얼굴을 돌려 조수석에 앉은 해리를 바라보았다. "거기서 뭔 지랄을 한 거야?"

"내가 어떤 놈인지 알잖아." 빨간 불에 걸린 차가 래디슨 SAS 호텔 앞에 멈추자, 해리가 말했다.

"난 모르는데?" 외위스타인이 담배 종이 위에 담배가루를 살살 뿌리며 말했다. "내가 어찌 알겠어?"

"우린 함께 자랐잖아. 잊었어?"

"그래서? 처음 봤을 때부터 넌 이미 좆나 수수께끼 같은 놈이었다고, 해리."

차의 뒷문이 벌컥 열리더니 코트를 입은 남자가 탔다. "중앙역의 공항 급행열차 터미널로 갑시다. 빨리."

---

* 리볼버의 빠른 재장전을 위해 사용하는 기구

"손님 있습니다." 외위스타인이 뒤도 돌아보지 않은 채 대꾸했다.

"무슨 소리요? 지붕 갓등에 불이 켜져 있는데."

"홍콩이라니 죽이네. 근데 왜 돌아왔어?"

"뭐라고요?" 뒷좌석의 남자가 말했다.

외위스타인은 아까 말했던 담배를 입술 사이에 밀어 넣고, 불을 붙였다. "트레스코가 전화해서 오늘 밤 모이기로 했다며 날 초대한다더군."

"트레스코한테 무슨 친구가 있다고." 해리가 말했다.

"당연히 없지. 그래서 내가 물었어. '네 친구 누구?' 그랬더니 '너. 그러는 네 친구는?' 하고 묻는 거야. 그래서 '나도 너'라고 대답했지. 그러니까 우리 둘뿐인 거야. 네 존재는 까맣게 잊고 있었어, 해리. 그게 다 네가……." 외위스타인이 입술을 쭉 내밀며 스타카토로 말했다. "홍.콩.에 갔기 때문이야!"

"이봐요!" 뒷좌석에서 외쳤다. "근무 시간이 끝난 거라면, 내가 돈을……."

신호등이 초록색으로 바뀌자, 외위스타인이 액셀러레이터를 밟았다.

"그럼 너도 갈래? 트레스코네 집에?"

"거긴 발냄새가 진동한다고, 외위스타인."

"그래도 냉장고가 맥주로 꽉 채워져 있잖아."

"미안하지만, 난 파티에 갈 기분이 아냐."

"파티에 갈 기분?" 외위스타인이 콧방귀를 뀌며, 한 손으로 운전대를 내리쳤다. "넌 파티에 갈 기분이 뭔지 모르는 놈이야, 해리. 늘 파티를 피하지. 기억나? 예전에 여자들과 노르스트란의 부자 동네에 가서 놀려고 맥주를 샀잖아. 그런데 네가 우리 셋이서만 벙커에 가서 술을 마시자고 했지."

"이봐요, 여긴 공항 급행열차 터미널로 가는 길이 아니잖소!" 뒷좌석 남자가 징징거렸다.

신호등이 빨간불로 바뀌자, 외위스타인은 다시 브레이크를 밟았다. 그러더니 어깨까지 내려오는 숱 적은 머리카락을 옆으로 튕기며 뒷좌석의 남자에게 말했다. "그래서 결국 우린 그 벙커로 갔지. 진탕 퍼마셨는데, 이놈이 'No Surrender'를 부르기 시작하지 뭐야? 참다못한 트레스코가 이놈에게 빈 병을 던져댔어."

"제발 좀! 스톡홀름 행 마지막 비행기를 꼭 타야 한단 말이오." 남자가 흐느끼며, 태그 호이어 시계의 유리를 검지로 톡톡 쳤다.

"그 벙커는 최고야. 오슬로 최고의 전망이지." 해리가 말했다.

"맞아. 연합군이 거길 공격했다면, 독일군들 총에 맞아 가루가 됐을 거야." 외위스타인이 말했다.

"아무렴." 해리가 씩 웃었다.

"우리가 거기 서서 합의를 하지 않았겠어? 이 녀석하고, 나, 트레스코 이렇게 셋이서." 외위스타인이 말했지만, 이제 뒷좌석의 양복쟁이는 다른 빈 택시를 찾아 절박하게 빗속을 훑어보고 있었다. "염병할 연합군들이 오면, 놈들이 뼈도 못 추리게 쏴주자고. 이렇게"

외위스타인은 상상 속의 기관총을 양복쟁이에게 대고 일제 사격을 퍼부었다. 양복쟁이는 겁에 질려 미친 택시 운전사를 바라봤다. 두두두두 총소리를 내는 외위스타인의 입에서 하얀 거품 같은 침방울이 튀어 말끔하게 다린 양복쟁이의 검은 바지에 떨어졌다. 양복쟁이는 작게 헉 소리를 내더니, 허둥지둥 차문을 열고 비틀거리며 빗속으로 뛰어나갔다.

외위스타인은 쉰 목소리로 호탕하게 웃어댔다.

"넌 집이 그리웠던 거야. 에케베르그 레스토랑에서 다시 킬러 퀸과 춤추고 싶었던 거지." 외위스타인이 말했다.

해리는 낄낄 웃고는 고개를 저었다. 사이드미러에 양복쟁이가 미친 듯이 국립극장 역으로 돌진하는 모습이 보였다. "아버지 때문이야. 편찮으셔. 얼마 안 남았어."

"이런 제기랄. 좋은 분이셨는데." 외위스타인이 다시 액셀러레이터를 밟았다.

"고맙다. 네가 알고 싶어 할 거 같아서."

"당연하지. 우리 노친네들에게 말해줘야겠다."

"다 왔어." 외위스타인이 차고가 딸린 작은 노란색 목제 가옥 앞에 차를 세우며 말했다.

"응." 해리가 말했다.

외위스타인이 담배를 빨아들였다. 어찌나 세게 빨아들이는지 꼭 담배가 불타오를 것만 같았다. 그는 폐에 연기를 담아두었다가, 다시 길고 걸걸한 씨익 소리와 함께 뱉어냈다. 그러고는 머리를 살짝 기울이며 담뱃재를 재떨이에 휙 털어 넣었다. 그걸 보자 해리의 가슴에 아련한 통증이 일었다. 외위스타인의 저 모습을 얼마나 자주 봤던가? 마치 담배가 너무 무거워 균형을 잃었다는 듯이 몸을 옆으로 기울이고, 고개도 갸우뚱 기울이는 저 모습. 그렇게 털어낸 담뱃재는 학교 끽연 구역의 땅바닥으로, 초대받지도 않고 갔던 파티의 빈 맥주병 속으로, 벙커의 차갑고 축축한 콘크리트 바닥으로 떨어졌었다.

"인생 참 좆나 불공평해. 네 아버지는 술도 안 마시고, 일요일마다 산책하시고, 교사로 일하셨어. 반대로 우리 꼰대는 술에 절어 살고, 직원들이 다들 천식과 발진에 시달렸던 카도크^{Kadok} 공장에서 일했지. 집에 와서 소파에 퍼질러 앉으면 손가락 하나 까닥하지 않았고, 그런데도 좆나 팔팔하잖아." 외위스타인이 말했다.

해리는 카도크 공장을 기억했다. 코닥^{Kodak}을 거꾸로 부른 이름이었다. 순뫼레 출신의 공장주는 필름 발명가인 조지 이스트만이 자신의 카메라 회사 이름을 코닥으로 정했다는 기사를 읽었다. 기억하기 쉽고, 어느 나라 사람이나 발음할 수 있다는 이유였다. 그리하여 그 기사에 영감을 받아 자기 공장 이름을 카도크로 지었다. 하지만 카도크라는 이름은 잊혔고, 공장은 몇 년 전에 문을 닫았다.

"모든 건 다 지나가." 해리가 말했다.

외위스타인은 계속 무언가를 생각하는 사람처럼 고개를 끄덕였다.

"필요한 게 있으면 언제든 전화해, 해리."

"응."

해리는 뒤에서 타이어가 자갈 위로 우두둑 굴러가는 소리가 날 때까지 기다렸다. 차가 사라지자, 현관문을 열고 안으로 들어갔다. 전등을 켜고 가만히 서 있는 동안, 문이 제자리로 돌아가며 철컥 닫혔다. 냄새, 정적, 현관 옆의 옷장으로 떨어지는 불빛, 이 모든 것이 그에게 말을 걸었다. 마치 추억의 연못 속에 가라앉는 기분이었다. 추억이 그를 감싸고, 마음을 따뜻하게 해주고, 목을 메게 했다. 그는 코트를 벗고 신발을 내팽개쳐 벗었다. 그러고는 걸어다니기 시작했다. 이 방에서 저 방으로, 이 시절에서 저 시절로, 부모님의 침실에서 동생 침실로, 그리고 자신의 침실로. 소년의 침실이었다. 벽에는 클래시*의 포스터, 기타를 바닥에 내려치기 직전에 찍은 포스터가 붙어 있었다. 해리는 침대에 누워 매트리스의 냄새를 들이마셨다. 그러자 눈물이 흘렀다.

---

* Clash. 영국의 펑크록 밴드

21
스노우 화이트

저녁 8시 2분 전, 미카엘 벨만은 쇼핑가치고는 좀 소박한 편에 속하는 칼 요한스 가를 걸어가고 있었다. 이곳은 노르웨이 왕국의 한복판, 중심축에서도 중간 지점이었다. 그의 왼쪽으로는 대학과 지식이, 오른쪽으로는 국립극장과 문화가, 뒤로는 왕실 정원과 그 위에 자리한 왕궁이 있었다. 그리고 그의 바로 앞에는 권력이 있었다. 300보를 더 걸어가 8시 정각이 되었을 때 벨만은 스토르팅에의 정문으로 향하는 돌계단을 오르고 있었다. 의회 건물은 오슬로의 다른 건물들과 마찬가지로 특별히 크거나, 인상적이지 않았다. 보안 경비도 최소한이었다. 정문으로 이어지는 비탈 양쪽에 그로루드의 화강암을 깎아서 만든 사자 두 마리를 세워둔 것이 전부였다.

벨만은 정문으로 올라갔고, 정문은 밀기도 전에 소리 없이 열렸다. 로비에 들어서자 주위를 둘러보았다. 그의 앞에 나타난 경비원이 다정하면서도 단호하게 길라도니 엑스레이 기계를 향해 고갯짓을 했다. 10초 후 미카엘 벨만에게는 아무런 무기도 없으며, 금속 물건은 벨트뿐인 것으로 밝혀졌다.

라스무스 올센은 안내 데스크에 몸을 기댄 채 그를 기다리고 있었다. 마리트 올센의 말라깽이 남편은 벨만과 악수를 하더니, 앞장서서 걸어갔다. 그의 목소리가 자동으로 가이드의 어조로 바뀌었다.

"스토르팅에는 380명의 직원과 169명의 하원의원을 거느리고 있습니다. 1866년 에밀 빅토르 랑레트의 설계에 의해 세워졌죠. 참고로 그는 스웨덴인입니다. 이 홀은 트라페할렌이라고 부릅니다. 저 석조 모자이크는 1950년에 엘세 하겐이 만든 〈사회〉라는 작품이죠. 왕의 초상화는……."

그들은 반드레할렌에 들어섰다. 벨만은 텔레비전에서 이곳을 본 적이 있었다. 두 얼굴이 그의 곁을 스쳐갔다. 둘 다 모르는 얼굴이었다. 올센은 방금 위원회가 끝났다고 설명했지만, 벨만의 귀에는 그 말이 들리지 않았다. 이곳이 권력의 회랑이라는 생각에 푹 빠져 있었기 때문이다. 그는 실망감을 금할 수 없었다. 온갖 금칠과 붉은색으로 촌스럽게 장식된 것은 상관없다. 하지만 지배자들의 발치에 경외감을 불어넣어야 할 웅장함과 위엄은 어디로 갔는가? 이 망할 놈의 겸손한 진지함은 얼마 전까지만 해도 민주주의와 거리가 멀었던, 북유럽의 이 작은 나라가 미처 타파하지 못한 약점과도 같다. 그래도 그는 이 나라로 돌아왔다. 비록 이전 근무지였던 유로폴에서는 다른 늑대들을 제치고 최고의 자리에 오를 수 없었을지라도, 난쟁이나 이류들과 경쟁해야 하는 이곳에서는 분명 성공할 수 있을 것이다.

"2차 대전 중에는 이 방 전체가 제국판무관 테르보펜*의 사무실이었죠. 요즘은 누구도 이렇게 큰 사무실을 쓰지 않습니다."

"결혼 생활은 어땠습니까?"

"뭐라고요?"

"최근 부인과의 사이는 어땠나요? 다투셨습니까?"

"아…… 아뇨." 라스무스 올센은 초조한 표정을 짓더니 발걸음을 재촉하기 시작했다. 마치 벨만을 뒤에 남겨두려는 듯이, 혹은 사람들의 이목

* 나치 관료로, 독일이 노르웨이를 점령한 후 노르웨이 통치자로 임명되었다

으로부터 벗어나려는 듯이. 사무국 사무실의 문을 닫고, 자리에 앉은 후에야 올센은 떨리는 숨을 내쉬었다. "물론 힘든 때도 있었습니다. 결혼하셨나요, 벨만 씨?"

미카엘 벨만은 고개를 끄덕였다.

"그럼 그 말이 무슨 뜻인지 아실 겁니다."

"부인이 바람을 피웠나요?"

"아뇨. 그것만은 확실합니다."

뚱뚱했기 때문에요? 벨만은 그렇게 묻고 싶었지만, 그만두었다. 그는 원하던 것을 얻었다. 머뭇거림, 눈꼬리의 실룩거림, 알아차리기 힘들 정도의 미세한 동공 수축.

"그럼 올센 씨는요? 당신은 바람을 피웠나요?"

역시 같은 반응이었다. 다만 벗어지기 시작한 머리 아래의 이마가 홍조를 띠었다. 대답은 단호하고 간결했다. "아뇨, 피우지 않았습니다."

벨만은 머리를 갸우뚱 기울였다. 라스무스 올센은 용의자가 아니었다. 그런데 왜 이런 질문으로 이 남자를 괴롭히는 걸까? 대답은 짜증스러울 정도로 간단했다. 달리 취조할 사람도, 추적할 단서도 없기 때문이다. 그는 그저 이 불쌍한 남자에게 화풀이를 하고 있었다.

"당신은요?"

"제가 뭐요?" 벨만이 하품을 참으며 물었다.

"당신도 바람을 피우나요?"

"제 아내는 굉장한 미인이라서요." 벨만이 미소를 지었다. "게다가 아이도 둘이나 있습니다. 올센 씨 부부는 아이가 없고, 그러면 좀 더…… 재미를 찾게 되죠. 소식통에 의하면 얼마 전에 두 분이서 약간의 문제가 있었다던데요."

"옆집 여자와 이야기하신 모양이군요. 마리트는 툭하면 그 여자와 수다를 떨었죠, 네. 몇 달 전에 아내가 질투한 사건이 있기는 했습니다. 노조 대표들이 모인 파티에 제가 어떤 아가씨를 고용했거든요. 아내와도 그렇게 만났기 때문에……."

라스무스 올센의 목소리가 떨렸고, 벨만은 그의 눈에 고인 눈물을 보았다.

"별일 아니었습니다. 하지만 마리트는 생각을 정리하겠다면서 며칠 산에 다녀왔죠. 그 후로는 다시 잘 지냈습니다."

벨만의 휴대전화가 울렸다. 그는 전화를 꺼내 액정에 뜬 이름을 보고는 무뚝뚝하게 "네"라고 대답했다. 상대의 말을 듣던 그의 맥박이 빨라지며, 분노가 치솟았다.

"밧줄?" 그는 상대의 말을 반복했다. "뤼세렌? 거긴…… 위트레 에네바크? 고마워."

그는 전화를 코트 주머니에 넣었다. "전 그만 가봐야겠군요, 올센 씨. 시간 내주셔서 감사합니다."

나가는 길에 벨만은 잠시 걸음을 멈추고, 독일 나치 테르호펜이 썼던 방을 둘러보았다.

새벽 1시, 해리는 거실에 앉아 마사 웨인라이트가 부르는 'Far Away'를 듣고 있었다. "…… 무엇이 남았든 아직 발견하지 못했어."

피곤했다. 앞에 있는 탁자에는 휴대전화와 라이터, 은박지에 싸인 갈색 덩어리가 있었다. 아직 덩어리에는 손대지 않았다. 하지만 얼른 자야 했다. 리듬을 찾고, 휴식을 취해야 했다. 그의 손에는 라켈의 사진이 들려 있었다. 푸른색 원피스를 입은 사진. 그는 눈을 감았다. 그녀의 냄새를 맡았다. 그녀의 목소리를 들었다. "저기 봐요!" 그녀가 그의 손을 살짝 쥐었다. 주위의 호수는 검고 깊었다. 백색의 여인이 소리 없이, 사뿐히 물에 둥둥 떠 있었다. 면사포가 바람에 펄럭이자, 그 밑으로 하얀 깃털이 드러났다. 길고 날씬한 목은 물음표 모양이었다. 어디로 가는 거지? 그녀가 뭍으로 올라가자, 검은색 쇠막대가 모습을 드러냈다. 쇠막대에는 군데군데 쓸리고, 끼익끼익 흐느끼는 듯한 바퀴가 달려 있었다. 그녀가 집 안으로 들어가며 시야에서 사라지더니 다시 2층에 나타났다. 그녀의 목에는 올가미가 걸려 있었다. 그녀 옆에는 검은 양복을 입고, 옷깃에 하얀 꽃을 꽂은 남자가 서 있었다. 두 사람 앞에는 하얀 옷을 입은 목사가 등을 돌린 채 서 있었다. 목사는 천천히 읽어 내려가더니 몸을 틀었다. 목사의 얼굴과 손이 새하얀 눈으로 만들어져 있었다.

해리는 깜짝 놀라 잠에서 깼다.

어둠 속에서 눈을 껌벅였다. 소리가 들렸다. 마사 웨인라이트의 노래가 아니었다. 해리는 탁자에서 빛을 뿜으며 진동하는 휴대전화를 움켜잡았다.

"네." 해리가 걸쭉한 목소리로 대답했다.

"알아냈어요."

해리는 일어나 앉았다. "뭘 알아내?"

"연결고리요. 피해자는 세 명이 아니에요. 네 명이에요."

검색엔진

"우선 반장님이 주신 이름 세 개로 검색해봤어요." 카트리네 브라트가 말했다. "보르그뉘 스템 뮈레, 샬로테 롤레스, 마리트 올센. 하지만 딱히 쓸 만한 결과가 나오지 않았죠. 그래서 지난 12개월 동안 노르웨이에서 실종된 사람들도 몽땅 함께 넣어 검색해봤어요. 그랬더니 단서가 나오더군요."

"잠깐." 이제 해리는 잠이 확 달아났다. "대체 실종자들의 정보는 어디서 얻은 거야?"

"어디겠어요? 오슬로 경찰청 실종자수사과의 인트라넷이죠."

해리는 신음 소리를 냈다. 카트리네의 설명은 계속되었다.

"세 명의 피살자와 연관되는 이름 하나가 나왔어요. 준비됐어요?"

"음……."

"실종된 여자의 이름은 아델 베틀레센, 스물세 살이고, 드람멘에 살아요. 11월에 실종신고가 접수됐죠. 연결고리는 NSB 매표 시스템에서 찾았어요. 11월 7일, 아델 베틀레센은 드람멘에서 우스타오셋까지 가는 기차표를 온라인으로 예매했어요. 같은 날 보르그뉘 스템 뮈레도 콩스베르그에서 우스타오셋까지 가는 기차표를 샀죠."

"우스타오셋이 딱히 우주의 중심은 아니잖아." 해리가 말했다.

"우스타오셋은 도시가 아니라 산악지대예요. 베르겐의 상류층 사람들이 부모님께 물려받은 돈으로 산장을 짓는 곳이죠. 관광협회에서도 거기 산꼭대기에 산장을 지어요. 노르웨이인들이 아문센과 난센의 정신을 이어받아 등에는 25킬로그램짜리 배낭을 메고, 스키로 이 산장에서 저 산장으로 이동하며 마음 한켠에 죽음의 공포를 느낄 수 있도록 말이죠. 삶에 활력을 불어넣는 거죠."

"가본 사람처럼 말하는군."

"전남편의 식구들이 거기에 산장을 가지고 있었어요. 너무 부유하고 존경받는 분들이라 전기도, 물도 안 나오는 산장이었죠. 산장에 사우나와 자쿠지를 설치하는 사람들은 출세주의자들뿐이라고요."

"또 다른 연관성은?"

"마리트 올센의 이름으로는 기차표를 구입한 적이 없었어요. 하지만 11월 6일에 우스타오셋 행 기차 식당 칸의 현금지급기에서 현금을 인출한 기록이 있죠. 14시 13분에요. 기차 시간표에 따르면 올시과 예일로* 사이를 통과할 때였어요. 다시 말해, 우스타오셋에 도착하기 전이죠."

"별로 설득력이 없는데. 그 기차는 베르겐을 통과하잖아. 베르겐에 가는 길이었을 거야."

"제가……." 카트리네가 말문을 열었다가 머뭇거리더니, 잠시 기다린 후 작은 목소리로 말을 이었다. "제가 바본 줄 아세요? 우스타오셋 호텔에 라스무스 올센의 이름으로 더블룸이 예약되어 있었다고요. 주민등록 시스템에 따르면, 라스무스 올센은 마리트 올센과 같은 주소에 사는 걸로 되어 있어요. 따라서 라스무스 올센은……."

"그래, 마리트 올센의 남편이야. 근데 왜 속삭이는 거야?"

"방금 야간 경비원이 지나갔으니까요. 들어보세요, 같은 날 두 명의 피

---

* 둘 다 노르웨이 남부 부스케르 주의 도시

살자와 한 명의 실종자가 우스타오셋에 있었어요. 어떻게 생각하세요?"

"글쎄, 중요한 우연의 일치이지만 단순히 우연일 가능성도 배제할 수 없어."

"동감이에요. 그러니까 제 얘기를 마저 들어보세요. 그다음에는 샬로테 롤레스와 우스타오셋을 검색해봤지만, 아무것도 나오지 않았어요. 그래서 나머지 세 사람이 우스타오셋에 있었던 날, 샬로테 롤레스는 어디에 있었을까에 초점을 맞췄어요. 그랬더니 이틀 전, 샬로테가 회네포스 외곽의 주유소에서 디젤을 넣고 돈을 낸 기록이 있었어요."

"회네포스라면 우스타오셋에서 꽤 멀리 떨어진 곳인데."

"하지만 오슬로에서 우스타오셋으로 가는 길에 있죠. 그래서 샬로테나 동거인의 이름으로 등록된 차량이 있는지 찾아봤어요. 오토패스를 달고 톨게이트를 통과했다면, 그들의 이동 방향을 추적할 수 있으니까요."

"흠."

"문제는 샬로테에게는 동거인도, 등록된 차량도 없다는 거예요. 공식적으로는 그래요."

"남자친구가 있었어."

"그럴 수도 있죠. 하지만 검색엔진이 예일로의 유로파크 주차장에서 이스카 펠러라는 이름으로 주차료를 낸 차량을 찾아냈어요."

"거긴 우스타오셋에서 몇 킬로미터밖에 떨어지지 않은 곳이잖아. 근데 그게 누구야? 어…… 이스카 펠러?"

"신용카드 정보에 따르면, 오스트레일리아 시드니의 브리스톨에 거주하는 사람이에요. 중요한 건 그녀가 샬로테 롤레스와 연관 검색에서 높은 점수를 얻었다는 거죠."

"연관 검색?"

"연관 검색의 원리는 이래요. 지난 몇 년 동안의 정보를 바탕으로 같은 시각, 같은 식당에서 카드로 결제한 사람들의 이름이 함께 뜨죠. 이건 그들이 함께 식사한 후, 돈을 나눠서 냈다는 뜻이니까요. 같은 날짜에 같은 헬스장을 등록했거나, 비행기 옆자리에 앉은 횟수가 한 번 이상인 사람들도 이름이 함께 뜨죠. 뭔지 알겠어요?"

"뭔지 알겠어." 해리가 그녀의 베르겐 억양을 흉내 내며 똑같이 말했다. "그 차량이 어떤 종류고, 연료로 디젤을 쓰는지 조사는······."

"네, 조사했어요. 디젤 차량이었어요." 카트리네가 퉁명스럽게 대답했다. "계속 얘기해요, 말아요?"

"당연히 계속해야지."

"관광협회 소유의 셀프 서비스식 산장은 침대를 미리 예약할 수가 없어요. 그래서 도착했을 때 침대가 다 찼으면, 바닥에서 자야 하죠. 매트리스를 깔고 자든지, 자기가 가져온 슬리핑백에서 자든지. 하룻밤에 겨우 170크로네예요. 산장에 있는 상자에 현찰로 넣든가, 아니면 자신의 계좌로 청구하라는 허가서를 봉투에 넣어두면 돼요."

"다시 말해, 어떤 산장에 누가 언제 있었는지 알 수 없다는 거로군."

"현찰로 냈다면 그렇죠. 하지만 허가서를 남긴 경우라면, 차후에 그들의 계좌에서 관광협회 계좌로 돈이 이체돼요. 그들이 묵었던 산장과 날짜를 알려주면서요."

"은행 거래 내역을 뒤지는 게 얼마나 고역이었는지 기억나는군."

"명석한 인간의 두뇌가 검색엔진에 올바른 기준을 입력해주면 이야기가 다르죠."

"자네 얘기야?"

"당연하죠. 11월 20일에 이스카 펠러의 계좌에서 관광협회로 2인, 4박의 비용이 이체됐어요. 매일 다른 산장으로 이동했더군요."

"4박 5일의 스키 여행이었군."

"네. 그리고 마지막으로 11월 7일에 호바스에 있는 산장에 묵었어요. 우스타오셋에서 한나절만 걸어가면 나오는 곳이죠."

"흥미롭군."

"정말 흥미로운 건 11월 7일에 호브스 산장에 묵은 숙박비용을 이체한 계좌가 두 군데 더 있다는 거예요. 누구게요?"

"글쎄, 마리트 올센이나 보르그뉘 스템 뮈레는 아닐 거야. 그랬다면 크리포스가 두 피살자가 최근에 같은 날, 같은 장소에 머물렀다는 걸 알아냈을 테니까. 그러면 남는 건 실종된 여자뿐이로군. 이름이 뭐랬지?"

"아델 베틀레센. 반장님 말이 맞아요. 아델은 두 사람 비용을 지불했어요. 하지만 그녀가 누구와 동행했는지는 알아낼 길이 없네요."

"또 다른 계좌는 누구 거야?"

"그건 별로 재미없어요. 스타방에르에 사는 사람이에요."

그래도 해리는 펜을 들고, 그 사람의 이름과 주소를 적었다. 더불어 시드니에 사는 이스카 펠러의 주소도 적었다. "검색엔진이 마음에 든 모양이군."

"네. 구식 폭격기를 타고 하늘을 나는 기분이에요. 약간 녹슬고, 목적지까지 시간도 오래 걸리지만 하늘을 날 때의 기분은…… 끝내주죠. 이 결과를 어떻게 생각해요?"

해리는 곰곰이 생각했다.

"자네는 아델 베틀레센이라는 실종자 하나, 그리고 우연히 피살자들과 같은 날, 같은 장소에 있었을 뿐 아마 사건과 아무 연관도 없을, 이스카 펠러라는 여자를 찾아냈어. 그것만으로는 대단할 게 없지. 하지만 이스카 펠러가 샬로테 롤레스의 동행이었을 가능성을 찾아냈어. 그리고 보르그뉘 스템 뮈레와 마리트 올센이 우스타오셋 부근에 있었다는 것도. 따라서……."

"따라서?"

"따라서 축하해. 자넨 약속을 지켰어. 그러니까 그 대가로……."

"입 다물고, 침이나 닦아요. 진심으로 한 말이 아니었어요. 내가 제정신 아닌 거 몰랐어요?"
 카트리네는 전화기를 쾅 내려놓았다.

23
승객

 버스에는 그녀 혼자뿐이었다. 스티네는 창문에 비친 자신의 모습을 보지 않기 위해 이마를 창문에 댔다. 그 상태로 칠흑처럼 캄캄하고, 인적 없는 버스 정류장을 내다보았다. 제발 누군가 오기를. 제발 아무도 오지 않기를.
 좀 전에 그는 맥주 한 잔을 앞에 두고 크라베의 창가 자리에 앉아 꼼짝도 하지 않은 채 그녀를 바라보았다. 털모자, 금발, 광기 어린 푸른 눈동자. 그의 눈동자가 웃고, 그녀를 꿰뚫어 보고, 간청하고, 그녀의 이름을 불렀다. 마침내 스티네는 마틸데에게 집에 가고 싶다고 했다. 하지만 마틸데는 미국에서 왔다는 정유업자와 이제 막 대화를 시작한 터라 좀 더 있고 싶어 했다. 그래서 스티네는 코트를 집어 들고 크라베에서 나왔다. 그 길로 버스 정류장으로 달려가 볼란* 행 버스를 탔다.
 그녀는 운전기사의 머리 위에 달린 전자시계의 붉은색 숫자를 바라보았다. 어서 문이 닫히고, 버스가 출발하기를. 이제 1분 남았다.
 그녀는 시선을 들지 않았다. 달려오는 발소리가 들릴 때도, 헐떡이는 목소리가 기사에게 티켓을 달라고 말할 때도, 그가 그녀 옆자리에 앉았

---

* 스타방에르 도심의 남쪽 지역

을 때도.

"어이, 스티네. 난 당신이 날 피하는 줄 알았어요." 그가 말했다.

"아, 안녕, 엘리아스." 그녀는 비에 젖은 도로에서 시선을 떼지 않은 채 말했다. 왜 이렇게 기사에게서 멀리 떨어진 뒤쪽에 앉았을까?

"이런 밤에는 혼자 돌아다니면 안 돼요."

"그래요?" 스티네는 웅얼거리며 누군가 버스에 타기를 바랐다. 아무라도 좋다.

"신문 안 읽었어요? 오슬로에서 여자가 둘이나 죽었잖아요. 그리고 요전에는 하원의원까지 죽었죠. 그 여자 이름이 뭐였더라?"

"몰라요." 스티네는 거짓말을 했다. 심장이 방망이질을 쳤다.

"마리트 올센. 사회당 의원이죠. 다른 두 명은 보르그뉘와 샬로테. 정말 이 이름 들어본 적 없어요?"

"난 신문 안 읽어요." 스티네가 대답했다. 누구라도 빨리 와주기를.

"좋은 여자들인데, 셋 다."

"어련하시겠어요. 그 여자들과 다 아는 사이이겠죠?" 스티네는 빈정거리는 말투로 말한 것을 즉시 후회했다. 두려웠기 때문이다.

"잘은 몰라요. 하지만 첫인상은 좋았어요. 당신도 알다시피 난 첫인상을 중시하는 사람이잖아요."

그녀는 자신의 무릎에 조심스럽게 올려놓은 엘리아스의 손을 바라보았다.

"저기⋯⋯." 스티네가 말했다. 그 짧은 한마디조차 애원조였다.

"왜요, 스티네?"

스티네는 그를 올려다보았다. 그의 얼굴은 어린아이처럼 천진난만했고, 눈동자는 순수한 호기심으로 가득했다. 그녀가 소리를 지르며 벌떡 일어나고 싶다고 생각했을 때 발소리가 들렸다. 운전사 옆에서 목소리가 들렸다. 한 남자 승객이었다. 그가 버스 뒤쪽으로 오고 있었다. 스티네는 그 남자와 시선을 마주치려고, 남자에게 신호를 보내려고 했다. 하지만 남자가 쓴 모자챙이 얼굴의 절반을 가리고 있었다. 게다가 그는 잔돈을 확인하고, 티켓을 지갑에 넣느라 정신이 없었다. 그래도 그 남자가 그들 바로 뒷자리에 앉자, 그녀의 숨결이 한결 가벼워졌다.

"경찰이 아직도 그 여자들의 연관성을 찾아내지 못했다는 게 믿기지가 않아요." 엘리아스가 말했다. "그게 뭐가 어렵다고. 그 세 여자가 산에서 타는 크로스컨트리 스키를 좋아했다는 걸 알아내야죠. 세 여자는 같은 날 호바스 산장에 머물렀어요. 이걸 경찰에 알려야 할까요?"

"글쎄요."

"난 엮이기 싫어요. 당신이 이해해줬으면 해요, 스티네."

그녀는 여전히 눈을 감은 채 천천히 고개를 끄덕였다.

"다행이네요. 그럼 그 산장에 또 누가 있었는지 말해줄게요. 분명 당신도 알 만한 사람이에요."

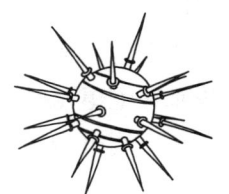

PART 3

스타방에르

"이 냄새는……." 카야가 말했다.
"똥이야. 소똥. 예렌 지구*에 온 걸 환영해." 해리가 말했다.
연둣빛 들판을 가로지르는 구름 사이로 아침 햇살이 새어 나왔다. 돌담 뒤에서 소들이 묵묵히 그들이 탄 택시를 바라보았다. 그들은 솔라 공항에서 스타방에르 도심으로 가는 길이었다.

해리는 앞좌석 사이로 상체를 내밀었다. "좀 더 밟아줄 수 없겠소, 기사 양반?" 그는 신분증을 들어 올렸다. 운전사는 씩 웃더니 액셀러레이터를 꾹 밟았고, 택시는 도로 위를 빠르게 질주했다.

"너무 늦었을까 걱정되세요?" 해리가 다시 뒷좌석에 등을 기대자, 카야가 물었다.

"전화도 안 받고, 출근도 안 했어." 해리가 말했다. 더 이상의 설명은 필요 없었다.

어젯밤 카트리네 브라트와의 통화가 끝난 후, 해리는 수첩에 적힌 메모를 훑어보았다. 11월 7일, 세 명의 피해자와 같은 산장에 머물렀던 두 사람의 이름과 전화번호, 주소가 있었다. 그는 손목시계를 확인한 뒤, 현

---

* 로갈란 주의 지구로 노르웨이에서 가장 넓은 평지대

재 시드니는 이른 아침이라는 계산 하에 이스카 펠러에게 전화했다. 그녀는 전화를 받았고, 해리가 호바스 산장 이야기를 꺼내자 매우 놀란 듯했다. 그녀는 그날 밤에 대해 별로 해줄 말이 없었다. 고열에 시달리느라 침대에 누워서 꼼짝도 안 했기 때문이다. 땀으로 축축해진 옷을 너무 오래 입고 있어서일 수도 있고, 스키를 타고 산장을 이동하며 돌아다니는 일이 장거리 스키 초보자인 그녀에게 너무 힘들어서일 수도 있고, 아니면 그냥 단순히 감기에 걸려서일 수도 있다. 어쨌거나 그녀는 아픈 몸을 이끌고 간신히 호바스 산장에 도착했고, 친구 샤로테 롤러스는 그녀에게 당장 침대에 누워 쉬라고 명령했다. 그리하여 몸이 쑥쑥 쑤셨다가 땀이 났다가 또 갑자기 추워지는 증상에 차례로 시달리는 동안, 이스카 펠러는 잠이 들었다가 깨기를 반복하며 꿈만 잔뜩 꿨다고 한다. 따라서 그날 밤 산장에 누가 있었고, 그들 사이에 무슨 일이 있었든 그녀로서는 전혀 아는 바가 없었다. 왜냐하면 그녀와 샤로테가 산장에 맨 처음 도착했고, 이튿날 그녀가 침대에서 나왔을 때는 다들 떠난 후였기 때문이다. 두 사람은 간신히 연락이 닿은 경찰의 스노모빌을 타고 산장을 나왔다. 경찰은 그들을 자신의 집으로 데려갔고, 동네의 유일한 호텔이 만원이라면서 자신의 집에 묵으라고 했다. 그들은 초대를 받아들였지만 그날 밤에 마음을 바꿔 밤기차로 예일로에 갔고, 그곳의 호텔에 묵었다. 샤로테로부터 호바스 산장에 묵던 날 밤에 딱히 무슨 일이 있었다는 이야기도 듣지 못했다. 그러니 분명 아무 일도 없었을 것이다.

스키 여행을 다녀온 지 닷새 후에 이스카 펠러는 여전히 열이 있는 상태로 오슬로를 떠나 시드니로 돌아갔다. 샤로테와 계속 정기적으로 메일을 주고받았지만 특별한 이야기는 듣지 못했다. 그러다가 샤로테가 오슬로 외곽의 데우시엔 호수 근처에서 변사체로 발견되었다는 충격적인 소식을 듣게 되었다.

해리는 다소 조심스럽게, 그렇지만 돌려 말하지 않고 똑 부러지게 설명했다. 오슬로 경찰은 11월 7일에 그 산장에 묵었던 사람들의 신변을 염려하고 있으며, 따라서 이 통화가 끝나면 자신은 시드니 남부 경찰청 강력반 책임자인 닐 맥코맥에게 전화할 것이라고. 또한 맥코맥은 그녀에게 추가 질문을 할 것이고, (비록 오스트레일리아가 오슬로에서 멀리 떨어져 있기는 해도) 추가 공지가 있을 때까지 그녀는 경찰 보호를 받게 될 것이라고 덧붙였다. 해리는 예전에 맥코맥과 함께 일한 적이 있었다.* 이스카 펠러는 이 상황을 침착하게 받아들이는 듯했다.

그녀와의 통화가 끝나자, 해리는 두 번째 번호, 스타방에르의 번호로 전화했다. 그러나 네 번이나 전화했지만 받지 않았다. 물론 그것만으로는 아무 의미도 없다는 것을 알고 있었다. 모든 사람이 휴대전화를 켜둔 채 머리맡에 두고 잠이 들지는 않는다. 하지만 카야 솔네스는 분명 그런 모양이었다. 신호음이 간 지 두 번 만에 그녀가 전화를 받았다. 해리가 내일 아침 두 사람이 스타방에르 행 첫 비행기를 타야 하고, 따라서 그녀가 6시 5분에는 공항 급행열차를 타야 한다고 말했을 때도 그녀의 대답은 딱 한마디였다. "알겠어요."

두 사람은 6시 30분에 오슬로 가르데모엔 공항에 도착했고, 해리는 다시 그 번호로 전화해봤지만 허사였다. 한 시간 뒤, 솔라 공항에 도착해 다시 전화했을 때도 마찬가지였다. 택시 승강장으로 향하던 중, 카야는 그들이 만나러 가는 사람의 직장으로 전화해보았다. 간신히 연락이 닿았지만, 오늘은 그 사람이 제시간에 출근하지 않았다는 대답만 들었다. 그 이야기를 들은 해리는 그녀의 등 아래쪽을 부드럽게 밀며, 택시를 타려고 줄 서 있는 사람들을 새치기해 택시에 올라탔다. 사람들의 거센 항의에 해리는 이렇게 답했다. "고맙습니다, 여러분. 여러분도 좋은 하루 보내세요."

---

* 맥코맥은 해리 홀레 시리즈의 1편인 《배트맨 The Batman》에 등장한다

◆◇◆

그들은 정확히 8시 16분에 종이에 적힌 주소에 도착했다. 볼란에 위치한 하얀 목제 가옥이었다. 해리는 카야에게 택시비를 내게 하고, 차문을 열어둔 채 먼저 택시에서 내렸다. 집 정면을 유심히 살펴봤지만 특별히 이상한 점은 눈에 띄지 않았다. 축축하고 신선한, 그러면서도 아직 포근한 서부 노르웨이의 공기를 들이마셨다. 그는 마음의 준비를 했다. 무슨 일이 닥칠지 이미 알고 있었기 때문이다. 물론 그의 직감이 틀렸을 수도 있다. 하지만 그의 직감이 맞을 확률은 카야가 운전기사에게 영수증을 받고 "고맙습니다"라고 말할 확률만큼이나 높았다.

"고맙습니다." 카야의 말과 함께 택시 문이 닫혔다.

그들이 찾는 이름은 현관 옆에 위치한 세 개의 초인종 중에서 가운데에 있었다.

해리가 초인종을 누르자, 집 안쪽 어딘가에서 벨이 울렸다.

1분 동안 세 번을 더 누른 뒤, 해리는 맨 아래에 있는 초인종을 눌렀다.

한 노부인이 문을 열며, 그들에게 미소를 지었다.

카야는 노부인에게 말을 걸어야 할 사람이 누구인지 본능적으로 알고 있었다. "안녕하세요, 전 카야 솔네스라고 합니다. 저희는 경찰인데, 부인 위층에 사는 분을 찾아왔어요. 그런데 아무리 초인종을 눌러도 대답이 없네요. 집에 아무도 없나요?"

"있을 텐데. 오늘 아침에 조용하기는 했어도." 노부인은 해리의 양 눈썹이 올라가는 것을 보더니, 황급히 덧붙였다. "아래층에 있으면 다 들린다우. 어젯밤에 사람들 소리가 들렸거든. 내가 세를 놓은 집이니까 귀는 열어둬야 하지 않겠수?"

"귀를 열어둔다고요?" 해리가 물었다.

"그렇지, 하지만 그렇다고 해서……." 노부인이 양 볼을 붉혔다. "그게 뭐 잘못됐나? 그러니까 난 누구하고도 문제를 일으킨 적이……."

"그건 저희 소관이 아니라서 모르겠군요." 해리가 말했다.

"가서 확인해보는 게 좋겠네요. 혹시 열쇠가 있으시면……." 카야가 말했다. 해리는 지금 카야의 머릿속에서 여러 가지 표현이 빙글빙글 맴돌고 있으리라는 것을 알고 있었다. 과연 어떤 표현이 당첨될지 흥미롭게 지켜보았다. "……저희가 함께 가서 문제가 없는지 확인해드릴게요."

과연 똑똑했다. 집주인이 이 제안에 동의한다면, 설사 나중에 그들이 무언가를 발견한다 해도 보고서에는 그들이 노부인의 요청에 따라 집에 들어간 것으로 작성될 것이다. 결코 억지로 침입했다거나, 수색영장도 없이 집 안을 뒤진 게 아니다.

노부인은 망설였다.

"아니면 저희가 떠난 후에 직접 살펴보시든지요." 카야가 미소를 지었다. "그런 다음에 경찰에 전화하세요. 아니면 앰뷸런스를 부르시든지, 아니면……."

"당신들하고 함께 보는 게 낫겠구나." 노부인이 미간에 깊은 골을 단단히 새기며 말했다. "여기서 기다려요. 열쇠를 가져올 테니까."

1분 후에 그들이 들어선 아파트는 깨끗하고 깔끔했으며, 가구는 거의 없었다. 대번에 무거운 침묵, 질식할 듯한 침묵이 느껴졌다. 평일의 부산한 소음이 거의 들려오지 않는, 이른 아침의 텅 빈 아파트에 감도는 그런 침묵이었다. 하지만 그것 말고도 느껴지는 것이 또 있었다. 냄새. 접착제 냄새였다. 신발 한 켤레가 눈에 띄었지만, 외출복은 보이지 않았.

간이 부엌의 싱크대에는 큼직한 찻잔 하나가 놓여 있었고, 선반 위에는 해리로서는 알 수 없는 원산지가 적힌 우롱차와 안길백차가 든 깡통이 있었다. 그들은 집 안을 둘러보았다. 거실 벽에는 사진이 걸려 있었다. 아마도 사람들이 줄줄이 죽어나간다는 히말라야의 인기 있는 산, 케이투일 것이라고 해리는 짐작했다.

"저기 좀 들어가봐." 해리는 카야에게 하트 장식이 달린 문을 향해 고갯짓을 하고는, 침실로 추정되는 방으로 걸어갔다. 숨을 깊이 들이쉬고 손잡이를 아래로 내리누르며 문을 열었다.

침대는 잘 정돈되어 있었다. 방 안은 깔끔했고 창문은 열려 있었으며 접착제 냄새는 전혀 없었다. 방 안의 공기는 아이의 숨결처럼 상쾌했다. 등 뒤에서 집주인이 침실 문간에 서 있는 소리가 들렸다.

"정말 이상하네. 어젯밤에 사람들 소리가 들렸는데. 하지만 발소리는 한 명뿐이었수." 그녀가 말했다.

"사람들이라고요? 한 명 이상이었던 게 확실합니까?" 해리가 말했다.

"그렇다니까. 목소리를 들었어."

"몇 명이나요?"

"세 명쯤 될 게야."

해리는 옷장 안을 살펴보았다. "남잔가요, 여잔가요?"

"그런 것까지 구분할 수는 없다우, 미안하지만."

옷과 슬리핑백, 배낭, 또 옷.

"한 명이 떠난 후에 여기서 소리가 들렸지."

"무슨 소리요?"

노부인의 볼이 다시 붉어졌다. "쿵쿵거리는 소리. 왜 있잖수…… 그거 할 때처럼……."

"목소리는 안 들리고요?"

노부인은 곰곰이 생각했다. "그렇지, 목소리는 안 들렸어."

해리는 침실을 나왔다. 놀랍게도 카야가 아직까지 욕실에 들어가지 않은 채 닫힌 문 옆에 서 있었다. 그녀의 서 있는 자세가 어딘가 이상했다. 마치 강력한 역풍에 맞서고 있는 사람 같았다.

"왜 그래?"

"아무것도 아니에요." 카야가 재빨리, 명랑하게 대답했다. 지나칠 정도로 명랑하게.

해리는 그녀 옆으로 다가갔다.

"뭔데 그래?" 그가 속삭였다.

"그냥…… 닫힌 문을 보면 좀 불편해서요."

"알았어."

"그냥…… 그래요."

해리는 고개를 끄덕였다. 그때 소리가 들렸다. 할당된 시간이 다 지나가는 소리, 초^{秒}가 사라지는 소리. 딱히 물이 흐르지도 그렇다고 똑똑 떨어지는 소리도 아닌, 미친 듯이 빠르게 후두둑거리는 소리. 문 반대편의 수도꼭지에서 나는 소리다. 해리는 자신의 직감이 틀리지 않았음을 알았다.

"여기서 기다려." 해리는 그렇게 말하고, 문을 밀었다.

첫째로 한층 더 강력해진 접착제 냄새가 코를 찔렀다.

둘째로 바닥에 널려 있는 재킷과 청바지, 팬티, 티셔츠, 검은색 양말 한 짝, 모자, 얇은 스웨터가 눈에 들어왔다.

셋째로 욕조 수도꼭지에서 가느다란 선을 그리며 욕조로 떨어지는 물줄기가 보였다. 욕조는 물로 가득 차서 양 옆으로 흘러넘치고 있었다.

넷째로 욕조 안의 물이 온통 빨갛게 물든 것을 알아차렸다. 그가 보기에는 피 때문이었다.

다섯째로 벌거벗은 채 욕조 바닥에 누워 있는 사람, 시체처럼 핏기 없는 그 사람의 입이 테이프로 틀어막혀 있고, 멍한 눈동자가 옆으로 돌아간 것이 보였다. 마치 사각지대에 있는 무언가를 보려는 듯이, 미처 다가오는 것을 보지 못한 무언가를 보려는 듯이.

여섯째로 이 많은 피를 설명할 만한 폭력의 흔적이나 외상이 전혀 눈에 띄지 않았다.

해리는 헛기침을 했다. 어떻게 해야 최대한 노부인을 배려하면서 시신의 신원 확인을 부탁할 수 있을지 고민했다.

하지만 그럴 필요가 없었다. 노부인은 이미 문간에 와 있었기 때문이다.

"아이구머니나!" 노부인이 신음하더니 한 음절씩 힘주어 말했다. "아 이 구 머 니 나!" 그러고는 흐느끼는 어조로 한층 더 힘주어 말했다. "세상에 하느님 아이구머니……."

"이 사람이……?" 해리가 운을 뗐다.

"맞아요." 노부인이 울먹이는 목소리로 말했다. "이 남자야. 엘리아스. 엘리아스 스코그."

25
영역

노부인은 양손으로 입을 틀어막았다. 손가락 사이로 중얼거림이 흘러나왔다. "무슨 짓을 한 거냐, 엘리아스? 동맥을 자른 거야?"

"본인이 한 것 같지는 않습니다." 해리는 그렇게 말하며, 노부인을 욕실에서 현관으로 데려갔다. "지금 스타방에르 경찰에 전화해서 감식반원을 보내달라고 하실 수 있겠어요? 여기 범죄 현장이 있다고 말하세요."

"범죄 현장?" 충격으로 그녀의 눈이 커지더니 더 검게 변했다.

"네, 그렇게 말씀하세요. 원하시면 응급 번호인 112로 거세요."

"아, 알았수."

노부인이 계단을 쿵쿵 내려가는 소리가 들렸다.

"경찰이 올 때까지 우리에게는 대략 15분의 시간이 있어." 해리가 말했다. 두 사람은 신발을 벗어 복도에 두고, 양말만 신은 채 욕실로 들어갔다. 해리는 주위를 둘러보았다. 세면대에는 긴 금발이 가득했고, 벤치에는 다 짜서 쓴 튜브 하나가 있었다.

"치약처럼 생겼군." 해리는 만지지는 않으려고 조심하면서 튜브 위로 허리를 굽혔다.

카야도 가까이 다가갔다. "초강력 접착제예요. 제일 강력한 거죠." 그녀가 말했다.

"손가락에 문히면 안 된다는 그 접착제지?"

"바르는 즉시 붙어버려요. 손가락끼리도 붙어버리죠. 그럼 칼로 떼어내거나, 살갗이 벗겨질 때까지 잡아당겨야 해요."

해리의 시선이 처음에는 카야를, 다음에는 욕조 안의 시신으로 향했다.

"맙소사." 그가 천천히 말했다. "설마 그럴 리가……."

군나르 하겐 경정의 마음 한구석은 늘 찜찜했다. 어쩌면 이것은 그가 경철청에 돌아온 이후로 저지른 가장 멍청한 짓일 것이다. 법무부 장관의 명령을 어기고 수사팀을 꾸린 일은 그를 곤경에 빠뜨릴 수 있다. 더군다나 해리 홀레를 그 수사팀의 리더로 임명한 것은 화를 자초하는 일이다. 이제 그 화가 문을 두드리더니 사무실 안으로 걸어 들어왔고, 미카엘 벨만의 모습으로 하겐 앞에 서 있었다. 벨만의 말을 들으며 하겐은 그의 얼굴에 있는 이상한 반점들이 평소보다 유달리 더 하얗게 빛나는 것을 보았다. 마치 몸 안에서 빨갛고 뜨거운 무언가가, 원자로의 냉각된 핵분열이 일어나고 있어 밝게 빛나는 듯했다. 원자로는 지금은 통제되고 있지만 언제고 폭발할 가능성이 있었다.

"난 해리 홀레가 동료 둘을 데리고 뤼세렌 호에 가서 마리트 올센의 살인을 조사했다는 걸 똑똑히 알고 있습니다. 요전날 과학수사과의 베아테 뢴이 밧줄 제조소를 중심으로 주변의 탐문 수사를 실시해달라고 부탁했죠. 과학수사 요원 하나가 마리트 올센의 목을 매달았던 밧줄이 거기서 만들어진 것을 알아냈다면서요. 거기까지는 좋습니다……."

미카엘 벨만은 양쪽 발꿈치에 체중을 실었다. 그는 거의 바닥까지 닿는 트렌치코트를 벗지도 않은 상태였다. 군나르 하겐은 다음에 나올 벨만의 말에 대비해 마음을 단단히 먹었다. 벨만은 말을 극도로 길게 늘여빼며, 다소 당황스럽다는 어조로 말했다.

"하지만 위트레 에네바크의 경관이 말하길, 조사하러 왔던 세 형사 중 하나가 그 악명 높은 해리 홀레라는 겁니다. 다시 말해, 당신의 부하 직원이었단 말입니다, 하겐 경정."

하겐은 대답하지 않았다.

"법무부 장관의 명령을 어기면 그 결과가 어떨지는 잘 알 거라 믿습니다, 하겐 경정."

하겐은 여전히 아무 대답도 하지 않았지만, 자신을 노려보는 벨만의 시선을 마주보았다.

"들어봐요." 벨만은 코트의 단추를 풀고, 자리에 앉으며 말했다. "난 당신이 좋습니다, 하겐 경정. 내 생각에 당신은 좋은 경찰이고, 난 그런 사람이 필요하게 될 겁니다."

"크리포스가 전권을 잡게 되면 말이오?"

"맞습니다. 당신 같은 사람을 요직에 임명하는 게 내게도 이익입니다. 당신은 육군 사관학교 출신이니 전략적 사고의 중요성을 알 겁니다. 이길 수 없는 전투는 피해야 하며, 후퇴가 최선인 때가 있다는 것도요."

하겐은 천천히 고개를 끄덕였다.

"좋습니다." 벨만이 자리에서 일어났다. "해리 홀레가 뤼세렌 호에 갔던 일은 마리트 올센 사건과 아무 상관도 없는, 순전한 우연이라고 해둡시다. 다시는 일어나기 힘든 그런 우연 말입니다. 그렇게 의견 일치를 볼 수 있을까요…… 군나르?"

타인의 입에서 자신의 이름이 나오자, 하겐은 자기도 모르게 움찔했다. 예전에 그도 상황에 맞지 않는 명랑한 분위기를 만든답시고 전임자*를 이름으로 부른 적이 있었다. 그 이름이 메아리가 되어 돌아온 듯했다. 하지만 그는 아무 말도 하지 않았다. 벨만이 말한 이길 수 없는 전투가

---

* 해리의 예전 상사였던 비아르네 묄레르를 말한다. 이 상황은 시리즈의 여섯 번째 권인 《구세주 Redeemer》에 등장한다

바로 이것임을 알고 있었기 때문이다. 게다가 그는 패배하기 일보직전이었으며, 벨만이 제시하는 항복 조건이 이보다 더 불리할 수 있다는 것도 알고 있었다. 훨씬 더 불리할 수 있다는 것을.

"해리와 이야기해보겠소." 하겐은 그렇게 말하며, 벨만이 내민 손을 잡았다. 마치 대리석과 악수하는 기분이었다. 차갑고, 딱딱하며, 생기라고는 전혀 느껴지지 않는 손.

해리는 노부인이 대접한 커피를 벌컥벌컥 마신 뒤, 투명한 커피잔 손잡이에서 집게손가락의 끝마디를 뺐다.

"그래서 당신이 오슬로 경찰청의 해리 홀레 반장이시다?" 노부인의 거실 테이블 맞은편에 앉은 남자가 말했다. 그는 아까 자신의 이름이 'c'로 시작하는 콜비에른센Colbjørnsen이라 말했고, 이제는 오슬로를 강조하며 해리의 직함과 이름, 소속을 되풀이해서 말했다. "그런데 오슬로 경찰청이 스타방에르에는 무슨 일로 오셨소, 홀레 반장?"

"뻔하죠. 신선한 공기를 마시고, 아름다운 경치를 구경하러요." 해리가 말했다.

"그래요?"

"피오르도 보고, 시간이 나면 프레케스톨렌*에서 베이스 점프**도 할 계획입니다."

"이런, 오슬로에서 코미디언 한 분을 보내셨군요. 익스트림 스포츠를 즐기는 줄은 몰랐네요. 근데 왜 오슬로 경찰청에서 당신들이 올 거라는 공문을 보내주지 않았을까요?"

---

* Prekestolen. 리제 피오르 협곡에 위치한 바위 절벽으로 높이가 약 600미터에 달한다. 펄핏락이라고도 한다
** 고층 건물이나 절벽에서 낙하산을 타고 뛰어내리는 스포츠

콜비에른센 경위가 가느다란 콧수염 아래로 희미한 미소를 지었다. 그는 꼬부랑 할아버지 혹은 허세에 찌들어 유행을 쫓는 사람이나 쓸 법한, 웃기게 생긴 작은 모자를 자랑스럽게 쓰고 있었다. 그 모자를 보니 해리는 〈프렌치 커넥션〉에 나왔던 형사 포파이 도일이 생각났다. 아마 콜비에른센은 롤리팝 사탕을 빨아먹으며 다니거나,* 문을 열고 나가려다 말고 "아, 한 가지 더요"**라고 말하는 일을 주저하지 않을 것이다

"분명 팩스 트레이의 밑바닥에 있을 겁니다." 해리는 그렇게 말하며, 집 안으로 들어오는 하얀 옷의 감식반원을 올려다보았다. 감식반원이 하얀색 후드를 벗고, 의자에 털썩 주저앉는 동안 하얀색 작업복이 연신 버스럭거렸다. 그는 콜비에른센을 정면으로 바라보더니, 이 지방의 욕을 중얼거렸다.

"어때?" 콜비에른센이 물었다.

"저 사람 말대로예요." 감식반원은 시선을 돌리지 않은 채 해리가 있는 쪽을 향해 고갯짓만 했다. "누군가 위층의 저 친구를 초강력 접착제로 욕조 바닥에 붙였어요."

"누군가?" 콜비에른센이 한쪽 눈썹을 치켜세우며 부하 직원을 바라보았다. "엘리아스 스코그 본인이 했을 가능성을 배제시키기에는 좀 이른 감이 있지 않아?"

"본인이 직접 몸에 접착제를 바르고 자신이 가장 서서히, 고통스럽게 익사할 수 있도록 수도꼭지를 틀었다고요?" 해리가 말했다. "그것도 소리를 지르지 못하도록 스스로 테이프로 입까지 틀어막은 뒤에 말입니까?"

이번에도 콜비에른센은 보일 듯 말 듯한 미소를 지었다. "끼어들어도 좋다고 말한 적 없소, 오슬로."

---

* 미국 드라마 〈코작〉의 형사 코작이 늘 이 사탕을 먹으며 다녔다
** 미국 드라마 〈형사 콜롬보〉에서 콜롬보가 범인을 취조할 때 즐겨 쓰는 대사

"머리끝에서 발끝까지 바닥에 찰싹 달라붙었어요." 감식반원이 말을 이었다. "뒤통수는 머리카락을 밀고, 접착제를 듬뿍 발랐죠. 어깨와 등, 엉덩이, 양팔, 다리도 마찬가지예요. 한마디로……."

"한마디로." 해리가 끼어들었다. "범인이 접착제를 다 붙일 때까지 엘리아스는 거기 누워 있었을 테고, 그사이에 접착제도 굳었을 겁니다. 범인은 수도꼭지를 조금만 틀어서 엘리아스 스코그가 서서히 익사하도록 둔 채로 가버렸죠. 그때부터 엘리아스는 시간 그리고 죽음과 사투를 벌이기 시작합니다. 물이 서서히 차오르는 동안, 그는 점점 힘이 빠지죠. 그러다 죽음의 공포에 휩싸여, 마지막으로 죽을힘을 다해 바닥에서 몸을 떼어냅니다. 그리고 성공하죠. 팔다리 중에서 가장 힘이 센 부분이 욕조에서 떨어진 겁니다. 바로 오른쪽 다리죠. 한마디로 다리를 뜯어낸 거라서, 욕조 바닥에 다리의 살갗이 그대로 남아 있습니다. 엘리아스가 아래층의 집주인을 깨우기 위해 오른발로 욕조를 쾅쾅 내려치는 동안 다리에서는 피가 뿜어져 나옵니다. 집주인은 그 소리를 듣죠."

해리는 부엌을 향해 고갯짓을 했다. 그곳에서는 카야가 노부인을 진정시키며 달래고 있었다. 노부인이 구슬프게 흐느끼는 소리가 들렸다.

"하지만 노부인은 오해를 합니다. 엘리아스가 집에 데리고 온 여자와 섹스하는 소리라고 말이죠."

해리는 콜비에른센을 바라보았다. 콜비에른센의 얼굴은 하얗게 질렸고, 이제는 해리의 말에 끼어들고 싶어 하는 기색이 전혀 보이지 않았다.

"그러는 내내 엘리아스의 출혈은 계속 됩니다. 상당한 출혈이었죠. 한쪽 다리의 피부가 다 벗겨졌으니까요. 점점 더 힘이 빠지고, 피곤해졌을 겁니다. 마침내 살아야겠다는 결심도 약해지기 시작하고, 엘리아스는 포기합니다. 물이 코까지 찼을 때는 아마 출혈로 이미 의식을 잃었을 겁니다." 해리는 콜비에른센에게 시선을 고정했다. "아닐 수도 있고요."

콜비에른센의 울대뼈가 오르락내리락했다.

해리는 커피잔에 남은 찌꺼기를 내려다보았다. "이제 솔네스 형사와 저는 여러분의 환대에 감사드리고 오슬로로 돌아가야겠습니다. 더 궁금한 점이 있으시면 여기로 연락주십시오." 해리는 신문 가장자리에 번호를 적은 다음, 그 부분을 찢어서 테이블 위로 건넸다. 그러고는 자리에서 일어섰다.

"하지만……." 콜비에른센도 그를 따라 일어섰다. 해리의 머리가 콜비에른센보다 20센티미터 위에 솟아 있었다. "당신은 왜 엘리아스 스코그를 찾아온 거요?"

"목숨을 구하기 위해서죠." 해리가 코트의 단추를 채우며 말했다.

"목숨을 구해요? 그가 무슨 일에 휘말렸소? 잠깐만요, 홀레 반장, 우린 이 사건의 진상을 규명해야 해요." 하지만 이제 콜비에른센의 말투는 권위적이지 않았다.

"분명 스타방에르 경찰이 직접 해결할 수 있을 겁니다." 해리는 부엌문으로 걸어가 카야에게 가자는 신호를 보냈다. "혹시 아니라면, 크리포스를 추천하죠. 미카엘 벨만에게 안부 전해주십시오."

"엘리아스 스코그를 무엇으로부터 구하려 한 거요?"

"우리가 구할 수 없었던 것으로부터요." 해리가 말했다.

솔라 공항으로 가는 택시 안에서 해리는 창밖을 바라보았다. 부자연스러울 정도로 푸르른 들판에 장대비가 쏟아지고 있었다. 카야는 아무 말도 없었다. 해리는 그것이 고마웠다.

26
주사바늘

해리와 카야가 덥고 축축한 사무실에 들어서니, 군나르 하겐이 해리의 의자에 앉아 기다리고 있었다.

하겐 뒤에 앉아 있던 비에른 홀름이 어깨를 으쓱이며, 경정이 왜 행차했는지 모르겠다는 몸짓을 했다.

"스타방에르에 갔다고 들었네." 하겐이 자리에서 일어나며 말했다.

"네. 그냥 앉아 계십시오, 보스." 해리가 말했다.

"자네 의자 아닌가. 난 곧 가야 하네."

"벌써요?"

해리는 나쁜 소식이라고 짐작했다. 중요하면서도 나쁜 소식. 출장비 청구서가 잘못되었다는 말을 하려고 봇센 감옥으로 이어지는 지하 배수로를 서둘러 내려오는 상사는 없다.

하겐은 계속 서 있었고, 따라서 비에른만이 유일하게 앉아 있었다.

"유감스럽지만 자네가 이 사건을 수사하고 있다는 사실을 크리포스가 벌써 알아냈네. 나로서는 이 수사를 중단할 수밖에 없어."

이어지는 침묵 속에서 옆방의 보일러가 웅웅 돌아가는 소리가 들렸다. 하겐의 시선이 한 사람씩 차례로 마주보다가 마침내 해리에게서 멈췄다. "명예 제대라고도 못하겠네. 이번 작전은 비밀로 해야 한다고 못을 박아두지 않았나."

"베아테 뢴에게 밧줄이 어디서 만들어졌는지 알아냈다는 정보를 크리포스에 흘리라고는 했습니다. 하지만 그 정보가 과학수사과 내부에서 나온 것처럼 하라고 당부했는데요."

"베아테는 그렇게 했을 걸세. 자네의 신분을 노출한 사람은 위트레 에네바크의 경관일세, 해리."

해리는 눈동자를 굴리며 나지막이 욕을 내뱉었다.

하겐이 박수를 치자, 벽돌 벽 사이로 메마른 박수 소리가 울려 퍼졌다. "안타깝지만 그런 이유로 지금 당장 모든 수사를 중단하라는 명령을 내릴 수밖에 없네. 48시간 안에 이 사무실을 비워주게. 고멘나사이*."

철문이 닫히며 하겐의 빠른 발소리가 지하 배수로 아래로 사라졌다. 해리와 카야, 비에른은 서로를 바라보았다.

"48시간이라." 마침내 비에른이 입을 열었다. "새로 내린 커피 마실 분?"

해리는 책상 옆에 있던 쓰레기통을 발로 걷어찼다. 쓰레기통은 쨍그랑 소리를 내며 벽에 부딪히더니, 얼마 안 되는 내용물을 뱉어내고 다시 그에게로 굴러왔다.

"난 병원에 가 있을게." 해리는 그렇게 말하고, 문으로 성큼성큼 걸어갔다.

해리는 딱딱한 나무 의자를 창가로 가져가, 아버지의 규칙적인 숨소리를 들으며 신문을 뒤적였다. 결혼식 기사와 장례식 기사가 나란히 실려 있었다. 왼쪽 면에는 마리트 올센의 장례식 사진이 있었다. 엄숙하고 슬

---

* 미안하다는 뜻의 일본어

픈 표정의 노르웨이 수상과 검은 양복을 입은 사회당 당원들, 어울리지 않는 큼지막한 선글라스를 쓴 라스무스 올센의 모습이 보였다. 오른쪽에는 선박왕의 딸인 레네가 봄에 약혼자 토니와 결혼한다는 기사와 함께 결혼식 장소인 생트로페*에 초대받은 VIP 하객들의 사진이 실려 있었다. 뒷면에는 오늘 오슬로의 일몰 시각이 정확히 16시 58분이라고 적혀 있었다. 해리는 손목시계를 바라보며 바로 지금, 비도, 눈도 뿌리지 않은 채 낮게 깔린 저 구름 뒤에서 해가 지고 있으리라고 생각했다. 예전에 화산이었던 산의 산등성이를 따라 집집마다 불이 밝혀지는 것을 바라보았다. 어느 날 저 화산이 그들 발밑으로 입을 쩍 벌려 사람들을 모두 삼켜버리고, 한때 만족스럽고 잘 정비되었으나 살짝 슬펐던 도시의 흔적을 모두 없애버린다고 상상하니 어떤 면으로는 후련했다.

48시간이라. 왜지? 그 알량한 사무실을 비우는 데는 두 시간도 걸리지 않을 터였다.

해리는 눈을 감고 사건을 생각했다. 머릿속 보관용으로 마지막 보고서를 작성했다.

두 여자가 같은 방식으로 살해되었다. 혈중에 케타노메가 주입된 채 자신의 피가 폐로 들어가 익사했다. 또 다른 여자는 밧줄 제조소에서 가져간 밧줄로 다이빙대에서 목을 매달았다. 한 남자는 자기 집 욕조에서 익사했다. 피살자들은 아마도 같은 날, 같은 산장에 있었을 것이다. 그 산장에 또 누가 있었는지, 범인의 동기가 무엇인지, 그날 혹은 그날 밤 호브스 산장에서 무슨 일이 있었는지는 아직 모른다. 결과만 있을 뿐 원인은 없다. 그것으로 수사는 종결되었다.

"해리……."

아버지가 일어나는 소리를 듣지 못했던 해리는 뒤를 돌아보았다.

* 프랑스의 휴양지

올라브 홀레는 건강해 보였다. 아마도 볼의 혈색과 열에 들뜬 눈의 광채 때문일 것이다. 해리는 자리에서 일어나, 의자를 침대 옆으로 가져갔다.

"오래 기다렸니?"

"10분 전에요." 해리는 거짓말을 했다.

"달게 잤구나. 아주 좋은 꿈을 꿨어." 아버지가 말했다.

"그래 보여요. 이제 일어나서 퇴원해도 될 것 같아요."

해리는 아버지의 베개를 톡톡 쳐서 부풀렸다. 둘 다 그럴 필요가 없다는 사실을 알고 있었지만, 올라브 홀레는 아들을 말리지 않았다.

"집은 어떻더냐?"

"멀쩡해요. 앞으로도 영원히 끄떡없겠어요." 해리가 말했다.

"다행이구나. 네게 할 말이 있다, 해리."

"네?"

"넌 이제 성인이야. 내 죽음은 자연스럽게 받아들일 수 있을 게다. 당연한 일이기도 하고. 네 엄마의 죽음과는 다르지. 네 엄마가 죽었을 땐 넌 미치기 일보직전이었어."

"그랬나요?" 해리는 그렇게 말하며, 베갯잇을 반듯이 폈다.

"네 방을 난장판으로 만들었지. 네 엄마를 감염시킨 의사들을 죽이겠다고 했어. 심지어 나까지 죽이고 싶어 했지. 왜냐하면 글쎄다…… 아마도 내가 네 엄마의 병을 좀 더 일찍 발견하지 못했기 때문이었을 거야. 넌 사랑이 많은 아이였어."

"사랑이 아니라 미움이겠죠."

"아냐, 사랑이다. 사랑과 미움은 같아. 모든 것은 사랑에서 시작하지. 미움은 그저 동전의 이면일 뿐이야. 난 네가 술을 마시는 이유가 네 엄마의 죽음 때문이 아닐까 늘 생각했다. 아니면 네 엄마에 대한 사랑 때문이거나."

"사랑은 살인자죠." 해리가 중얼거렸다.

"뭐라고?"

"그냥 예전에 누군가 제게 했던 말이에요."

"난 네 엄마가 해달라는 건 다 했다. 한 가지만 빼고. 네 엄마는 때가 되면 자길 도와달라고 했어."

마치 누군가 해리의 가슴 속에 얼음물을 주입한 것 같았다.

"하지만 난 그럴 수가 없었다. 그런데 그거 아니, 해리? 난 그 후로 악몽을 꾼단다. 하루도 그 생각을 하지 않은 날이 없어. 세상에서 내가 제일 사랑했던 여인의 부탁을 들어주지 않은 걸 말이다."

해리가 벌떡 일어나는 바람에, 얇은 나무판으로 된 의자가 삐걱 소리를 냈다. 해리는 창가로 걸어갔다. 뒤에서 아버지가 떨리는 숨을 깊이 들이쉬었다가 내쉬는 소리가 들렸다. 그러더니 듣고 싶지 않던 말이 나왔다.

"너에게 무거운 짐을 지우는 일이라는 거 안다, 아들아. 하지만 네가 나와 비슷하다는 것도 알고 있어. 하지 않으면 평생 이 일이 널 따라다닐 거다. 그러니까 네가 어떻게 해야 하는지 내가 설명……."

"아버지."

"이 피하주사기 바늘이 보이니?"

"아버지! 그만 하세요!"

등 뒤가 잠잠해졌다. 아버지의 씨근거리는 숨소리만 들렸다. 창밖으로 흑백의 도심이 펼쳐져 있었다. 사람 얼굴 형상의 구름이 잿빛의 흐릿한 이목구비를 옥상에 짓누르고 있었다.

"온달스네스에 묻어다오." 아버지가 말했다.

'묻어다오'. 그 말은 예전에 부활절 휴가를 맞아 부모님과 레샤*에 갔

---

* 노르웨이 오플란 주의 산악마을

을 때 아버지가 했던 말의 메아리처럼 들렸다. 아버지는 혹시 눈사태로 눈 속에 묻혀 수축성 심막염이 발생하면 어떻게 해야 하는지 해리 남매에게 열심히 설명한 적이 있다. 수축성 심막염이란 심장 주위의 심낭이 굳어져서 심장이 팽창하지 못하는 증상을 말한다. 딱딱하게 굳어버린 심장*. 평평한 언덕과 부드럽게 경사진 산등성이에 둘러싸여 그 설명을 듣는 것은 마치 내몽골 위를 날아가는 국내선 비행기 안에서 스튜어디스에게 구명조끼 사용법을 듣는 것과 비슷했다. 분명 우스꽝스러웠지만 그래도 안도감을 주었다. 제대로만 한다면 모두 살아남을 수 있다는 느낌. 그런데 이제 아버지는 그게 사실이 아니라고 말하고 있었다.

해리는 기침을 했다. "온달스네스⋯⋯. 어머니와 함께 묻히려고요?"

"그것도 있고, 동네 주민들과도 함께 묻히고 싶구나."

"알지도 못하는 사람들이잖아요."

"누군들 안다고 할 수 있니? 최소한 그들과 나는 같은 곳에서 태어났다. 어쩌면 결국에는 그게 제일 중요한지도 몰라. 같은 종족이라는 거. 우린 같은 종족과 있고 싶어 하지."

"그런가요?"

"그럼. 의식하든 못하든, 그게 우리가 원하는 거야."

알트만이라는 이름표를 단 남자 간호사가 병실로 들어왔다. 그는 해리에게 얼른 미소를 지어보이더니 자신의 손목시계를 톡톡 쳤다.

해리는 아래층으로 내려가면서, 자신과 반대 방향으로 올라가는 두 명의 제복 경찰관을 보았다. 자동적으로 그의 고개가 까닥여졌다. 습관적인 행동이었다. 두 경관은 마치 해리가 누구인지 모른다는 듯 말없이 그를 바라보았다.

평상시에는 고독과 그것이 주는 모든 이득, 즉 자유와 평온함, 평화를

---

* armoured heart. 의학 용어로는 석회화된 심장이 올바른 표현이지만 이 작품에서는 내용상 직역의 의미로 반복 사용되기 때문에 직역으로 옮긴다

갈구하던 그였다. 하지만 트램 정거장에 서 있는 지금은 갑자기 어디로 가야 할지, 혹은 무엇을 해야 할지 알 수가 없었다. 그저 옵살의 집에 혼자 있는 것만은 못 견딜 것 같았다.

그는 외위스타인의 번호를 눌렀다.

외위스타인은 장거리 영업을 나간 상태였지만, 외위스타인 아이켈란 인생의 또 다른 하루를 비교적 만족스럽게 마친 것을 축하하기 위해 자정 무렵에 바에서 맥주나 한잔하자고 제안했다. 해리가 자신은 알코올중독자라고 말했더니, 알코올 중독자도 가끔은 진탕 마셔줘야 하는 것 아니냐는 대답이 돌아왔다.

해리는 운전 조심하라고 말한 뒤, 전화를 끊었다. 손목시계를 보았다. 다시 의문이 생겼다. 48시간이라고? 왜?

그의 앞에 트램이 멈춰 서며, 문이 벌컥 열렸다. 해리는 따뜻한 히터와 환한 조명으로 그를 유혹하는 트램 내부를 들여다보았다. 그러고는 몸을 돌려 도심을 향해 걷기 시작했다.

친절하고, 손버릇이 나쁘며, 인색한

"근처에 왔다가 들렀어. 나가고 없을 줄 알았는데." 해리가 말했다.
"아뇨." 카야가 미소를 지었다. 그녀는 두툼한 패딩 점퍼를 입은 채 현관에 서 있었다. "베란다에 앉아 있었어요. 들어오세요. 거기 있는 슬리퍼를 신으세요."

해리는 신발을 벗고, 그녀를 따라 거실을 가로질러 갔다. 두 사람은 지붕이 있는 베란다로 가서 각자 큼지막한 나무 의자에 앉았다. 뤼데르 사겐스 가는 인적이 끊겨 조용했다. 차 한 대만 주차되어 있었다. 하지만 길 건너편 집의 불 켜진 2층 창문에 한 남자의 실루엣이 보였다. "그레게르 할아버지예요. 지금 여든 살이시죠. 저렇게 앉아서, 길에서 일어나는 모든 일을 감시하는 게 할아버지 취미예요. 아마 전쟁 이후로 그렇게 되신 거 같아요. 전 할아버지가 절 보살펴준다고 믿고 싶어요."

"그래, 우리에겐 그게 필요하지." 해리가 담뱃갑을 꺼내며 말했다. "누군가 우릴 돌봐준다는 믿음."

"반장님에게도 그레게르 할아버지 같은 존재가 있으세요?"
"아니."
"저도 하나 주세요."
"담배?"

카야가 웃었다. "저도 가끔씩 피워요. 담배를 피우면 뭐랄까…… 더 차분해지는 것 같아요."

"음. 앞으로 뭘 할지 생각해봤어? 48시간 후에 말이야."

그녀는 고개를 저었다. "다시 강력반으로 돌아가야죠. 책상에 발이나 올리고 앉아, 크리포스가 우리 코앞에서 낚아채지 않을 시시한 살인사건을 기다리면서."

해리는 담배 두 개비를 탁자에 톡톡 친 다음, 입술 사이에 밀어 넣고 불을 붙여 한 개비를 그녀에게 건넸다.

"〈가자, 항해자여〉에서 헨…… 헨…… 그렇게 불을 붙인 남자 배우의 이름이 뭐였죠?" 카야가 말했다.

"헨리드, 폴 헨리드."

"그 남자가 불을 붙여줬던 여자는요?"

"베티 데이비스."

"끝내주는 영화였는데. 두꺼운 옷 좀 드릴까요?"

"됐어. 그런데 왜 베란다에 앉아 있는 거야? 지금이 무더운 여름밤도 아니잖아."

그녀는 책을 들어 올렸다. "추워야 머리가 더 잘 돌아가거든요."

해리는 표지를 읽었다. "《유물론》이라. 흠. 오랫동안 잊고 있었던 철학의 단상이 떠오르는군."

"네. 유물론은 만물을 물질과 에너지로 보죠. 현재 일어나는 모든 일이 더 큰 계산과 연쇄 반응의 일부이며, 예전에 일어났었던 무언가의 결과라고요."

"자유의지는 환상일 뿐이고?"

"네. 인간의 행동은 두뇌의 화학 성분에 의해 결정되고, 두뇌의 화학 성분은 부모가 누구였는지에 의해 결정되고, 그 부모 역시 두뇌의 화학 작용에 의해 어떤 사람인지 결정된다 등등. 모든 것이 이를테면 빅뱅으로, 혹은 훨씬 더 이전으로 거슬러 올라가죠. 이 책이 이렇게 쓰인 사실, 그리고 지금 우리 머릿속의 생각까지 포함해서요."

"그 부분 기억나." 해리는 고개를 끄덕이며, 밤공기 속으로 담배 연기를 내뿜었다. "어떤 기상학자가 생각나더라고. 날씨와 관련된 모든 변수를 알 수만 있다면, 미래의 날씨를 모두 예보할 수 있다고 했지."

"그렇게 따지면 우리도 살인사건이 일어나기 전에 막을 수 있고요."

"어떤 여자 형사가 추운 베란다에 앉아 담배 동냥을 하리라는 사실도 예측할 수 있겠지. 비싼 철학책을 옆에 두고서 말이야."

카야가 깔깔 웃었다. "전 제 돈 주고는 책 안 사요. 여기 선반에 있어서 읽는 거예요." 그녀는 입술을 내밀어 담배를 한 모금 빨았다. 그녀의 눈가에 담배 연기가 어렸다.

"전 절대 책은 안 사요. 빌리기만 하죠. 아니면 훔치거나."

"도둑으로는 안 보이는데."

"다들 그렇게 생각해요. 그래서 절대 안 잡히죠." 그녀가 재떨이에 담배를 올려놓으며 말했다.

해리는 기침을 했다. "도둑질은 왜 하는데?"

"제가 아는 사람들, 그리고 제가 그 물건을 훔쳐도 다시 살 형편이 되는 사람들 물건만 훔쳐요. 욕심이 많아서가 아니라, 제가 좀 짠순이라서요. 대학 다닐 때는 화장실의 휴지를 훔쳤죠. 그건 그렇고, 아주 좋았다고 하셨던 판테의 책 제목은 생각나셨어요?"

"아니."

"생각나면 문자로 알려주세요."

해리는 킥킥 웃었다. "미안하지만, 난 문자는 안 보내."

"왜요?"

해리는 어깨를 으쓱였다. "나도 몰라. 그냥 문자의 개념이 싫어. 애보리진 원주민들이 사진 찍기를 싫어하는 것처럼. 그들은 사진을 찍으면 영혼의 일부를 잃는다고 생각했을 거야, 아마도."

"알았다!" 카야가 흥분해서 외쳤다. "반장님은 흔적을 남기기 싫은 거예요. 자신의 자취 그리고 자신이 어떤 사람이었는지 보여주는 결정적 증거를요. 반장님은 연기처럼 완벽하게 사라지고 싶은 거죠."

"정곡을 찔렀군." 해리가 무덤덤하게 말하며, 담배를 빨아들였다. "집 안으로 들어가고 싶어?" 그는 허벅지와 의자 사이에 찔러 넣은 카야의 손을 향해 고갯짓했다.

"아뇨, 그냥 손만 차가울 뿐이에요. 하지만 마음은 따뜻하죠. 반장님은요?"

해리는 정원 울타리 너머의 도로를, 도로에 주차된 자동차를 바라보았다. "내가 뭐?"

"반장님도 저와 같은 과예요? 친절하고, 손버릇이 나쁘고, 인색한 사람?"

"아니. 난 사악하고, 정직하고, 인색하지. 자네 남편은 어때?"

그 말은 해리가 의도했던 것보다 냉담하게 들렸다. 마치 그녀에게 분수를 깨우쳐주고 싶다는 듯이. 왜냐하면 그녀가…… 그녀가 뭐? 왜냐하면 그녀가 그의 곁에 앉아 있고, 저렇게 예쁜데다가, 그와 관심사도 같고, 남편의 슬리퍼도 빌려주고, 그러면서도 남편이 없는 척하기 때문이다.

"남편이 뭐요?" 카야가 살짝 웃으며 물었다.

"글쎄, 남편은 발이 크잖아." 자신의 입에서 그 말이 나오는 순간, 해리는 테이블에 머리를 박아버리고 싶은 충동을 느꼈다.

카야는 큰 소리로 까르르 웃었다. 그 웃음소리가 파게르보르그의 집과 정원, 차고 위로 내려앉은 어두운 정적 속으로 울려 퍼졌다. 차고. 어느 집에나 차고가 있다. 거리에 주차된 차는 한 대뿐이다. 물론 저 차가 저기 주차되어 있는 데에는 수천 가지 이유가 있을 것이다.

"전 남편 없어요." 그녀가 말했다.

"그럼……?"

"지금 반장님이 신고 계신 건 오빠의 슬리퍼예요."

"그럼 계단에 놓인 신발은……."

"그것도 오빠 거예요. 46.5 사이즈의 남자 신발을 거기 놓아두면 흑심을 품은 사악한 남자들을 억제하는 효과가 있을 것 같아서요."

그녀는 해리에게 의미심장한 눈길을 던졌다. 그는 그 말이 자신을 겨냥해서 한 것은 아니라고 믿기로 했다.

"그럼 오빠와 함께 사는 거야?"

그녀는 고개를 저었다. "에벤 오빠는 10년 전에 죽었어요. 여긴 아빠의 집이에요. 오슬로대학에 다니던 오빠는 여기서 아빠와 함께 살았어요."

"그럼 아버지는?"

"아버지도 오빠가 죽고 얼마 후에 돌아가셨어요. 당시 전 이미 여기 살고 있던 터라 이 집을 물려받았죠."

카야는 양다리를 의자 위로 끌어올려 무릎을 세운 다음, 무릎에 머리를 올려놓았다. 해리는 그녀의 가냘픈 목, 틀어올린 머리카락이 팽팽이 당겨진, 목 가운데의 움푹 파인 지점, 그리고 살갗 위로 흘러내린 서너 가닥의 머리카락을 바라보았다.

"가족들 생각, 자주 해?" 해리가 물었다.

그녀가 무릎에서 얼굴을 들었다.

"주로 오빠 생각을 해요. 아빠는 어릴 때 엄마와 헤어졌고, 엄마는 당신만의 세상에 사셨어요. 그래서 제게는 오빠가 엄마인 동시에 아빠였죠. 오빠는 절 보살펴주고, 격려하고, 키워줬어요. 제 역할 모델이었죠. 제 눈에 비친 오빠는 뭘 하든 완벽해 보였어요. 오빠와 저처럼 가까웠던 사이라면 그 친밀감은 절대 사라지지 않죠. 절대."

해리는 고개를 끄덕였다.

조심스럽게 기침을 하며 카야가 말했다. "아버님은 어떠세요?"

해리는 주홍빛 담뱃불을 바라보았다.

"이상하다는 생각 안 들어? 하겐이 우리에게 48시간을 준 거 말이야. 사무실은 두 시간이면 뚝딱 치울 수 있잖아."

"반장님 말씀을 듣고 보니 그러네요."

"어쩌면 마지막 이틀간 뭔가 유용한 일을 하라는 뜻인지도 몰라."

카야는 해리를 바라보았다.

"물론 지금의 살인사건 수사 말고. 그건 크리포스에게 넘겨야지. 하지만 실종자수사과는 우리의 도움이 필요할 거야."

"무슨 말씀이세요?"

"아델 베틀레센이라는 여자가 있는데, 내가 알기로는 어떤 살인사건과도 연관되지 않았어."

"그럼 반장님 생각은 우리가······?"

"내 생각엔 우리가 내일 아침 7시에 만나서 일을 시작해야 할 것 같아. 뭔가 유용한 일을 할 수 있는지 보자고."

카야 솔네스는 다시 담배를 한 모금 빨았다. 해리는 담배를 비벼 껐다.

"그만 가야겠어. 자네 이가 딱딱 부딪치고 있어."

나가는 길에 해리는 도로에 주차된 차에 사람이 타고 있는지 살펴보려 했지만, 가까이 가지 않고서는 불가능했다. 그는 가까이 가지 않기로 했다.

옵살로 돌아오니 크고, 텅 비고, 메아리로 가득 찬 집이 그를 기다리고 있었다.

그는 어릴 때 썼던 방의 침대로 가서 눈을 감았다.

그리고 자주 꾸던 꿈을 꿨다. 꿈속의 그는 시드니의 마리나에 서 있었다. 쇠사슬이 감아 올라가며 독毒해파리를 수면 위로 끌어올렸다. 하지만 수면 위로 떠오른 것은 해파리가 아니라, 주위에 빨간 머리카락이 둥둥 떠 있는 하얀 얼굴이었다. 그러고는 또 다른 꿈을 꿨다. 이번에는 새로운 꿈이었다. 처음에는 크리스마스 직전의 홍콩이 등장했다. 그는 등을 대고 누운 채 벽에서 튀어나온 못 하나를 올려다보고 있었다. 그 못에 얼굴이 꽂혀 있었다. 콧수염을 단정하게 다듬은, 예민해 보이는 얼굴이었다. 꿈에서 해리의 입안에 무언가가 있었다. 그 무언가가 그의 머리를 터뜨릴 것만 같았다. 이게 뭐지, 이게 뭐야? 그것은 약속이었다. 해리의 몸이 움찔했다. 세 번이나. 그리고 잠이 들었다.

28
드람멘

"그러니까 아델 베틀레센의 실종 신고를 한 사람이 당신이라는 거죠?" 카야가 확인했다.

"네." 그녀 앞에 앉은 젊은 남자가 말했다. 이곳은 피플 앤드 커피라는 카페 안이었다. "우린 함께 사는데, 어느 날 아델이 돌아오지 않았어요. 가만히 있으면 안 될 것 같아서요."

"당연하죠." 카야는 해리를 힐끗하며 말했다. 지금 시각은 오전 8시 30분. 오슬로에서 차로 여기까지 30분이 걸렸다. 출발하기 전의 아침 회의에서 해리는 비에른 홀름에게 원래 부서로 복귀하라고 말했다. 비에른은 별다른 말없이 긴 한숨만 내쉬고는 자신의 커피잔을 씻은 다음, 차를 몰아 과학수사과로 돌아갔다.

"아델에게서 연락이라도 왔나요?" 남자가 카야에게서 해리로 시선을 옮기며 물었다.

"아뇨. 당신에게는 연락이 왔습니까?" 해리가 물었다.

남자는 고개를 저었다. 그러고는 기다리는 손님이 있는지 확인하기 위해 어깨 너머로 카운터를 바라보았다. 그들은 창문 앞의 높다란 스툴에 앉아 있었다. 창문은 드람멘에 즐비한 광장 중의 하나를 향해 있었는데, 말이 광장이지 예전에 주차장으로 쓰였던 공터에 불과했다. 피플 앤드 커피에서는 공항과 같은 가격에 커피와 케이크를 팔았고, 미국 카페의 체인점인 듯한 분위기를 풍기려고 애썼다. 어쩌면 정말 그런지도 몰랐다. 아델 베틀레센과 함께 살았다는 이 남자는 게이르 브룬이라고 했다. 유달리 새하얀 얼굴은 서른 살가량 되어 보였고, 반짝이는 정수리에는 땀이 맺혀 있었다. 푸른 눈동자는 한시도 가만히 있지 못하고 움직였다. 그는 이 카페의 바리스타였다. 오슬로에 처음으로 카페들이 우후죽순처럼 생겨났던 1990년대에는 경외에 가까운 존경을 받던 직업이었다. 또한 커피를 예술의 경지로 만드는 직업이기도 했다. 해리가 생각하는 예술의 경지란 뻔한 함정을 피하는 것이었다. 경찰로서 그는 사람의 억양, 말투, 어휘와 틀린 문법을 바탕으로 그들을 분류한다. 게이르 브룬은 옷차림도, 머리 모양도, 행동거지도 게이처럼 보이지 않았지만, 그가 입을 여는 순간 게이라고밖에 생각할 수 없었다. 입술을 둥글게 오므려 발음하는 모음, 약간 불필요한 수식 어구, 꾸며낸 듯한 혀 짧은 소리가 그랬다. 물론 이 남자가 골수 이성애자일 수도 있다. 하지만 이미 해리의 마음은 아델 베틀레센과 게이르 브룬이 동거하는 연인이었다는 카트리네의 결론이 성급했다는 쪽으로 기울고 있었다. 두 사람은 그저 경제적 이유로 드람멘 도심의 아파트를 함께 썼던 룸메이트일 뿐이다.

"네, 기억나요." 해리의 질문에 게이르 브룬이 대답했다. "가을에 무슨 산장 같은 데 갔었죠." 그런 곳에 가는 사람들을 도무지 이해할 수 없다는 말투였다. "하지만 거기서 실종된 게 아닌데요."

"알고 있어요. 그 산장에 다른 사람과 함께 갔나요? 그랬다면 혹시 그게 누군지 아세요?" 카야가 말했다.

"그거야 모르죠. 우린 그런 것까지 공유하지는 않아요. 욕실을 공유하는 것만으로도 지겨운데. 무슨 뜻인지 아시죠? 아델에게는 사생활이 있고, 저도 마찬가지죠. 하지만 아델 혼자서 그런 산에 갔을 것 같지는 않네요."

"네?"

"아델은 혼자서 뭘 하는 타입이 아니에요. 남자도 없이 산장에 갔을 리가 없죠. 하지만 그게 누군지는 몰라요. 솔직히 말하면, 좀 문란한 친구였어요. 동성 친구는 하나도 없고, 대신 그걸 보충할 만큼 이성 친구가 많았죠. 따로 따로 관리하는 이성 친구들. 양다리 정도가 아니라 문어발이었다고나 할까요?"

"그러니까 정직하지 않았군요."

"꼭 그런 건 아니에요. 예전에 아델이 남자와 정직하게 헤어지는 법에 대해 충고해준 적이 있어요. 한번은 후배위를 하는 동안, 휴대전화로 어깨 너머 남자의 얼굴을 찍었대요. 그러고는 남자친구에게 그 사진을 보낸 다음, 그의 전화번호를 삭제했다더군요. 이 모든 걸 단 한 방에 해치웠죠." 게이르 브룬은 무표정한 얼굴로 말했다.

"대단하군요." 해리가 말했다. "아델은 산장 숙박비로 두 사람 몫을 지불했습니다. 혹시 함께 산장에 갔을 만한 남자친구의 이름을 아십니까? 아신다면, 거기서부터 수사를 시작할 수 있을 텐데요."

"유감이지만 전 몰라요. 하지만 아델의 실종 신고를 했을 때 당신네 경찰들이 와서 지난 몇 주간 아델과 통화했던 사람들을 확인했어요." 게이르 브룬이 말했다.

"경관들의 이름이 정확히 뭐였습니까?"

"기억나는 이름은 하나도 없어요. 그냥 동네 경찰이었죠."

"알겠습니다. 어차피 경찰서에 가려던 참이었습니다." 해리는 손목시계를 확인한 뒤, 자리에서 일어났다.

"왜 경찰이 수사를 중지했을까요?" 카야가 자리에 앉은 채 물었다. "이 사건을 신문에서 본 기억이 없거든요."

"모르세요?" 게이르 브룬이 유모차를 끌고 온 두 여자에게 곧 가겠다는 신호를 보내며 말했다. "아델에게서 엽서가 왔거든요."

"엽서요?" 해리가 말했다.

"네. 저 먼 아프리카의 르완다에서요."

"뭐라고 썼던가요?"

"아주 짤막했어요. 꿈에 그리던 남자를 만났다, 그러니 3월에 오슬로로 돌아갈 때까지 저 혼자서 집세를 내라는 내용이었죠. 망할 년."

경찰서까지는 걸어갈 수 있는 거리였다. 머리통이 꼭 주황색 늙은 호박처럼 생긴 경관이 담배 연기가 자욱한 사무실에서 그들을 맞이했다. 듣자마자 바로 잊어버릴 정도로 평범한 이름의 그 경관은 손가락이 델 정도로 뜨거운 커피를 플라스틱 컵에 내어왔고, 두 사람의 시선이 다른 곳을 향한다 싶을 때마다 카야를 뚫어지게 바라보았다.

경관은 노르웨이의 실종자 수는 언제고 500명에서 1000명에 달한다는 연설로 말문을 열었다. 실종자들은 조만간 다 돌아오는 법이고, 실종사건에 범죄나 사고의 기미가 보일 때마다 경찰이 수사에 나섰다가는 다른 일은 아무것도 못할 것이라고 했다. 해리는 하품이 나오려는 것을 참았다.

게다가 아델 베틀레센 실종사건의 경우에는 생존의 증거까지 있으며, 분명 그걸 어딘가에 넣어두었을 거라고 했다. 경관은 자리에서 일어나, 파일이 잔뜩 들어 있는 서랍에 호박 모양의 머리를 처박더니 엽서를 가지고 돌아왔다. 경관은 두 사람 앞에 엽서를 내려놓았다. 꼭대기에 구름이 걸린 원뿔 모양의 산을 찍은 사진만 있을 뿐, 그 산이 어디에 있는지 혹은 산의 이름이 무엇인지에 대한 설명은 전혀 없었다. 아델이 쓴 글은 마구 휘갈겨져 있어 도무지 알아볼 수가 없었다. 해리는 아델이라고 적힌 서명만 간신히 해독했다. 우표에는 르완다라는 말이 들어가 있었고, 봉투에는 키갈리 소인이 찍혀 있었다. 해리가 기억하기로는 키갈리가 르완다의 수도였다.

"아델의 어머니가 딸의 필체라고 확인해줬습니다." 호탁 머리 경관이 말했다. "어머니의 끈질긴 부탁을 받아 알아본 결과, 11월 25일 우간다의 엔테베를 경유해 키갈리까지 가는 브뤼셀 항공의 탑승객 명단에 아델 베틀레센의 이름이 있었습니다. 게다가 인터폴을 통해 호텔까지 수색해봤더니 11월 25일 밤에 키갈리의 한 호텔에, 여기 적힌 걸 보니 고릴라 호텔이군요, 아델 베틀레센의 투숙 기록까지 있었습니다. 그런데도 아델 베틀레센이 아직까지 실종자 명단에 있는 이유는 현재 그녀가 어디에 있는지 정확히 모르기 때문입니다. 외국에서 온 엽서 한 장으로 실종자라는 신분이 바뀌지는 않으니까요. 게다가 딱히 문명사회라고도 할 수 없는 나라에 있잖습니까." 경관이 양손을 들어 올렸다. "후투족인지 투치족인지 하는 사람들이 살고, 대학살로 2백만 명이 죽었으니까요. 무슨 뜻인지 아시죠?"

경관이 학교 선생님 같은 목소리로 문장을 줄줄이 덧붙이며 연설을 늘어놓는 동안, 해리는 카야가 눈을 감는 것을 보았다. 경관은 인신매매가 널리 퍼진 아프리카에서 인명이 얼마나 경시되는지 아느냐, 이론상으로는 아델이 납치되어 억지로 엽서를 보냈다고 해도 전혀 이상할 것이 없다, 왜냐하면 그곳의 흑인들은 금발의 노르웨이 여자를 덮칠 수만 있다면 1년치 월급이라도 기꺼이 내놓을 것이기 때문이라고 설명했다.

해리는 호박 머리 경관의 목소리에 귀를 닫으려고 노력하며, 엽서를 면밀히 살펴보았다. 정상에 구름이 걸린 원뿔 모양의 산. 잊어버리기 쉬운 이름의 그 경관이 헛기침을 하자, 해리는 그를 힐끗 올려다보았다.

"뭐 때로는 그놈들 심정이 이해가 안 가는 것도 아니죠. 안 그렇습니까?" 그는 해리에게 우리도 다 그렇지 않느냐는 듯한 미소를 지어보였다.

해리는 자리에서 일어났다. "저희는 할 일이 있어서 그만 오슬로로 가봐야겠군요. 부탁이 있는데, 저희 대신 이 엽서를 복사해서 이 이메일로 좀 보내주시겠습니까?"

"필적 감정사인가요?" 불쾌한 기색이 역력한 표정으로 경관이 물었다. 그러고는 카야가 적어준 이메일 주소를 뚫어지게 바라보았다.

"화산 전문가입니다. 그 사람에게 엽서 사진을 보내주고, 어떤 산인지 물어봐주십시오." 해리가 말했다.

"사진만 보고 어떤 산인지 알아낸다고요?"

"전문가거든요. 세상을 돌아다니며 화산을 조사하고 다니는 사람입니다."

경관은 어깨를 으쓱였지만, 그래도 알았다는 뜻으로 고개를 끄덕이고 두 사람을 현관까지 배웅했다. 해리는 그에게 아델이 르완다에 간 후로 그녀의 휴대전화 통화기록을 조사해봤는지 물었다.

"우리도 그 정도는 할 줄 압니다, 홀레 반장. 발신 기록은 없었습니다. 하지만 르완다 같은 나라의 통신망이 어떨지는 짐작이 가실 겁니다……." 경관이 말했다.

"사실 짐작이 안 가는데요. 전 거기 가본 적이 없어서." 해리가 말했다.

"엽서라니!" 카야가 신음했다. 두 사람은 광장으로 나와 경찰청에 요청해서 타고 온 위장 순찰차 옆에 서 있었다. "거기다 르완다 행 비행기 표와 호텔 숙박 기록까지! 왜 베르겐에 있다는 반장님의 그 컴퓨터 천재는 그걸 알아내지 못했을까요? 그랬다면 이 망할 놈의 드람멘까지 와서 한나절을 낭비하는 일은 없었을 텐데요."

"난 자네가 기뻐할 줄 알았는데." 해리가 차 문의 잠금장치를 해제했다. "새로운 호박 머리 친구도 사귀었잖아. 또 어쩌면 아델이 죽은 게 아닐지도 모르고."

"그러는 반장님은 기쁘세요?" 카야가 물었다.

해리는 자동차 열쇠 뭉치를 바라보았다. "드라이브하고 싶어?"

"네!"

신기하게도 과속 카메라가 한 번도 번쩍거리지 않았고, 오슬로까지는 딱 20분이 걸렸다.

◆

그들은 우선 사무실 비품과 책상 서랍 같은 가벼운 물건부터 경찰청으로 옮기고, 무거운 물건은 내일 옮기기로 했다. 그래서 가벼운 물건들을 수레에 담았다. 해리가 이곳으로 물건을 옮길 때 사용했던 바로 그 수레였다.

"사무실은 배정받으셨어요?" 지하 배수로를 절반쯤 걸어갔을 때 카야가 물었다. 그녀의 목소리가 길게 메아리쳤다.

해리는 고개를 저었다. "이거 다 자네 사무실에 둘 거야."

"사무실 신청은 하셨어요?" 그렇게 물은 카야는 이내 걸음을 멈췄다.

해리는 계속 걸어갔다.

"반장님!"

해리가 걸음을 멈췄다.

"아버지가 어떠냐고 물어봤었지?"

"전 그런 뜻으로……"

"물론 그랬겠지. 하지만 아버지에게는 시간이 얼마 남지 않았어. 이번 일이 끝나면, 난 다시 경찰 일에서 손 뗄 거야. 내가 원하는 건 그냥……"

"그냥 뭐요?"

"죽은 경관의 사회라고 들어봤어?"

"그게 뭔데요?"

"강력반에서 일했던 사람들이지. 내가 좋아하는 사람들. 그들에게 빚진 게 있는지는 모르겠지만, 그 사람들이 내 종족이야."

"네?"

"별거 아니지만, 그들만이 내 유일한 재산이야, 카야. 내가 유일하게 의리를 지켜야 할 사람들이지."

"강력반이요?"

해리는 다시 걷기 시작했다. "나도 알아. 아마도 곧 없어지겠지. 그래도 세상은 계속 돌아갈 거고. 이건 그냥 구조조정이야. 안 그래? 이야기는 벽에 새겨져 있는데, 이제 벽이 무너지고 있어. 자네와 자네 동료들은 새로운 이야기를 만들어야 할 거야, 카야."

"지금 취하셨어요?"

해리는 킬킬 웃었다. "그냥 피곤해서 그래. 이제 다 끝나기도 했고. 하지만 괜찮아. 완벽하게 괜찮아."

그의 휴대전화가 울렸다. 비에른이었다.

"행크 윌리엄스 전기를 책상에 두고 왔어요." 비에른이 말했다.

"여기 있어." 해리가 말했다.

"소리가 왜 그렇게 울려요? 교회에 있어요?"

"지하배수로."

"거기서도 전화가 터져요?"

"이곳의 통신망이 르완다보다 나은 것 같아. 책은 안내 데스크에 맡겨두지."

"르완다와 휴대전화가 함께 언급된 게 오늘만 벌써 두 번째네요. 제가 내일 찾으러 가겠다고 말해주세요."

"르완다에 대해 무슨 이야기를 들었는데?"

"뢴 과장님이 콜탄 이야기를 하다가 나온 말이에요. 입에 자상을 입은 두 피살자의 치아에서 콜탄 조각이 나온 건 아시죠?"

"그래, 터미네이터였지."

"네?"

"아무것도 아냐. 그게 르완다와 무슨 상관인데?"

"콜탄은 휴대전화를 만드는 데 사용되거든요. 귀한 광물인데다가 콩고 민주 공화국이 전 세계에서 사용되는 콜탄을 거의 독점 공급하다시피 하죠. 문제는 콜탄이 묻힌 곳이 교전 지역이라는 거예요. 아무도 감시하는 사람이 없기 때문에 똑똑한 수완가들이 그 난리 속에서 콜탄을 빼돌려, 배로 르완다에 보내죠."

"흠."

"나중에 봐요."

해리는 휴대전화를 주머니에 넣으려다가, 읽지 않은 문자 메시지가 있는 것을 보았다. 문자 메시지를 열어보았다.

니라공고 산. 마지막 폭발은 2002년. 분화구에 용암호가 있는 소수의 화산 중 하나. 콩고 공화국의 고마에 위치함. 펠릭스.

고마. 해리는 우두커니 서서 천장의 파이프에서 똑똑 떨어지는 물방울을 바라보았다. 고마는 클루이트가 고문 기구를 산 곳이다.

"왜 그러세요?" 카야가 물었다.

"우스타오셋. 그리고 콩고."

"그게 무슨 뜻이죠?"

"나도 몰라. 하지만 난 우연은 안 믿는 사람이라서 말이지." 해리는 수레의 손잡이를 잡고 방향을 반대로 틀었다.

"뭐 하시는 거예요?"

"유턴. 우리에게는 아직 24시간 넘게 남았어."

클루이트

유달리 포근한 홍콩의 저녁이었다. 마천루는 빅토리아 피크 너머로 긴 그림자를 드리웠고, 그중에는 허먼 클루이트가 한 손에는 핏빛 싱가포르 슬링을, 다른 손에는 전화기를 든 채 테라스에 앉아 있는 집까지 닿은 그림자도 있었다. 그는 애벌레처럼 꿈틀거리는 자동차 행렬의 불빛을 바라보며, 전화기에서 흘러나오는 말을 듣고 있었다.

그는 해리 홀레를 좋아했다. 해피 밸리에 들어서서 남은 돈을 엉뚱한 말에게 몽땅 걸던 남자. 키가 크고 건장하지만, 알코올 중독자 기색이 역력한 그 노르웨이인이 처음 본 순간부터 마음에 들었다. 그의 공격적인 표정하며 건방진 태도, 민첩한 몸짓 어딘가에는 아프리카에서 용병 생활을 했던 클루이트의 젊은 시절을 연상시키는 구석이 있었다. 허먼 클루이트는 어디서나, 어느 편이든 돈을 주는 사람을 위해 싸웠다. 앙골라, 잠비아, 짐바브웨, 시에라리온, 라이베리아. 모두 암울한 과거와 한층 더 암울한 미래를 가진 나라들이었다. 하지만 방금 해리가 물어본 나라보다 더 암울한 나라는 없었다. 콩고. 그곳에서 그들은 마침내 금광을 발견했다. 다이아몬드와 코발트, 그리고 콜탄의 형태로. 마을 족장은 마이마이 반군 소속으로, 물이 그들을 안전하게 지켜준다고 생각했다. 그것만 제외하고는 상식이 통하는 남자였다. 아프리카에서는 돈다발 혹은 (비상시에는) 칼라슈니코프 자동소총만 있으면 모든 문제가 해결된다. 1년이 흐른 뒤, 허먼 클루이트는 부자가 되었다. 3년이 흐른 뒤에는 세상 누구도 부럽지 않은 갑부가 되었다. 그들은 한 달에 한 번 가장 가까운 도시인 고마에 가서 정글 바닥이 아닌 푹신한 침대에서 잤다. 정글 바닥은 정체를 알 수 없는 흡혈 곤충들로 뒤덮여 있었는데, 밤마다 출몰하는 그 녀석들 때문에 아침이면 반쯤 뜯어 먹힌 시체가 된 기분으로 잠에서 깨곤 했다. 고마. 검은 용암, 검은 돈, 검은 미녀, 검은 죄. 함께 정글에서 지냈던 남자들의 절반이 말라리아에 걸렸고, 나머지 절반은 백인 의사들에게는 낯선 병, 통칭 '밀림 열'이라 부르는 병에 걸렸다. 허먼 클루이트가 걸린 병도 그것이었다. 그 병은 오랫동안 재발하지 않았지만, 그렇다고 그를 완전히 놓아주지도 않았다. 허먼 클루이트가 알고 있는 유일한 치료법은 싱가포르 슬링이었다. 그가 이 칵테일을 알게 된 것은 고마에서 만난 한 벨기에 남자를 통해서였다. 그 벨기에인은 아주 아름다운 저택을 소유하고 있었다. 소문에 의하면 콩고가 콩고 자유국으로 불리며 레오폴드 왕*의 개인 놀이터이자 보물 상자였던 시절, 레오폴드 왕이 지은 저택이라고 했다. 키부 호수의 강둑 옆에 위치한 그 저택은 아름다운 여인들과 일몰로 유명해, 그곳에만 들어가면 한동안 정글이고, 마이마이 반군이고, 흡혈 곤충이고 다 잊을 수 있었다.

 그 벨기에인은 허먼 클루이트에게 지하실에 있던 레오폴드 왕의 작은 보물고를 보여주었다. 왕은 그곳에 온갖 물건들을 다 소장하고 있었다. 세상에서 가장 복잡한 시계며 귀한 무기, 독창적인 고문 기구에서부터 금 덩어리, 가공하지 않은 다이아몬드 원석, 그리고 방부제에 보존된 인간 머리까지. 허먼 클루이트가 레오폴드의 사과를 처음 본 곳도 바로 그 지하실이었다. 사람들 말에 의하면 왕의 기술자였던 한 벨기에인이 만든

---

* 벨기에의 왕으로 식민정책을 추진하여 콩고를 자신의 개인 사유지로 만들어버렸다

것으로, 다이아몬드가 어디에 있는지 털어놓지 않고 버티던 족장들을 고문하는 용도였다고 한다. 그전에는 버펄로를 이용했다. 우선 족장의 몸에 온통 꿀을 발라 나무에 매달아두고, 숲에서 잡은 버펄로를 끌고 오면, 버펄로가 꿀을 핥기 시작한다. 요점은 버펄로의 혀가 너무 거칠어서, 꿀과 함께 살갗과 살점까지 딸려나간다는 것이다. 하지만 버펄로를 잡아오는 데 시간도 오래 걸릴 뿐더러, 버펄로가 일단 핥기 시작하면 중단시키기 힘들었다. 그래서 고안해낸 것이 레오폴드의 사과였다. 이것은 사실 고문하는 사람의 입장에서 보면 그다지 효율적인 도구는 아니다. 입에 들어간 사과 때문에 죄수가 말을 할 수 없기 때문이다. 하지만 사과에 달린 줄을 두 번째로 잡아당길 때 무슨 일이 일어나는지 목격한 원주민들에게는 좋은 본보기가 되었다. 그다음 사람은 입을 벌리라는 명령이 떨어지기도 전에, 다이아몬드의 위치를 술술 털어놓았다.

허먼 클루이트는 필리핀인 가정부에게 빈 잔을 가져가라고 고갯짓을 했다.

"제대로 기억하고 있군, 해리." 허먼 클루이트가 말했다. "아직 우리 집 맨틀피스 위에 있네. 다행히 난 저 물건이 사용된 적이 있는지 없는지 몰라. 내겐 그저 기념품이지. 어둠의 한가운데에 무엇이 있는지 상기시켜주는 물건. 그걸 명심하는 건 언제나 유익하다네, 해리. 아니, 다른 데서는 저 물건이 쓰이는 것을 본 적도, 들은 적도 없어. 자네도 알다시피 저건 온갖 스프링과 바늘이 달린, 꽤나 복잡하게 작동하는 물건이잖나. 특수 합금으로 만들었지. 콜탄 맞네. 맞아. 아주 귀한 물건이지. 내게 물건을 판 에디 반 보르스트의 말로는 딱 스물네 개만 만들어졌고, 그중에서 자기가 스물두 개를 가지고 있는데 하나는 24캐럿 금으로 만들어졌다고 했네. 맞아, 바늘도 스물네 개야. 그걸 자네가 어찌 아나? 분명 스물넷이라는 숫자가 그 기계공의 누이와 무슨 연관이 있다고 했던 것 같은데, 기억이 안 나는군. 하지만 그거야 뭐 반 보르스트가 가격을 높이기 위해 꾸며낸 이야기일 수도 있고. 벨기에인이잖나."

클루이트의 웃음은 기침으로 바뀌었다. 빌어먹을 밀림 열.

"하지만 다른 레오폴드의 사과가 어디 있는지 분명 그 인간이 알고 있을 걸세. 그자는 고마의 으리으리한 저택에 산다네. 키부 호수의 북쪽, 르완다 접경지대야. 주소?" 클루이트는 다시 기침을 했다. "고마는 매일 새로 길이 나고, 이따금 마을의 반이 용암에 잠긴다네. 그러니 주소 따위는 없네, 해리. 하지만 우체국에서 그곳에 사는 백인들의 명단을 가지고 있어. 아니, 그가 아직도 고마에 사는지는 잘 모르겠네. 그렇게 따지면, 그자가 아직 살아 있는지도 모르겠군. 콩고의 평균 수명은 30대라네, 해리. 백인들도 마찬가지야. 게다가 고마는 포위당한 거나 다름없어. 그렇다네. 물론 전쟁이 났다는 얘기는 못 들었겠지. 누군들 들었겠나?"

군나르 하겐이 얼빠진 표정으로 해리를 바라본 다음, 책상 위로 몸을 내밀었다.

"르완다에 가겠다고?"

"잠깐 다녀오는 겁니다. 비행시간까지 포함해서 딱 이틀입니다." 해리가 말했다.

"뭘 조사하러?"

"말씀드렸잖습니까. 실종사건을 조사한다고요. 아델 베틀레센. 그동안 카야는 우스타오셋에 가서 아델이 실종되기 전에 그곳에 함께 갔던 사람이 누구인지 알아볼 겁니다."

"그냥 전화해서 숙박부를 봐달라고 하면 되잖나?"

"호바스에 있는 산장은 셀프 서비스거든요." 해리 옆에 앉아 있던 카야가 말했다. "하지만 관광협회 소유의 산장에 머무르려면 누구든 숙박부에 서명하고, 다음 행선지를 기입해야 해요. 의무적으로. 그래야 누가 산에서 실종됐다는 신고가 들어왔을 때 수색팀이 어디를 찾아야 할지 알 수 있으니까요. 아델과 그녀의 동반자가 이름과 성, 주소까지 다 썼기를 바라고 있어요."

군나르 하겐은 그의 머리에 화환처럼 둘러진 머리카락을 양손으로 긁적였다. "이 수사의 어떤 것도 다른 살인사건과 연관이 없고?"

해리는 아랫입술을 삐죽 내밀었다. "제가 아는 한 없습니다, 보스. 보스가 보시기에는 있나요?"

"흠. 근데 왜 내가 그런 비싼 출장으로 출장 경비를 다 날려야 하지?"

"인신매매를 막는 게 급선무니까요." 카야가 말했다. "이번 주 초에 법무부 장관님도 기자회견에서 그렇게 말씀하셨죠."

"어쨌든," 해리가 양팔을 위로 쭉 펴서 머리 뒤로 손을 깍지 끼며 말했다. "그 과정에서 다른 것들도 밝혀질지 모르죠. 다른 사건들을 해결해줄 실마리요."

군나르 하겐은 자신의 수사관을 신중하게 뜯어보았다.

"보스." 해리가 덧붙였다.

30
숙박부

수수한 노란색 역사驛舍에 달린 푯말이 우스타오셋에 도착했음을 말해주었다. 카야는 시간표대로 10시 44분에 도착했는지 확인하고는, 창밖을 내다보았다. 눈으로 뒤덮인 평원과 도자기처럼 새하얀 산 위로 햇살이 부서졌다. 옹기종기 모여 있는 가옥들 한 덩어리와 3층짜리 호텔만 제외하면, 우스타오셋은 민둥한 바위였다. 엄밀히 말하면 작은 산장이 점점이 흩어져 있고, 정체를 알 수 없는 이상한 관목이 있기는 했지만 그래도 여전히 황야였다. 역사 옆으로 SUV 한 대가 거의 플랫폼 안쪽까지 들어와 주차된 채 공회전을 하고 있었다. 기차 안에서 볼 때는 바람 한 점 없는 듯했다. 하지만 기차에서 내리자, 특수 보온 내의에 방한용 점퍼, 스키 부츠까지 갖춰 신은 그녀의 품속으로 바람이 파고들었다.

한 남자가 SUV에서 내려 그녀를 향해 다가왔다. 그의 뒤로 나지막한 겨울 햇살이 비쳤다. 카야는 눈을 가늘게 떴다. 자신감 넘치는 가벼운 걸음걸이, 환한 미소, 악수하기 위해 내민 손. 카야의 몸이 굳었다. 에벤 오빠였다.

"아슬라크 크룽리라고 합니다. 이 마을 담당 경관이죠." 남자가 카야의 손을 꽉 쥐며 말했다.

"카야 솔네스예요."

"춥죠? 저지대의 추위와는 다를 겁니다."

"정말 그러네요." 카야도 미소로 답하며 말했다.

"오늘은 산장에 모셔다드릴 수 없게 됐습니다. 눈사태가 있었거든요. 터널이 폐쇄돼서 교통편을 재조정해야 되겠습니다." 크롱리는 묻지도 않은 채 그녀의 스키를 받아 어깨에 척 걸치고, SUV를 향해 걷기 시작했다. "대신 산장을 감독하는 다른 분이 당신을 목적지까지 데려다줄 겁니다. 오드 우트모라는 분이에요. 그래도 되겠습니까?"

"그럼요." 카야는 내심 기뻤다. 그렇게 되면 왜 오슬로 경찰이 갑자기 드람멘의 실종자 사건에 관심을 갖게 되었는지 설명하지 않아도 되기 때문이다.

크롱리는 500미터쯤 운전해 호텔로 갔다. 호텔 정문 앞 빙판길에 노란 스노모빌이 서 있고, 한 남자가 거기 앉아 있었다. 위아래가 붙은 빨간색 스키복에 귀덮개가 달린 가죽 모자, 큼지막한 고글을 쓰고, 입 위에 스카프를 둘렀다.

남자가 고글을 위로 밀어 올리고 자신의 이름을 웅얼거리자, 카야의 시선이 그의 한쪽 눈동자로 향했다. 마치 우유를 엎지른 듯이 새하얀 눈동자가 투명한 막으로 덮여 있었다. 정상인 다른 쪽 눈은 그녀를 머리부터 발끝까지 거리낌 없이 훑어보았다. 서 있는 자세는 청년 같았는데, 얼굴은 노인이었다.

"카야라고 합니다. 갑작스럽게 연락받으셨을 텐데, 이렇게 와주셔서 감사합니다." 그녀가 말했다.

"돈 받고 하는 일이외다." 오드 우트모는 그렇게 말하며 손목시계를 보더니, 스카프를 내리고 침을 퉤 뱉었다. 스누스에 물든 이 사이로 치아 교정기가 번득였다. 담배가루가 섞인 침 덩어리가 빙판 위에서 검은 별이 되었다.

"한동안 배고프거나, 오줌 마려워도 책임 못 져요."

카야는 웃었지만, 우트모는 이미 스노모빌에 걸터앉아 그녀에게 등을 돌렸다.

그녀는 크롱리를 바라보았다. 그는 어느 틈에 카야의 스키와 스틱을 스노모빌에 단단히 고정해두었다. 이제 그녀의 스키는 우트모의 스키, 빨간색 다이너마이트로 보이는 물건 한 보따리, 그리고 망원 조준기가 달린 라이플과 함께 스노모빌에 세로로 장착되었다.

크롱리는 어깨를 으쓱이더니, 다시 한 번 소년 같은 환한 미소를 지어 보였다. "행운을 빕니다. 당신이 찾는……."

그의 나머지 말은 엔진의 굉음에 묻혀버렸다. 카야는 얼른 스노모빌에 올라탔다. 다행히 손잡이가 있어서 백안의 노인에게 매달리지 않아도 되었다. 배기가스가 그들을 에워싸더니, 갑자기 스노모빌이 앞으로 휙 나아갔다.

우트모는 충격을 흡수하기 위해 무릎을 구부린 자세로 서서, 체중을 이용해 스노모빌의 균형을 잡았다. 호텔을 나선 스노모빌은 눈더미를 넘어 폭신한 눈 속으로 들어가더니, 처음으로 등장한 완만한 비탈을 대각선으로 올라갔다.

북쪽 전경이 보이는 꼭대기에 도달하자, 그들 앞에 끝없는 백색 설원이 펼쳐졌다. 우트모는 뒤돌아보며 괜찮으냐고 묻듯이 고개를 위로 까닥였다. 카야도 괜찮다는 뜻으로 고개를 끄덕였다. 그러자 스노모빌이 속도를 냈다. 카야는 구동 벨트 뒤에서 뿜어져 나오는 눈보라 너머로 사라지는 건물들을 바라보았다.

사람들은 설원을 보면 사막이 생각난다고들 한다. 하지만 카야는 에벤 오빠의 요트에서 보냈던 날들이 생각났다.

스노모빌이 광대하고 공허한 풍경을 가로질렀다. 눈과 바람의 조합이 모든 윤곽을 지워버리고 매만져서 평평하게 만들어버렸다. 그리하여 평원은 하나의 거대한 대양이 되었으며, 우뚝 솟은 할링스카르베 산은 모든 것을 집어삼킬 듯이 위협하는 파도가 되었다. 스노모빌은 유유히 나아갔다. 스노모빌의 무게와 부드러운 눈이 모든 충격을 흡수한 덕분에 움직임이 부드러웠다. 카야는 혈액 순환이 제대로 되고 있는지 확인하기 위해 코와 볼을 조심스럽게 문질러 보았다. 비교적 경미한 동상에도 얼굴에 흉터가 남는 것을 보았기 때문이다. 단조로운 엔진의 굉음과 한결같은 풍경이 주는 안정감에 그녀는 비몽사몽한 상태로 빠져들었다. 그러다 엔진이 잠잠해지더니 스노모빌이 멈췄다. 카야는 정신을 차리고 시계를 보았다. 처음에는 엔진에 이상이 생겨서 멈춘 거라고 생각했다. 최소한 45분은 지난 것 같았다. 여기까지 스키로는 몇 시간이나 걸릴까? 세 시간? 다섯 시간? 모를 일이다. 우트모는 벌써 스노모빌에서 뛰어내려 스키를 풀고 있었다.

"무슨 문제라도……?" 카야가 운을 떼자 우트모가 허리를 펴더니 그들 앞의 작은 골짜기를 가리켰다.

"호바스 산장이오." 우트모가 말했다.

카야는 눈을 가늘게 뜨고 선글라스 너머를 바라보았다. 정면으로 보이는 산발치에 정말로 조그마한 검은색 산장이 있었다.

"그런데 왜 여기서……?"

"사람들이 멍청하기 때문이지. 그러니까 우린 저 산장까지 살금살금 다가가야 해."

"살금살금?" 카야는 그렇게 묻고는 우트모를 따라 서둘러 스키를 신었다.

우트모는 스키 스틱으로 산의 측면을 가리켰다. "스노모빌을 타고 저렇게 좁은 골짜기로 들어갔다가는 소리가 앞뒤로 튈 거외다. 그러면 새로 쌓인 눈이 흘러내려서……."

"눈사태가 나겠군요." 카야가 말했다. 예전에 알프스 여행을 다녀온 아버지가 해줬던 말이 기억났다. 제2차 세계 대전 때 5만 명이 넘는 부대가 눈사태로 사망했는데, 대부분 총을 발사하면서 생긴 음파로 인한 눈사태였다고 했다.

우트모는 잠시 동작을 멈추고 카야를 바라보았다. "도시 놈들은 똑똑하답시고 이런 으슥한 곳에 산장을 지었겠지만, 저 산장도 눈에 파묻히는 건 시간문제요."

"저 산장도라뇨?"

"호바스 산장은 지어진 지 겨우 3년 됐소. 눈사태가 날 만큼 눈이 많이 내린 건 이번이 처음이지. 게다가 곧 눈이 더 내릴 거요."

그가 서쪽을 가리켰다. 카야는 손으로 눈에 그늘을 만들었다. 눈 덮인 지평선을 바라보니, 그 말이 무슨 뜻인지 알 것 같았다. 푸른 하늘을 배경으로 두툼한 회백색 적운이 거대한 버섯 모양을 이루고 있었다.

"이번 주 내내 눈이 올 거요." 우트모가 스노모빌에서 라이플을 풀어 어깨에 걸쳤다. "서두르는 게 좋겠소. 그리고 소리 지르지 마시오."

두 사람은 말없이 골짜기로 들어갔다. 응달에 들어서자 기온이 뚝 떨어지는 게 느껴졌다. 땅의 움푹 파인 부분은 냉기로 가득 차 있었다.

두 사람은 검은색 목재로 지어진 산장 옆에서 스키를 벗어 벽에 세워두었다. 우트모는 주머니에서 열쇠를 꺼내 자물쇠에 밀어 넣었다.

"투숙객들은 어떻게 들어가죠?" 카야가 물었다.

"만능열쇠를 사야지. 전국에 있는 관광협회 소유의 450개 산장을 모두 열고 들어갈 수 있는 열쇠." 우트모는 열쇠를 비틀고 손잡이를 누르더니 문을 밀었다. 하지만 문은 꿈쩍도 하지 않았다. 그는 나지막이 욕지거리를 내뱉으며 어깨로 문을 밀었다. 그러자 고음의 비명과 함께 문이 문짝에서 떨어졌.

"산장이 추위에 쪼그라들었군." 그가 중얼거렸다.

산장 내부는 칠흑처럼 캄캄했고, 장작을 때우는 난로와 파라핀 냄새가 났다. 이런 산장의 이용 방식은 지극히 단순하다. 산장에 들어오면 숙박부에 자세한 사항을 기입하고, 침대를 차지한다. 빈 침대가 없을 경우에는 매트리스를 이용할 수 있다. 벽난로에 불을 피우고, 가스레인지와 주방 기구가 있는 부엌에서 자신이 가져온 음식이나, 선반에 든 음식을 해 먹을 수 있다. 물론 후자의 경우에는 깡통에 돈을 넣어야 한다. 마찬가지로 숙박비도 깡통에 넣어두거나 계좌 이체 허가서를 작성한다. 모든 것이 이용자의 양심과 도덕성에 달려 있다.

산장에는 북쪽을 면한 침실 네 개가 있었고 방마다 2층 침대가 네 개씩 있었다. 남쪽을 면한 거실은 전통적인 방식, 그러니까 소나무 원목가구로 꾸며져 있었다. 큼지막한 벽난로가 아늑한 분위기를 자아냈고, 장작난로가 효과적인 난방을 도왔다. 계산해보건대 식탁에는 열두 명에서 열다섯 명쯤 앉을 수 있을 듯했고, 침실이 다 차서 바닥에 자리를 펴고 다닥다닥 붙어서 잔다면 그 두 배도 잘 법했다. 카야는 잠시 거실의 풍경을 상상해보았다. 사람들이 맥주나 와인 한 잔을 두고 그날의 여행과 내일의 계획에 대해 이야기를 나눈다. 익숙한 얼굴과 낯선 얼굴들 위로 촛불과 장작불의 불빛이 너울거린다. 어둠에 잠긴 구석에 앉아 있던 에벤 오빠가 불그레한 얼굴로 그녀에게 미소를 지었고, 그녀를 향해 와인잔을 들어 올린다.

"숙박부는 부엌에 있소." 우트모가 문 하나를 가리켰다. 그는 여전히 모자를 쓰고 장갑을 낀 채 출입문 옆에 서 있었다. 빨리 나가고 싶은 눈치였다. 카야가 문손잡이를 누르려던 찰나, 머릿속에 어떤 이미지가 떠올랐다. 크롱리 경관. 그는 오빠를 닮았다. 그 생각이 다시 떠오를 줄은 알았지만, 하필 지금이라니.

"문 좀 열어주실래요?" 카야가 말했다.

"뭐요?"

"꿈쩍도 안 하네요. 추위 때문인가 봐요."

카야가 두 눈을 감고 있는 동안, 우트모가 다가오는 발소리, 이내 문이 아무런 저항 없이 열리는 소리가 들렸다. 카야는 우트모의 놀란 시선이 자신에게 머무는 것을 느끼고는 눈을 떴다. 그리고 안으로 들어갔다.

부엌에서는 산패된 기름 냄새가 살짝 풍겼다. 그녀의 눈이 주방 가구의 표면과 찬장을 훑는 동안, 맥박이 빨라졌다. 창문 아래 조리대에 검은 가죽으로 장정된 숙박부가 눈에 들어왔다. 숙박부는 푸른색 나일론 끈으로 벽에 고정되어 있었다.

카야는 숨을 들이쉬고는 숙박부를 향해 걸어갔다. 페이지를 주르륵 훑어 넘겼다.

투숙객들이 손으로 휘갈겨 쓴 이름이 몇 페이지에 걸쳐 계속 이어졌다. 대부분이 규칙대로 자신의 다음 행선지를 기입해두었다.

"사실 이번 주말에 내가 여기 와서 숙박부를 대신 확인해줄 생각이었소." 등 뒤에서 우트모의 목소리가 들렸다. "하지만 당신네들은 한시도 지체할 수가 없나 보더군."

"네." 카야는 페이지를 넘기며 날짜를 훑었다. 11월. 11월 6일. 11월 8일. 다시 앞장으로 돌아갔다가 뒤로 넘겼다. 없다. 11월 7일은 사라지고 없었다. 카야는 숙박부 가운데를 반듯하게 폈다. 찢긴 페이지의 뾰족뾰족한 모서리가 고개를 똑바로 쳐들고 있었다. 누군가 페이지를 찢어 갔다.

키갈리

르완다의 수도 키갈리에 있는 공항은 작지만 현대적인 시설을 갖추었으며, 놀랍도록 정돈이 잘되어 있었다. 하지만 국제공항과 그 나라의 실상은 별로 혹은 전혀 관계가 없다는 것을 해리는 경험을 통해 익히 알고 있었다. 일례로 인도 뭄바이의 공항은 차분함과 효율성 그 자체인 반면, 뉴욕의 JFK 공항은 편집증이 판치는 아수라장이다. 여권심사대 앞에 늘어선 줄이 살짝 앞으로 이동하자, 해리도 움직였다. 실내 기온은 쾌적했지만 얇은 면 셔츠 아래로 땀이 등줄기를 타고 흘러내렸다. 그의 마음은 다시 오슬로에서 연착된 비행기가 착륙했던 암스테르담 스키폴 공항으로, 거기서 봤던 사람에게로 향했다. 그는 우간다의 캄팔라 행 비행기를 놓치지 않기 위해 땀을 비 오듯 흘리며 공항 복도와 알파벳, 그리고 한층 더 크게 적힌 게이트 숫자들 사이를 뛰어다니던 참이었다. 여러 개의 복도가 교차하는 지점에서 그의 시야 한쪽 구석으로 무언가가 보였다. 어딘지 눈에 익은 사람. 그는 빛 속을 들여다보았지만, 너무 먼 거리라서 얼굴을 알아볼 수 없었다. 꼴찌로 비행기에 탄 후에야 해리는 그녀일 리가 없다는 결론을 내렸다. 외국의 공항에서 그녀와 마주칠 확률이 얼마나 되겠는가? 여자 옆에 서 있던 소년이 올레그였을 리도 만무하다. 올레그가 벌써 그렇게 키가 컸을 리 없다.

"다음."

해리는 창구로 다가가 여권과 입국 신고서, 인터넷에서 출력한 비자 신청서 그리고 비자 발급 비용으로 빳빳한 60달러를 내밀었다.

"비즈니스?" 입국심사직원이 영어로 물었고, 해리는 그와 시선이 마주쳤다. 남자는 키가 크고 말랐는데 어찌나 피부가 검은지 빛이 반사될 지경이었다. 아마도 투치족이리라. 현재는 투치족이 국경을 관리했다.

"네."

"어디에서?"

"콩고요." 해리는 그렇게 말한 다음, 두 개의 콩고를 구분하기 위해 이 나라 사람들이 사용하는 명칭을 덧붙였다.*

"콩고 킨샤사겠죠." 입국심사직원이 해리의 대답을 바로잡아주었다. 그는 해리가 기내에서 작성한 입국 신고서를 가리켰다. "하지만 여기에는 키갈리의 고릴라 호텔에 묵는 걸로 되어 있군요."

"오늘 밤만요. 내일이면 콩고로 넘어가 고마에서 하룻밤 자고, 다시 키갈리로 돌아와 집으로 갈 겁니다. 킨샤사에서 고마로 가는 것보다 여기에서 차로 가는 편이 더 빠르거든요."

"콩고에서 즐거운 시간 보내시오, 바쁜 양반." 제복 입은 직원은 따뜻하게 웃어보이며 해리의 여권에 도장을 철컥 찍어주었다

30분 뒤 해리는 고릴라 호텔에서 숙박계를 작성하고 있었다. 숙박계에 서명하고, 목각 고릴라가 달린 열쇠 하나를 받았다. 그리하여 옵살을 떠난 지 열여덟 시간 만에 비로소 침대에 누울 수 있었다. 그는 발치에서 요란하게 돌아가는 선풍기를 바라보았다. 날개는 미친 듯이 빠르게 회전하지만 바람은 전혀 느껴지지 않았다. 오늘 밤 자기는 글렀다.

---

* 19세기말, 콩고는 서방 제국주의 세력에 의해 콩고 강을 중심으로 두 나라로 분리되었다. 동쪽 지역이 콩고 민주공화국이며 수도는 킨샤사. 서쪽 지역은 콩고공화국이다

운전사는 해리에게 자신을 조라고 소개했다. 조는 콩고인이었고 불어가 유창했으며 영어는 더듬대는 수준이었다. 고마에 있는 노르웨이 지원 단체의 인맥을 통해 고용된 운전사였다.

"80만 명." 군데군데 구멍이 파였지만 이동하기에는 문제없는 아스팔트 도로 위로 랜드로버를 몰며 조가 말했다. 푸릇푸릇한 초원과 샅샅이 경작되어 있는 산비탈 사이로 도로가 구불구불하게 펼쳐졌다. 사람들은 도로 가장자리를 따라 걸어다니거나, 자전거를 타거나, 물건이 담긴 수레를 운반하고 있었다. 가끔씩 조가 자비를 베풀어 사람들이 차에 치이지 않도록 브레이크를 밟기도 했지만, 대부분 알아서 옆으로 폴짝폴짝 피했다.

"1994년 고작 몇 주 만에 80만 명 죽었어요. 후투족은 오랜 이웃인 투치족을 침략해 마체테*로 마구 죽였어요. 오로지 투치족이라는 이유로. 라디오 선동 방송에서 남편 투치족이면 남편 죽이는 게 후투족 의무라고 했죠. 키 큰 나무 베어버려라. 많은 사람들, 이 길을 따라 도망갔어요……." 조가 창밖을 가리켰다. "시신 수북이 쌓였어요. 아예 지나갈 수 없는 곳도 있었고. 독수리들만 신났죠."

두 사람은 아무 말도 하지 않았다.

네 발이 막대에 묶인 커다란 표범을 매고 가는 두 남자가 차 옆으로 지나갔다. 아이들은 죽은 표범 주위에서 춤을 추며 환호했고, 핀으로 표범을 찌르기도 했다. 주황색 털의 얼룩무늬 표범이었다.

"사냥꾼인가?" 해리가 물었다.

조는 고개를 저으며 백미러를 힐끗 보더니 영어와 불어를 섞어 대답했다. "차에 치인 것 같네요. 저 녀석을 잡기란 불가능해요. 서식지는 넓어도 숫자는 많지 않아요. 밤에만 사냥에 나서고, 낮에는 주위 환경에 몸을

---

* 날이 넓은 칼

잘 감추고 있죠. 아주 외로운 동물 같아요."

해리는 들판에서 일하는 여러 명의 남녀를 바라보았다. 도로 몇몇 군데에 육중한 기계들이 놓여 있고, 남자들이 도로를 보수하고 있었다. 골짜기 아래에서는 고속도로 건설이 한창이었다. 파란색 교복을 입은 아이들이 들판에서 소리를 지르며 축구공을 차고 있었다.

"르완다 좋은 곳이죠."

두 시간 30분 후에 조가 앞유리 너머를 가리켰다. "저게 키부 호수예요. 아주 멋있고, 아주 깊어요."

광활한 수면 위로 천 개의 태양이 반사되는 듯했다. 호수 반대쪽이 콩고민주공화국이었다. 사방에 산이 솟아 있었고, 그중 한 꼭대기에 구름 한 조각이 걸려 있었다.

"구름 별로 없죠?" 마치 해리의 생각을 읽은 듯이 조가 말했다. "살인자 산이에요. 니라공고 산."

해리는 고개를 끄덕였다.

한 시간 뒤, 그들은 국경을 지나 고마로 넘어갔다. 뼈만 남은 앙상한 남자가 찢어진 재킷을 입고 길가에 앉아, 광기 어린 절박한 시선으로 전방을 응시했다. 조는 진흙탕 길의 움푹 파인 구멍 사이로 조심스럽게 차를 몰았다. 그들 앞으로 군용 지프가 나타났다. 기관총을 잡은 군인이 몸을 좌우로 흔들며 경계하는 차가운 눈동자로 그들을 바라보았다. 하늘에서 비행기 엔진 소리가 요란하게 울렸다.

"UN이에요. 총과 수류탄 더 가져오는 거예요. 은쿤다*가 도심 가까이 왔어요. 아주 강한 사람. 이제 많은 사람들 도망가요. 난민. 어쩌면 미스터 반 보르스트도 도망갔어요. 안 본 지 오래 됐으니까."

"그 사람을 아나?"

---

* 후투족 반군 지도자

"여기서 미스터 반 다 알아요. 하지만 그 사람 바 마구제$^{Ba\text{-}Maguje}$ 있어요."

"바, 뭐?"

"Un mauvais esprit. 악령. 사람 술독에 빠지게 하고, 감정 빼앗죠."

에어컨에서 시원한 바람이 뿜어져 나왔지만, 해리의 등에서는 땀이 흘러내렸다.

◆

랜드로버는 두 줄로 늘어선 판잣집 사이에 멈춰 섰다. 이곳이 고마에서 일종의 번화가인 모양이었다. 가게들 사이로 난 길은 거의 지나갈 수 없을 정도로 좁아터졌지만, 사람들은 그 길을 따라 서둘러 어딘가로 가고 있었다. 집을 따라 쌓아올린 큼지막한 검은색 돌들은 토대 역할을 하고 있었다. 땅은 딱딱하게 굳은 초콜릿 크림 같았고, 썩은 생선 냄새가 풍기는 대기에서는 빙글빙글 회색 흙먼지가 일었다.

"저기예요." 조가 판잣집들 사이의 유일한 벽돌집을 가리켰다. "나 차에서 기다릴게요."

해리가 차에서 내리자, 걸어가던 두 남자가 멈춰 섰다. 그들은 경고의 기색이라고는 전혀 없는 중립적이면서도 난폭한 시선으로 그를 바라보았다. 아무런 경고도 없는 공격 행위가 더 효과적임을 알고 있는 사람들이었다. 해리는 어느 쪽으로도 고개를 돌리지 않은 채 정면의 벽돌집만 응시했다. 그에게는 분명한 용무가 있으며, 어디로 가야 할지 알고 있음을 보여주기 위해서였다. 문을 두드렸다. 한 번. 두 번. 세 번. 염병할! 이 먼 곳까지 왔는데 허탕을…….

순간 문이 빼꼼 열렸다.

쪼글쪼글한 하얀색 얼굴이 캐묻는 듯한 시선으로 그를 바라보았다.

"에디 반 보르스트 씨?" 해리가 물었다.

"Il est mort." 남자가 숨이 넘어가는 사람처럼 쉰 목소리로 말했다.

해리는 학교에서 배웠던 불어의 기억을 더듬어, 그 말이 반 보르스트는 죽었다는 뜻임을 알아냈다. 그는 영어로 말했다. "저는 해리 홀레라고 합니다. 홍콩에 사는 허먼 클루이트에게서 반 보르스트 씨의 이름을 들었습니다. 레오폴드의 사과에 관심이 있어서요."

남자는 눈을 두 번 끔벅였다. 그러더니 문밖으로 머리를 빼서 좌우를 살피고는, 문을 좀 더 열었다. "Entrez." 그가 해리에게 안으로 들어오라고 손짓했다.

문이 낮은 탓에 해리는 고개를 숙여야 했고, 하마터면 발을 뻴 뻔했다. 집 안 바닥이 길가보다 20센티미터 낮았기 때문이다.

향 냄새가 풍겼다. 물론 다른 냄새, 익숙한 냄새도 있었다. 며칠째 술만 마신 노인의 들척지근한 악취였다.

해리의 눈이 어둠에 익숙해지자, 우아한 버건디색 실크 가운을 입은 자그맣고 노쇠한 노인이 보였다.

"스칸디나비아 억양이로군." 에르퀼 포와로* 스타일의 영어로 반 보르스트가 말하며, 누렇게 변색된 담배 파이프를 얇은 입술 사이로 밀어 넣었다. "내 맞춰보지. 덴마크는 아니야. 스웨덴일 수도 있는데, 그래도 노르웨이 같군. 맞나?"

노인 뒤로 보이는 벽의 틈새로 바퀴벌레가 더듬이를 삐죽 내밀었다.

"흠. 억양 전문가이신가요?"

"그냥 소일거리지." 우쭐하면서도 즐거운 표정으로 반 보르스트가 말했다. "벨기에 같은 작은 나라 국민들은 안보다 밖을 살피는 법을 배워야 하거든. 허먼은 잘 지내나?"

"네." 해리는 오른쪽으로 몸을 틀어, 자신에게 머무는 무심한 시선을

---

* 아가사 크리스티가 창조해낸 탐정으로 벨기에인이다

바라보았다. 하나는 방 구석 침대 위에 걸린 사진 속 인물의 시선이었다. 긴 회색 수염에 매부리코, 짧게 자른 머리, 견장, 사슬과 검. 해리가 틀리지 않다면 아마도 레오폴드 왕일 것이다. 또 다른 시선의 주인공은 엉덩이에 담요만 걸친 채 침대에 모로 누운 여인이었다. 위쪽 창문에서 쏟아지는 햇살이 작고 탱탱한 그녀의 가슴에 떨어졌다. 해리가 고개를 까닥 숙여 인사하자, 여자는 새하얀 이 사이로 큼지막한 금니 하나를 드러내며 슬쩍 미소를 지었다. 많아야 스무 살 정도? 여자의 가냘픈 허리 뒤의 벽에는 못이 하나 박혀 있고, 핑크색 수갑이 걸려 있었다.

"내 아내일세. 뭐 그중 하나지." 체구가 작은 벨기에인이 말했다.

"정부인가요?"

"그렇다고 봐야지. 사고 싶나? 돈은 있어?"

"우선은 당신이 가진 걸 보고 싶은데요." 해리가 말했다.

에디 반 보르스트는 다시 문을 열고 가만히 밖을 내다보더니, 문을 닫아 잠갔다. "함께 온 사람은 운전사뿐인가?"

"네."

반 보르스트는 파이프를 뻐끔뻐끔 빨며, 눈가에 잔뜩 주름을 잡은 채 해리를 뜯어보았다.

그러더니 한쪽 구석으로 가서 카펫을 발로 찬 다음, 허리를 숙여 바닥에 있던 고리를 잡아당겼다. 그러자 지하로 내려가는 문이 열렸다. 벨기에인은 해리에게 먼저 지하실로 내려가라고 손짓했다. 경험에서 우러난 예방 조치인 듯싶었다. 해리는 노인의 말대로 했다. 사다리는 칠흑 같은 어둠으로 이어졌다. 겨우 일곱 계단만에 발아래로 단단한 바닥이 밟혔다. 그러자 불이 들어왔다.

해리는 방 안을 둘러보았다. 지하 치고는 천장이 매우 높았고, 바닥도 시멘트가 고르게 발라져 있었다. 찬장과 선반이 벽의 삼면을 차지하고 있었다. 선반에는 일상품들이 놓여 있었다. 널리 쓰이는 글록이나 그가 사용하는 스미스앤드웨슨 38구경, 탄환 상자, 그리고 칼라슈니코프. 공식 명칭 AK-47인 이 유명한 러시아제 자동 소총을 해리는 잡아본 적이 없었다. 그는 나무로 된 개머리판을 쓰다듬었다.

"생산 첫해인 1947년의 오리지널 제품일세." 반 보르스트가 말했다.

"여기 사람들은 다 하나씩 가지고 있는 것 같더군요. 아프리카에서 가장 큰 사망 원인이라고 들었습니다."

반 보르스트는 고개를 끄덕였다. "두 가지 간단한 이유 때문이지. 첫째 냉전이 끝나고 공산주의 국가들이 아프리카에 칼라슈니코프를 수출하기 시작했는데, 그 가격이 평화롭던 시절의 통통한 닭 한 마리 가격이었어. 전쟁 중에도 100달러를 넘지 않았지. 둘째 이 총은 무슨 짓을 해도 작동이 되거든. 아프리카에서는 그게 중요하지. 모잠비크는 칼라슈니코프를 사랑한 나머지 국기에 그려 넣기까지 했어."

물건을 둘러보던 해리의 시선이 검은 케이스에 조심스럽게 찍힌 글자에 멈췄다.

"이거, 제가 생각하는 물건이 맞습니까?" 해리가 물었다.

"매르클린이지. 아주 귀한 라이플이야. 실패작이라서 몇 자루밖에 생산되지 않았어. 지나치게 무겁고, 구경도 크지. 코끼리 사냥에 쓰인다네."

"그리고 인간 사냥에도요." 해리가 부드럽게 말했다.

"이 총에 대해 아나?"

"세계 최고의 망원 조준기가 달렸죠. 100미터 앞에서 코끼리를 잡을 때 필요한 물건은 아닙니다. 암살용으로 딱 좋죠." 해리가 손으로 케이스를 쓰다듬자, 추억이 밀려들었다. "네, 이 총에 대해 좀 압니다."*

"싸게 주지. 3만 유로만 내게."

---

* 매르클린은 해리 홀레 시리즈의 세 번째 책인 《레드브레스트Redbreast》에 등장한다

"오늘은 라이플을 보러 온 게 아닙니다." 해리는 방 한가운데 있는 선반으로 몸을 돌렸다. 기괴하게 생긴 하얀색 목각 가면이 선반에서 그를 향해 인상 쓰고 있었다.

"마이마이족의 제사용 가면이지. 그들은 성수에 몸을 담그면 적의 총알에도 끄떡없다고 믿는다네. 총알도 물로 변해버린다고 믿거든. 정부군과의 전쟁에 나선 마이마이 게릴라들은 활과 화살을 들고, 머리에는 샤워캡을 쓰고, 부적으로 욕조 마개를 가져갔다네. 농담 아니야, 무슈. 그러니 당연히 도륙될 수밖에. 하지만 마이마이족들은 물을 좋아해. 아주 좋아하지. 하얀색 가면도 좋아하고. 적들의 심장과 콩팥도 좋아한다네. 으깬 옥수수를 곁들여 살짝 구워 먹지."

"흠. 이런 소박한 집에 이렇게 거창한 지하실이 있을 줄은 몰랐습니다."

반 보르스트가 킬킬거렸다. "지하실? 여긴 일층일세. 예전에는 그랬지. 3년 전 화산이 폭발하기 전까지는."

그제야 모든 게 맞아떨어졌다. 큼지막한 검은색 돌, 초콜릿 크림 같은 땅. 길가보다 낮은 집 안.

"용암이군요." 해리가 말했다.

반 보르스트는 고개를 끄덕였다. "용암이 고마 중심부를 관통해서 키부 호수 옆에 있던 내 집을 덮쳤어. 이 근방에 있던 목조 가옥은 죄다 타버렸네. 이 벽돌집이 유일하게 남았지만, 그나마 반이 용암에 묻힌 거야." 그는 벽을 가리켰다. "저기 보이는 저 문이 3년 전에 길가로 나 있던 현관문이라네. 내가 이 집을 사서 아까 자네가 들어온 그 문을 새로 냈지."

해리는 고개를 끄덕였다. "용암이 문을 태우고 집 안까지 들어오지 않은 게 다행이군요."

"보다시피 이 집의 창문과 문은 모두 니라공고 산과 반대 방향으로 나 있거든. 이번이 처음이 아니라서 말일세. 저 망할 놈의 화산은 10년이나 20년마다 한 번씩 이 마을에 용암을 토해낸다네."

해리의 한쪽 눈썹이 올라갔다. "그런데도 사람들이 계속 여기로 돌아오는 겁니까?"

반 보르스트가 어깨를 으쓱였다. "아프리카가 원래 그런 곳이라네. 하지만 저 화산은 더럽게 유용하지. 골치 아픈 시체를 처리하고 싶다면, 그런 일은 고마에선 다반사이지만, 물론 키부 호수에 빠뜨릴 수도 있어. 하지만 그럴 경우에는 시신이 계속 남지 않나. 반면 니라공고를 이용하면……. 사람들은 화산 밑바닥에 거품이 부글거리는 새빨간 용암이 고여 있을 거라고 생각하지만 그건 사실이 아니야. 그런 화산은 없어. 니라공고만 제외하고. 니라공고에는 섭씨 1000도의 용암이 펄펄 끓고 있다네. 거기에 떨어뜨리면 뭐든 펑, 하고 사라지지. 남는 건 가스뿐이야. 고마에 사는 사람들이 천국에 갈 수 있는 유일한 통로지." 그의 입에서 메마른 웃음이 터져 나왔다. "한번은 콜탄을 찾아 헤매느라 눈이 뒤집힌 남자가 족장의 딸을 사슬에 묶어 분화구 속으로 집어넣은 적이 있다네. 족장이 그들 영지에 있는 광산을 그에게 인도한다는 서류에 서명하지 않았거든. 소녀가 용암 위 20미터쯤 되는 곳까지 내려가자 머리카락에 불이 붙더군. 10미터 부근에서는 온몸이 촛불처럼 훨훨 타기 시작했어. 5미터 더 내려가자 몸이 녹아 흘러내렸고. 과장이 아닐세. 피부건 살이건 할 것 없이 뼈에서 줄줄 흘러내렸어……. 자네가 관심 있는 물건이 이건가?" 반 보르스트는 찬장을 열고, 테니스공보다 작은 금속공 하나를 꺼냈다. 반짝이는 표면에는 작은 구멍이 여러 개 뚫려 있었다. 다른 구멍보다 약간 더 큰 구멍 하나가 있었는데, 거기에는 끝이 고리 모양으로 된 철사가 달려 있었다. 해리가 허먼 클루이트의 집에서 봤던 것과 같은 물건이었다.

"작동합니까?" 해리가 물었다.

반 보르스트는 한숨을 쉬더니, 철사 끝 고리 안에 새끼손가락을 넣어 잡아당겼다. 요란한 탁 소리와 함께 노인의 손바닥에 있던 공이 튀어 올랐다. 표면에 있던 여러 개의 구멍에서 안테나처럼 생긴 물건이 튀어나왔다.

"좀 봐도 될까요?" 해리가 손을 내밀자, 반 보르스트는 공을 건네주었다. 그러고는 안테나의 수를 세어보는 해리를 경계심이 가득한 눈초리로 바라보았다.

해리는 고개를 끄덕였다. "스물네 개로군요."

"이 사과가 만들어진 개수와 같은 숫자지. 스물넷은 이걸 고안하고 만든 기계공에게 상징적인 의미가 있다네. 그가 자기 여동생을 죽였을 때 동생의 나이가 스물넷이었거든."

"찬장에 몇 개나 더 있습니까?"

"여덟 개뿐이야. 금으로 만들어진 이 꽃 중의 꽃을 포함해서 말일세." 노인은 전구의 불빛을 받아 은은하게 빛나는 공을 하나 꺼내더니 다시 찬장 속에 집어넣었다. "하지만 이건 파는 물건이 아니야. 이걸 손에 넣으려면 날 죽여야지."

"그럼 클루이트 씨 이후로 열세 개를 더 팔았군요."

"그것도 팔 때마다 값을 올렸지. 이건 아주 확실한 투자라네, 무슈 홀레. 오래된 고문 기구는 충실한 추종자들이 많고, 그들은 기꺼이 지갑을 여니까. 아무렴."

"그렇겠죠." 해리는 그렇게 말하며 안테나 하나를 구멍 속으로 밀어 넣어 보았다.

"스프링이 장착되어 있다네. 일단 철사를 당기고 나면 희생자는 입에서 사과를 빼낼 수 없어. 따지고 보면 누구도 빼낼 수 없지. 공을 다시 작아지게 하고 싶다면 2단계는 피하게. 철사는 잡아당기지 마."

"2단계요?"

"이리 줘봐."

해리는 반 보르스트에게 공을 건넸다. 노인은 철사의 고리 안에 조심스럽게 볼펜을 집어넣어 철사를 수평으로 잡아당기더니, 손에 있던 공을 놓아버렸다. 철사가 팽팽해지면서 다시 탁 소리가 났다. 레오폴드의 사과는 볼펜 밑 15센티미터 되는 지점에서 흔들렸고, 각각의 안테나에서 튀어나온 뾰족한 바늘이 번득거렸다.

"Å faen^{제기랄}." 해리가 노르웨이어로 욕을 내뱉었다.

노인이 미소를 지었다. "마이마이족은 이 장치를 '태양의 피'라고 부르지. 이 사랑스러운 녀석에게는 이름이 많다네." 노인은 사과를 테이블에 올려두고 철사가 나와 있는 구멍에 볼펜을 집어넣어 세게 눌렀다. 그러자 탁 소리와 함께 안테나와 바늘이 들어가고, 사과는 원래의 동그란 모양으로 돌아갔다.

"대단하군요. 얼맙니까?" 해리가 물었다.

"6,000달러. 보통은 팔 때마다 가격을 조금씩 올리지만, 자네에게는 마지막으로 팔았던 가격 그대로 주지."

"왜죠?" 해리는 그렇게 물으며 검지로 매끈한 금속 표면을 훑어 내렸다.

"먼 길을 왔으니까." 반 보르스트가 허공에 담배 연기를 뿜어내며 말했다. "자네 억양이 마음에 들기도 하고."

"흠. 이걸 마지막으로 사간 사람은 누구였습니까?"

반 보르스트는 큭큭 웃었다. "자네가 여기 다녀갔다는 사실은 아무도 모를 거야. 마찬가지로 내 다른 손님에 대해서도 말해줄 수 없네. 그 말을 들으니 안심이 되지 않나, 무슈……? 이거 보게, 난 벌써 자네 이름도 잊어버렸다니까."

해리는 고개를 끄덕였다. "600달러."

"지금 뭐라고 했나?"

"600달러 드리죠."

반 보르스트는 아까처럼 짧게 큭큭 웃었다. "말도 안 되는 소리. 600달러면 산고릴라들이 사는 자연보호구역에서 세 시간 동안 가이드 투어로 받는 값이로군. 가서 거기나 구경하지 그러나, 무슈 홀레?"

"사과는 가지셔도 됩니다." 해리가 바지 뒷주머니에서 얄팍한 20달러 뭉치를 꺼냈다. "이 600달러는 당신의 사과를 산 사람들에 대한 정보 값으로 주는 겁니다."

해리는 반 보르스트 앞의 테이블에 돈뭉치를 내려놓았다. 그리고 그 위에 신분증을 올려놓았다.

"노르웨이 경찰입니다. 당신이 독점 판매하는 그 물건으로 최소한 두 명의 여자가 살해됐습니다."

반 보르스트는 돈 위로 허리를 숙이고 신분증을 살펴보았다. 돈도, 신분증도 손대지 않은 채.

"그런 일이 있었다면 정말 유감이네." 한층 더 걸걸한 목소리로 반 보르스트가 말했다. "진심일세. 하지만 내 목숨값이 아마도 600달러보다는 더 나갈 거야. 여기서 물건을 산 사람들의 이름을 전부 떠벌였다가는 내 명줄이……."

"콩고 감옥에서의 명줄 걱정부터 하는 게 좋을 텐데요."

반 보르스트가 다시 웃음을 터뜨렸다. "어림없는 소리. 고마의 경찰서장이 마침 나와 아는 사이라서 말이야. 게다가," 그는 양손을 슬쩍 들어 올렸다. "무슨 죄목으로 날 감옥에 넣겠다는 건가?"

"당신이 무슨 짓을 했느냐는 중요하지 않습니다." 해리는 가슴팍 주머니에서 사진 한 장을 꺼냈다. "노르웨이는 콩고의 가장 중요한 원조국입니다. 만약 노르웨이 정부가 킨샤사에 전화해 당신이 노르웨이에서 발생한 두 건의 살인에 사용된 무기를 팔았고, 노르웨이 정부에 비협조적이라고 말한다면 어떻게 될 것 같습니까?"

반 보르스트의 얼굴에서 웃음기가 싹 가셨다.

"짓지도 않은 죄를 뒤집어쓰는 일은 없을 겁니다. 그런 일은 있어서는 안 되죠. 다만 구금될 겁니다. 구금은 분명 처벌과는 다르죠. 사건을 조사하는 동안 증거 조작의 우려가 있다는 판단 하에 가둬두는 겁니다. 하지만 그래도 감옥은 감옥이죠. 그리고 이 조사는 아주 오래 걸릴 겁니다. 콩고 감옥에 가본 적 있나요, 반 보르스트 씨? 아마 없겠죠? 아프리카에서 백인이 감옥에 가는 경우는 매우 드무니까요."

반 보르스트는 가운을 더 단단히 여미고는, 파이프를 잘근잘근 씹으며 해리를 노려보았다. "좋아. 1,000달러." 반 보르스트가 말했다.

"500." 해리가 말했다.

"500? 아까는……."

"400." 해리가 말했다.

"알았네!" 반 보르스트가 양팔을 들어 올렸다. "원하는 게 뭔가?"

"전부 다요." 해리는 벽에 몸을 기대며 담뱃갑을 꺼냈다.

30분 후 해리가 반 보르스트의 집에서 나와, 조의 랜드로버에 올라탔을 때는 어둠이 내린 뒤였다.

"호텔로 가지." 해리가 말했다.

고릴라 호텔은 호수 바로 옆에 자리했다. 조는 호수에서 수영하지 말라고 경고했다. 살갗 아래에서 실 같은 벌레가 꿈틀거리는 걸 보고서야 감염 사실을 알게 되는 기니 기생충 때문만은 아니었다. 호수 밑바닥에서 커다란 기포의 형태로 올라오는 메탄가스 때문이었다. 그 가스에 노출되면 의식을 잃어 익사할 수 있다.

해리는 발코니에 앉아 불이 환하게 밝혀진 잔디밭을 내려다보았다. 공작 옷을 입은 플라밍고처럼 생긴 새 두 마리가 긴 다리로 죽마를 신은 듯이 걸어다니고 있었다. 조명등이 켜진 테니스 코트에서는 흑인 소년 둘이 테니스공 두 개만 가지고 놀고 있었다. 반쯤 찢어진 네트 위를 오가는 공은 너무 낡아서 양말 뭉치처럼 보일 지경이었다. 가끔씩 호텔 지붕 위로 귀청이 찢어질 듯한 비행기 소리가 하늘을 가로질렀다.

바에서 술병이 딸그락거리는 소리가 들렸다. 지금 그가 앉아 있는 곳에서 정확히 68보 떨어진 곳이었다. 아까 들어올 때 세어보았다. 해리는 휴대전화를 꺼내 카야의 번호를 눌렀다.

카야는 해리의 목소리를 들어서 기분이 좋은 듯했다. 어쨌거나 기분이 좋은 듯했다.

"눈 때문에 우스타오셋에 발이 묶였어요. 엄청난 폭설이에요. 그래도 다행히 저녁식사 초대를 받았어요. 숙박부는 일이 재미있게 됐어요."

"그래?"

"11월 7일자 페이지를 누가 찢어갔더라고요."

"역시나. 혹시……"

"네, 확인해봤어요. 지문은 없는지, 뒤페이지에 글씨가 눌린 자국은 없는지." 카야가 킥킥거렸다. 아무래도 와인 한두 잔쯤 마신 것 같았다.

"흠. 내가 묻고 싶었던 건……"

"네, 그것도 확인했어요. 그날을 전후로 뭐가 적혔는지요. 하지만 그런 소박한 숙소에 하루 이상 머무는 사람은 거의 없더군요. 폭설에 갇히기라도 하면 모를까. 그런데 11월 7일은 날씨가 맑았어요. 어쨌든 이곳 경관이 11월 7일 전후로 주위 산장의 숙박부를 확인해보겠다고 약속했어요. 일정상 호바스 산장에 머물렀을 만한 사람이 누군지 알아봐준대요."

"좋아. 뭔가 나오겠군."

"어쩌면요. 반장님은요?"

"유감스럽게도 별로 건진 게 없어. 반 보르스트를 찾았지만, 열네 명의 손님 중에서 스칸디나비아쪽 사람은 없었대. 확실하다는군. 여섯 명은 이름과 주소를 확보했지만, 다들 유명한 수집가야. 나머지는 성만 아는 사람들이고, 나머지는 생김새만 아는 사람들이지. 그게 다야. 반 보르스트가 우연히 알게 된 바로는, 그에게 없는 나머지 사과 두 개는 아직 카라카스의 수집가 수중에 있다. 아델의 비자는 확인해봤어?"

"스웨덴에 있는 르완다 영사관에 전화했어요. 솔직히 업무 처리가 엉망일 줄 알았는데 모든 게 일사불란하더군요."

"콩고의 형님이잖아. 체구는 작고, 직설적인."

"영사관에서 아델의 비자 신청서 복사본을 보관하고 있었어요. 날짜도 일치했고요. 비자 유효기간은 훌쩍 지났고, 물론 그 사람들도 현재 아델의 행방은 몰라요. 키갈리의 출입국 관리소에 연락해보라고 하더군요. 그래서 그 사람들이 알려준 번호로 전화했더니, 서로 저를 다른 부서로 떠넘기다가 마침내 영어를 하는 척척박사와 통화하게 됐죠. 척척박사 말이 그런 부분까지는 아직 노르웨이와 협력협정이 채결되지 않았다면서, 제 요청을 거절할 수밖에 없다고 정중히 말하더군요. 더불어 저와 제 가족들의 만수무강을 빌어줬어요. 반장님도 알아내신 거 없죠?"

"응. 반 보르스트에게 아델의 사진을 보여줬지만, 자신에게서 물건을 사간 여자는 꼬불꼬불한 빨간 머리에 동독 억양을 가진 여자뿐이라더군."

"동독 억양? 그런 게 있기나 해요?"

"나도 모르겠어, 카야. 이 남자는 가운을 입고, 입에는 파이프를 문 알코올 중독자에다 억양 전문가야. 난 사건에 관한 질문만 하고 그냥 나왔어."

카야가 깔깔 웃었다. 화이트 와인이다. 레드 와인을 마시면 저렇게 많이 웃지 않는다.

"하지만 내게 생각이 있어. 입국신고서." 해리가 말했다.

"네?"

"입국신고서에 첫날밤 묵을 숙소를 적어야 하잖아. 키갈리 공항에서는 입국신고서를 보관하고 있을 거고, 거기에 숙박예정지가 적혀 있으면 아델이 어디로 갔는지 알아낼 수 있을 거야. 그게 단서가 될 수 있어. 알다시피 그날 밤 호바스 산장에 누가 있었는지 말해줄 수 있는 사람은 아델뿐이니까."

"행운을 빌어요, 반장님."

"자네도 행운을 빌어."

그는 전화를 끊었다. 물론 카야에게 누구와 함께 식사 중인지 물어볼 수도 있었다. 하지만 만약 사건과 관련이 있는 자리였다면 그녀가 먼저 말했을 것이다.

해리는 발코니에 계속 앉아 있었다. 마침내 바의 영업이 끝나고 술병이 딸그락거리는 소리가 멎더니, 이번에는 위층의 열린 창문에서 신음 소리가 새어나왔다. 사랑을 나누는 소리, 쉰 목소리의 단조로운 신음. 그 소리를 들으니 어릴 때 온달스네스에서 봤던 갈매기가 생각났다. 동틀 무렵이면, 그는 할아버지와 함께 고기를 잡으러 가곤 했다. 아버지는 한 번도 동행하지 않았다. 왜 그랬을까? 그리고 왜 지금껏 한 번도 그것을 이상하다고 생각하지 않았을까? 아버지가 고깃배를 불편해 한다는 걸 어떻게 본능적으로 알았을까? 아버지가 농장을 떠나 공부를 선택한 이유가 바로 그 고깃배에 타지 않기 위해서였다는 사실을 다섯 살배기가 벌써 알고 있었던 걸까? 하지만 이제 아버지는 고향으로 돌아가 거기에 잠들고 싶어 한다. 삶이란 이상하다. 죽음도 마찬가지지만.

해리는 담배에 불을 붙였다. 별이 없는 하늘은 온통 새까맸다. 니라공고 분화구 위에만 붉게 물들어 있었다. 벌레가 물자 따끔한 통증이 느껴졌다. 말라리아. 메탄가스. 멀리서 반짝이는 키부 호수. 아주 멋있고 아주 깊다고 했지?

산에서 콰르릉 소리가 울려 퍼졌고, 그 소리가 호수를 가로질러 굴러

갔다. 화산이 폭발하려는 걸까? 아니면 그냥 천둥? 해리는 하늘을 올려다보았다. 또다시 콰르릉. 산봉우리 사이로 그 소리가 메아리쳤다. 동시에 멀리서 또 다른 메아리가 들려왔다.

아주 깊다.

해리는 눈을 크게 뜨고 어둠을 응시했다. 하늘이 열리고 장대비가 쏟아지면서 갈매기의 신음을 삼켜버린 것도 모른 채.

32

경찰

"이놈이 몰려오기 전에 호바스 산장을 빠져나와서 다행입니다." 크롱리 경관이 말했다. "하마터면 며칠간 그곳에 꼼짝없이 갇힐 뻔했어요." 그는 호텔의 큼지막한 전망창 너머를 향해 고갯짓을 했다. "하지만 앉아서 바라보기에는 좋죠, 안 그래요?"

카야는 창밖의 폭설을 바라보았다. 에벤 오빠도 자연의 힘에 열광했었다. 그것이 자신에게 불리하든 유리하든 상관없이.

"제가 타고 갈 기차가 무사히 도착하면 좋겠어요." 카야가 말했다.

"당연히 그럴 겁니다." 와인잔을 잡는 그의 서투른 손놀림을 보건대, 와인을 곁들인 저녁 식사가 그에게 자주 있는 일은 아닌 듯했다. "그렇게 되도록 해야죠. 그리고 다른 산장의 숙박부도 조사하고요."

"고마워요."

크롱리는 이리저리 뻗친 머리카락을 한 손으로 훑어 내리며 한쪽 입꼬리를 올렸다. 스피커에서 크리스 디 버그의 'Lady in Red'가 시럽처럼 찐득하게 흘러나왔다.

레스토랑에 다른 손님이라고는 30대 남자 둘뿐이었다. 각자 흰 식탁보가 깔린 테이블에 맥주 한 잔을 두고 홀로 앉아 창밖의 눈을 바라보고 있었다. 별 가망 없는 일이 일어나길 바라면서.

"여기 살면 가끔씩 외롭지 않아요?" 카야가 물었다.

"상황에 따라 다릅니다." 시골 경찰관이 카야의 시선을 따라가며 대답했다. "아내나 가족이 없으면 아무래도 이런 곳에 모이기 마련이죠."

"함께 외로워하기 위해서?"

"그렇죠." 크롱리는 두 사람의 잔에 와인을 더 따랐다. "하지만 그건 오슬로도 마찬가지 아닌가요?"

"맞아요. 여기 가족은 아무도 없나요?"

크롱리는 어깨를 으쓱였다. "함께 살던 여자가 있기는 했어요. 하지만 여기 삶이 너무 공허하다면서 당신네 동네로 이사 갔죠. 이해는 해요. 이런 곳에 살려면 최소한 자기가 좋아하는 일이 있어야 하니까."

"경관님에게는 있고요?"

"그런 거 같아요. 전 이 동네 사람들을 다 알고, 그들도 절 알죠. 우린 서로 돕습니다. 제겐 그들이 필요하고 그들에게는…… 음……." 그는 와인잔을 빙빙 돌렸다.

"그들에게는 경관님이 필요하고요."

"그렇다고 생각해요, 네."

"그건 중요하죠."

"네, 중요해요." 크롱리는 단호하게 말하며 카야를 올려다보았다. 오빠와 똑같은 눈동자, 늘 웃음의 불씨가 남아 있는 눈동자였다. 무언가 행복하거나 즐거운 일이 방금 전에 일어났다는 듯이. 설사 그렇지 않다고 해도. 아니, 그렇지 않을 때는 더더욱.

"오드 우트모는요?" 카야가 물었다.

"그 사람이 뭐요?"

"절 데려다주고는 곧장 떠나더군요. 이런 밤에는 혼자서 뭘 할까요?"

"왜 그가 아내랑 자식도 없이 혼자 살 거라고 생각하죠?"

"제가 은둔자도 못 알아볼 줄 아세요, 경관님?"

"아슬라크라고 부르세요." 그가 웃으며 와인잔을 뒤로 기울였다. "과연 형사로군요. 하지만 우트모가 처음부터 그랬던 건 아닙니다."

"그래요?"

"아들이 실종되기 전에는 분명 누구나 쉽게 다가갈 수 있는 사람이었죠. 네, 가끔씩 아주 상냥하기도 했고요. 하지만 원래 위험한 사람이었던 것 같기는 합니다."

"우트모 같은 사람은 독신일 줄 알았는데요."

"아내 되는 분도 미인이었죠. 우트모 같은 추남에게는 과분할 정도로. 우트모의 치아 봤어요?"

"교정기를 낀 거 봤어요, 네."

"치아가 더 비뚤어지지 않도록 하기 위해서라더군요." 아슬라크 크롱리가 고개를 절레절레 저으며 말했다. 눈동자에는 웃음기가 가득했지만 진지한 어조였다. "치아가 빠지지 않도록 하기 위한 유일한 방법이죠."

"궁금한 게 있어요. 우트모의 스노모빌에 장착된 다이너마이트는 진짜 인가요?"

"봤군요. 하지만 난 못 봤습니다."

"무슨 뜻이죠?"

"여기 사람들은 낚싯대 하나 들고 산의 호숫가에 몇 시간씩 앉아 있는 걸 낭만이라고 생각 안 해요. 하지만 자신들 소유라 생각하는 물고기를 저녁 식탁에 올리고 싶어 하죠."

"그래서 호수에 다이너마이트를 던진다고요?"

"얼음이 녹자마자요."

"그건 불법 아닌가요?"

크롱리는 방어하듯이 양 손바닥을 들어보였다. "아까 말했듯이 난 아무것도 못 봤습니다."

"그랬겠죠. 당신도 여기 사람이니까. 혹시 당신도 다이너마이트를 가지고 있나요?"

"가지고 있기는 하지만 순전히 차고를 짓기 위해서예요."

"아무렴요. 우트모의 총은요? 망원조준기를 비롯한 여러 장치가 달린 신식 총 같던데."

"맞아요. 우트모는 곰 사냥의 달인이었어요. 한쪽 눈이 멀기 전까지는요."

"저도 봤어요. 어쩌다 그렇게 된 거예요?"

"듣자하니 아들이 그의 눈에 산(酸)을 부었다더군요."

"듣자하니?"

크롱리는 어깨를 으쓱였다. "이제 사건의 경위를 아는 사람은 우트모 뿐이니까요. 우트모의 아들은 열다섯 살이 되던 해에 실종됐어요. 곧이어 우트모의 아내도 실종됐고요. 그게 벌써 18년 전 일입니다. 내가 이곳으로 이사 오기 전이죠. 그 후로 우트모는 산 속에서 혼자 삽니다. 텔레비전도 라디오도 없이. 심지어 신문도 안 보죠."

"두 모자는 어쩌다 실종된 거예요?"

"모르겠어요. 우트모의 농장 주위에 절벽이 많으니 거기로 떨어졌을 수도 있죠. 눈사태로 죽었을 수도 있고. 눈사태 후에 아들의 신발 한 짝이 발견됐어요. 하지만 그해 눈이 다 녹은 후에도 아들의 흔적은 찾을 수 없었죠. 눈 속에서 그렇게 신발 한 짝만 잃어버렸다는 것도 이상해요. 곰에게 잡아먹혔다고 생각하는 사람도 있고요. 하지만 내가 알기로는 18년 전 이 동네에는 곰이 없었죠. 그런가 하면 우트모가 죽였다고 생각하는 사람도 있어요."

"어머, 왜요?"

"그을쎄요." 크롱리가 말을 늘여 뺐다. "아들의 가슴에 심한 흉터가 있었거든요. 동네 사람들은 우트모가 때려서 생긴 흉터일 거라고 생각했죠. 엄마 카렌과 얽힌 문제 때문이었을 겁니다."

"엄마라뇨?"

"두 부자는 엄마를 두고 경쟁했거든요."

무슨 뜻이냐고 묻는 카야의 시선에 크롱리는 고개를 저었다. "내가 오기 전의 일이라서 잘 몰라요. 호랑이 담배 피우던 시절부터 이곳의 경관이었던 로이 스틸레가 그 집에 갔을 때는 우트모와 카렌뿐이었대요. 두 사람의 진술은 똑같았죠. 아들이 사냥하러 나갔다가 돌아오지 않았다는 거예요. 하지만 그때가 4월이었어요."

"사냥철이 아니다?"

크롱리는 고개를 끄덕였다. "그 후로는 아들을 본 사람이 없어요. 그러다 다음해에 카렌이 실종됐죠. 사람들은 카렌이 아들을 잃은 슬픔에 상심한 나머지 편도행 티켓만 가지고 절벽에서 뛰어내렸다고 믿었죠."

카야는 크롱리의 말투가 살짝 떨린다고 생각했지만, 분명 와인 때문이라고 결론 내렸다.

"당신 생각은 어떤데요?" 카야가 물었다.

"나도 그 말이 맞다고 생각해요. 아들은 눈사태로 죽은 거예요. 눈 속에서 질식한 거죠. 눈이 녹으면서 시신이 호숫가로 떠내려갔고, 지금은 호수 속에 있을 거예요. 엄마와 함께, 라고 해두죠."

"그편이 곰에게 잡아먹힌 것보다는 낫네요."

"과연 그럴까요?"

카야는 크롱리를 올려다보았다. 이제 그의 눈동자에서는 웃음기가 사라졌다.

"눈 속에 생매장된다는 건……." 그의 시선이 창밖으로, 눈보라로 향했다. "그 어둠, 그 고독감. 꼼짝도 할 수 없죠. 눈이 강철 같은 손아귀가 되어 몸을 옭아매고, 빠져나가려는 내 시도를 번번이 비웃어요. 곧 죽으리라는 확신. 숨을 쉴 수 없을 때 느끼는 죽음의 공포, 패닉. 그보다 더 처참하게 죽을 순 없을 겁니다."

카야는 와인을 한 모금 마시고, 잔을 내려놓았다. "얼마나 묻혀 있었어요?"

"서너 시간은 지났을 거라고 생각했죠. 하지만 날 꺼내준 사람들 말로는 15분이었다더군요. 5분만 늦었어도 죽었을 겁니다."

웨이터가 다가와, 마지막 주문까지 10분 남았다면서 더 필요한 것이 있는지 물었다. 카야가 없다고 말하자, 웨이터는 계산서를 크롱리 앞에 올려놓았다.

"우트모는 왜 총을 가지고 다니죠? 지금은 사냥철이 아닌 걸로 알고 있는데요."

"맹수 때문이라고 했어요. 자기방어라고."

"이 동네에 맹수가 있어요? 늑대?"

"어떤 동물인지 정확히 말한 적은 없어요. 그건 그렇고, 소문에 의하면 우트모 아들의 유령이 밤마다 벌판을 떠돌아다닌다더군요. 그 유령을 보면 조심해야 해요. 주위에 절벽이 있거나 곧 눈사태가 날 징조래요."

카야는 남은 와인을 다 마셨다.

"원한다면 좀 더 마시다 갈 수도 있어요."

"고마워요, 아슬라크. 하지만 내일 아침에 일찍 일어나야 해요."

"아……." 크롱리는 눈웃음을 지으며 머리를 긁적였다. "그렇게 말하니까 내가 꼭……." 그는 말을 멈췄다.

"뭐요?"

"아무것도 아닙니다. 당신은 아마 오슬로에 남편이나 남자친구가 있겠죠?"

카야는 미소만 지을 뿐 아무 말도 하지 않았다.

크롱리는 테이블을 내려다보더니 나지막이 말했다. "또 시작이군요. 촌놈이 술기운을 못 이겨 횡설수설하는 꼴이라니."

"괜찮아요. 전 남자친구 없어요. 그리고 당신이 좋아요. 우리 오빠와 비슷하거든요."

"하지만?"

"하지만 뭐요?"

"나도 형사라는 거 잊지 말아요. 당신은 절대 은둔자가 아닙니다. 누군가 마음에 둔 사람이 있어요, 그렇죠?"

카야는 웃음을 터뜨렸다. 보통 때였다면 아마 거기까지만 했을 것이다. 어쩌면 술기운 탓일 수도 있고, 아슬라크 크롱리가 마음에 들어서였을 수도 있고, 혹은 오빠가 죽은 뒤로 이런 이야기를 할 사람이 없어서일 수도 있다. 게다가 크롱리는 오슬로에서 멀리 떨어진 곳에 사는 이방인이며, 그녀와 인맥이 겹치는 부분도 전혀 없었다.

"전 사랑에 빠졌어요." 부지불식간에 그 말이 튀어나왔다. "경찰이랑요." 카야는 당혹감을 감추려고 물컵을 입으로 가져갔다. 이상하게도 그 말을 입 밖으로 내뱉으니 비로소 사실이라는 느낌이 들었다.

크롱리는 카야를 향해 와인잔을 들어 올렸다. "그 행운의 남자를 위해 건배. 그리고 행운의 여자를 위해서도."

카야는 고개를 저었다. "건배하고 말 것도 없어요. 아직은. 어쩌면 영영 그럴 수도 있고요. 맙소사, 그만하죠……."

"우린 달리 할 일도 없는 걸요. 자세히 말해봐요."

"상황이 좀 복잡해요. 그 남자의 상황이. 내게 마음이 있는지도 잘 모르겠어요. 사실 확실한 건 그거 하나예요."

"내가 맞혀볼까요? 남자에게 다른 여자가 있고, 그 여자를 놓아주지 못하는 거군요."

카야는 한숨을 쉬었다. "그럴 수도 있고요. 솔직히 전 모르겠어요. 아슬라크, 여러 가지로 정말 고마워요. 하지만……."

"이젠 자러 가야 한다는 거죠?" 크롱리가 자리에서 일어섰다. "당신이 그 남자와 틀어졌으면 좋겠습니다. 그래서 마음의 상처를 안은 채 도피하고 싶어서 이 기회를 고려해봤으면 좋겠네요." 그는 상단에 홀 경찰서라고 인쇄된 A4 용지 한 장을 카야에게 내밀었다.

종이를 읽은 카야는 박장대소했다. "시골 경찰직에 응모하라고요?"

"올 가을에 로이 스틸레 경관님이 은퇴하거든요. 좋은 경찰은 찾기 힘드니까요. 이건 우리 경찰서 구인 광고예요. 지난주에 발표했죠. 경찰서는 예일로 도심에 있고, 주말은 격주 근무, 치과 치료는 공짜예요."

카야가 침대에 눕자, 멀리서 우르릉거리는 소리가 났다. 천둥과 눈이 함께 오는 경우는 매우 드물다.

그녀는 해리에게 전화했으나, 음성 사서함으로 넘어갔다. 그래서 썩은 이에 교정기를 낀 가이드 오드 우트모와 지난 18년간 귀신이 되어 이 황야를 떠돌아다니느라 한층 더 못생겨졌을, 우트모의 아들에 대한 이야기를 들려주었다. 그러고는 깔깔 웃다가 자신이 취한 것을 깨닫고 잘 자라는 인사를 남겼다.

그녀는 눈사태가 일어나는 꿈을 꿨다.

아침 11시 정각, 7시에 고마를 떠난 해리와 조는 무사히 르완다 국경을 통과했고, 현재 해리는 키갈리 공항 터미널 1층의 한 사무실에 서 있었다. 제복 차림의 출입국관리 직원 두 명이 그를 다시 한 번 훑어보았다. 못마땅해서가 아니라, 그가 정말 자신의 주장대로 노르웨이 경찰이 맞는지 확인하기 위해서였다. 해리는 신분증을 다시 재킷 주머니에 집어넣었다. 주머니에 넣어둔 커피색 봉투의 매끈한 표면이 만져졌다. 문제는 직원이 두 사람이라는 것이다. 두 명의 공무원을 동시에 매수하는 게 가능할까? 봉투 안의 돈을 둘이 나눠 갖게 하고, 서로 상대를 고자질하지 말아달라고 공손히 부탁이라도 할까?

두 직원 중에서 이틀 전 해리의 여권을 검사했던 남자가 머리에 쓴 베레모를 뒤로 밀쳤다. "그래서 누구의 입국신고서를 복사하고 싶다고요? 날짜와 이름을 다시 한 번 말해주겠소?"

"아델 베틀레센. 우리가 아는 바로는 11월 25일에 이 공항에 도착했습니다. 수고비는 챙겨드리죠."

두 직원이 시선을 교환했다. 한 명이 눈짓을 하자, 다른 하나가 사무실을 나갔다. 남은 남자는 창가로 다가가 활주로를 훑어보았다. 55분 후에 해리를 첫 번째 경유지로 데려다줄 아담한 DH8 비행기가 착륙해 있었다.

"수고비라." 직원이 나지막이 말했다. "공무원 매수는 불법이라는 걸 잘 아실 텐데요, 홀레 씨. 하지만 아마 당신은 이렇게 생각했겠죠. 쳇, 여긴 아프리카인데 뭐 어때?"

남자의 피부는 어찌나 검은지 꼭 광택 도료 같았다.

해리는 땀에 젖은 셔츠가 등에 찰싹 달라붙은 것을 느꼈다. 며칠째 같은 셔츠다. 아마 나이로비 공항에서 셔츠를 팔 것이다. 갈 수나 있을지 모르지만.

"맞습니다." 해리가 말했다.

직원은 웃음을 터뜨리며 몸을 돌렸다. "이런 터프가이를 봤나. 당신 참 겁이 없구려. 당신 경찰인 건 내 진작 알아봤지."

"어떻게요?"

"내가 당신을 뜯어보는 것만큼이나 당신도 날 뜯어봤으니까."

해리는 어깨를 으쓱였다.

문이 열리더니, 또 다른 직원이 여자와 함께 들어왔다. 비서처럼 차려 입은 여자는 또각거리는 구두를 신었고, 코끝에 안경을 걸쳤다.

"미안합니다." 여자가 흠 잡을 데 없이 완벽한 영어로 말하며 해리를 주시했다. "말씀하신 날짜를 확인해봤지만, 탑승객 중에 아델 베틀레센이라는 사람은 없었어요."

"음. 혹시 뭔가 착오가 있을 가능성은 없나요?"

"아뇨. 입국신고서는 날짜별로 분류돼요. 당신이 말한 비행기는 우간다의 엔테베에서 출발한 37인승 DH8기죠. 탑승객도 별로 없었어요."

"음. 그렇다면 다른 부탁을 드려도 될까요?"

"물론이죠. 뭔데요?"

"그 비행기 탑승객 중에 다른 외국인 여성은 없었는지 찾아봐주시겠습니까?"

"왜 그래야 하죠?"

"아델 베틀레센은 그 비행기의 좌석을 예약한 걸로 되어 있으니까요. 그러니까 그녀가 가짜 여권을 사용해서 입국했거나……."

"그럴 가능성은 매우 낮습니다." 여자와 함께 들어왔던 직원이 입을 열었다. "우리는 모든 여권의 사진을 실물과 아주 꼼꼼히 대조한 다음, 기계에 스캔해서 여권 번호가 국제 ICAO에 등재된 것과 같은 번호인지 확인하니까요."

"그렇다면 누군가 아델 베틀레센 행세를 하며 여행하다가, 자신의 진짜 여권으로 이곳의 입국심사대를 통과했을 수도 있죠. 얼마든지 가능한 일입니다. 탑승 전에는 여권 번호를 확인하지 않으니까요."

"맞는 말이오." 출입국관리 직원이 베레모를 앞으로 잡아당기며 말했다. "항공사 직원들은 여권의 이름과 사진이 일치하는지만 확인하니까요. 지구상 어디에서든 50달러를 주고 위조 여권만 만들면 가능한 일이죠. 문제는 최종 목적지에서 내려 입국심사대를 통과할 때 여권 번호가 일치하는지 확인한다는 거요. 위조 여권은 그때 들통 나요. 하지만 우리가 묻고 싶은 질문은 변함이 없소. 왜 우리가 당신을 도와야하죠, 홀레 씨? 경찰 업무 때문에 여기 온 거요? 그걸 증명할 만한 문서라도 있소?"

"경찰 업무는 콩고에서 끝났습니다." 해리는 거짓말을 했다. "하지만 아무것도 알아내지 못했어요. 아델 베틀레센은 실종 상태고, 우리 경찰에서는 그녀가 연쇄살인범에게 살해되었을까 우려하고 있습니다. 벌써 최소한 세 명의 여자를 살해한 놈이죠. 그중에는 하원의원도 포함되어 있습니다. 그녀의 이름은 마리트 올센, 인터넷으로 확인해보세요. 이제 고국으로 돌아가, 공식적인 통로를 거쳐 알아봐야 한다는 건 알고 있습니다. 하지만 그렇게 되면 며칠이 허비될 테고, 그건 범인에게만 좋은 일이죠. 게다가 그새 또 다른 희생자가 나올 수도 있고요."

해리는 자신의 말에 직원들의 마음이 흔들리는 것을 보았다. 여자와 상관인 남자가 상의를 하더니, 여자가 다시 사무실을 나갔다.

그들은 말없이 기다렸다.

해리는 손목시계를 보았다. 아직 탑승 수속도 밟지 않았다.

6분이 지나자, 또각거리는 구두소리가 점점 가까워졌다.

"에바 로젠베리, 율리아나 베르니, 베로니카 라울 구에노, 클레어 홉스." 여자는 이름들을 나열하며 안경을 추켜올렸다. 그러고는 입국신고서 네 장을 해리 앞의 테이블에 올려놓고, 등 뒤로 문을 닫았다. "여기 오는 유럽 여자들은 많지 않죠." 그녀가 말했다.

해리는 눈으로 입국신고서를 훑었다. 거주지는 모두 키갈리의 호텔로 되어 있었지만, 고릴라 호텔은 없었다. 이번에는 집 주소를 살펴봤다. 에바 로젠베리의 주소는 스톡홀름이었다.

"고맙습니다." 해리는 재킷 주머니에 있던 택시 영수증 뒷면에 그들의 이름, 주소, 여권 번호를 적었다.

"더 도와드리지 못해서 유감이네요." 여자가 안경을 다시 추켜올리며 말했다.

"천만에요. 아주 큰 도움이 됐습니다. 정말로."

"이봐요, 경찰 양반." 키가 크고 마른 직원이 한밤중처럼 새까만 얼굴에 환한 미소를 띠며 말했다.

"네?" 해리는 어떤 말이 나올지 예상하고 커피색 봉투를 꺼낼 준비를 했다.

"이젠 나이로비 행 비행기의 탑승수속을 밟아야 할 시간이오."

"흠." 해리는 손목시계를 바라보았다. "아무래도 다음 비행기를 타야 할 것 같군요."

"다음 비행기?"

"고릴라 호텔에 다시 가봐야 하거든요."

카야는 노르웨이 열차의 소위 '컴포트석'에 앉아 있었다. 이곳은 공짜 신문과 두 잔의 공짜 커피, 그리고 노트북 컴퓨터를 위한 콘센트가 있다는 장점을 제외하고는 입추의 여지가 없이 꽉 차 있었다. 반대로 이코노미석은 거의 텅 비어 있었다. 따라서 해리에게 전화가 걸려왔을 때 카야가 서둘러 달려간 곳도 바로 이코노미석이었다.

"지금 어디야?" 해리가 물었다.

"기차 안이에요. 콩스베르그를 지나는 중이죠. 반장님은요?"

"키갈리에 있는 고릴라 호텔이야. 여기 아델 베틀레센의 숙박계가 있는 걸 확인했어. 오후나 돼야 비행기를 탈 수 있을 거 같아. 하지만 내일 아침 일찍 도착할 거야. 드람멘 경찰서의 그 호박 머리 경관에게 전화해서, 아델이 보낸 엽서를 좀 빌릴 수 있는지 물어봐. 엽서를 가지고 역으로 나와달라고 해. 그 기차, 드람멘에 정차하는 거 맞지?"

"욕심이 과하시네요. 어쨌든 한번 해볼게요. 근데 엽서는 뭐 하게요?"

"필적을 비교해보려고. 크리포스에서 은퇴한 필적감정사가 있어. 장 위라는 분인데, 그분에게 내일 아침 7시까지 사무실로 와달라고 해."

"그렇게 일찍? 과연 와주실까요?"

"듣고 보니 그렇군. 아델의 숙박계를 스캔해서 이메일로 보낼 테니까, 자네가 그거랑 엽서를 들고 오늘 저녁에 그분을 찾아가."

"오늘 저녁에요?"

"기꺼이 만나주실 거야. 그러니까 오늘 저녁에 다른 약속이 있으면 취소하라고."

"고마우셔라. 그건 그렇고 어젯밤 전화는 죄송해요."

"괜찮아. 재미있던데 뭐."

"좀 취했어요."

"그런 줄 알았어."

해리는 전화를 끊었다.

"도와줘서 고맙소." 해리가 말했다.

호텔 접수원은 미소로 답했다.

커피색 봉투는 마침내 새 주인을 찾았다.

셰르스티 뢰스모엔은 휴게실로 들어가, 창가에 앉은 여자에게 다가갔다. 여자는 산비켄의 목제 가옥 위로 떨어지는 빗줄기를 바라보고 있었다. 그녀 앞에는 작은 초가 꽂힌 케이크가 놓여 있었다. 케이크는 손댄 흔적이 전혀 없었다.

"당신 방에서 이 전화기가 나왔어요, 카트리네." 셰르스티가 부드럽게 말했다. "간호사가 내게 가져왔더군요. 전화기 사용은 금지란 거 알죠?"

카트리네는 고개를 끄덕였다.

"어쨌든 전화 왔으니까 받아봐요." 셰르스티가 전화기를 건네주며 말했다.

카트리네 브라트는 진동하는 휴대전화를 받아들고 통화 버튼을 눌렀다.

"나야." 전화기 반대편의 목소리가 말했다. "여자 네 명의 이름을 알아냈어. 이중에서 11월 25일 키갈리 행 RA101기를 예약하지 않은 사람이 누군지 알아봐줘. 그리고 그 사람이 같은 날 밤, 르완다의 어떤 호텔에 숙박한 기록도 없다는 걸 확인해줘."

"전 잘 지내요, 이모."

전화기에서 잠시 침묵이 흘렀다.

"알았어. 나중에 전화해."

카트리네는 셰르스티에게 다시 휴대전화를 건넸다. "이모가 생일 축하한다네요."

셰르스티 뢰스모엔은 고개를 저었다. "전화 사용만 금지예요. 그러니까 사용하지만 않으면 휴대하는 건 괜찮아요. 간호사에게 들키지 않도록 조심하세요. 알았죠?"

카트리네는 고개를 끄덕였고, 셰르스티는 휴게실을 나갔다.

카트리네는 한동안 창밖을 내다보다가, 자리에서 일어나 오락실로 향했다. 막 오락실 문턱을 넘으려는데 뒤에서 간호사의 목소리가 들렸다. "뭐 하려고 그러죠, 카트리네?"

카트리네가 돌아보지 않은 채 대답했다. "컴퓨터 카드게임이나 하려고요."

33
라이프치히

군나르 하겐은 엘리베이터를 타고 지하로 내려갔다.
내려가다. 내리막길. 내몰다. 내치다.
그는 엘리베이터에서 내려, 지하 배수로를 걸어갔다.
하지만 벨만은 약속을 지켰다. 이 일을 아무에게도 말하지 않았다. 그리고 그에게 밧줄 하나를 던져주었다. 새롭게 확장될 크리포스의 최고 경영직 자리. 해리가 제출한 보고서는 간단명료했다. 아무 성과 없음. 어떤 바보라도 이제는 부표를 향해 헤엄쳐야 할 때라는 것을 깨달았으리라.

하겐은 노크도 없이 배수로 맨 끝의 문을 열었다.

카야 솔네스가 환한 미소로 그를 맞이했다. 반면, 한쪽 귀에 전화기를 대고 컴퓨터 앞에 앉아 있는 해리 홀레는 돌아보지도 않은 채 큰 소리로 "앉으세요, 보스. 맛없는 커피 좀 드릴까요?"라고 말했다. 마치 그가 올 줄 미리 알고 있었다는 듯이.

하겐은 문간에 서 있었다. "아델 베틀레센을 못 찾았다는 전갈은 받았네. 이제 짐 쌀 시간이야. 진작 싸야 했지만. 자네들은 다른 사건에 투입될 거야. 적어도 카야 솔네스, 자넨 그래."

"Danke schön, Günther^{정말 고마워요, 귄터}." 해리는 전화기에 대고 그렇게

말한 다음, 전화기를 내려놓고 의자를 빙글 돌렸다.

"Danke schön?" 하겐이 물었다.

"라이프치히 경찰청이에요. 그건 그렇고, 카트리네 브라트가 안부 전해달라더군요, 보스. 카트리네 기억하시죠?" 해리가 말했다.

하겐은 의심스러운 눈으로 자신의 수사관을 바라보았다. "카트리네는 정신병원에 있는 줄 알았는데."

"그거야 그렇죠." 해리는 자리에서 일어나 커피머신 앞으로 갔다. "카트리네는 인터넷 검색의 천재예요. 검색 이야기가 나와서 말인데, 보스……."

"검색?"

"우리가 수색작전을 펼칠 수 있도록 무제한의 자금 지원을 받아주실 수 있나요?"

하겐의 눈이 튀어나올 듯하더니 이내 웃음을 터뜨렸다. "자네 정말 못 말리겠군, 해리, 손들었어. 콩고에 가서 강력반 출장비의 절반을 탕진하고 온 걸로도 모자라서 이젠 수색 작전을 펼치겠다? 이 수사는 지금 당장 중단일세. 알아들었나?"

"알아듣다마다요." 해리는 컵 두 개에 커피를 따라, 하나를 하겐에게 건넸다. "곧 보스도 알아듣게 되실 겁니다. 제 자리에 앉아서 좀 들어보세요."

하겐의 시선이 해리에게서 카야로 갔다가, 다시 커피로 향했다. 그는 미심쩍은 시선으로 커피를 바라보다가 자리에 앉았다. "2분 주겠네."

"간단합니다. 브뤼셀 에어라인 탑승객 명단에는 아델 베틀레센이 11월 25일 키갈리 행 비행기를 탄 것으로 되어 있습니다. 하지만 출입국 관리소에 따르면 그런 이름으로 르완다에 입국한 사람은 없죠. 따라서 아델의 이름이 적힌 위조 여권을 가진 여자가 키갈리 행 비행기를 탄 겁니다. 위조 여권은 사용하는 데 아무 문제가 없지만, 최종 목적지인 키갈리에 도착하면 들통이 나게 되어 있습니다. 입국 심사를 받을 때 컴퓨터로 여권 번호가 일치하는지 확인하니까요. 따라서 이 수수께끼의 여인은 마지막에 자신의 진짜 여권을 사용했을 겁니다. 입국 심사대 직원이 비행기 티켓까지 보여달라고 하지 않으니까, 여권에 적힌 이름과 비행기 티켓에 적힌 이름이 다르다는 건 모르죠. 누군가 나서서 조사하지 않는 한."

"그래서 자네가 조사했다는 건가?"

"네."

"그냥 행정상의 실수일 수도 있잖나? 아델의 입국 기록이 누락된 것일 수도 있어."

"그렇죠. 하지만 이 엽서가 있습니다······."

해리가 카야에게 고갯짓을 하자, 카야가 엽서를 들어 올렸다. 하겐은 연기 나는 화산 비슷한 사진의 엽서를 바라보았다.

"아델이 키갈리에 도착하기로 되어 있던 날, 키갈리에서 보낸 엽서입니다." 해리가 말했다. "하지만 첫째로 이 사진 속의 화산인 니라공고는 르완다가 아닌 콩고에 있습니다. 둘째로 필적 감정사에게 이 엽서에 적힌 글씨와 고릴라 호텔의 숙박계에 아델 베틀레센이라고 적은 글씨를 비교해달라고 했습니다."

"제가 봐도 한눈에 알겠더라고요. 감정사도 저와 의견이 일치했고요. 전혀 다른 사람의 글씨래요." 카야가 말했다.

"알겠네, 무슨 말인지. 하지만 그래서 뭐가 어떻다는 건가?" 하겐이 말했다.

"누군가 마치 아델 베틀레센이 아프리카로 떠난 것처럼 보이게 하려고 대단히 애를 썼다는 겁니다." 해리가 말했다. "제 추측에 아델은 노르웨이를 떠나지 않았고, 대신 엽서에 글을 쓰도록 협박받았을 겁니다. 그런 다음, 누군가 그 엽서를 들고 아프리카에 가서 노르웨이로 보낸 거죠. 이 모두가 아델이 아프리카로 여행을 떠나고 거기서 멋진 남자를 만나, 3월까지는 돌아오지 않을 것처럼 꾸미기 위해서입니다."

"아델 행세를 한 사람이 누군지 짐작은 가나?"

"네."

"안다고?"

"키갈리 공항의 출입국 관리소에서 율리아나 베르니라는 이름의 입국신고서를 찾아냈습니다. 하지만 베르겐에 있는 우리의 친애하는 정신병자 말에 따르면 르완다로 가는 어떤 비행기의 탑승객 명단에도 그런 이름은 없다는군요. 마찬가지로 같은 날, 컴퓨터 시스템을 갖춘 르완다의 어떤 호텔에도 그런 투숙객은 없었고요. 그런데 사흘 후, 키갈리를 떠나는 비행기의 탑승객 명단에는 그녀의 이름이 있었습니다."

"그 정보를 어떻게 얻었는지 내가 알아야 하나?"

"아뇨, 보스. 하지만 율리아나 베르니가 누구이고, 어디에 있는지는 아셔야 합니다."

"말해보게."

해리는 손목시계를 보았다. "입국신고서에는 그 여자가 독일의 라이프치히에 사는 걸로 적혀 있었습니다. 라이프치히에 가본 적 있으신가요, 보스?"

"없네."

"저도 마찬가집니다. 하지만 라이프치히는 괴테와 바흐의 고향으로 유명하죠. 그리고 무슨 왈츠 왕의 고향이기도 한데…… 그 사람 이름이 뭐라고 했지?"

"그게 대체 무슨 상관이라는 건가?"

"그게…… 라이프치히는 구동독의 비밀경찰, 슈타지의 문서보관소로도 유명하죠. 그리고 동독에 속한 도시였고요. 동독이 존재했던 지난 40년간 동독에서 사용된 독일어가 발전을 거듭해서, 예민한 사람들은 동독 독일어와 서독 독일어의 차이를 구분한다는 거 아십니까?"

"해리……"

"죄송합니다, 보스. 제 요점은 지난 11월 동독 억양을 가진 한 여자가 콩고의 고마라는 도시에 나타났다는 겁니다. 고마는 키갈리에서 차로 세 시간 걸리는 도시죠. 그리고 확신하건대, 그 여자는 고마에서 보르그뉘 스템 뮈레와 샬로테 롤레스의 목숨을 앗아간 살인 흉기를 구입했습니다."

"라이프치히 경찰청에서 여권을 발행할 때 경찰이 보관하는 여권 신청서 복사본을 보내줬어요." 카야가 그렇게 말하며, 하겐에게 종이 한 장을 건넸다.

"반 보르스트가 말했던 인상착의와 일치합니다. 율리아나 베르니의 머리는 꼬불꼬불한 빨간 머리예요." 해리가 말했다.

"벽돌색이라고 하죠." 카야가 말했다.

"뭐라고?" 하겐이 물었다.

카야는 종이를 가리켰다. "이 여자의 여권은 구식 여권이라서 머리 색깔이 적혀 있어요. '벽돌색'으로 분류되어 있더군요. 독일인들은 철저하잖아요."

"라이프치히 경찰에게 그 여자의 여권을 압수해서, 문제의 날짜에 키갈리 도장이 찍혀있는지 확인해달라고 부탁해뒀습니다."

군나르 하겐은 멍하니 종이를 들여다보았다. 지금까지 해리와 카야가 했던 말을 이해하려고 애쓰는 듯했다. 마침내 그가 숱이 많은 한쪽 눈썹을 치켜세운 채 고개를 들었다. "그러니까 지금 자네 말은…… 자네 말은 우리가 그……." 경정은 침을 삼키고 그 단어를 돌려서 말하려고 했다. 이 기적이 너무 겁나서, 큰 소리로 그 단어를 말했다가는 이 신기루가 사라져버릴 것만 같았기 때문이다. 하지만 돌려 말할 표현이 생각나지 않았다. "……연쇄살인범을 잡았다는 건가?"

"방금 말씀드린 게 전부입니다. 당분간은요. 라이프치히 경찰이 지금 그 여자의 신상정보와 전과기록을 조사 중이니까, 곧 베르니 양에 대한 정보가 좀 더 나올 겁니다."

"하지만 이건 정말 희소식 아닌가?" 하겐이 반짝이는 눈으로 처음에는 해리를, 다음에는 카야를 바라보았다. 카야는 격려의 뜻으로 고개를 까닥였다.

"아델 베틀레센의……." 해리는 컵에 있던 커피를 꿀꺽꿀꺽 마셨다. "가족들에게는 아니겠죠."

하겐의 미소가 엷어졌다. "그렇지. 혹시 아델이 살아 있을 가능성은……?"

해리는 고개를 저었다. "죽었습니다, 보스."

"하지만……."

순간 전화벨이 울렸다.

해리가 전화를 받았다. "Ja, Günther네, 귄터!" 해리는 경직된 미소를 지으며 대답했다. "Ja, Dirty Harry. Genau네, 더티 해리*. 맞습니다."

군나르 하겐과 카야는 해리가 말없이 듣기만 하는 모습을 바라보았다. 해리는 "Danke"라는 말로 통화를 끝내더니, 전화기를 내려놓았다. 그러고는 헛기침을 했다.

"죽었습니다."

"그래, 아까 자네가 아델은 죽었다고 했네." 하겐이 말했다.

"아뇨, 율리아나 베르니요. 12월 2일에 엘스터 강에서 변사체로 발견되었답니다."

하겐은 나지막이 욕을 내뱉었다.

"사인은요?" 카야가 물었다.

해리는 먼 곳을 응시했다. "익사."

---

* 클린트 이스트우드 주연의 영화로 1971년부터 시작해 17년간 5편까지 만들어졌다. 더티 해리는 주인공인 해리 캘러한 형사의 별명이다

"사고였을 수도 있어요."

해리는 천천히 고개를 저었다. "물에 빠져 죽은 게 아니야."

침묵이 흐르며 옆방의 보일러가 웅웅 돌아가는 소리가 났다.

"입안에 상처가 있었대요?" 카야가 물었다.

해리는 고개를 끄덕였다. "정확히 스물네 군데. 결국 그 여자는 자신을 죽음으로 몰고 갈 살인 도구를 사러 아프리카에 다녀온 셈이 됐군."

매개체

"그러니까 율리아나 베르니는 키갈리에서 라이프치히로 들어온 지 사흘 만에 변사체로 발견된 거군요." 카야가 말했다. "그전에는 아델 베틀레센 행세를 하며 키갈리로 갔고, 역시 같은 이름으로 고릴라 호텔에 투숙했고, 아마도 진짜 아델 베틀레센이 범인이 부르는 대로 받아 적었을 엽서를 오슬로로 보냈고요."

"대충 그런 것 같아." 해리가 말했다. 그는 커피를 새로 내리는 중이었다.

"그리고 자네는 이 모든 게 베르니가 누군가와 공모해서 꾸민 짓이라는 건가? 그리고 그 두 번째 인물이 흔적을 감추기 위해 여자를 죽였다?" 하겐이 말했다.

"그렇습니다." 해리가 말했다.

"그러면 베르니와 이 두 번째 인물 사이의 연결고리만 찾아내면 되겠군. 그건 별로 어려울 거 없지. 이런 범죄를 함께 저지를 정도면 아주 가까운 사이일 테니까."

"하지만 이 경우에는 찾아내기 힘들 것 같습니다."

"왜?"

"왜냐하면," 해리는 커피머신의 뚜껑을 탁 닫으며 스위치를 켰다. "율리아나 베르니에게는 전과가 있으니까요. 마약. 매춘. 부랑죄. 한마디로 돈만 제대로 쥐여주면 기꺼이 이런 심부름을 해줄 여자죠. 그리고 현재로서는 배후 인물이 남긴 단서가 아무것도 없습니다. 그자가 모든 각도에서 다 고려한 것 같습니다. 카트리네는 베르니가 라이프치히에서 오슬로로 이동한 기록을 찾아냈습니다. 하지만 베르니의 휴대전화 사용 내역에 노르웨이에서 걸려온 국제전화는 없었습니다. 철두철미한 인물이라는 얘기죠."

하겐은 낙심한 얼굴로 고개를 저었다. "거의 다 잡았는데……."

해리는 책상에 앉았다. "풀어야 할 문제는 하나 더 있습니다. 그날 밤, 호바스 산장에 묵었던 손님들이죠."

"그 손님들이 어때서?"

"숙박부에서 찢어간 그 페이지가 살생부일 가능성도 배제할 수 없습니다. 그 사람들에게 경고를 해줘야 합니다."

"어떻게 경고를 한단 말인가? 그 사람들이 누군지도 모르는데."

"언론에 알려야죠. 설사 범인이 눈치를 챈다 해도요."

하겐은 천천히 고개를 저었다. "살생부라. 그런데 자넨 이제야 그 결론을 내린 건가?"

"무슨 말씀인지 압니다, 보스." 해리는 하겐의 눈을 마주보았다. "호바스 산장에 대해 알게 되었을 때 바로 언론에 알렸더라면, 엘리아스 스코그의 목숨을 구했겠죠."

방 안은 조용해졌다.

"언론에 알릴 수는 없네." 하겐이 말했다.

"왜죠?"

"누군가 경고 방송을 보고 연락한다면, 그날 밤 산장에 있었던 나머지 사람들이 누군지, 무슨 일이 있었는지 알아낼 수 있어요." 카야가 말했다.

"언론에 알릴 수 없다니까." 하겐은 자리에서 일어났다. "우린 실종자

수사를 하다가 살인사건과의 연결고리를 발견했을 뿐이고, 이제 그 살인사건은 크리포스 소관이야. 그러니 모든 정보를 크리포스에 넘기고, 그쪽에서 조사하도록 해야지. 벨만에게 전화하겠네."

"잠깐만요! 우리의 모든 공로를 꼭 벨만이 가로채야 합니까?" 해리가 말했다.

"가로채일 공로나 있고?" 하겐은 문을 향해 걸어갔다. "당장 사무실 비우게."

"너무 성급하신 거 아닌가요?" 카야가 말했다.

두 남자는 그녀를 바라보았다.

"제 말은, 아직 실종자를 못 찾았잖아요. 사무실 비우기 전에 실종자부터 찾아봐야 하지 않을까요?"

"그 실종자를 어떻게 찾을 건데?" 하겐이 물었다.

"반장님 말대로 수색작전을 실시해야죠."

"어디를 수색해야 할지는 알고?"

"반장님이 아세요."

두 사람의 시선은 한 손으로 커피머신에서 유리 물병을 빼낸 뒤, 다른 손으로 컵에 황토색 액체를 받아내는 남자에게로 향했다.

"자네가 안다고?" 마침내 하겐이 물었다.

"네, 압니다."

"어딘데?"

"보스 입장이 곤란해질 텐데요."

"입 닥치고, 빨리 말해봐." 자신의 말이 앞뒤가 맞지 않는다는 것조차 모른 채 하겐이 말했다. 내가 또 걸려들었구나, 라는 생각에 빠져 있었기 때문이다. 무모하게 뛰어들 때마다 꼭 주위 사람들까지 끌고 가는 이 장신의 금발 형사는 대체 무슨 꿍꿍이속인 걸까?

◆

올라브 홀레는 시선을 들어 해리와 옆에 서 있는 여자를 바라보았다.

그녀는 무릎을 살짝 구부리며 자기소개를 했고, 해리는 아버지가 그 인사를 마음에 들어 하리라는 걸 알았다. 요즘에는 여자들이 그렇게 인사하지 않는다고 아버지가 늘 투덜댔기 때문이다.

"그래, 아가씨가 해리의 동료로군. 우리 아들이 얌전하게 굽니까?" 올라브가 물었다.

"작전 지시하러 가는 중이에요. 아버지가 어떤지 보려고 잠깐 들렀어요." 해리가 말했다.

올라브는 희미한 미소를 지으며 어깨를 으쓱이더니, 해리에게 가까이 오라고 손짓했다. 해리는 상체를 내밀고 아버지의 말을 들었다. 그의 몸이 움찔했다.

"괜찮으실 거예요." 해리가 갑자기 쉰 목소리로 말하며 허리를 폈다. "이따 저녁에 다시 올게요."

복도에서 알트만 간호사를 발견한 해리는 그를 불러 세우고는 카야에게 먼저 가라고 손짓했다.

"저기, 어려운 부탁 하나 합시다." 시야에서 카야가 사라지자 해리가 알트만에게 말했다. "아버지가 방금 통증이 심하다고 했어요. 당신한테는 절대 그런 말 안 할 거요. 행여라도 진통제를 더 놓아줄까 무서워서. 왜냐하면 아버지는…… 약물에 의존하게 되는 것을 병적으로 두려워하거든요. 그런 쪽으로 가족력이 있어서 말이죠."

"댔군요." 간호사가 혀짤배기소리로 말했다. 해리는 잠시 그 말을 못 알아듣고 어리둥절하다가, 그것이 '그랬군요'라는 사실을 깨달았다. "하지만 현재 저는 담당 병동이 바뀌었는데요."

"개인적인 부탁이오."

알트만은 안경 뒤에서 한쪽 눈을 가늘게 뜨고, 자신과 해리 사이의 한 지점을 골똘히 응시했다. "한번 알아볼게요."

"고맙소."

◆

카야가 운전하는 동안, 해리는 브리스케뷔 소방서의 수색작전 담당자와 통화했다.

"아버님이 참 좋은 분 같던데요." 해리가 전화를 끊자, 카야가 말했다.

해리는 그 말을 곰곰이 생각해보았다. "어머니 덕분이야. 어머니가 아버지를 좋은 사람으로 만들었어. 아버지에게서 최상의 자질을 끌어냈지."

"반장님도 마찬가지인 것 같은데요."

"뭐가?"

"누군가가 반장님을 좋은 사람으로 만든 거요."

해리는 창밖을 바라보다가 고개를 끄덕였다.

"라켈인가요?"

"라켈과 올레그." 해리가 말했다.

"죄송해요. 전 그냥……."

"괜찮아."

"제가 강력반에 왔을 때 다들 스노우맨 이야기만 하더라고요. 그자가 두 모자를 죽이려 했고, 반장님도 죽이려 했다고요. 하지만 사건이 시작되기 전에 두 분은 이미 헤어진 사이 아니었나요?"

"그런 셈이지."

"지금도 연락하세요?"

해리는 고개를 저었다. "우린 어떻게든 그 일을 묻어야 했어. 올레그가 그 일을 잊도록 도와야 했지. 어릴 때는 그게 가능하니까."

"꼭 그런 건 아니죠." 카야가 냉소적인 얼굴로 말했다.

해리는 그녀를 힐끗 바라보았다. "자넨 누가 좋은 사람으로 만들어줬지?"

"오빠요." 그녀가 한 치의 망설임도 없이 대답했다.

"절절한 연애가 아니고?"

카야는 고개를 저었다. "대단한 연애사는 없어요. 그냥 자잘한 거 서너 번, 중간급으로 하나 정도."

"홀리고 싶은 남자는 있고?"

카야가 킬킬거렸다. "홀려요?"

해리는 빙긋 웃었다. "그 방면으로 내 어휘력은 상당히 구식이거든."

카야가 머뭇거리다 대답했다. "약간 목매는 남자는 있는 것 같아요."

"가망은?"

"별로요."

"내가 맞혀볼까?" 해리는 차창을 내리고 담배에 불을 붙였다. "상대는 유부남이고, 자네를 위해 가정을 버리겠다고 했지만 말뿐이군."

카야가 웃었다. "저도 맞혀볼까요? 반장님은 자기가 상대의 마음을 귀신같이 읽어낸다고 생각하는 부류예요. 자기가 맞혔을 때만 기억하니까요."

"남자가 시간을 좀 달라고 했지?"

"또 틀렸어요. 남자는 아무 말도 안 했어요."

해리는 고개를 끄덕였다. 더 물으려다가, 문득 알고 싶지 않다는 생각이 들었다.

35
잠수

뤼세렌 호수의 반짝이는 검은 수면 위로 안개가 피어올랐다. 어깨가 굽은 나무들이 침울하고 말없는 목격자처럼 강둑을 따라 늘어서 있었다. 그 고요함을 깨고 우렁찬 명령 소리와 무전기 통신 소리, 잠수대원들이 작은 고무보트에서 뒤로 빙글 돌아 첨벙 입수하는 소리가 들렸다. 수색은 밧줄 제조소에서 가까운 기슭에서부터 시작되었다. 부채꼴 대형으로 잠수대원들을 파견한 수색팀 팀장들은 이제 뭍에 서 있었다. 그들은 호수 전체를 촘촘한 격자무늬로 표시한 종이를 들여다보며, 수색을 마친 구역의 사각형에 가위표를 그렸다. 또 한편으로는 잠수대원들에게 연결된 생명줄을 잡아당기면서, 수색을 중단하거나 돌아오라는 신호를 보내기도 했다. 야를레 안드레아센 같은 프로 잠수대원의 경우에는 통신선이 전면 마스크까지 이어져 있어, 팀장과 이야기를 주고받을 수 있었다.

야를레는 인명 구조 과정을 수료한 지 겨우 6개월밖에 되지 않아, 아직도 이런 잠수를 할 때면 맥박이 빨라졌다. 맥박이 빠르다는 것은 산소 소비량이 더 많다는 뜻이다. 브리스케뷔 소방서의 노련한 잠수대원들은 그런 그를 '부표'라고 불렀다. 그가 수면 위로 올라가 산소통을 바꾸는 횟수가 너무 잦았기 때문이다.

수면 위에는 아직 햇볕이 꽤 남아 있었지만 이 아래는 밤중처럼 어두왔다. 야를레는 규정에 따라 호수 바닥에서 150미터 올라온 지점에서 유영하려고 했다. 하지만 호수 바닥의 진흙이 계속 일어나, 그가 들고 있던 손전등 불빛이 반사되는 바람에 그는 반 장님 신세였다. 좌우로 몇 미터 떨어지지 않은 곳에 다른 잠수부들이 있다는 걸 알고 있었는데도 그는 세상에 홀로 남은 기분이었다. 뼛속까지 외롭고 추웠다. 아마 앞으로 몇 시간은 더 잠수해야 할 것이다. 분명 그의 산소통에는 다른 사람들보다 산소가 적게 남아 있으리라. 젠장. 소방서에서 1등으로 산소통을 교체하는 잠수부가 되는 것까지는 그래도 괜찮다. 다만 자원봉사로 참가한 아마추어 잠수부들보다도 빨리 수면 위로 나가는 것만큼은 피하고 싶었다. 그는 다시 전방에 초점을 맞추고 호흡을 멈췄다. 일부러 산소 소비를 줄이기 위한 행동은 아니었다. 다만 손전등 불빛 한가운데, 육지와 가까운 쪽의 진흙에 뿌리를 박고 좌우로 흔들리는 줄기 덤불 안쪽에 둥둥 떠 있는 물체를 보았기 때문이다. 이 밑바닥 세상에 속해 있지 않은 형체, 여기서는 살 수 없는 이질적인 형체였다. 그랬기 때문에 더욱 눈을 뗄 수 없었고 동시에 더욱 무서웠다. 어쩌면 그의 손전등 불빛이 반사된 검은 눈동자가 꼭 살아 있는 것처럼 보여서인지도 모른다.

"이상 없나, 야를레?"

팀장이었다. 팀장의 임무 가운데 하나는 잠수대원들의 숨소리를 듣는 일이었다. 단지 제대로 숨을 쉬는지 확인하기 위해서만이 아니라, 불안 증세는 없는지 살피기 위해서였다. 혹은 지나치게 차분하거나. 수심 20미터까지 하강하면 뇌에 너무 많은 질소가 축적되면서 이른바 심해 황홀증 혹은 질소 중독이라는 증상이 나타나기 시작한다. 기억력이 떨어지고, 간단한 작업도 힘들어진다. 그 상태로 더 깊이 하강하면 현기증이 나고, 시야가 좁아지며, 정신 나간 행동도 하게 된다. 그냥 떠도는 괴담인지는 몰라도, 수심 50미터에서 빙긋 웃으며 마스크를 벗어버린 잠수부들 이야기도 들은 적이 있었다. 하지만 지금까지 그가 잠수하면서 경험한 증상이라곤 토요일 밤마다 연인과 함께 레드 와인을 마실 때와 같은 평온함뿐이었다.

"이상 없습니다." 야를레 안드레아센은 그렇게 대답하고 다시 숨을 쉬기 시작했다. 산소와 질소가 섞인 공기를 빨아들였다가 부글부글 거품을 내뱉자, 공기가 꾸르륵거리며 그의 귀 옆을 지나갔다. 그가 뱉어낸 거품은 수면까지 올라가려고 안간힘을 썼다.

그것은 거대한 붉은 사슴이었다. 사슴은 거꾸로 떠 있었고, 큼지막한 뿔이 바위 표면에 걸려 있었다. 강둑에서 풀을 뜯다가 떨어졌을 것이다. 아니면 누군가 혹은 무언가에게 쫓겨 호수 속으로 들어왔을 수도 있고. 그러지 않고서야 사슴이 여기 있을 이유가 없었다. 아마도 골풀과 수련의 기다란 줄기에 발이 걸려 빠져나오려고 몸부림을 치다가, 결과적으로 그 질긴 초록색 촉수에 점점 더 엉켰을 것이다. 그리하여 점차 아래로 가라앉고 다시 몸부림을 치다가 결국에는 익사했으리라. 시신은 호수 바닥까지 가라앉았다가 박테리아와 시신의 화학작용으로 인해 몸 안에 가스가 가득 차고, 그래서 다시 위로 떠올랐지만 여기 격자 모양으로 늘어선 초록 식물에 뿌리 걸린 것이다. 며칠 후 몸 안의 가스가 다 빠져나가면 사슴은 다시 가라앉을 것이다. 익사한 송장처럼. 아마 지금 그들이 찾고 있는 시신도 같은 과정을 거쳤으리라. 그랬기 때문에 지금껏 시신이 발견되지 않은 것이다. 시신은 수면으로 떠오른 적이 없다. 그렇다면 아마도 진흙을 한 겹 뒤집어쓴 채 여기 어딘가에 누워 있으리라. 호수 바닥의 진흙은 사람이 다가가면 뿌옇게 일어나기 마련이고, 따라서 아무리 이렇게 작게 나눠서 뒤진다 해도 호수 바닥은 영원히 비밀을 간직할 수 있다.

야를레 안드레아센은 큼지막한 잠수부용 칼을 꺼내, 사슴의 뿔을 붙잡고 있는 줄기를 잘랐다. 팀장은 달가워하지 않을 테지만, 이렇게 멋진 동물이 호수 속에 붙잡혀 있다고 생각하니 견딜 수가 없었다. 사슴은 50센티미터 정도 위로 올라갔으나, 아직 다른 풀들이 붙잡고 놓아주지 않았다. 야를레는 자신의 생명줄이 갈대에 얽히지 않도록 조심하면서, 서둘러 서너 차례 칼질을 더 했다. 갑자기 위에서 줄을 잡아당기는 것이 느껴졌다. 너무 세게 잡아당겨서 짜증날 정도였다. 순간 야를레의 집중력이 흩어졌고, 그 바람에 손에서 칼이 미끄러졌다. 손전등을 아래로 비추자, 칼날이 반짝 하더니 진흙 속으로 사라져버렸다. 그는 조심스럽게 칼이 있는 곳으로 헤엄쳐갔다. 고운 재처럼 그를 향해 일어나는 진흙 속으로 한 손을 밀어 넣었다. 바닥을 더듬더듬 만져보았다. 돌, 나뭇가지, 미끈덕거리고 부패한 초록색 물질. 무언가 딱딱한 물건도 있었다. 사슬이다. 아마 보트에서 떨어졌을 것이다. 사슬이 계속 이어졌다. 이젠 무언가 다른 것이 만져졌다. 단단하다. 무언가의 표면이다. 구멍, 틈. 그의 머릿속에 무섭다는 생각이 떠오르기도 전에 갑자기 그의 입 밖으로 거품이 확 이는 소리가 들렸다.

"아무 이상 없나, 야를레? 야를레?"

아니, 이상이 있었다. 아무리 두꺼운 장갑을 꼈을지라도, 뇌에 산소가 충분히 공급되지 않았을지라도 야를레는 자신의 손이 더듬은 것이 무엇인지 분명히 알 수 있었다. 그것은 사람의 입이었다. 벌어진 입.

PART 4

36
헬리콥터

 미카엘 벨만은 헬리콥터를 타고 호수에 도착했다. 헬리콥터의 날개가 솜사탕을 만들듯 안개 속을 휘젓는 동안, 벨만은 허리를 숙인 채 조수석에서 뛰어내렸다. 그가 들판을 가로질러 달려가는 동안, 콜카와 비비스는 반은 걷고, 반은 뛰는 자세로 그를 뒤따랐다. 반대편에서 네 남자가 들것을 나르며 헬리콥터를 향해 달려왔다. 벨만은 그들을 불러 세운 뒤, 담요를 젖혔다. 벌거벗은 채 하얗게 부풀어 오른 시신 위로 벨만이 허리를 숙이고 면밀히 검사하는 동안, 네 남자는 고개를 돌렸다.
 "고맙소." 벨만은 그렇게 말하고, 그들이 가던 길을 계속 가도록 보내주었다.
 그는 산비탈의 맨 꼭대기에 올라서서 건물과 호수 사이에 서 있는 사람들을 바라보았다. 잠수장비와 잠수복을 벗는 잠수대원들 사이로 베아테 뢴과 카야 솔네스가 보였다. 더 멀리 떨어진 곳에서 해리 홀레가 어떤 남자와 이야기하고 있었다. 아마 이 지역 담당인 스카이 경관일 것이다.
 벨만은 비비스와 콜카에게 여기서 기다리라고 손짓하고는, 유연하고 민첩한 걸음걸이로 미끄러지듯이 비탈을 내려갔다.
 "안녕하십니까, 스카이 경관." 벨만이 긴 코트에 달라붙은 잔가지를 털어내며 말했다. "크리포스의 미카엘 벨만입니다. 일전에 통화했죠."

"그랬죠. 이분 일행이 여기서 밧줄을 찾아냈던 날 밤이었소." 스카이 경관은 엄지로 어깨 너머의 해리를 가리켰다.

"이번에도 또 나타난 모양이군요. 문제는 저자가 왜 내 범죄 현장에 있느냐는 겁니다." 벨만이 말했다.

"음." 해리가 헛기침을 했다. "첫째로 여기는 범죄 현장 축에도 못 껴. 둘째로 난 실종자를 찾는 중이고, 아무래도 그 사람을 찾은 것 같군. 살인사건 수사는 잘 돼가나? 무슨 단서라도 나왔고? 호바스 산장에 대한 정보는 들었겠지?"

벨만이 힐끗 바라보자, 스카이 경관은 그 의미를 알아차리고 서둘러 자리를 피했다.

벨만은 마치 연고라도 바르듯이 검지로 아랫입술을 훑으며 호수를 살펴보았다. "좋아, 홀레, 방금 너와 네 상관 군나르 하겐은 해고됐을 뿐 아니라, 직무 유기로 기소되었어. 너도 충분히 짐작했겠지?"

"흠, 무슨 이유로? 우리에게 맡겨진 일을 했다는 이유로?"

"아마 법무부 장관은 네게 꼬치꼬치 따져 물을 거야. 왜 하필이면 수색 장소가 마리트 올센 살인에 이용된 밧줄이 나온 밧줄 제조소 바로 옆인지. 난 강력반 사람들에게 기회를 줬어. 두 번은 안 줘. 게임 끝났어, 홀레."

"그렇다면 우리도 법무부 장관님께 상세히 설명해드려야겠군, 벨만. 물론 그 밧줄이 어디에서 나왔는지 알아낸 경로와 엘리아스 스코그며 호바스 산장에 대한 정보를 알아낸 경로, 아델 베틀레센이라는 네 번째 피살자를 찾아낸 경로, 그리고 오늘 그녀의 시신을 발견하기까지의 경로를 모두 포함해서 말이야. 그 많은 인력과 자금에도 불구하고 크리포스는 두 달 동안 하나도 알아내지 못한 것들이지. 안 그래, 벨만?"

벨만은 대답하지 않았다.

"이 나라의 살인사건 수사에 누가 가장 적임자인지 결정하는 법무부 장관이 그 사실을 알게 될까 겁나지. 안 그래?"

"너무 우쭐대지 마, 홀레. 너 하나 박살내는 건 식은 죽 먹기야." 벨만은 손가락을 튕겼다.

"좋아. 그건 우리 둘 다 지는 게임이지. 그럼 내가 판돈을 넘겨준다면?"

"무슨 뜻이야?"

"다 넘겨주지. 우리가 알아낸 거 전부. 공로는 그쪽이 차지하라고."

벨만은 미심쩍은 눈으로 해리를 바라보았다. "왜 나를 도와주겠다는 거지?"

"간단해." 해리는 담뱃갑에 남아 있던 마지막 담배를 꺼냈다. "나는 범인을 잡도록 도와주는 대가로 월급을 받으니까. 그게 내 일이지."

벨만은 얼굴을 찡그리더니 마치 웃는 사람처럼 머리와 어깨를 움직였다. 하지만 그의 입에서 웃음은 나오지 않았다. "왜 이러나, 홀레. 원하는 게 뭐야?"

해리는 담배에 불을 붙였다. "군나르 하겐과 카야 솔네스, 비에른 홀름에게 이 일에 대한 어떤 책임도 묻지 마. 그러면 앞으로 그쪽 미래는 탄탄대로일 거야."

벨만은 엄지와 검지로 도톰한 아랫입술을 꾹 눌렀다. "한번 생각해보지."

"그리고 나도 이 사건을 수사하게 해줘. 그쪽이 가진 모든 자료와 이 수사에 배정된 모든 인력, 자원을 쓰게 해달라고."

"그쯤 해둬!" 벨만이 한 손을 들어 올렸다. "말귀를 못 알아듣는군, 홀레. 이 사건에서 손 떼라고 했을 텐데."

"우린 범인을 잡을 수 있어, 벨만. 지금은 누가 대장이 되느냐보다 그게 더 중요한 거 아냐?"

"지금 어디서……!" 벨만은 호통을 치다가 서너 명이 그들을 돌아보자, 말을 멈췄다. 그러고는 해리에게 한발 다가가 목소리를 낮췄다. "어디서 날 가르치려 들어?"

해리의 담배 연기가 바람을 타고 벨만에게로 날아갔지만, 그는 눈 하나 깜짝하지 않았다. 해리는 어깨를 으쓱였다.

"이거 알아, 벨만? 난 이 일은 권력이나 정치와는 별 관계가 없다고 생각해. 넌 그저 범인을 잡는 영웅 행세를 하고 싶을 뿐이야. 아주 간단하지. 그래서 내가 네 무용담을 망쳐놓을까 두려운 거고. 하지만 이걸 해결할 수 있는 쉬운 방법이 있어. 지금 당장 바지 지퍼를 내리고, 누가 잠수부들 보트 있는 데까지 오줌을 쌀 수 있는지 시합하자고."

이번에는 미카엘 벨만도 진짜로 웃었다. 몸짓이나 소리 모두 진짜였다. "내 경고를 귀담아 듣는 게 좋을 거야, 해리."

해리가 미처 반응할 틈도 없이 벨만이 오른손을 불쑥 내밀더니, 그의 입술 사이에 있던 담배를 툭 쳤다. 담배는 휙 날아가 호수에 떨어지며 치이익 소리를 냈다.

"흡연은 살인행위야. 잘 가."

해리는 헬리콥터가 이륙하는 소리를 들으며, 호수에 둥둥 떠 있는 자신의 마지막 담배를 바라보았다. 담배의 젖은 회색 종이와 불이 꺼진 검은색 끝을.

잠수팀의 보트가 해리와 카야, 베아테를 주차장 옆 호숫가에 내려다주었을 때에는 이미 어두워진 후였다. 갑자기 나무 사이로 무언가 휘리릭 움직이더니 카메라 플래시가 터졌다. 해리는 본능적으로 한 팔을 들어올렸다. 어둠 속에서 로게르 옌뎀의 목소리가 들렸다.

"해리 홀레 반장, 당신이 젊은 여자의 시체를 발견했다는 소문이 돌더군요. 여자의 이름이 뭡니까? 이 사건이 다른 살인사건과 연관이 있다고 생각합니까?"

"노코멘트." 해리는 플래시 불빛에 반쯤 눈이 먼 채 앞으로 걸어갔다. "현재로선 이건 실종사건이고, 우리가 할 수 있는 말은 오늘 발견된 여자가 실종자일 수 있다는 것뿐이오. 그리고 당신이 말하는 살인사건에 대해서라면 크리포스와 이야기하시오."

"여자의 이름은요?"

"일단 신원확인하고, 친척들에게 알리는 게 먼저요."

"하지만 다른 살인사건과 연관이 있을 가능성도 배제⋯⋯."

"늘 그렇듯이 난 어떤 가능성도 배제하지 않소, 옌뎀 기자. 곧 기자회견이 열릴 거요."

해리는 차에 탔다. 카야가 이미 시동을 걸어두었고, 베아테 뢴은 뒷좌석에 앉아 있었다. 자동차는 카메라 플래시를 뒤로한 채 주도로로 진입했다.

"자," 베아테 뢴이 앞좌석 사이로 몸을 내밀며 말했다. "이제 어쩌다 반장님이 이 호수에 아델 베틀레센이 있을 거라고 생각하게 됐는지 말해주세요."

"귀납논리지. 간단해." 해리가 말했다.

"그거야 두말하면 잔소리죠." 베아테가 한숨을 쉬었다.

"사실, 부끄럽지만 나도 전혀 몰랐어. 왜 살인자가 고작 밧줄을 구하려고 지금은 폐업한 밧줄 제조소까지 찾아갔는지 이상하다고만 생각했지. 더군다나 가게에서 파는 일반 밧줄과 달리 추적하면 여기로 이어지는 밧줄인데 말이야. 답은 뻔했어. 그런데도 난 키갈리의 호텔에 앉아 한동안 아프리카의 깊은 호수를 바라본 후에야 그 답을 알아냈지. 범인은 밧줄을 구하려고 이곳에 온 게 아니야. 분명 여기서 다른 일을 하다가 우연히 바닥에 있던 그 밧줄을 쓴 거야. 그러고는 남은 밧줄을 집에 가져갔다가, 마리트 올센을 죽이는 데 사용했어. 범인이 여기까지 온 이유는 시체를 처리하기 위해서지. 아델 베틀레센의 시체. 우리가 처음 여기 왔을 때 이 동네에 사는 스카이 경관이 자세히 설명해줬어. 여기가 호수의 수심이 깊은 쪽이라고. 범인은 아델의 바지에 돌을 잔뜩 넣고, 밧줄로 허리와 다리를 묶은 다음, 배에서 떨어뜨린 거야."

"여자가 여기 오기 전에 이미 죽은 상태였다는 건 어떻게 알았어요? 여기서 익사했을 수도 있잖아요."

"시신의 목 근처에 크게 베인 자국이 있었어. 장담하지만 부검을 해도 폐에서 물은 한 방울도 나오지 않을걸?"

"그리고 혈액에서 케타노메가 나올 거예요. 샬로테와 보르그뉘에게서 나왔던 것과 같은 약물." 베아테가 말했다.

"케타노메는 효과가 빠른 마취제라고 들었어. 그런데 왜 난 한 번도 들어본 적이 없지?" 해리가 말했다.

"당연하죠. 케타노메는 케타민이 나오기 전의 싸구려 마취제인데, 환자들이 마취 후에도 스스로 호흡할 수 있다는 이점이 있어요." 베아테가 말했다. "하지만 부작용이 많아서 1990년대에 EU와 노르웨이에서 사용이 금지됐죠. 지금은 주로 개발도상국에서만 쓰여요. 크리포스는 한동안 그걸 중요 단서로 생각하고 조사했지만, 아무것도 나오지 않았죠."

40분 후, 베아테를 내려주기 위해 자동차는 브륀살린에 위치한 과학수사과 건물 앞에 멈췄다. 해리는 카야에게 잠깐 기다리라고 말하고, 베아테를 따라 차에서 함께 내렸다.

"물어보고 싶은 게 있어." 해리가 말했다.

"뭔데요?" 베아테가 몸을 부르르 떨며 양손을 비볐다.

"왜 범죄 현장에 자네가 나온 거야? 비에른은 어디 가고?"

"벨만이 비에른에게 특별 임무를 맡겼거든요."

"특별 임무? 화장실 청소라도 시켰어?"

"아뇨. 과학수사과와 전략계획팀의 조정 업무요."

"뭐라고?" 해리의 눈썹이 위로 올라갔다. "그건 파격 승진이잖아."

베아테는 어깨를 으쓱였다. "비에른은 실력이 있으니까요. 빠르다고 할 순 없죠. 뭐 또 궁금한 거 있어요?"

"없어."

"그럼 그만 갈게요."

"그래. 아 참, 잠깐만. 일전에 밧줄을 어디서 찾아냈는지 벨만에게 전해달라고 했잖아. 그 말 언제 했어?"

"반장님이 밤에 전화하셔서, 다음날 아침에 말했어요. 왜요?"

"아니야. 그냥 궁금해서."

해리가 다시 차에 타자, 카야가 얼른 휴대전화를 주머니에 집어넣었다.

"〈아프텐포스텐〉웹사이트에 벌써 시신에 관한 기사가 떴대요." 카야가 말했다.

"그래?"

"반장님의 이름이 적힌 사진이 대문짝만 하게 떴다네요. 그리고 반장님을 '이번 수사의 책임자'라고 했대요. 물론 이 사건이 다른 살인사건과 연관이 있다고 했고요."

"기자들이야 늘 그러지. 흠. 배고파?"

"네."

"저녁에 약속 있어? 없으면 내가 저녁 사지."

"좋아요. 어디서요?"

"에케베르그 레스토랑."

"와. 비싼 데잖아요. 그 레스토랑을 고른 특별한 이유라도 있나요?"

"글쎄, 친구 녀석 하나가 옛날 얘기를 하는 바람에 그 레스토랑이 생각났어."

"무슨 얘긴데요?"

"별거 아니야. 그냥 사춘기 시절의 뻔한……"

"사춘기 시절! 듣고 싶어요!"

해리는 큭큭 웃었다. 두 사람이 도심을 향해 가는 동안, 에케베르그 리지 꼭대기에서는 눈이 내리기 시작했다. 해리는 한때 오슬로에서 가장 멋진 기능주의적 건물이었던 에케베르그 레스토랑의 스타, 킬러 퀸에 대해 이야기했다. 최근 보수 공사를 마친 에케베르그 레스토랑은 다시 오슬로의 명소가 되었다.

"하지만 1980년대에는 허물어지기 직전이어서 아예 보수할 생각도 하지 않았어. 그냥 술꾼들이 모여서 춤추는 레스토랑으로 전락해버렸지. 손님들은 테이블마다 돌아다니며 마음에 드는 사람에게 춤을 신청했어. 술잔을 쓰러뜨리지 않으려고 조심하면서 말이야. 그러고는 서로에게 몸을 기댄 채 발을 질질 끌며 댄스 플로어를 쓸고 다녔지."

"그랬군요."

"외위스타인과 트레스코, 나, 우리 세 사람은 노르스트란 해변에 있는 독일군 벙커에 가곤 했어. 거기서 맥주를 마시며 사춘기가 지나기를 기다렸지. 열일곱 살이 됐을 때 용기를 내서 에케베르그 레스토랑에 갔어. 나이를 속이고 말이야. 대단한 거짓말도 필요 없었어. 당시 거기는 현찰만 주면 누구든 받아줬으니까. 밴드는 형편없었지만 그래도 'Nights in White Satin'을 연주했어. 그리고 매일 밤마다 노래를 하는 인기 가수가 있었는데, 우린 그 여자를 킬러 퀸이라 불렀지. 무적함대 같은 여자였어."

"무적함대 같은 여자요? 그것도 구식 표현인가요?" 카야가 웃었다.

"응. 전투 장비를 다 갖춘 범선처럼 상대를 향해 돌진한다는 말이야. 섹시하면서 무시무시하다는 거지. 놀이공원 같은 여자야. 몸의 곡선은 롤러코스터 같고 말이야."

카야의 웃음소리가 한층 더 커졌다. "이젠 또 놀이공원이에요?"

"그렇다니까. 하지만 그 여자는 무엇보다도 사람들 앞에 모습을 드러내고, 남자들의 숭배를 받기 위해 레스토랑에 왔던 것 같아. 물론 왕년에 잘 나갔던 춤꾼들에게 공짜로 술도 얻어 마시고 말이야. 하지만 킬러 퀸이 어떤 남자와 함께 자리를 뜨는 일은 절대 없었어. 그게 매력이었던 것 같아. 숭배자들의 질은 좀 떨어졌을지라도 여전히 품위를 잃지 않는 여자."

"그래서요?"

"외위스타인과 트레스코는 만약 내가 킬러 퀸에게 춤을 신청한다면 각자 내게 위스키를 사주겠다고 했지."

그들이 탄 차는 트램 선로를 건너 레스토랑으로 향하는 가파른 언덕을 올라갔다.

"그래서요?"

"춤을 신청했지."

"그랬더니요?"

"우린 춤을 췄어. 그런데 킬러 퀸이 내게 발을 밟히는 게 지겹다면서 차라리 산책을 하자고 했지. 그녀가 먼저 밖으로 나갔어. 8월이라 무더웠는데, 보다시피 여긴 주변이 온통 숲이거든. 무성한 나뭇잎과 숨겨진 장소로 이어지는 수많은 길들이 있지. 나는 술에 취해 있었지만 잔뜩 흥분한 상태였어. 무슨 말이라도 했다가는 목소리가 떨린다는 걸 들키겠더라고. 그래서 계속 침묵을 지켰지. 다행히 여자가 알아서 떠들어대더군. 그 후의 진도도 자기가 알아서 나갔고. 그러더니 자기 집에 갈 생각이 있는지 물었어."

카야는 키득거렸다. "우우우. 그래서 어떻게 됐어요?"

"그 이야기는 저녁 먹으면서 하지. 다 왔어."

그들은 주차장에 주차한 뒤, 레스토랑으로 이어지는 계단을 올라갔다. 웨이터가 식당 안쪽으로 들어가는 입구에서 그들을 맞이하며 이름을 물었다. 해리는 예약하지 않았다고 말했다.

웨이터는 눈동자를 굴리고 싶은 것을 간신히 참는 표정이었다.

"앞으로 두 달 후까지 예약이 찼습니다, 손님." 해리는 바에서 담배를 산 뒤, 콧방귀를 뀌며 그곳을 나왔다. "난 비가 새고, 변기 쉬에서 쥐들이 찍찍거리던 시절의 이 레스토랑이 더 좋은 것 같아. 그때는 최소한 들어갈 수는 있었으니까."

"담배나 피우죠." 카야가 제안했다.

두 사람은 낮은 벽돌 담장이 있는 곳으로 걸어갔다. 담장 아래로 오슬로 시내를 향해 숲이 경사져 있었다. 서쪽 구름은 오렌지색과 붉은색으로 물들었고, 도로에 늘어선 차량 행렬은 검은 도심을 배경으로 인광처럼 빛났다. 도심은 마치 잠복하면서 무언가를 감시하는 것 같다고 해리는 생각했다. 위장한 맹수. 해리는 담배 두 개비를 꺼내 불을 붙인 다음, 하나를 카야에게 건넸다.

"그래서 어떻게 됐어요?" 담배를 빨며 카야가 말했다.

"어디까지 했지?"

"킬러 퀸이 반장님을 집으로 데려갔다고 했어요."

"아니, 자기 집에 가고 싶은지 물었지. 난 정중히 거절했고."

"거절했다고요? 거짓말. 왜요?"

"외위스타인과 트레스코도 내가 돌아갔을 때 똑같은 질문을 했어. 난 두 친구와 공짜 위스키가 기다리고 있는데 그냥 갈 수 없었다고 말했지."

카야는 깔깔 웃으며, 도심을 향해 연기를 내뿜었다.

"하지만 물론 그건 거짓말이야. 의리 때문이 아니었어. 솔깃한 제안 앞에서 남자들의 우정은 아무것도 아니거든. 얼마든지 버릴 수 있지. 사실은 엄두가 나지 않았던 거야. 킬러 퀸은 내게 너무 버거운 상대였으니까."

두 사람은 한동안 말없이 앉아 있었다. 도심의 소음을 들으며 구불구불 피어오르는 담배연기를 바라보았다.

"무슨 생각 하세요?"

"흠. 벨만을 생각하고 있었어. 그자가 모든 것을 알고 있었다는 생각. 내가 노르웨이로 온다는 사실뿐 아니라, 어떤 비행기를 타고 오는지까지 알고 있었지."

"경찰청에 아는 사람이 있나 보죠."

"흠. 그리고 아까 뤼세렌 호에서 스카이 경관이 우리가 밧줄 제조소에 갔던 날 밤에 벨만에게서 전화가 왔다고 말했어."

"정말요?"

"하지만 베아테는 우리가 여길 다녀간 다음 날에야 벨만에게 전화했다고 했어." 해리는 비탈 위로 날아가는 담배의 주홍색 불똥을 바라보았다. "그리고 비에른은 과학수사과와 전략계획팀의 조정자로 승진했고."

카야는 놀란 얼굴로 해리를 바라보았다. "그럴 리가 없어요, 반장님."

해리는 대답하지 않았다.

"비에른 홀름이에요! 비에른이 우리가 하는 일을 계속 벨만에게 알렸다고요? 반장님과 비에른은 오랫동안 함께 일했잖아요. 두 사람은…… 친구 아닌가요?"

해리는 어깨를 으쓱였다. "아까도 말했듯이……." 해리는 담배꽁초를 바닥에 떨어뜨린 후, 발꿈치로 비볐다. "솔깃한 제안 앞에서 남자들의 우정은 아무것도 아니야. 우리 동네 술집에서 오늘의 특별 메뉴나 먹을까 하는데, 생각 있어?"

이제는 늘 꿈을 꾼다. 때는 여름이었고, 나는 그녀를 사랑했다. 무언가를 간절히 원하기만 하면 가질 수 있다고 믿었던 철부지 시절이었다.

아델, 넌 그녀와 같은 미소, 그녀와 같은 머리카락, 그녀처럼 지조 없는 마음을 가졌지. 그리고 〈아프텐포스텐〉에 의하면 이젠 경찰이 널 찾아낸 모양이더군. 너의 그 역겨운 마음만큼이나 겉모습도 역겨워졌기를.

기사에 따르면 해리 홀레 반장이 사건을 담당한다고 한다. 스노우맨을 잡은 형사다. 어쩌면 희망이 있을지도 모르겠다. 어쩌면 경찰이 사람들의 목숨을 구할 수 있을지도 모르겠다.

〈베르덴스 강〉 웹사이트에서 아델의 사진을 출력해 벽에 붙여두었다. 호바스 산장의 숙박부에서 찢어낸 페이지와 나란히. 페이지 속의 이름은 이제 내 이름을 포함해서 세 개밖에 남지 않았다.

37
프로필

슈뢰데르에서 선보이는 오늘의 특별 메뉴는 감자와 양배추 볶음으로, 계란 프라이와 생양파를 곁들였다.

"맛있는데요." 카야가 말했다.

"오늘은 요리사가 술을 마시지 않았나 봐." 해리가 동의하더니 손가락으로 어딘가를 가리켰다. "저기 봐."

카야는 뒤를 돌아, 해리가 가리킨 텔레비전을 올려다보았다.

"어머, 아는 얼굴이네요."

미카엘 벨만의 얼굴이 텔레비전 화면을 가득 채웠다. 해리는 웨이트리스 리타에게 소리를 키워달라고 손짓했다. 그는 벨만의 입이 움직이는 모양을 유심히 살펴보았다. 여성스럽게 느껴질 정도로 부드러운 이목구비. 우아하게 다듬은 눈썹 아래에 자리한 강렬한 갈색 눈동자. 진눈깨비가 내린 듯한 하얀색 잡티는 흉해 보이기는커녕 오히려 그를 한층 더 매력적으로 만들었다. 마치 이국적인 동물처럼. 대부분의 형사들과 마찬가지로 그의 전화번호는 전화번호부에 없었다. 만약 그렇지 않았다면, 오늘 이후로 그의 휴대전화는 그를 짝사랑하는 이들의 음탕한 문자로 몸살이 날 것이다. 이제 텔레비전에서 소리가 나왔다.

"……그러므로 11월 7일 밤, 호바스 산장에 묵었던 분들께서는 가능한 빨리 경찰에 연락해주시기 바랍니다."

화면은 다시 뉴스 앵커의 얼굴로 바뀌었고, 다른 소식이 나왔다.

해리는 접시를 옆으로 밀어내고, 커피를 달라고 손짓했다. "이제 아델도 찾았으니, 살인범에 대한 자네 생각을 듣고 싶군. 프로필을 읊어봐."

"왜요?" 카야는 물을 한 모금 마셨다. "내일부터는 이 사건에서 손 떼는 거 아닌가요?"

"그냥 재미로."

"연쇄살인범을 프로파일링하는 게 반장님에게는 재미의 범주에 속하나요?"

해리는 이쑤시개를 쪽쪽 빨았다. "거기에 딱 맞는 대답이 있는데, 지금은 생각이 안 나는군."

"반장님은 비정상이에요."

"그러니까 범인이 어떤 놈인 거 같아?"

"첫째로 여전히 남자예요. 그리고 아델이 첫 번째 희생자는 아닌 거 같아요."

"왜 그렇게 생각하지?"

"여자를 깔끔하게 죽인 솜씨로 보건대, 범인은 분명 이성을 잃지 않고 냉정하게 행동했어요. 초범이라면 그렇게 냉정할 수가 없죠. 게다가 우리가 찾지 못할 정도로 시신을 잘 감춰두었잖아요. 그건 현재 실종자들의 통계치에 그자가 상당 부분 기여했을 거라는 의미죠."

"좋아. 또?"

"음……."

"어서 말해봐. 방금 그자가 아델 베틀레센을 잘 숨겼다고 했잖아. 아델 베틀레센은 우리가 알고 있는 그의 첫 번째 희생자야. 그 후의 살인은 어떻게 변해갔지?"

"범인은 점점 더 대담해지고 자신감이 생겼죠. 그래서 더는 시신을 감추지 않았어요. 샬로테는 숲속의 자동차 뒤에서, 보르그뉘는 도심에 위치한 오피스텔 건물 지하에서 발견됐죠."

"마리트 올센은?"

카야는 생각에 잠겼다. "그건 도를 넘었어요. 범인이 자제력을 잃고 흔들린 거죠."

"아니면…… 다음 단계로 넘어간 것일 수도 있지. 사람들에게 자기가 얼마나 똑똑한지 보여주고 싶어서 피살자들을 전시하기 시작한 거야. 마리트 올센의 살인은 그야말로 날 좀 봐달라고 고래고래 소리 지르는 거야. 하지만 피살자를 죽이는 과정에서 통제력을 잃은 흔적은 거의 없어. 가장 큰 실수는 특이한 밧줄을 썼다는 것뿐인데, 그거 말고는 아무런 단서도 남기지 않았지. 이의 있어?"

카야는 곰곰이 생각하더니 고개를 저었다.

"그다음 피살자는 엘리아스 스코그. 거기서 달라진 점은?" 해리가 물었다.

"피살자가 서서히 고통스럽게 죽어가도록 했다는 점이죠. 범인 안에 있던 사디스트가 모습을 드러낸 거예요."

"레오폴드의 사과도 고통스럽게 죽이는 고문 기구였어. 하지만 범인이 사디스트의 모습을 드러낸 건 그때가 처음이라는 데 나도 동의해. 동시에 범인은 일부러 그런 죽음을 선택했어. 자신을 드러내고, 다른 사람이 대신 죽이도록 하지 않았지. 지금도 그자가 계속 쇼를 지휘하고 있는 거야."

쿵 소리와 함께 그들 앞에 커피포트와 잔이 놓였다.

"근데……." 카야가 말했다.

"뭐?"

"사디스트인 범인이 피살자가 고통스러워하다가 숨이 끊어지는 모습을 보기도 전에 범죄 현장을 떠났다는 게 좀 걸리지 않으세요? 집주인의 말에 따르면 손님이 떠난 후에 욕실에서 쾅쾅 소리가 났다고 했잖아요. 범인이 도망을 가다니…… 우습죠?"

"좋은 지적이야. 그렇다면 어떻게 생각해야 할까? 가짜 사디스트? 왜 사디스트 행세를 한 걸까?"

"지금처럼 우리가 자신을 프로파일링할 거라는 걸 알고 그랬겠죠. 그러면 엉뚱한 사람을 찾을 테니까요." 카야가 열심히 말했다.

"흠. 그럴지도 몰라. 그렇다면 아주 세련된 살인마로군."

"자, 현자께서는 어떻게 생각하시는지요?"

해리는 커피를 따랐다. "연쇄살인범치고는 살인의 범주가 꽤 넓다고 생각했어."

카야는 테이블 위로 상체를 내밀고 속삭였다. 그녀의 뾰족한 이가 불빛에 반짝였다. "연쇄살인범이 아닐지도 모른다는 뜻인가요?"

"트레이드마크가 없어. 연쇄살인의 경우, 대개 살인범으로 하여금 계속 살인을 저지르게 만드는 특별한 요소가 있거든. 그래서 그 특정 요소가 반복적으로 발생되지. 이 사건의 경우에는 범인이 살인을 저지르는 동안 성적인 행동을 한 흔적이 없어. 보르그뉘와 샬로테가 같은 도구로 살해된 것을 제외하고는 각각의 살인 방법 간에 유사성도 없고. 범죄 현장도 제각각에, 피살자들도 마찬가지야. 성별, 나이, 사회적 배경, 체격, 다 달라."

"하지만 마구잡이로 고른 피살자들은 아니에요. 모두 호바스 산장에서 함께 밤을 보낸 사람들이잖아요."

"그렇지. 바로 그렇기 때문에 나는 범인이 전형적인 연쇄살인범이라는 확신이 안 들어. 더 정확히 말하면, 이자에게는 연쇄살인범의 전형적인 살인 동기가 없어. 연쇄살인범에게는 대체로 살인 그 자체가 충분한 동기가 되거든. 예를 들어, 피살자가 매춘부라고 한다면 상대가 죄를 지었는지 아닌지는 중요하지 않아. 그냥 쉬운 먹잇감이라는 이유로 죽이는 거야. 내가 아는 한 피살자를 고르는 데 기준이 있었던 연쇄살인범은 딱 한 명뿐이야."

"스노우맨이군요."

"연쇄살인범이 호바스 산장 숙박부의 아무 페이지나 찢어서 피살자를 고르지는 않았을 거야. 만약 호바스 산장에서 있었던 어떤 일이 범인에게 동기가 되었다면, 이건 전형적인 연쇄살인은 아니지. 게다가 일반적인 연쇄살인범에 비해 자신을 드러내는 속도가 너무 빨라."

"무슨 말이에요?"

"범인은 아델 베틀레센의 살인을 은폐하고, 동시에 다음 살인의 도구를 사기 위해 율리아나 베르니를 르완다와 콩고로 보냈어. 그러고는 베르니를 죽여버렸지. 다시 말해, 아델의 시신은 그렇게까지 감추려고 했으면서 불과 몇 주 후에 죽인 베르니의 시신은 그냥 방치해두었다는 거야. 그다음에 죽인 샬로테도 마찬가지고. 이건 마치 망토를 현란하게 흔들어대면서 우리 얼굴에 불알을 들이대는 투우사 같잖아. 이렇게 인격이 급변할 수는 없어. 앞뒤가 안 맞는다고."

"그럼 범인이 여러 명일 수도 있다는 뜻인가요? 여러 명이 각기 다른 방식으로 죽였다고?"

해리는 고개를 저었다. "한 가지 유사점이 있기는 해. 범인이 아무런 단서도 남기지 않았다는 것. 연쇄살인범이 드물다고 치면, 아무런 단서도 남기지 않는 연쇄살인범은 그야말로 별종이지. 이 사건의 범인은 한 명이야."

"좋아요. 그럼 이 범인은 뭐죠?" 카야가 양손을 들어 올렸다. "다중인격장애를 가진 연쇄살인범?"

"날개 달린 별종이지. 아니, 나도 모르겠어. 어쨌거나 상관없어. 우린 그냥 재미 삼아 해본 거니까. 이제부터는 크리포스 소관이지." 해리는 남아 있던 커피를 다 마셨다. "난 택시 타고 병원에 가봐야겠어."

"제가 모셔다드릴게요."

"고맙지만 사양할게. 집에 가서 내일 출근 준비나 하라고. 새롭고 흥미진진한 사건이 기다리고 있을 테니."

카야는 지친 한숨을 쉬었다. "비에른과의 일은……."

"절대 아무에게도 말하면 안 돼." 해리가 그녀의 말을 대신 끝맺었다. "푹 쉬라고."

아버지의 병실에 들어서던 해리는 막 나가려는 알트만 간호사와 마주쳤다.

"잠드셨어요." 알트만이 말했다. "모르핀 10밀리그램을 놓아드렸거든요. 여기 계셔도 됩니다만, 아마 앞으로 몇 시간 동안 죽은 듯이 주무실 겁니다."

"고맙소."

"천만에요. 우리 어머니도…… 필요 이상으로 통증에 시달리셨어요."

"흠. 담배 피우시오?"

죄책감이 가득한 알트만의 표정을 보고, 해리는 그가 흡연자라는 사실을 알 수 있었다. 해리는 밖에서 함께 담배나 피우자고 제안했다. 담배를 피우는 동안 알트만은 자신의 이름이 시구르드이며, 어머니 때문에 마취를 전공하게 되었다고 설명했다.

"그럼 우리 아버지에게 모르핀을 놓아준 건……."

"같은 아들의 입장에서 베푼 호의라고 해두죠." 알트만은 미소 지었다. "하지만 당연히 의사 선생님에게 알렸습니다. 일자리를 잃고 싶지 않거든요."

"현명하군요. 나도 좀 그렇게 현명했으면 좋겠소."

담배를 다 피우고 알트만이 자리를 뜨려는데 해리가 물었다. "마취 전문가라니 하나만 물어봅시다. 케타노메를 구하려면 어떻게 해야 합니까?"

"이런. 그 질문에는 대답하면 안 되겠는데요." 알트만이 말했다.

"괜찮소. 내가 맡은 살인사건 때문에 묻는 거니까." 해리가 쓴웃음을 지었다.

"아, 그렇군요. 글쎄요, 마취 분야에서 일하지 않는다면 노르웨이에서 케타노메를 구하기란 매우 힘들죠. 효과는 말 그대로 총알 같아요. 주입되는 순간 뻗어버리거든요. 하지만 부작용이 끔찍하죠. 게다가 과잉 투여하면 심장마비의 위험도 높고요. 자살용으로 쓰였지만, 더는 아닙니다. 몇 년 전에 EU와 노르웨이에서 금지되었으니까요."

"그건 알고 있소. 하지만 그래도 케타노메를 구해야겠다면 어디로 가야 할까요?"

"글쎄요, 구소련 연방이나 아프리카에 가야겠죠?"

"이를테면 콩고?"

"맞아요. 유럽에서 금지된 이후로 제약회사가 케타노메를 터무니없이 싼 값에 팔면서, 결국 가난한 나라로 흘러들게 됐죠. 늘 그런 식이에요."

해리는 아버지의 침대 옆에 앉아 나달나달해진 아버지의 파자마가 오르락내리락 하는 것을 지켜보았다. 그러고는 한 시간 후에 병실을 나섰다.

전화는 나중에 걸기로 하고 일단 집으로 갔다. 아버지가 소장한 듀크 엘링턴의 음반 'Don't Get Around Much any More'를 틀고, 갈색 덩어리를 꺼냈다. 군나르 하겐이 음성 메시지를 남긴 모양이었지만 듣고 싶지 않았다. 무슨 내용일지 대충 짐작이 갔기 때문이다. 아마 하겐은 벨만에게 또 잔소리를 들었을 것이다. 그러니 이제부터는 어떤 사정이 있어도 절대 살인사건에 끼어들지 마라, 그리고 내일부터는 정상 출근하라는 내용일 것이다. 경찰청에서 계속 일하고 싶다면. 하지만 해리는 그럴 마음이 없었다. 다시 여행을 떠나야 할 때였다. 그리고 그 여행은 오늘 밤, 지금부터 시작되어야 한다. 그는 한 손으로 라이터를 꺼내고, 다른 손으로는 두 개의 문자 메시지를 확인했다. 첫 번째는 외위스타인이 보낸 문자였다. 세 사람 중에서 가장 부자일 트레스코도 불러 조만간 '신사들의 야간 회동'을 갖자는 내용이었다. 두 번째 문자는 해리가 모르는 번호였다. 해리는 메시지를 확인했다.

〈아프텐포스텐〉 웹사이트에서 당신이 이 사건을 맡았다는 기사를 봤소. 당신을 돕고 싶군요. 욕조 바닥에 접착제로 붙어 있기 전에 엘리아스 스코그가 한 말이 있소. C.

해리가 떨어뜨린 라이터가 유리 탁자에 부딪히며 요란한 소리를 냈다. 그의 심장 박동이 빨라졌다. 살인사건을 조사하다 보면 제보할 것이 있다거나, 충고와 가설을 들려주겠다는 전화가 수도 없이 걸려오기 마련이다. 온갖 것을 보거나, 듣거나, 전해 들었다고 주장하는 이들은 잠깐 시간 좀 내서 자기들 말을 들어주는 게 뭐 그리 힘드냐고 따져댄다. 상습범인 경우가 많지만, 간혹 정신이 오락가락하는 수다쟁이들이 새롭게 끼어들기도 한다. 하지만 이 메시지는 분명 그런 사람들이 보낸 메시지가 아니었다. 엘리아스 스코그의 살인사건은 언론에 대서특필되었고, 시민들은 많은 정보를 얻을 수 있었다. 하지만 엘리아스 스코그가 접착제로 욕조 바닥에 붙어 있었다는 사실은 언론에 유출되지 않았다. 해리의 전화번호 역시 전화번호부에 실려 있지 않았다.

38
지워지지 않는 흉터

해리는 듀크 엘링턴의 음악 소리를 줄이고, 휴대전화를 든 채 자리에 앉았다. 이 사람은 초강력 접착제에 대해 알고 있다. 그리고 그의 번호도. 발신인의 이름과 주소부터 확인해야 하는 건 아닐까? 어쩌면 겁을 먹고 도주할 우려가 있으니 아예 체포부터 해야 할지도 모른다. 하지만 상대가 누구든, 그는 지금 해리의 연락을 기다리고 있었다. 해리는 통화 버튼을 눌렀다.

신호음이 두 번 가더니 저음의 목소리가 들렸다. "네?"
"해리 홀레라고 합니다."
"오랜만이오, 홀레 반장."
"음. 우리가 만난 적이 있나요?"
"벌써 잊었소? 엘리아스 스코그의 아파트. 초강력 접착제."
해리는 목의 경동맥이 톡톡 뛰고, 목구멍이 오그라드는 것을 느꼈다.
"나도 거기 있었습니다. 당신은 누군데 거기 있었던 겁니까?"
전화기 반대편에서 한동안 침묵이 흐르는 바람에 해리는 상대가 전화를 끊은 줄 알았다. 하지만 다시 말을 늘여 빼는 목소리가 들렸다. "미안하게 됐소. 내가 그냥 C라고만 적어서 문자를 보냈나 보군."
"그렇습니다."

"습관이 돼서. 난 스타방에르의 콜비에른센 경감이오. 당신이 전화번호를 알려줬지. 기억나시오?"

이런 젠장. 해리는 자신이 아직도 숨죽이고 있는 것을 깨닫고 길게 숨을 내쉬었다.

"여보세요?"

"아, 네." 해리는 탁자에 있던 티스푼을 들어 아편을 살짝 긁어냈다. "나한테 해줄 말이 있다고요?"

"그렇소. 하지만 조건이 있소."

"뭡니까?"

"우리 둘만의 비밀로 해주시오."

"왜죠?"

"그 재수 없는 벨만이 여기 와서 자신이 수사의 신이라고 설쳐대는 꼴은 보기 싫으니까. 벨만과 그 망할 놈의 크리포스가 이 나라 전체를 자기들 손아귀에 넣으려고 하잖소. 나야 그놈이 지옥에나 갔으면 좋겠지만, 문제는 상사들이지. 난 그 망할 놈의 엘리아스 사건에서 손 떼라는 명령을 받았소."

"그런데 왜 내게 연락한 겁니까?"

"난 단순한 시골 촌놈이오, 홀레 반장. 하지만 〈아프텐포스텐〉에서 당신이 이 사건을 맡았다는 기사를 봤을 때 앞으로 무슨 일이 벌어질지 알았소. 당신은 나와 같은 사람이오. 그대로 순순히 당하고만 있지는 않을 거잖소. 안 그렇소?"

"글쎄요……." 해리는 자기 앞에 놓인 아편을 바라보았다.

"그러니까 당신이 이 정보를 이용해 그 잘난 척하는 놈보다 한 수 앞설 수 있고, 따라서 악의 제국을 세우려는 벨만의 계획에 차질이 생긴다면 내 기꺼이 이 정보를 주리다. 벨만에게는 이틀 후에 보고할 생각이오. 그러니까 당신은 하루 버는 셈이지."

"대체 무슨 정보입니까?"

"엘리아스 스코그의 지인들과 얘기해봤소. 지인이라고 해봐야 몇 명 되지도 않지만. 워낙 괴짜인데다가 보기 드물게 진지하고, 혼자서 여기 저기 떠돌아다니기 좋아하는 친구라서 말이오. 딱 둘뿐이었소. 하숙집 주인과 어떤 여자. 엘리아스의 휴대전화 통화 내역을 추적해서 알아낸 여자인데, 엘리아스는 죽기 전 며칠간 그 여자와 통화했더군. 이름은 스티네 윌베르그, 엘리아스가 살해되던 날 밤 그와 이야기를 나눴다고 했소. 두 사람은 버스를 탔는데, 엘리아스가 신문에 나온 살인사건 피살자들과 모두 함께 호바스 산장에 묵었다는 말을 했다는 거요. 그러면서 그들이 모두 같은 산장에 묵었다는 사실을 경찰이 아직 알아내지 못했다는 게 이상하다, 경찰에 가서 그 사실을 알려줄지 말지 고민이라고 했다는 군. 하지만 경찰과 엮이기 싫어서 꺼려진다고 했다오. 그럴 만합디다. 엘리아스는 전에 경찰과 마찰을 빚은 적이 있었소. 스토커 혐의로 두 번이나 신고되었으니까. 솔직히 말해서, 엘리아스는 아무 잘못도 하지 않았소. 아까 말했듯이 그냥 좀 진지한 타입이었던 거지. 스티네는 늘 그가 무서웠는데 그날 밤은 반대로 엘리아스가 겁에 질린 듯이 보였다고 했소."

"재미있군요."

"스티네 말로는 자기가 살인사건 피살자인 세 여자들을 모르는 척했더니, 엘리아스가 그날 밤 산장에 있었던 또 다른 사람을 말해주겠다고 했답디다. 그녀도 분명 알고 있을 만한 사람이라면서. 이게 가장 재미있는 부분이오. 그 남자는 유명인이거든. 적어도 B급 유명인사는 될 거요."

"그래요?"

"엘리아스 스코그에 따르면, 그날 밤 토니 라이케도 그 산장에 있었소."

"토니 라이케? 그게 누군지 내가 알아야 합니까?"

"선박왕 안데르스 갈퉁의 딸과 동거하는 남자잖소."

해리의 머릿속에 두세 개의 신문 헤드라인이 스쳐 지나갔다.

"토니 라이케는 소위 말하는 투자자요. 다시 말해, 부자는 부자인데 정확히 어떤 방법으로 부자가 됐는지 아무도 모르고, 다만 죽어라 일해서 번 돈은 아니라는 뜻이오. 게다가 진짜 예쁘장하게 생겼소. 하지만 착한 남자는 아니지. 그게 중요하오. 이자는 폴리스 레코드가 있소."

"폴리스 레코드?" 해리는 콜비에른센의 영어 표현을 일부러 모른 척했다.

"전과 말이오. 토니 라이케는 폭행 전과가 있소."

"음. 무슨 사건인지 조사해봤나요?"

"수년 전 8월 7일, 밤 11시 40분에서 11시 45분 사이에 올레 S. 한센이라는 청년을 두들겨 패서 심각한 상해를 입혔더군. 토니가 할아버지랑 살고 있던 댄스 홀 밖에서 벌어진 일이었소. 토니는 열여덟, 올레는 열일곱이었고 당연히 여자 문제였소."

"흠. 술에 취한 10대들의 주먹다짐이야 흔한 일 아닙니까?"

"그렇소. 하지만 그게 다가 아니오. 토니는 올레를 때려눕힌 뒤에 그 위에 올라타, 그 가여운 아이의 얼굴에 칼을 댔소. 올레에게는 지워지지 않는 흉터가 남았지. 그나마 보고서에는 만약 사람들이 토니를 떼어내지 않았으면, 올레가 더 심한 일을 당했을 거라고 적혀 있었소."

"하지만 유죄 선고를 받은 건 그거 한 번뿐이죠?"

"토니 라이케는 다혈질로 유명했고, 정기적으로 싸움에 휘말렸소. 재판정에 섰던 한 증인은 토니가 학교에서 자신을 목 졸라 죽이려고 한 적이 있다고 했소. 토니의 아버지에 대해 싫은 소리 좀 했다는 이유로 말이오."

"누군가 토니 라이케와 오랫동안 이야기를 해봐야 할 것 같군요. 어디 사는지는 압니까?"

"그쪽 지역이오. 홀멘바이엔 가…… 어디 보자…… 172번지로군."

"네, 웨스트엔드군요. 고마워요, 콜비에른센."

"천만에. 음, 그리고 하나 더 있소. 엘리아스 말고도 버스에 탄 남자 승객이 하나 더 있다고 했소. 남자는 엘리아스와 같은 정거장에서 내렸는데, 스티네 말로는 그자가 엘리아스를 따라갔다고 하더군. 하지만 모자를 쓰고 있어서 얼굴은 보지 못했다고 했소. 혹시 중요할지 몰라서 말이오. 아닐 수도 있고."

"알겠습니다."

"그럼 기대하겠소, 홀레 반장."

"뭘요?"

"당신이 옳은 일을 하리라는 걸."

"음."

"이만 끊겠소."

해리는 듀크 엘링턴의 음악에 귀를 기울였다. 그러고는 다시 휴대전화를 들어 카야의 번호를 찾았다. 하지만 통화 버튼을 누르려다가 망설였다. 또 시작이다. 다른 사람들을 끌어들이고 있다. 해리는 전화기를 옆으로 던졌다. 두 가지 선택이 있다. 벨만에게 전화해서 이 사실을 알리는 똑똑한 선택. 아니면 혼자만 알고 있는 멍청한 선택.

해리는 한숨을 쉬었다. 두 가지 선택? 웃기고 있네. 그에게는 선택의 여지가 없다. 따라서 라이터를 다시 주머니에 넣고, 아편은 다시 은박지로 싸서 술이 든 장식장에 넣었다. 옷을 벗고 시계 알람을 6시에 맞춘 뒤, 침대에 누웠다. 선택의 여지가 없다. 행동 패턴의 노예로 사는 사람들은 현실의 모든 행동이 강박적이다. 그런 의미에서 본다면 그도 그가 쫓는 범죄자들보다 하등 나을 것도, 모자랄 것도 없다.

그런 생각을 하며 그는 미소를 지은 채 잠이 들었다.

◆

다행히도 밤은 고요하기 이를 데 없다. 그 고요함이 눈을 치유해주고, 마음을 맑게 해준다. 새로 등장한 노장, 홀레. 그에게 그 사실을 말해야 한다. 모든 것을 보여주지는 않을 것이다. 그가 이해할 수 있는 만큼만 보여줄 것이다. 그러면 그가 그 일을 막을 것이고, 나는 이 짓을 더 할 필요가 없다. 침을 뱉고 또 뱉어도, 입안에는 자꾸 피가 고인다.

연관 검색

해리는 아침 6시 40분에 경찰청사에 도착했다. 육중한 출입문 너머의 널찍한 아트리움에는 안내 데스크를 지키는 경비원을 제외하면 아무도 없었다.

그는 경비원에게 고개를 까닥이고는 문 옆의 리더기에 카드를 긁었다. 엘리베이터를 타고 지하로 내려가, 지하 배수로를 성큼성큼 통과했다. 사무실로 들어가 오늘의 첫 담배에 불을 붙였다. 컴퓨터가 부팅되는 동안, 휴대전화로 전화를 걸었다. 카트리네 브라트가 졸린 목소리로 전화를 받았다.

"연관 검색을 좀 해줘야겠어. 토니 라이케와 모든 피살자들 간의 연관 검색을 해줘. 율리아나 베르니도 포함해서." 해리가 말했다.

"오락실은 8시 30분까지 비어 있어요. 지금 당장 갈게요. 그게 다예요?"

해리는 머뭇거렸다. "이건 개인적 부탁인데, 유시 콜카에 대해 조사해 주겠어? 경찰이야."

"뭐에 대해서요?"

"바로 그게 문제야. 나도 뭐에 대해 조사해야 할지 모르겠어."

해리는 전화를 끊고 컴퓨터로 검색을 시작했다.

토니 라이케에게 한 번의 전과기록이 있다는 말은 맞았다. 그리고 기록에 따르면 경찰서에 들락거린 적이 두 번 더 있었다. 콜비에른센의 말대로 두 번 다 폭행 때문이었다. 첫 번째는 고소가 취하되었고, 두 번째는 사건이 기각되었다.

이번에는 구글에서 토니 라이케를 검색했다. 꽤 많은 결과가 나왔다. 대부분이 그의 약혼녀 레네 갈퉁과 관련된 2류 신문기사들이었지만, 그중에는 경제지들도 있었다. 거기에서 토니 라이케는 투자자나 투기자, 혹은 '무지한 양'으로 언급되었다. 특히 마지막 표현은 경제지〈카피탈〉에 실린 것으로, 심리학자 에이나르 크링글렌이 말했던 '지도자 양을 흉내 내는 무리'에서 인용한 것이다. 다시 말해, 토니 라이케가 주식과 산장, 자동차 구입에서부터 레스토랑, 술, 여자, 사무실, 집, 휴가지 선택에 이르기까지 모든 면에서 지도자 양을 따라한다는 뜻이다.

해리는 관련 사이트를 계속 뒤지다가 마침내 경제지에서 기사 하나를 발견했다.

"빙고." 그가 중얼거렸다.

토니 라이케는 분명 자수성가한 사람이었다. 그리고 그것은 광산과 연관이 있는 듯했다. 어쨌거나〈피난사비센〉*에는 라이케가 사업가로 참여했던 광산 프로젝트를 다룬 기사가 실려 있었다. 더불어 그가 두 명의 동료와 함께 찍은 사진도 있었는데, 둘 다 옆 가르마를 탄 청년들이었다. 세 사람은 명품 양복이 아닌, 위아래가 붙은 작업복을 입은 채 헬리콥터 앞의 장작더미에 앉아 미소 짓고 있었다. 토니 라이케가 가장 환하게 웃고 있었다. 그는 떡 벌어진 어깨에 팔다리가 길었으며, 가무잡잡한 피부에 머리칼도 검은 색이었다. 멋진 매부리코와 피부색, 머리카락 색깔로 보건대 분명 그의 혈통에는 아랍인의 피가 조금이라도 섞였을 것이다.

* 노르웨이의 경제 일간지

하지만 해리가 기쁨의 함성을 지르고 싶었던 이유는 따로 있었다. 바로 '콩고의 왕?'이라는 헤드라인 때문이었다.

해리는 관련 링크를 계속 따라갔다.

그러나 황색언론은 얼마 남지 않은 레네 갈퉁과의 결혼식, 그리고 그 결혼식 하객 명단에 더 관심이 있었다.

해리는 손목시계를 힐끗 보았다. 7시 5분. 그는 당직 경관에게 전화했다.

"홀멘바이엔 가에서 체포할 사람이 있는데 도움이 필요하네."

"구금하시려고요?"

해리는 체포영장을 청구하기에는 근거가 빈약하다는 사실을 잘 알고 있었다.

"데려와서 취조하려고." 해리가 말했다.

"아까 체포라고 하지 않으셨어요? 그냥 데려오기만 할 거면 왜 도움이……?"

"5분 후에 경관 두 명과 순찰차를 대기시켜두게."

경관은 대답 대신 콧방귀를 뀌었고, 해리는 그것을 예스로 받아들였다. 그는 담배를 두 모금 더 빨고는 비벼서 끈 뒤, 자리에서 일어났다. 사무실 문을 잠그고 지하배수로를 10미터 정도 걸어갔을 때 뒤에서 희미한 소리가 들렸다. 사무실의 유선전화기가 울리는 소리였다.

그가 엘리베이터에서 내려 출입문으로 향하는데, 누군가 그의 이름을 불렀다. 돌아보니 안내 데스크 직원이 그에게 손짓하고 있었다. 카운터 옆에 등을 돌린 채 서 있는 겨자색 모직 코트가 보였다.

"이분께서 반장님을 찾아오셨습니다." 안내 데스크 직원이 말했다.

모직 코트가 뒤를 돌아보았다. 캐시미어와 비슷해 보이는 모직 코트였는데, 때로는 진짜 캐시미어인 경우도 있었다. 그리고 이번에는 후자라고 해리는 생각했다. 코트를 입은 사람은 어깨가 떡 벌어지고, 팔다리가 길며, 검은 눈동자에 검은 머리카락을 하고, 분명 아랍인의 피가 조금이라도 섞였을 남자였기 때문이다.

"사진에서 본 것보다 키가 크시군요." 토니 라이케가 도자기처럼 새하얀 윗니를 드러내며 한 손을 내밀었다.

◆

"커피 맛이 좋네요." 진심인 듯한 표정으로 토니 라이케가 말했다. 해리는 커피잔을 쥐고 있는 토니의 길고 뒤틀린 손가락을 유심히 바라보았다. 아까 해리에게 손을 내밀었을 때 토니는 자신의 손이 이렇게 된 것은 전염병이 아니라, 그저 집안 내림인 관절염 때문이라고 했다. 그리고 덕분에 날씨를 꽤 잘 맞추게 되었다고 덧붙였다. "하지만 솔직히 말해서, 형사들의 사무실은 이보다 더 좋을 줄 알았습니다. 살짝 덥군요."

"감옥의 보일러 때문이죠." 해리가 커피를 홀짝거렸다. "그래서 오늘 아침에 〈아프텐포스텐〉의 기사를 읽으셨다고요?"

"네, 아침을 먹는 중이었는데 하마터면 질식할 뻔했습니다."

"왜죠?"

토니는 마치 포뮬러 원에 출전한, 출발 직전의 드라이버처럼 몸을 앞뒤로 흔들었다. "지금부터 제가 하는 말은 우리만의 비밀로 해주셔야 합니다."

"우리라뇨?"

"저와 경찰이죠. 저와 반장님만의 비밀이라면 더 좋고요."

해리는 자신의 목소리가 덤덤하기를, 흥분하는 기색이 드러나지 않기를 바랐다. "그 이유는요?"

토니는 긴 한숨을 내쉬었다. "제가 마리트 올센 하원의원과 같은 날 호바스 산장에 머물렀다는 사실을 알리고 싶지 않습니다. 현재 저는 얼마 남지 않은 결혼 때문에 언론에 자주 오르내리고 있거든요. 지금 이 시점에서 제가 그 살인사건과 연관되는 건 불행한 일이죠. 언론은 그 사실을 물고 늘어질 테고, 그렇게 되면…… 묻어버리고 싶은 제 과거까지 수면 위로 떠오를 겁니다."

"그렇군요." 해리가 아무것도 모르는 척하고 대답했다. "하지만 저는 여러 요인들을 고려해야 하고, 그렇기 때문에 아무것도 약속드릴 수 없습니다. 다만 이건 취조가 아니라 그냥 대화입니다. 그리고 이런 이야기는 대개 언론에 흘리지 않습니다."

"저의…… 가장 가깝고 소중한 사람에게도 비밀로 해주시겠습니까?"

"꼭 알려야 할 이유가 없는 한 그렇게 해드리죠. 경찰청에 왔었다는 사실이 알려지는 게 그렇게 두려웠는데 왜 굳이 오신 겁니까?"

"11월 7일에 호바스 산장에 묵었던 사람들은 경찰에 연락하라고 했잖습니까? 그래서 경찰을 찾아가는 게 시민으로서 의무라고 생각했습니다. 제가 틀렸나요?" 그는 묻는 듯한 시선으로 해리를 바라보더니, 얼굴을 찡그렸다. "젠장, 난 무서웠습니다. 그날 밤 그 산장에 있었던 사람들의 모가지가 차례로 날아간다는 걸 알았죠. 그래서 얼른 차에 올라타 곧장 여기로 온 겁니다."

"최근에 걱정할 만한 일이라도 있었나요?"

"아뇨." 토니 라이케는 생각에 잠겨 코를 쿵쿵거렸다. "며칠 전에 누군가 지하실에 침입한 적이 있기는 했습니다. 젠장, 경보 장치를 달아야겠죠?"

"경찰에 신고했습니까?"

"아뇨. 도둑맞은 물건이 자전거뿐이라서."

"그래서 연쇄살인범들이 부업으로 자전거를 훔친다고 생각하신 겁니까?"

토니는 미소 띤 얼굴로 고개를 저었다. 무언가 바보 같은 말을 해서 부끄러워하는 사람의 수줍은 미소가 아니었다. 오히려 '그거 맞는 말이야,

친구'라고 말하는 듯한 미소, 상대의 마음을 누그러뜨리는 매력적인 미소, 승리에 익숙한 사람의 용감한 축하였다.

"왜 하필 저를 찾아오셨죠?"

"신문에 반장님이 책임자라고 나와 있으니까 당연한 거 아닌가요? 어쨌든 아까 말씀드린 대로 이 일을 최소한의 사람들에게만 알리고 싶었습니다. 그래서 최고 책임자에게 곧장 온 거고요."

"전 최고 책임자가 아닙니다, 라이케 씨."

"아니라고요? 〈아프텐포스텐〉의 기사에서는 그런 인상을 받았는데요."

해리는 돌출된 턱을 쓰다듬었다. 아직 토니 라이케가 어떤 사람인지 결정할 수 없었다. 그의 단정한 옷차림과 나쁜 남자의 매력은 예전 속옷 광고에 나왔던 아이스하키 선수를 연상시켰다. 토니는 침착하면서도 산전수전 다 겪은 유들유들한 분위기를 풍기고 싶은 듯했다. 하지만 그와 동시에 숨길 수 없는 감정이 있는, 진실한 사람이라는 인상을 주었다. 어쩌면 그 반대인지도 모른다. 유들유들한 게 본 모습이고, 감정은 가식일 수 있다.

"호바스 산장에는 왜 가신 겁니까?"

"당연히 스키 타러 갔죠."

"혼자서요?"

"네. 며칠 동안 일 때문에 스트레스를 받아서 좀 쉬는 시간이 필요했거든요. 원래 우스타오셋과 할링스카르베에 자주 갑니다. 잠은 산장에서 자고요. 말하자면 그 동네는 내 손바닥 안인 셈이죠."

"그럼 왜 거기에 개인 산장을 짓지 않았나요?"

"제가 산장을 짓고 싶은 곳에 더는 건축 허가가 나지 않거든요. 국립공원 규정상."

"왜 약혼녀와 함께 가지 않으셨나요? 약혼녀도 스키를 타나요?"

"레네요? 레네는……." 토니는 커피를 한 모금 마셨다. 잠깐 생각할 시간을 벌기 위한 행동이라는 느낌이 들었다. "레네는 집에 있었습니다. 난…… 우리는……." 그는 좀 거들어달라는 듯이 약간 절박한 표정으로 해리를 바라보았다. 해리는 아무런 도움도 주지 않았다.

"젠장. 그럼 내가 말하고 싶은 데까지만 말하겠습니다, 네?"

해리는 대답하지 않았다.

"좋습니다." 마치 해리가 동의라도 한 것처럼 토니가 입을 열었다. "한숨 돌릴 시간이 필요했습니다. 일상에서 벗어나 생각하기 위해서요. 약혼이다, 결혼이다…… 이런 건 인생의 중대사 아닙니까. 그리고 전 혼자 있을 때 머리가 제일 잘 돌아갑니다. 특히 설원에 있을 때요."

"그래서 생각에 도움이 되었나요?"

토니가 다시 윗니를 드러냈다. "네."

"산장에 있었던 사람들 중에 기억나는 사람 있습니까?"

"아까 말했듯이 마리트 올센은 기억합니다. 함께 레드 와인을 한 잔 마셨죠. 그녀가 말하기 전까지는 하원의원인 줄도 몰랐습니다."

"다른 사람은요?"

"거실에 있던 두세 명과는 간단히 인사만 나눴습니다. 제가 워낙 늦게 도착했던 터라 다른 사람들은 분명 자고 있었을 겁니다."

"다른 사람들?"

"산장 밖에 스키 여섯 대가 놓여 있었거든요. 그건 또렷하게 기억합니다. 왜냐하면 제가 눈사태에 대비해 그 스키 여섯 대를 전부 산장 안으로 옮겨놓았으니까요. 이 사람들은 산악스키를 타본 경험이 별로 없나 보다고 생각했어요. 산장이 3미터의 눈에 반쯤 묻히기라도 하면, 스키 없이는 꼼짝도 못하거든요. 아침에는 제가 제일 먼저 일어났고, 대개 그런 편입니다, 다른 사람들이 깨기 전에 나왔습니다."

"늦게 도착하셨다고 했는데, 그럼 어둠 속에서 혼자 스키를 타셨다는 말입니까?"

"헤드램프와 지도, 나침반만 있으면 됩니다. 즉흥적으로 떠난 여행이라서 저녁에서야 우스타오셋 행 열차를 탔거든요. 하지만 아까 말했듯이 전 그곳 지리를 잘 알고 있습니다. 어둠 속에서 얼어붙은 황야를 가로질러 길을 찾는 데 익숙하죠. 날씨도 좋아서 달빛이 눈에 반사되었고요. 지도도, 헤드램프도 필요 없었습니다."

"산장에 머무시는 동안 무슨 일이 있었습니까?"

"아무 일도 없었습니다. 마리트 올센과 저는 레드 와인에 대한 이야기를 나누다가, 현대적인 남녀 관계를 유지하는 어려움에 대해 이야기했죠. 제 생각에는 그녀의 관계가 저보다 더 현대적인 것 같았습니다."

"당신이 오기 전에 산장에서 무슨 일이 있었다는 말은 없던가요?"

"네."

"다른 사람들은 뭘 했나요?"

"벽난로 앞에 앉아 술을 마시면서 스키 여행에 대해 이야기했습니다. 아마 맥주였을 겁니다. 아니면 무슨 스포츠 음료이거나. 여자 둘과 남자 하나였는데 대략 스무 살에서 서른다섯 사이였습니다."

"이름은요?"

"그냥 목례와 인사만 나눴지 통성명은 하지 않았습니다. 아까도 말했지만 저는 혼자 있으려고 간 거지, 새 친구를 사귀려고 간 게 아니라서요."

"생김새는요?"

"그런 산장은 밤에 꽤 어둡습니다. 설사 제가 한 명은 금발이고, 다른 하나는 갈색 머리였다고 해도 틀렸을 가능성이 높죠. 아까도 말했지만, 전 거기 몇 명이 있었는지도 기억 못하니까요."

"사투리를 쓰던가요?"

"여자 하나가 서부 지방 사투리를 쓰는 것 같기는 했습니다."

"스타방에르? 베르겐? 순뫼래?"

"죄송합니다만 전 그런 쪽으로는 잘 모릅니다. 서부일 수도 있고, 남부일 수도 있어요."

"좋습니다. 그런데 혼자 있고 싶었다면서, 마리트 올센과 남녀 관계에 대해 이야기하신 겁니까?"

"어쩌다 그렇게 됐습니다. 그녀가 다가와서 제 옆에 앉았어요. 내성적인 성격은 아니더군요. 수다스러웠습니다. 뚱뚱하고 활달했죠." 토니는 마치 그 두 단어를 붙여 쓰는 것이 당연하다는 듯이 말했다. 그러자 해리는 사진 속의 레네 갈퉁이 빼빼 마른 여자였다는 사실이 기억났다. 최근에 조사된 노르웨이인의 평균 체중과 비교해서도 매우 마른 편이었다.

"그렇다면 마리트 올센을 제외하고 거기 있던 다른 사람에 대한 정보가 전혀 없으시군요. 그날의 투숙객으로 밝혀진 사람들의 사진을 보여드려도 못 알아보시겠습니까?"

"아. 그건 할 수 있을 것 같습니다." 토니가 미소를 지었다.

"그래요?"

"빈 침대를 찾느라 어떤 방에 들어갔을 때 불을 켤 수밖에 없었습니다. 그때 자고 있던 두 사람을 봤습니다. 남자와 여자였죠."

"그 사람들의 얼굴을 설명하실 수 있다고요?"

"자세히 기억나지는 않지만, 알아볼 수는 있습니다."

"그래요?"

"한 번 본 사람은 다시 보면 기억이 나잖습니까."

토니의 말이 맞았다. 일반적으로 목격자들의 묘사는 틀리는 경우가 많다. 하지만 용의자들을 일렬로 세워서 보여주면 거의 틀리지 않고 찾아낸다.

해리는 다시 사무실로 옮겨놓은 서류함으로 걸어가, 각 피살자의 파일을 펼치고 사진을 빼냈다. 토니에게 다섯 장의 사진을 건네자, 토니가 사진을 살펴보았다.

"이건 물론 마리트 올센이고요." 그가 마리트 올센의 사진을 해리에게 건네주며 말했다. "그리고 이 두 여자가 벽난로 옆에 앉아 있었던 사람들 같지만 확실하지는 않네요." 이번에는 보르그뉘와 샬로테의 사진을 건넸다. "이게 두 여자와 함께 있었던 남자 같습니다." 엘리아스 스코그의 사진이었다. "하지만 침실에서 자고 있었던 남녀의 사진은 없네요. 그건 확실해요. 그리고 이 사람은 누군지 모르겠군요." 그가 아델의 사진을 건네며 말했다.

"그러니까 꽤 오랫동안 거실에 함께 있었던 사람들의 얼굴은 확실히 기억하지 못하는데, 침실에서 얼핏 봤던 얼굴은 확실히 기억한다는 겁니까?"

토니는 고개를 끄덕였다. "자고 있었으니까요."

"자고 있는 사람의 얼굴은 기억하기가 더 쉽나요?"

"아뇨, 하지만 자는 사람들은 날 바라보지 않죠. 그러니까 마음 놓고 바라볼 수 있습니다."

"음. 그래봤자 몇 초일 텐데요."

"그보다는 좀 길었을 겁니다."

해리는 사진을 다시 파일 속에 집어넣었다.

"혹시 알아낸 이름이라도 있습니까?" 토니가 물었다.

"이름?"

"네. 아까 말했듯이 제가 제일 먼저 일어나서 부엌에서 빵 두 쪽을 먹었거든요. 부엌에 숙박부가 있었는데, 전 아직 이름을 쓰기 전이었습니다. 그래서 빵을 먹는 동안, 숙박부를 펼치고 전날 적힌 이름들을 찬찬히 살펴봤죠."

"왜 그랬습니까?"

"왜냐고요?" 토니는 어깨를 으쓱였다. "이런 산악스키 여행은 왔던 사람들이 계속 오는 경우가 많거든요. 그래서 혹시라도 제가 아는 사람이 있을까 싶어서요."

"있던가요?"

"아뇨. 하지만 그 산장의 투숙객으로 밝혀졌거나 짐작 가는 이름을 말해주시면, 제가 숙박계에서 봤는지 기억이 날 겁니다."

"그럴듯하군요. 하지만 유감스럽게도 알아낸 이름은 없습니다. 주소도요."

"그렇다면 유감스럽게도 제가 별 도움이 못되겠군요. 제 이름을 용의자 명단에서 지우는 것만 제외하고요." 토니는 코트의 단추를 채웠다.

"음. 기왕 오셨으니 몇 가지 질문 좀 더 하겠습니다. 시간 괜찮으신가요?"

"제 사업을 하고 있으니 눈치 볼 상사는 없습니다. 당분간은요."

"좋습니다. 아까 어두운 과거가 있다고 하셨는데, 어떤 일인지 대충이라도 말해주실 수 있나요?"

"어떤 녀석을 죽이려고 했습니다." 토니가 단도직입적으로 말했다.

"그렇군요." 해리는 의자에 등을 기댔다. "왜 그러셨습니까?"

"그놈이 절 공격했으니까요. 제가 자기 여자친구를 뺏었다더군요. 하지만 사실 그녀는 그놈의 여자도 아니었고, 그놈을 좋아하지도 않았습니다. 그리고 전 여자를 뺏거나 하는 놈이 아닙니다. 그럴 필요가 없죠."

"음. 두 분이 애정행각을 벌이는 걸 보고 그 남자가 여자를 때렸나보군요. 그렇죠?"

"무슨 말입니까?"

"대체 어떤 상황이었기에 당신이 그 남자를 죽이려고까지 했을까 이해하려는 중입니다. 죽이려고 했다는 말이 진심이라면요."

"놈이 때린 사람은 접니다. 그래서 제가 칼로 그놈을 죽이려고 한 거고요. 친구 두 명이 절 떼어내지 않았다면 성공했을 겁니다. 결국 가중폭행

죄 판결을 받았죠. 살인 미수치고는 약한 판결이었습니다."

"방금 했던 말 때문에 본인이 주요 용의자가 될 수도 있다는 걸 아십니까?"

"이번 사건에서요?" 토니는 미심쩍은 시선으로 해리를 바라보았다. "농담이시겠죠. 경찰이 그렇게 단순하지는 않을 텐데요."

"한 번 누군가를 죽이려고 한 사람은……"

"한 번만이 아닙니다. 여러 번 있었죠. 그리고 성공한 적도 있을 겁니다."

"겁니다?"

"밤에 정글에서 흑인들을 분간하기란 쉽지 않거든요. 대개는 그냥 무차별적으로 쏘아대죠."

"그래서 그렇게 하셨습니까?"

"타락했던 젊은 시절의 얘깁니다. 예. 죗값을 치른 후에 군대에 입대했다가 곧장 남아프리카로 갔습니다. 거기서 용병으로 일했죠."

"음. 남아프리카의 용병이라고요?"

"3년간요. 남아프리카는 제게 딱 맞는 곳이었습니다. 주변에서 싸움이 끊이질 않았으니까요. 늘 전쟁이 일어났고, 직업군인을 위한 일자리가 있었습니다. 특히 백인 군인들에게요. 흑인들은 아직도 우리가 더 똑똑하다고 믿거든요. 자국 군인보다도 백인 장교를 더 믿죠."

"콩고에도 가보셨겠군요."

토니 라이케의 오른쪽 눈썹이 올라갔다. "왜 물으시죠?"

"얼마 전에 거길 다녀왔거든요. 그냥 궁금해서 묻는 겁니다."

"당시에는 콩고가 아니라 자이르라고 했습니다. 하지만 용병들은 대개 자기가 어떤 염병할 나라에 소속되어 있는지도 잘 모르죠. 그냥 사방이 온통 초록색이다가, 해가 지면 다시 사방이 깜깜했으니까요. 전 다이아몬드 광산을 지키는 보안회사에서 일했습니다. 헤드램프로 지도를 읽고,

나침반 보는 법을 배운 곳도 바로 거기죠. 하지만 거기서 나침반은 무용지물이었습니다. 산에 매장된 광물이 너무 많았거든요."

토니 라이케는 의자에 등을 기댔다. 아무것도 겁나지 않는, 느긋한 표정이었다.

"광물 이야기가 나왔으니 말인데, 어디선가 당신이 그곳에서 광산 사업을 한다는 기사를 읽었습니다." 해리가 말했다.

"맞습니다."

"무슨 광물이죠?"

"콜탄이라고 들어보셨나요?"

해리는 고개를 천천히 끄덕였다. "휴대전화에 쓰이죠."

"그렇습니다. 게임기하고요. 1990년대 휴대전화 생산이 시작되었을 때 제가 속해 있던 부대는 콩고 북동쪽에서 임무 수행 중이었습니다. 그곳에서 몇몇 프랑스인과 콩고인이 광산을 개발하고 있었죠. 아이들을 고용해서 곡괭이와 삽을 쥐여주고, 콜탄을 채굴하게 했습니다. 콜탄은 겉보기에는 여느 돌멩이와 똑같이 생겼지만 탄탈룸을 생산하는 데 쓰이죠. 그 탄탈룸이 진짜 귀한 녀석입니다. 누군가 제게 자본만 대주면, 제대로 된 현대적인 광산 사업을 운영해서 동업자나 나나 부자가 될 수 있었죠."

"그래서 그렇게 됐나요?"

토니 라이케가 웃음을 터뜨렸다. "꼭 그렇지는 않습니다. 여기저기서 돈을 빌렸는데 약삭빠른 동업자들에게 속아서 전부 날렸습니다. 돈을 더 빌렸는데 또 사기당했죠. 다시 또 빌려서 조금 벌었습니다."

"조금?"

"몇 백만 크로네쯤 되는데 그간의 빚을 갚느라 다 썼습니다. 하지만 제가 워낙 설레발을 치고 다닌 덕분에 신문 헤드라인을 몇 번 장식했고, 인맥이 넓은 터라 큰돈을 굴리는 사람들 속에 낄 수 있었습니다. 거기 들어가기 위해서는 재산이 몇 자리 숫자인가가 중요합니다. 앞에 플러스가 붙었든, 마이너스든 붙었건 간에요." 토니가 다시 웃음을 터뜨렸다. 진심으로 즐거워하는 웃음이어서, 하마터면 해리도 따라 웃을 뻔했다.

"지금은요?"

"지금은 대박을 앞두고 있습니다. 콜탄을 수확할 시기거든요. 아무렴요, 늘 대박이라고 떠들어대기는 했지만 이번엔 진짭니다. 빚을 갚기 위해 이 프로젝트에서 제가 가진 지분을 팔아 콜옵션으로 타졌습니다. 이젠 모든 것이 다 정리됐고, 제 지분을 되찾을 돈만 손에 넣으면 됩니다. 그러면 다시 정식 파트너가 될 수 있죠."

"음. 그래서 돈은 구했습니까?"

"비록 지분은 적어도 제게 돈을 빌려줄 가치가 있다는 걸 깨닫는 사람이 나타날 겁니다. 리스크는 적고, 수익금은 엄청나거든요. 큰 투자는 이미 다 끝났습니다. 지역 관리들도 다 매수해뒀고요. 심지어 콜탄을 화물수송기에 바로 싣기 위해 정글까지 활주로도 만들어놓았습니다. 우간다를 거쳐 가져오기만 하면 됩니다. 당신은 부자인가요, 해리? 지금이라도 한 몫 잡을 수 있는 기회를 드릴 수 있습니다."

해리는 고개를 저었다. "최근에 스타방에르에 다녀오신 적이 있나요, 라이케 씨?"

"흠. 여름에요."

"그 이후로는요?"

토니는 잠깐 생각에 잠기더니 고개를 저었다.

"확실합니까?"

"현재 예비 투자자들에게 제가 진행하는 프로젝트를 소개하고 다니느라 여기저기 많이 돌아다닙니다. 올해에만 스타방에르를 서너 번은 갔을 겁니다. 하지만 여름 이후로는 안 간 것 같네요."

"라이프치히는요?"

"이쯤 되면 제 변호사를 불러야 하는 거 아닌가요, 해리?"

"그저 가능한 한 빨리 당신을 용의선상에서 제외하려는 것뿐입니다. 그래야 보다 중요한 문제에 집중할 수 있으니까요." 해리는 집게손가락으로 콧날을 문질렀다. "여기 찾아온 일을 언론에 알리고 싶지 않다면 변호사를 부르거나, 소환조사 등등에 연루되는 일도 없는 게 좋겠죠?"

토니는 서서히 고개를 끄덕였다. "당신 말이 맞습니다. 충고 고마워요, 해리."

"라이프치히는요?"

"미안하군요." 정말로 후회하는 듯한 표정과 목소리로 토니가 말했다. "가본 적 없습니다. 갔어야 하나요?"

"음. 특정일에 당신이 어디서 무엇을 했는지도 물어야겠군요."

"물어보세요."

해리는 네 개의 날짜를 불러주었고, 토니는 그것을 몰스킨 수첩에 받아 적었다.

"사무실에 도착하는 대로 확인해보죠. 참, 여기 제 명함입니다." 토니가 명함 한 장을 내밀었다. 거기에는 '토니 C. 라이케, 사업가'라고 적혀 있었다.

"C는 무엇의 약자입니까?"

"저도 모르죠." 토니가 자리에서 일어서며 말했다. "토니는 그냥 안토니를 줄인 이름입니다. 그래서 중간 이름의 머리글자가 필요하다고 생각했죠. 좀 더 근엄하게 들린달까요. 안 그렇습니까? 외국인들이 좋아하는 것 같더군요."

해리는 토니를 지하 배수로가 아닌, 감옥으로 이어지는 계단으로 데려갔다. 창문을 톡톡 두드리자, 간수가 다가와 문을 열어주었다.

"〈올센 강〉*에 출연한 기분이군요." 토니가 말했다. 이제 두 사람은 낡

---

* 동명의 갱단 이야기를 다룬 노르웨이의 텔레비전 드라마

은 봇센 감옥의 우뚝 솟은 담 앞의 자갈길에 서 있었다.

"이편이 더 안전할 겁니다. 당신은 얼굴이 알려지기 시작했고, 지금은 경찰청 직원들이 한창 출근할 시간이니까요." 해리가 말했다.

"얼굴 얘기가 나와서 말인데, 누군가 당신 턱을 박살냈군요."

"어디선가 넘어져 부딪힌 모양입니다."

토니는 고개를 저으며 미소를 지었다. "부서진 턱에 대해서는 제가 일가견이 있죠. 그건 싸우다가 다친 턱입니다. 당신은 그냥 턱이 다시 붙도록 내버려둔 거예요. 병원에 가서 진찰받아보세요. 별거 아닙니다."

"충고 고맙군요."

"그 사람들에게 빚을 많이 졌나요?"

"빚에 대해서도 일가견이 있으신가요?"

"물론이죠!" 토니가 눈을 크게 뜨며 외쳤다. "불행하게도."

"음. 마지막으로 하나만 더 물어봅시다, 라이케……"

"토니라고 부르세요. 아니면 토니 C라고 부르든가." 토니가 반짝이는 치아를 드러냈다. 근심 걱정이라고는 하나도 없는 사람 같다고 해리는 생각했다.

"그럼 토니, 뤼세렌 호수에 가본 적 있나요? 외스트폴……?"

"당연하죠! 몰라서 묻습니까?" 토니가 껄껄 웃었다. "우리 집안 농장이 루스타에 있습니다. 매년 여름마다 그곳에 있는 할아버지의 집에 가죠. 거기서 2년 동안 살기도 했습니다. 참 멋진 동네죠? 그런데 그건 왜 묻습니까?" 순식간에 그의 미소가 사라졌다. "이런 젠장, 거기서 여자의 시신이 발견됐죠? 이건 좀 우연의 일치군요, 네?"

"뭐, 그럴 수도 있죠. 뤼세렌은 워낙 큰 호수니까요."

"맞는 말입니다. 어쨌거나 고마워요, 해리." 토니가 손을 내밀었다. "호바스 산장과 관련해 어떤 이름이 등장하거나, 누군가 연락을 해온다면 내게 알려주세요. 기억을 더듬어보겠습니다. 제가 전적으로 협조하죠."

해리는 방금 마음속으로 지난 석 달간 여섯 명을 죽인 범인이라고 결론 내린 남자와 악수를 했다.

◆

토니가 떠난 지 15분 뒤, 카트리네에게서 전화가 왔다.
"네?"
"네 명과는 아무 연관도 없어요." 그녀가 말했다.
"나머지 한 명은?"
"딱 하나 나왔어요. 디지털 정보의 창자 깊숙한 곳에서요."
"시적이군."
"마음에 드실 거예요. 2월 16일, 엘리아스 스코그에게 한 통의 전화가 걸려와요. 발신 번호는 누구의 이름으로도 등록되어 있지 않는 번호였죠. 다시 말해, 비밀 전화번호였어요. 아마 그래서 오슬로 경찰이······."
"스타방에르 경찰이야."
"스타방에르 경찰이 연관성을 찾아내지 못했을 거예요. 하지만 가장 깊숙한 창자 안을 보면······."
"보안이 철저한 텔레노르의 내부 기록을 말하는 거지?"
"비슷해요. 거기에 따르면 이 비밀 전화번호의 청구서 수령자가 홀멘바이엔 가 172번지의 토니 라이케로 되어 있어요."
"좋았어! 자넨 천사야." 해리가 소리쳤다.
"잘못된 비유 아닌가요? 방금 제가 한 남자에게 종신형을 선고한 것 같은데."
"나중에 통화하지."
"잠깐만요! 유시 콜카에 대해서는 궁금하지 않으세요?"
"깜박했군. 말해봐."
카트리네는 이야기를 시작했다.

제안

해리는 7층의 레드존에 위치한 강력반에서 카야를 찾아냈다. 문간에 서 있는 해리를 보자 그녀의 표정에 생기가 돌았다.

"늘 문을 열어놓나?" 해리가 물었다.

"네. 반장님은요?"

"늘 닫아두지. 그래도 손님용 의자는 치워버렸군. 잘 생각했어. 의자가 있으면 사람들은 갈 생각을 안 하거든."

카야가 웃었다. "뭐 재미있는 일이라도 있어요?"

"그런 셈이지." 해리는 사무실로 들어가 벽에 등을 기댔다.

카야가 양손으로 책상 가장자리를 밀자, 의자가 사무실을 가로질러 서류함 앞에까지 드르륵 굴러갔다. 그녀는 서랍을 열더니 편지 하나를 꺼내 해리에게 내밀었다. "반장님이 보고 싶어 하실 거 같아서요."

"뭔데?"

"스노우맨의 변호사가 쓴 신청서예요. 건강상의 이유로 스노우맨을 울레르스모 국립교도소에서 일반 병원으로 옮겨달래요."

해리는 책상 끝에 걸터앉아 편지를 읽었다. "흠. 경피증 때문이군. 빠른 속도로 악화되고 있나 봐. 너무 빨리 악화되지 말아야 할 텐데. 그놈은 벌을 더 받아야 해."

해리가 고개를 들자, 충격을 받은 카야의 얼굴이 보였다.

"제 이모할머니도 경피증으로 돌아가셨어요. 얼마나 끔찍한 병인데요."

"이놈도 끔찍한 놈이야. 용서의 능력이 한 인간의 자질을 결정한다는 말에 동의해. 나는 최하급이지."

"반장님을 비난하려는 말은 아니었어요."

"다음 생에는 더 나아지겠다고 약속하지." 해리가 시선을 떨어뜨리며 목을 문질렀다. "근데 힌두인들의 말대로라면, 다음 생에 나는 아마도 좀벌레로 태어날 거야. 그러니까 더 나은 좀벌레가 되도록 할게."

해리는 고개를 들었다. 라켈이 말했던 자신의 '그 빌어먹을 소년 같은 매력'이 효과를 발휘했다는 걸 알 수 있었다. "있잖아, 카야. 제안할 게 있어서 왔어."

"제안?"

"응." 그는 자신의 목소리가 사뭇 엄숙하다는 걸 깨달았다. 남을 용서할 줄도 모르고 자신의 목표 이외에는 아무것도 고려하지도, 생각하지도 않는 남자의 목소리였다. 그는 지금까지 실패한 적이 별로 없었던 반설득 작전을 구사했다. "하지만 사실 난 자네가 이 제안을 거절했으면 좋겠어. 자네도 알다시피 난 주위 사람들의 인생을 망치는 경향이 있거든."

그는 카야의 얼굴이 붉게 달아오르는 것을 보고 깜짝 놀랐다.

"하지만 자네 없이 이 일을 한다는 건 옳은 일이 아니라는 생각이 들었어. 특히나 이런 일보직전의 상황에서는."

"뭘…… 하기 일보직전이라는 말씀이세요?" 카야의 얼굴에서 홍조가 사라졌다.

"범인을 잡기 일보직전이라고. 지금 우리측 변호사에게 범인의 체포영장을 청구하러 가는 길이야."

"아…… 그거였군요."

"그럼 뭔 줄 알았는데?"

"누굴 체포할 건데요?" 카야는 다시 의자를 끌어당겨 책상 앞으로 갔다. "무슨 죄목으로요?"

"뭐긴. 살인이지."

"정말요?" 해리는 그녀의 동공이 서서히 커지며 고동치는 것을 바라보았다. 그녀 안에서 어떤 변화가 일어날지 알고 있었다. 야생동물을 잡아 쓰러뜨릴 때처럼 피가 확 솟구칠 것이다. 범인 체포. 그녀의 이력서에 기록될 이 일을 어찌 거부할 수 있겠는가?

해리는 고개를 끄덕였다. "범인의 이름은 토니 라이케."

그녀의 볼에 혈색이 돌아왔다. "귀에 익은 이름이네요."

"무슨 선박왕의 딸과 결혼한다고……."

"아, 맞아요. 갈퉁 가문의 딸과 약혼했죠." 그녀가 얼굴을 찡그렸다. "증거는 있고요?"

"정황증거. 그리고 우연의 일치."

카야의 눈동자가 다시 수축되었다.

"이자가 범인이 맞아, 카야."

"절 납득시켜보세요." 해리는 그녀의 말에서 허기를 느꼈다. 날것은 무엇이든 삼켜버리고픈 욕망, 지금까지 살면서 가장 정신 나간 결정을 내리기 위해 필요한 구실을 만들고 싶은 욕망. 그리고 그는 카야를 그런 욕망으로부터 지켜줄 마음이 없었다. 그에게는 그녀가 필요했기 때문이다. 카야는 언론에 내세우기에 완벽한 대상이었다. 젊고 지적이며 여성이고 야심만만했다. 얼굴도, 경력도 매력적이었다. 한마디로 그가 갖지 못한 모든 것을 가지고 있었다. 그녀는 잔 다르크였고, 법무부도 그런 그녀를 화형에 처하고 싶어 하지 않을 것이다.

해리는 숨을 들이쉬었다. 그러고는 아까 토니 라이케와 오갔던 대화를 다시 반복했다. 세세하게. 자신이 어떻게 토씨 하나 틀리지 않고 그 대화를 그대로 옮길 수 있는지 이제는 의아하게 생각하지 않았다. 동료들은 늘 그의 그런 능력에 놀라워했다.

"호바스 산장, 콩고, 뤼세렌 호수." 해리의 말이 끝나자, 카야가 말했다. "모든 현장에 다 있었군요."

"그래. 게다가 폭력 전과까지 있어. 살인 의도가 있었다는 것도 인정했고."

"잘됐네요. 하지만……."

"가장 중요한 건 아직 말 안 했어. 그가 엘리아스 스코그에게 전화한 기록이 있어. 엘리아스가 살해되기 이틀 전에."

카야의 눈동자가 검은 태양이 되었다.

"우리가 잡았네요." 그녀가 부드럽게 말했다.

"그 우리가 내가 생각하는 우리 맞아?"

"네."

해리는 한숨을 쉬었다. "이 일에 합류하는 게 얼마나 위험한지 제대로 알고 있는 거야? 설사 토니 라이케가 범인이라고 해도, 이번 체포나 재판의 성공으로 하겐 경정의 권력이 더 커진다는 보장은 없어. 그렇게 되면 자네는 난처한 입장에 처할 거라고."

"반장님은요?" 카야가 책상 위로 상체를 내밀었다. 조그만 피라냐 같은 이가 번득였다. "반장님은 이 일이 위험을 감수할 가치가 있다고 생각하세요?"

"난 한물간 경찰이야, 카야. 잃을 것도 없고. 나한테는 남은 게 이것뿐이야. 마약반이나 성범죄수사과에서 일할 수도 없고, 크리포스가 날 고용할 리도 없지. 하지만 자네에게는 이 선택이 악수惡手가 될 거야."

"제 선택은 늘 그랬는걸요." 카야가 진지하게 말했다.

"좋아. 가서 변호사 만나고 올게. 어디 가지 말고 기다려." 해리가 책상에서 일어섰다.

"대기하고 있을게요, 반장님."

해리가 몸을 빙글 돌리자, 정면에 어떤 남자의 얼굴이 있었다. 남자는 한동안 문간에 서 있었던 듯했다.

"미안합니다." 남자가 환하게 웃으며 말했다. "잠시 저 아가씨를 빌리고 싶어서요."

그는 카야를 향해 고갯짓했다. 눈에는 웃음기가 가득했다.

"그러시죠." 해리는 그에게 짧게 미소를 보이고는 복도를 성큼성큼 걸어나갔다.

"아슬라크 크롱리 경관님. 시골 소년이 타락한 대도시에는 웬일이세요?" 카야가 말했다.

"뻔하죠." 우스타오셋의 경관이 말했다.

"짜릿함과 네온 불빛, 북적거리는 사람들을 찾아서 왔나요?"

크롱리는 미소를 지었다. "일 그리고 여자 때문에요. 커피 한잔할래요?"

"지금은 안 돼요. 일이 터져서 대기해야 하거든요. 하지만 경찰청 식당에서 커피 한 잔은 대접할 수 있어요. 맨 꼭대기 층이에요. 먼저 가서 기다리세요. 전화 한 통화만 하고 곧 갈게요."

크롱리는 한쪽 엄지를 치켜세우더니 밖으로 나갔다.

카야는 눈을 감고 몸을 부르르 떨며, 숨을 깊이 들이쉬었다.

경찰청 상주 변호사의 사무실은 같은 7층이어서 많이 걸어갈 필요도 없었다. 해리가 사무실에 들어서자, 젊은 여자 변호사가 안경 너머로 그를 바라보았다. 그가 경찰청을 떠난 후에 입사한 게 분명했다.

"영장이 필요합니다." 해리가 말했다.

"누구시죠?"

"해리 홀레 반장입니다."

그녀의 당황하는 반응으로 보아 그에 대한 소문을 익히 들은 것 같았다. 어쨌거나 해리는 신분증을 제시했다. 그녀가 무슨 소문을 들었을지 짐작이 갔지만, 생각하지 않기로 했다. 그녀는 가택수색영장과 체포영장에 그의 이름을 적어 넣었다. 그러더니 마치 그의 이름 철자가 너무 복잡하다는 듯이 과장해서 눈을 가늘게 뜨고 그의 신분증을 뜯어보았다.

"두 개 다요?" 그녀가 물었다.

"네." 해리가 대답했다.

그녀는 '체포'와 '수색' 옆에 체크한 다음, 의자에 등을 기대고 '30초 줄 테니 날 설득해봐요' 하는 자세를 취했다. 분명 연륜 있는 선배 변호사들에게서 보고 따라하는 자세였다.

해리는 경험상 첫 번째 근거가 중요하다는 것을 알고 있었다. 변호사들은 첫 번째 근거를 들을 때 이미 마음의 결정을 내리기 때문이다. 그래서 엘리아스 스코그가 살해되기 이틀 전, 토니 라이케로부터 전화가 걸려왔다는 사실부터 말했다. 더불어 아까 토니가 해리와 이야기할 때 엘리아스를 모른다고 했으며, 산장에서 그와 이야기한 적이 없다고 했던 것까지 설명했다. 두 번째 근거는 폭행 전과, 그리고 토니가 상대를 죽일 의도가 있었음을 인정했다는 점이었다. 이쯤 되면 영장 발부는 따놓은 당상이었다. 그래서 세세한 추가 설명 없이 그저 토니가 콩고와 뤼세렌 호수에 있었던 우연을 지적하며 마지막 쐐기를 박았다.

변호사가 안경을 벗었다.

"기본적으로는 공감해요. 하지만 좀 더 생각해봐야겠어요." 그녀가 말했다.

염병할. 해리는 마음속으로 욕을 했다. 노련한 변호사였다면 지금 당장 영장을 발부해주었을 것이다. 하지만 이 여자는 너무 풋내기라서 다른 사람과 상의하지 않고서는 영장을 발부할 엄두가 안 나는 것이다. 이 여자의 사무실 문에는 '연수 중'이라는 팻말을 걸어둬야 한다. 그랬다면 여기서 시간 낭비하지 않고, 다른 변호사에게 갔을 텐데. 하지만 이젠 너무 늦었다.

"급한 일입니다." 해리가 말했다.

"왜죠?"

해리는 말문이 막혀서 건성으로 손짓만 했다. 무언가 중대한 말을 해야 하는데 막상 할 말이 없을 때의 손짓이었다.

"점심시간 직후에 결정하도록 하죠……." 그녀는 책상 위에 놓인 양식서를 노려보았다. "……홀레 반장님. 영장이 발부되면, 반장님 우편함에 넣어둘게요."

해리는 경솔한 말을 하지 않기 위해 이를 꽉 물었다. 그녀의 대응 방식이 적절하다는 것을 알고 있었기 때문이다. 물론 그녀는 남성 지배적인 사회에서 일하는 젊고 경험 없는 여자라는 자신의 처지를 과잉보상하고 있었다. 그래도 자신에게 강압적인 방법은 먹히지 않는다는 것을 처음부터 보여주며, 자신을 존중해달라는 의지를 확고히 드러낸 셈이었다. 훌륭했다. 해리는 그녀의 안경을 낚아채 부숴버리고 싶었다.

"결정을 내리면 내 사무실로 전화해주겠습니까? 지금 사무실은 우편함에서 꽤 멀어서요." 그가 말했다.

"그러죠." 그녀가 너그럽게 대답했다.

해리가 사무실을 50미터쯤 앞두고 지하배수로를 걸어가고 있을 때 사무실 문이 열리는 소리가 들렸다. 누군가 사무실에서 나오더니 서둘러 문을 닫았다. 그러고는 몸을 돌려 해리가 있는 방향으로 걷기 시작하다가, 그를 보고 굳어버렸다.

"내가 놀라게 했나, 비에른?" 해리가 부드럽게 물었다.

두 사람 간의 거리는 아직 20미터가 넘었지만, 벽은 비에른 홀름에게 소리를 실어 날랐다.

"약간요." 토텐 출신의 젊은이가 빨간 머리카락 위에 쓴, 알록달록한 라스타파리안 모자를 바로 잡으며 말했다. "반장님은 늘 소리 없이 다가오시잖아요."

"음. 그러는 자네는?"

"제가 뭐요?"

"여긴 어쩐 일이야? 크리포스에서 바쁘게 지내는 줄 알았는데. 아주 폼 나는 새 직책을 맡았다고 들었어." 해리는 비에른과의 거리를 2미터로 줄였다. 비에른은 한발 뒤로 물러섰다.

"폼 나기는 무슨. 제가 제일 좋아하는 일을 못하게 됐는데요, 뭐." 비에른이 말했다.

"그게 뭔데?"

"과학수사요. 절 아시잖아요."

"내가?"

비에른은 얼굴을 찌푸렸다. "과학수사과와 전략계획팀의 조정 업무라니, 그게 뭐겠어요? 기껏 메시지나 전달하고, 미팅 일정 잡고, 보고서 제출하는 거죠."

"그래도 승진이잖아. 잘된 것 같은데. 안 그래?"

비에른은 콧방귀를 뀌었다. "제 생각은 달라요. 벨만은 절 따돌리려고 그 일을 맡긴 거예요. 제 손으로 어떤 정보도 알아내지 못하도록요. 만약 제가 뭔가를 알아낸다면 반장님에게 먼저 달려갈 확률이 높으니까."

"하지만 그건 벨만의 착각이지." 해리는 이제 비에른의 코앞으로 다가가 그와 마주보고 섰다.

비에른 홀름은 눈을 두 번 깜박였다. "지금 뭐 하시는 거예요, 반장님?"

"내가 묻고 싶은 말이야. 지금 뭐 하자는 거야?" 분노로 인해 해리의 목소리는 경직되고 쇳소리가 났다. "내 사무실에서 뭔 개수작이냐고? 네 쓰레기는 다 가져갔잖아."

"개수작? 이거 가지러 왔어요." 비에른은 오른손을 들었다. 그의 손에는 책이 들려 있었다. "안내 데스크에 맡겨둔다고 하셨는데 없더라고요, 기억나세요?"

행크 윌리엄스 전기였다.

해리는 부끄러움에 양 볼이 달아올랐다.

"흠."

"흠." 비에른이 그의 말투를 흉내 냈다.

"사무실 비울 때 가지고 갔다가, 배수로 중간에서 유턴을 하는 바람에 다시 돌아갔어. 그 뒤로 까맣게 잊어버렸군."

"알았어요. 이제 가도 돼요?"

해리는 옆으로 비켜났다. 비에른이 욕을 중얼거리며 배수로를 쿵쿵 걸어가는 소리가 들렸다.

그는 사무실로 들어갔다.

의자에 털썩 앉았다.

주위를 둘러보았다.

수첩. 휘리릭 넘겨보았다. 아까 토니 라이케와 나눴던 대화의 어떤 내용도 적어두지 않았다. 토니 라이케를 용의자로 지목할 만한 내용은 없었다. 이번에는 책상 서랍을 열어, 뒤진 흔적이 있는지 살펴보았다. 모든 것이 그대로인 듯했다. 그의 생각이 틀렸을까? 미카엘 벨만에게 정보를 유출한 사람이 비에른이 아닐 수도 있을까?

해리는 손목시계를 보았다. 새로 온 변호사가 점심을 빨리 먹기를 기도했다. 키보드를 건드리자, 모니터가 활성화되었다. 조금 전 검색했던 구글 사이트가 그대로 나타났다. 그가 검색창에 쳤던 이름이 눈에 확 들어왔다. 토니 라이케.

41

영장

"그래서," 아슬라크 크롱리가 커피잔을 빙글빙글 돌리며 운을 뗐다. 그의 큼직한 손 안에 있으니 커피잔이 꼭 삶은 달걀용 그릇처럼 작아 보인다고 카야는 생각했다. 두 사람은 창가에서 가장 가까운 테이블에 마주 앉아 있었다. 맨 꼭대기 층에 위치한 경찰청 구내식당은 전형적인 노르웨이식으로 설계되어 있었다. 다시 말해, 환하고 깨끗하지만 필요 이상으로 오래 있고 싶을 정도로 아늑한 맛은 없었다. 식당의 가장 큰 장점은 도심이 내려다보이는 전망이었지만, 크롱리는 전망에는 별 관심이 없는 듯했다.

"근처 다른 산장의 숙박부를 확인해봤습니다. 다음날 호바스 산장에 묵을 거라고 적은 사람은 샬로테 롤레스와 이스카 펠러뿐이에요. 두 사람은 전날 툰베그에 묵었고요."

"우리가 벌써 아는 사실이네요." 카야가 말했다.

"네. 사실 당신이 관심 있어 할 만한 건 두 가지뿐입니다."

"그게 뭔데요?"

"샬로테 롤레스 그리고 이스카 펠러와 같은 날 툰베그 산장에 묵었던 노부부와 통화했어요. 그들 말로는 저녁에 한 남자가 나타나서 저녁을 간단히 먹고, 셔츠를 갈아입은 다음, 남서쪽으로 떠났다고 해요. 밖이 캄캄했는데도요. 남서쪽 방향에 있는 산장은 호바스 산장뿐이죠."

"남자의 생김새가······?"

"얼굴은 못 봤대요. 사람들에게 자기 얼굴을 보이기 싫어하는 것 같더랍니다. 심지어 셔츠를 갈아입을 때도 발라클라바나 구식의 활강 고글을 안 벗었다더군요. 노부인 말로는 예전에 심한 부상을 입은 것 같대요."

"왜 그런 생각을 했대요?"

"이유는 모르겠답니다. 그냥 그런 생각이 들었다는 것만 기억난대요. 하지만 그들의 시야에서 벗어난 남자가 방향을 바꿔서 얼마든지 다른 산장으로 갔을 수도 있죠."

"그렇겠죠." 카야는 그렇게 말하며 손목시계를 봤다.

"그건 그렇고, 경고 방송을 보고 연락해온 사람은 있습니까?"

"아뇨."

"있다는 표정인데요?"

카야의 시선이 아슬라크 크롱리를 힐끗 올려다보았다. 크롱리는 양 손바닥을 들어보였다. "시골 촌놈이 또 나섰군요! 미안해요. 그런 뜻은 아니었습니다."

"괜찮아요."

두 사람은 각자의 커피잔을 들여다보았다.

"내가 관심 있어 할 만한 게 두 가지라고 했는데, 또 하나는 뭐예요?" 카야가 물었다.

"이 말을 하고 나면 후회할 게 뻔해요." 그의 눈에 다시 조용한 웃음기가 감돌았다.

카야는 대화가 어떤 방향으로 흘러가려는지 즉시 깨달았다. 그의 말이 맞았다. 그는 후회하게 될 것이다.

"지금 플라자 호텔에 묵고 있는데, 혹시 오늘 밤에 나와 거기서 식사 할래요?"

그의 표정으로 보아, 그녀의 속마음이 얼굴에 그대로 드러난 것 같았다.
"오슬로에 딱히 아는 사람이 없거든요." 크롱리가 입을 일그러뜨리며 얼굴을 찡그렸다. 상대의 경계심을 풀어주는 미소를 짓는다는 게 그렇게 되어버렸을 것이다. "전에 함께 살았던 여자뿐인데, 그 친구에게는 전화 걸 엄두가 안 나네요."
"저도 그러고는 싶지만……." 카야는 운을 떼었다가 말을 멈췄다. 그 말만으로도 아슬라크 크롱리는 벌써 제안한 것을 후회하는 표정이었다. "……오늘은 다른 일이 있어요."
"좋습니다. 너무 갑작스런 제안이었죠." 크롱리가 손가락으로 이리저리 뻗친 곱슬머리를 빗어내렸다. "내일은 어때요?"
"내일은…… 음, 요즘 제가 좀 바빠요."
크롱리는 고개를 끄덕였다. 그녀에게라기보다 자기 자신에게 하는 듯했다. "물론 그렇겠죠. 혹시 아까 내가 왔을 때 있던 남자 때문인가요?"
"아뇨, 이젠 다른 상사 밑에서 일해요."
"내가 말한 건 상사로서가 아닙니다."
"네?"
"경찰과 사랑에 빠졌다고 했잖아요. 아까 보니까 그 사람에게는 당신을 설득하는 일이 별로 어렵지 않은 것 같던데요. 적어도 나보다는요."
"아뇨, 아뇨. 그 사람 아니에요! 미쳤어요? 난…… 음, 그날 밤에 술을 너무 많이 마셨나 봐요." 카야의 귀에 자신의 공허한 웃음소리가 들렸다. 목이 빨갛게 달아오르는 게 느껴졌다.
"그런가요?" 크롱리는 커피잔을 비웠다. "그럼 이제 전 그만 차가운 도심으로 나가봐야겠네요. 박물관이랑 바에도 좀 가보고요."
"네, 기왕 온 김에 즐겁게 놀다 가세요."
그는 한쪽 눈썹을 치켜세웠다. 그러더니 눈물 어린 눈동자로 유쾌하게 웃었다. 예전에 오빠가 그랬듯이.

카야는 건물 밖까지 그를 배웅했다. 그와 악수를 하자, 자신도 모르게 이 말이 튀어나왔다. "정 외로우면 전화하세요. 나갈 수 있는지 한번 볼 게요."

그녀는 크롱리의 미소를 감사의 의미로 해석했다. 그녀의 제안을 거절할 수 있는 기회, 최소한 그녀의 제안을 받아들이지 않겠다고 결정할 수 있는 기회를 주어서 고맙다는 뜻으로.

7층으로 올라가는 엘리베이터 안에 서서 카야는 아까 그가 했던 말을 생각했다. "……그 사람에게는 당신을 설득하는 일이 별로 어렵지 않은 것 같던데요." 대체 크롱리는 언제부터 문가에 서서 그들의 대화를 엿들었던 걸까?

◆

오후 1시가 되자, 카야 앞에 있던 전화가 울렸다.
해리였다. "드디어 영장이 나왔어. 준비됐어?"
그녀의 심장 박동이 빨라졌다. "네."
"방탄조끼는?"
"챙겼어요. 총도요."
"총은 델타가 알아서 할 거야. 지금 주차장 앞에서 대기 중이거든. 우린 그냥 내려가기만 하면 돼. 그리고 올 때 내 우편함에서 영장 좀 가져다주겠어?"
"알았어요."
10분 뒤, 그들이 탄 델타의 푸른색 12인승 차량은 도심을 통과해 서쪽으로 향하고 있었다. 카야는 해리의 설명을 듣고 있었다. 해리는 30분 전에 토니의 사무실로 전화했는데, 오늘은 토니가 재택근무를 한다는 대답을 들었다고 했다. 그래서 다시 홀멘바이엔 가에 있는 토니의 집으로 전화했고, 토니가 전화를 받자 바로 끊어버렸다는 것이다. 이번 작전을 수

행하기 위해 해리는 특별히 밀라노를 보내달라고 요청했다. 가무잡잡한 피부에 땅딸막한 체격, 굵은 눈썹을 가진 이 남자는 밀라노라는 이름과 달리 이탈리아인의 피가 한 방울도 섞이지 않았다.

차가 입센 터널을 지나자, 사각형의 반사된 불빛이 특공대원 여덟 명의 헬멧과 얼굴 가리개 위로 지나갔다. 그들은 깊은 명상에 빠져 있는 사람들처럼 보였다.

카야와 해리는 뒷좌석에 앉아 있었다. 해리는 앞뒤로 'POLITI'라는 노란색 글씨가 큼지막하게 적힌 검은 재킷을 입고 있었다. 그는 리볼버를 꺼내 약실에 총알이 다 들어 있는지 확인했다.

"델타 특공대원 여덟 명에 블렌더까지." 카야가 말했다. 블렌더란 승합차 위에서 빙글빙글 돌아가는 푸른 불빛을 가리켰다. "너무 요란 떠는 것 아니에요?"

"요란 떨어야 해. 이 체포 작전을 주도한 사람이 누군지 사람들에게 알리려면 평상시보다 판을 크게 벌여야지."

"언론에 흘렸어요?"

해리가 그녀를 힐끗 바라보았다.

"사람들에게 알리고 싶으시다면서요. 생각해보세요. 토니 라이케 같은 유명인사가 마리트 올센 살인 혐의로 체포되는 거예요. 이런 기삿감이라면 왕자 탄생 소식도 뒤로 밀릴 걸요."

"만약 약혼녀와 함께 있기라도 하면 어쩌라고? 혹은 어머니와 함께 있거나. 그 사람들도 다 신문과 텔레비전 생방송에 내보내라고?" 그가 리볼버를 탁 치자, 탄창이 제자리로 딸각 들어갔다.

"그럼 판을 크게 벌려서 뭐 하시게요?"

"언론은 나중에 올 거야. 나중에 와서 이웃사람들과 지나가던 사람들, 우리에게 질문을 퍼붓겠지. 그럼 이게 얼마나 대단한 쇼인지 알게 될 거야. 그걸로 충분해. 무고한 사람들이 피해 볼 일도 없고, 우린 1면에 나가는 거지."

카야는 곁눈질로 해리를 바라보았다. 다음 터널의 그림자가 그들 위로 지나갔다. 승합차는 마요르스투엔을 지나 슬렘달스바이엔 가로 올라가, 빈데렌 지역을 지났다. 카야는 해리가 창밖을, 트램 정거장을 내다보는 것을 보았다. 고통이 적나라하게 드러난 얼굴. 그녀는 그의 손을 잡고 무슨 말이라도, 아무 말이라도 해주고 싶었다. 그래서 저 표정이 사라지게 하고 싶었다. 그녀는 그의 손을 바라보았다. 마치 자신이 가진 것은 리볼버뿐이라는 듯이 리볼버를 다부지게 쥐고 있었다. 이 상황은 오래 가지 못할 것이다. 무언가가 터질 것이다. 아니, 이미 터졌다.

그들은 점점 더 높이 올라갔다. 이제는 도심이 그들 아래에 자리했다. 트램 선로를 건너자, 뒤에서 경고등이 깜박거리기 시작하더니 차단기가 내려왔다.

여기가 홀멘바이엔 가였다.

"나랑 집 안으로 쳐들어갈 사람이 누구지, 밀라노?" 해리가 앞쪽 조수석을 향해 외쳤다.

"델타 3과 4예요." 밀라노가 외치며 뒤돌아보더니, 전투복 앞뒤에 분필로 큼지막하게 3이라고 적혀 있는 남자를 가리켰다.

"좋아. 나머지는?"

"집 양쪽으로 각각 두 명씩 갈 겁니다. 뒤케 1-4-5 대형으로요."

카야는 그것이 미식축구에서 따온 암호임을 알고 있었다. 혹시라도 델타가 사용하는 무선 주파수가 다른 사람에게 잡힐 경우를 대비해, 자기들끼리만 재빨리 의사소통을 하기 위해서였다. 승합차는 토니의 저택에서 서너 채 아래에 있는 집 앞에서 멈췄다. 요원 여섯 명이 MP5를 들고 차에서 뛰어내렸다. 그들은 갈색의 시든 잔디와 헐벗은 사과나무, 오슬로 서쪽 동네에서 자주 볼 수 있는 높은 산울타리가 둘러쳐진 정원을 통과해 토니의 집 쪽으로 다가갔다. 카야는 손목시계를 확인했다. 40초 후,

밀라노의 무선기가 지글거렸다. "모두 제자리에 위치했습니다."

운전사가 클러치를 풀자, 승합차는 천천히 토니의 집으로 향했다. 토니 라이케가 최근에 구입한 저택은 노란색 단층으로 엄청나게 컸다. 하지만 부촌임을 나타내는 주소에 비하면 기대에 못 미치는 저택이었다. 카야의 눈에는 좋게 말하면 기능적으로, 나쁘게 말하면 그냥 대형 나무 상자처럼 보였다.

자갈로 된 진입로는 현관문으로 이어졌고, 맨 끝에는 두 개의 차고가 있었는데 승합차는 차고 앞에 멈춰 섰다. 몇 년 전, 베스트폴 주에서 인질 사건이 일어났을 때 델타는 사건이 일어난 집을 포위했었다. 하지만 인질을 데리고 있던 범인들은 차고로 유유히 걸어가, 집 주인의 차를 타고 현장을 빠져나갔다. 온갖 장비로 무장한 경찰들은 입을 딱 벌린 채 당할 수밖에 없었다.

"뒤에 물러서서 날 따라와. 다음엔 자네가 앞장서게 해줄 테니까." 해리가 카야에게 말했다.

두 사람은 차에서 내렸다. 해리는 한 발짝 뒤에서 삼각형 대형을 이루며 따라오는 다른 두 명의 특공대원들과 함께 집으로 다가갔다. 카야는 해리의 목소리에서 그의 맥박이 빨라졌음을 알 수 있었다. 목소리만이 아니었다. 이제는 그의 몸짓에서도 알 수 있었다. 긴장한 목덜미라든가, 지나칠 정도로 유연한 움직임에서.

그들은 계단을 올라갔다. 해리는 초인종을 눌렀다. 두 명의 특공대원들은 현관문 양쪽에, 벽에 등을 댄 채 자리를 잡았다.

카야는 마음속으로 숫자를 셌다. FBI 매뉴얼에는 초인종을 누르거나 노크한 다음, "경찰이다! 문 열어!"라고 외치고 한 번 더 반복한 후 10초간 기다렸다 들어가라고 적혀 있다고, 아까 차에서 해리가 말해주었다. 노르웨이 경찰에는 그런 정확한 규정은 없지만 그래도 지침은 있다.

하지만 그날 오후, 홀멘바이엔 가에서는 그런 지침이 적용되지 않았다.

현관문이 벌컥 열렸다. 문간에 라스파타리안 모자가 나타나자, 카야는 자동적으로 움찔하며 한발 물러섰다. 해리의 어깨가 홱 돌아갔고, 주먹이 얼굴을 강타하는 소리가 들렸다.

42
비비스

해리의 반응은 본능적이었다. 도저히 참을 수가 없었던 것이다. 열린 문 사이로 과학수사 요원 비에른 홀름의 달덩이 같은 얼굴이 나타나고, 그 뒤로 한창 작업 중인 다른 감식반원들이 보이자, 해리는 순간적으로 전후 사정을 파악했다. 그러고는 눈앞이 깜깜해졌다.

팔을 따라 어깨까지 펀치의 충격이 전해졌고, 이윽고 손가락 관절에 통증이 느껴졌다. 다시 눈을 떠보니 비에른 홀름이 복도에 주저앉아 있었다. 그의 코에서 흘러내린 피가 입을 지나 턱 밑까지 뚝뚝 떨어졌.

두 델타 요원이 앞으로 달려와 비에른에게 총을 겨눴지만, 분명 어리둥절한 표정이었다. 전에도 저 라스타파리안 모자를 본 적이 있었고, 하얀 작업복을 입은 사람들이 감식반원이라는 것을 알고 있었기 때문이다.

"상황 통제됐다고 보고해." 해리가 가슴에 3이라고 적힌 남자에게 말했다. "용의자 검거됐어. 검거자는 미카엘 벨만."

해리는 의자에 털썩 주저앉아 군나르 하겐의 책상 앞까지 다리를 쭉 뻗었다.

"아주 간단합니다, 보스. 우리가 토니 라이케를 체포하려 한다는 걸 벨만이 알아낸 겁니다. 게다가 크리포스 바로 건너편이 겯찰청이죠. 과학수사과와 같은 건물입니다. 벨만은 그냥 어슬렁어슬렁 걸어가, 아무 검사 사무실에나 들어가서 영장을 집어오면 됩니다. 아마 2분이면 끝났을걸요? 반면에 저는 빌어먹을 두 시간이나 기다렸다고요!"

"소리 지를 필요 없네." 하겐이 말했다.

"지를 필요 없지만 질러야겠습니다." 해리는 언성을 높이며 팔걸이를 내려쳤다. "젠장, 젠장, 젠장!"

"비에른 홀름이 고소하지 않는 걸 다행으로 알게. 그나저나 홀름은 왜 때린 건가? 그 친구가 끄나풀인가?"

"또 하실 말씀 있으신가요, 보스?"

하겐은 자신의 수사관을 바라보았다. 그러고는 고개를 저었다. "며칠 쉬게, 해리."

어린 시절, 트룰스 베른트센에게는 별명이 여러 개였지만 지금은 거의 다 잊혔다. 하지만 90년대 초, 고등학교 졸업 후에 생긴 별명은 아직까지 그를 따라다녔다. 비비스. MTV 만화에 나오는 그 머저리였다. 금발에 뻐드렁니, 꿀꿀거리는 웃음소리. 좋다, 어쩌면 그의 웃음소리가 정말로 그런지도 모른다. 그는 초등학교 시절부터 그렇게 웃었다. 특히 누군가 맞을 때, 특히 자기가 맞을 때에는. 어떤 만화책에서 비비스와 벗헤드를 창조한 작가의 성이 저지^{Judge}라고 읽었다. 이름이 뭐였는지는 기억나지 않는다. 어쨌거나 이 저지라는 남자는 아마도 비비스의 아버지가 자기 아들을 때리는 술주정뱅이일 거라고 말했다. 그 대목을 읽은 트룰스 베른트센은 만화책을 바닥에 던져버리고 가게에서 나와버렸다. 그렇게 꿀꿀웃어대면서.

트룰스에게는 경찰인 삼촌이 둘이나 있었다. 삼촌들의 추천서 덕분에 경찰학교 입학 조건을 간신히 충족시켰다. 그 후에는 옆자리 친구의 도움을 받아 턱걸이로 시험을 통과했다. 그 친구에게 그 정도 호의는 아무것도 아니었다. 두 사람은 어릴 적부터 친구였기 때문이다. 뭐 친구 비슷한 사이였다. 솔직히 말하면, 미카엘 벨만은 열두 살 때부터 그의 두목이었다. 트룰스는 망레루드의 폭파된 한 건물 부지에서 처음으로 미카엘을 만났다. 죽은 쥐에게 불을 붙이려는 트룰스에게 미카엘은 쥐의 입안에 다이너마이트를 처넣으면 훨씬 재미있을 거라고 알려주었다. 심지어 다이너마이트에 불을 붙이도록 허락까지 해주었다. 그날 이후로 트룰스는 미카엘이 가는 곳이면 어디든 따라다녔다. 물론 미카엘이 허락해줄 때만. 미카엘은 트룰스가 서투른 모든 일들을 능숙하게 해냈다. 공부, 체육수업, 남들에게 무시당하지 않도록 말하는 법. 심지어 여자친구들도 있었다. 그중 하나는 연상에 젖통까지 불룩해서, 미카엘이 실컷 쓰다듬을 수 있도록 해주었다. 트룰스가 미카엘보다 뛰어난 것은 딱 하나였다. 맷집. 가끔씩 미카엘의 중상모략에 한 방 먹은 덩치들이 주먹을 불끈 쥐고 찾아올 때면 미카엘은 늘 뒤로 물러섰다. 그러고는 트룰스를 내보냈다. 트룰스는 맷집이 좋기 때문이었다. 집에서 훈련을 많이 받은 덕분이었다. 덩치들은 피가 날 때까지 트룰스를 때렸다. 그런데도 트룰스는 꿀꿀 웃으며 꿈쩍도 안 했다. 그러면 덩치들은 화가 나서 더 세게 때렸다. 그런데도 트룰스는 웃음을 멈출 수가 없었다. 그저 웃어야 했다. 나중에 미카엘이 어깨를 토닥여줄 것이다. 혹시 일요일이라면, 뤼엔 교차로 밑의 다리로 그를 데려갈 것이다. 율레와 테베가 또 시합을 벌이기 때문이다. 햇빛에 달궈진 아스팔트 냄새가 풍기고, 치어리더들의 비명과 함성이 울리는 가운데 가와사키 1000시시 엔진의 회전 속도가 올라갈 것이다. 이윽고 율레와 테베의 오토바이가 한적한 일요일의 고속도로를 가르며 그들 아래를 지나 터널로, 브륀으로 질주할 것이다. 만약 미카엘의 기분이 좋고, 마침 트룰스의 엄마가 아케르 병원에서 일하는 중이라면, 두 사람은 미카엘의 엄마와 함께 일요일 점심을 먹을 것이다.

한번은 미카엘이 트룰스의 집으로 찾아오자, 그의 아버지가 예수께서 제자를 데리러 오셨다고 빈정거렸다.

두 사람은 다툰 적이 없었다. 다시 말해, 미카엘이 그를 놀려대며 못되게 굴어도 트룰스는 한 번도 달려들지 않았다. 심지어 한 파티에서 미카엘이 좌중들 앞에서 그를 비비스라 부르고, 그 말에 다들 폭소했을 때조차도. 트룰스는 그 별명이 평생 따라다니리라는 것을 본능적으로 알았지만 화내지 않았다. 그가 미카엘에게 화낸 적은 딱 한 번뿐이었다. 미카엘이 그의 아버지를 카도크 공장의 술주정뱅이라고 불렀을 때. 트룰스는 주먹을 치켜들고 그에게 덤벼들었다. 미카엘은 머리 위로 한 팔을 들어올리며 진정하라고 했다. 큭큭 웃으며 그냥 농담이었다고, 미안하다고. 하지만 결국 미안하다고 사과하는 사람은 트룰스였다.

어느 날, 미카엘과 트룰스는 주유소에 갔다가 우연히 율레와 테베가 기름값을 내지 않고 도망가는 것을 보게 되었다. 율레와 테베가 셀프서비스 주유기로 오토바이에 기름을 채우는 동안, 뒷자리에 앉아 있던 여자친구들은 허리에 두른 청재킷으로 교묘하게 번호판을 가려주었다. 주유를 마친 남자들은 오토바이에 올라탔고 전속력으로 달아났다.

미카엘은 주유소 주인에게 율레와 테베의 이름, 주소를 알려주었다. 하지만 여자들의 경우에는, 테베의 여자친구 이름만 알려주었다. 주인은 의심스러운 눈초리로 그들을 바라보았다. 전에 CCTV에서 트룰스의 얼굴을 본 것 같았기 때문이다. 인부들이 쓰던 빈 막사에 불이 나는 사건이 발생하기 얼마 전, 석유통을 훔쳐갔던 녀석과 비슷하게 생겼다. 미카엘은 정보 제공에 대한 어떤 보상도 바라지 않으며, 그저 가해자들이 자신의 행동에 책임지기만을 바란다고 말했다. 더불어 주인 아저씨도 사회적 책임을 다해달라고 당부했다. 주인은 다소 놀란 표정으로 고개를 끄덕였다. 미카엘은 그 정도로 사람들에게 영향력이 있었다. 주유소를 나서며 미카엘은 고등학교 졸업 후에 경찰대학에 응시할 거라고 했다. 그러니 비비스도 고려해보라고 했다. 더구나 그의 집안에는 경찰이 둘이나 있지 않은가.

나중에 미카엘이 울라와 사귀면서 둘은 자주 만나지 못했다. 하지만 고등학교와 경찰대학을 졸업한 뒤, 두 사람은 스토브네르 경찰서로 함께 발령을 받았다. 절도와 조직폭력배들의 범죄, 심지어 간간히 살인사건도 일어나는 진짜 오슬로 교외 지역이었다. 1년 뒤, 미카엘은 울라와 결혼했고 승진도 했다. 대략 근무 사흘째부터 비비스라 불렸던 트룰스는 미카엘의 지시를 받았다. 트룰스의 미래는 밝아 보였고, 미카엘의 미래는 장밋빛으로 보였다. 그러다 경리과의 어떤 머저리 같은 임시직원 하나가 미카엘을 고소했다. 크리스마스 파티 후에 그가 자신의 턱을 박살냈다는 이유였다. 하지만 증거는 전혀 없었고, 트룰스는 미카엘이 절대 그럴 리가 없다는 것을 알고 있었다. 하지만 일이 시끄러워지자 미카엘은 전근 신청을 했고, 유로폴로 가게 되었다. 유로폴의 사무실이 있는 헤이그로 간 미카엘은 그곳에서도 곧 스타가 되었다.

미카엘이 노르웨이로 돌아와 크리포스에 입사했을 때 두 번째로 한 일은 트룰스에게 전화한 것이었다. 그는 이렇게 물었다. "비비스, 또 쥐새끼들을 날려버릴 준비됐어?"

첫 번째로 한 일은 유시 콜카를 고용한 일이었다.

유시 콜카는 이름을 끝까지 발음하기도 힘든 동양 무술 대여섯 개의 전문가였다. 유로폴에서 4년간 일했고, 그전에는 헬싱키의 경찰이었다. 10대 소녀들을 대상으로 한 남유럽의 연쇄 강간사건을 조사하다가 선을 넘었다는 이유로 유로폴에서 쫓겨났다. 사람들 말에 의하면, 콜카가 한 성범죄자를 너무 심하게 두들겨 팬 바람에 그의 변호사조차도 의뢰인을 알아볼 수 없었다고 한다. 당연히 그 범죄자는 유로폴을 고소하겠노라고 협박했다. 트룰스는 콜카에게 그 자식을 어떻게 묵사발로 만들어 놓았는지 자세히 이야기해보라고 했지만, 콜카는 말없이 허공만 응시했다. 좋다, 트룰스도 수다스런 사람은 아니다. 게다가 말수가 적을수록 사람들이 자신을 과소평가할 확률이 높다는 것을 알았다. 때로는 그게 좋을 때도 있다. 그래도 오늘 밤에는 축하할 만한 이유가 있었다. 미카엘과 자신, 콜카, 그리고 크리포스가 승리를 거두었기 때문이다. 그리고 미카엘이 자리를 비웠기 때문에 그들이 대장 노릇을 해야 했다.

"조용히!" 트룰스가 소리치며 유스티센 카페의 텔레비전을 가리켰다. 크리포스 직원들이 그의 말대로 조용해지자, 꿀꿀거리는 웃음소리가 울려 퍼졌다. 테이블과 바 주위에 정적이 감돌았다. 다들 텔레비전 속의 앵커를 바라보았다. 앵커는 카메라를 정면으로 응시하며 그들이 기다리던 소식을 전했다.

"오늘 크리포스가 마리트 올센을 포함한 여섯 명의 살인사건 용의자를 체포했습니다."

함성이 터져 나오고, 맥주잔이 부딪치는 바람에 앵커의 목소리가 묻혀버렸다. 그러자 핀란드식 스웨덴 억양이 섞인 저음의 목소리가 울려 퍼졌다. "조용히!"

직원들은 다시 입을 다물었고, 미카엘 벨만에게 집중했다. 현재 그는 브륀에 있는 크리포스 건물 앞에 서 있었고, 털이 복슬복슬한 마이크가 그의 코앞에 있었다.

"오늘 용의자를 체포했고, 곧 크리포스가 취조할 겁니다. 그다음에는 예심 법정에 세워야죠." 미카엘 벨만이 말했다.

"그러면 경찰이 이 사건을 해결했다는 뜻입니까?"

"범인을 잡은 것과 유죄 판결을 받아내는 것은 별개입니다." 벨만의 입꼬리에 작은 미소가 걸려 있었다. "하지만 크리포스 수사팀은 많은 정황증거와 우연의 일치를 밝혀냈습니다. 따라서 앞으로의 범죄와 증거 인멸을 막기 위해 즉각 체포하는 것이 적절하다고 판단했습니다."

"용의자가 30대라고 하던데요. 더 자세히 말씀해주실 수 있나요?"

"폭력 전과가 있는 사람이라고만 해두죠."

"인터넷에 용의자의 신원에 대한 소문이 돌고 있습니다. 잘 알려진 투자자이고, 특히나 유명한 선박왕의 딸과 약혼을 앞둔 사람이라고 하던데요. 사실입니까?"

"제가 굳이 그런 소문의 사실 여부를 확인해드릴 필요는 없다고 생각합니다. 그저 크리포스가 곧 이 사건을 해결하리라고 확신한다는 말씀만 드리겠습니다."

기자가 마무리 멘트를 하기 위해 카메라로 몸을 돌렸지만, 실내에 한바탕 울려 퍼지는 박수갈채가 그의 말을 삼켜버렸다.

트룰스는 맥주를 한 잔 더 주문했다. 그때 크리포스 직원 하나가 의자 위에 올라서더니 "강력반 새끼들 좆까라 그래!"라고 외쳤다. 사람들로 버글거려 땀내와 악취가 진동하는 실내에서 와르르 웃음보가 터졌다.

순간 문이 열렸고, 입구를 막아 선 사람이 거울에 비쳤다.

거울을 본 트룰스는 이상한 흥분을 느꼈다. 몸이 떨리며 무슨 일이 터질 거라는, 누군가 다칠 거라는 확신이 들었다.

문간에 서 있던 사람은 해리 홀레였다.

큰 키에 딱 벌어진 어깨, 홀쭉한 얼굴, 움푹 파인 눈 속에 자리 잡은 충혈된 눈동자. 그는 문간에 우두커니 서 있었다. 조용히 하라고 말한 사람이 아무도 없었건만, 앞에서부터 점차 정적이 퍼져나갔다. 마침내 누군가의 "쉿!" 소리와 함께 끝까지 떠들던 과학수사 요원 두 명이 입을 다물자, 실내에는 완벽한 정적이 흘렀다. 해리 홀레가 입을 열었다.

"그래서 지금 우리에게서 빼앗아간 일을 좋다고 축하하는 거야?"

속삭임에 가까울 정도로 나지막한 말이었지만, 음절 하나하나가 실내에 울려 퍼졌다.

"지금 너희들이 뭘 축하하는지 알기나 해? 사람이 죽어나가도 눈 하나 깜짝 안 할 상사를 둔 걸 축하하고 있다고. 이제 곧 저 밖에 시체가 수북이 쌓일 테고, 경찰청 7층에서도 시체가 줄줄이 실려 나갈 거야. 그게 다 너희 상사가 염병할 브륀의 태양왕이 되기 위해서지. 자, 여기 100크로네 있어."

트룰스는 홀레가 지폐를 흔들어대는 것을 보았다.

"이건 훔쳐갈 필요 없어. 그냥 주지. 이걸로 맥주와 용서를 사도록. 벨만에게는 스리섬^{threesome}용으로 딜도*를 사주고……." 홀레는 지폐를 구겨 바닥에 던졌다. 트룰스의 시야 한쪽 구석으로 벌써 콜카가 나올 채비를 하는 것이 보였다.

홀레가 균형을 잡기 위해 옆으로 휘청거리는 걸 보고서야 트룰스는 깨달았다. 비록 저자의 발음이 목사님처럼 또렷할지라도, 사실은 완전히 술에 취한 상태라는 것을.

다음 순간 유시 콜카의 오른손 주먹이 해리 홀레의 턱을 날렸고, 홀레의 몸이 180도로 빙글 돌아갔다. 이번에는 콜카의 왼손 주먹이 홀레의 명치 속에 파묻히면서, 홀레가 허리를 굽혀 정중히 인사했다. 몇 초 후, 홀레의 폐에 다시 공기가 들어차면 분명 토하게 될 거라고 트룰스는 생각했다. 콜카도 같은 생각을 했는지, 홀레를 밖으로 내보내려고 결심한 듯했다. 꼭 통나무처럼 생긴 땅딸막한 콜카가 발레리나처럼 유연하게 한쪽 발을 높이 들어 올려, 홀레의 어깨에 대고는 그대로 사뿐히 밀쳤다. 보는 이로 하여금 절로 감탄이 나오게 하는 장면이었다. 축 처져있던 홀레는 뒤로 비틀비틀 물러서다가, 자신이 들어왔던 문을 몸으로 밀치며 밖으로 나가떨어졌다.

* 여성용 자위기구

제일 많이 취하고, 나이도 제일 어린 직원들은 요란하게 웃어댔고, 트룰스는 꿀꿀거리며 웃었다. 그보다 나이 많은 직원 두세 명은 고함을 쳤고, 한 명은 콜카에게 예의 좀 차리라고 소리쳤다. 하지만 나서는 사람은 아무도 없었다. 트룰스는 이유를 알고 있었다. 다들 해리 홀레의 과거를 알기 때문이다. 그는 경찰의 위신을 떨어뜨렸고, 경찰 내부의 위계질서를 엉망으로 만들었으며, 최고의 형사로 꼽히던 남자의 목숨을 앗아갔다.

콜카는 마치 쓰레기를 치운 사람처럼 무덤덤한 표정으로 바를 향해 성큼성큼 걸어갔다. 트룰스는 히힝히힝, 꿀꿀 소리를 내며 웃었다. 저 종족들은 도무지 이해할 수가 없다. 핀란드인인지 사미족*인지, 에스키모인지 뭔지는 몰라도.

뒤에서 한 남자가 일어나 문으로 나갔다. 크리포스에서 한 번도 본 적이 없는 남자였지만, 갈색 곱슬머리 아래로 보이는 신중한 눈동자는 분명 경찰의 것이었다.

"혹시라도 놈을 상대하는 데 도움이 필요하면 말해요, 보안관." 남자와 한 테이블에 앉아 있던 누군가가 외쳤다.

3분 뒤에 셀린 디온의 목소리가 다시 커졌고, 떠드는 소리도 이전 수준으로 돌아갔다. 트룰스는 앞으로 나가 바닥에 떨어진 100크로네 지폐를 발로 밟았다. 그러고는 그 지폐를 바 앞으로까지 끌고 갔다.

다시 숨을 쉴 수 있게 된 순간, 해리는 바닥에 그대로 토했다. 한 번, 또 한 번. 그러고는 바닥에 널브러졌다. 아스팔트 도로가 어찌나 차가운지 셔츠 아래의 갈비뼈까지 얼얼했다. 또한 어찌나 무거운지 도로가 그

---

* 노르웨이, 스웨덴, 핀란드 북부에 사는 소수민족

를 받치는 게 아니라, 그가 도로를 지탱하는 기분이었다. 새빨간 반점과 꿈틀거리는 검은색 벌레가 그의 눈앞에서 춤을 췄다.

"홀레 반장님?"

해리는 그 말을 들었다. 하지만 자신이 의식이 돌아왔다는 사실을 알면 놈들이 신나게 두들겨 패리라는 생각에 계속 눈을 감고 있었다.

"홀레 반장님?" 목소리가 가까워졌고, 그의 어깨를 잡는 손이 느껴졌다.

알코올 때문에 속도와 정확성, 거리를 가늠하는 능력이 떨어졌을 테지만 그래도 시도는 해보았다. 눈을 뜨고 몸을 비틀어 일으켜, 상대의 후두를 향해 주먹을 날린 것이다. 그러고는 다시 널브러졌다.

그의 주먹은 목표물에서 50센티미터나 빗나갔다.

"택시를 잡아드리죠." 목소리가 말했다.

"지랄하지 말고 꺼져, 이 씹새끼야." 해리가 신음했다.

"전 크리포스가 아닙니다. 제 이름은 크롱리예요. 우스타오셋 담당 경관이죠."

해리는 고개를 돌려, 눈을 가늘게 뜨고 그를 보았다.

"그냥 좀 취한 것뿐이야." 해리가 쉰 목소리로 말했다. 통증 때문에 위장의 내용물이 다시 올라오려 했기 때문에 숨을 가라앉히려고 노력했다. "별거 아니야."

"저도 좀 취했습니다." 크롱리가 웃으며, 한쪽 팔을 해리의 어깨에 둘렀다. "그리고 솔직히 말해서 어디에 가야 택시가 있는지도 전혀 모르겠군요. 일어설 수 있겠어요?"

해리는 처음에는 한 발로, 이내 두 발로 섰다. 눈을 두 번 깜박이고 자신이 적어도 다시 세로가 되었다는 사실을 확인했다. 그는 우스타오셋의 경관을 반쯤 껴안았다.

"오늘 밤에는 어디서 주무실 겁니까?" 크롱리가 물었다.

해리는 의심스러운 눈초리로 그를 바라보았다. "우리 집에서. 괜찮다면 가급적 나 혼자 자고 싶은데."

순간 그들 앞에 경찰차 한 대가 서더니, 차창이 스윽 내려갔다. 차 안의 웃음소리가 잦아들며 차분한 목소리가 들렸다.

"강력반의 해리 홀레 반장님?"

"난데."

"방금 크리포스 요원에게서 반장님을 댁까지 무사히 모셔다드리라는 전화를 받았습니다."

"그럼 당장 문 열어!"

해리는 뒷좌석에 올라타 머리받이에 머리를 기댄 채 눈을 감았다. 주위가 빙글빙글 도는 것 같았지만, 그를 뚫어져라 바라보는 앞의 두 경관을 마주보는 것보다는 나았다. 크롱리는 그들에게 '해리'가 무사히 집에 도착하거든 자신에게 전화해달라고 했다. 저 새끼는 내가 지 친구인 줄 아나? 웅 소리와 함께 차창이 올라갔고, 앞좌석에서 다시 유쾌한 목소리가 들렸다. "댁이 어디십니까, 반장님?"

"앞으로 직진해. 만나야 할 사람이 있어." 해리가 말했다.

차가 출발하자, 해리는 눈을 뜨고 뒤를 돌아보았다. 아슬라크 크롱리는 여전히 묄레르 가의 보도에 서 있었다.

43
가정 방문

카야는 침대에 모로 누운 채 어둠 속을 응시하고 있었다. 대문 열리는 소리가 나더니, 집 앞 자갈길을 걸어오는 발소리가 들렸다. 그녀는 숨을 죽이고 기다렸다. 초인종이 울렸다. 침대를 살그머니 빠져나와 가운을 걸치고 창가로 갔다. 또다시 초인종이 울렸다. 커튼을 손톱만큼 젖히고 밖을 내다보았다. 한숨이 나왔다.

"술 취한 경찰이라니." 방 안에 그녀의 목소리가 울려 퍼졌다.

카야는 슬리퍼를 꿰어 신고, 발을 질질 끌며 복도로 나가 문을 열었다. 그러고는 팔짱을 낀 채 문간에 섰다.

"안녕, 기염둥이." 남자가 혀 꼬부라진 소리로 말했다. 카야는 지금 이 사람이 술주정뱅이 흉내를 내는 건지, 아니면 원래 이런 한심한 사람인지 궁금했다.

"이 밤에 웬일이에요?" 카야가 물었다.

"널 보러 왔지. 들어가도 돼?"

"아뇨."

"나더러 너무 외로우면 연락하라며. 너무 외로웠다고."

"이봐요, 아슬라크 크롱리. 난 자려고 누워 있었어요. 그만 호텔로 돌아가요. 내일 아침에 커피나 한잔하자고요."

"난 지금 마시고 싶은데. 10분만 있다가 택시 부를게, 응? 살인사건과 연쇄살인범에 대해 이야기하자고. 어때?"

"미안하지만 지금 집에 손님이 있어요."

크롱리가 즉시 몸을 똑바로 폈다. 그 민첩함에 카야는 그가 보기보다 많이 취한 게 아닐지도 모른다고 생각했다. "정말이야? 그가 여기 있다고? 당신이 좋아한다던 그 경찰이?"

"네."

"이게 그 사람 신발이고?" 크롱리가 말을 늘여 빼며, 현관 매트 옆에 놓인 거대한 신발을 발로 찼다.

카야는 대답하지 않았다. 크롱리의 목소리에, 아니 목소리 이면에 무언가가 있었다. 전에는 들어본 적이 없는 무언가였다. 마치 잘 들리지 않는 저주파의 으르렁거림 같았다.

"아니면 원치 않는 방문객을 겁주기 위해 그냥 놓아둔 신발인가?" 그의 눈에 웃음기가 감돌았다. "사실 아무도 없는 거지, 그렇지 카야?"

"이봐요, 아슬라크."

"네가 말했던 경찰 말이야, 해리 홀레. 아까 된통 얻어 터졌어. 고주망태가 돼서는 술집에 나타나 시비를 걸다가 결국 싸움이 붙었지. 순찰차가 와서 집까지 데려다주겠다며 태워갔어. 그러니까 넌 오늘 밤 분명 혼자 있는 거야, 응?"

그녀의 심장 박동이 빨라졌다. 가운만 입었는데도 더는 춥지 않았다.

"여기로 왔을 수도 있죠." 이제 그녀의 귀에도 자신의 목소리가 다르게 들렸다.

"아니. 아까 그 경관들의 전화를 받았어. 해리 홀레가 누군가를 만나야 한다고 하기에 언덕 위로 올라갔다더군. 목적지가 국립병원인 걸 알고 경관들이 강력하게 말렸더니, 결국 신호등에 걸렸을 때 차에서 뛰어내렸대. 난 진한 커피로 부탁해, 오케이?"

그의 눈에서 강렬한 광채가 뿜어져 나왔다. 상태가 좋지 않을 때의 에벤 오빠와 똑같았다.

"아슬라크, 이제 그만 가요. 키르케바이엔 가로 나가면 택시가 있어요."

그의 손이 튀어나오더니, 그녀가 미처 피하기도 전에 그녀의 팔을 붙잡아 안으로 밀쳤다. 카야는 팔을 빼내려고 했지만, 그는 한 팔을 그녀에게 둘러 꼭 껴안았다.

"너도 그년처럼 되고 싶어?" 그가 쏘아붙였다. "달아나고 싶어? 꺼지고 싶어? 다른 망할 년들처럼……."

카야는 신음하며 몸을 꿈틀거렸지만, 그의 힘이 너무 셌다.

"카야!"

문이 열린 침실에서 목소리가 흘러나왔다. 단호하고 고압적인 남자의 목소리. 이런 상황이 아니었다면 크롱리는 그게 누구의 목소리인지 알아차렸을 것이다. 불과 한 시간 전에 술집에서 들었던 목소리이기 때문이다.

"무슨 일이야, 카야?"

크롱리는 벌써 카야를 놓아준 상태였다. 그러고는 입을 딱 벌린 채 휘둥그레진 눈으로 그녀를 바라보았다.

"아무것도 아니에요." 크롱리에게서 시선을 떼지 않은 채 카야가 말했다. "우스타오셋에서 올라온 술 취한 시골뜨기가 막 가려던 참이었어요."

크롱리는 아무 말 없이 현관문을 향해 돌아섰다. 그러고는 미끄러지듯 현관을 빠져나가 문을 닫았다. 카야는 문을 잠그고, 나무로 된 차가운 문에 이마를 댔다. 울고 싶었다. 두려움이나 충격 때문이 아니었다. 절망감 때문이었다. 주위의 모든 것이 무너지고 있었다. 한때 정당하며 옳다고 믿었던 모든 것들이 마침내 제대로 보이기 시작했다. 그걸 깨닫기 시작한 지는 꽤 됐지만 그녀는 일부러 보지 않으려 했다. 에벤 오빠의 말이 사실이었기 때문이다. 사람은 누구나 겉보기와는 다르며, 인생은 솔직한 배신을 제외하면 대부분이 거짓말과 기만이라는 말. 그리고 우리도 별반 다르지 않다는 사실을 깨닫게 되는 순간, 더 살고 싶어지지 않는다는 말.

"빨리 와, 카야."

"알았어요."

카야는 당장이라도 현관문을 열어 달아나고 싶었다. 하지만 문에서 몸을 떼고, 침실로 갔다. 커튼 사이로 들어오는 달빛이 침대 위로, 오늘을 축하하기 위해 그가 가져온 샴페인 병 위로, 근육이 잘 잡힌 그의 벌거벗은 상체 위로, 한때 그녀가 지구상에서 가장 잘생겼다고 생각한 얼굴 위로 떨어졌다. 그의 얼굴에 있는 하얀 잡티가 야광 페인트처럼 은은하게 빛났다. 마치 그의 몸 안에서 빛이 흘러나오는 것처럼.

44

덫

카야는 문간에 서서 그를 바라보았다. 미카엘 벨만. 일반인에게는 유능하고 야심만만한 경정이었으며, 세 자녀를 둔 행복한 가장이었고, 곧 노르웨이의 모든 살인사건을 맡게 될 새롭고 강력해진 크리포스의 수장이었다. 반면 카야 솔네스에게 그는 처음 만난 순간부터 사랑에 빠져버린 남자였다. 그는 자신이 발휘할 수 있는 모든 기술에 몇 가지 다른 요소를 더해 그녀를 유혹했다. 카야는 쉽게 넘어갔지만, 그것은 그의 잘못이 아니라 그녀의 잘못이었다. 대부분은. 반장님이 뭐라고 했었지? "상대는 유부남이고, 자네를 위해 가정을 버리겠다고 했지만 말뿐이군."

정곡을 찌르는 말이었다. 정말로 그랬다. 인간은 그렇게 뻔한 존재다. 우리가 무언가를 믿는 이유는 그것을 믿고 싶기 때문이다. 신을 믿는 것은 죽음에 대한 두려움이 무뎌지기 때문이다. 사랑을 믿는 것은 삶의 의미가 더욱 강렬해지기 때문이다. 유부남의 말을 믿는 것은 유부남이 그렇게 말했기 때문이다.

그녀는 벨만이 무슨 말을 할지 알고 있었다. 아니나 다를까 그의 입에서 그 말이 나왔다.

"가봐야겠어. 아내가 이상하게 생각할 거야."

"알아요." 카야는 한숨을 쉬었다. 그리고 그 말을 들을 때마다 머릿속에 떠오르는 질문들을 이번에도 입 밖에 내지 않았다. 아내가 이상하게 생각하지 않도록 사정을 설명해주지 그래요? 왜 늘 헤어지겠다는 말뿐이고 실행에 옮기지 않죠? 하지만 이제는 새로운 질문이 떠올랐다. 난 정말로 그가 그렇게 해주기를 바라는 걸까?

❖

해리는 계단 난간을 붙잡고, 국립병원 혈액학과 병동으로 올라갔다. 몸은 땀에 흠뻑 젖었는데도 어찌나 추운지, 마치 2행정 엔진처럼 이가 딱딱 부딪혔다. 게다가 아직 술도 덜 깼다. 짐 빔에 취하고, 사악함에 취했으며, 개소리로 가득 찬 채 자기 생각에 골몰해 있었다. 그는 갈지자로 복도를 걸어갔다. 복도 맨 끝에 아버지 병실이 보였다.

당직실에서 간호사 하나가 머리를 내밀고 그를 보더니 다시 머리가 쏙 들어갔다. 병실까지 50미터 남았을 때 좀 전의 그 간호사가 빡빡머리 남자 간호사와 함께 나와 그를 막아섰다.

"이 병동에는 약 없습니다." 빡빡머리가 말했다.

"지금 그 말은 새빨간 거짓말일 뿐 아니라," 해리는 몸의 균형을 잡으며 딱딱 부딪히는 이를 진정시키려 했다. "날 완전히 모욕하는 말이야. 난 약쟁이가 아니야. 우리 아버지가 여기 입원해 있다고. 그러니까 비켜주시지."

"죄송해요." 해리의 또박또박한 발음을 듣고 안심한 듯한 여자 간호사가 말했다. "하지만 선생님에게서 양조장 냄새가 진동해서요. 저희는……."

"양조장에서 만드는 건 맥주지. 짐 빔은 버번이야. 그러니까 당신은 나한테서 증류장 냄새가 진동한다고 해야 됩니다, 부인. 이건……."

"어쨌든 들어오시면 안 됩니다." 남자 간호사가 해리의 팔꿈치를 잡았다가 얼른 손을 뗐다. 해리가 그의 손목을 비틀었기 때문이다. 고통으로 얼굴을 찡그린 남자 간호사의 입에서 신음 소리가 나오자, 해리는 그의 손목을 놓아주었다. 그러고는 등을 쭉 펴고 노려보았다.

"경찰에 전화해, 게르드." 남자 간호사가 해리에게서 눈을 떼지 않은 채 부드럽게 말했다.

"괜찮다면 내가 맡도록 하죠." 살짝 혀가 짧은 듯한 목소리가 들렸다. 시구르 알트만이었다. 그는 겨드랑이에 파일을 낀 채 다정한 미소를 지으며 걸어가고 있었다. "우리가 함께 약을 하던 곳으로 갈까요, 해리?"

해리는 몸을 앞뒤로 두 번 흔들었다. 그러고는 키가 작고 마른 몸에 동그란 안경을 낀 남자에게 눈의 초점을 맞춘 후, 고개를 끄덕였다.

"이쪽으로." 이미 계속 걸어가고 있던 알트만이 말했다.

알트만의 사무실은 엄밀히 말하면 사무실이 아니라 창고였다. 창문도 없고, 딱히 통풍기라 할 만한 것도 없었다. 그저 책상과 컴퓨터, 접이식 침대, 자물쇠가 달린 캐비닛뿐이었다. 알트만은 야간 근무를 할 때면 저 침대에서 자다가 호출을 받고 뛰어나간다고 했다. 해리는 캐비닛을 바라보며 아마도 저 안에는 각종 진정제와 각성제가 들어 있으리라 생각했다.

"알트만이라." 해리는 침대 가장자리에 걸터앉았다. 그러고는 마치 입술에 풀이라도 입힌 것처럼 양 입술을 안쪽으로 말았다가 떼면서 요란하게 뽁뽁 소리를 냈다.

"특이한 성이야. 내가 아는 사람 중에 그 성을 가진 사람은 한 명뿐이지."

"로버트 알트만이겠죠." 하나뿐인 의자에 앉으며 알트만이 말했다. "시골 마을에서 자란 내 과거가 싫었어요. 그래서 고향을 떠나자마자 '-센'으로 끝나는 흔해 빠진 성을 버리려고 개명 신청을 했죠. 신청 이유는 사실대로 썼어요. 내가 제일 좋아하는 감독이 로버트 알트만이라서 바꾸고 싶다고. 그 신청서가 통과된 걸로 봐서 담당관은 그날 숙취에 시달렸던 게 분명해요. 사람은 누구나 가끔씩, 그렇게 다시 태어날 수 있죠."

"〈플레이어〉." 해리가 말했다.

"〈고스포드 파크〉." 알트만이 말했다.

"〈숏컷〉."

"아, 걸작이죠."

"좋은 작품이긴 하지만 과대평가됐어. 주제가 너무 많아. 연출과 편집 때문에 플롯이 필요 이상으로 복잡해졌고."

"원래 삶은 복잡한 거예요. 사람들도 복잡하고. 다시 한 번 보세요, 해리."

"흠."

"일은 어떻게 돼가요? 마리트 올센 사건에 진전은 좀 있나요?"

"진전이라. 오늘 범인이 체포됐어." 해리가 말했다.

"와, 취할 만한 이유가 있었군요." 알트만은 턱을 가슴에 붙이고는 안경 너머로 그를 바라보았다. "솔직히 말해서, 나중에 내 손자들에게 케타노메에 대한 내 정보 덕분에 이 사건이 해결되었다고 말할 수 있으면 좋겠네요."

"물론이지. 하지만 놈이 잡힌 건 피살자에게 했던 전화 때문이야."

"안됐군요."

"누가?"

"죽은 사람들 전부겠죠, 아마도. 근데 왜 하필 오늘 밤 아버지를 만나려고 서두른 겁니까?"

해리는 한 손으로 입을 막고 소리 없는 트림을 했다.

"분명 이유가 있을 거예요." 알트만이 말했다. "아무리 취했어도 늘 이유가 있기 마련이죠. 하지만 그건 내가 알 바 아닐 테니 난 그냥 입이나 다물……."

"환자에게 안락사를 부탁받은 적이 있나?"

알트만은 어깨를 으쓱였다. "한두 번쯤, 네. 전 마취전문 간호사니까 아무래도 사람들이 그런 부탁을 하죠. 왜요?"

"우리 아버지가 내게 부탁했어."

알트만은 고개를 천천히 끄덕거렸다. "누군가에게 부탁하기에는 무거운 짐이죠. 그래서 이 시간에 온 겁니까? 그 일을 해치우려고?"

술을 찾아 이미 실내를 한 바퀴 돈 해리의 시선이 한 바퀴 더 돌기 시작했다. "난 용서를 구하러 왔어. 아버지의 부탁을 들어드릴 수 없는 것에 대한 용서."

"용서받을 필요 없어요. 죽여달라는 건 다른 사람에게 할 수 있는 부탁이 아니죠. 하물며 아들에게는."

해리는 양손에 얼굴을 묻었다. 머리가 마치 볼링공처럼 단단하고 묵직하게 느껴졌다.

"전에도 그런 적이 있어." 해리가 말했다.

알트만의 목소리는 충격을 받았다기보다 놀란 듯했다. "안락사를 한 적이 있다고요?"

"아니. 죽여달라는 부탁을 거절한 적이 있다고. 내 인생 최고의 원수에게. 놈은 불치병에 걸렸는데, 아주 치명적이고 고통스러운 병이지. 피부가 쪼그라들면서 그 피부에 서서히 질식해갈 거야."

"경피증이군요." 알트만이 말했다.

"내가 놈을 체포했을 때 놈은 내가 총을 쏘도록 유도했어. 전망대 꼭대기에는 우리 둘뿐이었지. 놈은 정확히 몇 명인지도 모를 사람들을 죽였고, 나와 내가 사랑하는 사람들에게 상처를 줬어. 영원히 돌이킬 수 없는 피해를 주었지. 내 총은 놈을 겨누고 있었어. 우리 둘뿐이었고, 충분히 정당방위가 될 수 있는 상황이었지. 하지만 난 결코 놈을 쏘지 않았어."

"상대가 고통받기를 원했군요. 죽음은 너무 쉬운 결말이니까요." 알트만이 말했다.

"그래."

"그런데 이제는 아버지에게도 같은 짓을 하고 있다는 생각이 들었군요. 아버지를 고통에서 해방시켜드리지 않고, 계속 고통받게 하니까요."

해리는 목을 문질렀다. "내가 무슨 생명의 존엄성이나 다른 시답잖은 말을 믿어서가 아니야. 그냥 나약해서야. 비겁하기 때문이지. 맙소사, 여기 뭐 마실 거 없나, 알트만? 아무거라도 좋아."

시구르 알트만은 고개를 저었다. 해리는 그것이 자신의 마지막 질문에 대한 답인지, 아니면 그전에 한 말에 대한 답인지 알 수 없었다. 아마 둘 다이리라.

"그렇게 자신의 감정을 무시해버리면 안 돼요, 해리. 우리는 옳고 그름의 개념으로부터 지배를 받아요. 그런데 당신은 다른 사람들과 마찬가지로 그 사실을 외면하려 하고 있어요. 비록 머리로는 그 옳고 그름의 개념에 대한 근거를 모두 대지 못할지라도, 그 개념은 당신 안에 아주 깊이 뿌리박혀 있어요. 무엇이 옳고, 무엇이 그른가. 어쩌면 어릴 때 부모님에게 들었던 말일 수도 있고, 할머니가 읽어주었던 교훈이 담긴 동화일 수도 있고, 학창시절에 당신이 겪으며 곰곰이 생각했던 부당한 일일 수도 있어요. 반쯤 잊힌 이 모든 것들의 총체죠." 알트만은 몸을 앞으로 숙였다. "'깊이 닻을 내리다'라는 건 사실 꽤 적절한 표현이에요. 비록 우리 눈에는 저 아래 존재하는 닻이 안 보일지라도, 우린 그 지점에서 벗어날 수가 없죠. 늘 그 주변만 둥둥 떠다니고, 거기가 곧 집이 되는 겁니다. 그 사실을 받아들여요, 해리. 닻을 받아들여요."

해리는 깍지 낀 손을 내려다보았다. "아버지가 겪는 고통은……."

"육신의 고통은 인간이 겪는 최악의 시련이 아니에요. 정말이라니까요. 난 육신의 고통을 매일 보는걸요. 죽음도 최악의 시련은 아니에요. 심지어 죽음에 대한 두려움도 아니죠."

"그럼 뭔데?"

"굴욕이죠. 명예와 위엄을 박탈당하는 것. 무리에서 쫓겨나 따돌림당하는 것. 그게 최악의 형벌입니다. 거의 생매장 수준이죠. 그럴 때 유일한 위안은 인간의 목숨이 꽤나 짧다는 사실뿐이에요."

"흠." 해리는 알트만과 눈을 맞추었다. "이 칙칙한 분위기를 밝게 해줄 만한 술은 정말 없는 거야?"

심문

미카엘 벨만은 또다시 떨어지는 꿈을 꿨다. 꿈에서 그는 혼자 엘초로*의 절벽을 오르고 있었다. 디딘 손가락 아래로 무너지는 바위, 눈앞을 빠르게 스치는 절벽, 그를 향해 점점 빠른 속도로 다가오는 지상. 땅에 떨어지기 직전에 자명종이 울렸다. 벨만은 입에서 흘러내린 계란 흰자를 닦아내며 아내 울라를 올려다보았다. 그녀는 그의 바로 뒤에 서서, 프레스 포트**에 든 커피를 그의 잔에 따라주었다. 그녀는 그가 커피를 마시고 싶어 하는 순간이 언제인지 정확히 알고 있었다. 그리하여 1초도 빠르거나 늦지 않은 바로 그 순간, 그의 푸른색 잔에 혀를 델 정도로 뜨거운 커피가 담기게 된다. 그리고 이것은 울라의 진가를 실감하는 여러 이유 중의 하나에 불과했다. 또 다른 이유는 부부가 함께 초대받는 파티에 가보면 알 수 있었다. 요즘 들어 그런 자리가 점점 늘어나고 있었는데, 울라는 몸매 관리를 잘한 덕분에 여전히 사람들로부터 선망의 시선을 받았다. 두 사람이 사귀기 시작했을 때부터 울라는 망레루드에서 누구나 인정하는 최고의 미인이었다. 당시 그의 나이 열여덟, 그녀의 나이 열아홉이었다. 세 번째 이유는 그녀가 남편의 일을 우선시해, 더 공부하고 싶은

---

* 스페인 안달루시아에 있는 석회암 협곡
** 커피 추출기

자신의 꿈을 접었다는 데 있었다. 그것도 아무런 야단법석 떨지 않고. 하지만 가장 큰 이유는 지금 식탁에 둘러앉아 누가 콘플레이크에서 나온 플라스틱 모형을 가질 것인지, 오늘은 학교 가는 차 안에서 누가 앞좌석에 앉을 것인지로 말다툼을 벌이는 세 아이들이었다. 딸 둘에 아들 하나. 그의 유전자와 양립할 수 있는 아내의 유전자, 그리고 여성의 진가를 실감하게 되는 완벽한 이유였다.

"오늘 밤에도 늦어요?" 그의 머리칼을 슬쩍 쓰다듬으며 울라가 물었다. 그녀는 남편의 머리카락을 좋아했다.

"힘든 조사가 될 거야. 오늘부터 용의자를 취조할 거거든." 벨만이 말했다. 오늘 안으로 신문사들은 이미 알고 있던 사실을 발표할 것이다. 체포된 용의자가 토니 라이케라는 사실. 하지만 벨만은 집에서조차 어떤 기밀도 누설하지 않는 것을 원칙으로 삼았다. 덕분에 늦게 들어올 때마다 "자세한 이야기는 할 수 없어, 여보"라고 둘러댈 수 있었다.

"왜 어제는 취조하지 않고요?" 울라가 아이들의 점심으로 싸주는 빵에 버터를 바르며 말했다.

"정보를 더 수집해야 했거든. 그의 집도 수색하고."

"그래서 뭐 좀 나왔어요?"

"미안하지만 더는 말 못해, 여보." 벨만은 유감스럽지만 비밀을 지켜야 한다는 표정으로 그녀를 바라보았다. 하지만 사실은 그녀의 질문이 민감한 부분을 건드렸음을 감추기 위해서였다. 비에른 홀름과 감식반원들은 토니를 살인사건과 연관시킬 어떤 증거도 찾아내지 못했다. 하지만 다행히 당분간은 그 사실이 별로 중요하지 않았다.

"밤새 구치소에 넣어두었으니까 좀 고분고분해졌을 거야. 취조를 시작하면 협조적으로 나오겠지. 항상 맨 처음에 던지는 질문이 중요해."

"그래요?" 울라가 말했다. 관심을 보이려고 애쓰는 표정이었다.

"그만 가야겠어." 그는 일어나서 아내의 뺨에 키스했다. 그렇다, 그는 분명 그녀의 진가를 실감하고 있었다. 아내와 아이들을 버린다는 것, 또한 그로 하여금 계급과 신분 상승을 가능하게 해준 뼈대와 기반을 버린다는 것은 물론 말도 안 되는 생각이었다. 가슴의 충동을 따르고, 사랑인지 뭔지 모르는 그 따위 감정을 위해 모두 팽개친다는 것은 카야와 함께 있을 때나 생각하고 말할 수 있는 꿈이자 이상향에 불과했다. 기왕 꿈을 꿀 거라면 미카엘 벨만은 그보다 거창한 꿈을 꾸고 싶었다.

그는 복도의 거울을 바라보며 앞니에 음식물이 끼지 않았는지, 실크 넥타이가 비뚤어지지 않았는지 확인했다. 기자들이 벌떼처럼 몰려들 것이다.

카야를 얼마나 붙잡아둘 수 있을까? 어젯밤 그녀는 약간 의심을 품는 듯했다. 사랑을 나눌 때도 예전만큼 열정적이지 않았다. 하지만 지금까지 그래왔듯이 계속 정상을 향해 달려가는 한 그는 그녀를 조종할 수 있으리라. 카야에게 출세를 위해 그를 이용하겠다는 확고한 목표가 있어서가 아니었다. 그의 지적 능력이 뛰어나서도 아니었다. 그저 생물학적 원칙 때문이다. 아무리 현대적인 여성일지라도, 우두머리 수컷에게 복종하는 일에 있어서라면 여자들은 영장류의 수준을 벗어나지 못한다. 하지만 그가 절대 그녀를 위해 아내와 자식을 버리지 않으리라는 것을 깨닫고 카야가 의심을 품기 시작했다면, 이쯤해서 그녀를 좀 다독여줘야 했다. 당분간은 그녀에게서 강력반의 내부정보를 계속 얻어내야 한다. 미진한 부분들이 모두 정리될 때까지, 이 전투가 끝날 때까지, 그리하여 마침내 승리할 때까지.

그는 코트의 단추를 채우며 창가로 갔다. 부모님에게 물려받은 이 집은 망레루드에 있었다. 웨스트엔드 사람들에게 물어본다면, 망레루드를 그다지 좋은 동네라고 말하지는 않을 것이다. 하지만 이 동네에서 자란 사람들은 여기를 떠나지 못하고 머무는 경향이 있다. 이곳에는 영혼이 깃들어 있기 때문이다. 또한 그의 영역이기도 했다. 여기서는 오슬로 시가지의 나머지 부분이 내려다보였다. 저 나머지도 곧 그의 영역이 되리라.

◆

"지금 오고 있습니다." 제복 경관이 보고했다. 경관은 크리포스의 새 취조실 문간에 서 있었다.

"알았네." 미카엘 벨만이 말했다.

어떤 경찰은 취조할 대상을 먼저 취조실에 앉혀두고, 하염없이 기다리게 하는 것을 좋아한다. 누가 우위에 있는지 보여주기 위해서이다. 그리하여 어깨에 힘주며 등장할 수도 있고, 방어적이고 상처받기 쉬운 상태가 된 상대에게 즉각 맹공을 퍼부을 수 있다. 하지만 벨만은 취조실에 미리 앉아 준비를 마친 후에 용의자를 부르는 게 더 좋았다. 이곳이 자신의 영역임을 보여주고, 이 방의 주인이 누구인지 알려주기 위해서이다. 용의자가 들어온 후에도 신문을 훑어보면서 얼마든지 상대를 기다리게 할 수 있다. 그러다 방 안의 긴장감이 점점 고조된다 싶을 때 고개를 들어 묻는다. 하지만 이는 취조 기술의 세부 사항에 불과했고, 여기에 관해서라면 다른 유능한 취조 전문가와 기꺼이 상의할 용의가 있었다. 그는 녹화 장비에 빨간 불이 들어와 있는지 다시 한 번 확인했다. 용의자가 온 후에 장비를 만지작거리는 것은 그전까지 쌓아두었던 위엄을 한순간에 무너뜨리는 행위다.

창문 너머로 비비스와 콜카가 옆 사무실에 들어서는 것이 보였다. 두 사람 사이에서 토니 라이케가 걸어가고 있었다. 경찰청 구치소에서 끌려나오는 길이었다.

벨만은 심호흡을 했다. 이제 그의 맥박이 약간 빨라졌다. 공격성에 긴장이 더해진 결과이다. 토니 라이케는 변호사를 입회시키지 않겠다고 했다. 크리포스로서는 당연히 잘된 일이었다. 그를 마음껏 취조할 수 있기 때문이다. 하지만 동시에 토니가 자신의 결백을 확신한다는 뜻이기도 했다. 불쌍한 자식. 그는 벨만에게 어떤 증거가 있는지 모르고 있었다. 엘리아스 스코그가 살해되기 전, 토니에게서 전화가 걸려온 증거. 토니는 엘리아스를 산장에서 만났을 뿐 이름이 뭔지도 모른다고 주장했었다.

벨만은 신문을 내려다보았다. 토니가 들어오는 소리가 들렸다. 비비스는 벨만에게 지시받은 대로 문을 닫았다.

"앉아." 벨만이 신문에서 눈을 떼지 않은 채 말했다.

토니가 의자에 앉는 소리가 들렸다.

벨만은 신문의 아무 면이나 펼치고, 검지로 아랫입술을 쓰다듬으며 천천히 1부터 숫자를 셌다. 좁고 밀폐된 방에 떨리는 정적이 감돌았다. 1, 2, 3. 예전에 벨만은 새로운 취조법에 대한 강의를 들은 적이 있다. 이제부터는 취조법을 바꾸라는 상부의 지시가 떨어졌기 때문이다. 실전 경험이라고는 하나도 없는 학구파들의 말에 따르면, 새로운 취조법의 핵심은 열린 마음과 대화, 신뢰에 있었다. 4, 5, 6. 벨만은 잠자코 강의를 듣기는 했지만, 마음속으로는 코웃음을 쳤다. 저들은 크리포스가 어떤 놈들을 상대하는지 전혀 모르고 있었다. 여기 잡혀오는 놈들은 기대어 울 수 있는 어깨만 빌려주면 모든 것을 술술 털어놓는, 예민하면서도 섬세한 영혼이 아니란 말이다. 학구파들은 지금까지 경찰이 썼던 취조법, 즉 미국 FBI에서 사용하는 전형적인 9단계 취조법은 비인간적일 뿐더러 상대를 그릇된 결론으로 유도할 수도 있다고 했다. 심지어 결백한 사람에게 그들이 하지도 않은 범죄를 자백하게 만들어서 오히려 역효과라는 것이다. 7, 8, 9. 좋다, 그래서 실수로 남의 말에 잘 휘둘리는 이상한 겁쟁이를 감방에 처넣었다고 하자. 그래도 인간쓰레기 같은 놈들이 '열린 마음, 대화, 신뢰'를 미친 듯이 비웃어대며 유유히 빠져나가는 것보다 낫지 않은가.

10.

벨만은 양 손끝을 모으며 시선을 들었다.

"당신이 오슬로에서 엘리아스 스코그에게 전화한 거 알고 있어. 이틀 후에 당신이 스타방에르에 있었다는 것도. 또 당신이 엘리아스를 죽였다는 것도. 그 세 가지가 우리가 알아낸 사실이야. 하지만 난 그 이유가 궁금하군. 아니면 아무런 동기도 없이 죽인 건가, 라이케?"

이것은 FBI 요원인 인바우, 리드, 버클리가 고안해낸 9단계 취조법의 첫 단계였다. 정면대결, 상대를 곧장 나가떨어지게 하는 펀치를 날려 충격 효과 시도하기, 이미 다 알고 있으니 죄를 부인해봐야 소용없다고 선언하기. 이 단계의 목적은 단 하나였다. 자백을 받아내는 것. 벨만은 이 1단계에 다른 취조 기술을 도입했다. 하나의 사실에 하나 혹은 그 이상의 비非사실을 연결시키는 것이다. 그리하여 전화 기록이라는 반박의 여지가 없는 사실에 토니가 스타방에르에 갔고, 그가 범인이라는 자신의 주장을 연결시켰다. 첫 번째 주장의 증거를 들은 토니는 자동적으로 그들이 다른 주장에 대한 구체적인 증거도 가지고 있다고 생각하게 될 것이다. 그리하여 그 세 가지 사실이 너무도 확실하고 반박의 여지가 없기에 그들이 아직 풀지 못한 유일한 질문, 즉 왜 죽였는가로 건너뛰었다고 결론짓게 된다.

토니는 침을 삼키더니, 큼지막한 하얀 이를 드러내며 억지로 웃었다. 벨만은 혼란스러워하는 그의 시선을 보며 승리를 직감했다.

"전 엘리아스 스코그라는 사람에게 전화한 적 없습니다." 토니가 말했다.

벨만은 한숨을 쉬었다. "텔레노르에서 가져온 전화 기록 보여줘?"

토니는 어깨를 으쓱였다. "전화하지 않았어요. 요전에 휴대전화를 잃어버렸는데, 어쩌면 누가 그걸로 했을지 모르죠."

"머리 굴리지 마, 라이케. 너희 집 유선전화로 걸었다고."

"전화하지 않았어요. 정말입니다."

"공식 자료에 따르면 당신은 혼자 사는 걸로 돼 있어."

"맞아요. 하지만……"

"가끔씩 약혼녀가 자고 가겠지. 그리고 또 당신은 가끔씩 약혼녀보다 먼저 일어나서 그녀를 남겨둔 채 출근하기도 할 테고."

"그러기도 하죠. 하지만 제가 약혼녀 집으로 가는 경우가 더 많습니다."

"그건 왜지? 갈퉁 상속녀의 집이 당신 집보다 더 좋아서?"

"그런 셈이죠. 아무래도 더 아늑하니까."

벨만은 팔짱을 끼며 미소를 지었다. "어쨌거나 만약 당신이 엘리아스에게 전화한 게 아니라면, 분명 그 여자가 했겠군. 5초 줄 테니까 자초지종을 설명해봐, 라이케. 5초 후에는 오슬로 거리의 한 순찰차가 요란하게 사이렌을 울리며 당신 약혼녀의 그 아늑한 집으로 찾아갈 거야. 그녀의 손에 수갑을 채우고 여기로 데려오겠지. 그러면 약혼녀는 아버지에게 전화해서 당신 때문에 엘리아스에게 전화한 혐의를 받게 되었다고 말할 거야. 딸의 전화를 받은 안데르스 갈퉁은 찔러도 피 한 방울 나오지 않는 변호사들로 노르웨이에서 가장 악독한 변호인단을 꾸릴 거고. 그때는 당신 정말 큰코다치는 거지. 4초, 3초."

토니는 다시 어깨를 으쓱였다. "그 사실만으로 아무 전과도 없는 젊은 여자에게 체포영장이 발부될 거라고 생각한다면 그렇게 하세요. 하지만 왠지 큰코다치게 될 사람은 내가 아닐 거 같군요."

벨만은 토니를 바라보았다. 이자를 과소평가한 걸까? 이제는 그의 속마음을 읽기가 더 힘들었다. 어쨌든 1단계는 끝났다. 아무런 자백도 받아내지 못한 채. 하지만 괜찮다, 아직 여덟 단계가 더 남아 있다. 2단계는 용의자의 행동을 정상으로 인정해줌으로써 상대에게 공감하는 것이다. 하지만 그것은 상대의 동기를 알거나, 정상으로 인정해줄 수 있는 무언가가 나왔을 때의 이야기이다. 우연히 스키 산장에 함께 묵었던 투숙객들을 모두 죽이는 동기가 무엇인지는 자명하지 않다. 대다수 연쇄살인범들의 살인 동기가 보통 사람은 절대로 도달하지 못하는 정신 영역에 감춰져 있다는 것은 명백한 진리이다. 따라서 취조를 준비할 때 벨만은 공감 단계는 가뿐히 건너뛰고, 곧장 동기 단계로 넘어가기로 했다. 용의자에게 자백해야 할 이유를 말해주는 단계이다.

"내 요점은 말이야, 당신의 코를 납작하게 만들 사람은 내가 아니라는 거야. 난 그저 당신이 왜 그런 짓을 했는지 알고 싶을 뿐이야. 무엇이 당신을 돌아버리게 만드는지 말이야. 당신은 능력 있고 똑똑한 사람이잖아. 당신이 이룬 사업적 성과를 보라고. 난 스스로 목표를 정하고, 다른 사람들이 뭐라 하던 그 목표를 추구하는 사람들에게 매료되지. 평범한 광란의 무리들과 스스로를 차별화시키는 사람들. 사실 나도 그 부류에 속한다고 할 수 있어. 그러니 어쩌면 나는 당신이 생각하는 것보다 당신을 더 잘 이해할 거야, 토니."

벨만은 한 직원에게 토니가 자신의 이름을 어떻게 불러주는 걸 제일 좋아하는지 알아내게 했다. 증권사에 다니는 토니의 친구에 따르면, 그것은 '토우니'도 '토니이'도 아닌 '토니'였다. 벨만이 정확하게 '토니'로 발음하자, 토니의 시선이 그에게로 향했다. 벨만은 토니의 시선을 계속 잡아두려 했다.

"어쩌면 내가 말해서는 안 될 사실을 하나 말해주지, 토니. 여러 내부 사정 때문에 우린 이 사건에 많은 시간을 할애할 수 없어. 그래서 내가 당신의 자백을 원하는 거야. 보통 이렇게 엄청나게 불리한 증거가 나온 용의자에게는 거래를 제안하지 않아. 하지만 이 경우에는 일을 신속하게 처리해줄 거야. 그리고 만약 당신이 자백한다면, 사실 자백 없이도 충분히 유죄 선고를 받아낼 수 있지만, 형량을 대폭 낮춰주지. 유감스럽게도 정확한 수치를 제시하는 것은 법으로 금지되어 있어. 하지만 우리끼리니까 하는 말인데 형량이 대.폭. 줄어들 거야. 알았나, 토니? 약속하지. 여기 다 녹화되고 있다고." 벨만은 둘 사이에 있는 테이블 위의 빨간 불을 가리켰다.

토니는 심사숙고하는 표정으로 오랫동안 벨만을 바라보더니, 마침내 입을 열었다. "날 데려온 두 남자가 당신 이름이 벨만이라고 하더군요."

"미카엘이라 불러, 토니."

"당신이 아주 똑똑한 사람이라고도 했어요. 냉정하지만 믿을 만하다고."

"그 말이 사실이라는 걸 곧 알게 될 거야, 아무렴."

"형량을 대폭 낮춰준다고 했죠?"

"약속하지." 벨만의 맥박이 빨라졌다.

"알았어요."

"좋아." 미카엘 벨만은 대수롭지 않다는 듯이 말하며, 엄지와 검지로 아랫입술을 만졌다. "처음부터 시작할까?"

"좋습니다." 토니는 그렇게 말하며, 바지 뒷주머니에서 종이 한 장을 꺼냈다. 비비스와 콜카가 가지고 있어도 좋다고 허락해준 종이였다. "해리 홀레 반장에게서 사건 발생 날짜와 시간을 들었으니 빨리 끝내죠. 보르그뉘 스템 뮈레는 12월 16일, 밤 10시에서 11시 사이에 오슬로에서 사망했습니다."

"맞아." 벨만은 마음속에 환희가 차오르는 것을 느꼈다.

"제 일정표를 확인해봤어요. 그날 전 시엔에 있는 입센 하우스의 페르 귄트 룸에 있었습니다. 거기서 우리 회사의 콜탄 프로젝트를 설명하고 있었죠. 그 회의실을 빌린 사람과 그날 설명회에 참석했던 대략 120명의 예비 투자자들에게 물어보면 확인하실 수 있을 겁니다. 오슬로에서 시엔까지 차로 두 시간이 걸린다는 건 아시죠? 다음 피살자인 샬로트 롤레스는…… 어디 보자…… 1월 3일 밤 11시에서 자정 사이에 사망한 걸로 돼 있군요. 그날 전 하마르에서 몇몇 소액 투자자들과 저녁 식사를 했습니다. 하마르 역시 오슬로에서 차로 두 시간 거리죠. 하지만 전 기차를 타고 갔습니다. 티켓이 남아 있는지 찾아봤지만, 슬프게도 운이 따르지 않더군요."

토니는 사과의 뜻으로 벨만에게 미소를 지었다. 벨만은 이미 숨을 멈춘 상태였다. 토니는 입술 사이로 큼지막한 이를 슬쩍 드러내며 마무리했다. "하지만 저녁 식사를 함께했던 열두 명 가운데 최소한 몇 명은 증인이 되어줄 겁니다."

⸢⸣

"그러더니 마리트 올센의 살인에 대해서는 알리바이가 없다고 하더군. 그날 약혼녀와 함께 집에 있기는 했지만, 저녁에 두 시간 동안 혼자서 스키를 탔다는 거야. 쇠르셰달렌*의 불이 환하게 켜진 스키 코스에서."

미카엘 벨만은 고개를 절레절레 흔들었다. 양손을 코트 주머니에 더 깊이 찔러 넣으며 〈병든 아이〉를 구석구석 살펴보았다.

"마리트 올센이 죽은 시간에요?" 카야는 고개를 기울여, 아마도 죽어가고 있을 창백한 소녀의 입을 바라보며 말했다. 두 사람이 뭉크 박물관에서 만날 때 그녀는 주로 한 지점을 집중해서 바라본다. 인물의 눈이나 배경이 되는 풍경일 때도 있고, 에드바르 뭉크의 서명일 때도 있다.

"토니 말로는 자기나 그 갈통 집안 딸이나……"

"레네." 카야가 정정했다.

"언제인지 정확하게 기억은 못하지만 꽤 늦은 시간일 거라고 했어. 사람이 없을 때 혼자 타는 걸 좋아해서 주로 늦은 시간에 탄다더군."

"그러니까 토니 라이케가 그 시간에 프롱네르 공원에 있었을 수도 있군요. 만약 쇠르셰달렌에 있었다면 요금정산소를 두 번 지났을 거예요. 갈 때 한 번, 올 때 한 번. 앞유리창에 오토패스가 부착되어 있으면 저절로 기록이 남죠. 그러니까……"

* 오슬로 북서쪽에 위치한 계곡

카야는 몸을 돌렸다가 그의 냉랭한 시선과 마주치자 말을 멈췄다.

"하지만 물론 당신이 이미 조사했겠죠." 그녀가 말했다.

"그럴 필요 없었어. 그에게는 오토패스가 없었으니까. 정산소에 멈춰서 현찰로 냈대. 그러니까 남은 기록도 없어."

카야는 고개를 끄덕였다. 두 사람은 다음 그림이 있는 곳으로 걸어가, 몇몇 일본인 관광객들 뒤에 섰다. 관광객들은 요란한 손짓과 몸짓으로 그림을 가리켜댔다. 평일에 뭉크 박물관에서 만날 때의 좋은 점은 이곳이 크리포스와 경찰청사의 중간 지점이라는 것 외에도 절대 동료나 이웃사촌, 지인들을 만날 일이 없다는 것이었다. 여기는 관광명소이기 때문이다.

"엘리아스 스코그의 살인과 스타방에르에 대해서는 뭐래요?" 카야가 물었다.

벨만은 다시 고개를 저었다. "엘리아스 스코그의 살인에도 알리바이가 없다고 했어. 그날 밤에 혼자 잤다고 했거든. 그래서 내가 다음날 출근했는지 물었더니 기억이 안 난다고 하더군. 하지만 아마 평상시처럼 7시에 출근했을 거라고 했어. 그러면서 꼭 알고 싶으면 오피스텔 건물 안내원에게 물어보라더군. 그래서 그렇게 했지. 알아봤더니 그날 토니는 9시 15분에 회의실 하나를 예약했더라고. 내가 사무실에 몇몇 투자자들을 불러서 이야기해봤는데, 그중 두 사람이 그날 아침에 토니와 만났다고 증언했어. 만약 토니가 새벽 3시에 엘리아스 스코그의 집을 나섰다면, 비행기를 타지 않고서는 그 시간에 오슬로에 있기란 불가능해. 탑승객 명단에 그의 이름은 없었고."

"그건 상관없어요. 가짜 이름과 신분증으로 다녀왔을 수도 있으니까. 어쨌거나 엘리아스에게 전화한 기록이 있잖아요. 거기에 대해서는 뭐래요?"

"이렇다 할 변명도 없이 그냥 부인만 했어." 벨만은 콧방귀를 뀌었다.

"대체 이 〈생명의 춤〉이 뭐가 그렇게 대단하다는 거야? 얼굴도 흐릿하잖아. 내 눈에는 꼭 좀비들 같구만."

카야는 그림 속의 춤꾼들을 자세히 들여다보았다. "어쩌면 그럴지도 모르죠." 그녀가 말했다.

"진짜 좀비라고? 이 사람들이 좀비라는 거야?" 벨만이 소리 없이 웃었다.

"춤꾼들처럼 빙글빙글 돌지만 내면은 죽어서 매장되어 있고, 부패된 사람들 같은데요, 분명."

"재미있는 이론이군, 솔네스."

카야는 그가 자신의 성姓을 부르는 걸 싫어했다. 하지만 그는 화가 났거나, 그녀에게 자신이 지적으로 우월하다는 것을 상기시켜주고 싶을 때 그렇게 부르곤 했다. 카야는 그가 지적으로 그녀보다 우월하다고 생각하도록 내버려두었다. 그에게는 그것이 매우 중요했기 때문이다. 어쩌면 정말 그런지도 모른다. 애초에 벨만에게 홀딱 반한 데에는 그의 뛰어난 지능도 한몫하지 않았던가? 하지만 이제는 잘 기억나지 않았다.

"그만 가봐야겠어요." 카야가 말했다.

"뭐 하러?" 벨만이 전시실 뒤쪽의 밧줄 뒤에 서서 하품 하는 경비원을 바라보며 말했다. "파일 수라도 세면서 강력반이 문 닫는 걸 기다리려고? 토니 라이케 건으로 날 아주 곤란하게 만든 건 알고 있겠지?"

"내가요?" 카야는 어이가 없어서 버럭 소리를 질렀다.

"목소리 낮춰. 해리 홀레가 토니 라이케를 조사한다고 귀띔해준 사람은 당신이잖아. 그자가 토니를 체포하려 한다고 했지. 난 당신을 믿었어. 그래서 당신의 귀띔만 믿고 토니를 체포하고, 언론에는 이 사건이 거의 다 해결되었다는 말까지 했다고. 근데 이제 개망신을 당하게 생겼어. 그자에게는 적어도 두 건의 살인에 대해 완벽한 알리바이가 있어. 오늘 안에는 풀어줘야 한다고. 그자의 장인은 벌써 지옥에서 온 변호사들로 우리를 고소할 생각일 거야. 게다가 법무부 장관은 왜 우리가 그런 엿 같은 실수를 했는지 알고 싶어 할 거고. 이제 목이 달아날 사람은 당신도, 홀레도, 하겐도 아닌 나라고, 솔네스. 알았어? 내 목만 달아난다고. 그러니까 어떻게든 해야 해. 당신도 뭔가를 해야 한다고."

"뭘 해야 하는데요?"

"별거 아니야. 아주 하찮은 일이지. 당신이 그 일만 해주면 나머지는 우리가 알아서 할 거야. 오늘 밤에 홀레를 밖으로 불러내."

"밖으로 불러내라고요? 내가?"

"그자는 널 좋아해."

"왜 그렇게 생각하죠?"

"너희 둘이 베란다에 앉아서 담배 피우는 걸 봤다는 얘기, 안 했던가?"

카야의 얼굴이 창백해졌다. "그날 밤 늦게 당신이 오기는 했지만, 우릴 봤다는 말은 안 했잖아요."

"둘 다 서로에게 푹 빠져서 차가 오는 소리도 못 듣더군. 그래서 내가 차를 주차시키고 지켜봤지. 홀레는 당신을 좋아해, 내 사랑. 그러니까 그자를 불러내서 어디든 가라고. 더도 말고 두 시간이면 돼."

"왜요?"

미카엘 벨만이 미소를 지었다. "그자는 집에서 보내는 시간이 너무 많아. 하겐은 그에게 휴가를 주는 게 아니었어. 홀레 같은 놈들은 휴가를 감당 못해. 그렇다고 죽도록 퍼마시게 둘 수도 없잖아. 안 그래? 홀레를 불러내서 식당에 가. 아니면 극장에 가거나, 맥주를 마셔. 8시에서 10시 사이에 집에 없게만 해. 그리고 조심해. 약삭빠른 건지 편집증이 있는 건지 몰라도, 그자가 그날 밤에 내 차를 아주 자세히 들여다봤으니까. 알았어?"

카야는 대답하지 않았다. 오랫동안 벨만의 미소는 그가 곁에 없을 때, 집안일과 회사 일로 그녀를 만나러 오지 못할 때 그녀가 그리워하던 대상이었다. 그런데 어째서 그 똑같은 미소가 이제는 그녀의 속을 뒤집어 놓는 걸까?

"대체…… 대체 무슨 짓을 하려고……."

"할 일을 하려는 것뿐이야." 벨만이 손목시계를 바라보며 말했다.

"그게 뭔데요?"

그는 어깨를 으쓱였다. "뭐겠어? 나 대신 다른 사람의 모가지를 날아가게 하는 거지."

"나한테 그런 부탁하지 말아요, 미카엘."

"이건 부탁이 아니라 명령이야."

카야는 모기만 한 소리로 말했다. "만약…… 만약 내가 거부한다면요?"

"그렇다면 홀레뿐만 아니라 너까지 박살내야겠지."

천장의 불빛이 그의 얼굴에 있는 하얀색 잡티 위로 떨어졌다. 어쩌면 저렇게 잘생겼을까. 누군가 그의 초상화를 그려야 한다.

이제 꼭두각시들이 계획대로 춤추기 시작했다. 내가 엘리아스 스코그에게 전화한 사실을 해리 홀레가 알아냈다. 그가 마음에 든다. 우리가 어릴 때 혹은 학생일 때 만났더라면 친구가 되었으리라. 우리에게는 몇 가지 공통점이 있다. 예를 들면, 똑똑하다는 것. 그는 장막 너머를 볼 수 있는 유일한 형사이다. 물론 그건 또한 앞으로 내가 조심해야 한다는 뜻이기도 하다. 앞으로 일이 어떻게 풀릴지 정말로 기대된다. 신난다. 어린아이처럼.

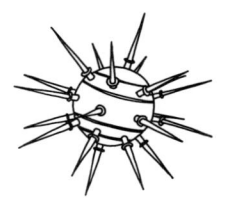

PART 5

빨간 딱정벌레

해리는 눈을 뜨고, 두 개의 빈 술병 사이에서 그를 향해 기어오는 딱정벌레를 바라보았다. 큼지막한 사각형의 빨간 딱정벌레가 고양이처럼 가르릉거렸다. 잠시 동작을 멈추더니, 다시 가르릉거렸다. 딱정벌레는 유리 테이블을 톡톡 기어 그에게 5센티미터 더 다가왔다. 재 속에 딱정벌레의 조그만 발자국이 남았다. 해리는 손을 뻗어 그것을 잡아, 귀에 댔다. 그러고는 자갈이 부서지는 듯한 목소리로 말했다. "전화 좀 그만해, 외위스타인."

"반장님……."

"누구야?"

"카야예요. 뭐 하세요?"

해리는 진짜 카야가 맞는지 확인하려고 휴대전화의 액정을 바라보았다. "쉬고 있어." 위장이 다시 내용물을 게워내려고 요동쳤다.

"어디서요?"

"소파에서. 중요한 일 아니면 끊어."

"옵살에 계시는 건가요?"

"글쎄, 어디 보자. 벽지를 보아하니 그런 것 같군. 카야, 이만 끊어야겠어."

해리는 전화기를 소파 끝으로 내동댕이치고 휘청거리며 일어났다. 무게중심을 잡기 위해 상체를 숙인 채 머리를 내비게이션 겸 공성망치* 삼아 비틀비틀 걸어갔다. 머리는 아무런 오류 없이 그를 부엌으로 안내했고, 그가 양손으로 싱크대를 잡자 입에서 토사물이 쏟아졌다.

다시 눈을 뜬 후에야, 싱크대 안에 접시꽂이가 있었다는 걸 알았다. 접시꽂이에 달랑 하나 꽂힌 접시 위로 걸쭉한 연두색 토사물이 흘러내렸다. 해리는 수도꼭지를 틀었다. 다시 술을 마시기 시작한 알코올 중독자의 이점 중 하나는 이틀쯤 되면 배수구가 토사물로 막히는 일이 없다는 것이다.

해리는 수도꼭지의 물을 조금 마셨다. 너무 많이는 안 된다. 노련한 알코올 중독자의 또 다른 이점은 위장이 어디까지 받아들일 수 있는지 안다는 것이다.

그는 다시 거실로 돌아갔다. 바지에 실례라도 한 사람처럼 무릎을 바깥쪽으로 벌린 채 어기적어기적 걸어갔다. 아직 확인해보지 않았으니 어쩌면 정말로 실례를 했는지도 모를 일이다. 소파에 누우니 소파 끝에서 나지막이 끽끽거리는 소리가 들렸다. 손가락만 한 소인이 그의 이름을 부르는 듯한 작은 소리. 해리는 다리 사이를 더듬어 빨간색 휴대전화를 다시 귀로 가져갔다.

"왜 그래?"

용암처럼 목구멍을 지지는 이 담즙을 어쩐다. 뱉어버려? 아니면 삼켜? 아니면 그냥 목구멍을 계속 지지도록 내버려둘까? 그는 그런 벌을 받아도 싸다.

카야는 그를 만나고 싶어 했다. 에케베르그 레스토랑에서 볼래요? 지금, 아니면 한 시간 뒤도 좋고요.

---

* 옛날 성문이나 성벽을 부술 때 사용했던 무기로 수레 위에 대형 통나무가 달려 있다

해리는 테이블 위의 빈 술병 두 개를 바라보고는 손목시계를 보았다. 7시. 빈모노폴*은 문을 닫았을 것이다. 레스토랑의 바에서라면 술을 마실 수 있다.

"지금 나갈게." 그가 말했다.

해리가 전화를 끊자, 전화가 다시 울렸다. 액정을 확인한 뒤, 버튼을 눌렀다. "잘 있었어, 외위스타인?"

"이제야 전활 받는군! 씨발, 너 지미 헨드릭스**처럼 뒈진 줄 알았잖아."

"에케베르그 레스토랑까지 태워다줄 수 있어?"

"날 뭘로 보고 하는 소리야? 내가 씨발 택시 운전사인 줄 알아?"

18분 후, 외위스타인의 차가 올라브 홀레의 집 앞 계단에 멈춰 섰다. 외위스타인은 씩 웃으며 열린 창문에 대고 그의 이름을 불렀다. "망할 놈의 문 잠그는 거 도와줄까, 이 술고래야?"

"저녁 식사?" 차가 노르스트란 해변을 따라 달리는 동안, 외위스타인이 외쳤다. "빠구리하러 가는 거야, 아니면 이미 했기 때문에 가는 거야?"

"진정해. 우린 그냥 동료야."

"그러니까 하는 말이야. 내 전 부인이 이렇게 말하곤 했지. '사람은 매일 보는 것을 원하기 마련이다.' 분명 그 한심한 패션지에서 읽었을 거야. 다만 그년이 의미한 사람은 내가 아니라, 같은 회사에 다니는 그 놈팡이였지만."

"넌 결혼한 적 없어, 외위스타인."

"할 뻔했었지. 노르딕 스웨터에 넥타이를 매고, 뉘노르스크***로 말하

---

* 정부에서 허가한 주류 판매점. 노르웨이는 정부가 주류를 독점 판매하므로 빈모노폴에서만 술을 구입할 수 있다

** 전설적인 기타 연주자. 약물 과다 복용으로 사망했다

*** 노르웨이에서는 보크몰과 뉘노르스크가 각각 공용어로 인정받고 있다. 대략 80퍼센트가 사용하는 보크몰은 덴마크어를 기본으로 노르웨이식 발음과 지역적 변이가 가미된 언어이다. 반면 뉘노르스크는 19세기 중엽, 언어학자 이바르 오센이 순수 노르웨이어의 전통을 잇기 위해 방언을 중심으로 만든 언어이다

는 놈이었어. 사투리 말고, 낭만적 민족주의에 입각해 이바르 오센이 만든 그 염병할 뉘노르스크 말이야. 농담 아니라 진짜야. 밤에 혼자 누워서 지금 나랑 결혼할 뻔했던 년이 책상 위에서 떡 치느라 바쁘겠구나 생각하는 게 어떤 기분인지 알아? 그러면 눈앞에 노르딕 스웨터와 앞뒤로 격렬하게 움직이는 새하얀 엉덩이가 나타나지. 그러다 엉덩이가 딱 멈추고, 볼기짝이 쏙 들어가면서 그 골빈 놈이 이렇게 외치는 거야. EG KJEM! 뉘노르스크로 나 쌌다는 뜻이지."

외위스타인은 해리를 힐끗 보았지만, 해리는 아무 반응이 없었다.

"뭐야, 해리, 이건 진짜 웃기는 얘기라고. 그 정도로 취한 거야?"

카야는 창가에 앉아 깊은 생각에 잠긴 채 도심을 바라보았다. 그때 나지막한 기침소리가 나서 돌아보니, 웨이터가 서 있었다. 그는 '그 요리는 메뉴에는 있지만 주방에서는 만들지 않는다는군요'라고 말할 때의 미안한 표정으로 그녀를 향해 몸을 낮게 숙였다. 하지만 어찌나 작은 소리로 소곤거리는지 잘 들리지 않았다.

"유감이지만 일행분께서 오셨습니다." 그러더니 웨이터가 얼굴을 붉히며 자신의 말을 정정했다. "그게 아니라, 유감이지만 일행분을 저희 식당에 들일 수가 없겠습니다. 그분이 좀…… 지나치게 흥분하신 상태라서요. 저희 식당의 정책상……."

"알았어요. 지금 어디에 있죠?" 카야는 자리에서 일어섰다.

"밖에서 기다리고 계십니다. 그런데 들어오자마자 바에서 술을 한 잔 주문해서 가지고 나가셨습니다. 혹시 술잔을 다시 가져다주실 수 있을까요? 아시다시피 그 일로 저희 식당의 허가가 취소될 수 있습니다."

"물론이죠. 제 코트 좀 가져다주시겠어요?" 카야는 그렇게 말하며 서둘러 레스토랑을 가로질러 갔다. 웨이터는 초조한 발걸음으로 그녀를 뒤따랐다.

밖으로 나가자, 그가 보였다. 지난번에 두 사람이 담배를 피웠던 비탈 옆의 나지막한 담장 옆에 서서 몸을 앞뒤로 흔들거리고 있었다.

카야는 해리의 곁으로 갔다. 담장 위에 빈 술잔이 있었다.

"이 레스토랑에서는 식사를 못할 것 같네요. 다른 데 갈 만한 곳 있어요?" 그녀가 말했다.

해리는 어깨를 으쓱이더니, 금속으로 된 휴대용 술통을 꺼내 한 모금 마셨다. "사보이 호텔의 바는 어때? 배가 많이 고프지 않다면."

카야는 코트를 더 단단히 여몄다. "사실 별로 배 안 고파요. 이 근처 좀 구경시켜주세요. 여긴 반장님이 내 집처럼 드나드는 곳이잖아요. 제가 차 가져왔어요. 반장님이 자주 가셨다던 벙커, 구경시켜주세요."

"춥고 더러운 곳이야. 지린내랑 젖은 재 냄새도 진동하고." 해리가 말했다.

"거기서 담배나 피우죠. 경치도 보면서. 더 좋은 생각 있어요?"

크리스마스트리처럼 불을 환하게 밝힌 유람선이 어둠을 가르며 소리 없이 유유히 미끄러져 갔다. 목적지는 그들 발아래에 펼쳐진 도심이었다. 두 사람은 벙커의 축축한 콘크리트 지붕에 앉아 있었지만, 한기는 전혀 느껴지지 않았다. 카야는 해리가 건네준 휴대용 술통의 술을 한 모금 마셨다.

"휴대용 술통에 기껏 레드 와인을 담아가지고 다닌단 말이에요?"

"아버지의 장식장에 남아 있던 술이 그것뿐이었어. 그냥 비상용이지. 좋아하는 남자배우는?"

"반장님부터 시작할 차례예요." 아까보다 더 길게 한 모금 마신 뒤, 카야가 말했다.

"로버트 드 니로."

카야는 얼굴을 찡그렸다. "〈애널라이즈 디스〉〈미트 페어런츠 2〉 같은 영화를 찍었는데요?"

"〈택시 드라이버〉와 〈디어 헌터〉를 보고 영원히 그의 팬이 되기로 맹세했어. 하지만 맞아, 최근엔 좀 대가를 치르기는 했지. 자네는?"

"존 말코비치."

"흠. 괜찮지. 왜?"

카야는 곰곰이 생각했다. "세련된 악 때문인 거 같아요. 인간의 그런 자질을 좋아해서가 아니라, 그 사람이 그걸 표현하는 방식이 좋아요."

"게다가 입매도 여성스럽고."

"그게 좋은 건가요?"

"응. 훌륭한 배우들은 모두 여성스러운 입매를 가졌지. 아니면 목소리가 여성스런 고음이거나. 둘 다인 경우도 있고. 케빈 스페이시, 필립 세이모어 호프만처럼." 해리는 담뱃갑에서 담배 한 개비를 꺼내 카야에게 건넸다.

"불 안 붙여주시면 안 피울래요. 하지만 그 남자들은 딱히 남성미가 넘치는 배우는 아니잖아요."

"미키 루크. 여자 같은 목소리에 입매도 여성스럽지. 제임스 우즈. 음탕한 장미처럼 키스하고 싶은 입매를 가졌지."

"하지만 목소리는 고음이 아니에요."

"양처럼 매헤에, 하고 우는 소리지. 그것도 암양."

카야는 낄낄 웃으며 불이 붙은 담배를 받아들었다. "그렇지 않아요. 마초로 나오는 남자배우들의 목소리는 거친 저음이라고요. 예를 들면 브루스 윌리스."

"그래, 브루스 윌리스를 예로 들어보자고. 목소리가 거칠긴 하지. 하지만 저음? 어딜 봐서." 해리는 눈을 가늘게 뜨고, 도심을 내려다보며 가성으로 속삭였다. "여기서 내려다보기에는 개뿔도 책임지는 게 없는 것 같은데?"*

카야가 웃음을 터뜨렸다. 그 바람에 그녀가 물고 있던 담배가 입에서 튀어나왔다. 담배는 불똥을 튀기며 담벼락에 부딪쳤다가, 잎이 무성한 관목 속으로 사라졌다.

"안 똑같아?"

"충격적일 정도로 안 똑같아요. 헉! 젠장, 반장님 때문에 까먹었어요. 목소리가 여자 같은 마초 배우를 말하려던 참이었는데."

해리는 어깨를 으쓱였다. "곧 생각날 거야."

"우리 남매에게도 이런 장소가 있었어요." 카야는 담배 한 개비를 새로 꺼내 엄지와 검지로 들고 있었다. 마치 담배가 아니라, 망치로 박을 못을 들고 있듯이. "아무도 모르는 우리만의 장소라고 생각했죠. 우린 그곳에 숨어서 서로의 비밀을 털어놓았어요."

"그 이야기 하고 싶어?"

"무슨 이야기요?"

"오빠 이야기. 어떻게 된 거야?"

"오빤 죽었어요."

"그건 알아. 나머지 이야기를 하려는 줄 알았는데."

"나머지가 뭔데요?"

"글쎄, 예를 들면 왜 오빠를 성자 취급하는지."

"제가 그랬어요?"

"안 그랬어?"

탐색하는 듯한 그녀의 시선이 해리에게 머물렀다. "와인 좀." 그녀가 말했다.

---

* 영화 〈다이하드〉에서 브루스 윌리스가 했던 대사

해리가 술통을 건네자, 그녀가 탐욕스럽게 마셨다.

"오빠는 죽기 전에 쪽지를 남겼어요. 아주 예민하고 상처를 잘 받는 성격이었죠. 그래도 가끔은 활짝 웃으면서 방실거릴 때가 있었어요. 그럴 때는 마치 오빠가 햇살을 몰고 오는 것 같았죠. 무슨 문제가 있든 오빠가 나타나면…… 뭐랄까 마치 햇빛을 받은 이슬처럼 문제가 증발해버리고 말아요. 하지만 암흑기에는 정반대죠. 오빠 주위의 모든 게 조용해져요. 대기에 음울한 비극이 감도는 것 같고, 오빠의 침묵 속에서도 그걸 들을 수 있어요. 단조의 음악이죠. 아름다운 동시에 끔찍한 음악, 이해가 가세요? 하지만 그래도 오빠의 눈동자에는 약간의 햇살이 남아 있었어요. 눈은 계속 웃고 있으니까. 으스스하죠."

카야가 몸을 부르르 떨었다.

"여름 방학 때 일이었어요. 화창한 날이었죠. 오로지 오빠만이 가능하게 할 수 있는 그런 날씨였어요. 우리 가족은 쉼메에 있는 여름 별장에서 지냈어요. 전 아침에 일어나 곧장 딸기를 사러 나갔죠. 집에 돌아와보니 아침이 준비되어 있었고, 엄마가 2층을 향해 오빠에게 내려오라고 외쳤어요. 하지만 오빠는 대답이 없었죠. 우린 오빠가 아직 자나 보다 했어요. 오빠는 가끔씩 늦잠을 자거든요. 전 뭔가를 가지러 제 방에 가는 길에 오빠의 방 문을 두드렸어요. '딸기 사왔어'라고 말하면서요. 제 방 문을 열 때도 오빠 방에서 무슨 소리가 나지 않나 귀를 쫑긋 세웠죠. 보통 자기 방에 들어갈 때는 주위를 둘러보지 않잖아요. 그냥 자기가 원하는 물건만 찾죠. 책이 놓여 있는 머리맡 탁자만 본다거나, 창틀 혹은 가짜 미끼가 든 상자만 보는 식으로요. 처음에는 오빠를 못 봤어요. 그냥 방 안이 좀 어둡다고만 생각했죠. 그러다가 옆을 힐끗 봤어요. 처음에는 오빠의 맨발만 보였죠. 전 오빠의 발 생김새를 아주 잘 알고 있었어요. 오빠는 제가 발 간질이는 걸 아주 좋아해서, 1크로네씩 주면서 시키곤 했거든요. 처음에는 오빠가 날고 있는 줄 알았어요. 드디어 오빠가 나는 법을 배웠구나 싶었어요. 제 시선은 점점 위로 올라갔죠. 오빠는 제가 직접 떠준 하늘색 스웨터를 입고 있었어요. 전기 코드로 램프에 목을 맨 채. 분명 제가 딸기를 사러간 후에, 제 방에 들어왔을 거예요. 전 달아나고 싶었지만 움직일 수가 없었어요. 발이 바닥에 붙어버렸죠. 그래서 우두커니 서서 코앞에 있는 오빠를 바라봤어요. 그리고 엄마를 불렀죠. 소리를 지르려고 안간힘을 썼는데 입에서는 아무 소리도 나오지 않았어요."

카야는 고개를 푹 숙이고 담뱃재를 털었다. 몸을 부르르 떨며 숨을 들이쉬었다.

"그 후의 일은 부분적으로만 기억나요. 부모님이 절 진정시키기 위해 약을 주셨어요. 사흘 뒤에 정신을 차리고 보니 장례식이 이미 끝났더군요. 저는 가지 않는 게 나았을 거라고, 갔더라면 스트레스가 너무 컸을 거라고 하셨어요. 그 후에 전 바로 병이 났고, 여름 내내 고열에 시달리며 침대 신세를 졌어요. 전 늘 오빠의 장례식을 너무 서둘러 치렀다는 생각이 들어요. 마치 오빠의 죽음에 뭔가 수치스러운 점이라도 있는 것처럼요. 안 그래요?"

"흠. 오빠가 쪽지를 남겼다고 하지 않았어?"

카야는 피오르 너머를 바라보았다. "제 침대 머리맡 테이블에 있었어요. 사랑하면 안 되는 여자를 사랑하게 됐다고 했어요. 그래서 더 살고 싶지 않고, 가족에게 이런 상처를 주는 자신을 용서해달라고. 또 가족들이 자신을 사랑하는 것도 알고 있다고요."

"흠."

"그걸 보고 깜짝 놀랐어요. 오빠는 저한테 모든 걸 다 이야기했지만, 여자 얘기는 한 번도 한 적이 없었거든요. 로아르가 아니었다면……."

"로아르?"

"네, 그해 여름에 사귄 제 첫 번째 남자친구였어요. 아주 착하고 인내심이 많았죠. 제가 아플 때 거의 매일 찾아와서 제 이야기를 들어줬어요."

"오빠가 얼마나 훌륭한 사람이었는지에 관한 이야기?"

"네."

해리는 어깨를 으쓱였다. "나도 어머니가 돌아가셨을 때 똑같았어. 하지만 외위스타인은 로아르처럼 인내심이 많지 않았지. 왜 갑자기 네 엄마를 성모 마리아로 만드냐고 묻더군."

카야는 킥킥거리며 담배를 빨았다. "로아르도 결국에는 오빠의 추억이 자신을 포함한 모든 사람들의 삶을 질식시킨다고 느꼈던 것 같아요. 결국 얼마 못 가 헤어졌죠."

"흠. 하지만 오빠는 아직도 남아 있고?"

카야는 고개를 끄덕였다. "제가 여는 모든 문 뒤에요."

"그것 때문이었군, 그렇지?"

그녀는 다시 고개를 끄덕였다. "그해 여름, 퇴원하고 집으로 돌아와서 방으로 갔죠. 하지만 문을 열 수가 없었어요. 그냥 못 열겠더라고요. 문을 열면, 방 안에 또 목을 맨 오빠가 있으리라는 걸 알았으니까요. 그것이 제 탓이라는 것도요."

"늘 우리 탓이지. 안 그래?"

"늘 그렇죠."

"누구도 우리의 생각을 바꿔놓을 순 없어. 심지어 우리 자신도." 해리는 어둠 속에서 담배꽁초를 비벼 끄고, 새 담배에 불을 붙였다.

발아래에 있던 유람선이 부두로 미끄러져 들어갔다.

담벼락의 길쭉한 틈 사이로 돌풍이 휘파람을 불며, 공허하고 우울한 소리를 냈다.

"왜 우는 거야?" 해리가 부드럽게 물었다.

"제 탓이니까요." 그녀가 속삭였다. 눈물이 뺨을 타고 흘러내렸다. "모든 게 제 탓이에요. 처음부터 알고 계셨죠? 그렇죠?"

해리는 담배를 한 모금 빨고, 연기를 내뱉었다. "처음엔 몰랐어."

"그럼 언제요?"

"토니 라이케의 집 현관에서 비에른 홀름의 얼굴을 봤을 때. 비에른은 훌륭한 과학수사 요원이지만, 로버트 드 니로는 아니니까. 정말로 놀란 표정이더군."

"그게 다예요?"

"그걸로 충분했어. 내가 토니 라이케를 조사하는 걸 전혀 몰랐던 사람의 표정이었어. 따라서 비에른은 내 컴퓨터에서 아무것도 보지 않았고, 벨만에게 아무 말도 하지 않았다는 뜻이지. 비에른이 첩자가 아니라면, 남는 사람은 딱 하나야."

카야는 고개를 끄덕이며 눈물을 닦았다. "왜 아무 말 안 하셨어요? 왜 가만두셨어요? 왜 절 자르지 않으셨어요?"

"그래 봤자 무슨 소용이야? 그럴 만한 이유가 있을 거라고 생각했지."

카야는 고개를 저으며 눈물이 흐르게 내버려두었다.

"그자가 자네에게 약속한 게 뭔지 모르겠군. 최강의 부서로 새롭게 탄생할 크리포스에서 요직을 맡아달라고 제안했나? 자네가 목매는 남자가 유부남이라는 내 말이 맞는 거지? 자네를 위해서 아내와 헤어지겠다고 했지만 말뿐이라는 것도."

그녀는 조용히 흐느끼면서, 고개를 숙였다. 머리가 너무 무겁다는 듯이. 빗물에 고개 숙인 꽃송이 같다고 해리는 생각했다.

"내가 이해가 안 가는 건 왜 오늘 저녁에 날 보자고 했느냐는 거야." 해리는 못마땅한 표정으로 담배를 바라보며 말했다. 다른 담배로 바꿔볼까? "처음에는 자네가 첩자라는 사실을 실토하려고 만나자는 줄 알았어. 하지만 곧 아니라는 걸 알게 됐지. 지금 우리가 누굴 기다리는 건가? 무슨 일이 일어나는 거야? 난 이제 뒷방 늙은이 신세인데, 내가 크리포스에게 무슨 해를 끼친다는 거야?"

카야는 손목시계를 바라보며 코를 훌쩍거렸다. "반장님 집으로 가도 될까요?"

"왜? 거기서 누가 우릴 기다리나?"

그녀는 고개를 끄덕였다.

해리는 휴대용 술통의 와인을 다 마셨다.

현관문은 완전히 부서져 있었다. 바닥에 떨어진 나뭇조각으로 보아 지렛대로 연 듯했다. 몰래 들어가려던 흔적이 전혀 없는 거친 솜씨. 경찰이다.

해리는 계단을 올라가 카야를 바라보았다. 그녀는 차에서 내려 팔짱을 낀 채 서 있었다. 그는 집 안으로 들어갔다.

거실은 어두웠다. 열려 있는 술 장식장 안쪽에서 새어 나오는 불빛만이 유일한 빛이었다. 하지만 창가의 어둠 속에 앉아 있는 사람이 누군지 알아보기에는 충분했다.

"벨만. 지금 넌 우리 아버지 안락의자에 앉아 있어." 해리가 말했다.

"실례라는 건 알지만 어쩔 수 없었어. 소파에서 이상한 냄새가 나서 말이야. 개도 피하더군."

"뭐 마실 것 좀 드릴까?" 해리는 소파에 앉아 술 장식장을 향해 고갯짓했다. "아니면 벌써 찾아보셨나?"

어둠 속에서 벨만이 고개를 젓는 것이 보였다. "나 말고, 개가 찾았지."

"흠. 그 말은 그쪽에게 수색영장이 있다는 뜻으로 받아들이지. 하지만 무슨 근거로 영장이 발부된 거지?"

"네가 무고한 제3자를 통해 마약을 밀반입했고, 그게 여기 있을 가능성이 있다는 익명의 제보가 들어왔어."

"그래서 찾았나?"

"마약 탐지견이 뭔가를 찾아내긴 했지. 은박지로 싼 황갈색 덩어리였어. 우리가 이 나라에서 주로 압수하는 마약과는 다르게 생겼더군. 그래서 현재로서는 그게 뭔지 잘 모르겠단 말씀이야. 분석해볼까 생각 중이야."

"생각 중?"

"아편이 될 수도 있고, 아니면 그냥 점토나 찰흙 덩어리가 될 수도 있지. 상황에 따라서."

"무슨 상황?"

"네 상황, 그리고 내 상황."

"정말?"

"우리에게 협조한다고 약속하면, 그걸 점토로 생각하고 검사실에 넘기지 않을 거야. 원래 책임자란 인력을 어디에 배치할지 우선순위를 정해야 하니까. 안 그래?"

"어련하시겠어. 무슨 협조?"

"넌 돌려 말하는 걸 싫어하니까 단도직입적으로 말하지, 홀레. 난 네가 희생양이 돼주었으면 해."

테이블에 둥근 갈색의 술병 자국이 남아 있었다. 해리는 그 자국에 입을 대고 싶은 충동을 간신히 억눌렀다.

"방금 전에 토니 라이케를 풀어줬어. 두 건의 살인사건에 대해 확실한 알리바이가 있었거든. 우리가 가진 거라고는 그자가 엘리아스 스코그에게 전화한 기록뿐이야. 지금까지 우린 언론에 범인을 잡은 것처럼 떠들어댔어. 토니가 예비 장인과 함께 우리를 난처하게 한다 해도 무리는 아니지. 그래서 오늘 밤 언론에 성명을 발표할 생각이야. 이번 체포가 순전히 그쪽, 그 말 많은 해리 홀레가 경찰청의 불쌍하고 힘없는 여자 변호사를 구슬려 받아낸 체포영장으로 이뤄졌다고 말이야. 그리고 이것은 오로지 해리 홀레 혼자서 계획한 단독작전이며, 따라서 네가 모든 책임을 진다고. 체포 직후에 크리포스는 뭔가 이상하다는 낌새를 채서 개입했고, 토니와 대화를 나누며 사실 확인을 한 후에 그를 즉시 풀어준 거야. 넌 우리 계획에 협조해서 성명서에 사인해야만 해. 그리고 앞으로 이 수사에 대해서는 어떤 발표도 하면 안 돼. 한 마디도. 알겠어?"

해리는 술병 바닥에 남아 있는 술을 다시 한 번 바라보았다. "흠. 어려운 명령인데. 그쪽이 양손을 치켜들고 범인 체포의 영광을 누리는 걸 온 국민이 봤는데, 언론에서 그 이야기를 믿어줄까?"

"난 책임졌을 뿐이라고 발표할 거야. 체포 작전을 이끄는 것이 관리자로서의 내 책임이니까. 비록 문제의 형사가 실수를 저질렀을지도 모른다는 불안감은 있었지만 말이야. 하지만 체포 후에 해리 홀레가 다시 전면에 나서게 해달라고 우기자, 난 막지 않았어. 왜냐하면 그는 노련한 수사관이고 심지어 크리포스 직원도 아니니까."

"그리고 내가 그쪽의 제안에 따르는 이유는, 사인하지 않으면 마약 밀매와 소지 혐의로 기소되기 때문이고?"

벨만은 양 손끝을 모으며 의자에 등을 기댔다.

"맞아. 하지만 더 중요한 이유는 따로 있어. 내가 널 즉시 유치장에 가두도록 조치할 거거든. 아버지의 병상을 지키고 싶어 하는 너로서는 참 유감스러운 일일 거야. 듣자 하니 얼마 남지 않으셨다면서. 눈물 나게 슬픈 일이야."

해리는 소파에 등을 기댔다. 화가 나야 마땅했다. 예전의 젊은 해리였다면 화를 냈을 것이다. 하지만 지금의 해리가 가장 원하는 것은 그저 땀과 토사물로 얼룩진 소파에 몸을 묻고 눈을 감은 채 그들이 어서 가기를, 살그머니 떠나주기를 바라는 것이었다. 벨만, 카야, 창가의 어둠 모두. 하지만 그의 머리는 저절로 추리를 계속했다.

"나는 그렇다 쳐도, 왜 토니가 그 거짓말에 협조하겠어? 토니는 자신을 체포하고 취조한 사람들이 크리포스라는 걸 알고 있잖아."

벨만의 대답을 듣기도 전에, 해리는 이미 답을 알고 있었다.

"왜냐하면 한 번 체포된 경력이 있는 사람에게는 늘 불쾌한 그림자가 따라다닌다는 걸 토니도 알고 있거든. 특히 토니 같은 사람에게 더욱 불쾌한 일이지. 현재 가뜩이나 투자자들의 신뢰를 얻으려고 노력하는 중이니까. 그에게서 그 그림자를 지우는 최상의 방법은 이번 체포가 경찰 내부에서 고립되어 미쳐 날뛰는 프로답지 못한 존재, 돈키호테 같은 형사의 책임이라고 주장하는 성명서를 지지하는 거야. 안 그래?"

해리는 고개를 끄덕였다.

"어쨌든 경찰에 관한 한……." 벨만이 말을 이었다.

"내가 모든 책임을 짊으로써 경찰 전체의 평판을 보호하게 되겠군." 해리가 말했다.

벨만은 미소 지었다. "난 늘 네가 꽤나 똑똑한 사람이라고 생각했어, 홀레. 그렇다면 합의가 이뤄졌다는 뜻인가?"

해리는 생각했다. 만약 벨만이 지금 당장 나간다면, 병에 위스키가 한두 방울이라도 남았는지 확인할 수 있다. 그는 고개를 끄덕였다.

"이게 언론에 발표할 설명서야. 여기 서명해." 벨만은 테이블 위로 펜과 종이를 내밀었다. 너무 어두워서 종이에 뭐라고 적혔는지 읽을 수가 없었다. 하지만 상관없다. 해리는 서명했다.

"좋아." 벨만은 종이를 집어 들고 자리에서 일어섰다. 집 앞 가로등 불빛이 그의 얼굴에 떨어지자, 기자회견에 대비해서 한 화장이 반짝거렸다. "이게 우리 모두를 위한 최선이야. 잘 생각해봐, 홀레. 좀 쉬라고."

승리자의 자비로운 배려로군. 해리가 눈을 감자, 잠의 신 모르페우스가 그를 껴안으며 반갑게 맞이했다. 하지만 해리는 다시 눈을 뜨고 기를 써서 일어났다. 벨만을 따라 현관 계단을 내려갔다. 카야는 여전히 팔짱을 낀 채 자동차 옆에 서 있었다.

벨만이 카야에게 수고했다는 뜻으로 고개를 까닥이자, 카야가 어깨를 으쓱였다. 해리는 벨만이 길을 건너 차에 타는 것을 지켜보았다. 예전에 카야의 집 앞에 주차되어 있던 것과 같은 차량이었다. 벨만은 차에 시동을 걸고 떠났다. 카야가 계단 옆으로 다가와, 여전히 울먹이는 목소리로 물었다.

"비에른 홀름은 왜 때린 거죠?"

해리는 집 안으로 들어가려고 몸을 돌렸으나 그녀가 더 빨랐다. 그녀가 한 번에 두 계단씩 올라와, 그와 현관문 사이를 막아섰다. 그의 얼굴에 와 닿는 그녀의 숨결이 점점 가빠지고 뜨거웠다.

"비에른이 죄가 없다는 걸 알면서도 때렸잖아요. 왜죠?"

"그만 가, 카야."

"이대로는 못 가요!"

해리는 그녀를 바라보았다. 대답하기 힘든 질문이었다. 진실을 깨달았을 때 그가 얼마나 상처받고 놀랐는지 사실대로 말할 수는 없었다. 잘 속아 넘어가는 자신의 어리석음이 그대로 반영된 듯한 비에른의 얼굴, 놀라움과 결백함이 드러난 그 달덩이 같은 얼굴에 한 방 먹일 정도의 상처였다.

"알고 싶은 게 뭐야?" 그의 귀에 자신의 갈라진 목소리가 들렸다. 분노가 스멀스멀 올라오는 목소리였다. "난 자네를 철석같이 믿었어, 카야. 그러니 축하해주지. 임무를 훌륭하게 완수했어. 이제 좀 가주겠나?"

그녀의 눈에 다시 눈물이 글썽거렸다. 그녀는 옆으로 비켜섰고, 해리는 비틀거리며 집 안으로 들어가 등 뒤로 문을 쾅 닫았다. 그러고는 고요한 진공 상태에 빠진 복도에, 고마운 정적 속에, 멋진 공허 속에 홀로 남았다.

어둠의 공포

올라브 홀레는 어둠 속에서 눈을 깜박였다.
"너냐, 해리?"
"네, 저예요."
"지금 밤인 거 맞지?"
"네, 밤이에요."
"넌 어떠냐?"
"살아 있어요."
"불 좀 켜라."
"그럴 필요 없어요. 아버지께 드릴 말씀이 있어요."
"목소리가 그런 것 같구나. 내가 꼭 들어야 하니?"
"어차피 내일 아침 신문에서 보실 거예요."
"그런데 기사가 사실과 다르다는 거냐?"
"아뇨, 그냥 먼저 말씀드리고 싶었어요."
"요즘 술 마시냐, 해리?"
"알고 싶으세요?"
"네 할아버지도 술을 마셨지. 난 할아버지를 사랑했어. 할아버지가 술에 취했을 때나, 맨정신일 때나. 술주정뱅이 아버지를 그렇게 무조건적으로 사랑할 수 있는 사람은 많지 않아. 아니, 알고 싶지 않다."

"흠."

"너도 마찬가지야. 난 너도 사랑했다. 언제나. 네가 술에 취했을 때나, 맨정신일 때나. 널 사랑하는 건 어려운 일도 아니었어. 네가 매사에 따지는 성격이기는 했지만. 넌 세상 대부분의 사람들과 전쟁 중이었고, 특히 너 자신과 그랬지. 하지만 널 사랑하는 건 세상에서 가장 쉬운 일이었다."

"아버지……."

"지금은 쓸데없는 이야기를 할 때가 아니야, 해리. 너에게 이 이야기를 했는지 모르겠다만, 내 느낌에는 꼭 한 것만 같구나. 어떤 생각을 자꾸 하다 보면, 때로는 그걸 꼭 입 밖에 내서 말한 것 같거든. 난 늘 네가 자랑스러웠다, 해리. 내가 그 이야기를 자주 했던가?"

"전……."

"했어?" 올라브 홀레는 어둠 속에서 귀를 기울였다. "너 우는 거냐, 아들아? 괜찮다. 내가 가장 자랑스러웠던 일이 뭔지 아니? 네게는 말한 적 없지만, 너 학교 다닐 때 선생님이 전화한 적이 있었어. 네가 운동장에서 또 쌈박질을 했다는 거야. 한 학년 위의 선배 둘과. 하지만 이번에는 상황이 좀 심각하다고 했지. 널 병원에 데려가 입술을 꿰매고, 이를 뽑아야 했으니까. 그 일로 네 용돈이 일시 정지되었지, 기억나니? 어쨌든 외위스타인이 나중에 자초지종을 말해줬다. 네가 선배들에게 덤빈 건 그들이 트레스코의 배낭에 분수의 물을 가득 채웠기 때문이라고. 내 기억이 맞다면, 넌 트레스코를 별로 좋아하지도 않았어. 외위스타인은 네가 그렇게 심하게 다친 이유는 항복하지 않았기 때문이라고 했어. 넌 쓰러져도 매번 일어나고, 또 일어났다고. 마침내 네가 피를 철철 흘리자, 선배들은 놀라서 도망간 거야."

올라브 홀레는 나지막이 웃었다. "당시에는 네가 자랑스럽다는 말을 할 수가 없었다. 그랬다간 더 싸우고 다닐 것 같았거든. 하지만 사실은 눈물이 날 정도로 네가 자랑스러웠어. 넌 용감한 아이였다, 해리. 어둠을 무서워했지만, 어둠 속에 들어가기를 주저하지 않았지. 나는 세상에서 가장 자랑스러운 아버지였어. 내가 그 말을 한 적이 있니, 해리? 해리? 거기 있니?"

석방되었다. 샴페인 병이 벽에 박살나서 깨지며, 부글부글 끓어오르는 대뇌 백질 같은 거품이 벽지를 타고 흘러내린다. 사진 위로, 신문기사 위로, 인터넷에서 출력해낸 인쇄물 위로. 인쇄물에는 해리 홀레가 모든 것이 자신의 잘못임을 시인한다는 내용이 실려 있다. 석방. 비난에서 벗어나, 이제 마음껏 세상을 다시 지옥 속에 빠뜨릴 수 있다. 나는 유리조각 위로 발을 내딛는다. 조각을 힘껏 밟는다. 파삭 깨지는 소리가 들린다. 그런데 나는 맨발이다. 내 피에 발이 미끄러진다. 한참을 웃다가 울부짖는다. 무혐의, 석방!

48
가설

시드니 사우스, 강력반 책임자인 닐 맥코맥은 취조실 테이블 너머의 안경 쓴 여자를 뚫어지게 바라보며, 숱이 줄어든 머리카락을 한손으로 훑어 내렸다. 그녀는 직장인 출판사에서 곧장 여기로 온 참이었다. 입고 있는 정장은 수수하고 구깃구깃했지만 이스카 펠러가 입으니 왠지 비싸 보였다. 자신 같은 단순한 사람이 진가를 알 수 있는 옷은 아니라는 느낌이 들었다. 하지만 그녀의 주소를 보면, 딱히 부자는 아니었다. 브리스톨이 시드니 최고의 부촌은 아니기 때문이다. 성숙하고 분별 있어 보이는 여자다. 분명 호들갑을 떨거나, 과장하거나, 남의 이목을 끌기 좋아하는 부류는 아니다. 게다가 그녀를 경찰서로 부른 사람은 바로 그들이었다. 그녀가 자진해서 시드니 경찰청에 온 것이 아니다. 맥코먹은 손목시계를 보았다. 오늘 오후에는 아들과 요트를 탈 계획이었다. 두 부자는 요트가 정박된 왓슨스 베이에서 만나기로 약속했다. 따라서 그는 이 면담이 금방 끝나기를 바랐다. 그의 바람대로 모든 게 순조로웠다. 막판에 사소한 정보 하나가 나오기 전까지는.

"펠러 양." 맥코맥은 의자에 등을 기대며, 불룩 튀어나온 배에 양손을 포갰다. "왜 진작 경찰에 그 사실을 말하지 않았습니까?"

그녀는 어깨를 으쓱였다. "왜 말해야 하죠? 아무도 물어보지 않았고,

전 이 일이 샬로테의 살인과 아무 상관도 없다고 생각했어요. 이제야 말하는 이유는 반장님이 자세히 물어보셨기 때문이고요. 전 경찰이 산장에서 일어난 일에만 관심이 있지, 그 후에 있었던 이런…… 사건에는 관심이 없다고 생각했어요. 게다가 그게 다예요. 금방 끝났고, 금방 잊어버린 사소한 사건이죠. 그런 머저리는 어디에나 있다고요. 그런 변태를 만날 때마다 경찰에 신고할 수는 없잖아요."

맥코맥은 나직하게 신음했다. 물론 그녀의 말이 옳다. 그도 그 사건을 더 파헤치고 싶지 않았다. 게다가 그 문제의 인물이 '경찰'이라는 단어로 시작하거나 끝나는 전문가일 경우에는 더욱 복잡하고 골치 아파진다. 특히나 일거리가 잔뜩 늘어나기 마련이다. 맥코맥은 창밖을 바라보았다. 포트잭슨 근처의 바다가 햇살에 반짝거렸다. 지난번 산불이 진화된 지 일주일이나 지났는데도 맨리 해변 쪽에서는 아직도 연기가 피어올랐다. 연기는 남쪽으로 흘러갔다. 따뜻하고 부드러운 북풍. 항해하기에 안성맞춤인 바람이다. 맥코맥은 해리 홀, 노르웨이식으로 말하자면 해리 홀레를 좋아했다. 그는 오스트레일리아에서 발생한 광대 살인사건 해결에 큰 도움을 주었다. 하지만 전화상으로 들었던, 장신의 금발 노르웨이 형사의 목소리는 지쳐 있었다. 맥코맥은 해리 홀레가 또다시 아파서 쓰러지는 일이 없기를 진심으로 바랐다.

"그럼 처음부터 다시 시작할까요, 펠러 양?"

미카엘 벨만이 오딘 회의실에 들어서자, 이야기 소리가 일제히 멈췄다. 그는 발표석으로 성큼성큼 걸어가 수첩을 내려놓고, 노트북 컴퓨터에 USB 포트를 꽂았다. 그러고는 회의실 한가운데에 버티고 섰다. 수사팀은 총 서른여섯 명, 일반적인 살인사건 수사팀보다 세 배 많은 인원이었다. 오랫동안 아무 성과 없이 일했던 터라 벨만은 두세 번 그들의 사기를 북

돋워줘야 했다. 하지만 대체로 그들은 영웅처럼 이 일에 매달렸다. 그랬기 때문에 토니 라이케의 체포는 그들의 위대한 승리로 보였으며, 벨만은 자신뿐 아니라 직원들도 마음껏 승리감에 취하도록 내버려두었다.

"오늘 신문에 기사가 실렸다." 벨만이 말문을 열며, 모인 직원들을 훑어보았다.

그의 노력 덕분에 살아남은 직원들이었다. 가장 대표적인 신문 세 개 가운데 두 개는 1면에 같은 사진이 실렸다. 경찰청사 앞에서 차에 올라타는 토니 라이케의 사진이었다. 세 번째 신문의 1면에는 해리 홀레의 사진이 실렸다. 그가 토크쇼에 출연해 스노우맨에 대해 이야기할 때의 사진이었다.

"보다시피 홀레 반장이 모든 책임을 졌다. 당연하고 적절한 일이라 할 수 있지."

그의 말이 벽에 부딪혀 다시 그에게 되돌아왔다. 직원들이 지친 시선으로 말없이 그를 바라보았다. 아마도 아직 잠이 덜 깨어 그럴 것이다. 아니면 이건 다른 종류의 피곤인가? 그렇다면 오히려 반대가 되어야 마땅했다. 왜냐하면 이제 상황이 급박해졌기 때문이다. 아까 그의 상관이 잠깐 들러, 법무부에서 전화가 걸려와 이런저런 질문을 했다고 말했다. 모래시계 속의 모래가 얼마 남지 않았다.

"이제 용의자는 없다. 하지만 좋은 소식은 새로운 단서가 나왔다는 것이다. 그리고 그 단서는 모두 우스타오셋에 있는 호바스 산장을 가리킨다." 벨만이 말했다.

그가 키보드를 누르자, 미리 준비해둔 파워포인트 프레젠테이션의 첫 페이지가 나타났다.

30분 후 벨만은 지금까지 그들이 알아낸 모든 사실을 이름, 시간, 추정되는 루트와 함께 낱낱이 훑었다.

"문제는," 그가 컴퓨터를 끄며 말했다. "이것이 어떤 부류의 살인이냐하는 것이다. 전형적인 연쇄살인범의 가능성은 제외해도 된다. 피살자들은 마구잡이로 선택된 것이 아니라, 같은 시간과 장소에 있었던 사람들이기 때문이다. 따라서 범인에게는 합리적이라고까지 할 수 있는 특정한 동기가 있는 셈이다. 그렇다면 우리로서도 수사가 훨씬 쉬워진다. 범행 동기만 알아내면 범인을 잡을 수 있기 때문이다."

몇몇 형사들이 고개를 끄덕였다.

"문제는 우리에게 정보를 줄 목격자가 없다는 것이다. 우리가 알고 있는 유일한 생존자인 이스카 펠러는 아파서 혼자 침대에 누워 있었다. 다른 사람들은 죽었거나, 아니면 정체를 드러내지 않았다. 예를 들어, 우리는 아델 베틀레센이 최근에 만난 남자와 그 산장에 갔다는 사실을 알고 있다. 하지만 그녀의 지인 가운데 누구도 그 남자에 대해 알지 못한다. 따라서 잠깐 사귀었던 남자로 추측할 수 있다. 현재 그녀가 전화나 온라인으로 연락했던 남자들을 모두 조사 중이지만, 알아낼 때까지는 시간이 걸릴 것이다. 그러니 목격자가 없는 상태에서 우리만의 시작점을 정해야 한다. 우리에게는 동기에 대한 가설이 필요하다. 무슨 동기였기에 최소 네 명이나 살해한 걸까?"

"질투에 눈이 멀었거나, 죽이라는 계시를 받았겠죠." 뒤쪽에 앉은 누군가가 말했다.

"경험상 그렇더라고요."

"동의한다. 그렇다면 죽이라는 계시를 받은 게 누굴까?"

"정신 병력이 있는 사람이겠죠." 핀마르크 출신 형사가 오르락내리락하는 말투로 대답했다.

"병력이 없는 사람일 수도 있고요." 다른 사람이 대답했다.

"좋아. 그럼 누가 질투에 눈이 멀었을까?"

"거기 머물던 누군가의 연인이나 배우자요."

"그럼 그게 누굴까?"

"우린 이미 피살자와 연인 관계에 있는 사람들의 알리바이와 동기를 조사했습니다." 또 다른 형사가 말했다. "이 사건을 수사하면서 제일 먼저 한 일이죠. 하지만 피살자들에게는 연인이 없거나, 있다 해도 모두 수사선상에서 제외되었습니다."

미카엘 벨만은 지금 그들이 처한 상황을 너무도 잘 알고 있었다. 그들은 한동안 빠졌던 진창에 다시 빠졌고, 아무리 액셀러레이터를 밟아도 바퀴가 헛돌고 있었다. 하지만 중요한 것은 이제 그들이 액셀러레이터를 밟을 준비가 되었다는 점이다. 호바스 산장은 그들을 진창에서 끌어낼 널빤지가 되어줄 것이 분명했기 때문이다.

"모든 배우자와 연인들이 다 제외되진 않았다." 벨만이 발뒤꿈치에 체중을 실었다. "누구나 용의자라는 생각을 못했을 뿐이야. 아내가 살해되던 시간에 알리바이가 없던 사람이 누구지?"

"라스무스 올센!"

"맞아. 내가 국회로 찾아가 이야기를 나눴을 때 라스무스 올센은 몇 달 전, 부인이 질투한 일로 사소한 다툼이 있었다고 했어. 라스무스가 어떤 여자와 시시덕거린 거지. 마리트 올센은 생각을 정리하겠다며 호바스 산장에 며칠 다녀온 거고. 어쩌면 마리트는 생각만 한 게 아닌지도 몰라. 남편에게 복수했을 수도 있어. 이렇게 생각해봐. 피살자들이 호바스 산장에 묵었던 문제의 밤에 라스무스 올센은 오슬로가 아니라, 우스타오셋의 한 호텔에 있었어. 아내가 호바스 산장에 있는데 라스무스가 거기서 뭘 했던 걸까? 호텔에서 잤을까? 아니면 장거리 스키 여행을 했을까?"

그를 향한 눈동자는 이제 게슴츠레하거나 지쳐 있지 않았다. 오히려 그 반대였다. 그가 이들에게 불을 붙인 것이다. 벨만은 대답을 기다렸다. 원래 이렇게 많은 인원은 즉흥적인 브레인스토밍을 하기에는 비효율적이다. 하지만 다들 너무도 오랫동안 이 사건에 매달려온 터라 각자의 관점과 틀림없는 직감, 퇴짜 맞아 그들의 자존심을 납작 뭉개놓은 허무맹

랑한 가설들을 가지고 있었다.

젊은 형사 하나가 의견을 내놓았다. "라스무스가 미리 알리지 않고 산장에 도착했다가 아내의 불륜 현장을 목격했을 수도 있죠. 그래서 슬그머니 떠난 겁니다. 그런 다음, 이 모든 일을 차근차근 계획한 거죠."

"그럴 수도 있지." 벨만은 그렇게 말하며 의자로 다가가, 수첩을 집어 들었다. "그런 가설을 뒷받침하는 첫 번째 주장. 방금 텔레노르로부터 이 자료를 건네받았다. 여기에 따르면 라스무스 올센은 그날 아침에 아내와 통화했어. 그러니까 아내가 어떤 산장에 묵을 계획인지 알고 있었다고 가정해보자. 그 가설을 뒷받침하는 두 번째 주장은 일기 예보야. 예보에 따르면 그날 저녁과 밤에는 내내 달이 떠 있어서 시야가 잘 보였다고 한다. 따라서 토니 라이케가 그랬듯이, 라스무스도 스키를 타고 쉽게 산장까지 갈 수 있었어. 하지만 이 가설에 반대되는 주장 하나. 왜 아내와 불륜남이 아닌 다른 사람까지 죽인 걸까?"

"한 명하고만 한 게 아닌지도 모르죠." 여자 형사가 외쳤다. 키가 작고, 가슴이 풍만한 그녀에게서 레즈비언이라는 느낌이 물씬 풍겨, 벨만은 잠시 카야와의 하룻밤에 그녀를 초대하고 싶다는 생각이 들었다. 물론 스쳐가는 생각이었지만. "어쩌면 거기서 난잡한 성교 파티가 벌어졌을 수도 있어요."

사방에서 웃음이 터져 나왔다. 좋아, 분위기가 밝아졌다.

"아내와 섹스하는 상대가 누군지, 심지어 남자인지 여자인지도 못 봤을 수 있어요. 그저 누군가 아내와 한 이불 속에 있는 것만 본 거죠. 그래서 닥치는 대로 죽이는 겁니다." 또 다른 목소리가 말했다.

웃음소리가 더 커졌다.

"그만들 해. 그런 쓸데없는 농담에 시간 낭비할 때가 아니라고." 에스킬센이 말했다. 그는 고참 형사였지만, 그가 몇 년이나 근무했는지 정확히 아는 사람은 아무도 없었다. 에스킬센의 말에 회의실이 조용해졌다.

"자네들 몇 년 전, 강력반에서 해결했던 사건 기억나나? 다들 연쇄살인범의 소행이라고 생각한 사건이었지. 하지만 범인을 잡고 보니, 그자의 목적은 세 번째 피살자만 죽이는 거였어. 그 여자만 죽으면, 자신이 의심받으리라는 걸 알았던 게지. 그래서 미치광이의 소행으로 위장하기 위해 다른 사람들까지 죽였던 거야." 에스킬센이 말했다.

"맙소사." 젊은 형사가 외쳤다. "강력반이 정말로 그 사건을 해결했단 말이에요? 운이 억세게 좋았나 보네요."

젊은 형사는 씩 웃으며 주위를 둘러보았지만, 아무런 반응도 나오지 않자 얼굴이 점점 붉어졌다. 형사로서의 경력이 조금이라도 있는 사람은 누구나 그 사건을 기억했다. 그것은 스칸디나비아 반도 전체의 경찰대학 교과서에 실린 전설적인 사건이었다. 그 사건을 해결한 인물 또한 전설이었다.

◆

"해리 홀레입니다."

"날세, 해리. 닐 맥코맥. 잘 지냈나? 지금 어딘가?"

맥코맥은 "코마 상태예요"라는 대답을 들은 것 같았지만, 분명 노르웨이 어딘가의 도시 지명을 말한 것이리라고 생각했다.

"이스카 펠러와 이야기를 해봤네. 산장에서 보낸 밤에 대해서는 별 말이 없더군. 하지만 그 다음날 저녁에……."

"뭔가요?"

"그곳 경찰이 펠러 양과 친구 샬로테를 태워 자기 집으로 데려갔나 봐. 알고 보니까 펠러 양이 감기 기운에 자는 동안, 그 경찰과 샬로테가 거실에서 그로그 주를 마셨나 보더군. 그러다 남자가 샬로테를 꼬드기기 시작했고, 분위기가 꽤 끈적해졌나 봐. 그녀가 소리를 지르면서 도움을 청할 정도로 말이야. 잠에서 깬 펠러 양이 거실로 달려가보니, 그 경찰이 벌써 친구의 바지를 무릎까지 내렸다더군. 남자는 거기서 멈췄고, 펠러 양과 친구는 역으로 가서 다른 도시로 떠났지. 이름이 뭐였더라……?"

"예일로요."

"고맙네."

"꼬드겼다고 하셨는데, 그렇다면 강간하려고 했다는 뜻입니까?"

"아니, 나도 정확한 표현을 찾아내려고 펠러 양과 여러 번 이야기를 나눠야만 했네. 펠러 양이 샬로테에게 들은 대로라면, 그 경찰이 강제로 바지를 끌어내린 건 맞지만 은밀한 부위를 만지지는 않은 모양이야."

"하지만……."

"아마 만지려는 의도가 있었겠지만 그거까지야 알 수 없지. 요점은 법으로 처벌받을 만한 일은 일어나지 않았다는 걸세. 펠러 양도 그 점에 동의했네. 그래서 경찰에 신고도 하지 않고 도망친 모양이야. 심지어 그 남자는 동네의 어떤 괴짜에게 자신과 두 여자를 역까지 태워달라고 부탁하고, 그들이 기차에 타도록 도와주기도 했다는군. 펠러 양의 말에 따르면, 남자는 그 모든 사태에 별로 동요하는 기색이 아니었다고 하네. 사과하는 것보다 샬로테의 전화번호를 얻는 데 더 관심이 있었다고 해. 남녀 사이에 그런 일은 지극히 정상이라는 듯이 말이야."

"흠. 또 다른 건요?"

"그게 전부일세, 해리. 자네 요청대로 24시간 펠러 양을 보호하고 있네. 음식이나 필요한 물건은 전부 우리가 가져다준다네. 펠러 양은 그냥 일광욕만 하면 돼. 브리스톨에 햇볕이 비친다면 말이지."

"고마워요, 닐. 혹시라도……."

"무슨 일이 생기면 연락하지. 자네도 연락해주게."

"물론이죠. 건강 조심하세요."

자네야말로. 맥코맥은 그렇게 생각하며 전화를 끊고, 오후의 푸른 하늘을 바라보았다. 이제 여름이라 날이 길어진 덕에, 해지기 전까지 한 시간 반 정도 항해할 수 있을 듯했다.

◆

해리는 침대에서 나와 샤워를 했다. 샤워기 밑에 서서 20분간 꼼짝도 하지 않았다. 델 정도로 뜨거운 물이 그의 몸을 타고 흘러내리도록 내버려두었다. 그러고는 욕조에서 나와 빨갛게 얼룩져 예민해진 살갗을 수건으로 닦고 옷을 입었다. 휴대전화에는 열여덟 통의 부재중 전화가 찍혀 있었다. 용케 그의 번호를 알아낸 모양이었다. 처음에 찍힌 번호들은 노르웨이에서 가장 큰 신문사 세 곳과 가장 큰 방송사 두 군데였다. 모두 같은 국번으로 시작하는 교환 번호였기 때문에 알 수 있었다. 나머지 번호는 제각각이었는데, 아마도 그의 의견에 굶주린 기자들의 번호일 것이다. 하지만 한 번호가 그의 시선을 끌었다. 이유는 알 수 없었다. 어쩌면 그의 뇌 속에 번호를 외우기 좋아하는 세포가 있어서일 수도 있다. 아니면 스타방에르의 지역번호로 시작했기 때문일 수도 있고. 예전 통화목록을 뒤져보니, 아니나 다를까 이틀 전에 그 번호가 찍혀 있었다. 콜비에른센의 번호였다.

해리는 다시 그 번호로 전화했다. 귀와 어깨 사이에 전화기를 끼운 채 신발 끈을 묶었다. 아무래도 신발을 새로 사야겠다. 못 위라도 마음 놓고 걸어다닐 수 있게 해주는 신발 밑창 속의 철판이 빠져서 덜렁거렸다.

"이럴 수가 있는 거요, 해리? 오늘 신문에서 놈들이 아주 작정하고 당신을 비난했더군. 아주 잘근잘근 씹었소. 당신 상사는 뭐라고 합디까?"

콜비에른센의 목소리는 숙취에 시달려 아픈 사람 같았다. 아니면 그냥 아픈 걸 수도 있고.

"나도 모릅니다. 얘기 안 해봤어요."

"강력반은 건드리지 않았더군. 당신 혼자 십자가를 진 거지. 상사가 팀을 위해 희생하라고 했소?"

"아뇨."

한참 침묵이 흐른 후에야 다른 질문이 나왔다. "설마…… 설마 벨만이 시킨 일은 아니겠지?"

"왜 전화했습니까?"

"젠장, 해리. 나도 당신처럼 여기서 불법으로 혼자 수사를 하고 다녔소. 그러니까 먼저 우리가 계속 같은 팀인지 아닌지 알아야겠소."

"난 누구와도 팀이 아닙니다, 콜비에른센."

"좋소. 그 말을 들으니 우리가 아직 한 팀인 것 같군. 패배자팀."

"난 나가려던 참입니다."

"알았소. 스티네 윌베르그와 한 번 더 얘기를 나눴소. 엘리아스 스코그가 쫓아다니던 여자 말이오."

"그런데요?"

"알고 보니, 첫 번째 면담에서 미처 못한 이야기가 있더군. 엘리아스가 그날 밤 산장에서 있었던 일을 말해줬답디다."

"나도 요즘 들어 두 번째 면담의 중요성을 알게 됐죠."

"음? 뭐라고 했소?"

"아무것도 아닙니다. 빨리 말해봐요."

봄베이 가든

봄베이 가든은 어느 모로 보나 영업을 지속하기가 불가능해 보이는 식당이었다. 그런데도 더 세련되게 꾸민 다른 경쟁 식당들과 달리 매해 살아남았다. 이스트 오슬로 중심에 있는 식당의 위치는 최악이어서, 지금은 극장으로 쓰이는 폐기된 공장과 목재 창고 사이의 골목길에 있었다. 숱하게 규율을 어긴 탓에 주류 판매 허가도 취소되기 일쑤였고, 식당 허가도 마찬가지였다. 한번은 위생 검사관이 주방에서 설치류를 발견한 적도 있었다. 정확히 어떤 종인지 파악할 수 없어 검사관은 그저 만주집쥐와 비슷하다고만 적었다. 그러고는 보고서 의견란에 욕을 잔뜩 써놓고, 이곳의 주방을 '가장 역겨운 것들이 살해되는 범죄 현장'에 비유했다. 벽을 따라 설치된 슬롯머신은 꽤 많은 돈을 벌어들였으나, 정기적으로 강도들이 파손하고 돈을 가져갔다. 그렇다고 해서 소문대로 주인인 베트남인들이 이곳을 돈세탁 용도로 사용하는 것도 아니었다. 봄베이 가든이 근근이 버텨나가는 이유는 식당 뒤쪽, 두 개의 닫힌 문 너머에 있었다. 그 안은 소위 회원 전용 클럽으로, 오로지 회원들만 출입 가능했다. 하지만 실제로는 식당 바에서 신청서를 작성하고 연회비 100크로네만 내면, 그 자리에서 회원으로 가입할 수 있었다. 그러면 종업원의 호위를 받으며 안으로 들어갈 수 있고, 등 뒤로 문이 잠기게 된다.

그렇게 담배 연기 자욱한(개인 클럽에는 금연법이 적용되지 않기 때문에) 실내에 들어서면, 눈앞에 소형 경마장이 나타난다. 가로 4미터, 세로 2미터의 이 타원형 경마장은 바닥에 초록색 펠트가 깔려 있고, 총 일곱 개의 트랙이 있다. 금속으로 만든 납작한 말 인형은 각각 압정으로 고정되어 있는데, 경기가 시작되면 경련을 일으키듯이 앞으로 튀어나간다. 각 말의 속도는 테이블 밑에서 웅웅 소리를 내며 돌아가는 컴퓨터에 의해 결정되었다. 따라서 누구나 확인할 수 있듯이, 전적으로 컴퓨터 마음대로이며 합법적이었다. 다시 말해, 컴퓨터 프로그램이 어떤 말의 속도를 특별히 더 빠르게 하면 그것이 배당률에 반영되어 최종 배당금이 결정된다. 클럽 회원들은(단골도 있고, 신입 회원도 있고) 이 경마장 주위의 폭신한 의자에 앉아 담배를 피우거나, 회원 할인가에 맥주를 사 마시거나, 자신이 돈을 건 말을 응원했다.

이 개인 클럽은 법적으로 애매한 지역에서 도박법에 따라 운영되었다. 따라서 열두 명 이상이 모이면 1인당 한 경기마다 100크로네 이상의 돈을 걸 수 없었다. 열두 명 이하일 때는 클럽 규칙에 따라 소모임으로 규정되는데, 이런 사적인 소모임에서는 각 개인이 거는 돈의 액수를 제한할 수 없다. 얼마를 걸든 전적으로 참가자 마음이었다. 이런 이유로 봄베이 가든의 뒷방에는 정확히 열한 명이 모이는 때가 잦았다. 그리고 대체 '가든'이 어디에 있는지는 아무도 몰랐다.

오후 2시 10분, 정확히 40초 전에 이 클럽에 가입한 신입 회원 하나가 도박장으로 들어왔다. 그는 곧 도박장에 있는 사람은 자신을 제외하고는 두 명뿐임을 알게 되었다. 하나는 그에게 등을 돌린 채 회전의자에 앉은 손님이었고, 또 하나는 베트남인으로 추정되는 남자였다. 두 번째 남자는 카지노 딜러들의 조끼를 입은 것으로 보아 분명 돈과 경기를 주관하는 직원인 듯했다.

회전의자에 앉은 남자는 어깨가 넓었고, 체크무늬 셔츠를 입고 있었다. 검은색 곱슬머리가 셔츠 칼라까지 내려왔다.

"돈은 좀 땄소, 크롱리?" 남자 옆자리에 앉으며 해리가 물었다.

곱슬머리가 고개를 돌렸다. "해리!" 크롱리가 외쳤다. 그의 얼굴과 목소리에는 순수한 기쁨이 담겨 있었다. "어떻게 날 찾아냈습니까?"

"왜 내가 당신을 찾아다녔다고 생각하죠? 내가 여기 단골일 수도 있잖소."

크롱리는 웃으며 말들이 앞으로 곧장 뛰쳐나가는 모습을 바라보았다. 말의 등에는 주석으로 만든 기수가 타고 있었다. "아뇨. 난 오슬로에 올 때마다 여기 왔는데 한 번도 당신을 본 적이 없거든요."

"맞아요. 누군가 여길 가면 당신을 찾을 수 있을 거라고 말해줬소."

"이런, 벌써 그런 소문이 난 겁니까? 경찰이 이런 곳을 들락거리면 손가락질받을 수도 있는데 큰일이네요. 비록 여긴 합법적인 도박장이긴 하지만요."

"합법적이라는 말이 나왔으니 말인데." 해리는 그렇게 말하며 딜러에게 고개를 저어 보였다. 딜러가 한쪽 눈썹을 치켜세운 채 맥주 꼭지를 가리켰기 때문이다. "당신과 이야기하고 싶은 게 있소."

"말씀하세요." 크롱리가 경마장을 열심히 바라보며 말했다. 맨 바깥쪽 트랙에 있는 푸른색 말이 선두로 나섰지만, 널찍하게 구부러진 모퉁이를 돌아야 했다.

"이스카 펠러, 당신이 호바스 산장에서 집으로 데려온 그 오스트레일리아 여자 말로는 당신이 친구인 샬로테 롤레스를 더듬었다고 하던데."

경마에 집중한 크롱리의 얼굴에서는 어떤 변화도 감지되지 않았다. 해리는 잠자코 기다렸다. 마침내 크롱리가 고개를 들었다.

"내가 굳이 대답해야 하나요?"

"원한다면."

"내가 아니라 당신이 원한다는 뜻으로 들리는데요? '더듬었다'는 건

올바른 표현이 아닙니다. 우린 그냥 좀 시시덕거렸죠. 키스도 하고. 난 진도를 더 나가고 싶었지만, 여자는 그걸로 충분하다고 생각했어요. 그래서 적극적으로 설득했죠. 여자들이 종종 남자들에게 기대하는 방식으로. 어쨌거나 그런 게 다, 남녀 역할극의 일부잖습니까. 하지만 그걸로 끝이었어요."

"그건 이스카 펠러가 샬로테에게 들었다는 말과 다른데? 펠러가 거짓말을 했을까?"

"아뇨."

"아니라고?"

"하지만 아마 샬로테는 친구에게 살짝 바꿔서 말했을 겁니다. 가톨릭을 믿는 여자들은 더 정숙한 척하니까요."

"두 사람은 당신 집에서 자지 않고, 예일로에서 자기로 결정했어. 펠러가 아픈 상태였는데도 말이야."

"떠나야 한다고 우긴 건 그 여자였습니다. 두 여자가 무슨 사이인지는 잘 모르겠어요. 여자들의 우정은 복잡한 경우가 많으니까. 하지만 그 펠러라는 여자에게는 분명 남자친구가 없을 겁니다." 크롱리는 자기 앞에 놓인 반쯤 빈 잔을 들어 올렸다. "이런 걸 묻는 이유가 뭡니까?"

"카야 솔네스가 우스타오셋에 갔을 때 당신이 샬로테 롤레스를 만났다는 이야기를 하지 않았다는 게 약간 이상해서."

"당신이 아직 이 사건을 조사하고 있다는 것도 약간 이상하군요. 이 사건은 이제 크리포스 소관 아닌가요? 특히 오늘 신문의 헤드라인을 보면요." 크롱리는 다시 경마로 주의를 돌렸다. 모퉁이를 돌아 나오는 세 번째 트랙의 노란색 말이 1마신 차로 선두에 나섰다.

"맞아. 하지만 강간사건은 아직 강력반 소관이라서 말이지." 해리가 말했다.

"강간? 아직도 술이 덜 깼습니까?"

"글쎄." 해리는 바지 주머니에서 담뱃갑을 꺼냈다. "나야 아주 말짱하지. 너야말로 맨정신이었기를 바라, 크롱리." 해리는 꼬깃꼬깃한 담배를 입술 사이에 밀어 넣었다. "전 부인을 그렇게 숱하게 폭행하고 강간했을 때 말이야."

크롱리가 천천히 해리를 향해 몸을 트는 바람에 맥주잔이 그의 팔꿈치에 걸려 넘어졌다. 초록색 펠트 천이 맥주를 빨아들였다. 얼룩은 마치 유럽 지도 위의 나치 세력처럼 재빨리 퍼져갔다.

"지금 네 전 부인이 근무하는 학교에서 오는 길이야." 해리는 담배에 불을 붙이며 말을 이었다. "여길 가면 아마 널 찾을 수 있을 거라고 알려주더군. 또 너와 헤어지고 우스타오셋을 떠난 건 단순한 이혼이 아니라 도망친 거라고 했어. 넌……."

해리의 말은 거기서 중단되었다. 크롱리가 잽싸게 발로 의자를 빙글 돌리더니, 해리가 미처 대응하기도 전에 덤벼들었기 때문이다. 크롱리에게 손목을 잡힌 순간, 해리는 어떤 일이 벌어질지 알았다. 그것은 경찰대학 1학년 때 배우는 기술인 하프넬슨이었다. 하지만 그는 한발 늦었다. 이틀 동안 술만 마신 터라 움직임이 느렸고, 지난 40년간 너무 멍청하게 살아왔다. 크롱리가 그의 손목을 비틀더니 팔로 그의 목을 눌러, 관자놀이를 펠트 천에 박았다. 하필이면 턱을 다친 오른쪽으로. 해리는 너무 아파서 비명을 질렀고, 잠시 의식을 잃었다. 그러다가 통증과 함께 정신을 차렸고, 벗어나기 위해 미친 듯이 몸부림을 쳤다. 해리는 힘이 셌다. 늘 그랬다. 하지만 이내 크롱리에게는 상대가 되지 않는다는 걸 깨달았다. 건장한 크롱리의 뜨겁고 축축한 숨결이 그의 얼굴에 와 닿았다.

"그렇게 들쑤시고 다니지 말았어야 해, 해리. 그 창녀하고 말을 섞으면 안 되지. 그년은 생각나는 대로 지껄이거든. 생각나는 대로 하고 다니는 년이야. 그년이 밑구멍을 보여주던가? 그래?"

크롱리가 머리를 더 세게 누르자, 해리의 머릿속에서 우두둑 소리가 났다. 노란색, 그다음에는 초록색 말이 각각 해리의 이마와 코에 부딪히는 순간, 해리는 오른발을 들어 힘껏 찍어내렸다. 크롱리가 비명을 지르자, 해리는 몸을 비틀어 그의 손아귀에서 벗어났다. 그러고는 몸을 돌려 한 방 날렸다. 주먹이 아니라 팔꿈치로(주먹은 지난번 쓸데없이 비에른을 때린 탓에 이미 뼈가 박살난 상태였다). 그것도 턱 중앙이 아닌, 턱 옆쪽을. 맞았을 때 타격이 가장 큰 부위라는 것을 해리가 몸소 체험한 곳이었다. 크롱리는 뒤로 비틀거리다가 낮은 회전의자를 덮치며 넘어지더니, 발끝을 천장으로 향한 채 바닥에 뻗었다. 해리는 크롱리가 신은 컨버스화 한 짝이 찢어지고, 피로 얼룩진 것을 보았다. 진작 내다 버렸어야 하는 그의 신발 철판에 찍힌 탓이다. 담배는 아직도 그의 입술에 물려 있었다. 시야의 한쪽 구석에서 첫 번째 트랙의 빨간 말이 명백한 선두로 들어오는 것이 보였다.

해리는 크롱리의 멱살을 잡아 일으켜 세운 뒤, 의자에 앉혔다. 그러고는 길게 한 모금 빨았다. 담배 연기가 들어가자 그의 폐에서 불이 나며 따뜻해졌다.

"내가 말한 이 강간사건이 기소할 정도는 아니라는 거 인정해. 최소한 샬로테 롤레스도, 네 부인도 신고하지 않았으니까. 그렇기 때문에 형사로서 나는 이 일을 더 파헤쳐야만 해. 안 그래? 그래서 다시 호바스 산장으로 돌아가는 거고." 해리가 말했다.

"지금 뭔 소리를 하는 거야?" 크롱리의 목소리는 심한 감기에 걸린 사람 같았다.

"스타방에르에 어떤 여자가 있는데 말이야, 엘리아스 스코그가 죽기 전에 그 여자에게 비밀을 털어놓았지. 두 사람은 버스에 타고 있었는데, 엘리아스가 그랬다더군. 그날 밤 호바스 산장에서 자신이 목격한 장면이 어쩌면 강간이었을지도 모른다고."

"엘리아스?"

"그래, 엘리아스. 그 친구는 잠귀가 밝았던 것 같아. 한밤중에 침실 밖에서 들리는 소리에 잠이 깨서 창밖을 내다본 거야. 달이 환하게 떠 있어서, 화장실 지붕 밑 그늘 속의 두 사람이 보였지. 여자는 엘리아스를 마주보고 있었고, 남자는 여자 뒤에 서 있었어. 얼굴을 가린 채로. 그 장면을 딱 본 순간, 엘리아스는 남녀가 섹스하는 중이라는 걸 알았지. 여자는 벨리 댄스를 추는 것처럼 엉덩이를 흔들어댔고, 남자는 손으로 여자의 입을 막고 있었어. 분명 사람들을 깨우지 않기 위해서였겠지. 그런데 남자가 여자를 끌고 화장실로 들어가는 바람에 엘리아스는 더 이상 라이브 섹스쇼를 감상할 수 없게 됐어. 그래서 실망스런 마음으로 다시 잠자리에 들었지. 그러다 살인사건에 관한 기사를 본 후에야 엘리아스는 의문을 갖게 됐어. 어쩌면 여자는 남자에게서 도망치려고 했는지도 모른다고. 여자의 입을 막았던 손은 도움을 청하는 여자의 목소리를 막았던 것일 수도 있다고." 해리는 다시 담배를 한 모금 빨았다. "그게 너였나, 크롱리? 거기 갔어?"

크롱리가 턱을 문질렀다.

"알리바이는 있어?" 해리가 아무렇지도 않게 물었다.

"난 집에 있었어. 혼자서. 그 여자가 누군지 엘리아스 스코그가 말하던가?"

"아니. 아까 말했듯이 남자가 누군지도 말 안 했어."

"난 아니야. 그리고 당신 지금 명줄 재촉하는 거야, 홀레."

"그건 협박인가, 아니면 칭찬인가?"

크롱리는 대답하지 않았다. 하지만 그의 눈이 노랗고 차가운 빛으로 이글거렸다.

해리는 담배를 비벼 끄고 자리에서 일어섰다. "그건 그렇고, 네 전 부인은 내게 아무것도 보여주지 않았어. 우린 교무실에서 만났거든. 남자와 단 둘이 한 공간에 있는 것을 두려워하는 것 같더군. 그러니까 넌 대단한 일을 해낸 거야. 안 그런가, 크롱리?"

"뒤를 조심하라고, 홀레."

해리는 뒤를 돌아보았다. 딜러는 이 모든 상황에 전혀 동요하지 않은 채 벌써 다음 경기를 위해 말을 세우고 있었다.

"돈 거시겠습니까?" 딜러가 미소를 지으며 서투른 노르웨이어로 말했다.

해리는 고개를 저었다. "미안하지만, 땡전 한 푼 없어."

"그럴수록 더더욱 이겨야죠." 딜러가 말했다.

해리는 그 말을 곱씹다가, 그것이 딜러의 말실수이거나 아니면 그로서는 도저히 이해할 수 없는 논리라고 결론을 내렸다. 아니면 동양의 괴상한 속담일 수도 있고.

50
타락

미카엘 벨만은 기다렸다.

이 순간이 제일 좋았다. 과연 그녀가 이번에도 자신의 기대를 능가할 것인지 신나는 마음으로 궁금해 하며, 또한 동시에 능가하리라 확신하며 현관문이 열리기를 기다리는 이 몇 초. 왜냐하면 그녀를 만날 때마다 벨만은 그녀가 얼마나 아름다운지 새삼 깨닫기 때문이다. 문이 열릴 때마다 그녀의 모든 아름다움을 흡수할 시간이 필요할 정도였다. 또한 확인할 시간이 필요했다. 그녀를 원하는 남자들(사실상 눈이 달린 모든 이성애자 남자들) 중에서 그녀가 자신을 선택했다는 확인. 자신이 그 무리들의 리더인 우두머리 수컷, 즉 암컷들과 제일 먼저 교미할 권리가 있는 수컷이라는 확인이었다. 그렇다, 그렇게 진부하고 저속하게 표현할 수 있었다. 우두머리 수컷이라는 자리는 원한다고 해서 얻을 수 있는 것이 아니다. 타고나야 한다. 제일 편하고 쉬운 삶은 아니지만, 부름을 받으면 거부할 수 없다.

문이 열렸다.

그녀는 하얀색 터틀넥 스웨터를 입었고, 머리는 위로 틀어 올렸다. 피곤해 보였고, 눈은 평소보다 덜 반짝거렸다. 그래도 여전히 우아함과 고상함이 풍겼다. 그의 아내인 울라조차도 갖지 못해 부러워하는 자질이었다. "왔어요? 베란다에 앉아 있었어요." 그녀는 그렇게 말하고는 등을 돌려 집 안을 가로질러 갔다. 그는 도중에 냉장고에서 맥주 한 병을 꺼낸 다음, 그녀를 따라 베란다로 가 터무니없을 정도로 크고 육중한 의자에 앉았다.

"왜 밖에 나와 있어? 폐렴이라도 걸리면 어쩌려고." 벨만이 코를 훌쩍거렸다.

"폐암에 걸릴 수도 있죠." 그녀는 재떨이 가장자리에 놓여 있던, 반쯤 피우다 만 담배를 들어 올렸다. 읽고 있던 책과 함께. 그는 책 표지를 훑어보았다. 《호밀빵 위의 햄》. 찰스…… 그는 눈을 가늘게 떴다…… 부코스키? 스웨덴 경매소와 같은 이름인가?

"좋은 소식이 있어. 우린 작은 재앙을 피했을 뿐 아니라, 이번 토니 라이케 사건을 완전히 전화위복으로 만든 셈이야. 오늘 법무부에서 전화가 왔어." 벨만은 탁자에 발을 올리고, 맥주병에 붙은 라벨을 유심히 바라보았다. "이번 수사에 단호히 개입해 토니를 석방해주어서 고맙다고 하더군. 크리포스가 빨리 손쓰지 않았다면, 갈퉁과 그의 변호인단이 어떻게 나올지 심히 걱정했을 거래. 그러면서 앞으로 이 사건의 주도권을 놓지 말고, 크리포스 이외의 사람들이 일을 망치지 않도록 해달라며 신신당부했어."

그는 병을 입으로 가져가 맥주를 마신 뒤, 테이블에 탕 내려놓았다. "어떻게 생각해, 부코스키?"

그녀는 책을 내리고, 그의 눈을 바라보았다.

"너무 무관심한 거 아냐? 이건 당신하고도 관련된 일이잖아. 이 사건에 대해 어떻게 생각해, 달링? 말해봐. 당신도 살인사건 수사관이잖아."

"미카엘……"

"토니 라이케는 폭력범이고, 우린 거기에 속아 넘어갔어. 폭력범은 갱생이 안 된다는 걸 알기 때문이야. 사람을 죽이고 싶은 욕구와 능력은 아무에게나 있는 게 아니야. 선천적일 수도 있고, 후천적일 수도 있지. 하지만 일단 마음속에 살인자가 자리 잡으면, 다시 쫓아내기는 지독하게 어렵지. 어쩌면 범인은 우리가 그 사실을 알고 있다는 걸 이용한 게 아닐까? 자신이 토니 라이케를 바치면, 우리가 광분해서 일제히 '와, 사건이 해결됐어. 이자는 폭력 성향이 있는 놈이야!' 라고 환호하리라는 걸 알았던 거지. 그래서 토니 라이케의 집에 침입해서 엘리아스 스코그에게 전화한 거야. 경찰이 호바스 산장에 묵었던 투숙객들을 그만 찾도록."

"토니의 집에서 전화한 건 호바스 산장과 이번 사건의 연관성이 대중에게 알려지기 전이에요."

"그래서? 범인은 우리가 그 연관성을 알아내는 건 시간문제라고 생각했을 거야. 젠장, 진작 알았어야 했는데!" 벨만은 다시 맥주병을 잡았다.

"그래서 범인이 누군데요?"

"산장의 여덟 번째 손님. 아델 베틀레센과 동행했지만, 아무도 그 존재를 모르는 남자친구." 미카엘 벨만이 말했다.

"아무도 몰라요?"

"난 이번 수사에 서른 명도 넘게 투입했어. 우린 아델의 아파트를 이 잡듯이 뒤졌지. 하지만 글로 쓴 어떤 기록이나 일기장, 카드, 편지, 심지어 이메일이나 문자에도 그 남자의 흔적은 없었어. 아델이 아는 남자들 중에 신원이 확인된 남자는 이미 모조리 데려와 취조했고, 후보에서 제외됐지. 여자들도 마찬가지야. 다들 아델이 속옷 갈아입듯이 남자친구를 갈아치우고, 그 사실을 비밀로 했다는 걸 전혀 이상하게 생각하지 않더군. 우리가 알아낸 사실은 딱 하나야. 아델이 한 친구에게 산장에 함께 갔던 남자에 대해 말했는데, 아델의 표현을 따르자면 그 남자에게는 '쌔끈한 면'과 '홀딱 깨는 면'이 있었다고 해. 쌔끈한 면은 남자가 그녀에게 간호사 제복을 입고, 한밤중에 텅 빈 공장으로 나오라고 했던 일이래."

"그게 쌔끈한 거라면, 홀딱 깨는 면은 생각하기도 싫네요."

"홀딱 깨는 면은 남자의 말투가 아델에게 동거인을 연상시켰던 거라는 군. 친구는 그게 무슨 말인지 전혀 모르겠다고 했어."

"아델과 동거인은 집만 함께 쓰는 사이예요." 카야는 하품을 했다. "게이르 브룬은 게이이거든요. 만약 이 여덟 번째 손님이 토니 라이케에게 죄를 뒤집어씌우려고 했다면, 분명 토니에게 전과가 있다는 걸 알았을 거예요."

"폭행 전과는 대중에게 공개된 정보야. 폭행이 일어난 장소가 위트레에네바크라는 사실도. 토니가 뤼세렌 호수 근처의 할아버지 댁에서 살았던 것이 결과적으로 그를 이번 사건의 범인으로 만들어버렸지. 경찰이 토니를 의심하게 하고 싶다면, 아델 베틀레센의 시신을 어디다 버리겠어? 당연히 토니와 그의 폭행 전과 간의 연결고리가 있는 곳이지. 그래서 범인이 뤼세렌 호수를 선택한 거야." 미카엘 벨만은 말을 멈췄다. "말해봐, 지금 지루해?"

"아뇨."

"지루해 죽겠다는 표정인데?"

"그냥…… 좀 생각할 게 많아서요."

"담배는 언제부터 피웠어? 아무튼 그래서 난 이 여덟 번째 손님을 찾아낼 계획을 세웠어."

카야는 말없이 그를 바라보았다.

벨만은 한숨을 쉬었다. "그 계획이 뭐냐고 물어봐야지, 달링."

"그 계획이 뭔데요?"

"범인과 똑같은 작전을 쓰는 거지."

"그게 뭔데요?"

"결백한 사람에게 초점을 맞추는 것."

"그건 당신이 늘 쓰던 작전 아니었나요?"

미카엘 벨만이 그녀를 노려보았다. 서서히 어떤 깨달음이 왔다. 우두

머리 수컷에 대한 깨달음.

 후에 벨만은 추위와 분노로 몸을 떨었다. 무엇이 그를 더 화나게 하는지 알 수 없었다. 카야가 긍정의 말도, 부정의 말도 하지 않은 것? 아니면 이번 사건에 조금도 관심이 없다는 것을 온몸으로 보여주며, 우두커니 앉아 담배만 피운 것? 지금처럼 중대한 시기에는 그의 경력, 그의 행동이 그녀의 미래에도 결정적 영향을 미친다는 것을 모르는 걸까? 설사 그녀가 두 번째 벨만 부인은 될 수 없을지라도, 최소한 그의 후원 아래 신분 상승은 할 수 있었다. 물론 앞으로도 계속 충성하며 정보를 물어온다는 조건하에. 아니면 그가 화난 이유는 그녀가 했던 질문 때문인지도 모른다. 그 남자에 대한 질문이었다. 또 다른 우두머리 수컷, 늙고 비척거리는 수컷에 관한 질문.

 카야는 아편에 대해 물었다. 만약 토니의 체포에 책임지라는 벨만의 요구를 해리가 거절하면, 정말로 그 아편으로 해리를 기소할 생각이었는지.

 "당연하지." 벨만은 그렇게 말하며 카야의 표정을 살피려 했다. 하지만 너무 어두워서 볼 수가 없었다. "그러지 않을 이유가 없잖아? 그자는 마약을 밀반입했어."

 "난 그 사람을 말하는 게 아니에요. 경찰 전체의 명예를 떨어뜨릴 생각이 있었는지 묻는 거예요."

 벨만은 고개를 저었다. "괜히 그런 어쭙잖은 배려로 우리 스스로를 타락시킬 순 없지."

 축축한 밤공기 속에 울려 퍼지는 카야의 웃음소리가 메마르게 들렸다. "당신은 그 사람을 타락시켜놓고요?"

 "그자는 타락할 수 있는 자야." 벨만은 남은 맥주를 꿀꺽꿀꺽 다 들이켰다. "그게 그자와 나의 차이지. 그건 그렇고 카야, 내게 뭔가 하고 싶은 말이라도 있는 거야?"

카야는 입을 달싹거렸다. 말하고 싶었다. 진작 말했어야 했다. 하지만 그 순간, 그의 휴대전화가 울렸다. 벨만은 주머니를 움켜쥐며 여느 때처럼 입술을 쭉 내밀었다. 키스를 날리는 행동이 아니라, 조용히 하라는 뜻이었다. 아내나 상사 혹은 그가 여기 왔다는 사실을 알리고 싶지 않은 누군가가 전화했을 경우를 대비해서. 강력반의 중요한 정보를 전해주는 강력반 여형사와 붙어먹으러 왔다는 사실을 감추기 위해서였다. 엿 먹어라, 미카엘 벨만. 엿 먹어라, 카야 솔네스. 그리고 특히나, 엿 먹어라…….

"사라졌대." 휴대전화를 다시 주머니에 넣으며 미카엘 벨만이 말했다.
"누가요?"
"토니 라이케."

편지

안녕 토니.

오랫동안 내가 누군지 궁금했을 거야. 꽤 오래되었으니 이제는 내 계획을 알려줄 때가 된 것 같아. 그날 밤에 나도 호바스 산장에 있었어. 하지만 넌 날 보지 못했어. 아무도 날 보지 못했어. 나는 유령처럼 보이지 않는 존재거든. 하지만 넌 날 알아. 아주 잘 알지. 지금 난 너에게 가는 중이야. 이제 날 막을 수 있는 사람은 너뿐이야. 나머지는 다 죽었어. 남은 사람은 너와 나뿐이라고, 토니. 이제 심장 박동이 좀 빨라졌나? 손을 더듬어서 칼을 찾고 있나? 곧 죽을지도 모른다는 두려움에 현기증을 느끼면서, 무작정 칼로 어둠을 난도질하고 있나?

방문

 무엇인가에 잠이 깼다. 소리. 이곳은 소리가 거의 나지 않는다. 들리는 소리라고 해봐야 그에게 익숙한 것들이었고, 그 소리에 잠이 깰 리는 없다. 그는 침대에서 일어나 발바닥으로 차가운 바닥을 딛고 섰다. 창밖을 내다보았다. 그의 손바닥 안. 이곳을 인적 없는 황무지라 부르는 사람들도 있다. 그게 무슨 뜻인지는 모르겠지만. 왜냐하면 이곳에는 늘 사람이 있었기 때문이다. 늘 무언가 있었다. 지금처럼. 동물인가? 아니면 그놈일까? 유령일까? 밖에 무언가가 있다. 확실하다. 그는 문을 보았다. 문은 잠겨 있고, 안쪽에 빗장까지 걸려 있었다. 창고에는 라이플도 있었다. 여기서 밤낮으로 입고 다니는 두툼한 빨간색 체크 셔츠 아래로 그의 몸이 떨렸다. 거실은 텅 비어 있었다. 바깥도 텅 비어 있었다. 세상도 텅 비어 있었다. 하지만 인적이 없는 것은 아니다. 두 사람이 있다. 마지막으로 남은 두 사람.

◆

 해리는 꿈을 꾸었다. 이빨 달린 승강기, 코치닐처럼 붉은 입술 사이에 칵테일 스틱을 물고 있는 여자, 겨드랑이에 사람의 웃는 얼굴을 끼고 있는 광대, 흰 드레스를 입고 눈사람과 함께 제단 앞에 선 신부, 먼지가 내려앉은 텔레비전 모니터 위에 그리는 별, 방콕의 다이빙대에서 뛰어내리는 외팔이 여자, 소변기 탈취제의 달달한 냄새, 푸른색 플라스틱 물침대 안에 든 인체의 윤곽, 드릴과 그의 얼굴로 솟구치는 피, 죽음을 부르는 그 더운피. 알코올은 귀신에게 십자가이자 마늘, 성수와 같은 역할을 한다. 하지만 오늘은 보름달이 뜬 데다 처녀의 피가 흘러, 세상의 가장 어두운 구석과 가장 깊은 무덤에서 귀신들이 나와 우글거렸다. 귀신들은 춤을 추며 그를 이리저리 던졌다. 그 어느 때보다 격렬하고 거칠게. 죽음의 공포에서 비롯된 심장 박동에 맞추어, 그리고 여기 지옥에서 끊임없이 울려대는 화재 경보에 맞추어. 그러더니 갑자기 정적이 흘렀다. 완벽한 정적. 다시 소리가 울렸다. 소리가 그의 입을 가득 채웠다. 숨을 쉴 수가 없었다. 그것은 차갑고, 칠흑처럼 검었다. 그는 움직일 수가 없었고……

해리는 경련을 일으키며 어둠 속에서 눈을 깜박였다. 머릿속이 멍했다. 벽 사이로 메아리가 울렸다. 무엇의 메아리지? 그는 머리맡 탁자에 있던 리볼버를 집었다. 발바닥으로 차가운 바닥을 딛고 아래층으로, 거실로 내려갔다. 아무도 없다. 텅 빈 술 진열장에 아직도 불이 켜져 있었다. 예전에 저기에 마르텔 코냑 한 병이 있었다. 자신이 어떤 유전자를 가지고 태어났는지 알았던 아버지는 늘 술을 멀리했기 때문에 코냑은 접대용이었다. 접대할 손님도 몇 명 안 되었지만. 반쯤 남은 채 먼지를 뒤집어쓰고 있던 코냑은 짐 빔 대령과 해리 홀레 이등병의 습격에 사라져 버렸다. 해리는 안락의자에 앉아 팔걸이에 뚫린 구멍에 손가락을 집어넣었다. 눈을 감고, 잔에 술을 절반쯤 따르는 자신의 모습을 상상했다. 병에서 나는 저음의 꿀럭꿀럭 소리, 반짝이는 금갈색 액체. 향기, 잔을 입으로 가져갈 때의 전율. 그의 몸이 허둥대며 거부하는 것이 느껴진다. 그러면 잔 안의 내용물을 목구멍 아래로 내려보낸다.

마치 관자놀이를 한 방 얻어맞은 듯한 맛.

해리는 눈을 번쩍 떴다. 다시 사방이 고요해졌다.

그러더니 갑자기 다시 소리가 들렸다.

소리는 그의 이도를 타고 전달되었다. 지옥에서 들었던 화재 경보 소리. 그를 깨웠던 바로 그 소리였다. 초인종 소리. 해리는 손목시계를 보았다. 12시 30분.

그는 복도로 걸어가 외등 스위치를 켰다. 물결 모양의 유리창 너머로 윤곽선이 보였다. 오른손으로 리볼버를 쥔 채, 왼손 엄지와 검지로 손잡이를 잡고 문을 벌컥 열었다.

◆

달빛 아래로 앞마당을 가로지른 스키 자국이 보였다. 그의 스키 자국은 아니었다. 유령이 흔적을 남길 리도 없다.

스키 자국은 집을 돌아, 뒤로 향했다.

순간, 열어둔 침실 문이 생각났다. 문을 닫았어야……. 그는 숨을 죽였다. 누군가 그와 함께 숨 쉬고 있었다. 사람이 아니다. 짐승이다.

그는 뒤를 돌았다. 입이 딱 벌어졌다. 심장이 철렁 내려앉았다. 어떻게 그렇게 빨리, 아무 소리도 내지 않고 움직일 수가 있지? 어떻게 이렇게…… 가까이 올 수가 있지?

◆

카야는 그를 바라보았다.

"들어가도 돼요?" 그녀가 물었다.

그녀는 헐렁한 레인코트를 입었고, 머리카락은 사방으로 뻗쳤으며, 얼굴은 창백하고 핼쑥했다. 해리는 이게 꿈이 아닌지 확인하기 위해 눈을 두 번 세게 깜빡였다. 그녀는 어느 때보다도 아름다웠다.

◆

 해리는 가능한 조용히 토하려고 했다. 술을 마시지 않은 지 하루가 넘었고, 그의 위장은 습관을 좋아하는 예민한 장기라서 갑작스럽게 술을 마시거나 끊는 것에 반항했다. 그는 변기의 물을 내리고, 조심스럽게 물을 한 컵 마신 뒤, 부엌으로 갔다. 전기레인지 위에서 주전자가 달그락거렸다. 카야는 식탁 의자에 앉아 그를 올려다보았다.
 "그러니까 토니 라이케가 사라졌군." 그가 말했다.
 카야는 고개를 끄덕였다. "미카엘이 그에게 꼭 연락이 닿는 곳에 있으라고 당부했대요. 하지만 지금은 행방이 묘연해요. 집에도 회사에도 없고, 아무런 메시지도 남기지 않았대요. 지난 24시간 동안 어떤 항공기나 페리의 탑승객 명단에도 없고요. 한 형사가 간신히 레네 갈퉁과 연락이 닿았는데, 그녀 말로는 아마 산에 갔을 거래요. 생각을 정리하려고. 자주 그러는 모양이에요. 그랬다면 분명 기차를 탔을 거예요. 자동차는 차고에 그대로 있으니까."
 "우스타오셋에 있겠군. 그곳이 자기 손바닥 안이라고 했어." 해리가 말했다.
 "어쨌든 호텔에 묵지 않는 건 분명해요."
 "흠."
 "그들은 토니가 위험에 처했다고 생각해요."
 "그들?"
 "벨만, 크리포스요."
 "그럼 '우리'라고 해야 하는 거 아닌가? 근데 왜 벨만은 토니 라이케에게 연락하려는 거야?"
 카야는 눈을 감았다. "미카엘이 범인을 유인해낼 계획을 꾸몄어요."
 "오호."

"범인은 그날 밤 호바스 산장에 묵었던 사람들을 모두 죽이려고 하잖아요. 그래서 미카엘은 토니에게 함정의 미끼가 되어달라고 설득하려던 참이었어요. 신문에 토니의 인터뷰 기사를 내는 거죠. 경찰 조사를 받느라 힘들었다, 그래서 어딘가에서 혼자 쉴 계획이다, 그러면서 슬쩍 그 장소를 흘리는 거예요."

"그럼 크리포스가 그곳에 진을 치겠군."

"네."

"하지만 이제 계획이 틀어졌으니, 그래서 온 건가?"

카야는 눈을 깜빡이지 않은 채 그를 뚫어지게 바라보았다. "아직 미끼로 쓸 사람이 한 명 남았어요."

"이스카 펠러? 그 여자는 오스트레일리아에 있다고."

"벨만도 현재 그녀가 경찰 보호를 받고 있다는 거 알아요. 반장님이 그녀와 맥코맥이라는 형사에게 연락했다는 것도. 벨만은 반장님이 이스카 펠러를 설득해서, 여기로 오게 해주기를 원해요."

"내가 왜 그래야 하지?"

카야는 자신의 손을 내려다봤다. "아시잖아요. 지난번과 똑같은 협박 작전이죠."

"흠. 담뱃갑에 아편이 들어 있다는 거 언제 알았어?"

"담배를 제 침실 선반에 올려놓을 때요. 반장님 말대로였어요. 냄새가 강하더군요. 반장님의 숙소에서 맡았던 것과 같은 냄새였죠. 담뱃갑을 꺼냈더니 한쪽 바닥이 뜯어져 있었어요. 그 안에 아편 덩어리가 있었고요. 미카엘에게 그 얘기를 했더니, 반장님이 달라고 할 때 언제든 주라고 했어요."

"덕분에 날 배신하기가 더 쉬웠겠군. 내가 자넬 이용했다는 걸 알았으니."

그녀는 천천히 고개를 저었다. "아뇨. 더 쉽진 않았어요. 더 쉬웠어야 할지도 모르죠. 하지만……."

"하지만?"

그녀는 어깨를 으쓱였다. "이 메시지를 전달하는 게 제가 미카엘을 위해 하는 마지막 일이에요."

"그래?"

"이제 미카엘에게 그만 만나자고 할 거예요."

달그락거리던 주전자의 소리가 멈췄다.

"진작 헤어졌어야 했어요. 반장님에게 제가 한 짓을 용서해달라고 하지는 않을게요. 그건 너무 무리한 부탁일 테니까요. 하지만 직접 얼굴을 보고 말씀드리고 싶었어요. 반장님이 이해하실 수 있도록. 그래서 이렇게 찾아온 거예요. 제가 그런 짓을 한 이유는 어리석고 또 어리석은 사랑 때문이었어요. 사랑이 절 타락시켰죠. 전 제가 타락할 줄 몰랐어요." 그녀는 양손에 얼굴을 묻었다. "전 반장님을 속였어요. 뭐라 드릴 말씀이 없네요. 저 자신을 속인 건 훨씬 더 비참한 기분이라는 말밖에는요."

"사람은 누구나 타락할 수 있어. 다만 각기 다른 화폐로, 각자 다른 값을 치를 뿐이야. 자네는 사랑이었고, 나는 마취였지. 그리고 이거 알아?"

주전자가 다시 노래했다. 한 옥타브 높은 음조로.

"……이 일로 아마 자넨 나보다 훌륭한 사람이 될 거야. 커피?"

그는 몸을 빙글 돌려 형체를 바라보았다. 그것은 그의 앞에 똑바로 서서 꼼짝도 하지 않았다. 마치 오랫동안 거기 있었던 것처럼, 마치 그의 그림자인 것처럼. 주위는 쥐 죽은 듯이 고요했다. 들리는 소리라고는 그의 숨소리뿐. 그러다 어떤 움직임이 감지되었다. 무언가가 어둠 속에서 휙 올라가더니 허공을 가르는 나지막한 쉭 소리가 들렸다. 순간 이상한 생각이 들었다. 저 형체는 그저 그의 그림자일 뿐이라는 생각. 그는……

생각은 비틀거리는 듯했고, 시간은 분리되었으며, 잠시 시야 연결이 끊겼다.

그는 놀라서 앞을 응시했고, 뜨거운 땀 한 방울이 이마를 타고 흘러내리는 것을 느꼈다. 말을 했지만, 아무 의미도 없는 말이었다. 뇌와 입 사이의 연결에 결함이 생긴 모양이었다. 다시 나지막한 쉭 소리가 들렸다. 그러더니 소리가 사라졌다. 모든 소리가. 심지어 그의 숨소리마저 들리지 않았다. 그러다 자신이 무릎을 꿇었고, 전화기가 바로 옆에 떨어져 있다는 걸 알았다. 그의 앞으로 한줄기 달빛이 거친 마룻장을 가로질렀으나 이내 사라졌다. 땀방울이 그의 콧날을 따라 흘러내리고, 눈으로도 들어가 앞이 보이지 않았기 때문이다. 그제야 그는 그게 땀이 아님을 알았다.

세 번째로 맞았을 때는 마치 고드름이 그의 머릿속과 목구멍, 몸을 꿰뚫는 것 같았다. 모든 것이 얼어붙었다.

죽고 싶지 않아. 그는 그렇게 생각하며, 자신을 보호하기 위해 머리 위로 손을 들어 올리려 했다. 하지만 손가락 하나 까딱할 수 없었다. 몸이 마비된 것이다.

네 번째 공격은 맞은 줄도 몰랐다. 다만 나무 냄새가 나는 것으로 보아 자신이 바닥에 얼굴을 처박은 채 쓰러졌다는 결론을 내렸다. 여러 번 눈을 깜빡이자, 시력이 돌아왔다. 코앞에 스키 부츠가 보였다. 서서히 소리도 돌아왔다. 자신이 크게 숨을 들이쉬는 소리, 상대의 차분한 숨소리, 그의 코에서 마룻바닥으로 뚝뚝 떨어지는 핏방울 소리. 상대는 속삭였지만, 그 말은 마치 그의 귀에 대고 고래고래 소리 지르는 것처럼 들렸다.

"이제 우리 중 한 명만 남을 거야."

◆

시계 종소리가 두 번 울릴 때까지 그들은 여전히 부엌에서 이야기를 나누고 있었다.

"여덟 번째 손님이라." 해리는 커피를 잔에 또 따르며 말했다. "눈을 감아봐. 그 남자가 어떻게 생겼지? 빨리 말해봐. 생각하지 말고."

"증오로 뭉쳐 있어요. 화가 났어요. 균형을 잃었고, 심성이 나빠요. 아델 같은 여자들이 접근했다가, 어떤 사람인지 파악한 후에 퇴짜 놓는 유형이죠. 집에 포르노 잡지와 영화가 잔뜩 쌓여 있어요."

"왜 그렇게 생각하지?"

"모르겠어요. 아델에게 간호사 제복을 입고 빈 공장으로 나오라고 했잖아요."

"계속 해봐."

"여성스러워요."

"어떤 면이?"

"목소리가 높아요. 아델은 그의 말을 들을 때면 게이 룸메이트가 생각난다고 했어요." 카야는 커피잔을 입으로 가져가며 미소 지었다. "아니면 영화배우일 수도 있죠. 꽥꽥거리는 목소리에 입을 뾰족 내민 남자. 목소리가 여성스러운 마초 배우의 이름이 아직도 생각 안 나요."

해리는 건배의 뜻으로 자신의 커피잔을 들어 올렸다. "내가 해준 엘리아스 스코그의 이야기는 어떻게 생각해? 한밤중에 산장 밖에서 목격한 장면. 그 두 사람은 누구였을까? 정말로 강간 장면을 목격한 걸까?"

"마리트 올센은 아니었을 거예요."

"흠. 왜지?"

"마리트는 거기서 유일하게 뚱뚱한 여자였으니까요. 다리트였다면 엘리아스 스코그가 알아봤을 거고, 그 장면을 묘사할 때 그녀의 이름을 썼을 거예요."

"나와 같은 결론이군. 하지만 그게 강간이었다고 생각해?"

"그런 것 같아요. 소리를 지르지 못하도록 남자가 여자의 입을 틀어막고, 화장실로 끌고 갔어요. 그게 강간이 아니면 뭐겠어요?"

"하지만 왜 엘리아스 스코그는 처음 그 장면을 봤을 때 바로 강간이라고 생각하지 않았을까?"

"모르겠어요. 뭔가가 있었을 거예요. 두 사람이 서 있는 자세라거나 그들의 몸짓에."

"맞아. 무의식은 의식보다 훨씬 많은 걸 알고 있지. 엘리아스 스코그는 그게 상호 동의하의 섹스라고 굳게 확신했기 때문에 다시 자러 간 거야. 한참 지난 후에 신문에서 살인사건 기사를 본 후에야 반쯤 잊었던 그 장면이 생각난 거지. 그제야 혹시 그게 강간이었을지도 모른다고 생각한 거고."

"섹스 게임이 아니었을까요? 강간을 흉내 내는 게임. 그런 짓을 할 만한 사람이 누가 있죠? 산장에서 처음 만난 남녀가 좀 더 친해진답시고 몰래 빠져나가 그런 짓을 할 리는 없죠. 분명 서로 잘 아는 사이예요."

"그렇다면 그전부터 사귀고 있었던 사이라는 말이지. 우리가 아는 한 그 산장의 유일한 커플은……"

"아델과 수수께끼의 남자죠. 여덟 번째 손님."

"아니면 한밤중에 누가 찾아왔을 수도 있어." 해리는 담뱃재를 털었다.

"화장실이 어디죠?" 카야가 물었다.

"복도를 따라 가다 왼쪽."

해리는 구불구불한 담배 연기가 테이블 위의 전등갓까지 올라가는 것을 지켜보며 기다렸다. 하지만 문 열리는 소리가 들리지 않았다. 그는 일어나서 카야에게로 갔다.

그녀는 복도에 서서 화장실 문을 바라보고 있었다. 어슴푸레한 불빛 속에서 그녀가 숨을 깊이 들이쉬는 모습이, 뾰족하고 촉촉한 치아가 번득이는 것이 보였다. 그는 한 손을 그녀의 등에 대었다. 심지어 등에서도 그녀의 심장이 쿵쾅거리는 게 느껴졌다. "내가 대신 열어도 되겠어?"

"제가 미쳤다고 생각하시죠?"

"우린 다 미쳤어. 이제 문 연다, 오케이?"

카야는 고개를 끄덕였고, 해리는 문을 열었다.

해리가 부엌 식탁에 앉아 있자니, 그녀가 돌아왔다. 그녀는 레인코트를 입고 있었다.

"이제 그만 가야겠어요."

해리는 고개를 끄덕이며 현관까지 배웅했다. 그녀는 허리를 굽혀 부츠를 신었다.

"피곤할 때만 그래요. 문 앞에서 그러는 거요." 카야가 말했다.

"알아. 나도 엘리베이터 앞에서 그럴 때가 있어."

"정말요?"

"응."

"얘기해주세요."

"다음번에 기회가 되면 해주지. 누가 알아? 우리가 또 만나게 될지."

카야가 조용해지더니, 꾸물거리며 부츠의 지퍼를 천천히 올렸다. 그러고는 갑자기 벌떡 일어섰다. 그와의 거리가 어찌나 가까운지, 해리는 메아리처럼 그녀를 따라다니는 향기를 맡을 수 있었다.

"지금 말해주세요." 그녀가 사나운 시선으로 말했다. 해리로서는 의미를 짐작하기 힘든 시선이었다.

"그게," 그의 손끝이 따끔거렸다. 마치 추웠다가 다시 몸에서 열이 나는 것처럼. "어릴 때 여동생 머리가 길었어. 우린 엄마의 병문안을 마치고, 엘리베이터를 타려는 참이었어. 아버지는 아래층에서 기다리고 계셨지. 아버지는 병원을 싫어했거든. 동생은 벽 가까이 서 있었는데, 그만 머리카락이 엘리베이터와 벽 사이에 끼어버린 거야. 나는 너무 겁에 질려서 움직일 수가 없었어. 동생이 머리채가 잡힌 채 끌려 올라가는 걸 지켜보기만 했지."

"어떻게 됐어요?"

'너무 가까워'라고 그는 생각했다. 그들은 각자의 개인 공간을 침범한 상태였다. 그들 자신도 그 사실을 알고 있었다. 그는 숨을 들이쉬었다.

"동생 머리가 많이 빠졌지. 머리는 다시 자랐어. 나도…… 무언가를 잃었는데, 그건 다시 자라지 않더군."

"여동생을 실망시켰다고 생각했군요."

"생각하는 게 아니라 실망시켰어."

"몇 살 때였어요?"

"동생을 실망시키기에 충분한 나이였지." 그가 미소 지었다. "이거면 하룻밤의 자기 연민으로는 충분하군. 안 그래? 우리 아버지는 자네가 무릎을 구부려 인사하는 걸 좋아했어."

카야가 키킥 웃었다. "안녕히 주무세요." 그녀가 무릎을 굽혔다.

해리는 문을 열어주었다. "잘 가."

그녀는 계단을 내려가다가 돌아섰다.

"반장님?"

"응?"

"홍콩에서 외롭지 않았어요?"

"외로웠냐고?"

"반장님의 잠든 모습을 지켜봤거든요. 반장님은 너무나…… 외로워 보였어요."

"그래. 외로웠어. 잘 가."

두 사람은 그렇게 0.5초 동안 더 서 있었다. 2분의 1초 전에 그녀는 계단을 내려갔어야 했고, 그는 뒤돌아 부엌으로 갔어야 했다.

그녀의 손가락이 그의 목을 감쌌다. 그녀는 그의 머리를 끌어당기며, 서서히 몸을 들어 올려 발끝으로 섰다. 그녀의 눈은 초점을 잃고 반짝이는 바다가 되더니 그대로 감겼다. 반쯤 벌어진 입술이 그의 입술과 만났다. 그녀는 그에게 매달렸고, 그는 움직이지 않았다. 그저 달콤한 단검에

배를 찔린 기분이었다. 모르핀이 한꺼번에 주입되는 것 같았다.

카야는 손을 풀었다. "안녕히 주무세요."

그는 고개를 끄덕였다.

그녀는 뒤돌아 걸어갔다. 해리는 등 뒤로 조용히 문을 닫았다.

잔과 주전자를 씻어 제자리에 두었을 때 초인종이 울렸다.

그는 현관으로 갔다.

"잊은 게 있어요." 그녀가 말했다.

"뭔데?"

카야는 손을 들어 올려 그의 눈썹을 쓰다듬었다. "당신이 어떻게 생겼는지."

그가 그녀를 바싹 끌어당겼다. 그녀의 살갗. 향기. 그는 곤두박질쳤다. 경이롭고 아찔한 나선형의 추락.

"당신을 원해요. 당신과 사랑을 나누고 싶어요." 카야가 속삭였다.

"나도 그래."

그들은 몸을 떼고 서로를 바라보았다. 갑자기 둘 사이에 형식적인 절차가 끼어든 듯했고, 순간적으로 해리의 눈에는 그녀가 후회하는 것처럼 보였다. 또한 그도 후회하는 것처럼 보였다. 너무 버거웠고, 너무 빨랐다. 고려해야 할 다른 요소들도 너무 많았고, 틀린 음도 많았으며, 짊어져야 할 짐도 많았고, 하지 말아야 할 이유도 너무 많았다. 하지만 그녀는 소심하게 그의 손을 잡았다. 그리고 "가요"라고 속삭이며 그를 2층 계단으로 이끌었다.

침실은 추웠고, 부모님 냄새가 났다. 해리는 불을 켰다.

널찍한 더블 침대에 두 개의 이불과 두 개의 베개가 놓여 있었다.

해리는 그녀를 도와 침대 시트를 갈았다.

"어느 쪽이 아버님이 주무시는 쪽이에요?" 그녀가 물었다.

"이쪽." 해리가 가리켰다.

"어머님이 돌아가신 후에도 계속 그쪽에서 주무셨군요. 혹시 몰라서." 그녀가 독백하듯이 말했다.

그들은 서로를 곁눈질하지 않고 옷을 벗었다. 이불 속으로 기어들어가 그 안에서 만났다.

처음에는 나란히 누워 키스하고, 서로의 몸을 더듬기만 했다. 앞으로 어떻게 될지 알기 전까지 아무것도 망치지 않으려고 조심했다. 서로의 숨소리와 어쩌다 지나가는 자동차 소리에 귀를 기울였다. 차츰 그들의 키스는 탐욕스러워졌고, 애무는 대담해졌으며, 그의 귀에 그녀의 흥분된 숨결이 닿았다.

"무서워?" 그가 물었다.

"아뇨." 그녀가 신음하며 발기된 그의 페니스를 잡더니, 엉덩이를 움직여 그를 안으로 이끌었다. 하지만 그는 그녀의 손을 치우고 직접 했다.

그가 그녀의 안으로 들어갔을 때 그녀는 아무런 소리 없이, 그저 숨을 헉 들이쉬기만 했다. 그는 눈을 감고 가만히 누워 그 느낌을 음미했다. 그러고는 천천히 조심스럽게 움직이기 시작했다. 눈을 뜨자 그녀와 시선이 마주쳤다. 그녀는 금방이라도 울음을 터뜨릴 것 같았다.

"키스해줘요." 그녀가 속삭였다.

위는 거칠고, 아래는 매끈한 그녀의 혀가 그의 혀를 휘감았다. 더 빠르면서 더 깊게, 더 느리면서 더 깊게. 그녀는 그의 혀를 놓아주지 않은 채 그의 몸을 굴려 위로 올라갔다. 그러고는 움직일 때마다 그의 배를 눌렀다. 마침내 그의 혀를 놓아주더니 그녀가 등을 뒤로 젖히며 신음 소리를 냈다. 두 번. 동물 같은 저음의 신음 소리가 점점 높아지더니, 숨을 헐떡이며 아주 높아졌다가 다시 조용해졌다. 그녀의 목구멍이 나오지 않는 비명으로 흐느꼈다. 그는 그녀의 목을 향해 손을 들어 올렸다. 그러고는 살갗 아래로 파르르 떨리는 푸른색 동맥에 손가락을 댔다.

그러자 그녀가 비명을 질렀다. 고통스럽다는 듯이, 화가 난다는 듯이,

해방되었다는 듯이. 해리는 음낭이 뻐근해지면서 절정에 도달했다. 완벽했다. 참을 수 없을 정도로 완벽해서, 그는 한 손을 들어 주먹으로 벽을 쳤다. 그녀는 마치 독극물이 주입된 사람처럼 그의 몸 위로 널브러졌다.

그들은 팔다리를 아무렇게나 벌린 채, 그렇게 죽은 듯이 누워 있었다. 해리는 귀로 혈액이 몰리고, 몸 구석구석에 만족감이 퍼져가는 것을 느꼈다. 이게 행복이 아니면 무엇일까.

그는 잠이 들었다가, 카야가 다시 침대로 들어와 그의 품에 안기는 바람에 잠에서 깼다. 그녀는 아버지의 조끼를 입고 있었다. 그녀는 그에게 키스했고, 뭐라고 중얼거리더니 잠이 들었다. 그녀의 숨소리가 가볍고 고요했다. 해리는 천장을 바라보았다. 생각이 일어나도록 내버려두었다. 저항해도 소용없다는 걸 알기 때문이다.

기막히게 좋았다. 이렇게 좋았던 적은 그때 이후로 처음이었다. 그때…… 그녀와 함께했던 이후로…….

커튼을 치지 않은 터라, 5시 반이 되자 지나가는 차량의 원추형 불빛 다섯 개가 천장을 가로질렀다. 오슬로가 잠에서 깨어나 무거운 몸을 이끌고 일하러 가는 것이다. 그는 다시 카야를 바라보았고, 이내 잠들었다.

힐훅

 해리가 눈을 떴을 때는 9시였다. 방은 햇살에 잠겨 있고, 옆에는 아무도 없었다. 휴대전화에는 네 개의 메시지가 있었다.
 첫 번째는 카야의 메시지였다. 출근하기 전에 옷을 갈아입으러 집에 가는 길이라고 했다. 그러면서 고맙다고 했는데, 뭐가 고맙다는 건지 잘 들리지 않았다. 그러더니 날카로운 웃음소리가 들렸고, 전화가 끊겼다.
 두 번째는 군나르 하겐의 메시지였다. 왜 전화를 받지 않느냐면서, 토니 라이케의 부당한 체포로 언론이 그를 들볶아대고 있다고 했다.
 세 번째는 퀸터의 메시지였다. 그는 또 더티 해리 농담을 하면서, 라이프치히 경찰이 율리아나 베르니의 여권을 찾아내지 못했다고 했다. 따라서 그 여권에 키갈리 소인이 찍혀 있는지 확인할 길이 없었다.
 네 번째는 미카엘 벨만의 메시지였다. 2시까지 크리포스로 오라는 말뿐이었다. 카야가 자신의 전갈을 전했다고 생각하는 모양이었다.
 해리는 침대에서 일어났다. 기분이 좋았다. 좋은 정도가 아니라 끝내줬다. 그는 몸의 소리에 귀 기울였다. 그래, 끝내준다는 건 과장이다.
 아래층으로 내려가, 크리스피 브레드를 꺼냈다. 제일 중요한 전화부터 했다.
 "쇠스 홀레입니다." 동생의 목소리가 어찌나 딱딱한지 해리의 입가에 저절로 미소가 떠올랐다.

"해리 홀레입니다." 그가 말했다.

"해리!" 쇠스는 그의 이름을 두 번 더 외쳤다.

"잘 있었어, 쇠스?"

"아빠에게 돌아왔다는 얘기 들었어! 왜 이제야 전화했어?"

"이제야 널 만날 준비가 됐거든. 넌?"

"나야 늘 준비돼 있지. 알잖아."

"그래, 알아. 조만간 병원 들르는 길에 시내에서 점심 먹자. 내가 사지."

"좋았어! 목소리 좋은데. 라켈 때문이야? 라켈이랑 통화한 거야? 난 어제 통화했어. 이게 무슨 소리야? 오빠?"

"봉지 속의 크리스피 브레드가 바닥으로 왕창 떨어진 소리야. 무슨 일로 전화했대?"

"아빠 일로. 아빠가 아프다는 소식 들었대."

"그게 다야?"

"응. 아니. 올레그도 잘 있대."

해리는 침을 꿀꺽 삼켰다. "잘됐네. 그럼 조만간 만나자."

"꼭이야. 오빠가 돌아와서 정말 기뻐! 할 말이 아주 많아!"

해리는 휴대전화를 싱크대에 내려놓고, 크리스피 브레드를 줍기 위해 허리를 숙였다. 그때 전화기가 다시 웅웅거렸다. 쇠스는 늘 저런 식이다. 꼭 끊고 난 후에야 할 말을 생각해낸다. 그는 등을 폈다.

"또 뭐야?"

낭랑한 헛기침 소리가 나더니, 목소리가 자신을 아벨이라고 소개했다. 귀에 익은 이름이어서 해리는 즉시 기억 속을 뒤졌다. 그 안에는 날짜별로 예전 살인사건 파일들이 정리되어 있었다. 거기에 적힌 이름, 얼굴, 주소, 날짜, 목소리, 차의 색깔과 생산연도 등은 절대 삭제되지 않았다.

하지만 정작 같은 아파트에서 3년이나 살았던 이웃의 이름이나 올레그의 생일은 갑자기 기억나지 않을 때가 있었다. 이른바 형사의 기억력이었다.

해리는 잠자코 상대의 말을 듣기만 했다.

"알겠습니다." 마침내 그가 입을 열었다. "전화해주셔서 고맙습니다."

그는 전화를 끊고, 다른 번호를 눌렀다.

"크리포스입니다." 피곤한 목소리의 안내 데스크 직원이 대답했다. "미카엘 벨만 씨의 사무실로 전화하셨나요?"

"그렇소. 난 강력반의 해리 홀레요. 벨만은 어디 있지?"

직원은 벨만의 행방을 말해주었다.

"납득이 가는군." 해리가 말했다.

"무슨 말씀이세요?" 직원이 하품했다.

"그게 평소 그가 하는 일이잖소. 안 그런가?"

해리는 휴대전화를 주머니에 집어넣고, 창밖을 바라보았다. 걸어가는 그의 발밑에서 크리스피 브레드가 부서졌다.

'스쿠엔 암벽등반 센터'. 주차장과 면한 유리문에는 그렇게 적혀 있었다. 해리는 문을 열고 안으로 들어갔다. 일단 한 학급의 흥분한 초등학생들이 나갈 때까지 잠시 기다려야 했다. 그는 계단 맨 아래의 신발장 옆에 신발을 벗어던졌다. 넓은 실내에서 여섯 명이 10미터 높이의 벽을 오르고 있었다. 비록 벽이라기보다는, 어릴 때 외위스타인과 극장에서 본 타잔 영화 속의 종이반죽으로 만든 가짜 산처럼 보였지만. 다만 이 벽에는 둥근 고리와 카라비너*가 달린 알록달록한 손잡이와 못이 점점이 박혀

---

* 확보지점에 로프를 통과시키고 오를 때 중개물로 이용하는 쇠고리

있었다. 그가 밟고 지나가는 푸른색 매트에서 비누와 땀에 젖은 발냄새가 살짝 풍겼다. 그는 다리가 바깥쪽으로 휜 땅딸막한 남자 옆에서 걸음을 멈췄다. 남자는 그들 위의 돌출부를 열심히 바라보고 있었다. 그의 등 반용 하네스*에서 나온 밧줄은 그들보다 8미터 높은 곳에 있는 남자에게로 이어졌다. 현재 그는 한 팔로 매달린 채 추처럼 좌우로 흔들리고 있었다. 몸이 한쪽 끝으로 이동하자, 남자는 한 발을 들어 올려 조롱박 모양의 핑크색 디딤대 속에 발뒤꿈치를 넣고, 다른 쪽 발로 벽의 튀어나온 부분을 디뎠다. 그러고는 한 번의 우아하고 신속한 동작으로 맨 꼭대기 앵커에 밧줄을 찰칵 고정시켰다.

"걸렸다!" 그가 외치더니, 상체를 뒤로 젖히며 양발로 벽을 디뎠다.

"훌륭한 힐훅**이군." 해리가 말했다. "자네 상사는 허세를 좀 부린단 말이야. 안 그래?"

유시 콜카는 대답하지도, 해리에게 눈길을 주는 영광을 허락하지도 않았다. 그저 밧줄의 제동 장치에 달린 레버를 잡아당길 뿐이었다.

"안내 데스크에서 당신이 여기 있을 거라더군." 해리가 그를 향해 내려오는 남자에게 말했다.

"매주 이 시간의 일과지. 경찰의 좋은 점은 근무 시간에도 운동할 수 있다는 거야. 당신은 어때, 해리? 그 정도면 근육이 잘 잡힌 편이군. 체중에 비해 많은 편이라고 할 수 있지. 오르기에 적합한 몸이야."

"하지만 야망이 부족해서 말이지."

벨만은 다리를 어깨넓이로 벌려 착지한 다음, 밧줄을 잡아당겨 8자 모양의 매듭을 느슨하게 풀었다.

"무슨 말인지 모르겠군."

"그렇게 높이 올라갈 필요를 못 느낀다고. 가끔씩 험한 바위 서너 개를

---

* 허리에 두르고 허벅지에 끼우는 벨트로, 추락할 때의 충격을 분산시켜 부상을 막아줌
** 발뒤꿈치를 바위나 얼음 턱에 걸어 지지력을 얻어 오르는 기술

기어오르는 걸로 충분해."

"기어오른다고?" 벨만은 콧방귀를 뀌며, 하네스를 느슨하게 풀어 발아래로 빼냈다. "밧줄 없이 2미터 위에서 떨어지는 게 밧줄에 묶인 채 30미터를 떨어지는 것보다 더 아프다는 거 아냐?"

"그럼." 해리가 입꼬리를 잡아당기며 미소를 지었다. "알다마다."

벨만은 나무 벤치에 앉아 토슈즈처럼 생긴 등반화를 벗고, 발을 문질렀다. 그동안 콜카는 밧줄을 주워 돌돌 감기 시작했다. "내가 남긴 메시지 들었나?"

"들었어."

"그런데 왜 이렇게 일찍 온 거야? 2시에 보자고 했잖아."

"그쪽과 분명히 하고 싶은 게 있어서."

"분명히?"

"그쪽 팀에 합류하기 전에 합의 볼 사항이 있어. 단 둘이서."

"팀?" 벨만이 껄껄 웃었다. "지금 무슨 소리야, 해리?"

"꼭 내 입으로 말해야 해? 굳이 내가 오스트레일리아로 전화해서 그 여자에게 미끼 역할을 해달라고 설득할 필요는 없잖아. 본인이 직접 할 수 있을 텐데. 그러니까 지금 그쪽이 원하는 건 내 도움이라고."

"이봐, 정말이지……."

"피곤해 보여, 벨만. 슬슬 지치기 시작할 때야. 안 그래? 마리트 올센 사건 이후로 부담이 점점 커지지?" 해리는 벨만 옆에 앉았다. 앉아도 거의 10센티미터 정도 컸다. "하루가 멀다하고 언론은 난리를 치고, 신문 가판대를 지나거나 텔레비전을 켤 때마다 사건 생각이 날 거야. 네가 풀지 못한 그 사건. 상사들이 시도 때도 없이 닦달해대는 그 사건. 매일같이 기자회견을 해야 하는 사건. 기자회견장에 가면, 독수리떼가 서로 질세라 질문을 퍼부어대지. 게다가 네가 직접 석방해준 남자는 연기처럼 사라져버렸어. 독수리떼들이 몰려들고 그중에는 스웨덴어, 덴마크어, 심지어는 영어로 말하는 것들도 있어. 나도 다 겪었던 일이야, 벨만. 곧 있으면 염병할 불어까지 등장할 거라고. 왜냐하면 이게 네가 해결해야 할 사건이니까. 그리고 상황은 더 악화됐어."

벨만은 대답하지 않았지만, 이를 갈고 있었다. 밧줄을 배낭에 넣은 콜카가 그들이 있는 쪽으로 다가오자, 벨만이 가라고 손짓했다. 핀란드인은 충직한 테리어처럼 몸을 돌려 뒤뚱뒤뚱 퇴장했다.

"원하는 게 뭐야, 해리?"

"난 지금 그쪽에게 이 일을 정리할 기회를 주는 거야. 회의석상에서가 아니라, 일대일로."

"내 입으로 도와달라는 말을 하라는 거야?"

해리는 벨만의 얼굴이 붉어지는 것을 보았다.

"지금 네놈이 어떤 처지인 줄이나 알고 하는 말이야, 해리?"

"음, 내 처지는 좀 나아진 거 같은데."

"틀렸어."

"카야 솔네스는 이제 널 위해 일하고 싶어 하지 않아. 네가 이미 승진시킨 비에른 홀름은 설사 좌천되어 다시 범죄 현장에 투입된다 해도 기뻐서 날뛸 친구고. 네가 상처 줄 수 있는 사람은 이제 나뿐이야, 벨만."

"내가 널 감옥에 가두면 아버지의 병문안을 갈 수 없다는 거 잊었나?"

해리는 고개를 저었다. "이제 병문안은 필요 없어, 벨만."

미카엘 벨만은 깜짝 놀라 한쪽 눈썹을 치켜세웠다.

"오늘 아침 병원에서 전화가 왔어. 간밤에 아버지가 혼수상태에 빠졌다더군. 닥터 아벨 말로는 깨어나기 힘들 거래. 우리 부자 사이에 미처 못 다한 말은 영원히 못 다한 채로 남을 거야."

튤립

 벨만은 말없이 해리를 바라보았다. 다시 말해, 사슴 같은 갈색 눈망울은 해리를 향했지만 그 시선은 마음속으로 향했다. 해리는 그의 머릿속에서 한창 회의가 진행 중임을 알 수 있었다. 반대 의견이 많은 회의인 듯했다. 벨만은 허리에 달린 초크백*의 줄을 천천히 느슨하게 풀었다. 시간을, 생각할 시간을 벌려는 듯이. 그러더니 신경질적으로 초크백을 배낭에 처넣었다.
 "만약, 어디까지나 만약이야, 내가 아무런 빌미도 없이 도와달라고 한다면 대체 무슨 이유로 네가 날 도우려 하겠어?"
 "나도 모르지."
 짐을 챙기던 벨만이 동작을 멈추고 올려다보았다. "모른다고?"
 "글쎄, 분명 그쪽을 사랑해서는 아닐 거야." 해리는 숨을 들이쉬고 담뱃갑을 만지작거렸다. "이렇게 말하지. 고향이 없다고 믿는 사람들도 가끔은 고향을 발견하는 법이야. 언젠가 죽어서 묻히고 싶은 곳 말이야. 내가 묻히고 싶은 곳이 어딘지 알아, 벨만? 경찰청사 앞의 공원이야. 경찰을 사랑한다거나, 소속감이 투철해서가 아니야. 오히려 반대지. 경찰관

---

* 미끄럼 방지를 위해 손에 뿌리는 탄산마그네슘 가루가 든 가방

들의 비겁한 충성심, 나중에 자신이 힘들 때 도움이 필요할 거라는 이유만으로 존재하는 배타적인 동지애 따위는 경멸해. 날 대신해 복수하고, 증언하고, 필요하면 내 잘못을 보고도 못 본 척하는 동료 따위는 딱 질색이야."

해리는 벨만을 마주보았다.

"하지만 내가 가진 건 경찰뿐이야. 그들이 내 동족이지. 그리고 내가 할 일은 살인사건을 해결하는 거고. 크리포스를 위해서든 강력반을 위해서든. 그 심정, 이해할 수 있겠나?"

미카엘 벨만은 엄지와 검지로 아랫입술을 꾹 눌렀다.

해리는 벽을 향해 손짓했다. "저건 몇 등급이지? 7플러스?"

"최소한 8이야. 보면 몰라?"

"꽤 힘들겠군. 그래도 내 요청을 받아들이기가 훨씬 더 힘든가 봐. 하지만 이게 정석이야."

벨만은 헛기침을 했다. "알았어. 알았어, 해리." 그는 배낭의 끈을 다시 꽉 조였다. "우릴 도와주겠나?"

해리는 담뱃갑을 다시 주머니에 넣고 고개를 숙였다. "물론이지."

"일단 네 상사에게 그래도 괜찮은지 물어보도록 하지."

"그럴 필요 없어." 해리가 일어서며 말했다. "하겐에게는 오늘부터 그쪽과 일할 거라고 이미 말해뒀으니까. 2시에 보자고."

이스카 펠러는 3층짜리 벽돌 건물 안에서 창밖을, 거리 맞은편에 똑같이 늘어선 집들을 바라보았다. 영국의 어느 도시라고 해도 믿을 만한 풍경이었지만, 여기는 오스트레일리아 시드니, 브리스톨의 작은 동네였다. 서늘한 남풍이 불었다. 해가 지는 대로 오후의 열기는 한풀 꺾일 것이다. 개 짖는 소리, 그리고 두 블록 떨어진 고속도로의 혼잡한 차량 소리가 들렸다.

건물 맞은편에 주차된 차 안의 남녀는 방금 전에 교대해, 이제는 두 남자들이 근무 중이었다. 그들은 뚜껑 달린 종이컵에 든 커피를 천천히 마시고 있었다. 아주 느긋하게. 서두를 이유는 전혀 없었다. 앞으로 여덟 시간 동안 아무 일도 일어나지 않을 교대 근무를 앞두고 있었기 때문이다. 몸의 기어를 한 단계 내리고, 신진대사도 늦추고, 애보리진 원주민처럼 무기력한 동면 상태로 들어갈 것이다. 애보리진 원주민에게는 그것이 휴면기였고 필요에 따라 몇 시간, 심지어는 며칠까지도 그 상태를 유지할 수 있었다. 정말로 무슨 일이 터진다면, 느긋하게 커피나 마시는 저 사람들이 과연 조금이라도 도움이 될까?

"미안해요." 그녀는 화를 참으며, 떨리는 목소리를 진정시키려 애썼다. "저도 샬로테를 죽인 범인이 잡히도록 돕고 싶지만, 방금 하신 제안은 말도 안 돼요." 결국 그녀는 분통을 터뜨리고 말했다. "그런 부탁을 한다는 것 자체가 어이없네요! 전 여기서도 충분히 미끼라고요. 누구도 절 노르웨이로 다시 끌고 갈 순 없어요. 당신은 경찰이잖아요. 그 괴물을 잡으라고 월급 받는 것 아닌가요? 당신이 미끼가 되지 그래요?"

이스카는 전화를 끊고, 전화기를 던져버렸다. 전화기가 안락의자의 쿠션을 맞추자, 고양이가 훌쩍 뛰어내려 부엌으로 냉큼 달려갔다. 그녀는 양손에 얼굴을 묻고, 눈물이 흐르도록 내버려두었다. 사랑하는 샬로테. 사랑하고, 또 사랑하며, 아끼는 샬로테.

전에는 어둠이 무섭지 않았지만 이제는 어둠 생각뿐이다. 곧 해가 지고 밤이 오리라. 밤은 가차 없이 돌아오고 또 돌아왔다.

휴대전화에서 앤서니 앤드 더 존슨스의 노래 첫 소절이 흘러나오며, 액정에 불이 들어왔다. 이스카는 휴대전화로 다가가 액정을 바라보았다. 목의 털이 쭈뼛 곤두섰다. 47로 시작하는 발신 번호. 또 노르웨이다.

그녀는 전화기를 귀로 가져갔다.

"네?"

"또 접니다."

그녀는 안도의 한숨을 쉬었다. 아까 그 경찰이다.

"혹시 직접 오실 수 없다면, 당신 이름만이라도 쓸 수 있을까요?"

◆

카야는 여자의 품에 안긴 남자를 바라보았다. 빨간 머리카락의 여자는 남자의 목 위로 고개를 숙이고 있었다.

"뭐 하는 것 같아?" 미카엘이 물었다. 그의 목소리가 박물관 벽 사이로 울렸다.

"여자가 키스하고 있는데요." 카야가 그림에서 물러나며 말했다. "아니면 위로하거나."

"여자는 남자의 목을 물고, 피를 빨아먹는 중이야." 미카엘이 말했다.

"왜 그렇게 생각해요?"

"뭉크가 이 그림의 제목을 〈뱀파이어〉라고 했으니까. 준비는 다 됐어?"

"네. 곧 우스타오셋으로 가는 기차를 탈 거예요."

"그런데 왜 여기서 보자고 한 거야?"

카야는 숨을 깊이 들이쉬었다. "그만 만나자는 말을 하려고요."

미카엘은 양 발꿈치에 체중을 실었다. "사랑과 고통."

"네?"

"그게 원래 이 작품의 제목이었지. 해리가 이번 계획의 세부 사항을 다 설명해주던가?"

"네. 내가 한 말 들었어요?"

"고맙지만, 솔네스, 내 청력은 멀쩡해. 내 기억력이 나쁘지 않다면, 그런 말을 한 게 이번이 처음은 아닐 텐데. 좀 더 생각해봐."

"생각은 끝났어요, 미카엘."

벨만은 넥타이의 매듭을 쓰다듬었다. "그자와 잤나?"

카야는 찔끔했다. "누구요?"

벨만은 쿡쿡 웃었다.

카야는 돌아보지 않았다. 그녀의 시선이 그림 속 여자의 얼굴에 붙박혀 있는 동안, 그의 발소리가 멀어져 갔다.

회색 강철 블라인드 사이로 햇살이 스며 나왔다. 해리는 푸른색 글씨로 '크리포스'라고 새겨진 하얀색 머그컵을 양손으로 감싸 손을 녹였다. 이 회의실은 그가 인생의 많은 시간을 보낸 강력반 회의실과 똑같았다. 환하고 고급스러우나 간소한 공간. 그 간소함은 딱히 미니멀리즘을 의도했다기보다, 다소 삭막하다는 맥락에서의 세련되고 현대적인 분위기를 의미했다. 회의실 안의 여덟 명은 벨만이 수사팀의 핵심 인재들이라고 뽑은 사람들이었다. 그중에서 해리가 아는 사람은 단 둘뿐이었다. 비에른 홀름과 펠리컨이라는 별명의 여형사. 한때 강력반에서 일했던 그녀는 기운이 넘치는 현실주의자였으나 상상력이 부족했다. 벨만은 사람들에게 해리를 소개했다. 그중에는 뿔테 안경을 쓰고, 왠지 동독을 연상시키는 갈색 기성 양복을 입은 에르달이라는 남자도 있었다. 그는 테이블 맨 끝에 앉아 스위스 군용 칼로 손톱 밑을 긁어내고 있었다. 해리는 그가 헌병대 출신일 거라고 짐작했다. 그들이 제출한 보고서는 이 사건 수사가 계속 쳇바퀴를 돌고 있다는 해리의 견해를 뒷받침했다. 보고서는 모두 방어적인 태도로 쓰였는데, 특히 토니 라이케 수색에 대한 보고서가 그랬다. 담당 요원은 자신이 어떤 회사의 어떤 탑승객 명단을 조사했는지 낱낱이 밝혔다. 또한 기지국에 토니의 휴대전화 신호가 전혀 잡히지 않는다는 말을 한 사람이 어떤 통신사의 누구인지도 썼다. 오슬로 시내의 어떤 호텔에도 토니 라이케라는 이름으로 예약한 손님은 없다고도 했다. 물론 캡틴에게서(심지어 해리도 이 사람을 알고 있었다. 브리스톨 호텔의 접수원인 그는 자칭 경찰정보원으로, 걸핏하면 제보를 해댔다) 토니 라이케의 인상착의와 일치하는 사람을 봤다는 전화가 걸려오기는 했지만. 감탄이 나올 정도로 상세하게 서술된 보고서였다. 그러나 그로 인해 오히려 알아낸 것이 전혀 없다는 결과를 방어하고 있다는 사실만이 두드러졌다.

벨만은 다리를 꼰 채 테이블 상석에 앉아 있었다. 바지에는 손대면 베일 듯한 주름이 아직도 빳빳하게 잡혀 있었다. 그는 요원들에게 보고서를 제출해줘서 고맙다고 말한 뒤, 좀 더 공식적인 소개를 위해 해리의 이력서를 재빨리 읽어나갔다. 경찰대학 졸업, 시카고에서 FBI 연쇄살인범 과정 수료, 시드니의 광대 살인사건 해결, 경위로 승진, 그리고 물론 스노우맨 사건까지.

"따라서 오늘부터 해리는 우리 팀의 일원이고, 내게 보고한다." 벨만이 말했다.

"오로지 경정님 명령에만 따르는 건가요?" 펠리컨이 우렁우렁한 목소리로 말했다. 해리는 바로 저 모습 때문에 그녀에게 펠리컨이라는 별명이 붙었다는 사실이 기억났다. 앞으로 삐죽 내민 턱, 부리처럼 길쭉한 코, 안경 너머를 보려고 쭉 내민 가느다란 목. 회의적이면서도 탐욕스러운 그 모습은 상대를 메뉴에 올릴지 말지 고민하는 듯했다.

"해리는 누구의 명령에도 따르지 않는다." 벨만이 말했다. "자기 하고 싶은 대로 할 거야. 홀레 반장을 우리 팀의 고문쯤으로 생각해라. 안 그런가, 해리?"

"그거 좋지. 능력에 비해 보수도 많이 받고, 과대평가된 남자, 남들은 모르는 무언가를 자기만 안다고 생각하는 남자."

테이블 주위에서 조심스럽게 킥킥거리는 소리가 들렸다. 해리가 비에른을 바라보자, 그는 격려의 뜻으로 고개를 끄덕였다.

"하지만 이번 경우는 다르다. 이스카 펠러와 통화했지?" 미카엘 벨만이 말했다.

"했어. 하지만 먼저 이스카 펠러를 미끼로 쓴다는 당신들의 계획에 대해 좀 더 듣고 싶군."

펠리컨이 헛기침을 했다. "아직 세세한 것까지 정하진 않았어요. 현재로서는 일단 그녀를 노르웨이에 데려와서, 그녀의 거처를 사람들에게 알리는 게 우리 계획이에요. 물론 범인이 쉽게 접근할 수 있는 곳이어야겠죠. 그런 다음에는 편안히 앉아서, 범인이 미끼를 물기를 바라는 거죠."

"흠. 간단하군." 해리가 말했다.

"경험상 간단한 게 효과적입니다." 동독 양복을 입은 스위스 군용 칼 남자가 검지 손톱 밑을 긁어내며 말했다.

"동감이야. 하지만 이번 경우에는 미끼가 협조하지 않을 거야." 해리가 말했다.

신음 소리와 절망의 한숨이 새어 나왔다.

"그래서 이 계획을 더 단순하게 만들어야겠어. 이스카 펠러가 나한테 그러더군. 왜 그 괴물을 잡으라고 월급까지 받는 우리가 직접 미끼가 될 순 없느냐고."

해리는 테이블을 둘러보았다. 최소한 그들의 관심을 끄는 데는 성공했다. 설득하기는 더 어려울 것이다.

"알다시피 우리에게는 범인보다 유리한 점이 있어. 그자에게는 호바스 산장 숙박부에서 찢어낸 명단이 있을 거야. 따라서 이스카 펠러의 이름을 알고 있지. 하지만 그녀가 어떻게 생겼는지는 몰라. 범인은 그날 밤 산장에 있었지만, 이스카 펠러와 샬로테 롤레스는 맨 먼저 도착했어. 그리고 이스카는 아파서, 샬로테와 둘이서만 썼던 침실에 밤새 혼자 누워 있었지. 아침에는 다른 사람이 모두 떠난 후에야 일어났고. 다시 말해,

범인 모르게 우리 쪽 요원 한 명이 이스카 역할을 하는 연극 무대를 마련하는 거야."

그는 다시 한 번 테이블을 훑어보았다. 그들의 얼굴에 떠올랐던 회의적인 표정이 한층 더 강해졌다.

"그럼 그 연극에 어떻게 범인을 끌어들일 겁니까?" 에르달이 군용칼을 탁, 접으며 물었다.

"크리포스가 제일 잘하는 걸 해야지." 해리가 말했다.

정적이 흘렀다.

"그게 뭔데요?" 마침내 펠리컨이 물었다.

"기자회견." 해리가 대답했다.

회의실 안에 흐르는 정적은 숨이 막힐 정도였다. 마침내 웃음소리가 정적을 산산조각 냈다. 미카엘 벨만의 웃음소리였다. 그들은 놀라서 자신의 상사를 바라보았다. 그리고 해리 홀레의 계획이 이미 승인되었음을 깨달았다.

"그래서……." 해리는 설명을 시작했다.

회의가 끝나자, 해리는 비에른을 한쪽으로 데려갔다.

"코는 아직도 아픈가?" 해리가 물었다.

"지금 사과하시려는 거예요?"

"아니."

"전…… 음, 제 코가 부러지지 않은 걸 다행으로 아세요, 반장님."

"그랬다면 더 멋진 코로 성형할 수 있었을 텐데."

"지금 그걸 사과라고 하는 거예요?"

"미안해, 비에른."

"알았어요. 사과하는 거 보니까 부탁할 게 있군요?"

"응."

"뭔데요?"

"자네 드람멘에 가서 아델의 옷에 DNA가 있는지 확인해봤어? 아델은 산장에 함께 갔던 남자를 서너 번 만났거든."

"옷들을 전부 조사했지만, 문제는 죄다 세탁되었다는 거예요. 게다가 아마 그 옷을 다시 입고, 사람들도 많이 만나고 다녔을 걸요?"

"흠. 내가 알기로 아델은 스키를 타지 않아. 스키복은 확인해봤어?"

"없던데요."

"간호사 제복은? 어쩌면 한 번만 입어서 아직 정액 자국이 남아 있을지 몰라."

"그것도 없었어요."

"도발적인 미니스커트나 빨간 십자가가 그려진 모자는?"

"없었다니까요. 하늘색 병원 유니폼이 있기는 했지만, 반장님을 후끈 달아오르게 할 만한 옷은 없었어요."

"흠. 어쩌면 미니스커트를 못 구했는지도 모르겠군. 아니면 귀찮았거나. 그 병원 유니폼 좀 조사해주겠어?"

비에른은 한숨을 쉬었다. "아까 말했듯이, 거기 있는 옷은 모두 조사했다니까요. 세탁 가능한 옷은 모두 세탁한 후였어요. 얼룩이나 머리카락도 별로 없었다고요."

"그 옷을 실험실로 가져가서 다시 한 번 꼼꼼하게 조사해주겠어?"

"반장님……."

"고마워, 비에른. 그리고 아까는 농담한 거야. 자네 코는 아주 멋져. 진심이야."

◆

오후 4시에 해리는 크리포스의 차를 운전해, 쇠스를 데리러 갔다. 추후 공지가 있을 때까지 사용하라며 벨만이 내준 차였다. 두 사람은 국립병원으로 가 닥터 아벨과 이야기했다. 쇠스가 이해하지 못하는 부분들은 해리가 설명해주었고, 쇠스는 눈물을 흘렸다. 남매는 다른 병실로 이동된 아버지를 보러 갔다. 쇠스는 아버지의 손을 꼭 쥐었다. 그러그는 마치 잠든 아버지를 살며시 깨우려는 듯 아버지의 이름을 부르고 또 불렀다.

시구르 알트만이 병실에 들러 해리의 어깨에 손을 얹었다. 너무 오래 머물지 않게. 그러고는 몇 마디 말을 건넸다. 너무 많지 않게.

송스반 호수 근처의 작은 아파트에 쇠스를 내려준 후, 해리는 도심으로 돌아가 계속 차를 몰았다. 일방통행 도로와 공사 중인 도로, 막다른 길까지 들락거리며 이리저리 커브를 틀었다. 홍등가와 쇼핑가, 마약지대도 지나갔다. 그의 위치가 높아지고, 도심이 발아래로 보인 후에야 자신이 독일군 벙커로 향하고 있음을 깨달았다. 전화를 받은 외위스타인은 10분 만에 나타났다. 그는 해리의 차 옆에 택시를 주차하고, 차 문을 연 뒤에 음악을 크게 키웠다. 그러고는 해리 곁으로 다가와 벽돌 벽에 앉았다.

"혼수상태. 그게 최악의 상황은 아닐 거야. 담배 있어?" 해리가 말했다.

그들은 밴드 조이 디비전의 앨범을 들었다. 〈Transmission〉. 이안 커티스. 외위스타인은 요절한 가수는 다 좋아한다.

"입원하신 후로 한 번도 이야기를 나누지 못해서 유감이야." 외위스타인이 길게 한 모금 빨며 말했다.

"넌 안 갔을 거야. 아버지가 아무리 오랫동안 입원해 있었어도." 해리가 말했다.

"그랬겠지. 그게 분명 위안이 됐을 거야."

해리는 웃었다. 외위스타인은 곁눈질로 그를 슬쩍 바라보며 미소 지었다. 아버지가 병상에 있는 상황에서 웃어도 되는지 의심스럽다는 표정이었다.

"이제 뭐 할 거야?" 외위스타인이 물었다. "술이나 진탕 마실까? 트레스코에게 전화해서……."

"아니. 일해야 돼." 해리는 담배를 비벼 껐다.

"술 한두 잔 마시는 것보다 죽음과 타락이 더 좋다는 거야?"

"넌 지금이라도 병원에 들러서 우리 아버지에게 작별인사를 할 수 있어. 아직 아버지에게 숨이 붙어 있으니까."

외위스타인은 몸을 부르르 떨었다. "병원에만 가면 소름이 끼쳐. 어차피 말해도 못 알아들으시잖아."

"아버지를 위해서가 아니야, 외위스타인."

외위스타인은 담배 연기 속에서 눈을 가늘게 떴다. "그거 알아? 내가 조금이나마 받은 가정교육이 있다면 말이야, 그건 모두 네 아버지에게 받은 거야. 우리 노친네는 파리똥보다도 못한 인간이었거든. 내일 갈게, 꼭."

"잘 생각했어."

그는 남자를 올려다보았다. 남자의 움직이는 입이 보이고, 그 입에서 나오는 말소리가 들렸다. 하지만 어디가 고장 났는지, 그 말들을 알아듣게 조합할 수가 없었다. 그저 때가 되었다는 사실만 알 수 있었다. 복수. 그는 대가를 치러야 했다. 한편으로는 안도감이 들었다.

그는 커다랗고 둥근 장작난로에 등을 기댄 채 바닥에 앉아 있었다. 양팔은 등 뒤로 난로를 껴안고 있었으며, 양손은 두 개의 스키 벨트로 묶여 있었다. 가끔씩 토하기도 했는데, 아마 뇌진탕 때문일 것이다. 출혈은 멈췄고, 몸의 감각도 돌아왔다. 하지만 시야에 계속 안개가 꼈다 사라지곤 했다. 그러나 그는 한 치의 의심도 없었다. 저 목소리는 분명 유령이었다.

"넌 이제 곧 죽을 거야." 남자가 속삭였다. "그 여자처럼. 하지만 아직 알아내야 할 게 있어. 넌 어떻게 죽을지 선택해야 해. 불행히도 선택권은 두 가지뿐이야. 하나는 레오폴드의 사과……."

남자가 금속 공을 들어 올렸다. 공에는 구멍이 여러 개 뚫렸고, 그중 한 구멍에는 끝이 고리 모양으로 된 철사가 달려 있었다.

"세 명의 여자가 이 사과를 맛보았지. 다들 별로 좋아하지 않더군. 하지만 고통 없이 빨리 죽을 수 있어. 이 세 가지 질문에 대답하기만 하면 돼. 어떻게 했지? 그리고 또 누가 알지? 공모자는 누구야? 다른 방법으로 죽는 것보다는 이 사과가 나을 거야. 정말이라니까. 넌 똑똑하니까 다른 방법이 뭔지 아마도 짐작하겠지?"

남자는 자리에서 일어나 몸을 덥히기 위해 과장되게 양팔을 휘둘렀다. 그러고는 환한 미소를 지었다. 침묵을 깨는 것은 오로지 속삭임뿐이었다.

"여기 좀 춥지 않아?"

그러더니 스윽 긁히는 소리에 이어 나지막한 치익, 소리가 났다. 그는 성냥을 바라보았다. 흔들림 없이 또렷한 튤립 모양의 노란색 불꽃을.

터키석

저녁이 되자, 하늘에는 별이 총총 뜨고 살이 에일 듯이 추웠다.
해리는 쪽지에 적힌 주소와 일치하는 복센콜렌 지역의 한 집 앞에 차를 세웠다. 대형 고급 주택들이 즐비한 이 거리에서도 단연 두드러지는 저택으로, 마치 동화 속에서 튀어나온 듯했다. 거대한 나무 기둥이 버티고 있는 현관과 잔디로 뒤덮인 지붕, 검은 목재로 만들어진 궁전이었다. 정원에는 두 개의 별채, 그리고 기둥이 떠받치고 있는 디즈니 풍의 노르웨이 전통 창고도 있었다. 설마 선박왕 안데르스 갈퉁이 냉장고가 작아서 저런 창고를 만들지는 않았으리라.

초인종을 누르던 해리는 벽 높은 곳에 설치된 카메라를 보았다. 누구냐고 묻는 여자 목소리가 흘러나오자, 그는 자신의 이름을 말해주었다. 곧이어 불이 환하게 켜진 자갈길을 걸어 올라갔다. 자갈은 얼마 남지 않은 그의 신발창을 먹어치우는 듯한 소리를 냈다.

터키석처럼 푸른 눈동자를 가진 중년 여인이 앞치마 차림으로 현관에서 그를 맞이했다. 그녀는 아무도 없는 거실로 해리를 안내했다. 그녀의 태도에는 위엄과 도도함, 서비스업 종사자다운 다정함이 우아하게 섞여 있었다. 오죽했으면 그녀가 "커피로 드릴까요, 차로 드릴까요?"라는 질문을 던지고 나간 후에도, 해리는 그녀가 이 집의 안주인인지 도우미인지 혹은 둘 다인지 갈피를 잡을 수 없었다.

외국의 동화가 노르웨이로 건너왔을 때 이 나라에는 왕과 귀족이 없었다. 그래서 노르웨이에서는 족제비의 하얀 털을 두른 부유한 농부가 왕으로 대체되었다. 거실로 들어온 안데르스 갈퉁의 모습도 딱 그러했다. 뚱뚱하며 잘 웃고, 온화하고, 땀을 많이 흘리고, 전통적인 노르딕 스웨터를 입은 농부. 하지만 악수를 나눈 후, 그의 미소는 이 상황에 맞게 걱정스러운 표정으로 바뀌었다. 그는 "새로운 소식은 없소?"라고 묻고는 깊은 한숨을 쉬었다.

"유감스럽지만 없습니다."

"토니는 자주 사라지곤 했다고 딸에게 들었소만."

갈퉁은 예비 사위를 이름으로 부르는 것을 약간 꺼리는 듯했다. 선박왕은 해리 맞은편의 장미 무늬 의자에 털썩 앉았다.

"혹시…… 개인적으로 짐작가시는 데는 없습니까, 갈퉁 씨?"

"짐작?" 안데르스 갈퉁이 고개를 젓자, 턱 아래 늘어진 살들이 떨렸다. "그런 짐작을 할 만큼 토니를 잘 알지 못한다오. 걸핏하면 산으로, 아프리카로 쏘다니는데 내가 뭘 알겠소?"

"흠, 사실 전 따님과 이야기하려고 왔는데……."

"레네는 곧 올 거요." 갈퉁이 해리의 말을 잘랐다. "먼저 물어보고 싶은 게 있어서 왔소."

"뭡니까?"

"아까 물었던 대로, 새로운 소식은 없나 해서 말이오. 그리고…… 그리고 경찰에서는 그자가 올바른 양심을 가졌다고 확신하는지 알고 싶소."

해리는 '토니'가 '그자'로 바뀐 것을 눈치챘다. 그의 첫 느낌이 틀리지 않았다. 장인은 딸의 선택을 마음에 들어 하지 않았다.

"갈퉁 씨는 어떻게 생각하십니까?"

"나 말이오? 난 토니에게 충분한 신뢰를 보여줬소. 그의 콩고 프로젝트에 거액을 투자했으니까. 상당히 많은 액수요."

"그러니까 누더기 청년이 찾아와 공주뿐 아니라, 왕국의 절반까지 차지한 거군요. 동화에서처럼요. 맞습니까?"

갈퉁이 해리를 바라보는 꼬박 2초 동안, 거실이 조용해졌다.

"그럴 거요." 그가 말했다.

"그리고 아마도 따님은 아버님께 투자해달라고 압력을 넣었겠죠. 벤처 사업이란 것은 꽤나 자금에 의존하니까요."

갈퉁은 양팔을 벌렸다. "난 선박왕이오. 위험 부담으로 먹고 살지."

"그리고 그것 때문에 망할 수도 있고요."

"동전의 양면이오. 시장에서는 누군가의 손실이 누군가의 이득이 되기 마련이지. 지금까지는 다른 사람이 계속 손해를 봤고, 앞으로도 계속 그러기를 바랄 뿐이오."

"다른 사람이 손해 보기를 바란다고요?"

"선박업은 가족 사업이오. 따라서 토니가 우리 가족이 될 거라면……."

문이 열리자, 갈퉁은 말을 멈췄다. 그녀는 키가 크고 금발이었으며, 아버지의 굵직한 이목구비와 어머니의 터키석 눈동자를 가지고 있었다. 하지만 분위기를 띄우는 아버지의 화통함이나, 어머니의 우아한 도도함은 없었다. 마치 키를 줄이고 싶다는 듯이, 그래서 남들 눈에 띄지 않고 싶다는 듯이 어깨를 구부정하게 숙이고 걸었다. 해리와 악수를 하며 자신이 레네 가브리엘레 갈퉁이라고 소개할 때는 해리가 아닌 그의 신발을 바라보았다.

레네는 할 말이 많지 않았다. 질문은 더더욱 없었다. 해리의 질문에 대답할 때마다 그녀는 아버지의 시선 아래에서 움츠러드는 듯했다. 해리는 그녀가 아버지에게 투자하라고 강요했으리라는 자신의 추측이 틀렸을지 모른다고 생각했다.

20분 뒤 해리는 고맙다는 인사를 하고 자리에서 일어섰다. 그러자 때맞춰 그녀가 다시 나타났다. 터키석 눈동자의 여인.

그녀가 해리를 위해 현관문을 열어주자, 냉기가 밀려들었다. 해리는 잠시 걸음을 멈추고 코트의 단추를 채우며 그녀를 바라보았다.

"토니 라이케가 어디에 있다고 믿으십니까, 갈퉁 부인?"

"난 아무것도 믿지 않아요." 그녀가 말했다.

대답이 너무 빨리 튀어나와서였을 수도 있고, 그녀의 한쪽 눈꼬리가 씰룩거려서일 수도 있고, 아니면 그냥 무엇이라도, 아무거라도 알아내고 싶은 해리의 강렬한 열망 때문일 수도 있다. 어쨌거나 그는 여자의 말이 사실이라고 확신했다. 더욱이 그녀의 두 번째 말은 추호도 의심의 여지가 없었다.

"그리고 전 갈퉁 부인이 아니에요. 사모님은 위층에 계세요."

미카엘 벨만은 자기 앞에 놓인 마이크를 조정하며 관중을 훑어보았다. 나지막한 속삭임이 오가기는 했어도, 행여 한 마디라도 놓칠까 싶은 두려움에 모든 눈동자는 연단으로 향해 있었다. 그중에는 〈스타방에르 아프텐블라드〉의 기자와 〈아프텐포스텐〉의 로게르 옌뎀도 있었다. 늘 그렇듯이 말끔하게 다린 제복을 입은 니니의 목소리가 들렸다. 누군가 시작할 때까지의 초를 세고 있었다. 생방송으로 기자회견을 할 때마다 늘 있는 일이었다.

"환영합니다, 신사 숙녀 여러분. 오늘 기자회견은 수사의 진전 상황을 알려드리기 위한 자리입니다. 질문은……"

사방에서 킥킥거리는 웃음소리가 들렸다.

"……연설이 끝난 후에 답해드리겠습니다. 이제 이 수사의 책임자인 미카엘 벨만 경정님께 마이크를 넘기겠습니다."

벨만은 목청을 가다듬고, 앞으로 나갔다. 연단에는 여러 방송사의 마이크가 설치되어 있었다.

"감사합니다. 먼저 분위기에 찬물을 끼얹는 말씀부터 드려야겠군요. 이렇게 많은 분들이 참석해주시고, 또 참석하신 분들의 표정을 보니 오늘 기자회견에 다소 큰 기대감을 품으신 듯합니다. 아쉽게도 오늘 이 자리에서 수사가 해결되었다는 발표는 없을 겁니다." 벨만은 기자들의 얼굴에 실망감이 번지는 것을 보았다. 여기저기서 탄식이 터져 나왔다. "오늘 이 자리는 새로운 소식을 계속 알려달라는 여러분의 요구를 충족시켜드리기 위한 자리입니다. 혹시 오늘 더 중요한 약속을 취소하신 분들이 있다면 사과드립니다."

벨만은 쓴웃음을 지었고, 몇몇 기자들이 웃는 것을 보며 자신이 이미 용서받았음을 알았다.

미카엘 벨만은 현재 수사가 어떤 단계에 와 있는지 요약했다. 다시 말해, 밧줄이 뤼세렌호 부근의 밧줄 제조소에서 만들어졌다는 사실을 알아낸 것, 아델 베틀레센이라는 또 다른 피살자를 찾아낸 것, 다른 두 건의 살인사건에 사용된 살인 흉기가 소위 레오폴드의 사과임을 알아낸 것 등등 자신들의 성과를 반복해서 말했다. 이미 다 알고 있는 사실이었다. 하품을 참는 한 기자의 모습이 보였다. 미카엘 벨만은 자기 앞에 놓인 종이를, 각본을 바라보았다. 말 그대로 각본이었다. 짧은 연극을 위한 각본. 거기에 적힌 단어들은 하나같이 신중히 따지고, 검토한 단어들이었다. 지나쳐도, 모자라서도 안 된다. 미끼의 냄새는 풍기되 악취가 나서는 안 된다.

"마지막으로 목격자에 관한 소식입니다." 벨만이 운을 떼자, 앉아 있던 기자들이 등을 곧추세웠다. "아시다시피 우리는 피살자와 같은 날 호바스 산장에 묵었던 사람이 있다면 연락을 달라고 했습니다. 그리고 이스카 펠러라는 목격자가 연락을 해왔습니다. 그녀는 시드니를 떠나 오늘 밤 오슬로에 도착할 예정이며, 내일 형사 한 명과 호바스 산장으로 갈 겁니다. 가능한 범죄 현장을 충실하게 재현할 예정입니다."

보통은 목격자의 이름을 절대 밝히지 않는다. 하지만 지금은 숙박부에 적혀 있던 누군가를 경찰이 찾아냈다고 알리는 게 중요했다. 벨만은 '형사 한 명'이라고 말할 때 특별히 '한 명'을 강조하지는 않았지만, 그것이 메시지였다. 목격자와 평범한 형사, 단 둘뿐이다. 그것도 마을에서 멀리 떨어진 산장에.

"물론 펠러 양이 그날 밤에 투숙했던 다른 손님들의 인상착의도 설명해줄 수 있기를 바랍니다."

그들은 어떤 단어를 선택할지에 대해 오랫동안 토론했었다. 목격자가 살인범을 지목할 수도 있다는 인상을 풍기고 싶었다. 그러나 동시에 왜 목격자를 호위하는 형사가 한 명뿐인지에 대해 의심을 사지 않아야 했다. 그것이 해리의 생각이었다. 그래서 '마지막으로 목격자에 관한 소식입니다'와 같은 간결한 소개나, '물론…… 바랍니다'와 같은 대수롭지 않은 표현을 쓴 것이다. 경찰에서는 이 여자를 철통 보안이 필요할 만큼 중요한 목격자로 생각하지 않는다는 느낌을 주기 위해서였다. 물론 범인은 다르게 생각하기를 바랐다.

"그 목격자가 무엇을 봤다고 생각하시나요? 목격자의 이름 철자를 말해주시겠습니까?"

로갈란 주의 기자였다. 니니는 질문은 나중에 하라는 말을 하려고 몸을 앞으로 숙였으나, 벨만이 고개를 저었다.

"산장에 도착하는 대로 기억나는 게 있는지 알아볼 겁니다." 벨만은 몸을 뻗어 NRK라고 적힌 마이크에 대고 말했다. 국영 방송, 전국 방송이었다. "저희 쪽의 노련한 형사 한 명과 동행해 24시간 동안 산장에 머물 예정입니다."

벨만은 기자회견장 뒤에 서 있는 해리 홀레를 바라보았다. 해리가 천천히 고개를 끄덕였다. 요점을 제대로 전달했다는 뜻이었다. 24시간. 미끼는 준비되었고, 덫도 설치되었다. 벨만의 시선은 좀 더 방황했다. 펠리컨이 눈에 띄었다. 그녀는 유일하게 이 작전을 반대한 사람이었다. 고의로 언론을 오도하는 것은 부도덕한 짓이라는 주장이었다. 당시 벨만은 회의를 중단하고 잠깐 쉬자고 한 뒤, 그녀와 단 둘이서 이야기를 나눴다. 결국에는 그녀도 다수의 의견에 따르기로 했다. 니니가 질문을 받겠다고 말하자, 기자들은 활기를 띠었다. 하지만 미카엘 벨만은 느긋해졌다. 애매한 대답과 입에 발린 소리, 그리고 언제나 유용한 핑계인 "유감스럽지만 지금 단계에서는 말씀드릴 수 없습니다"를 써먹을 준비가 되어 있었다.

그의 다리는 차디찼다. 어찌나 차가운지 완전히 곱았을 정도였다. 어떻게 그럴 수가 있지? 몸의 나머지 부분은 활활 타고 있는데? 고래고래 비명을 질러댄 터라 목소리는 더 나오지 않았다. 목구멍은 바싹 말라버렸고, 갈가리 찢어졌으며, 불에 그슬려 피가 빨간 먼지로 변해버린 벌어진 상처였다. 털과 살이 타는 냄새가 났다. 난로는 체크 셔츠를 뚫고 그의 등을 태웠으며, 그가 비명을 지르고 또 지르는 동안에도 계속 녹아내렸다. 그는 마치 동화 속의 주석 병정처럼 녹아내렸다. 통증과 열기가 그의 의식을 파먹어가기 시작하고, 마침내 망각 속으로 빠져들려는 찰나에 그는 깜짝 놀라 깨어났다. 남자가 양동이에 들어 있던 찬물을 그에게 부은 것이다. 갑작스런 안도감에 그는 다시 울기 시작했다. 그러자 그의 등과 난로 사이에서 물이 치지직 끓는 소리가 났고, 통증이 새롭게 활기를 띠며 돌아왔다.

"물 더 줄까?"

그는 위를 올려다보았다. 남자가 또 다른 양동이를 들고 서 있었다. 눈앞에 끼어 있던 안개가 개면서, 몇 초간 남자의 모습이 또렷이 보였다.

난로에 뚫린 구멍 사이로 새어 나오는 불빛이 그의 얼굴 위에서 너울거렸다. 그의 이마에 맺힌 땀방울이 빛을 받아 번들거렸다.

"아주 간단해. 내가 알고 싶은 건 누구냐는 거야. 경찰 쪽 사람인가? 그날 밤 호바스 산장에 있었던 사람이야?"

"그날 밤이라니?" 그가 흐느꼈다.

"언제인지 알잖아. 이젠 거의 다 죽었어. 말해봐."

"난 몰라. 난 그 일과 아무 상관없어. 날 믿어줘. 물. 제발. 제······."

"······발? 제발······ 할 때의 그 제발?"

냄새. 그의 몸이 타는 냄새. 그가 더듬거리는 단어들은 목쉰 속삭임에 지나지 않았다. "그냥······ 나 혼······ 혼자야."

부드러운 웃음소리. "똑똑하군. 고통을 피하기 위해서라면 무슨 짓이든 할 사람처럼 말하다니. 그래야 공범이 없다는 네 말을 내가 믿을 테니 말이야. 하지만 난 네가 좀 더 견딜 수 있다는 걸 알아. 네 몸뚱이는 다른 사람들보다 더 단단하니까."

"샬로테······."

남자가 부지깽이를 휘둘렀다. 이제는 아픔조차 느껴지지 않았다. 길게 느껴지는 1초 동안 고맙게도 의식을 잃었다. 그러다가 다시 지옥으로 돌아왔다.

"그 여자는 죽었어! 거짓말을 하려거든 좀 제대로 해." 남자가 소리쳤다.

"그 여자 말고 다른 여자." 그는 다시 머리를 굴리려고 노력했다. 이제 기억났다. 그는 기억력이 좋았다. 그런데 왜 기억이 안 났을까? 지금 그 정도로 상태가 안 좋은가? "오스트레일리아 여자인데."

"거짓말!"

눈의 초점이 다시 풀어졌다. 그러자 물이 쏟아졌다. 순간적으로 정신이 맑아졌다.

"그냥 날 죽여줘! 제발 부탁이다! 난…… 내가 아무도 보호하지 않는다는 거 알잖아. 하느님 맙소사, 내가 왜 그러겠어?"

"난들 아나."

"그럼 왜 날 죽이지 않는 거야? 난 그녀를 죽였어. 내 말 들려? 날 죽이라고. 복수는 그대의 것이야."

남자는 양동이를 내려놓고, 의자에 털썩 앉았다. 양 팔꿈치를 팔걸이에 댄 채 상체를 내밀고, 두 주먹으로 턱을 받쳤다. 그러고는 마치 방금 전의 말을 못 듣고, 다른 생각을 하고 있는 사람처럼 천천히 말했다. "알다시피, 난 오랫동안 이 순간을 꿈꿔왔어. 그리고 이제, 이제 우리가 여기에 있어……. 이보다는 더 달콤하기를 바랐는데."

남자는 부지깽이로 그를 한 번 더 내려쳤다. 그러고는 한쪽으로 고개를 기울인 채 그를 바라보았다. 시큰둥한 표정으로, 검사하듯이. 그러더니 부지깽이로 그의 갈비뼈를 찔렀다.

"어쩌면 내가 상상력이 부족한지도 몰라. 이 재판에 양념을 좀 쳐야 할지도 모르겠어."

갑자기 남자가 몸을 돌렸다. 라디오를 향해. 라디오에서 나지막한 소리가 흘러나왔다. 남자는 라디오로 다가가 음량을 키웠다. 뉴스였다. 널찍한 방에서 울리는 사람들의 목소리. 호바스 산장에 관한 이야기였다. 목격자. 재현. 그의 몸이 얼어붙었다. 다리의 감각이 더는 느껴지지 않았다. 그는 눈을 감고 다시 하느님에게 기도했다. 고통으로부터 해방시켜달라는 기도가 아니었다. 지금까지 고통에서 해방된 채 살아왔기 때문이다. 그는 용서를 구했다. 그가 저지른 모든 죄가 예수의 피로 씻기기를, 그가 저지른 모든 짓을 다른 누군가가 대신 짊어지기를. 그는 한 사람의 생명을 빼앗았다. 그랬다. 그는 자신이 용서의 피로 씻기게 해달라고 기도했다. 그런 다음 죽도록 허락해달라고.

PART 6

56
미끼

엄청나게 강렬한 빛. 해리는 선글라스를 꼈는데도 눈이 따가웠다. 햇빛이 눈 위에서 부서졌고, 눈은 다시 그 빛을 태양에게 보냈다. 마치 다이아몬드의 바다, 혹은 찬란하게 반짝이는 빛을 들여다보는 듯했다. 해리는 창에서 몸을 떼었다. 비록 밖에서 안이 들여다보이지 않는 검은색 창유리라는 것을 알고 있었지만. 그는 손목시계를 확인했다. 그들은 어젯밤에 호바스에 도착했다. 유시 콜카와 해리, 카야는 산장에 묵었고, 나머지는 네 명씩 두 그룹으로 나누어 각각 30킬로미터 떨어진 골짜기의 양 끝으로 갔다. 그러고는 눈 속에 동굴을 파서 몸을 숨겼다.

호바스 산장을 덫으로 선택한 데는 세 가지 이유가 있었다. 첫째, 무엇보다도 경찰이 그곳에 다시 간다는 것이 충분히 납득할 만한 일이었다. 둘째, 범인은 그 지역을 잘 알기 때문에 자신이 쉽게 공격할 수 있다고 생각할 것이다. 셋째, 그곳은 지형적으로 완벽한 덫이었다. 산장은 움푹 파인 지대에 자리했는데, 오로지 북동쪽과 남쪽에서만 다가갈 수 있었다. 동쪽의 산은 너무 가팔랐고, 서쪽에는 벼랑과 틈이 너무 많아서 이곳 지리를 훤히 아는 사람이 아니면 한 발짝도 나아갈 수가 없었다.

해리는 쌍안경으로 사람이 보이지 않는지 살펴보았다. 그러나 온통 순백색과 빛뿐이었다. 산장 남쪽에 있는 미카엘 벨만, 그리고 북쪽에 있는 밀라노와도 이야기를 나눴다. 보통 때였다면 휴대전화를 사용했을 것이다. 하지만 이곳은 인적 없는 산악지대라서, 신호가 잡히는 유일한 통신사는 텔레노르뿐이었다. 예전에 독점이자 국영 통신사였던 텔레노르는 바람이 쌩쌩 날리는 바위산마다 기지국을 세울 정도의 자본이 있었다. 하지만 해리를 포함한 몇몇 경찰들은 다른 통신사를 이용했기 때문에 무전기로 소통했다. 혹시 아버지에게 무슨 일이 생겨 병원에서 그를 찾을 경우를 대비해, 해리는 떠나기 전 음성 사서함에 인사말을 남겨두었다. 현재 휴대전화가 터지지 않는 곳에 있으니, 밀라노에게 대신 연락해달라는 내용이었다.

벨만은 간밤에 전혀 춥지 않았다고 했다. 슬리핑백과 열반사 패드, 거기다 파라핀 난로까지 틀어놓으니 옷을 벗고 자야 할 지경이라는 것이다. 심지어 그들이 산 측면의 눈을 파서 만든 동굴 천장에서는 눈이 녹아 뚝뚝 떨어진다고 했다.

기자 회견은 텔레비전과 라디오, 신문을 통해 대대적으로 보도되었다. 따라서 이 사건에 조금이라도 관심이 있다면 이스카 펠러가 형사 한 명과 함께 호바스 산장으로 갔다는 사실을 누구나 알게 되었다. 가끔씩 콜카와 카야는 밖으로 나가 산장과 자신들이 온 길, 야외 화장실을 가리켰다. 카야는 이스카 펠러의 역할을, 콜카는 그녀를 도와 사건이 일어나던 날 밤을 재구성하도록 도와주는 형사의 역할을 연기하는 것이다. 해리는 거실에 숨어 있었다. 그의 스키와 스틱도 거실에 보관했다. 따라서 산장 밖의 눈 속에는 두 사람의 스키만 꽂혀 있었다.

해리는 헐벗은 설원 위로 고랑을 만들며 지나가는 돌풍을 눈으로 좇았다. 간밤에 새로 내린 눈이 바람에 솟구쳐 빙글빙글 돌아갔다. 눈은 산꼭대기로, 벼랑으로, 비탈로, 불규칙한 모양의 지대로 날아갔다. 그리하여 얼어붙은 파도 모양이나 거대한 눈더미를 이루었다. 산장 뒤에 자리한 산의 정상에도 모자챙처럼 튀어나온 거대한 눈더미가 있었다.

물론 해리는 그들이 노리는 남자가 나타나지 않을 가능성도 염두에 두었다. 어떤 이유로 그가 이스카 펠러를 죽이지 않기로 결심했을 수도 있다. 어쩌면 이번이 적절한 기회가 아니라는 판단에 다른 계획을 세워두었을 수도 있다. 혹은 이상한 낌새를 챘을 수도 있다. 아니면 더 뻔한 이유가 있을 수도 있다. 아프다거나, 현재 여행 중이라거나……

그래도 포기할 수 없었다. 만약 해리가 지금까지 자신의 직감이 틀렸던 때를 모두 세어봤다면, 아마도 더는 직감에 따라 행동하지 않았을 것이다. 하지만 그는 세어보지 않았다. 대신 이미 알고 있는 줄도 몰랐던 무언가를 직감이 말해주었던 때를 세었다. 그리고 이제 그 직감은 범인이 호바스 산장으로 오는 중이라고 말하고 있었다.

해리는 다시 손목시계를 보았다. 범인에게는 20시간이 남아 있었다. 커다란 벽난로에 설치된, 발이 고운 철망 뒤에서 가문비나무가 타닥타닥 불씨를 뱉어냈다. 카야는 낮잠을 자러 갔고, 콜카는 커피 테이블 옆에 앉아 분해한 바일러트 P11에 기름칠을 하고 있었다. 해리는 사격 조준기가 없는 것을 보고, 그것이 독일제 바일러트임을 알아보았다. 바일러트는 특히 권총집이나 벨트, 혹은 주머니에 든 총을 어딘가에 걸릴 위험 없이 재빨리 뽑아들어야 하는 근접 전투에 적합하다. 그런 상황에서는 어차피 시야가 충분히 확보되기 마련이다. 총구를 목표물로 향해 발사하면 끝이므로, 굳이 조준할 필요도 없다. 바일러트 옆에는 여분의 총 시그 사우어가 조립과 장전을 마친 채 놓여 있었다. 해리는 스미스앤웨슨 38구경이 든 어깨의 권총집이 갈비뼈에 쓸리는 것을 느꼈다.

그들은 어젯밤 여기서 3~4킬로미터 떨어진 네달반 호수 근처에 헬리콥터로 도착했다. 그러고는 마치 동화에 나오는 듯한 순백색 정적을 가로지르며 스키를 타고 여기까지 왔다. 그것은 어떤 소리도 존재하지 않는 완벽한 정적이었다. 스키가 눈 위를 가르는 소리마저 고원을 가로질러 몇 킬로미터까지 퍼져나갈 것만 같은 정적. 이런 상황이 아니었다면 그는 달빛에 잠긴 광활한 설원, 하늘을 수놓는 오로라, 희열에 가까운 카야의 표정을 감상했을 것이다. 하지만 지금은 매우 위태로운 상황이었기 때문에, 범인을 잡는 것 말고는 다른 일에 신경 쓸 겨를이 없었다.

'형사 한 명'의 역할을 콜카에게 맡긴 사람은 다름아닌 해리였다. 유스티센 카페에서 있었던 일을 잊어서가 아니었다. 계획이 틀어질 경우, 그 핀란드인의 무술 실력이 필요했기 때문이다. 범인이 낮에 산장으로 접근하다가, 눈 속에 숨어 있는 두 그룹 중 하나의 눈에 띄는 것이 제일 이상적인 시나리오였다. 하지만 만약 범인이 두 그룹의 눈에 띄지 않은 채 밤에 산장을 덮친다면, 오로지 셋이서 상황을 해결해야만 한다.

카야와 콜카는 침실을 하나씩 썼고, 해리는 거실에서 잤다. 오늘 아침에는 필요한 대화만 오갔다. 카야도 말이 없었다. 결연한 표정이었다.

창문에 콜카의 모습이 비쳤다. 그는 조립을 마친 총을 집어 들어, 해리의 뒤통수에 대고 쏘는 연습을 했다. 이제 20시간 남았다. 해리는 범인이 시간을 낭비하지 않기를 바랐다.

아델의 옷장에서 하늘색 병원 유니폼을 꺼내던 비에른 홀름은 등에 누군가의 시선이 꽂히는 것을 느꼈다. 문간에 게이르 브룬이 서 있었다.

"아예 그냥 다 가져가지 그래요? 그럼 귀찮게 버릴 필요도 없을 텐데. 그건 그렇고, 당신 동료 해리는 어디 갔나요?" 브룬이 물었다.

"스키 타러 갔습니다." 비에른이 꾹 참으며 대답하고는, 가져온 비닐봉지에 유니폼을 따로따로 담았다.

"정말요? 그거 참 재밌네요. 스키를 좋아할 사람으로는 안 보이던데. 어디로요?"

"말할 수 없습니다. 스키 얘기가 나와서 말인데, 아델은 호바스 산장에 갈 때 무슨 옷을 입었나요? 여긴 스키복이 없던데."

"당연하죠. 나한테 빌려갔으니까."

"당신 걸 빌려갔다고요?"

"왜 그렇게 놀라요?"

"그러니까 당신은…… 스키를 좋아할 사람으로는 안 보여서요." 비에른은 자신의 말에 깃든 빈정거림을 깨닫고 목이 빨개졌다. 어디까지나 고의가 아닌 실수였다.

브룬은 킬킬 웃으며, 한 바퀴 빙그르르 돌았다. "그래요. 난 스키보다는…… 옷을 더 좋아하죠."

비에른은 헛기침을 하고는, 이유는 모르겠지만 일부러 목소리를 낮게 깔았다. "좀 볼 수 있을까요?"

"어머나, 내 정신 좀 봐." 브룬이 혀짤배기소리로 말했다. 그는 비에른이 당황하는 모습을 즐기는 듯했다. "이리 오세요, 가서 내가 가진 물건을 보여드리죠."

"4시 반이네요." 카야는 해리에게 두 번째로 스튜 냄비를 건네며 말했다. 그들의 손은 닿지 않았다. 시선도 닿지 않았다. 말도 섞지 않았다. 옵살에서 함께 보냈던 밤은 이틀 전의 꿈처럼 아득하게 느껴졌다. "대본에 의하면, 전 이제 남쪽에 서서 담배 한 대를 피워야 해요."

해리는 고개를 끄덕이고는 콜카에게 냄비를 건넸다. 콜카는 냄비 바닥을 긁어, 나머지를 전부 자기 그릇에 부었다.

"좋아, 콜카, 자넨 서쪽 창가를 맡아주겠나? 이젠 해가 졌으니까 혹시 번쩍이는 쌍안경은 없는지 살펴봐." 해리가 말했다.

"이거 다 먹고." 콜카가 느린 스웨덴어로 힘주어 말하며, 음식을 잔뜩 찍은 포크를 다시 입속에 밀어 넣었다.

해리는 한쪽 눈썹을 치켜세웠다. 그러고는 카야를 바라보며 가보라고 눈짓했다.

카야가 밖으로 나가자, 해리는 창가에 앉아 고원과 산등성이를 샅샅이 살폈다. "그러니까 다들 자네에게 등 돌렸을 때 유일하게 벨만이 자네를 고용한 거지?" 해리는 부드럽게 말했다. 하지만 집 안이 너무 조용해서 속삭였다 해도 들렸을 것이다.

아무 대답 없이 몇 초가 지났다. 해리는 그가 어떤 심정일지 알고 있었다. 이렇게 개인적인 질문을 받았다는 것을 어떻게 해석해야 할지 생각하고 있을 것이다.

"자네가 유로폴에서 쫓겨난 후에 돌았던 소문을 들었어. 취조하던 전과자를 흠씬 두들겨 팼다던데. 맞지?"

"네가 상관할 일 아니야." 콜카가 포크를 입으로 가져가며 말했다. "하지만 그자는 아마 내게 제대로 된 존경심을 보이지 않았을걸?"

"흠, 재미있는 건 말이야, 유로폴이 자진해서 그 소문을 퍼뜨렸다는 거야. 자신들에게 일이 쉬워지도록 말이야. 아마 자네에게도 그편이 더 쉬웠을 거야. 자네가 면담했던 소녀의 부모님과 변호사는 말할 것도 없고."

음식을 씹던 소리가 뚝 그쳤다.

"덕분에 소녀의 부모와 변호사는 자네와 유로폴을 법정에 끌어들일 필요 없이 조용히 보상받을 수 있었지. 소녀도 증인석에 앉을 필요가 없었고. 만약에 증인석에 앉았다면, 자네가 집으로 찾아와 겁간당한 친구에 대해 물었고, 그 대답을 듣더니 흥분해서 자신을 만지기 시작했다고 증언했겠지. 유로폴의 내부 서류에는 열다섯 살로 되어 있더군."

콜카가 씩씩거리는 소리가 들렸다.

"벨만도 그 서류를 읽었다고 가정해봐." 해리는 말을 이었다. "인맥과 우회적인 방법을 동원해서 그 서류를 손에 넣은 걸로 해보자고. 나처럼. 벨만은 바로 연락하지 않고 기다렸어. 자네에게서 분노가 빠져나갈 때까지. 펑크 난 타이어처럼 모든 공기가 다 빠져나갈 때까지. 그런 다음, 자네에게 연락했지. 일자리를 주고, 자네가 잃었던 자부심의 일부를 돌려주었어. 자네가 충성을 다해 보답하리라는 걸 알았으니까. 주가가 바닥을 쳤을 때 사들인 거야, 콜카. 그렇게 보디가드를 얻은 거지."

해리는 유시 콜카를 돌아보았다. 핀란드인의 얼굴은 하얗게 질려 있었다.

"벨만이 자네를 사기는 했지만, 그 값은 거의 지불하지 않았어. 자네 같은 노예들은 누구의 존중도 받지 못해. 벨만 주인님이든, 나든. 참나, 자넨 자존감조차 없잖아, 친구."

귀가 먹먹할 정도의 와장창 소리와 함께 콜카의 포크가 접시에 떨어졌다. 그는 벌떡 일어나더니 재킷 안주머니에서 권총을 꺼냈다. 그러고는 해리를 향해 성큼성큼 걸어가 상체를 내밀었다. 해리는 눈 하나 깜짝하지 않고, 차분히 올려다보았다.

"그래서 어떻게 내 존중을 받으려는 거야, 유시? 날 총으로 쏴서?"

핀란드인의 눈동자가 분노로 떨렸다.

"아니면 죽어라 일해서?" 해리는 광활한 설원을 다시 내다보았다.

콜카의 씩씩거리는 숨소리가 들렸다. 해리는 잠자코 기다렸다. 그가 몸을 돌려, 걸어가는 소리가 들렸다. 이윽고 서쪽 창가에 앉는 소리가 들렸다.

무전기가 지글거렸다. 해리는 무전기의 마이크를 집어 들었다.

"곧 어두워질 거야. 놈은 안 와." 벨만의 목소리였다.

"계속 주시해."

"뭐 하러? 구름이 잔뜩 껴서 달빛이 없으면 아무것도……."

"우리가 볼 수 없으면, 놈도 볼 수 없어. 그러니까 헤드램프가 눈에 띄지 않는지 살펴보라고."

◆

남자는 헤드램프의 스위치를 껐다. 빛은 필요 없었다. 자신이 따라가는 스키 자국이 어디로 이어질지 알고 있었다. 관광협회 산장. 그의 눈은 어둠에 익숙해질 것이고, 도착할 때쯤에는 빛에 민감해질 것이다. 드디어 나타났다. 통나무 벽과 새까만 창문. 마치 집 안에 아무도 없는 것 같았다. 남자가 스키 스틱으로 땅을 차고, 남은 몇 미터를 미끄러져 내려가자 새로 내린 눈이 스키 밑에서 뽀드득거렸다. 그는 동작을 멈추고 잠시 정적 속에서 귀를 기울이다가, 소리 없이 스키를 벗었다. 그러고는 큼지막하고 육중한 칼을 꺼냈다. 보트 모양의 무시무시한 칼날에, 매끈하고 반질거리는 노란색 나무 손잡이가 달린 칼이었다. 땔감용으로 쓸 나뭇가지를 자르거나, 순록을 손질하기에 제격이었다. 사람의 목을 딸 때에도.

남자는 최대한 조용히 문을 열고 복도로 들어갔다. 거실 문 앞에 서서 귀를 기울였다. 정적이 흘렀다. 너무 조용한데? 그는 손잡이를 아래로 눌러 문을 벌컥 연 다음, 문간 옆의 벽에 등을 기대고 섰다. 그러고는 (최대한 작고, 맞추기 어려운 표적이 되기 위해) 몸을 웅크리고 칼을 앞세운 채 어둠 속으로 돌진했다.

그는 죽은 남자의 형체를 힐끗 바라보았다. 여전히 팔을 뒤로 돌려 난로를 껴안은 채 고개를 축 늘어뜨리고 바닥에 앉아 있었다.

그는 칼을 다시 칼집에 넣고, 소파 옆의 전등 스위치를 켰다. 그제야 이곳의 소파가 호바스 산장과 똑같다는 걸 깨달았다. 분경 할인을 받아 관광협회에서 대량으로 헐값에 구입했으리라. 하지만 소파 커버는 낡았고, 이 산장은 몇 년간 폐쇄되어 있었다. 이 지역이 워낙 위험했기 때문이다. 산장을 찾으려다가 절벽에서 떨어지는 사고가 빈번했다.

난로 옆에서 죽은 남자의 머리가 서서히 올라왔다.

"이렇게 불쑥 들어와서 미안하군." 그는 죽은 남자의 손을 난로에 묶어둔 사슬이 여전히 튼튼한지 살폈다.

그러고는 배낭 속의 물건을 꺼내기 시작했다. 좀 전에 모자를 눌러쓰고, 눈 깜짝할 사이에 우스타오셋의 상점에 다녀온 길이었다. 비스킷, 빵, 신문. 신문에는 기자회견에 관한 소식이 자세히 실려 있었다. 그리고 호바스 산장의 목격자에 관한 소식도.

"이스카 펠러." 그가 큰 소리로 말했다. "오스트레일리아인. 그 여자가 호바스 산장에 있어. 어떻게 생각해? 그 여자가 뭘 보긴 봤을까?"

죽은 남자의 성대는 소리를 낼 수 있을 만큼의 공기를 움직이지 못했다. "경찰. 산장에 경찰이 있어."

"알아. 신문에 실렸어. 형사 한 명이라고."

"여러 명이야. 경찰이 산장을 빌렸어."

"뭐야?" 그는 남자를 바라보았다. 경찰이 덫을 놓았다? 그리고 지금 내 앞에 있는 이 새끼가 날 도와주려는 거야? 내가 덫에 걸리지 않도록? 그렇게 생각하니 화가 치밀었다. 하지만 그 여자는 분명 무언가 봤을 것이다. 그러지 않았다면 오스트레일리아에서 이 먼 길을 올 리가 없다. 그는 부지깽이를 집어 들었다.

"젠장, 이 지린내는 뭐야? 오줌 쌌어?"

죽은 남자의 머리가 가슴팍으로 축 처졌다. 저자는 분명 이곳으로 거처를 옮겼다. 서랍에 개인 소지품 서너 개가 있었다. 편지 한 장. 약간의 도구. 오래된 가족사진. 여권. 어딘가로 도망치려고, 다른 곳에서 다시 시작할 수 있으리라고 생각한 모양이다. 저 아래, 그가 지은 죄로 고문당할 저 아래의 불길 속 말고 다른 곳에서. 하지만 이제는 그도 저자가 이 모든 무모한 장난의 배후가 아닐지 모른다는 생각이 들기 시작했다. 한 인간이 견디는 고통에는 한계가 있는 법이다.

그는 다시 휴대전화를 확인했다. 신호가 잡히지 않는다, 젠장!

게다가 이 악취라니. 창고. 저자를 창고에 걸어놓고 말려야겠다. 훈제 고기를 말리듯이.

◆

카야는 침실로 갔다. 해리는 그녀가 교대 시간 전까지 조금이라도 눈을 붙이기를 바랐다.

콜카는 자기 컵과 해리의 컵에 커피를 따랐다.

"고마워." 해리가 어둠을 응시하며 말했다.

"나무 스키로군." 콜카가 벽난로 옆에 서서 해리의 스키를 살펴보며 말했다.

"아버지 거야." 해리는 옵살의 지하실에서 스키 장비를 발견했다. 새로 산 스키 스틱은 금속합금으로 만들어졌는데, 공기보다도 가벼운 듯했다. 해리는 잠시 이 막대 안에 헬륨이 들은 건 아닐까 생각했었다. 하지만 스키 스틱과 달리, 스키는 예전에 쓰던 넓적한 산악용이었다.

"어릴 때 부활절이면 할아버지의 산장이 있는 레샤에 놀러가곤 했어." 해리가 말했다. "거기 산이 하나 있었는데, 아버지는 늘 그 산을 올라가고 싶어 하셨지. 그래서 우리 남매에게 산 정상에 펩시를 파는 매점이 있다고 속였어. 여동생이 제일 좋아하는 음료가 펩시였거든 그래서 꾹 참고 마지막 비탈을 넘어가보면……"

콜카는 고개를 끄덕이며, 하얀 스키의 뒷면을 손으로 훑었다. 해리는 갓 내린 커피를 꿀꺽꿀꺽 마셨다.

"동생은 다음 부활절이 되면 작년 일은 까맣게 잊어버렸어. 나도 그랬으면 좋겠다고 생각했지. 하지만 난 아버지가 내게 주입해준 모든 것을 기억하며, 느릿느릿 걸어갔어. 마운틴 코드, 나침반 사용법, 눈사태에서 살아남는 법, 노르웨이의 왕과 여왕, 중국 왕조, 미국 대통령."

"좋은 스키로군." 콜카가 말했다.

"내겐 약간 짧아."

콜카는 거실 맨 끝에 있는 창가에 앉았다. "그래, 그런 때가 올 줄은 상상도 못했을 거야. 아버지의 스키가 작아지는 때."

해리는 기다렸다. 계속 기다렸다. 마침내 그가 털어놓았다.

"난 그 애가 참 아름답다고 생각했어. 그리고 그 애도 날 좋아한다고 생각했지. 이상해. 난 그 애의 가슴만 만졌어. 그 애는 아무런 저항도 하지 않더군. 분명 무서워서 그랬을 거야."

해리는 밖으로 나가고 싶은 욕구를 꾹 참았다.

"네 말이 맞아. 사람은 쓰레기 더미에서 일으켜준 사람에게 충성을 바치게 되어 있어. 설사 상대가 날 이용하는 게 보일지라도. 달리 어쩌겠어? 어느 편에 설지 정해야 하는데." 콜카가 말했다.

해리는 대화의 꼭지가 잠겼다는 것을 깨닫고, 자리에서 일어나 부엌으로 갔다. 없으리라는 것을 잘 알면서도 선반들을 죄다 뒤졌다. 머릿속에서 들리는 외침("딱 한 잔만")으로부터 벗어나려는 절박한 시도였다.

그에게 기회가 왔다. 단 한 번의 기회. 유령이 사슬을 풀고 그를 일으켜 세우더니 오줌 냄새가 난다고 욕을 뇌까렸다. 그러고는 그를 부축해 욕실로 데려가, 샤워기 아래에 던져놓고 물을 틀었다. 유령은 한동안 서서 그를 바라보았다. 그러더니 휴대전화로 어딘가에 전화하다가, 신호음이 잡히지 않는다고 욕하며 다시 거실로 나갔다. 유령이 다시 전화를 거는 소리가 들렸다.

그는 울고 싶었다. 아무도 그를 찾지 못하도록 이곳에 은신했었다. 필요한 물건들을 챙겨, 오랫동안 버려져 있던 이 산장에 기거했다. 절벽 속에서 유령으로부터 안전하리라고 생각했다. 그는 울지 않았다. 물이 옷속으로 스며들어 등에 남아 있는 셔츠를 적시면서 점차 자신에게 기회가 왔음을 깨달았기 때문이다. 그의 휴대전화는 바지 주머니 속에 있었고, 바지는 세면대 옆 의자에 개켜져 있었다.

일어서려고 했지만 다리가 말을 듣지 않았다. 상관없다. 의자까지는 고작 2~3미터 거리다. 그는 불에 새까맣게 그슬린 양팔로 바닥을 디뎠다. 통증을 무시한 채 몸뚱이를 끌고 나아갔다. 물집이 터지며 냄새가 났다. 하지만 두 번의 움직임 만에 의자에 도달해 주머니에서 휴대전화를 꺼냈다. 그 경찰의 번호를 저장해두었다. 전화를 하기 위해서라기보다 그의 전화를 피하기 위해서.

발신 버튼을 눌렀다. 발신음 사이의 영원처럼 느껴지는 그 짧은 순간마다 전화기가 숨을 고르는 듯했다. 기회는 한 번뿐이다. 샤워기 소리가 시끄러워서 유령은 그가 하는 말을 듣지 못할 것이다. 받았다! 형사의 목소리가 들렸다. 그는 목 쉰 소리로 속삭이며 형사의 말을 잘랐지만, 형사는 아랑곳하지 않고 계속 말했다. 그제야 그게 음성 사서함 인사말이라는 것을 깨달았다. 그는 인사말이 끝나기를 기다리며 전화기를 손으로 꼭 쥐었다. 손바닥의 살갗이 찢어지는 것을 느꼈지만 전화기를 놓지 않았다. 놓을 수가 없었다. 어떻게든 메시지를 남겨야 했다. 제발 좀 끝나라, 어서, 삐 소리가 울리기를!

그는 유령이 들어오는 소리를 듣지 못했다. 시끄러운 샤워 소리에 그의 사뿐한 발소리가 묻힌 것이다. 손에 있던 전화기를 빼앗겼고, 그를 향해 날아오는 스키 부츠가 보였다.

의식을 되찾았을 때는 남자가 그를 내려다보며 서 있었다. 남자는 흥미롭다는 듯이 그의 전화기를 살펴보았다.

"그러니까 네 전화는 신호가 잡힌다는 거지?"

남자는 번호를 누르며 욕실을 나갔다. 샤워 소리 때문에 아무것도 들리지 않았다. 이내 남자가 다시 돌아왔다.

"우린 여행을 떠날 거야. 당신과 나." 갑자기 남자는 기분이 좋아 보였다. 한 손에 여권을 들고 있었다. 그의 여권. 다른 손에는 공구상자에서 꺼낸 펜치가 들려 있었다.

"입 벌려."

그는 침을 삼켰다. 하느님 아버지, 제발 자비를 베푸소서.

"입 벌리라고 했다!"

"살려줘. 맹세해. 전부 다 말했어. 난……." 그는 더 말할 수가 없었다. 남자가 그의 목을 움켜잡아 숨을 쉴 수 없었기 때문이다. 그는 한동안 저항했다. 그러다 마침내 눈물이 흘렀고, 그는 입을 벌렸다.

천둥

비에른 홀름과 베아테 뢴은 실험실 철제 테이블 옆에 서 있었다. 그들은 눈을 찌르듯이 환한 램프 불빛 아래에 놓인 군청색 스키 바지를 응시했다.

"이건 분명 정액 자국이야." 베아테가 말했다.

"혹은 정액이 흘러내린 자국이거나요. 모양을 보세요." 비에른 홀름이 말했다.

"사정한 것치고는 양이 너무 적은데. 발기해서 젖은 페니스를 이 스키 바지 엉덩이에 대고 문지른 것 같아. 브룬이 동성애자라고 했지?"

"네, 하지만 아델에게 이 스키복을 빌려준 후로는 입은 적이 없대요."

"그럼 전형적인 강간의 정액 자국으로 봐도 되겠어. DNA 검사실에 보내도록 해, 비에른."

"알겠습니다. 이건 어떻게 생각하세요?" 비에른은 하늘색 병원 유니폼 바지를, 더 정확히 말하면 두 개의 뒷주머니에 있는 얼룩을 가리켰다.

"그게 뭔데?"

"세탁을 했는데도 지워지지 않은 얼룩이에요. 노닐페놀이 함유된 PSG라는 물질이죠. 특히 자동차 세정 제품에 사용돼요."

"분명 어딘가에 앉아 있었다는 얘기로군."

"그냥 앉아만 있었던 게 아니에요. 섬유에 깊이 침투되어 있거든요. 어딘가에 대고 세게 문지른 거예요. 이렇게요." 비에른은 엉덩이를 앞뒤로 움직였다.

"알겠어. 왜 그랬는지 짚이는 데는 있고?"

베아테는 안경을 벗고 비에른을 바라보았다. 그는 머릿속에 떠오른 생각을 말하려고 입을 벌렸다가 차마 입에 담지 못한 채 이상한 모양으로 일그러트렸다.

"옷을 입은 채 성기 마찰을 했다?" 베아테가 물었다.

"네." 비에른이 안도하며 대답했다.

"알았어. 근데 병원에서 근무도 하지 않는 여자가 언제, 어디서, 병원 유니폼을 입고 PSG 위에서 성기 마찰을 했을까?"

"간단하죠. 한밤중에 폐기된 PSG 공장에서 만난 거예요." 비에른 홀름이 말했다.

구름이 갈라지면서, 사방이 다시 마법의 푸른빛에 잠겼다. 모든 것, 심지어 그림자까지도 은은히 빛나게 하며 정물처럼 얼어붙게 만드는 빛이었다.

콜카는 자러 갔다. 하지만 해리는 아마도 그 핀란드인이 침대에 뜬눈으로 누운 채 몸의 다른 감각도 최대한 곤두세우고 있으리라 생각했다.

카야는 한 손으로 턱을 괸 채 창가에 앉아, 밖을 바라보고 있었다. 그녀는 실내에서도 두툼한 하얀색 스웨터를 입고 있었다. 달랑 두 사람뿐인데 굴뚝에서 계속 연기가 난다면 범인의 의심을 살 우려가 있어 라디에이터만 틀어두었기 때문이다.

"별이 빛나는 홍콩의 밤하늘이 그립다면 지금 창밖을 보세요." 카야가 말했다.

"별이 빛나는 홍콩의 밤하늘은 본 기억도 없는데?" 해리가 담배에 불을 붙이며 말했다.

"홍콩에서 그리운 것이 하나라도 있어요?"

"리위안의 국수. 매일 생각나."

"절 사랑하세요?" 그녀가 아주 살짝 목소리를 낮춰 묻고는, 고무줄로 머리를 묶으며 그를 찬찬히 바라보았다.

해리는 자신의 감정을 살폈다. "지금은 아냐."

카야는 웃음을 터뜨렸다. 놀란 표정이었다. "지금은 아니라고요? 그게 무슨 뜻이에요?"

"우리가 여기 있는 한, 내 마음의 연애 감정은 꺼져 있다는 뜻이야."

카야는 고개를 저었다. "불량품이군요, 홀레 반장님."

"그거야," 해리는 한쪽 입꼬리를 올리며 미소를 지었다. "두말하면 잔소리지."

"그럼 이 일이 끝나는……." 그녀는 손목시계를 보았다 "열 시간 후에는요?"

"다시 사랑에 빠지겠지." 해리는 테이블에 놓인 그녀의 손 옆에 자신의 손을 내려놓았다. "물론 그전일 수도 있고."

그녀는 그들의 손을 바라보았다. 그의 손이 얼마나 더 크고, 그녀의 손이 얼마나 더 섬세하게 생겼는지. 그의 손이 얼마나 더 창백하고, 마디가 굵으며, 두꺼운 혈관이 손등 위를 구불구불 지나가는지.

"그러니까 어쨌든 일이 끝나기 전에도 사랑에 빠질 수 있는 거군요, 네?" 그녀는 그의 손 위에 자신의 손을 포갰다.

"내 말은 일이 예정보다 빨리 끝날 수도 있다는 뜻이야."

그녀가 손을 거뒀다.

해리는 놀라서 그녀를 바라봤다. "난 그냥 농담……."

"들어봐요!"

해리는 숨을 죽이고 귀를 기울였다. 하지만 아무 소리도 들리지 않았다.

"뭔데?"

"차 소리가 난 것 같았어요." 카야가 창밖을 내다보며 말했다. "무슨 소리 못 들었어요?"

"못 들은 것 같은데. 겨울에 개방되는 가장 가까운 도로만 해도 여기서 10킬로미터 넘게 떨어져 있어. 헬리콥터 아니었을까? 아니면 스노모빌?"

"아니면 제 지나친 상상인지도 모르죠." 카야는 한숨을 쉬었다. "이제는 안 들려요. 다시 생각해보니까 어쩌면 아무 소리도 아니었는지 모르겠어요. 미안해요. 제가 좀 과민 반응했나봐요. 너무 두렵고……."

"두려운 게 당연해." 해리가 자리에서 일어나며 말했다. "예민해지는 게 당연하고. 무슨 소리였는지 설명해봐." 해리가 권총집에서 리볼버를 꺼내 두 번째 창문으로 다가갔다.

"아무 소리도 아니었다니까요!"

해리는 손톱만큼 창문을 열었다. "자네는 청력이 나보다 좋아. 우리 두 사람을 위해서 잘 들어봐."

그들은 말없이 앉아 귀를 기울였다. 몇 분이 지났다.

"반장님……."

"쉬."

"여기 와서 앉아보세요."

"놈이 여기 있어." 해리는 마치 혼잣말을 하듯 나지막이 말했다. "지금 여기에 있어."

"이제 과민 반응하는 사람은 반장님……."

그때 둔탁한 쿵 소리가 울렸다. 굵은 저음의 느릿한 소리, 멀리서 들리는 천둥처럼 더 가까워지지 않는 소리. 하지만 영하 7도의 맑은 밤하늘에 천둥이 치는 일은 거의 없다는 것을 해리는 알고 있었다.

그는 숨을 죽였다.

그러자 소리가 들렸다. 또 다른 포효. 이번에는 쿵 소리와 달랐지만 역시 저주파였다. 베이스 스피커에서 나오는 듯한 음파, 공기를 움직이고 뱃속에서 느껴지는 음파. 해리는 살면서 그 소리를 딱 한 번 들었지만, 죽을 때까지 결코 잊을 수 없는 소리였다.

"눈사태야!" 해리는 소리치며 콜카의 침실을 향해 달려갔다. 침실은 산비탈을 마주보고 있었다. "눈사태야!"

침실 문이 열리고, 잠에서 깬 콜카가 나타났다. 땅이 흔들리는 게 느껴졌다. 대형 눈사태였다. 설사 산장에 지하실이 있었다 해도, 눈이 밀려오기 전에 도착하기란 불가능했다. 쏟아지는 눈더미가 밀어내는 공기로 인해 콜카 뒤에서 창문이 와장창 깨지며 유리 조각들이 날아왔기 때문이다.

"내 손 잡아!" 해리가 굉음을 뚫고 소리 지르며 한 손은 카야에게로, 한 손은 콜카에게로 내밀었다. 두 사람이 그를 향해 달려오는 동안, 산장 내부의 공기가 쑥 빠져나갔다. 마치 눈사태가 처음에는 산장 안으로 숨을 불어넣었다가 이제는 숨을 빨아들이는 것처럼. 콜카의 손이 그의 손을 꽉 잡는 것을 느끼며 해리는 카야의 손을 기다렸다. 순간 눈의 장벽이 산장을 덮쳤다.

눈

귀가 먹먹할 정도로 고요하고 칠흑처럼 캄캄했다. 해리는 몸을 움직이려고 했지만 불가능했다. 마치 온몸에 깁스를 한 것처럼 사지를 꼼짝할 수 없었다. 그는 아버지에게 배운 대로, 손을 얼굴 앞으로 가져가 공기가 모일 공간을 만들었다. 하지만 과연 이 안에 공기가 있는지조차 알 수 없었다. 아예 숨을 쉴 수가 없었기 때문이다. 그는 그 이유를 알고 있었다. 수축성심막염. 아버지에게 들은 설명대로라면, 가슴과 횡격막이 눈에 눌려 유착되는 바람에 제 기능을 못하는 증상이었다. 그렇다면 대략 1리터의 혈중 산소만 남아 있다는 뜻이다. 정상적으로 호흡할 때 1분에 0.25리터 정도의 산소가 소모되므로, 4분 안에는 죽을 것이다. 갑자기 공포심이 밀려왔다. 공기가 필요하다. 숨을 쉬어야 한다! 해리는 몸을 오그렸지만, 눈은 마치 보아뱀처럼 그의 몸을 조여왔다. 공포심을 떨쳐내고, 머리를 굴려야 한다. 지금 당장. 바깥세상은 존재하지 않았다. 시간, 중력, 온도는 사라지고 없었다. 도무지 어디가 위고 아래인지, 자신이 눈 속에 얼마나 오랫동안 갇혀 있었는지도 알 수 없었다. 아버지의 또 다른 충고가 머릿속에 맴돌았다. 방위를 알아내고, 지금 자신이 어느 쪽으로 누워 있는지 알기 위해서는 입의 침을 흘려, 침이 얼굴의 어느 방향으로 흐르는지 느끼라고 했다. 해리는 혀로 입천장을 훑었다. 공포심 때문에, 아드레날린 때문에 입안은 바싹 말라 있었다. 입을 크게 벌리고, 얼굴 앞에 있는 손가락으로 눈을 약간 긁어 입속에 넣었다. 눈을 씹고, 다시 입을 벌려 녹은 눈을 입 밖으로 흘려보냈다. 물이 콧구멍 속으로 들어가자, 놀라서 몸이 움찔했다. 입을 다물고, 쿵쿵거리며 콧속의 물을 밖으로 내보냈다. 그 바람에 허파에 남아 있던 공기도 함께 나가버렸다. 이제 곧 죽을 것이다.

침이 흐르는 방향으로 보아, 그는 거꾸로 누워 있었다. 조한 아까 몸이 움찔한 것을 보면, 몸을 움직이는 것이 가능하다는 뜻이다. 그는 다시 한 번 몸을 움찔해보았다. 몸 전체를 경련하듯이 오그렸다. 그러자 눈이 약간 움직이는 게 느껴졌다. 손톱만큼. 이제 수축성심막염의 목 조르기에서 벗어날 수 있을까? 숨을 들이쉬었다. 공기가 약간 들어왔다. 이걸로는 부족하다. 뇌는 벌써 산소 부족에 시달리고 있을 것이다. 그런데도 부활절에 레샤에 갔을 때 아버지가 했던 말이 또렷이 기억났다. 눈사태가 나서 숨을 쉴 수 없게 되면, 공기 부족으로 죽는 게 아니라 혈중 이산화탄소의 양이 늘어나서 죽는다는 말. 다른 쪽 손에 무언가가 잡혔다. 단단하고, 철망 같은 물건이었다. 아버지의 말이 생각났다. "눈 속의 너는 상어와 같아. 움직이지 않으면 죽는 거다. 설사 공기가 침투할 정도로 눈이 엉성하게 쌓였다 해도, 네 체온과 숨결의 열기가 곧 네 주위의 눈을 얼려버릴 거다. 그렇게 되면 공기가 침투할 수 없고, 네가 내뿜는 날숨 속의 유독한 이산화탄소도 빠져나가지 못해. 그야말로 얼음 관이 만들어지는 거야. 이해하겠니?"

"네, 아빠. 근데 좀 진정하세요. 여긴 히말라야가 아니라 레샤라고요."
부엌에서 들리는 엄마의 웃음소리.

해리는 산장 내부가 눈으로 가득 찼다는 것을 알고 있다. 그의 위쪽에 지붕이 있고, 그 위에는 아마도 더 많은 눈이 있을 것이다. 출구가 없었다. 시간이 재깍재깍 흐르고 있다. 여기서 이렇게 죽을 것이다.

◇

그는 다시 깨어나지 않게 해달라고 기도했었다. 또다시 의식을 잃게 되면 그게 마지막이 되게 해달라고. 그는 거꾸로 매달려 있었다. 머리가 터질 듯이 욱신거렸다. 분명 혈액이 전부 머리로 몰린 탓이리라.

그를 깨운 것은 스노모빌 소리였다.

그는 움직이려고 했다. 처음에는 몸을 이리저리 비틀고, 오그리며 벗어나려고 했다. 하지만 금방 포기했다. 종아리에 박힌 고기용 갈고리 때문이 아니었다. 다리의 감각은 잃은 지 오래다. 소리 때문이었다. 그가 몸을 이리저리 비틀고 잡아당길 때마다 창고 지붕과 연결된 쇠사슬이 노래했고, 살과 힘줄이 찢어지는 소리, 근육이 끊어지고 파열하는 소리가 들렸다.

그는 수사슴의 멍한 눈동자를 바라보았다. 뒷다리에 갈고리가 걸린 수사슴은 마치 뿔부터 먼저 뛰어드는 자세로 정지된 듯했다. 그가 밀렵으로 쏘아 죽인 사슴이었다. 그녀를 쏘아 죽인 것과 같은 총으로.

눈 위로 구슬프게 뽀드득거리는 발소리가 들렸다. 문이 열리고, 달빛이 쏟아져 들어왔다. 다시 그가 나타났다. 유령. 이상하게도 이렇게 거꾸로 바라보니 그제야 확신할 수 있었다.

"정말 너로구나." 그가 속삭였다. 앞니 없이 말하니까 너무 이상했다. "진짜 너인 거지?"

남자는 그의 뒤로 다가와 손을 풀어주었다.

"나, 날 용서해줄 수 있겠니, 애야?"

"여행 떠날 준비 됐어?"

"네가 그 사람들을 다 죽인 거지?"

"맞아. 이제 그만 가자고." 그가 말했다.

◆

해리는 오른손으로 눈을 팠다. 왼손을 향해서, 정체를 알 수 없는 철망과 자신의 몸 사이에 꽉 끼어 있는 왼손을 향해서. 한편으로는 지금 덫에 걸렸고, 이것은 시간을 상대로 싸우는 가망 없는 시합이라는 생각도 들었다. 숨을 한 번씩 내쉴 때마다 죽음에 한발 더 다가가고 있으며, 그가 하는 일은 그저 괴로움을 연장시키고 불가피한 결말을 미룰 뿐이라는 생각. 하지만 다른 한편으로는 자포자기한 상태에서 죽느니 차라리 절박함 속에서 죽고 싶었다.

간신히 왼손까지 눈을 파서 오른손을 철망 위로 올렸다. 두 손을 철망에 대고 밀어보았지만, 철망은 꿈쩍도 하지 않았다. 벌써 호흡이 거칠어졌고, 눈은 점점 매끄러워지며 그의 얼음 관이 만들어지고 있었다. 잠시 현기증이 왔다가 이내 사라졌다. 하지만 이것이 유독한 공기를 들이마셨다는 첫 번째 경고임을 알고 있었다. 곧 졸리기 시작할 것이고, 뇌는 문을 닫을 것이다. 한 칸, 한 칸씩. 비수기가 다가오는 호텔처럼. 그 순간, 해리는 태어나서 처음 경험하는 감정을 느꼈다. 심지어 청킹맨션에서 보냈던 최악의 밤에도 느끼지 못했던 감정, 뼈에 사무치는 외로움이었다. 갑자기 그에게서 살고자 하는 모든 의지를 빼앗아간 것은 죽으리라는 확신이 아니었다. 여기서 이렇게 홀로 죽는다는 사실이었다. 곁에 아무도 없이, 사랑하는 사람도 없이. 아버지도, 동생도, 올레그도, 라켈도 없이.

졸음이 밀려들었다. 이대로 잠들면 죽는다는 것을 알고 있었지만, 그냥 동작을 멈췄다. 거부할 수 없는 매혹적인 죽음이 양팔을 벌려 그를 맞이했다. 왜 저항하는가? 왜 싸우는가? 항복할 수 있는데 왜 고통을 선택하는가? 왜 새삼스럽게 지금까지와 다른 선택을 하는가? 해리는 두 눈을 감았다.

그리고 기다렸다.

철망.

분명 벽난로의 철망일 것이다. 불. 굴뚝. 바위. 눈사태를 견디는 것이 있다면, 엄청난 양의 눈이 뚫지 못하는 곳이 딱 한 군데 있다면 바로 굴뚝이다.

해리는 다시 철망을 밀었다. 역시 꿈쩍도 하지 않았다. 그의 손가락이 철망을 움켜쥐었다. 무력하게, 체념한 듯이.

예정된 결말이다. 이렇게 끝나야 한다. 이산화탄소가 침투된 그의 뇌도 이것이 논리적인 결말임을 감지했다. 비록 그 논리가 정확히 무엇인지는 몰랐지만. 그래도 그는 받아들였다. 달콤하고 따뜻한 잠이 그를 감싸도록 내버려두었다. 마음이 편안했다. 자유로웠다.

손가락이 철망 옆으로 미끄러졌다. 손에 무언가 단단하고 딱딱한 것이 잡혔다. 스키 스틱의 끝부분이다. 아버지의 스키. 그는 머릿속에 떠오른 생각을 거부하지 않았다. 아버지의 스키 스틱을 손에 쥐고 죽자, 그편이 덜 외롭다. 두 부자는 그렇게 함께 발맞추어, 죽음의 왕국에 들어갈 것이다. 마지막 남은 가파른 비탈을 내려가면서.

미카엘 벨만은 그들 앞에 펼쳐진 풍경을 응시했다. 정확히 말하면, 더 이상 그들 앞에 펼쳐져 있지 않은 풍경을 응시했다. 없어졌기 때문이다. 산장이 사라져버렸다. 그들이 눈 속에 파놓은 동굴에서 바라보면 산장은 마치 거대한 하얀 도화지 위의 조그만 그림 같았다. 쿵 소리와 아득한 와르르 소리에 놀라 잠에서 깨기 전까지는 그랬다. 마침내 그가 쌍안경을 눈에 댔을 때는 다시 사위가 조용해진 뒤였다. 멀리서 할링스카르베 산악지대 사이로 뒤늦게 울리는 메아리뿐이었다. 벨만은 쌍안경 너머를 뚫어지게 응시하며 산비탈을 샅샅이 훑었다. 마치 누군가 도화지 속의 모든 것을 지워버린 듯했다. 그림은 사라지고, 평화롭고 순결한 백색뿐이었다. 이해가 되지 않았다. 산장 하나가 통째로 묻힌다고? 그들은 스키를 신고, 8분 후에 눈사태 현장에 도착했다. 정확히 말하면 8분 8초였다. 그는 시간을 눈여겨보았다. 경찰로서 당연한 일이다.

"맙소사, 눈사태 지역이 1평방킬로미터는 되겠네요." 뒤에서 누군가 외치는 소리가 들렸다. 벨만은 설원을 가로지르는 요원들의 손전등에서 나오는 희미한 노란색 빛줄기를 바라보았다.

무전기가 지글거렸다. "구조본부에서 30분 후에 헬리콥터를 보내겠다고 한다. 오버."

너무 늦어, 벨만은 생각했다. 그가 읽었던 책에서 뭐라고 했더라? 30분이 지나면 눈 속에서 생존할 가능성은 3분의 1이라고 했던가? 게다가 헬리콥터가 온들 뭘 할 수 있단 말인가. 눈 속에 음파 탐지기를 밀어 넣고, 산장의 잔해라도 찾겠다는 건가? "고맙다. 통신 끝."

에르달이 옆으로 다가왔다. "그나마 운이 좋았어요! 인근 도시에 마약 탐지견 두 마리가 있답니다. 지금 녀석들을 데리고 우스타오셋으로 오는 중이래요. 우스타오셋 담당 경관 크롱리는 집에 없습니다. 어쨌거나 전화를 안 받아요. 하지만 호텔에 스노모빌을 가진 남자가 있어서, 스노모빌로 탐지견을 데려다준답니다." 에르달은 몸을 풀기 위해 양팔을 위아래로 흔들어댔다.

벨만은 발아래의 눈을 바라보았다. 저 아래에 카야가 있다. "이 동네에 눈사태가 얼마나 자주 일어난다고 했지?"

"10년에 한 번씩요." 에르달이 말했다.

벨만은 양 발꿈치에 체중을 실었다. 밀라노는 다른 요원들을 지휘하고 있었다. 그들은 스키와 스틱으로 눈을 푹푹 찌르며 돌아다녔다.

"마약 탐지견이랬지?" 벨만이 말했다.

"40분 뒤에요."

벨만은 고개를 끄덕였다. 개들이 와봐야 아무 소용없을 것이다. 그 무렵에는 눈사태가 발생한 지 거의 한 시간이 지난 후일 테니까.

그들이 구조 작업을 시작하기 전부터 생존 가능성은 10퍼센트 미만이었다. 하물며 한 시간 30분 후에는 그 가능성이 사실상 제로가 될 것이다.

여행이 시작되었다. 그는 스노모빌을 몰고 있었다. 빛과 어둠이 동시에 그를 향해 다가오는 듯했다. 마치 다이아몬드가 흩뿌려진 하늘이 저절로 열리며 그를 맞이하는 듯이. 그는 뒤에 한 남자, 유령이 서 있다는 것을 알고 있었다. 유령은 불에 새까맣게 그슬려 물집이 잡힌 그의 등에 총을 겨누고 있을 것이다. 하지만 이제는 어떤 총알도 그를 맞출 수 없다. 그는 자유였다. 늘 따라갔던 길을 따라 예정된 곳으로 갈 것이다. 그녀가 있는 곳으로, 그녀와 같은 길을 따라. 그는 이제 손이 묶여 있지 않았다. 팔이나 다리를 움직일 수 있었다면, 스노모빌 좌석에서 일어나 액셀러레이터를 밟고, 더 빨리 달렸을 것이다. 별이 총총한 하늘을 향해 달리며 그는 환호성을 울렸다.

매장

해리는 겹겹의 꿈과 기억, 곱씹다 만 생각들 속으로 가라앉았다. 모든 것이 순조로웠다. 똑같은 문장을 반복해서 말하는 어떤 목소리만 제외하고. 아버지의 목소리였다.

"……마침내 네가 피를 철철 흘리자, 선배들은 놀라서 도망간 거야."

해리는 그 목소리를 밀어내고, 다른 목소리를 들으려고 했다. 그런데 이번에도 아버지의 목소리가 들렸다.

"넌 어둠을 무서워했지만, 어둠 속에 들어가기를 주저하지 않았지."

젠장, 젠장, 젠장.

해리는 어둠 속에서 눈을 떴다. 차가운 눈의 강철 같은 손아귀 속에서 몸을 비틀고 꼼지락거렸다. 발차기를 시도해보았다. 철망 앞쪽을 파서 공간을 좀 더 만들었다. 손가락에 철망 가장자리가 잡혔다. 그는 죽지 않을 것이다. 아버지보다 먼저 죽을 수는 없다. 아버지에게 그 정도 대접은 해드려야 한다! 이제는 손을 움직일 수 있는 공간이 있었기에 손으로 삽처럼 눈을 파냈다. 양손을 철망 안쪽에 넣고, 철망을 몸 쪽으로 잡아당겼다. 됐다! 철망이 움직였다. 다시 잡아당겼다. 그러자 공기가 느껴졌다. 진한 재 냄새가 코를 찌르는 공기였지만, 그래도 공기는 공기였다. 얼마나 지속될지는 모르지만. 그는 눈을 밀어내고, 눈 속에 양손을 집어넣었다. 폴리스티렌 같은 물체가 만져졌다. 타다 만 통나무였다. 철망이 눈을 막아낸 덕분에 벽난로에는 눈이 쌓이지 않았다. 그는 계속 파들어갔다.

몇 분 혹은 몇 초 후, 그는 커다란 벽난로 속에 웅크린 채 공기를 들이마시게 되었다. 재까지 들이마신 덕분에 기침이 나왔다.

그제야 지금까지 오로지 자기 생각만 했음을 깨달았다.

그는 벽난로 구석으로, 아버지의 스키가 있던 곳으로 팔을 움직였다. 눈 속을 뒤지다 보니 마침내 그가 찾던 물건이 나왔다. 스키 스틱. 스틱 끝에 달린 바스켓을 잡고, 스틱을 잡아당겼다. 매끈하고 가볍고 단단한 금속 스틱이 눈 속에서 미끄러졌다. 스틱을 벽난로 속으로 끌어당겨 양다리 사이에 두고, 양발을 밀어 스틱에 붙어 있던 바스켓을 떼어냈다. 이제 그에게는 150센티미터가 조금 넘는 창 하나가 생겼다.

카야와 콜카는 그가 누워 있었던 곳에서 그다지 멀지 않은 곳에 있을 것이다. 그는 범죄 현장에서 단서를 찾을 때처럼 머릿속으로 바둑판을 그리고, 눈을 파기 시작했다. 최악의 시나리오는 스틱으로 그들의 눈이나 목을 찌르는 것이다. 반면 최상의 시나리오라고 해봐야 아직 그들에게 숨이 붙어 있는 것이다. 자신이 누워 있었던 곳에서 왼쪽이라고 생각되는 곳을 파 내려가는데, 스틱 끝에 무언가 부딪혔다. 해리는 스틱을 잡아당겼다가 다시 조심스럽게 찔러보았다. 이번에도 무언가에 튕겨 나왔다. 다시 스틱을 잡아당기려는데 스틱이 움직이지 않았다. 스틱에서 손을 떼자, 스틱이 반대편으로 움직였다. 누군가 스틱 끝을 잡고, 밀었다가 잡아당기며 살아 있다는 신호를 보내고 있었다! 해리는 다시 스틱을 잡아당겼다. 이번에는 좀 더 세게. 하지만 상대가 엄청난 힘으로 스틱을 쥐고 있었다. 해리에게는 스틱이 필요했다. 이대로 두면 파는 데 방해가 될 것이다. 그래서 손잡이에 달린 줄을 손목에 감고, 다시 스틱을 잡아당겼다. 젖 먹던 힘까지 발휘해 겨우 빼낼 수 있었다.

해리는 바닥에 누워 왜 그냥 스틱을 버리고 손으로 파지 않았을까 생각했다. 그러자 그 이유를 알 수 있었다. 그는 잠시 머뭇거리다가 다시 스틱으로 찌르기 시작했다. 이번에는 자신이 누워 있었던 자리의 오른쪽을. 네 번째로 찔렀을 때 무언가가 느껴졌다. 이번에도 역시 무언가에 팅겨 나오는 느낌이었다. 복부일까? 그는 손가락 끝으로 스틱을 잡고, 오르락내리락하는 움직임이나 호흡이 느껴지는지 살펴봤다. 하지만 아무 움직임도 없었다.

결정을 내리기 쉬운 상황이었다. 살아 있다는 신호를 보낸 첫 번째 사람을 구하는 게 빠른 길이다. 산 사람부터 먼저 구해야 한다. 해리는 이미 무릎을 꿇고 미친 듯이 파기 시작했다. 두 번째 사람을 향해.

드디어 몸뚱이를 찾아냈을 때 그의 손가락은 아무런 감각도 없었다. 상대가 스웨터를 입었는지 느껴보기 위해서는 손등을 이용해야만 했다. 스웨터였다. 하얀색 스웨터. 그는 상대의 어깨를 잡고, 더 많은 눈을 옆으로 밀어내 한 팔을 꺼냈다. 그러고는 축 늘어진 몸을 마저 끌어냈다. 그녀의 머리칼이 그의 얼굴에 떨어졌다. 머리칼에서 아직 카야의 향기가 풍겼다. 그녀의 머리와 상반신 절반을 간신히 난로 속으로 끌어당겼다. 손끝으로 목의 맥박을 느껴보려 했지만 손가락은 시멘트처럼 굳어 있었다. 그녀의 얼굴에 자신의 얼굴을 대보아도 숨결은 전혀 느껴지지 않았다. 카야의 입을 벌리고, 혀가 기도를 막지 않도록 확인한 다음, 입속에 숨을 불어넣었다. 고개를 들고 숨을 들이마셨다. 재의 파편까지 들이마시느라 기침이 나오려는 걸 꾹 참고, 다시 그녀의 입안에 숨을 불어넣었다. 세 번. 그는 숫자를 세었다. 네 번, 다섯 번, 여섯 번, 일곱 번. 머리가 빙빙 돌기 시작했다. 그는 다시 어린 시절로 돌아가, 레샤의 산장에 있었다. 어린 그가 벽난로 앞에 서서 죽어가는 불씨를 살리려고 후후 불어댔다. 어지러워서 비틀거리는 그의 모습에 아버지가 껄껄 웃었다. 해리는 기절할 것 같았지만, 멈출 수가 없었다. 1초가 지날 때마다 카야를 소생시킬 수 있는 가능성은 줄어들기 때문이다.

열두 번째 인공호흡을 하기 위해 몸을 숙였을 때 무언가가 느껴졌다. 따뜻한 숨결이 그의 얼굴에 와 닿았다. 그는 숨을 죽이고 기다렸다. 정말로 카야를 살려냈다는 사실이 믿기지 않았다. 따뜻한 숨결이 약해졌다가 다시 돌아왔다. 그녀가 숨을 쉬고 있었다! 순간 그녀가 경련을 일으키더니, 기침을 하기 시작했다. 이윽고 그녀의 목소리가 들렸다. 희미하게.

"반장님?"

"응."

"어디……. 안 보여요."

"괜찮아. 여긴 벽난로 안이야."

정적.

"뭐 하세요?"

"콜카를 구하려고."

해리가 콜카의 머리를 벽난로로 끌어당겼을 때는 시간이 얼마나 지난 후인지 알 수 없었다. 그저 콜카는 아무런 가망이 없다는 것만 알 수 있었다. 성냥에 불을 붙이자, 허공을 응시하는 핀란드인의 커다란 눈동자가 보였다가 불이 꺼졌다.

"죽었어." 해리가 말했다.

"인공호흡을 해보면……?"

"아니."

"그럼 이제 어쩌죠?" 카야가 힘없이 속삭였다.

"여기서 나가야 해." 해리는 그녀의 손을 찾아 꼭 쥐었다.

"구조대가 올 때까지 그냥 기다리면 안 돼요?"

"안 돼."

"성냥이……."

해리는 대답하지 않았다.

"성냥이 금방 꺼졌어요. 여기에도 공기가 없어요. 산장 전체가 눈에 묻했어요. 그래서 콜카를 살리려고 하지 않으신 거예요. 우리 두 사람이 숨 쉴 공기도 충분하지 않으니까요. 반장님…….."

해리는 일어서서, 굴뚝 속으로 들어가려고 했다. 하지만 너무 좁아서 어깨가 걸렸다. 다시 쪼그리고 앉아 스키 스틱 양쪽을 부러뜨려 속이 텅 빈 금속 막대로 만들었다. 그것을 굴뚝 속으로 넣은 다음, 이번에는 양팔을 위로 뻗은 채 일어섰다. 그의 몸이 간신히 굴뚝 속으로 들어갔다. 폐소공포증이 느껴졌지만, 금세 사라졌다. 마치 지금 상황에서 비이성적인 공포는 사치라고 그의 몸이 판단한 듯했다. 그는 굴뚝 한쪽 벽에 등을 기댄 채, 다리를 지렛대 삼아 몸을 들어 올렸다. 허벅지 근육이 욱신거렸다. 그는 숨을 헐떡였고, 다시 현기증이 느껴졌다. 하지만 계속 올라갔다. 한 발을 들어 올려 벽을 누르고, 다른 발을 들어 올려 다시 누르고……. 높이 올라갈수록 더웠다. 굴뚝 위로 올라갔던 더운 공기가 밖으로 빠져나가지 못한 채 갇혀버렸기 때문이었다. 만약 눈사태가 일어났을 때 벽난로에 불이 피워져 있었더라면, 그들은 이산화탄소에 중독되기 전에 진작 죽었을 것이다. 불행 중 다행이었다. 문제는 눈사태가 단순히 불행해서 생긴 일이 아니라는 것이다. 그들이 들었던 그 쿵 소리는…….

스틱이 머리 위의 무언가에 닿았다. 그는 위로 기어 올라갔다. 스틱을 잡지 않은 손으로 더듬거려보니 쇠창살이었다. 다람쥐나 다른 동물들이 들어오지 못하도록 굴뚝 맨 위에 설치하는 창살. 그는 손가락으로 가장자리를 만져보았다. 콘크리트로 고정되어 있었다. 젠장!

카야의 희미한 목소리가 들렸다. "어지러워요, 반장님."

"숨을 깊이 들이쉬어."

그는 창살의 가느다란 틈 사이로 스틱을 밀어 넣었다.

반대편에는 눈이 없었다!

흥분해서 스틱을 더 깊이 밀어 넣느라 허벅지에서 젖산이 타는 통증도 느껴지지 않았다. 하지만 실망스럽게도 스틱 끝에 무언가 딱딱한 물건이 닿았다. 굴뚝 뚜껑이었다. 이런 산장은 굴뚝을 눈이나 비로부터 보호하기 위해 꼭대기에 멋들어진 검은색 굴뚝 뚜껑을 설치한다는 사실을 잊고 있었다. 스틱 끝으로 더듬거리며, 그는 굴뚝 뚜껑 가장자리에 스틱을 비스듬하게 밀어 넣었다. 단단하게 눌린 눈이 느껴졌다. 산장 안에 쌓인 눈보다 훨씬 더 단단했다. 어쩌면 아까와 달리 속이 빈 스틱 입구에 닿으니 그렇게 느껴지는 것일 수도 있다. 스틱을 눈 속으로 1센티미터씩 밀어 넣을 때마다 그는 기도했다. 갑자기 스틱 끝에 아무것도 느껴지지 않는 순간이 오게 해달라고. 그것은 곧 눈 지옥에서 벗어났다는 뜻이기 때문이다. 그렇게 되면 스틱을 빨대 삼아 공기를 들이마실 수 있다. 신선한 공기, 사람을 살리는 공기. 카야를 끌고 와 그녀에게도 똑같은 해독제를 주입해줄 수 있다. 하지만 그런 돌파의 순간은 찾아오지 않았다. 이제 스틱은 눈 속으로 거의 다 들어갔지만, 아무 일도 일어나지 않았다. 그래도 어쨌거나 시도해보기로 했다. 입으로 스틱을 힘껏 빨았더니, 차갑고 버석한 눈이 입안으로 들어왔다. 스틱 끝이 여전히 눈으로 막혀 있다는 뜻이다. 그는 굴뚝 양쪽의 압력을 더 견디지 못하고 떨어졌다. 소리를 지르며 팔과 다리를 뻗었다. 손등의 살갗이 벗겨졌지만, 속수무책으로 미끄러졌다. 마침내 두 다리가 굴뚝 바닥에 누워 있던 몸 위로 떨어졌다.

"괜찮아?" 해리가 다시 굴뚝 위로 올라가며 물었다.

"괜찮아요." 카야는 나직한 신음을 내며 말했다. "반장님은요? 나쁜 소식인가요?"

"응." 해리는 재빨리 굴뚝을 내려가, 카야 옆으로 갔다.

"뭔데요? 지금도 날 사랑하지 않는 거요?"

해리는 큭큭 웃으며 그녀를 끌어당겼다. "아냐, 지금은 사랑해."

해리는 그녀의 볼을 타고 뜨거운 눈물이 흐르는 것을 느꼈다. 그녀가 속삭였다. "그럼 우리 결혼할까요?"

"그래, 하자고." 해리가 대답했다. 지금 이런 말을 하는 것은 머릿속까지 들어온 유독 성분 때문임을 알고 있었다.

카야가 웃었다. "죽음이 우리를 갈라놓을 때까지."

해리는 그녀의 몸에서 온기를 느꼈다. 그리고 무언가 단단한 것도. 그녀가 찬 권총집 안의 리볼버였다. 해리는 그녀에게서 몸을 떼고, 콜카 쪽으로 더듬더듬 다가갔다. 콜카의 차디찬 얼굴은 벌써 대리석처럼 변하기 시작했다. 그는 콜카의 목 옆쪽으로 손을 집어넣어 가슴까지 파고들었다.

"뭐 하세요?" 카야가 힘없이 중얼거렸다.

"콜카의 총을 빼내려고."

잠시 카야의 숨소리가 멎었다. 그러더니 그의 등을 더듬는 그녀의 손길이 느껴졌다. 방향을 잃고 헤매는 작은 짐승 같은 손이었다. "안 돼." 그녀가 속삭였다. "그러지 마⋯⋯. 안 돼⋯⋯. 그냥 자자⋯⋯ 오빠."

해리의 추측대로였다. 유시 콜카는 권총집을 착용한 채 자러 갔다. 그는 총을 권총집에 고정시키는 단추를 풀고, 권총 손잡이를 잡아 눈 속에서 총을 빼냈다. 손가락으로 총신을 훑어 내렸다. 사격조준기는 없었다. 역시 바일러트가 맞았다. 그는 벌떡 일어섰다. 너무 빨리 일어나는 바람에 어지러워, 몸을 지탱할 곳을 찾았다. 그러더니 눈앞이 캄캄해졌다.

벨만은 거의 4미터에 달하는 구덩이를 내려다보며 서 있었다. 멀리서 구조 헬기가 다가오고 있었다. 간간히 들리는 헬기의 웅웅웅 소리는 파리채를 세게 내리칠 때 나는 소리와 비슷했다. 요원들은 배낭에 눈을 퍼 담아, 바지 벨트에 연결시켜 위로 올려 보냈다.

"창문이 나왔습니다!" 구덩이 안의 요원이 소리쳤다.

"깨버려!" 밀라노가 외쳤다.

유리창이 와장창 깨졌다.

"맙소사⋯⋯." 또 다른 소리가 들렸다. 그리고 그 탄식은 나쁜 징조임을 벨만은 알고 있었다.

"스키 스틱을 넣어봐……."

개들이 짖어대는 소리가 들렸다. 벨만은 산장에서 눈을 다 치우려면 몇 시간이나 걸릴지 생각했다. 아니다, 며칠이나 걸릴지 생각했다.

해리는 턱에 끔찍한 통증을 느끼며 깨어났다. 이마에서 미간으로 무언가 뜨듯한 것이 흘러내렸다. 아까 떨어질 때 돌 바닥에 머리와 다친 턱을 부딪친 모양이었다. 분명 그 통증 때문에 깨어났으리라. 이상한 점은 그가 아직도 서 있고, 여전히 손에 총을 들고 있다는 것이었다. 그는 있지도 않은 공기를 들이마시려고 해보았다. 마지막 시도를 해볼 여력이 남았는지 알 수 없지만, 어쩌겠는가? 그에게는 선택의 여지가 없었다. 간단한 이치였다. 그래서 주머니에 권총을 넣고, 씩씩거리며 다시 굴뚝을 올라갔다. 양발로 굴뚝 벽을 짚어 꼭대기에 도달하자, 손으로 철망을 더듬거렸다. 아직도 눈에 박힌 스키 스틱의 끝부분이 만져졌다. 스틱은 살짝 원뿔 모양이었는데, 해리 쪽의 구멍이 좀 더 컸다. 해리는 구멍 속에 총신을 밀어 넣었다. 총신의 3분의 2 정도가 스틱 속으로 들어갔다. 스키 스틱과 총신이 완벽하게 일직선을 이룬다는 뜻이었다. 이제 스틱은 150센티미터 길이의 소음기 역할을 할 것이다. 총알이 눈 속을 150센티미터나 뚫고 나가지는 못하겠지만, 만약 스틱 끝에서 조금만 더 올라간 곳이 지상이라면?

그는 반동으로 인해 총알이 비스듬히 발사되지 않도록, 권총을 스틱 속으로 꽉 밀어 넣었다. 그리고 발사했다. 한 번 더. 또 한 번. 밀봉된 공간 안에서 고막이 터질 듯했다. 네 번의 발사 후, 그는 총을 뺐다. 그리고 스틱 끝을 입으로 빨았다.

그의 입안으로 들어온 것은…… 공기였다.

순간적으로 너무 놀라 하마터면 떨어질 뻔했다. 총알이 눈 속에 만들어놓은 터널이 망가지지 않도록 조심하며 다시 빨아들였다. 굵은 입자의 눈이 그의 혀에 내려앉았다. 공기와 함께. 그것은 얼음을 넣은, 부드럽고 풍부한 위스키의 맛이었다..

요정과 난쟁이

로게르 옌뎀은 상점들이 문을 열기 시작하는 칼 요한스 가를 가로질러 뛰어갔다. 에게르토르게 광장에 도착하자, 빨간색 글씨로 프레이아*라고 적힌 시계를 올려다보았다. 시계 바늘이 10시 3분 전을 가리키고 있었다. 그의 발걸음이 더욱 빨라졌다.

그는 긴급 호출을 받고 달려가는 길이었다. 그를 호출한 사람은 지금은 은퇴했으나 모든 면에서 〈아프텐포스텐〉의 전설적인 편집장이자, 현재는 이사회 임원이며 수호신이라 할 수 있는 벤트 노르뵈였다.

옌뎀은 오른쪽으로 돌아 아케르스 가를 올라갔다. 신문이 언론의 왕으로 군림하던 시절, 모든 신문사들이 밀집해 있던 거리였다. 다시 왼쪽으로 돌아 법원 쪽으로 가다가, 오른쪽으로 돌아 아포테케르 가로 접어들었다. 그는 숨을 헐떡이며 스토프 프레센의 계단을 올라갔다. 스토프 프레센은 스포츠 바가 될지, 아니면 전통적인 영국식 펍이 될지 결정을 내리지 못한 분위기의 술집이었다. 아마 둘 다 되겠다는 심산일 것이다. 모든 언론인들이 이곳을 내 집처럼 편안히 여기도록 하는 것이 그들의 목적이기 때문이다. 벽에는 지난 20년간 이 나라의 국민들을 사로잡고, 충

---

* 노르웨이의 대표적인 초콜릿회사

격에 빠뜨리고, 기쁘게 하고, 몸서리치게 만든 사건들의 사진이 걸려 있었다. 대부분이 운동 경기, 유명인사, 천재지변을 찍은 사진이었다. 간혹 유명인사 겸 천재지변이었던 몇몇 정치가들의 사진도 있었다.

스토프 프레센은 이제 아케르스 가에 마지막으로 남은 두 신문사인 〈베르덴스 강〉과 〈다그블라데〉에서 걸어갈 수 있는 거리였다. 따라서 이 두 신문사의 구내식당이나 다름없었는데, 지금은 딱 두 사람뿐이었다. 카운터 뒤의 바텐더와 입구에서 멀리 떨어진 테이블에 앉아 있는 노신사. 그의 머리 위 선반에는 귈덴달 출판사의 고전문학 전집과 낡은 라디오 한 대가 놓여 있었다. 분명 실내장식용이리라.

선반 아래에 앉아 있는 노신사가 벤트 노르뵈였다. 존 길구드*를 닮은 듯하지만 그보다 더 잘생긴 얼굴에, 존 메이저**가 썼던 것 같은 파노라마 안경을 쓰고, 래리 킹처럼 멜빵을 메고 있었다. 그리고 제대로 된 신문을 읽고 있었다. 엔뎀은 노르뵈가 오로지 〈뉴욕타임스〉〈파이낸셜 타임스〉〈가디언〉〈차이나 데일리〉〈쥐드도이체 차이퉁〉〈엘 파이스〉〈르 몽드〉만 읽는다고 들었다. 하루도 거르지 않고. 〈프라우다〉와 〈슬로베니아 드네브니크〉도 훑어볼 생각이 있기는 하지만, "동유럽 언어는 눈을 너무 피곤하게 한다"는 이유로 읽지 않는다고 했다.

엔뎀은 노신사의 테이블 옆에 서서 기침을 했다. 벤트 노르뵈는 멕시코 이주민들 덕분에 브롱크스의 버림받은 지역이 활기를 되찾았다는 기사의 마지막 줄까지 읽고는, 다른 재미있는 기사가 없는지 신문 아래쪽을 훑어보았다. 그러더니 파노라마 안경을 벗고, 트위드 재킷의 가슴 주머니에 꽂혀 있던 손수건을 꺼낸 연후에야 아직도 숨을 헐떡이며 긴장된 표정으로 테이블 옆에 서 있는 남자를 올려다보았다.

"자네가 로게르 옌뎀인가 보군."

---

* 영국의 배우 겸 연출가
** 1990년에 영국 총리로 선출되어 7년간 재직했다

"네."

노르뵈는 신문을 접었다. 옌뎀은 저 노신사가 신문을 다시 펼치는 것은 곧 대화가 끝났다는 신호라는 말도 들었다. 노르뵈는 고개를 갸웃한 채 안경을 닦는 중대한 작업에 착수했다.

"오랫동안 강력 범죄에 대한 기사를 썼으니 크리포스와 강력반에 아는 사람이 많겠군. 안 그런가?"

"아…… 네."

"미카엘 벨만. 이자에 대해 아는 게 있나?"

해리는 방 안으로 쏟아져 들어오는 햇살 속에서 실눈을 떴다. 막 잠에서 깬 처음 몇 초간, 꿈을 떨쳐내고 현실을 재구성했다.

구조대원들은 그의 총소리를 들었다.

그리고 첫 삽질 만에 스키 스틱을 발견했다.

그들은 굴뚝을 파내려가는 동안, 혹시 그가 쏘는 총에 맞지 않을까 너무 두려웠다고 말했다.

마치 일주일 동안 금주했을 때처럼 골치가 아팠다. 해리는 양 다리를 침대 밖으로 내려 몸을 일으키고, 방 안을 둘러보았다. 이곳은 우스타오셋 산에 위치한 호텔이었다.

카야와 콜카는 헬리콥터로 옮겨져 오슬로의 국립병원으로 이송되었다. 해리는 오슬로로 가지 않고 남겠다고 고집을 피웠다. 자신은 갇혀 있는 내내 공기를 듬뿍 마셔서, 몸에 아무런 이상도 없다는 거짓말을 한 후에야 남아도 좋다는 허락을 받았다.

해리는 욕실 수도꼭지에 입을 대고 수돗물을 마셨다. "물은 언제 마셔도 몸에 나쁘지 않고, 때로는 아주 좋기도 하지." 늘 그렇게 말하던 사람이 누구였더라? 라켈이다. 식사 중에 올레그가 물을 마시도록 유도하기 위해서. 해리는 휴대전화의 전원을 켰다. 그의 휴대전화는 오슬로를 떠난 이후로 계속 꺼져 있었다. 액정을 보니 우스타오셋에서는 신호가 잡히는 모양이었다. 음성 메시지 한 통이 와 있었다. 확인해봤지만 기침 소리와 웃음소리만 들리다가 끊어져버렸다. 해리는 발신자 번호를 확인했다. 모르는 휴대전화 번호였다. 어딘지 모르게 눈에 익은 듯한 번호였지만, 어쨌거나 병원은 아니다. 중요한 일이면 누구든 다시 전화할 것이다.

식당에 가보니 미카엘 벨만이 커피 한 잔을 앞에 둔 채 혼자서 근엄하게 앉아 있었다. 다 읽은 신문이 반으로 접혀 있었다. 굳이 보지 않아도 무슨 내용일지 뻔했다. 사건에 대한 이야기, 경찰의 무능력함에 대한 이야기, 그리하여 좀 더 압력을 가하는 이야기. 하지만 아직 유시 콜카의 죽음에 관한 이야기는 실리지 않았을 것이다.

"카야는 무사해." 벨만이 말했다.

"흠. 다른 사람들은?"

"아침에 오슬로 행 기차로 떠났어."

"왜 함께 안 가고?"

"그쪽을 기다려야 할 거 같아서. 어떻게 생각해?"

"뭘?"

"눈사태. 그냥 우연이었을까?"

"모르겠어."

"몰라? 눈사태가 나기 전에 쾅 소리 못 들었나?"

"산꼭대기에 쌓여 있던 눈이 떨어지면서 산 중턱에 부딪쳤던 소리일 수도 있어. 그래서 눈사태가 났을 수도 있고."

"눈이 떨어지면서 부딪칠 때 그런 소리가 날까?"

"그럴 때 무슨 소리가 나야 하는지는 나도 몰라. 하지만 소음이 눈사태를 일으키는 건 확실하잖아."

벨만은 고개를 저었다. "노련한 등반가들조차 음파가 눈사태를 일으킨다는 잘못된 믿음을 가지고 있어. 예전에 눈사태 전문가와 알프스를 등반한 적이 있지. 그 전문가 말로는 아직도 사람들이 2차 세계대전 중의 눈사태가 대포 발사 때문이라고 믿는다는 거야. 하지만 사실 포탄이 눈사태를 일으키기 위해서는 눈을 직접 맞춰야 한다고 했어."

"흠. 그래서?"

"이게 뭔지 알아?" 벨만은 엄지와 약지로 반짝이는 금속 조각을 들어 올렸다.

"모르겠는데." 해리는 아침 뷔페를 치우는 웨이터에게 커피 한 잔만 달라고 손짓했다.

벨만은 콧노래로 베르겔란의 '요정과 난쟁이들'의 한 대목을 불렀다. 산에 집을 짓고, 바위를 폭파시킨다는 대목이었다.

"통과."

"이거 실망인데, 해리. 뭐 좋아. 내가 너보다 유리한 입장일 수도 있지. 난 1970년대 망레루드의 위성도시에서 자랐어. 한참 팽창되던 도시라서 사방으로 땅을 팠지. 내 어린 시절의 사운드 트랙은 다이너마이트 터지는 소리였어. 건설업자들이 퇴근하고 나면, 나는 빨간색 플라스틱 케이블 조각과 다이너마이트에서 떨어진 조그만 종잇조각을 찾아 돌아다녔어. 카야에게 듣기로는 이 마을 사람들은 물고기를 잡을 때 아주 특이한 방법을 쓴다더군. 이 동네에서는 다이너마이트가 발에 채는 돌멩이보다 흔하다고 했어. 그 생각을 한 번도 안 해봤다는 말은 하지 말라고."

"그래. 그건 분명 뇌관의 파편이야. 언제, 어디서 찾았지?"

"어젯밤에 당신네들이 이송된 후에. 몇몇 요원들과 함께 눈사태가 일어난 지점을 정찰했지."

"다른 흔적은?" 해리는 웨이터에게서 커피를 받아들며 고맙다고 말했다.

"없어. 그곳은 심하게 노출된 지역이라, 설사 스키 자국이 있었다 해도 바람에 다 지워졌을 거야. 하지만 카야는 스노모빌 소리를 들은 것 같다고 하더군."

"얼핏 들었을 뿐이야. 게다가 카야가 그 소리를 들은 지 한참 후에야 눈사태가 일어났어. 어쩌면 우리가 소리를 듣지 못하도록 미리 스노모빌을 거기에 가져다두었는지도 모르지."

"나도 같은 생각이야."

"그럼 이제 어떻게 하지?" 해리가 머뭇거리며 커피를 한 모금 마셨다.

"스노모빌의 흔적을 찾아봐야지."

"이 지역 담당 경관이……."

"지금 그자는 행방이 묘연해. 하지만 우리에게는 스노모빌 한 대와 지도, 등산용 로프, 피켈, 장비가 있어. 그러니까 지금 그렇게 느긋하게 커피를 마실 때가 아니라고. 일기예보에서 오후에 눈이 온다고 했어."

호텔 매니저인 덴마크인의 말에 따르면, 눈사태가 일어난 지역의 꼭대기로 가기 위해서는 호바스 산장의 서쪽으로 큰 호선을 그리며 올라가야 한다고 했다. 하지만 너무 북서쪽으로 갔다가는 셰프텐이라는 지역으로 들어서게 되니 조심하라고 덧붙였다. 그곳이 '턱'이라는 뜻의 셰프텐으로 불리는 이유는 군데군데 흩어진 송곳니 모양의 바위 때문이었다. 바닥에 갈라진 틈과 벼랑이 느닷없이 출몰하는 터라, 주변 지리에 어지간히 밝은 사람이 아니고서는 흐린 날씨에 돌아다니기가 극도로 위험한 지역이었다.

정오 무렵, 해리와 벨만은 산비탈을 내려다보았다. 골짜기 바닥에 굴뚝을 파낸 흔적이 보였다.

벌써 서쪽에서부터 먹구름이 몰려오기 시작했다. 해리는 실눈을 뜨고 북서쪽을 바라보았다. 그쪽은 어둠에 잠겨 아예 그림자와 윤곽조차 지워져 있었다.

"분명 저쪽에서 왔을 거야. 아니면 무슨 소리라도 났을 테니까." 해리가 말했다.

"셰프텐이란 말이지." 벨만이 말했다.

그들은 두 시간 동안 게처럼 엉금엉금 기어서 남에서 북으로 설경을 가로질렀지만, 스노모빌 자국은 전혀 발견하지 못했다. 잠시 휴식을 취하기로 하고, 스노모빌 좌석에 나란히 앉아 벨만이 가져온 보온병의 물을 마셨다. 하늘에서 얇은 눈의 장막이 내려오기 시작했다.

"한번은 망레루드의 부지에서 사용하지 않은 다이너마이트 하나를 발견한 적이 있어." 벨만이 말했다. "열다섯 살 때 일이었지. 망레루드에서 10대 청소년들이 할 수 있는 일은 딱 세 가지야. 운동, 교회, 마약. 난 그중 어떤 것에도 관심이 없었어. 그렇다고 우체국 창틀에 앉아 마리화나에서 헤로인, 거기서 다시 본드 흡입을 거쳐 무덤으로 가게 될 날만을 기다릴 생각은 더더욱 없었고, 우리 반에서 네 명이나 그렇게 죽었지."

벨만의 말투에는 망레루드의 옛날 사투리가 슬글슬금 올라오고 있었다.

"난 그 모든 게 싫었어. 그래서 내 나름대로 경찰 노릇을 하기로 했지. 그 첫 단계가 다이너마이트를 들고 망레루드 교회 뒤로 가는 거였어. 약쟁이들이 거기 모여 땅에 묻은 담뱃대로 약을 했거든."

"땅에 묻은 담뱃대?"

"땅을 파서 거기에 목을 잘라낸 맥주병을 거꾸로 묻어. 병 안에 석쇠가 들어 있는데, 거기에 헤로인을 피우는 거야. 그런 다음 그 구덩이에 호스를 여러 개 묻어서 50센티미터쯤 떨어진 지점으로 빼내지. 그러고는 다들 그 병 주위의 잔디밭에 드러누워 각자 호스를 빠는 거야. 왜 그렇게 하는지는 모르겠지만……."

"연기를 식히기 위해서야." 해리가 킥킥거렸다. "그렇게 하면 적은 양으로 더 많은 연기가 나거든. 약쟁이 머리에서 나온 것치고는 나쁘지 않은데? 내가 망레루드를 얕봤군."

"어쨌거나 나는 호스 하나를 빼서 그 안에 다이너마이트를 넣어버렸어."

"병을 폭파시킨 거야?"

벨만은 고개를 끄덕였고, 해리는 웃음을 터뜨렸다.

"30초 동안 하늘에서 흙이 우박처럼 쏟아지더군." 벨만은 미소 지었다.

정적이 흘렀다. 바람이 나지막이 쉰 소리를 내며 불어닥쳤다.

"사실 그쪽에게 고맙다는 말을 하고 싶었어. 늦지 않게 카야를 구해준 것에 대해." 벨만이 컵을 내려다보며 말했다.

해리는 어깨를 으쓱였다. 카야. 해리가 두 사람의 관계를 알고 있다는 것을 벨만도 알고 있다. 어떻게 알까? 그렇다면 벨만도 카야와 그의 관계에 대해 알고 있다는 뜻일까?

"달리 할 일도 없었어." 해리가 말했다.

"아니, 그렇지 않아. 난 헬리콥터로 이송되기 전에 콜카의 시체를 봤어."

해리는 아무 대답도 하지 않은 채 실눈을 뜨고, 점점 더 거세지는 눈발을 바라보았다.

"목 옆에 상처가 있더군. 양 손바닥도 마찬가지고. 아마도 스키 스틱의 뾰족한 꼭지에 찔려서 생긴 자국일 거야. 당신은 콜카를 먼저 발견했어. 안 그래?"

"그럴지도 모르지." 해리가 말했다.

"상처에 피가 어려 있었어. 그 상처가 생겼을 때 심장이 뛰고 있었다는 증거야, 해리. 아마도 꽤 힘차게 뛰고 있었겠지. 죽기 전에 충분히 구해낼 수 있었다고. 하지만 당신은 카야를 먼저 구했어, 그렇지?"

"글쎄, 콜카의 말이 맞는 것 같아." 해리는 남아 있던 커피를 눈 속에 뿌렸다. "우린 어느 편에 설지 정해야 해." 그가 스웨덴어로 콜카의 말을 인용했다.

◆

오후 3시, 그들은 눈사태가 일어난 지역에서 1킬로미터 떨어진 곳에서 스노모빌 자국을 발견했다. 거대한 송곳니 모양의 두 바위 사이, 바람을 피할 수 있는 곳이었다.

"여기 잠시 머물렀던 모양이군." 해리는 스노모빌의 고무벨트가 닿아서 생긴 자국을 손가락으로 가리켰다. "스노모빌이 눈 속으로 빠질 때까지 있었어." 해리가 스노모빌 자국의 왼쪽 활주부* 가운데를 손가락으로 훑는 동안, 벨만은 바람으로 인해 자국 위에 쌓인 버슬버슬한 눈을 옆으로 쓸어냈다.

"맞아." 벨만이 자국을 가리키며 말했다. "여기서 방향을 바꿔 북서쪽으로 갔어."

"우린 절벽을 향해 가고 있는데, 눈발은 점점 거세지는군." 해리가 하늘을 올려다보며 말하고는, 휴대전화를 꺼냈다. "호텔에 전화해서 스노모빌을 탄 가이드를 보내달라고 해야겠어. 젠장!"

"왜 그래?"

"신호가 안 잡혀. 호텔로 돌아가는 길은 우리가 알아서 찾아야 해."

해리는 액정을 가만히 들여다보았다. 아직도 부재중 전화 표시가 있었다. 음성 사서함에 이상한 소리를 남겼던 사람의 번호, 이상하게 눈에 익은 그 번호의 부재중 전화였다. 마지막 세 자리 숫자, 이걸 어디서 봤더라? 그러자 생각이 났다. 형사의 기억력. 그 번호는 '예전 용의자' 파일에 있었고, 명함에 돋을새김으로 새겨져 있었다.

---

* 스노모빌은 앞쪽에 좌우로 스키처럼 생긴 활주부가 달려 있다

'토니 C. 라이케, 사업가'라는 문구와 함께. 해리는 서서히 시선을 내려 벨만을 바라보았다.

"토니는 살아 있어."

"뭐?"

"적어도 그의 전화는 살아 있어. 우리가 호바스 산장에 있는 동안, 내게 전화했어."

벨만은 눈도 깜박이지 않은 채 해리를 마주보았다. 그의 긴 속눈썹에 눈송이가 내려앉았고, 얼굴의 하얀 잡티가 빛나는 듯했다. 그가 속삭이듯 나지막이 말했다. "시야가 아주 잘 보여. 안 그래, 해리? 눈도 전혀 내리지 않고 말이야."

"끝내주게 잘 보이지. 망할 놈의 눈도 없고." 해리가 말했다.

그는 얼른 스노모빌에 올라탔다.

그들은 털털거리며 설경 속을 가로질러 갔다. 한 번에 100미터씩. 범인이 갔을 법한 경로를 찾아내고, 자국 위를 빗자루로 쓸어내고, 위치를 확인한 후, 앞으로 나아갔다. 자국을 보면 스노모빌의 왼쪽 활주부에 구멍이 뚫려 있었는데, 아마도 사고로 인한 구멍일 것이다. 어쨌거나 그 구멍 덕분에 그들은 어떤 자국을 찾아야 하는지 정확히 알 수 있었다. 땅이 움푹 파였거나, 바람이 심하게 부는 언덕 능선과 같은 몇몇 곳에서는 자국이 워낙 또렷해 빨리 나아갈 수도 있었다. 하지만 빨라봤자였다. 해리가 절벽을 조심하라고 소리친 게 두 번이나 되었고, 하마터면 떨어질 뻔한 적도 있었다. 벌써 4시였다. 벨만은 얼굴에 들이치는 눈의 양에 따라 헤드라이트를 켜기도 했고, 끄기도 했다. 해리는 지도를 들여다보았다. 지금 여기가 어디인지 정확히 알 수 없었다. 그저 우스타오셋에서 점점 더 멀어진다는 사실만 알 뿐이었다. 그리고 해가 지고 있다는 것도. 마음의 3분의 1쯤은 서서히 돌아갈 길이 걱정되기 시작했다. 하지만 3분의 2는 여전히 돌아가는 길 따위는 신경 쓰지 않았다.

4시 반쯤 되었을 때 스노모빌 자국이 사라졌다.

눈발이 너무 거세어 이제는 앞도 잘 보이지 않았다.

"이건 미친 짓이야." 해리가 모터의 굉음을 뚫고 외쳤다. "기다렸다 내일 찾으면 어때?"

벨만은 해리를 돌아보며 미소로 답했다.

5시에는 다시 자국을 찾아냈다.

그들은 스노모빌을 세우고 내렸다.

"저쪽으로 이어지는데." 벨만이 다시 스노모빌에 올라타며 말했다. "빨리 타!"

"기다려." 해리가 말했다.

"왜? 빨리 가자고. 곧 어두워질 거야."

"방금 소리쳤을 때 울리는 거 들었나?"

"듣고 보니 그렇군. 암벽에 부딪쳐서 그런가?"

"지도에는 암벽 표시가 전혀 없어." 해리는 그렇게 말하며, 스노모빌 자국이 이어지는 방향으로 몸을 틀었다.

"협곡이야!" 해리는 소리를 질렀고, 답이 돌아왔다. 아주 빨리. 그는 벨만을 향해 몸을 돌렸다.

"아무래도 이 자국을 남긴 스노모빌이 심각한 위험에 처한 것 같군."

"벨만에 대해 아는 게 있냐고요?" 로게르 옌뎀은 시간을 벌기 위해 질문을 반복했다. "아주 유능하고, 프로 의식이 철저하기로 명성이 자자합니다." 이 전설적인 편집장, 노르뵈가 정말로 듣고 싶어 하는 말이 뭐지? "옳은 일만 하고요." 옌뎀은 말을 이었다. "빨리 배우고, 이제는 우리 기자들도 잘 다루죠. 소위 '엄친아'라고 할 수 있습니다. 아, 그게 무슨 뜻이냐면……."

"그 단어는 나도 익히 알고 있네, 알아." 벤트 노르뵈가 신랄한 미소를 지었다. 그의 오른손 엄지와 검지는 안경알 위로 손수건을 맹렬히 문지르고 있었다. "하지만 기본적으로 내가 관심 있는 건 소문이야."

"소문이라고요?" 옌뎀은 입을 헤벌리는 옛날 습관이 다시 나타난 줄도 모른 채 말했다.

"자네가 그 개념을 이해했기를 진심으로 바라네, 옌뎀. 자네나 자네 고용주가 바로 그걸로 먹고 사니까. 어떤가?"

옌뎀은 머뭇거렸다. "소문이라기보다는 가십인데요."

노르뵈가 어이없다는 표정으로 눈동자를 굴렸다. "짐작. 위조. 새빨간 거짓말. 뭐든 상관없네, 옌뎀. 소문의 자루를 확 뒤집어서, 그 속에 든 악의를 밝혀보란 말일세."

"그…… 그럼 부정적인 소문 말입니까?"

노르뵈는 무거운 한숨을 내쉬었다. "이보게, 옌뎀, 누가 술도 안 마시고, 돈 잘 쓰고, 배우자에게 충직하고, 정신이 온전한 리크라는 소문이 자주 도는 거 봤나? 그런 소문이 돌지 않는 이유는 소문의 기능이 다른 사람들을 더 우월하게 만들어주는 데 있기 때문이 아닐까?" 노르뵈는 한쪽 렌즈를 다 닦고, 이제는 다른 쪽 렌즈를 닦는 일에 돌입했다.

"그냥 완전 뜬소문입니다." 옌뎀은 그렇게 말하고 얼른 덧붙였다. "그리고 이렇게 명백한 사실무근의 소문에 시달리는 사람은 분명 벨만뿐이 아닙니다."

"한때 편집자였던 사람으로서 충고 하나 하지. '명백한'이나 '분명' 중에 하나만 쓰게. 그건 유의어 반복이야. 뭐가 명백한 사실무근이라는 건가?" 노르뵈가 물었다.

"아, 벨만이 질투가 심하다는 거요."

"사람은 누구나 질투하지 않나?"

"질투의 화신이라 일컬을 정도를 말하는 겁니다."

"그자가 아내를 때렸나?"

"아뇨, 아내에게는 손대지 않을 겁니다. 그럴 이유도 없고요. 하지만 누구든 그의 아내를 두 번만 쳐다봤다가는……."

낙하

해리와 벨만은 스노모빌 자국이 멈춘 지점에 엎드린 채 아래를 내려다보았다. 가파른 검은색 암벽이 땅 속으로 파고들어가, 거세지는 눈보라 속으로 사라졌다.

"뭐 좀 보이나?" 벨만이 물었다.

"눈밖에 안 보여." 해리가 대답하면서 쌍안경을 건넸다.

"스노모빌이 저 아래 있을 거야." 벨만이 일어서며, 그들이 세워둔 스노모빌 쪽으로 갔다. "우리가 내려가야 해."

"우리?"

"너."

"나? 등반가는 그쪽 아니었던가, 벨만?"

"맞아." 벨만은 벌써 하네스의 밧줄을 조이기 시작했다. "그러니까 내가 남아서 밧줄과 제동장치를 조정하는 게 옳다고 봐야지. 밧줄은 총 70미터야. 내가 최대한으로 내려줄게. 알았나?"

6분 뒤, 해리는 깊은 암벽 가장자리에 등을 돌린 채 서 있었다. 목에는 쌍안경을 걸고, 입에는 연기가 피어오르는 담배를 물고 있었다.

"긴장되나?" 벨만이 미소 지었다.

"아니. 열라 무서워."

벨만은 밧줄이 제동장치를 통과해, 그들 뒤에 있는 가느다란 나무 밑동을 지나 해리의 하네스로 막힘없이 움직이는지 확인했다.

해리는 두 눈을 감고 숨을 들이쉬며 몸을 뒤로 기울이는 데 집중했다. 지난 수백만 년간의 경험을 토대로 한 몸의 진화지향적 반발, 즉 인간이라는 종은 절벽에서 미끄러지면 절대 살아남을 수 없다는 주장은 무시해야만 했다.

결국 머리가 한 끗 차이로 몸을 이겼다.

처음 몇 미터는 두 발로 암벽 표면을 디디며 내려갔지만, 표면이 울퉁불퉁해지자 공중에 대롱대롱 매달린 채 내려가게 되었다. 밧줄은 발작하듯이 거칠게 내려갔지만, 밧줄의 탄성이 등과 허벅지를 조이는 하네스를 부드럽게 해주었다. 그러다가 어느 순간부터 밧줄도 부드럽게 내려가기 시작했다. 이제 암벽 꼭대기는 보이지 않았고, 그는 하얀색 눈송이와 검은색 암벽 표면 사이를 맴돌며 홀로 남게 되었다.

해리는 몸을 옆으로 기울인 채 아래를 내려다보았다. 20미터 아래 되는 지점에 눈 아래로 튀어나온 뾰족한 검은 돌멩이들이 힐끗 보였다. 자갈로 된 가파른 비탈이었다. 흑백으로 이루어진 그 비탈 한가운데에 노란색 물건이 보였다.

"스노모빌이 보여!" 해리가 외치자, 암벽 표면 사이로 메아리가 튀었다. 스노모빌은 두 개의 활주부를 공중으로 쳐든 채 거꾸로 박혀 있었다. 밧줄이 바람에 흔들리지 않았던 터라 해리는 비탈에서 대략 3미터 더 내려간 지점에 스노모빌이 있다고 추정할 수 있었다. 전체적으로 따지면, 지상에서부터 70미터가 넘는 거리였다. 따라서 스노모빌이 여기 떨어지기 전에 이상하리만치 느린 속도로 달리고 있었다는 뜻이다.

밧줄이 팽팽해졌다.

"더 내려!" 해리가 외쳤다.

위에서 울려 퍼지는 대답이 꼭 교회 설교단에서 들려오는 말 같았다.

"이제 밧줄이 없어."

해리는 스노모빌을 내려다보았다. 스노모빌 아래로 무언가가 툭 튀어나와 있었다. 팔이었다. 마치 그릴에 너무 오래 놓아둔 소시지처럼 새까맣게 부풀어 있었다. 검은 돌 위에 놓인 하얀 손. 해리는 손에 초점을 맞추고, 더 잘 보려고 눈을 부릅떴다. 손바닥을 내보인 오른손. 뒤틀리고 구부러진 손가락. 해리는 기억을 뒤로 감았다. 토니 라이케가 자신의 병에 대해 뭐라고 했지? 전염병이 아니라 그냥 집안 내림이라고 했다. 관절염.

해리는 손목시계를 힐끗 보았다. 형사로서의 반사작용이었다. 시신 발견 시각은 17시 54분. 자갈 비탈 주위는 어둠에 잠겨 있었다.

"올려!" 해리가 외쳤다.

밧줄은 움직이지 않았다.

"벨만?"

대답이 없다.

돌풍이 불자, 밧줄에 매달린 해리의 몸이 빙글빙글 돌아갔다. 검은 돌맹이. 20미터. 갑자기 아무런 경고도 없이 가슴이 방망이질치기 시작했다. 그는 밧줄이 아직 그대로 있는지 확인하기 위해 자동적으로 양손을 들어 밧줄을 움켜잡았다. 카야. 벨만은 알고 있다.

해리는 숨을 깊이 세 번 들이쉰 다음, 다시 소리쳤다.

"날은 어두워지고, 바람은 세지고, 난 불알이 떨어지게 춥다고, 벨만. 이제 은신처를 찾아야 할 때야."

여전히 아무 대답이 없다. 해리는 눈을 감았다. 내가 지금 겁을 먹은 건가? 어느 모로 보나 이성적인 동료가 우연히 좋은 기회를 잡은 덕분에 충동적으로 날 죽일까봐? 당연하지. 겁나 죽겠어. 왜냐하면 이건 충동적인 살인이 아니니까. 벨만이 나와 함께 얼어붙은 황야를 헤매기 위해 혼자 남은 것은 우연이 아니야. 아니면 정말 우연일까? 해리는 심호흡을 했다. 벨만이라면 이걸 쉽게 사고사로 위장할 수 있을 것이다. 그가 죽은 뒤, 아래로 내려와 하네스와 밧줄을 제거하고 해리가 눈 속에서 발을 헛디뎌 추락사했다고 꾸밀 수 있다. 목구멍이 바싹 말랐다. 이렇게 죽을 수는 없다. 죽어라 눈을 파서 그 염병할 눈사태에서 살아남은 지 열두 시간 만에 협곡에 추락해 죽을 수는 없다. 그것도 경찰 손에 이런 개죽음을 당할 수는 없다. 이렇게……

하네스에서 느껴지던 압력이 사라지더니, 그가 떨어지기 시작했다. 급속도의 추락이었다.

"소문에 의하면 벨만이 동료 하나를 손봐줬다고 하더군요." 옌뎀이 말했다. "그것도 그 동료가 크리스마스 파티에서 그의 부인과 두 번이나 춤췄다는 이유만으로요. 턱이 부러지고, 두개골에 금이 간 동료가 고소하려고 했지만, 증거가 없었다고 합니다. 그를 구타한 사람이 발라클라바를 쓰고 있었거든요. 하지만 다들 그게 벨만 짓이라는 걸 알고 있죠. 일이 커지자, 벨만은 도망가기 위해 유로폴로 전근 신청을 했습니다."

"그 소문에 뭔가 있다고 보나, 옌뎀?"

옌뎀은 어깨를 으쓱였다. "분명 벨만은…… 음, 그런 식의 범죄를 선호하는 것 같기는 합니다. 호바스 산장의 눈사태를 조사하다가 유시 콜카의 배경을 조사하게 됐는데, 그자도 취조 중이던 강간범을 폭행한 전력이 있더군요. 그리고 벨만의 오른팔인 트룰스 베른트센도 분명 비폭력주의자는 아니죠."

"좋아. 자네가 크리포스와 강력반 사이의 이 싸움을 취재해주게. 폭탄 서너 개쯤 떨어뜨려. 기왕이면 벨만의 사이코패스 같은 경영 방식에 대해서 말이야. 그거면 충분하네. 그런 연후에 법무부 장관이 어떻게 나오는지 보자고."

어떤 몸짓이나 작별의 인사말도 없이 벤트 노르뵈는 말끔히 닦인 안경을 다시 쓰고, 신문을 펼쳐 읽기 시작했다.

◆◇◆

해리에게는 생각할 시간이 없었다. 아무 생각도 나지 않았다. 그렇다고 해서 눈앞에 지금까지 삶이 쫙 펼쳐지지도 않았고, 미처 사랑한다고 말하지 못했던 사람들의 얼굴이 스쳐 지나가지도 않았다. 어떤 빛을 향해 걸어가야 할 것만 같은 기분이 들지도 않았다. 아마 5미터 정도밖에 떨어지지 않았기 때문일 것이다. 사타구니와 등 뒤로 하네스가 바짝 조여졌지만, 밧줄의 탄성 덕분에 속도가 서서히 줄어들었다.

그러더니 밧줄이 다시 그를 끌어올리는 게 느껴졌다. 바람에 눈이 얼굴로 들이쳤다.

"지금 뭐 하자는 거야, 씨발." 15분 뒤, 협곡 가장자리에 서서 하네스의 밧줄을 풀며 해리가 물었다.

"무서웠나?" 벨만이 빙긋 웃었다.

해리는 밧줄을 바닥에 내려놓는 대신, 오른손에 감았다. 주먹을 날려도 될 만큼 밧줄이 느슨하게 감겼는지 확인했다. 저놈의 턱에 짧은 어퍼컷을 날리리라. 손에 밧줄을 감아두면, 지난번 비에른 홀름 때처럼 이틀 동안 관절이 욱신거리는 일은 없겠지. 자고 일어나도 손이 멀쩡할 것이다.

해리는 벨만을 향해 한 걸음 나아갔다. 벨만은 밧줄이 감긴 해리의 주먹을 보더니 놀란 표정을 지으며, 뒤로 물러섰다. 눈 속에서 비틀거리다 급기야 넘어지기까지 했다.

"그러지 마! 나…… 난 밧줄이 제동장치를 빠져나가지 못하도록 끝에 매듭을 묶어야 했다고. 그래서……."

해리가 계속 다가오자, 이제는 아예 눈 속에 웅크리고 있던 벨만이 자동적으로 한 팔을 들어 올려 얼굴을 가렸다.

"해리! 갑자기…… 갑자기 돌풍이 불어서 미끄러졌다고……."

해리는 걸음을 멈추고, 깜짝 놀라 벨만을 바라보았다. 그러고는 떨고 있는 벨만 경정을 지나 눈 사이로 느릿느릿 걸어갔다.

칼바람이 겉옷, 속옷, 살갗, 살과 근육을 뚫고 뼛속까지 들어왔다. 해리는 스노모빌에서 스키 스틱 하나를 꺼낸 다음, 스틱 꼭대기에 묶어둘 천을 찾아 주위를 두리번거렸다. 하지만 아무것도 없었다. 그렇다고 몸에 걸친 것 중의 하나를 희생시키기란 불가능했다. 그래서 그냥 눈 속에 스틱을 꽂아 표시해두기로 했다. 언제쯤 다시 여기로 돌아올 수 있을지는 신만이 아실 것이다. 해리는 전기 시동기의 버튼을 누르고, 헤드라이트 버튼을 찾아 불을 켰다. 그 순간 깨달았다. 눈발이 원추형 불빛을 향해 수평으로 들이치며 뚫을 수 없는 하얀 장벽을 만드는 것을 보며 알았다. 이 미로를 빠져나가 우스타오셋으로 돌아가기는 불가능하다는 것을.

62

환승

킴 에리크 로케르는 과학수사과에서 가장 어린 수사 요원이었다. 따라서 그에게는 과학수사와 거리가 먼 일이 종종 주어지곤 했다. 이를테면, 드람멘으로 심부름을 다녀오는 일 같은. 비에른 홀름은 게이르 브룬이 껄떡대는 성향이 있는 동성애자이기는 하지만, 그냥 옷만 건네주고 오면 된다고 말했다.

내비게이션에서 "목적지에 도착했습니다"라는 여자 목소리가 흘러나오자, 로케르는 주위를 둘러보았다. 그의 차는 낡은 아파트 앞에 서 있었다. 그는 차를 주차한 뒤, 열려 있는 문을 몇 군데 지나 3층으로 갔다. 그리하여 '게이르 브룬/ 아델 베틀레센'이라고 적힌 종이가 스카치테이프로 붙어 있는 문 앞에 섰다.

로케르는 초인종을 눌렀다. 한 번 더 누른 후에야, 누군가 복도를 쿵쿵 걸어오는 소리가 들렸다.

문이 벌컥 열렸다. 허리에 수건 하나만 두른 채 벌거벗은 남자가 서 있었다. 피부가 유달리 창백했고, 매끈한 정수리는 땀에 젖어 번들거렸다.

"게이르 브룬 씨? 바…… 방해가 됐다면 죄송합니다." 킴 에리크 로케르가 비닐봉지를 앞으로 쭉 내밀며 말했다.

"천만에요. 그냥 재미 좀 보던 중이었어요." 비에른 홀름이 흉내 냈던

가식적인 목소리로 그가 말했다. "이건 뭔가요?"

"저희가 빌려갔던 옷입니다. 유감스럽지만 스키복 바지는 추후 공지가 있을 때까지 저희가 계속 보관해야 합니다."

"그래요?"

게이르 브룬 뒤에서 문이 열리는 소리가 들렸다. 그러더니 지극히 여성스러운 목소리가 쪼로록 흘러나왔다. "무슨 일이야, 자기?"

"누가 심부름 왔어."

목소리의 주인공이 뒤에서 게이르 브룬을 껴안았다. 그녀는 수건 한 장 걸치지 않았던 터라, 로케르는 그것이 100퍼센트 여자의 몸이라는 것을 확인할 수 있었다.

"안녕?" 여자가 게이르 브룬의 어깨 너머로 짹짹거렸다. "용무 끝났으면 이 사람 좀 다시 데려갈게요." 그녀는 작고 우아한 발을 들어 문을 걸어찼다. 문이 쾅 닫힌 후에도 문에 달린 유리가 오랫동안 덜컹덜컹 흔들렸다.

해리는 스노모빌을 멈추고, 바람에 휘날리는 눈 속을 들여다보았다.

방금 무언가가 보였다.

벨만은 양팔로 해리의 허리를 감고, 바람을 피하기 위해 해리의 등에 얼굴을 숨긴 상태였다.

해리는 다시 전방을 응시하며 기다렸다.

다시 나타났다.

산장. 통나무 산장이다. 그리고 창고도.

그러더니 다시 사라졌다. 눈으로 지워졌다. 마치 처음부터 존재하지 않았던 것처럼. 하지만 해리는 어느 방향인지 알고 있었다.

그런데 왜 그냥 액셀러레이터를 밟아, 곧장 산장으로 달려가지 않는 걸까? 왜 어서 저기로 몸을 피하지 않고 망설일까? 그도 이유를 알 수 없었다. 하지만 저 산장에는 무언가 있었다. 산장이 모습을 드러냈던 그 몇 초간에 그는 무언가를 느꼈다. 불길해 보이는 검은 창문. 분명 오랫동안 버려져 있었지만, 그럼에도 사람이 살고 있다는 느낌. 무언가 잘못되었다는 느낌. 그런 이유로 그는 엔진 소리가 바람에 묻히도록 액셀러레이터를 부드럽게 밟았다.

63
창고

해리는 장작난로에 통나무 하나를 집어넣었다.

테이블 옆에 앉아 있던 벨만의 이가 딱딱 부딪혔다. 그의 얼굴에 있는 하얀 잡티는 푸르스름한 광채를 띠었다. 그들은 울부짖는 바람 속에서 한동안 문을 쾅쾅 두드리며 소리치다가, 빈 침실의 창문을 깨고 들어왔다. 헝클어진 침대와 냄새 때문에 해리는 며칠 전까지만 해도 누군가 여기서 잤던 게 아닐까 하는 의문이 들었다. 하마터면 침대에 온기가 남아 있는지 확인할 뻔했다. 워낙 몸이 꽁꽁 얼어 있었던 터라, 집 안에 있는 것만으로도 따뜻했다. 그래도 혹시 잿더미 속에 따뜻한 불씨가 남아 있는지 확인하기 위해 난로 속에 한 손을 집어넣었다. 그러나 온기는 전혀 느껴지지 않았다.

벨만이 난로 쪽으로 다가왔다. "협곡에서 스노모빌 말고 본 건 없나?"

벨만이 해리에게 혼자 가지 말라고 사정하며 그를 쫓아와, 스노모빌 뒷좌석에 올라탄 후로 처음 하는 말이었다.

"팔." 해리가 말했다.

"누구의 팔?"

"난들 알아?"

해리는 일어나서 욕실로 갔다. 세면 용품을 확인했다. 많지 않았다. 비누와 면도기뿐, 칫솔도 없었다. 한 사람이고, 남자다. 이를 닦지 않거나, 어딘가로 여행을 떠났다. 바닥은 누군가 물로 씻어내린 것처럼 젖어 있었다. 심지어 굽도리도 마찬가지였다. 무언가가 그의 시선을 끌었다. 쪼그리고 앉아 살펴보니, 굽도리에 반쯤 가려진 검은 물체였다. 자갈인가? 해리는 그것을 집어 들고 면밀히 살펴보았다. 어쨌든 용암은 아니다. 그는 그것을 주머니에 집어넣었다.

부엌 서랍에는 커피와 빵이 있었다. 손으로 눌러보니 비교적 신선한 빵이다. 냉장고에는 잼 두 병과 버터 약간, 맥주 두 캔이 있었다. 너무 배가 고픈 탓인지 구운 돼지고기 냄새가 나는 듯했다. 선반을 뒤져보았지만 아무것도 없었다. 젠장, 이 남자는 빵에 잼만 먹고 살았나? 접시 더미 속에서 비스킷 한 상자를 발견했다. 호바스 산장에서 쓰던 것과 같은 접시다. 그러고 보니 가구도 똑같았다. 여기도 관광협회 소속의 산장인가? 해리는 동작을 멈췄다. 단순한 상상이 아니다. 정말로 구운 돼지고기, 아니, 불에 바싹 탄 돼지고기 냄새가 났다.

그는 벨만이 있는 거실로 돌아갔다.

"냄새가 나."

"뭐라고?"

"냄새." 해리는 그렇게 말하며 난로 옆에 쪼그리고 앉았다. 장작을 집어넣는 문 옆, 양각으로 새겨 넣은 사슴 위에 정체를 알 수 없는 검은색 조각 세 개가 난로 표면에 붙어 있었다. 조각에서는 연기가 피어올랐다.

"음식은 좀 찾았나?" 벨만이 물었다.

"음식이 뭘 의미하느냐에 따라 다르지." 해리가 생각에 잠긴 채 대답했다.

"마당 반대쪽에 창고가 있던데. 어쩌면……."

"'어쩌면'이라고 말할 시간에 가서 확인해보라고."

벨만은 고개를 끄덕이더니 일어나서 나갔다.

해리는 불에 탄 조각을 긁어낼 만한 도구가 있는지 살펴보려고 책상으로 갔다. 첫 번째 서랍은 텅 비어 있었다. 나머지 서랍들도 열어봤지만, 모두 비어 있었다. 맨 마지막 서랍에 종이 한 장만 있을 뿐이었다. 종이를 집어 들었다. 뒤집어보니 종이가 아니라 사진이었다. 관광협회 소속의 산장에 가족사진을 두다니 이상했다. 여름에 어떤 농가 앞에서 찍은 사진이었는데, 한 부부가 소년을 가운데에 둔 채 계단에 앉아 있었다. 여자는 푸른 드레스를 입고 머리에 스카프를 둘렀으며, 화장하지 않은 얼굴에 지친 미소를 짓고 있었다. 남자는 입을 꼭 다문 엄격한 표정이었다. 마치 아무도 모르는 비밀을 숨기고 있는 듯이 진지하고 폐쇄적인 얼굴이었다. 하지만 해리의 관심을 끈 것은 가운데에 있는 소년이었다. 소년은 엄마를 닮아 환한 미소에 부드러운 눈동자를 가지고 있었다. 하지만 또 다른 누군가와도 닮았다. 저 큼직하고 새하얀 이······.

해리는 다시 난로로 다가갔다. 갑자기 한기가 느껴졌다. 돼지고기를 굽는 듯한 악취······. 해리는 눈을 감고, 숨을 깊이 들이쉬었다가 코로 차분히 내쉬는 데 집중했다. 한 번, 두 번. 하지만 그래도 속이 울렁거렸다.

그 순간, 벨만이 활짝 웃는 얼굴로 집 안에 쿵쿵 들어왔다. "사슴 고기 좋아해?"

잠에서 깬 해리는 자신이 왜 깼는지 생각했다. 소리 때문인가? 아니면 아무 소리도 나지 않아서? 왜냐하면 집 안은 쥐 죽은 듯이 고요했기 때문이다. 바깥의 바람마저 멎어 있었다. 해리는 담요를 걷어내고, 소파에서 일어났다.

창가로 다가가 밖을 내다보았다. 여섯 시간 전까지만 해도 냉혹하고 무자비했던 황야가 이제는 부드럽고 어머니의 품 같은 대지로 변해 있었다. 심지어 마법 같은 달빛 아래에서 아름답기까지 했다. 마치 그가 잠든 사이에 누군가 마법의 지팡이를 흔들어놓은 듯했다. 해리는 자신이 눈 속에서 흔적을 찾고 있음을 깨달았다. 분명 소리가 들렸다. 무슨 소리인지는 모른다. 새소리일 수도 있고, 짐승 소리일 수도 있다. 귀를 기울이자, 침실 문 뒤에서 가볍게 코 고는 소리가 들렸다. 그렇다면 벨만이 일어나는 소리는 아니었을 것이다. 그의 시선이 산장에서 창고로 향하는 발자국을 따라갔다. 아니면 창고에서 산장으로 향하는 발자국인가? 둘 다 일 수도 있다. 발자국은 아주 많았으니까. 저것이 여섯 시간 전에 벨만의 발자국일까? 눈이 언제 그쳤지?

해리는 부츠를 신고 밖으로 나가, 화장실 쪽을 보았다. 그곳에는 발자국이 없었다. 그는 창고를 등진 채 산장 벽에 오줌을 갈겼다. 남자들은 왜 그럴까? 왜 꼭 무언가에 대고 오줌을 쌀까? 영역 표시 본능의 잔재일까? 아니면…… 순간 해리는 어디에 대고 싸느냐보다, 어디에 등을 돌리느냐가 중요하다는 것을 깨달았다. 창고. 누군가 그곳에서 그를 바라보는 듯한 기분이 들었다. 그는 바지의 단추를 채우고, 뒤돌아 창고를 바라보았다. 그러고는 창고를 향해 걸어갔다. 스노모빌 옆을 지나며 삽을 집어 들었다. 원래는 곧장 창고 안으로 들어갈 계획이었지만, 키가 낮은 문으로 이어지는 돌계단 앞에 우두커니 서 있었다. 귀를 기울였지만, 아무 소리도 들리지 않는다. 지금 내가 뭐 하는 짓이지? 여긴 아무도 없다. 그는 계단을 올라갔고, 손을 들어 손잡이를 돌리려고 했다. 하지만 손이 움직이질 않았다. 왜 이러는 거지? 심장이 마치 몸 밖으로 튀어나가려는 듯이 세게 뛰는 바람에 아플 지경이었다. 몸은 땀을 뻘뻘 흘리며 그의 명령에 복종하기를 거부했다. 그제야 이것이 바로 말로만 듣던 증상이라는 걸 깨달았다. 공황발작. 그런 그를 구해준 것은 다름 아닌 분노였다. 그는 문짝이 부서져라 발로 헛간문을 차고는 어둠 속으로 난입했다. 벌컥 열렸던 문이 다시 제자리로 돌아가며 쾅 닫혔다. 기름과 훈제 고기, 마른 피의 냄새가 코를 찔렀다. 한 줄기 달빛 속으로 무언가 들어왔고, 두 눈 동자가 반짝였다. 해리는 삽을 휘둘렀다. 무언가 삽에 부딪혔다. 살이 부딪히는 둔탁한 소리가 들리더니, 그것이 옆으로 움직이는 게 느껴졌다. 뒤의 문이 다시 삐걱 열리며 달빛이 쏟아져 들어왔다. 해리는 자신의 앞에 매달려 있는 죽은 사슴을 바라보았다. 다른 동물들의 시체도 바라보았다. 그는 삽을 바닥에 떨어뜨린 채 바닥에 털썩 무릎을 꿇었다. 그러자 갑자기 그 모든 게 밀려들었다. 금이 가며 갈라지는 벽, 그를 산채로 잡아먹는 눈, 숨을 쉴 수 없다는 공포감, 검은 돌멩이를 향해 떨어질 때 느꼈던 그 순백색 공포. 그는 너무 외로웠다. 모두 떠나버렸기 때문이다. 아버지는 혼수 상태에 빠져 다른 곳으로 떠나려는 중이다. 공항 불빛에 실루엣으로 비췄던 라켈과 올레그 역시 다른 곳으로 환승하던 중이었다. 해리는 돌아가고 싶었다. 물방울이 뚝뚝 떨어지던 방, 단단하고 축축한 벽에 둘러싸인 그 공간으로. 땀에 젖은 매트리스와 들척지근한 연기 속으로. 그 연기는 그들이 있는 곳으로 그를 데려다주리라. 환승시켜주리라. 해리는 고개를 숙였고, 뜨거운 눈물이 볼을 타고 흘러내리는 것을 느꼈다.

〈다그블라데〉 웹사이트에서 유시 콜카의 사진을 출력해, 벽의 다른 사진 옆에 붙여두었다. 기사에 해리 홀레나 거기 있었던 다른 경관들에 대한 언급은 한 마디도 없었다. 이스카 펠러도 마찬가지다. 그녀가 왔다는 건 거짓말이었나? 어쨌든 경찰이 노력은 했다는 뜻이다. 그리고 이제 죽은 경찰까지 나왔다. 그러니 더 열심히 노력할 것이다. 그래야만 한다. 내 말 들리나, 홀레? 더 열심히 노력해야 한다고. 난 지금 당신 귀에 대고 말해주기 일보 직전이란 말이야.

PART 7

건강상태

아버님의 상태는 그대로입니다, 하고 닥터 아벨이 말했다.
해리는 병원 침대 옆에 앉아 상태가 그대로인 아버지를 바라보았다. 심장 박동 모니터는 엇박자로 삐삐거리는 노래를 불렀다. 시구르 알트만이 들어와 해리에게 인사를 건네며, 모니터에 나와 있는 수치를 종이에 적었다.

"사실 난 카야 솔네스를 만나러 왔어." 해리가 자리에서 일어나며 말했다. "그런데 어느 병실에 있는지 모르겠군. 혹시 알고 있나?"

"요전에 헬리콥터로 수송된 동료분 말인가요? 그분이라면 중환자실에 있어요. 모든 검사 결과가 나올 때까지는 거기 있을 겁니다. 꽤 오랫동안 눈 속에 묻혀 있었으니까요. 호바스에서 운송되었다는 말을 듣고, 전 그분이 시드니에서 왔다는 증인인 줄 알았어요. 경찰이 기자회견에서 말했던 증인 말입니다."

"들리는 대로 다 믿으면 안 돼, 알트만. 카야가 눈 속에 누워 있는 동안, 그 오스트레일리아 아가씨는 브리스톨에서 안전하고 따뜻하게 지냈지. 경찰 보호에 24시간 룸서비스까지 받으면서."

"잠깐만요." 알트만이 해리를 위아래로 훑어보았다. "혹시 반장님도 눈 속에 묻혔었나요?"

"왜 그런 말을 하지?"

"걸음이 불안정해서요. 어지러워요?"

해리는 어깨를 으쓱였다.

"혼란스러운가요?"

"그거야 늘 그렇지."

알트만이 미소를 지었다. "체내에 이산화탄소가 좀 많은 모양이네요. 산소를 마시면 우리 몸이 이산화탄소를 빨리 배출하기는 해요. 그래도 혈액 검사를 해보세요. 체내 이산화탄소가 어느 정도인지 확인할 수 있어요."

"고맙지만 사양하지. 우리 아버지는 어때?" 해리가 침대를 향해 고갯짓을 했다.

"의사 선생님이 뭐라고 하셨는데요?"

"그대로라고. 난 자네 의견을 듣고 싶은데."

"전 의사가 아니에요, 해리."

"그러니까 의사처럼 대답할 필요 없어. 얼마나 남았지?"

"전……"

"나만 알고 있을게."

시구르 알트만은 해리를 바라보았다. 무슨 말을 하려고 하더니, 마음을 고쳐먹고 아랫입술을 깨물었다. "길어야 며칠이에요."

"몇 주도 아니고?"

알트만은 대답하지 않았다.

"고마워, 알트만." 해리는 문으로 걸어갔다.

※

베갯잇 위에 놓인 카야의 얼굴은 창백하고 아름다웠다. 마치 식물표본집 속의 꽃 같다고 해리는 생각했다. 그의 손 안에 들어온 그녀의 손은 작고 차가웠다. 머리맡 테이블에는 오늘자 〈아프텐포스텐〉이 '눈사태에 묻힌 호바스 산장'이라는 헤드라인을 단 채 놓여 있었다. 기사는 비극적인 사건을 설명하며, 미카엘 벨만의 말을 인용했다. 벨만은 이스카 펠러를 보호하다 사망한 콜카 경관의 죽음은 크나큰 손실이지만, 그래도 증인이 구조되어 무사하다는 사실에 감사하다고 했다.

"그러니까 눈사태는 다이너마이트 때문이었군요." 카야가 말했다.

"응. 의심의 여지가 없어." 해리가 답했다.

"그래서 반장님과 미카엘이 거기서 사이좋게 함께 일한 거예요?"

"그랬지." 해리는 발작하듯 터져 나오는 기침을 가리기 위해 몸을 틀었다.

"협곡 바닥에서 스노모빌을 찾았다고 들었어요. 시신과 함께."

"응. 벨만이 그 지역 담당 경관을 거기로 다시 데려가기 위해 우스타오셋에 남았어."

"크롱리요?"

"아니, 크롱리는 소재 파악이 안 돼. 하지만 그의 상사인 로이 스틸레 경관은 믿음직스러워 보이더군. 그래도 찾기 힘들 거야. 우린 우리가 어디 있는지도 몰랐거든. 눈발은 거세지지, 바람은 불어대지, 게다가 그 지역은……." 해리는 고개를 절레절레 흔들었다.

"그게 누구 시신일지 짐작이 가세요?"

해리는 어깨를 으쓱였다. "토니 라이케가 아니라면 오히려 이상할걸?"

카야의 머리가 빙글 돌아갔다. "네?"

"아직 아무에게도 말 안 했지만, 시신의 손가락을 봤거든."

"그런데요?"

"손가락이 뒤틀려 있었어. 토니 라이케는 관절염이 있거든."

"토니 라이케가 눈사태를 일으켰다고 생각하세요? 그런 다음에 어둠 속에서 스노모빌을 몰다가 벼랑에 떨어졌다고?"

해리는 고개를 저었다. "토니는 내게 그 지역을 잘 안다고 했어. 자기 손바닥 안이라고. 그날은 날씨도 맑았고, 스노모빌은 빠르게 달리지 않았어. 자갈 비탈에 착륙해 겨우 3미터 내려갔거든. 그리고 팔은 새까맣게 탄 상태였는데, 다이너마이트로 인한 화상은 아니었어. 스노모빌도 불에 타지 않았고."

"그럼?"

"내 생각에는 토니 라이케가 고문을 당한 뒤, 살해되어 스노모빌과 함께 버려진 것 같아. 우리가 시신을 찾지 못하도록."

카야는 얼굴을 찡그렸다.

해리는 새끼손가락을 문질렀다. 동상에 걸렸나? "크롱리에 대해서는 어떻게 생각해?"

"크롱리요?" 카야는 그 질문을 곰곰이 생각했다. "만약 그가 샬로테 롤레스를 강간하려고 한 것이 사실이라면, 그 사람은 경찰로서 자질이 없어요."

"아내도 폭행했더군."

"놀랄 일도 아니네요."

"놀랄 일이 아니라고?"

"네."

해리는 카야를 바라보았다. "뭔가 내가 모르는 일이 있었던 거야?"

카야는 어깨를 으쓱였다. "크롱리는 동료 경찰이고, 당시 취해 있었던 것 같긴 해요. 딱히 떠들고 다닐 만한 일도 없었고요. 하지만 네, 크롱리의 그런 면을 얼핏 보기는 했어요. 우리 집에 쳐들어와서 얘기 좀 하자고 막무가내로 우기더군요."

"그런데?"

"미카엘이 와 있었어요."

해리의 몸이 움찔했다.

카야는 몸을 일으켜 앉았다. "설마 크롱리가 정말로······?"

"모르겠어. 내가 아는 사실은 눈사태를 일으킨 자가 누구든 분명 그 지역을 잘 안다는 거야. 크롱리는 호바스 산장에 묵었던 몇몇 여자들과 연관이 있어. 게다가 엘리아스 스코그는 호바스 산장에서 강간일지 모르는 장면을 목격했고. 아슬라크 크롱리는 폭력성이 있는 것 같더군.

그러다가 눈사태가 일어났지. 외딴 산장에 형사와 단 둘이 있는 여자를 죽이고 싶다면 어떻게 하겠어? 눈사태를 일으킨다고 해서 꼭 여자가 죽으란 법은 없지. 애용하는 살인 도구를 들고, 산장으로 곧장 쳐들어가는 쪽이 훨씬 간단하고 효과적일 거야. 그런데 왜 그렇게 하지 않았을까? 그게 덫이라는 걸 알았기 때문이지. 우리들이 기다리고 있다는 걸 안 거야. 그래서 몰래 다가와 나중에 도망칠 수 있는 유일한 방법으로 공격한 거야. 그러니까 이건 내부자 소행이야. 호바스 산장 작전을 알고 있었던 사람. 따라서 기자회견에서 목격자 이름을 들었을 때 우리가 무슨 계획을 세웠는지 알고 있었던 사람. 우스타오셋 담당 경관인······."

"예일로예요." 카야가 정정했다.

"예일로 담당 경관인 크롱리는 분명 크리포스로부터 긴급 전화를 받았을 거야. 그날 밤 국립공원에 경찰 헬리콥터를 착륙시키도록 허가해달라는 전화였겠지. 그 전화를 받고 눈치챈 거야."

"그렇다면 이스카 펠러가 오지 않았다는 것도 알았을 거예요. 우리가 목격자의 목숨을 위태롭게 하지 않으리라는 것도요. 그러니 멀찌감치 도망가지 않은 게 이상할 정도군요." 카야가 말했다.

해리가 고개를 끄덕였다. "훌륭한 지적이야, 카야. 나도 동감해. 크롱리는 한순간도 그 산장에 이스카 펠러가 있다고 생각하지 않았을 거야. 난 눈사태는 그가 지금까지 해오던 일의 연장선상에 있다고 생각해."

"그게 뭔데요?"

"경찰을 데리고 노는 일."

"데리고 놀아요?"

"우리가 산장에 머무는 동안, 토니 라이케가 내게 전화했어. 토니는 내 번호를 저장해뒀거든. 하지만 내게 전화한 사람은 분명 토니가 아니야. 전화가 바로 끊어지지 않아서 음성 사서함에 메시지가 남았는데, 1초 동안 소리가 나다 끊어졌어. 확실하지는 않지만 웃음소리 같더라고."

"웃음소리요?"

"기쁨에 겨운 누군가의 웃음소리. 내 음성 사서함 메시지를 들었기 때문이지. 내가 며칠 동안 전화가 안 터지는 곳에 있을 거라는 메시지를 남겨뒀거든. 그게 아슬라크 크롱리였다고 상상해봐. 내 메시지를 듣고, 내가 호바스 산장에서 범인을 기다리고 있으리라는 자신의 가정이 맞았다고 확신한 거야."

해리는 아무 말 없이 골똘히 생각에 잠긴 채 허공을 응시했다.

"그게 끝이에요?" 한참 후에 카야가 말했다.

"그냥 이 가설을 소리 내어 말해보면 어떻게 들릴지 알고 싶었어." 해리가 말했다.

"그런데요?"

해리는 자리에서 일어섰다. "바보같이 들려, 솔직히. 그래도 일단 살인사건이 있던 날에 크롱리의 알리바이를 조사해봐야겠어. 또 올게."

"트룰스 베른트센 씨인가요?"

"그렇소만."

"〈아프텐포스텐〉의 로게르 옌뎀입니다. 몇 가지 질문을 드리고 싶은데, 시간 있으신가요?"

"무슨 질문인지에 달렸죠. 유시 콜카 일로 귀찮게 할 거라면 차라리……"

"유시 콜카에 대한 일은 아닙니다만, 어쨌든 조의를 표합니다."

"좋소."

옌뎀은 우체국 타워에 자리한 자신의 사무실 책상에 두 발을 올린 채 앉아 있었다. 오슬로 중앙역을 이루는 나지막한 건물들과 그 아래, 곧 완공을 앞둔 오페라 하우스를 내려다보았다. 스토프 프레셴에서 벤트 노르뵈와 대화를 나눈 후, 그는 꼬박 하루 동안(그리고 늦은 밤까지) 미카엘 벨만에 대해 낱낱이 조사했다. 스토브네르 경찰서의 한 임시직 직원이 그에게 구타당했다는 소문 외에는 구체적인 사실이 많지 않았다. 하지만 범죄 전문기자답게 지난 몇 년간 로게르 옌뎀은 정기적으로 정보를 제공해주는 믿을 만한 소식통을 하나둘씩 모아왔다. 술 한 병이나 담배 한 갑 정도의 돈만 주면 자기 할머니라도 기꺼이 경찰에 신고할 사람들이었다. 그중 세 명이 망레루드에 살았다. 몇 번의 통화 끝에 그 세 사람 모두 망레루드에서 자랐다는 사실을 알게 되었다. 망레루드에 사는 사람은 절대 그곳을 떠나지 않는다는 말이 사실인지도 모르겠다. 아무도 그곳으로 이사 가지 않는다는 말도.

그 동네에는 비밀이 거의 없는 모양이었다. 세 사람 모두 미카엘 벨만을 기억했기 때문이다. 그가 스토브네르 경찰의 사생아라는 이유도 있었지만, 가장 큰 이유는 율레의 여자를 가로챘기 때문이었다. 율레는 마약 소지로 집행유예 1년을 받았는데, 주유소에서 기름을 훔친 사실이 발각되는 바람에 복역하게 되었다. 그런데 그사이 벨만이 율레의 여자, 울라 스바르트를 차지한 것이다. 망레루드 최고의 미인이자, 벨만보다 한 살 연상이었다. 복역을 마치고 출옥하던 율레는 벨만을 가만두지 않겠노라고 공공연하게 선언했다. 그러나 집에 도착해 가와사키 오토바이를 가지러 차고에 갔더니 두 남자가 그를 기다리고 있었다. 발라클라바를 쓴 그 2인조는 쇠막대로 율레를 흠씬 두들겨 팼다. 그러고는 만약 그가 벨만이나 울라를 건드리면 다시 오겠노라고 엄포를 놓았다. 소문에 의하면 그 2

인조 중에 벨만은 없었다고 한다. 하지만 2인조 중 하나는 벨만의 영원한 심복, 비비스였다. 로게르 옌뎀이 트룰스 '비비스' 베른트센에게 전화했을 때 그가 가진 카드는 그것뿐이었다. 그랬기 때문에 그는 더더욱 자신에게 좋은 패가 있는 척했다.

"당신이 예전에 미카엘 벨만의 명령으로 스타니슬라브 헤세를 폭행했다는 소문이 사실인지 알아보려고 전화했습니다. 스토브네르 경찰서 인사과에서 일했던 직원 말입니다."

전화기 너머로 천둥 같은 침묵이 울려 퍼졌다.

옌뎀은 헛기침을 했다. "여보세요?"

"그건 새빨간 거짓말이야."

"어느 부분 말입니까?"

"난 미카엘에게 그런 명령을 받지 않았어. 그 더러운 폴란드 새끼가 미카엘의 부인에게 수작 부리는 걸 다들 똑똑히 봤다고. 누구라도 그 녀석을 패주고 싶었을 거야."

로게르 옌뎀은 벨만이 명령을 내리지 않았다는 말은 아마도 사실일 거라고 생각했다. 하지만 그다음 말, '누구라도'에 관한 부분은 믿지 않았다. 그는 스토브네르 경찰서에서 벨만과 함께 근무했던 동료들에게 전화했었다. 누구도 벨만을 대놓고 나쁘게 말하지는 않았다. 하지만 어느 모로 보나 벨만은 인기 없는 남자였다. 아무도 그를 두둔하지 않았기 때문이다. 한 명만 제외하고.

"고맙습니다. 제 질문은 그게 전부입니다." 로게르 옌뎀이 말했다.

로게르 옌뎀이 휴대전화를 내려놓을 무렵, 해리는 재킷 주머니를 뒤져서 찾아낸 휴대전화를 귀에 가져다댔다.

"네?"

"비에른 홀름이에요."

"알아."

"웬일이세요? 반장님께서 휴대전화에 번호를 다 저장해두시고."

"그러니까 영광인 줄 알라고. 자네 번호는 내 전화기에 저장된 네 개의 번호 가운데 하나야."

"근데 왜 이렇게 시끄러워요? 지금 어디 계세요?"

"도박꾼들이 자기가 이기는 줄 알고 환호하고 있거든. 경마장이야."

"네?"

"봄베이 가든."

"거긴…… 반장님을 들여보내 주던가요?"

"난 여기 회원이니까. 무슨 일로 전화했어?"

"맙소사, 반장님, 경마하시는 거예요? 홍콩에서 그런 일을 겪고도 또 그러고 싶으세요?"

"진정해. 아슬라크 크롱리 조사차 온 거야. 그의 근무일지를 봤더니 샬로테와 보르그뉘가 죽던 날, 오슬로로 출장을 왔더라고. 전부터 오슬로에 꽤 자주 왔었으니 딱히 수상하다고 할 순 없지. 근데 방금 전에 그가 오슬로에 자주 왔던 이유를 알아냈어."

"봄베이 가든?"

"그래. 아슬라크 크롱리는 도박에 빠져 있었어. 사실은 여기 컴퓨터로 그의 신용카드 결제 기록을 조사해봤어. 결제 시간이랑 금액, 전부 다. 크롱리는 여기서 꽤 많은 돈을 썼는데, 덕분에 알리바이가 생겼어. 불행하게도."

"그렇군요. 거기도 경마장과 컴퓨터가 한 방에 있나요?"

"뭐라고? 방금 경주마가 마지막 구간에 접어들었어. 더 큰 소리로 말해봐!"

"거기도…… 관두세요. 아델 베틀레센이 입었던 스키 바지에서 정액이 나왔다는 말을 하려고 전화했어요."

"뭐? 정말이야? 그렇다면……."

"곧 여덟 번째 손님의 DNA가 나올 거예요. 만약 이게 그자의 정액이라면요. 그걸 확인할 수 있는 유일한 방법은 호바스 산장에 있었던 다른 남자들을 제외시키는 것뿐이에요."

"다른 남자들의 DNA가 필요하겠군."

"네. 엘리아스 스코그는 제외하고요. 그의 DNA는 벌써 가지고 있거든요. 문제는 토니 라이케예요. 물론 그의 집을 뒤지면 되지만, 그러려면 수색영장이 필요하거든요. 근데 지난 번 일 때문에 영장 받기가 아주 힘들 거 같아요."

"내게 맡겨둬. 또 크롱리의 DNA 프로필도 필요해. 설사 그자가 샬로테와 보르그뉘는 죽이지 않았을지라도 아델을 강간했을 수는 있으니까."

"알았어요. 그런데 어떻게 구하죠?"

"크롱리는 경찰이니까 분명 언제고 한 번은 범죄 현장에 갔을 거야."

그 이상의 설명은 필요 없었다. 비에른 홀름은 벌써 그 말을 알아듣고 고개를 끄덕였다. 신원확인의 실수와 혼란을 피하기 위해 범죄 현장에 있었고, 현장을 훼손할 우려가 있는 경찰은 모두 정기적으로 지문과 DNA를 채취한다.

"데이터베이스를 확인해볼게요."

"수고했어, 비에른."

"잠깐만요, 하나 더 있어요. 반장님이 간호사 제복을 더 조사하라고 하셔서 살펴봤는데, PSG 자국이 나왔어요. 그래서 알아봤죠. 오슬로 북쪽 뉘달렌에 폐기된 PSG 공장이 있어요. 만약 거기가 비어 있고 아델과 여덟 번째 손님이 거기서 섹스를 했다면, 아직 거기에 정액이 남아 있을 거예요."

"흠. 뉘달렌에서 하랴, 호바스 산장에서 하랴 바빴겠구만. 이걸로 여덟 번째 손님의 덜미가 잡힐지 몰라. PSG라고 했지? 카도크 공장인가?"
"네, 어떻게……?"
"친구 아버지가 거기서 일했거든."
"안 들려요. 갑자기 또 막 시끄러워졌어요."
"말이 결승선을 통과해서 그래. 나중에 봐."
해리는 전화기를 재킷 주머니에 넣고, 앉아 있던 의자를 빙글 돌렸다. 따라서 돈을 잃은 사람들의 우울한 얼굴도, 딜러의 미소도 보지 못했다. "또 따셨군요. 축하합니다, 할리!"
해리는 자리에서 일어나 재킷을 입고, 베트남 딜러가 건넨 지폐를 바라보았다. 에드바르 뭉크의 얼굴이 그려진 지폐, 1,000크로네였다.
"흠, 운이 좋았어." 해리가 말했다. "그 돈은 다음 경기의 초록 말에 걸어줘. 나중에 찾으러 오지."

레네 갈퉁은 거실에 앉아 이중 유리창을, 거기에 비친 자신의 두 얼굴을 바라보았다. 아이팟에서는 트레이시 채프먼의 'Fast Car'가 흘러나왔다. 이 노래는 하루 종일 들어도 질리는 법이 없다. 모든 것으로부터 도망치고 싶어 하는 가난한 소녀에 관한 노래였다. 소녀는 빠르게 달리는 연인의 차에 올라타, 어디론가 떠나고 싶어 했다. 슈퍼마켓 계산대에서 일하며 술주정뱅이인 아버지를 부양하고, 출구라고는 보이지 않는 현재의 삶을 내팽개친 채. 레네의 삶과는 정반대였지만, 그래도 이것은 그녀에 관한 노래였다. 그녀가 살았을지도 모르는 삶, 그녀의 진짜 모습, 유리창에 비친 두 레네 중 하나에 관한 노래였다. 평범한 레네, 회색빛 레네. 학창 시절 내내 그녀는 혹시라도 어느 날, 교실 문이 벌컥 열리고 누군가 들어오지 않을까 벌벌 떨며 살았다. 그 누군가는 손가락으로 그녀를 가리키며, 이제 너의 비밀을 알았으니 그 고급 옷은 벗으라고 말할 것이다. 그러면 사람들은 그녀에게 누더기 몇 벌을 던져주며, 이제 다들 너의 진짜 정체를 알고 있다, 이 사생아야, 하고 외치리라. 그녀는 새 학기가 시작하고 끝날 때까지 그렇게 앉아, 찍소리도 내지 않은 채 숨어서 문을 힐끔거렸다. 그리고 그냥 기다렸다. 친구들의 말을 들으며, 혹시라도 그녀의 비밀을 누설하려는 징조가 없는지 살폈다. 그녀의 당혹감, 두려움, 방어적인 태도는 그녀를 거만한 사람으로 보이게 했다. 레네는 자신이 부유하고 성공하고 버릇없고 천하태평인 외동딸 역할을 과장해서 연기한다는 걸 알고 있었다. 그녀는 다른 재벌 집 딸들과 달리 전혀 예쁘지 않았고, 반짝반짝 빛나지도 않았다. 그네들은 '난 아무것도 몰라요' 하는 자신감 넘치는 미소를 지으며 쨱쨱거렸다. 자신이 모르는 게 무엇이든 그것은 전혀 중요하지 않으며, 세상은 그들에게 미모 이상의 것은 요구하지 않는다는 사실을 아는 데서 비롯된 자신감이었다. 그래서 레네도 그런 척해야만 했다. 자신이 아름답고, 반짝반짝 빛나는 척했다. 누구보다 우월한 척했다. 하지만 그게 너무도 지겨웠다. 그냥 토니의 차에 올라타, 모든 것을 뒤로한 채 떠나고 싶었다. 진정한 자신이 될 수 있는 곳으로, 두 개의 거짓된 페르소나가 서로를 미워하지 않는 곳으로. 노래 가사대로, 그녀와 토니는 둘이 함께 그런 곳을 찾을 수 있으리라.

유리창에 비친 얼굴이 움직였다. 레네는 그것이 자신의 얼굴이 아님을 깨닫고 움찔했다. 그녀가 들어오는 소리를 듣지 못했다. 레네는 자세를 고쳐 앉고, 이어폰을 뺐다.

"쟁반은 거기 두세요, 나나."

여자가 머뭇거렸다. "그 남자는 잊으려무나, 레네."

"그만해요!"

"널 위해서 하는 말이다. 토니는 네게 어울리는 남자가 아니야."

"그만하라고 했죠!"

"쉬!" 여자는 딸그락 소리를 내며 쟁반을 테이블에 내려놓았다. 그녀의 터키색 눈동자가 반짝거렸다. "상식적으로 생각하렴, 레네. 이 집에서는 상식적으로 행동해야 할 때 다들 그렇게 해왔어. 난 그저 너의……."

"내 뭐요?" 레네가 코웃음을 쳤다. "거울이나 보고 말해요. 당신이 무슨 자격이 있다고 이래요?"

여자는 양손을 하얀 앞치마에 쓰윽 닦은 다음, 한 손을 레네의 뺨으로 가져갔다. 하지만 레네는 여자의 손을 뿌리쳤다.

여자는 한숨을 쉬었다. 마치 우물에 떨어지는 물방울 같은 한숨 소리였다. 그러더니 몸을 돌려 방에서 나갔다. 문이 닫히는 순간, 레네 옆에 있던 검은 휴대전화가 울렸다. 그녀는 가슴이 철렁 내려앉았다. 토니가 사라진 후로 24시간 전화기를 켜두었고, 늘 전화기를 가지고 다녔다. 그녀는 전화를 받았다. "레네 갈퉁입니다."

"해리 홀레입니다. 강력…… 아니, 크리포스요. 방해해서 죄송합니다만, 사건과 관련해서 부탁드릴 일이 있습니다. 토니에 관한 일입니다."

레네는 자신의 목소리가 주체할 수 없이 떨리는 것을 느꼈다. "무슨…… 일이 생겼나요?"

"우스타오셋 부근의 산에서 추락해 사망한 것으로 추정되는 사람을 수색 중입니다."

현기증이 났다. 바닥이 위로 솟고, 천장이 꺼졌다.

"아직 시신을 찾지는 못했습니다. 거기는 계속 눈이 오는데다가 수색 지역이 워낙 광범위하고, 보통 험한 게 아니라서요. 제 말 듣고 계신가요?"

"네, 네, 듣고 있어요."

약간 쉰 듯한 목소리의 경찰이 말을 이었다. "시신을 찾아내면, 가능한 한 빨리 신원을 파악해야 합니다. 하지만 시신의 상당 부분이 불에 타서, 일단은 신원이 일치할 가능성이 있는 사람의 DNA가 필요합니다. 토니도 실종된 상태라서……."

심장이 목구멍으로 뛰어올라, 입 밖으로 튀어나올 것만 같았다. 전화기 반대편의 목소리가 계속 웅얼거렸다. "그래서 말씀인데, 저희 과학수사 요원이 토니의 집에 가서 DNA 물질을 찾아도 되겠습니까?"

"이, 이를테면 어떤 거요?"

"빗에 붙은 머리카락이라든가, 칫솔의 타액 같은 겁니다. 그 사람들이 알아서 할 거예요. 중요한 건 토니의 약혼자인 갈퉁 양께서 우리의 가택 수색을 허락해주시는 거죠. 열쇠를 가지고 토니의 집으로 와주신다면 고맙겠습니다."

"무, 물론이죠."

"정말 감사드립니다. 지금 바로 저희 요원을 토니의 집으로 보내겠습니다."

레네는 전화를 끊었다. 눈물이 핑 돌았다. 아이팟의 이어폰을 다시 귀에 꽂았다.

트레이시 채프먼이 빠른 차에 올라타 계속 달리자고 노래했다. 이윽고 노래가 끝났다. 레네는 반복 버튼을 눌렀다.

65
카도크

 뉘달렌은 오슬로의 산업 쇠퇴를 상징했다. 대부분의 공장은 철거되었고, 그 자리에는 유명 건축가가 강철과 유리로 설계한, 번쩍거리고 우아한 사옥이 들어섰다. 남아 있는 공장은 텔레비전 스튜디오나 레스토랑으로 개조되었다. 또는 환기 장치와 배수로를 건물 밖으로 노출시키고, 내부의 벽을 모두 터서 빨간 벽돌 창고로 개조하기도 했다.
 이런 창고를 빌리는 회사는 대부분 광고회사였다. 자신들은 인습을 타파하는 사고방식을 가졌으며, 싸구려 공장에서도 도심 한복판의 값비싼 사무실에서 일하는 경쟁자들 못지않게 창의성이 넘쳐난다는 사실을 과시하고 싶어서였다. 하지만 뉘달렌의 땅값은 이제 도심과 별반 다르지 않았다. 모든 광고회사들의 사고방식은 기본적으로 인습을 답보하기 때문이다. 다시 말해, 그들은 유행이라면 무엇이든 가리지 않고 추종해서 값을 올려버린다.
 하지만 폐기된 카도크 공장의 소유주들은 이런 횡재를 누리지 못했다. 14년 전, 몇 차례의 연간 적자와 중국산 PSG의 덤핑 공세 끝에 마침내 공장이 문을 닫게 되었을 때 공장의 상속자들은 진흙탕 싸움을 벌였다. 그들이 누가, 무엇을 할 권리가 있는지를 두고 다투는 동안, 공장은 아케르셀바 강의 서쪽 담장 뒤에서 쇠락과 고립의 길을 걸었다. 관목과 낙엽

수들은 제멋대로 자라 마침내 공장을 완전히 가릴 지경이 되었다. 이 모든 사실을 염두에 두고 있었던 터라, 해리는 대문에 달린 큼지막한 자물쇠가 이상하리만치 새것 같다고 생각했다.

"자르게." 해리가 옆에 있던 경관에게 말했다.

큼지막한 볼트커터가 입을 벌리더니, 마치 버터를 자르듯이 자물쇠의 금속 고리 속으로 쑤욱 들어갔다. 자물쇠는 금세 딸깍 끊어졌다. 해리가 영장을 받을 때 걸린 시간처럼 눈 깜짝할 사이였다. 크리포스 상주 변호사는 영장 발부 같은 하찮은 일에 허비할 시간이 없다는 듯한 말투였고, 해리가 설명을 다 마치기도 전에 사인까지 끝낸 영장을 손에 쥐어주었다. 스트레스에 지치고, 근무를 소홀히 하는 변호사들을 강력반에 한두 명 두는 것도 괜찮겠다는 생각이 들었다.

높은 곳에 위치한 깨진 창문의 뾰족한 유리조각에 나지각한 오후 햇살이 걸려 반짝였다. 공장 안에는 짙은 적막감이 감돌았다. 모든 것이 미친 듯한 효율성을 위해 설계되었으나 사람이라고는 찾아볼 수 없는, 폐기된 공장에서만 느낄 수 있는 적막감이었다. 쇠와 쇠가 부딪치는 소리, 기계의 웅웅거리는 소음을 뚫고 울려 퍼지는 일꾼들의 함성과 욕설, 웃음소리가 여전히 벽 사이로 조용히 메아리쳤다. 검댕이 시커멓게 낀 창문의 깨진 유리 사이로 바람이 불자, 거미줄과 거기 매달린 죽은 곤충의 껍질이 흔들렸다.

공장 홀로 이어지는 문에는 자물쇠가 없었다. 다섯 남자는 교회처럼 소리가 울리는 직사각형 공간 속을 걸어다녔다. 폐쇄되었다기 보다 직원들이 어디론가 대피해버린 공장 같았다. 그도 그럴 것이 바닥에는 아직도 연장 도구들이 널려 있고, 'PSG 타입3' 딱지가 붙은 하얀색 양동이가 실린 지게차는 금방이라도 움직일 듯했으며, 지게차 안의 의자에는 푸른색 코트까지 걸쳐져 있었기 때문이다.

그들은 홀 한가운데에서 걸음을 멈췄다. 한쪽 구석에 매점 같은 공간이 있었는데, 등대 모양으로 바닥에서 1미터 떠 있었다. 감독관의 사무실일 거라고 해리는 생각했다. 벽을 따라 발코니가 튀어나와 있었고, 발코니의 한쪽 끝은 중이층으로 이어졌다. 거기에는 다시 여러 개의 방이 있었는데, 아마도 구내식당과 행정실이리라.

"어디서부터 시작할까?" 해리가 물었다.

"늘 하던 대로 해야죠." 비에른 홀름이 주위를 둘러보며 말했다. "맨 위의 왼쪽 구석부터요."

"뭘 찾아야 하지?"

"푸른색 PSG 자국이 있는 테이블이나 의자요. 간호사 제복에 있던 PSG 자국은 뒷주머니 약간 아래에 있었어요. 그러니까 여자는 분명 어딘가에 앉아 있었을 거예요. 다시 말해, 등을 대고 눕지 않았어요."

"자네가 여길 조사할 거라면 이 경관과 나는 볼트커터를 들고 위층으로 갈게." 해리가 말했다.

"왜요?"

"자네들을 위해 미리 문을 열어두려고. 정액은 흘리고 다니지 않을 테니 걱정 마."

"참 재미도 있네요. 아무것도……."

"만지지 않을게."

해리는 이름을 들은 지 2분 만에 바로 잊어버린 터라 그냥 '경관'이라고 부르는 경관과 함께 달팽이 계단을 올라갔다. 그들의 쿵쿵거리는 발걸음에 철제 계단이 노래를 불렀다. 중이층의 문은 모두 열려 있었고, 그 안은 해리가 예상했던 대로 가구가 치워진 사무실이었다. 철제 로커들이 늘어선 탈의실도 있고, 커다란 공동 샤워실도 있었다. 하지만 푸른 흔적은 어디에도 없었다.

"저긴 뭐하는 곳일까?" 구내식당에 들어선 해리가 뒤쪽의 길쭉한 문을 가리키며 물었다. 문에는 자물쇠가 채워져 있었다.

"식료품 저장실이겠죠." 경관은 그렇게 대답하며, 벌써 그쪽으로 걸음을 옮겼다.

"기다려!"

해리는 문으로 다가갔다. 잔뜩 녹슨 자물쇠를 손톱으로 긁어보았다. 진짜 녹이었다. 이번에는 자물쇠를 돌려, 열쇠 구멍을 보았다. 녹이 없었다.

"자르게." 해리가 말했다.

경관은 명령대로 했고, 해리는 문을 열었다.

경관이 입맛을 다셨다.

"그냥 비밀 문이었군." 해리가 말했다.

문 뒤에 있던 것은 저장실도, 방도 아니라 또 다른 문이었다. 아주 튼튼해 보이는 자물쇠가 달린 문.

경관은 볼트 커터를 내려놓았다.

해리는 주위를 둘러보다가 원하는 물건을 발견했다. 눈에 아주 잘 띄는 커다란 빨간색 소화기가 구내식당 벽 한가운데 걸려 있었다. 외위스타인이 예전에 저 소화기에 대해 뭐라고 하지 않았던가? 아버지의 공장에서 다루는 물질이 인화성이 높아서, 강가에서만 담배를 피울 수 있다고 했다. 그리고 꽁초는 강에 버리라는 지시를 받았다고.

해리는 벽에서 소화기를 떼어내 문으로 가져갔다. 도움닫기 두 걸음을 하며 소화기를 공성망치 삼아 자물쇠를 겨냥하고는, 자물쇠를 문 안쪽으로 밀어 쳤다.

자물쇠 주위가 쪼개지기는 했어도, 문은 여전히 건재했다.

해리는 한 번 더 공격했다. 이번에는 나무 조각이 사방으로 튀었다.

"대체 뭐 하시는 거예요?" 아래층에서 비에른이 외쳤다.

세 번째 공격 끝에야, 문이 자포자기하는 비명을 지르며 벌컥 열렸다. 그들은 칠흑같이 새까만 공동을 응시했다.

"손전등 좀 빌려줘." 해리가 경관에게 말하며, 소화기를 내려놓고 이마의 땀을 훔쳤다. "고마워. 자네는 여기서 기다려."

해리는 방 안으로 들어갔다. 암모니아 냄새가 풍겼다. 벽을 따라 손전등을 비췄다. 어림잡아 3평방미터쯤 되는 이 방에는 창문이 없었다. 손전등의 불빛이 검은색 접이식 의자와 스탠드, 델 컴퓨터가 놓인 책상을 훑었다. 컴퓨터 키보드는 비교적 새것이었고, 원목으로 만든 책상은 깔끔하게 정돈되어 있었다. 쓰레기통에는 종잇조각이 쌓여 있었다. 마치 누군가 사진을 오려낸 것처럼. 아니나 다를까 1면의 사진이 잘려나간 〈다그블라데〉 한 부가 놓여 있었다. 해리는 사라진 사진 위의 헤드라인을 읽으며, 자신들이 제대로 찾아왔다고 생각했다. 마침내 찾아냈다. 바로 여기다.

- 눈사태로 사망 -

해리는 본능적으로 손전등을 들어 올려 위를 비추었다. 책상 위의 벽을. 푸른색 얼룩을 지나자, 마침내 그들이 모습을 드러냈다.

모두 다 있었다.

마리트 올센, 샬로테 롤레스, 보르그뉘 스템 뮈레, 아델 베틀레센, 엘리아스 스코그, 유시 콜카, 토니 라이케.

해리는 오르락내리락하는 횡격막의 호흡에 집중했다. 조금씩 정보를 흡수하는 데 집중했다. 모두 신문에서 잘라내거나, 복사기로 출력한 사진들이었다. 인터넷에서 구한 것 같았는데, 아델의 사진만 예외였다. 심장이 베이스드럼처럼 둔탁하게 쿵쿵거리며 뇌로 더 많은 피를 공급하려 했다. 아델의 사진은 인화지로 뽑았는데, 입자가 아주 큰 것으로 보아 휴대전화로 찍어 확대한 것이 분명했다. 사진 속에는 조수석에 앉은 아델의 옆모습과 차창이 보였다. 좌석에는 비닐이 그대로 씌워져 있는 듯했고, 그녀의 목에서 무언가 툭 튀어나와 있었다. 반짝이는 노란색 손잡이가 달린 큼지막한 칼이었다. 해리는 더 자세히 보기 위해 눈을 부릅떴다. 사진들 밑에는 일렬로 편지가 붙어 있었는데, 역시 컴퓨터에서 출력한 것들이었다. 해리는 그중 한 편지를 훑어보았다.

아주 간단해. 난 네가 누굴 죽였는지 알고 있어.
넌 내가 누군지 모를 테지만, 내가 뭘 원하는지는 알 거야.
돈. 돈을 내놓지 않으면, 경찰이 찾아갈 거야.
간단해, 그렇지?

내용은 계속 이어졌지만, 그의 시선은 편지글의 말미로 향했다. 이름도, 사인도 없었다. 경관은 계속 문간에 서 있었다. 경관이 손으로 벽을 더듬으며 중얼거리는 소리가 들렸다. "분명 여기 어딘가에 전등 스위치가 있을 텐데."

해리는 손전등으로 푸른 천장을 비췄다. 큼지막한 네온등 네 개가 달려 있었다.

"그럴 거야." 해리는 그렇게 말하며 다시 푸른 얼룩 위의 벽을 비췄다. 그러자 사진들 오른쪽에 핀으로 꽂혀 있는 종이 한 장이 원추형 불빛 속으로 들어왔다. 그의 머릿속에서 작은 경보기가 울렸다. 종이는 한쪽 옆에 찢긴 자국이 있었고, 손으로 그은 가로줄과 세로줄로 뒤덮여 있었다. 하지만 각각의 칸에 적힌 글씨들은 필적이 모두 달랐다.

"여기 있네요." 경관이 말했다.

왠지 모르게 해리는 퍼뜩 책상 위의 스탠드가 생각났다. 그리고 푸른 천장도. 그리고 암모니아 냄새도. 순간, 머릿속에서 경보기가 울린 것은 저 종이 때문이 아님을 깨달았다.

"안 돼!" 해리가 외쳤다
하지만 너무 늦었다.

엄밀히 말하면 폭발은 아니었다. 이튿날 소방서장이 서명한 보고서에 따르면 그것은 폭발 비슷한 화재였다. 암모니아 가스가 담긴 양철통에 연결된 전선에서 스파크가 일어났고, 그것이 천장 전체와 벽에 칠해져 있던 PSG에 불을 붙인 것이다.

해리가 숨을 헉 들이쉬는 순간, 방 안의 산소가 불꽃 속으로 빨려 들어갔다. 뜨거운 열기가 그의 머리를 덮치는 것이 느껴졌다. 그는 자동적으로 무릎을 꿇으며, 양손으로 머리를 훑어 머리카락이 무사한지 확인했다. 그가 다시 위를 올려다보자, 불꽃이 벽을 타고 내려오고 있었다. 그는 반사적으로 숨을 들이마시고 싶었지만 간신히 참았다. 자리에서 일어섰다. 문까지는 겨우 2미터였지만, 가져가야 할 것이 있었다. 그는 종이를 향해, 호바스 산장의 숙박부에서 사라진 페이지를 향해 손을 뻗었다.

"비키세요!" 경관이 겨드랑이에 소화기를 끼고, 손에는 호스를 든 채 문간에 나타났다. 호스에서 무언가가 뿜어져 나오는 장면이 마치 슬로모션처럼 느리게 보였다. 해리는 호스에서 나온 금갈색 물질이 벽을 적시는 것을 보았다. 이상하게도 흰색이 아닌 갈색이었으며, 가루가 아닌 액체였다. 순간, 해리는 깨달았다. 그 액체가 떨어진 자리에서 불꽃이 두 발로 일어서며 그를 향해 아가리를 벌리고 포효하기도 전에. 석유의 달큰한 냄새가 코를 찌르기도 전에. 불꽃이 호스에서 나오는 석유에 옮아 붙어, 충격에 빠진 채 여전히 소화기의 손잡이를 누르고 서 있는 그 경관에게 달려들기도 전에. 왜 소화기가 구내식당 벽 한가운데 걸려 있었는지. 왜 그 빨간 물건이 눈에 잘 띄게 전시되어, 제발 자신을 써달라고 외쳐댔는지.

해리가 어깨로 경관의 허리를 들이받자, 경관의 몸이 반으로 접혔다. 두 사람은 해리가 위에 탄 채로 한 덩어리가 되어 구내식당으로 튕겨나갔다.

그들이 식탁 밑으로 미끄러지는 바람에 의자 서너 개가 날아갔다. 경관은 헐떡거리며 손짓을 해댔고, 물고기처럼 입을 빠끔거렸다. 해리는 뒤를 돌아보았다. 빨간 소화기가 불길에 휩싸인 채 그들을 향해 뚜글뚜글 굴러왔다. 호스가 녹은 고무를 뱉어냈다. 해리는 자리에서 일어나 경관을 질질 끌고 문으로 데려갔다. 그의 머릿속에서 스톱워치가 계속 재깍거렸다. 그는 비틀거리는 경관을 식당 밖으로, 발코니로 밀쳤다. 그러고는 복도 바닥에 엎드리게 하고, 자신도 그 옆에 엎드렸다. 그러자 후에 소방서장이 보고서에 적은 '폭발'이 일어나면서 모든 창문이 터지고, 구내식당 전체에 불이 붙었다.

편집실이 불타고 있다. 뉴스에서 방송되고 있다. 네 임무는 시민에게 봉사하고 시민을 보호하는 것이지, 파괴하고 부수는 게 아니야, 해리 홀레. 넌 이 일의 대가를 치러야 해. 그러지 않으면, 네가 가장 애지중지하는 것을 빼앗아갈 거야. 눈 깜짝할 사이에. 그게 얼마나 쉬운지 넌 꿈에도 모를걸.

화재, 그 후

뉘달렌에 저녁 어둠이 내려앉았다. 해리는 어깨에 담요를 두르고, 손에는 종이컵을 든 채 서 있었다. 소방관들이 연기 속을 들락날락거리며 카도크 공장에 남아 있던 PSG 통들을 모조리 밖으로 나르는 모습을 비에른 홀름과 함께 지켜보았다.

"그러니까 놈이 피살자들의 사진을 벽에 붙여둔 거네요, 그렇죠?" 비에른 홀름이 말했다.

"응. 라이프치히의 매춘부, 율리아나 베르니만 제외하고."

"종이는요? 호바스 산장 숙박부에서 찢어낸 종이가 확실해요?"

"응. 산장에 머물 때 숙박부를 봤는데 그것과 똑같았어."

"그러니까 여덟 번째 손님의 이름이 불과 50미터 앞에 있었는데 못 본 거군요?"

해리는 어깨를 으쓱였다. "돋보기를 써야 할까 봐. 눈 깜짝할 사이에 벌어진 일이었어, 비에른. 게다가 경관이 석유를 뿌려대는 바람에 그 종이에 대한 내 관심은 시들해졌다고."

"물론 그렇죠. 전 그런 뜻으로……."

"벽에 편지들도 있었어. 내가 생각하기에는 협박 편지였어. 누군가 벌써 범인을 알고 있을지 몰라."

한 소방관이 그들에게 다가왔다. 움직일 때마다 그의 제복이 삐거덕거리며 신음했다.

"크리포스 맞죠?" 나지막이 울리는 남자의 목소리는 그가 신은 헬멧과 부츠에 어울렸다. 몸짓으로 보아 상급자였다.

해리는 망설였지만 고개를 끄덕였다. 일을 복잡하게 만들 이유는 없다.

"저기서 무슨 일이 있었던 겁니까?" 소방관이 물었다.

"나야말로 당신들에게 묻고 싶은데요? 하지만 대충 말해보자면, 저곳을 자기 사무실처럼 쓰고 있던 누군가가 불청객에 대한 대비를 확실히 해놓았다고 할 수 있죠."

"네?"

"천장의 네온등을 보자마자 알았어야 했습니다. 만약 그 등이 작동했다면, 책상에 스탠드를 추가로 놓아둘 이유가 없으니까요. 전등 스위치는 다른 곳에, 점화 장치 같은 데 연결되어 있었던 겁니다."

"당신 생각이 그렇다는 거죠? 뭐, 좋습니다. 내일 아침에 전문가가 올 겁니다."

"내부는 어떤가요?" 비에른이 물었다. "화재가 맨 처음 발생했던 방이요."

소방관은 비에른을 뜯어보았다. "벽과 천장이 PSG 범벅이었소. 그러니 당신 '생각'에는 어떻게 됐을 거 같소?"

해리는 지겨웠다. 늘 당하는 입장이 되는 것도 지겹고, 두려운 것도 지겹고, 늘 한 박자 늦는 것도 지겨웠다. 하지만 지금은 매사에 대장 노릇을 하려고 드는 성인 남자가 제일 지겨웠다. 해리는 나지막이 말했다. 너무 나지막해서 소방관은 몸을 앞으로 내밀어야 했다.

"방금 전에 당신이 수많은 소방관을 올려 보낸 그 방을 우리 과학수사요원이 어떻게 생각하는지 정말로 알고 싶은 게 아니라면, 아는 대로 간결하고 빠짐없이 말하는 게 좋을 겁니다. 저 방에는 예닐곱 명의 살해 계획을 세우던 남자가 있었어요. 그리고 그자는 계획을 실행에 옮겼고요. 우린 그 악랄한 남자를 막는 데 도움이 될 만한 단서를 찾아야 합니다. 그러니 이런 식으로 간단히 말해주면 안 됩니까?"

소방관이 등을 똑바로 펴고는 기침을 했다. "PSG는 극도로……."

"이봐요. 우리가 원하는 건 원인이 아니라 결과요."

소방관의 얼굴이 붉어졌다. 화재로 인한 열기 때문만은 아니었다. "전소되었습니다. 하나도 남김없이. 종이, 가구, 컴퓨터, 방 전체가."

"고마워요." 해리가 말했다.

두 사람은 멀어져가는 소방관의 등을 바라보았다.

"우리 수사 요원?" 아까 해리가 했던 말을 반복하며, 비에른이 벌레라도 먹은 사람처럼 오만상을 썼다.

"좀 거드름을 피워야 했어."

"내 꾀에 내가 넘어갔을 때는 그나마 상대보다 한 수 앞서는 게 좋다?"

해리는 고개를 끄덕이며, 담요를 더 단단히 여몄다. "전소되었다고 했지?"

"전부 다 탔대요. 기분이 어떠세요?"

해리는 소방차의 서치라이트를 받고 있는 공장 창문에서 아직도 새어 나오는 연기를 처량하게 바라보았다.

"제대로 엿 먹은 기분이야." 해리는 남아 있던 식은 커피를 모조리 들이켰다.

해리의 차가 뉘달렌을 떠난 지 얼마 되지 않아, 우에란스 가의 신호등에 걸렸을 때 비에른 홀름에게서 전화가 왔다.

"과학수사과에서 아델의 스키 바지에 있던 정액을 실험한 결과, DNA 프로필을 얻어냈어요."

"벌써?" 해리가 소리쳤다.

"일부이긴 하지만, 93퍼센트의 정확성으로 일치하는 DNA를 찾아내기에는 충분하죠."

해리는 자세를 고쳐 앉았다.

일치한다. 이 얼마나 멋진 단어인가. 어쩌면 오늘 하루를 낭비한 게 아닌지도 모른다.

"그럼 빨리 말해봐!" 해리가 말했다.

"반장님은 뜸 들이기의 미학을 배우셔야 해요."

해리가 신음했다.

"알았어요, 알았어. 정액에서 얻은 DNA는 토니 라이케의 빗에서 나온 머리카락의 DNA와 일치했어요."

해리는 먼 곳을 응시했다.

토니 라이케가 산장에서 아델 베틀레센을 강간했다.

생각지도 못한 일이었다. 토니 라이케? 앞뒤가 맞지 않았다. 폭력 전과가 있는 것은 맞다. 하지만 다른 남자와 동행해서 산장에 온 여자를 강간한다? 엘리아스 스코그는 남자가 여자의 입을 틀어막은 채 화장실로 끌고 가는 것을 봤다고 했다. 어쩌면 그것은 강간이 아니었을지도 모른다.

그러자 갑자기 그 사건이 아주 중요해졌다.

분명하게 알 수 있었다.

그것은 강간이 아니다. 그렇다면 동기가 생긴다.

뒤에 있던 차들이 경적을 울려댔다. 신호등은 초록색으로 바뀌어 있었다.

백마 탄 왕자님

아직은 세상의 색채와 명암이 조정되지 않은 아침 7시 40분. 해리는 뵈엔탕엔 호 옆에 유일하게 주차된 차와 나란히 주차하고, 방파제로 이어지는 길을 느긋하게 걸어갔다. 회색빛 아침 햇살이 시골 풍경을 뿌연 흑백으로 보여주었다. 스카이 경관이 손에는 낚싯대를, 입꼬리에는 담배를 문 채 방파제 끝에 서 있었다. 기름처럼 매끄럽고 새까만 수면 위로 삐죽 튀어나온 갈대 주위에 솜털 같은 안개가 걸려 있었다.

"홀레 반장." 스카이 경관이 돌아보지도 않은 채 말했다. "일찍 일어났구려."

"사모님께서 여기 계실 거라더군요."

"매일 아침 7시에서 8시까지. 북새통이 시작되기 전에 생각할 수 있는 유일한 시간이라오."

"뭐 좀 잡으셨습니까?"

"허탕이오. 그래도 갈대 근처에는 강꼬치고기들이 좀 있군."

"귀에 익은 이름이군요. 유감스럽게도 오늘은 북새통이 좀 일찍 시작되겠는데요. 토니 라이케 일로 왔습니다."

"토니, 그래. 그 친구의 할아버지 농장이 루스타에 있죠. 뤼세렌 호수 동쪽."

"토니를 기억하십니까?"

"여긴 작은 동네요, 홀레 반장. 우리 아버지와 토니의 할아버지는 친구였고, 토니는 여름마다 여기에 왔었소."

"경관님이 기억하시는 토니는 어떤 사람입니까?"

"음, 재밌는 친구지. 인기가 많았소. 특히 여자들에게. 여자들과 친하게 지냈소. 엘비스 프레슬리 같은 타입이랄까? 게다가 엄청난 신비주의를 유지했지. 소문에 의하면 토니는 알코올 중독에 우울증인 어머니와 단 둘이 살았는데, 어느 날 어머니가 남자와 눈이 맞은 바람에 쫓겨났다고 합니다. 하지만 이 동네 소녀들은 토니를 아주 많이 좋아했소. 토니도 여자애들을 좋아했고. 가끔은 그것 때문에 문제가 생기기도 했죠."

"경관님의 따님과 가까워졌을 때처럼요?"

스카이 경관은 마치 무언가에 물린 사람처럼 움찔했다.

"사모님께 들었습니다. 제가 토니에 대해 물었더니 그 이야기를 해주시더군요. 당시 토니와 동네 소년 간의 싸움이 일어났던 건 따님 때문이었죠."

경관은 고개를 저었다. "그건 싸움이라고 할 수도 없소. 그야말로 도살이었죠. 불쌍한 올레, 그 녀석은 자신과 미아가 사귀는 사이라고 굳게 믿었소. 미아를 좋아한데다가, 미아와 그 애의 친구를 댄스장까지 데려다주는 특권을 누렸으니까. 하지만 올레는 싸움꾼이 아니었소. 오히려 공부벌레였죠. 그런데도 토니에게 덤벼들었어요. 토니는 올레를 때려눕히고 칼을 꺼내서는…… 끔찍한 짓을 저질렀소. 여기 사람들에게는 익숙하지 않은 잔인한 짓이었죠."

"무슨 짓을 한 겁니까?"

"올레의 혀 절반을 잘라버렸소. 그러고는 그걸 주머니에 넣고 가버렸죠. 우린 한 시간 반 뒤에 토니의 할아버지 집에서 토니를 체포했소. 올레가 수술을 받아야 하니까 혀를 내놓으라고 했더니, 까마귀들에게 먹이로 줬다고 하더군요."

"토니를 강간범으로 의심하신 적이 있으십니까? 그 당시나, 아니면 다른 때라도."

스카이 경관이 몸을 빙글 돌렸다.

"이렇게 말하죠, 홀레 반장. 미아는 결코 예전의 낙천적인 성격으로 돌아가지 못했소. 그 일을 겪고도 그 정신병자 같은 놈을 계속 좋아했다오. 하지만 그 나이의 여자아이들이야 원래 다 그렇죠. 올레는 이사를 갔소. 그 가여운 아이가 입을 열 때마다 그 애나 동네 사람들이나 그 몸서리치게 굴욕적인 사건을 떠올리게 되니까. 그러니까, 맞소, 토니 라이케는 폭력적이오. 하지만, 아니, 그 친구가 누굴 강간했다고는 생각하지 않아요. 그랬다면 진작 미아를 강간했겠죠."

"따님은?"

"둘은 댄스홀 뒤의 숲에 함께 있었소. 미아는 토니가 함부로 행동하지 못하게 했고, 토니는 그걸 받아들였소."

"확실합니까? 이런 질문 드려서 죄송합니다만, 이건……."

낚싯바늘이 수면 위로 뛰어오르더니 그들을 향해 다가왔다. 지상에 수평으로 비쳐드는 첫 아침 햇살에 낚싯바늘이 반짝거렸다.

"괜찮소, 홀레 반장. 나도 경찰이오. 당신이 무슨 생각을 하는지 압니다. 미아는 착한 아이이고, 거짓말을 하지 않소. 증인석에서도 그랬고. 더 자세히 알고 싶으면 사건 보고서를 보시오. 난 그저 미아가 그 일을 다시 겪지 않기를 바랄 뿐이오."

"그럴 일은 없을 겁니다. 고맙습니다." 해리가 말했다.

◆

해리는 오딘 회의실에 모인 형사들에게 스노모빌 밑에 깔려 있던 시신에 대해 설명했다. 경찰 인력을 늘렸는데도 아직까지 발견되지 않은 그 시신의 손가락이 토니 라이케의 손가락처럼 관절염에 걸려 뒤틀려 있었다고. 그런 다음 자신의 가설을 들려주었다. 해리는 의자에 등을 기댄 채 반응을 기다렸다.

펠리컨은 안경 너머로 해리를 응시했지만, 회의실에 모인 사람 전체를 향해 말하는 듯했다.

"아델이 원해서 섹스를 했다는 게 무슨 뜻이에요? 그 여자는 도와달라고 소리치고 있었다고요, 맙소사!"

"그건 엘리아스 스코그가 나중에 했던 생각이지. 그 장면을 보고 맨 처음 했던 생각은 두 남녀가 상호합의하에 섹스하고 있다는 거였어."

"하지만 남자와 동행해서 산장에 간 여자가 우연히 만난 낯선 남자와 한밤중에 섹스하는 경우가 어디 있어요! 여자가 아니라도 그 정도는 알 수 있는 거 아닌가요?" 펠리컨이 격분하며 나지막이 쏘아붙였다. 그녀는 헤어스타일을 레게 머리로 바꿨는데, 충격적일 정도로 안 어울리는 그 머리 때문에 분노한 메두사처럼 보였다.

그 말에 대꾸한 사람은 해리가 아닌, 해리의 옆사람이었다. "당신이 여자라는 이유만으로 이 세상 인구 절반의 섹스 취향을 더 잘 안다고 생각하는 거야?" 에르달은 말을 멈추고는, 깨끗하게 손질된 새끼손가락 손톱을 유심히 바라보았다. "아델 베틀레센이 걸핏하면 남자를 갈아치우는 여자라는 건 이미 뻔한 사실 아닌가? 만난 지 얼마 안 된 남자와 한밤중에 폐기된 공장에서 섹스한 여자야. 안 그래?"

에르달은 손을 내리고, 이제는 약지를 다듬기 시작했다. 그러면서 오로지 해리의 귀에만 들릴 정도로 나지막하게 중얼거렸다. "너보다는 내가 여자랑 더 많이 잤다고, 이 말라깽이 새대가리야."

"여자들은 토니에게 쉽게 빠지고, 토니도 마찬가지지." 해리가 말했다. "토니는 그날 밤 늦게 산장에 도착했어. 아델의 남자친구는 무슨 일로 화가 나서, 일찍 잠자리에 들었지. 토니와 아델은 누구의 방해도 없이 시시덕거렸을 거야. 토니는 약혼녀와 삐걱거리는 상태였고, 아델은 함께 온 남자에게 흥미가 떨어지던 차였지. 둘은 눈이 맞았어. 문제는 산장이 사람들로 바글거린다는 거야. 그래서 한밤중에 몰래 밖으로 빠져나와 화장실 옆에서 만났지. 키스하고 더듬다가 토니가 아델 뒤에 서서 바지를 내렸어. 너무 흥분한 나머지 성범죄과에서 '쿠퍼액'이라고 부르는 용액이 페니스에서 흘러나와, 아델의 바지에 묻은 거야. 그렇게 두 사람은 섹스를 했지. 절정에 도달한 아델의 신음 소리가 너무 커서, 엘리아스 스코그는 잠에서 깨어 창밖을 내다보았어. 그리고 분명 남자친구도 그 소리에 깨서 창밖을 바라보았을 거야. 아델은 전혀 개의치 않았어. 반면 토니는 아델의 신음 소리를 막으려 했고."

"아델은 개의치 않았는데, 토니는 왜 신경 쓴 거죠?" 펠리컨이 버럭 외쳤다. "이런 식의 문란한 성관계로 낙인이 찍히는 건 여자 쪽이에요. 반면 남자는 다른 남자들 사이에서 위상이 더 높아지죠. 그걸 잊으면 안 돼요!"

"토니 라이케에게는 그녀의 입을 틀어막을 이유가 최소한 두 가지가 있었어." 해리가 말했다. "첫째로, 누구의 약혼자라는 타이틀로 타블로이드지를 도배하는 처지라면 다른 여자와 재미 보는 걸 동네방네 떠들어대고 싶지 않겠지. 특히나 장인 될 사람의 돈으로 콩고에서의 투자가 구제될 판이라면 말이야. 둘째로, 토니 라이케는 그 지대를 잘 아는 노련한 산악인이야."

"그게 대체 이 사건과 무슨 상관이에요?"

킬킬거리는 웃음소리가 들리자, 다들 테이블의 상석을 바라보았다. 거기에는 미카엘 벨만이 앉아 있었다.

"눈사태 때문이야." 벨만이 키득거렸다. "토니 라이케는 아델의 고함 소리에 눈사태가 일어날까 두려웠던 거야."

"토니는 분명 사망자가 발생하는 눈사태의 4분의 3 이상이 인재라는 걸 알고 있었어." 해리가 말했다.

테이블 주위로 요란한 웃음소리가 퍼져갔다. 펠리컨마저도 빙그레 웃지 않을 수 없었다.

"하지만 왜 아델의 남자친구가 그들을 봤을 거라고 생각해요?" 펠리컨이 물었다. "그리고 왜 아델이 그걸 신경 쓰지 않았을 거라는 거죠? 어쩌면 아델은 너무 흥분한 나머지 남자친구의 존재를 깜빡 잊은 걸 수도 있잖아요."

"왜냐하면," 해리가 의자에 등을 기대며 말했다. "아델은 전에도 그런 적이 있으니까. 다른 남자와 후배위를 하는 동안, 그걸 휴대전화로 찍어서 남자친구에게 보냈거든. 의심의 여지가 없는 무정한 이별 통보인 셈이지. 친구들 말에 의하면, 아델은 호바스 산장에 다녀온 후로 그 남자를 다시 만나지 않았어."

"재미있군. 근데 거기서 우리가 뭘 얻을 수 있지?" 벨만이 말했다.

"동기. 처음으로 이 사건에 '왜'가 생긴 거야."

"그럼 미치광이 연쇄살인범 이론에서 벗어나는 건가요?" 에르달이 물었다.

"스노우맨도 동기가 있었어요." 방금 전에 회의실로 들어와, 맨 끝자리에 앉은 베아테 뢴이 말했다. "제정신이 아니기는 했어도 분명한 동기가 있었죠."

"이번 사건은 더 단순해." 해리가 말했다. "유구한 역사를 자랑하는 '질투'이지. 이 나라에서 발생하는 세 건의 살인사건 중 두 건의 동기. 다른 나라도 마찬가지고. 그런 의미에서 본다면 우리 인간은 꽤나 뻔한 존재야."

"그 이론대로라면 아델 베틀레센과 토니 라이케의 죽음이 설명돼요. 하지만 다른 사람들은요?" 펠리컨이 물었다.

"그들도 죽여야 했어. 산장에서 벌어진 일을 봤을 가능성이 있으니까.

그걸 경찰에게 알려서 우리가 모르는 동기를 알려줄 수 있지. 더 최악인 건, 그자가 철저하게 굴욕당하는 장면을 그들이 목격했다는 거야. 그의 여자친구는 공개적으로 바람을 피웠어. 정신이 불안정한 사람에게는 그것만으로도 충분한 동기가 될 수 있지."

벨만이 박수를 쳤다. "곧 답을 얻게 되면 좋겠군. 크롱리와 통화했는데, 수색 지역의 날씨가 많이 좋아졌대. 이젠 탐지견도 보내고, 헬리콥터도 띄울 수 있을 거야. 그런데 그 시신이 토니 라이케인 것 같다고 왜 진작 말하지 않았지, 해리? 무슨 이유라도 있나?"

해리는 어깨를 으쓱였다. "시신을 금방 수거할 줄 알았거든. 그러니 굳이 내 추측을 떠벌일 필요가 없지. 관절염이 그렇게 드문 병도 아니고."

벨만은 잠시 해리를 응시하다가, 나머지 사람들을 향해 말했다. "이제 우리에게는 용의자가 생겼다. 용의자에게 이름을 붙여주고 싶은 사람?"

"여덟 번째 손님." 에르달이 말했다.

"백마 탄 왕자님." 펠리컨이 외쳤다.

몇 분간 정적이 감돌았다. 마치 토론을 계속하기 전에 이 단어를 소화시킬 시간이 필요하다는 듯이.

"전 전략가는 아니지만," 베아테 뢴이 말문을 열었다. 베아테 뢴이 무언가를 언급할 때는 미리 그것에 대해 철저히 조사한 후라는 사실을 다들 알고 있었다. "그 가설에는 뭔가 고개를 갸우뚱하게 만드는 점이 있지 않나요? 토니는 살인사건이 일어났던 시간에 알리바이가 있었어요. 그런데 왜 이 모든 단서들이 토니를 가리키는 걸까요? 토니의 집에서 엘리아스 스코그에게 전화한 기록이 있는가 하면, 살인 흉기는 콩고에서 구입했죠. 게다가 콩고는 토니가 돈을 투자한 곳이기도 하고요. 이 모든 게 다 우연일까요?"

"아니." 해리가 말했다. "처음부터 왕자님은 우리를 토니 라이케에게 인도했어. 율리아나 베르니에게 돈을 주고 콩고에 다녀오게 한 것도 이 왕자님이야. 콩고와 관련된 단서가 토니 라이케를 지목하리라는 걸 알고 있었으니까. 토니의 집에서 엘리아스 스코그에게 전화한 기록 말인데, 오늘 내가 조사를 좀 해봤지. 진작 했어야 했는데, 미처 하지 못한 조사였어. 범인을 거의 다 잡았다고 생각할 때 으레 건너뛰는 조사라고 할 수 있지. 왜냐하면 우리에게 불리한 증거가 나오길 원치 않으니까. 토니의 집에서 엘리아스 스코그에게 전화했던 시간에 토니 사무실의 직통 전화로 세 통의 전화를 한 기록이 있었어. 토니가 동시에 두 군데에 있을 수는 없지. 난 그가 사무실에 있었다는 데 200크로네 걸겠어. 반대쪽에 걸 사람?"

정적이 흘렀지만, 다들 눈이 휘둥그레졌다.

"그렇다면 백마 탄 왕자님이 토니의 집에서 엘리아스 스코그에게 전화했다는 건가요? 어떻게요?" 펠리컨이 물었다.

"토니가 경찰청에 왔을 때 며칠 전 지하실에 도둑이 들었다고 했어. 엘리아스 스코그에게 전화했던 시기와 맞아떨어지더군. 백마 탄 왕자님은 그 침입을 평범한 빈집털이로 위장하려고 자전거를 가져갔어. 그렇게 되면 우리가 그 사건에 주목하기는 해도, 별다른 의심은 하지 않을 테니까. 토니는 그런 빈집털이는 신고해봤자 경찰이 아무런 조치도 취하지 않는다는 걸 알고 있었어. 그래서 신고도 안 했지. 그렇게 백마 탄 왕자는 토니에게 불리한 결정적 증거를 심어놓은 거야."

"영악한 놈!" 펠리컨이 외쳤다.

"어떻게 했는지는 알겠어요." 베아테 뢴이 말했다. "하지만 왜요? 왜 토니 라이케를 지목한 거죠?"

"조만간 우리가 살인사건을 호바스 산장과 연결시키리라는 걸 알았으니까." 해리가 말했다. "그렇게 되면 용의자 수가 줄어들고, 그날 밤 그 산장에 있었던 사람들이 전부 주목받게 되지. 왕자님이 숙박부를 찢어간 데는 두 가지 이유가 있어. 첫째, 그날 밤에 있었던 사람의 이름을 모두 알기 위해서야. 그래야 시간이 날 때 그들을 찾아내서 죽일 수 있으니까. 반면 경찰은 다른 투숙객이 누군지 모르고, 따라서 왕자님을 막지 못하지. 둘째, 이건 더 중요한 이유인데, 자기 이름을 감추기 위해서야."

"논리적이군요." 에르달이 말했다. "그리고 우리를 따돌리기 위해 명백한 용의자를 내놓았죠. 토니 라이케."

"그자가 토니 라이케를 맨 마지막에 죽인 것도 그 때문일 겁니다." 한 형사가 말했다. 프리드쇼프 난센처럼 콧수염을 무성하게 기른 남자였는데, 해리는 그의 성밖에 기억나지 않았다.

그 형사 옆에 앉은 젊은 남자가 끼어들었다. 환하고 윤기 나는 피부에 반짝이는 눈동자를 가진 그 형사의 경우에는 성도, 이름도 기억나지 않았다. "하지만 불행히도 토니에게는 살인사건이 발생하던 시간에 알리바이가 있었어요. 이제 희생양으로서 토니가 쓸모없어지자, 마침내 가장 중요한 적을 제거할 때가 된 거죠."

실내 온도가 높아졌다. 망설이는 희미한 겨울 태양이 이 과정을 환하게 비춰주는 듯했다. 마침내 진전이 있었고, 매듭이 느슨해졌다. 해리는 의자에 앉아 있던 벨만이 몸을 더 내민 것을 볼 수 있었다.

"다 맞는 말이긴 한데요." 베아테 뢴이 말문을 열었다. 해리는 그다음에 이어질 '하지만'을 기다리는 한편, 그녀가 무엇을 물어보려고 하는지 깨달았다. 그녀는 일부러 해리의 주장에 반대하는 척할 것이다. 그에게 답이 있음을 알고 있기 때문이다. "하지만 왜 백마 탄 왕자님은 일을 쓸데없이 복잡하게 만들었을까요?"

"우리 인간은 모두 복잡하기 때문이지." 해리는 이 대답이 예전에 듣고 잊어버렸던 어떤 말의 메아리임을 깨달았다. "우리는 복잡하면서도 정확하게 맞물려 있는 일을 하고 싶어 해. 자신의 운명을 조종하면서, 내 우주의 지배자가 된 기분을 느끼고 싶어 하지. 카도크 공장에서 불타버린 방, 그 방을 봤을 때 내 머릿속에 뭐가 떠올랐는지 알아? 관제실이야.

본부. 왕자님이 토니를 죽일 계획을 세웠는지는 잘 모르겠어. 어쩌면 그가 원했던 건 그저 토니가 체포되어 유죄 판결을 받는 것이었을지 몰라."

방 안이 어찌나 고요한지, 밖에서 지저귀는 새소리까지 들렸다.

"왜요?" 펠리컨이 물었다. "그를 죽이거나, 고문할 수 있었을 텐데요."

"고통과 죽음은 인간이 겪는 최악의 상황이 아니니까." 해리는 이것 역시 메아리임을 깨달았다. "인간이 겪는 최악의 상황은 굴욕이야. 왕자님은 토니가 그걸 겪기 바랐던 거야. 가지고 있던 것을 모두 빼앗기는 굴욕. 추락, 수치."

베아테 뢴의 입가에 미소가 스쳤고, 그녀가 인정한다는 듯이 고개를 끄덕였다.

"하지만," 해리는 설명을 계속했다. "앞서 말했듯이 애석하게도 토니에게는 알리바이가 있었어. 따라서 토니는 부차적인 벌을 받는 것으로 끝났지. 천천히, 잔인하게 살해당하는 벌."

이어지는 침묵 속에서 해리의 머릿속에 무언가가 휙 지나갔다. 고기 굽는 냄새. 그러자 갑자기 회의실 전체가 숨을 내쉬는 듯했다.

"그럼 이제 어떻게 하죠?" 펠리컨이 물었다.

해리는 시선을 들었다. 창밖 나뭇가지에 앉아 지저귀는 새는 되새였다. 너무 이르게 도착한 철새. 사람들에게 봄이 왔다는 희망을 주지만, 정작 저 새는 서리가 내리는 밤이면 바로 얼어 죽는다.

난들 아나. 해리는 생각했다. 난들 아냐고.

강꼬치고기

그날 아침 크리포스의 회의는 매우 길었다.

이번에는 비에른 홀름이 카도크 공장에서의 과학수사에 대해 보고했다. 정액은 발견되지 않았으며, 그 외 범인의 다른 물적 증거도 나오지 않았다. 범인이 사용했던 방은 정말로 전소되었고, 컴퓨터는 고철 덩어리로 전락했으며, 데이터를 복구할 수 있는 가능성은 전혀 없었다.

"범인은 아마도 그 지역에서 보안이 되지 않는 네트워크를 사용해서 인터넷에 접속했을 겁니다. 뉘달렌에는 그런 사람들이 아주 많거든요."

"분명히 흔적이 남았을 텐데." 에르달이 말했다. 하지만 그 말은 왜 그렇게 생각하는지 설명할 수 있는 주장이라기보다는, 다른 데서 주워들은 후렴구처럼 들렸다.

"물론 그 지역에 있는 수백 개의 네트워크에 접속해 우리가 모르는 뭔가가 있는지 찾아볼 수 있습니다." 비에른이 말했다. "하지만 몇 주가 걸릴지 모르겠어요. 또 과연 뭐가 나올지도 모르겠고요."

"내게 맡겨줘." 해리가 말했다. 그는 벌써 자리에서 일어나, 번호를 누르며 문으로 가는 중이었다. "할 만한 사람이 있어."

해리는 문을 열어둔 채 밖으로 나갔다. 상대가 전화 받기를 기다리는 동안, 문틈으로 또 다른 형사의 설명이 들렸다. 탐문 수사를 해보았지만 누군가 카도크 공장으로 들어가거나, 나오는 것을 본 사람은 아무도 없다고 했다. 그도 그럴 것이, 공장이 나무와 관목 뒤에 완전히 숨어 있기 때문이었다. 게다가 지금은 겨울이라 해가 금방 졌다.

상대가 전화를 받았다. "카트리네 브라트 씨의 비서입니다."

"여보세요?"

"브라트 씨는 현재 점심 식사 중이십니다."

"미안하지만 카트리네, 식사는 나중으로 미뤄야겠어. 들어봐……."

해리가 원하는 것을 설명하는 동안, 카트리네는 잠자코 들었다.

"백마 탄 왕자님이 벽에 사진을 붙여두었는데, 아마 인터넷 웹사이트에서 출력했을 거야. 자네가 가진 검색엔진으로 그 지역의 네트워크에 접속해. 서버 로그를 확인해서 살인사건 기사가 실린 웹페이지에 접속한 사람들을 알아내. 분명 한둘이 아니겠지만……."

"그래도 왕자님이 제일 많이 접속했겠죠. 그냥 다운로드 횟수에 따른 목록을 작성하라는 명령만 하면 돼요." 카트리네가 말했다.

"흠. 빨리 배웠군."

"제 이름이 그렇잖아요. 카트리네 브라트. 브라트는 가파르다는 뜻이니까, 제 학습곡선이 가파르게 상승하는 거죠. 아셨어요?"

해리는 다시 회의실로 들어갔다.

그들은 토니가 해리의 휴대전화에 남긴 메시지를 재생했다. 비에른 홀름은 목소리를 분석하기 위해 트론헤임에 있는 과학기술대학인 NTNU에 그 메시지를 보냈다. 은행 강도의 경우에는 녹음된 목소리를 분석해 큰 성과를 얻는 경우가 많았다. 사실 CCTV보다 나았다. 목소리는 아무리 바꾸려 해도 변조가 매우 힘들기 때문이다. 하지만 이번은 예외였다. 기침인지 웃음인지 구분할 수 없는 그 소리는 아무 쓸모도 없으며, 목소리 프로필을 작성할 수도 없다고 했다.

"젠장." 벨만이 한 손으로 테이블을 내려치며 말했다. "목소리 프로필만 있으면 그걸 발판으로 용의선상에 오른 사람들을 지워나갈 수 있을 텐데."

"용의선상에 오른 사람이 있기나 한가요?" 에르달이 중얼거렸다.

"기지국 신호에 의하면, 토니의 전화를 쓴 사람이 누구든 그자는 전화할 때 우스타오셋 도심 근처에 있었습니다." 비에른이 말했다. "전화를 건 후에는 신호가 곧바로 약해졌어요. 그 통신사는 우스타오셋 부근에서만 신호가 잡히거든요. 하지만 전화를 건 후에 신호가 약해졌다는 건 전화한 사람이 백마 탄 왕자님이라는 이론을 뒷받침해주죠."

"왜지?"

"휴대전화를 사용하지 않아도 기지국에서는 매 시간마다 신호를 받습니다. 그런데 토니의 전화가 아무 신호도 보내지 않았다는 것은 전화한 전후에 우스타오셋 부근의 외딴 산악지대에 있었다는 뜻이니까요. 아마도 눈사태가 일어나고 고문받는 등등의 일이 일어나는 동안 전화기를 가지고 있었을 겁니다."

아무 반응도 없다. 좀 전의 환희는 증발해버리고 없었다. 해리는 자기 자리로 걸어갔다.

"벨만 경정의 말대로 우리가 발판을 마련할 수 있는 가능성이 딱 하나 있지." 해리가 부드럽게 말했다. 더는 직원들의 주목을 끌려고 애쓸 필요가 없었기 때문이다. "다시 토니의 집과 그 빈집털이 사건으로 돌아가 보자고. 범인이 토니의 집에서 엘리아스 스코그에게 전화하기 위해 그 집에 들어갔다고 가정해봐. 또 하얀 옷을 입은 우리의 감식반원들이 현장을 철두철미하게 조사했다고 가정해보자고. 내가 한발 늦게 도착해서 우연히…… 비에른과 마주쳤을 때 다들 그렇게 일하는 것처럼 보였으니까." 비에른 홀름은 머리를 한쪽으로 기울이고는 '농담은 관두세요'라는 시선을 던졌다. "……그렇다면 토니의 집에서…… 백마 탄 왕자님의 지문도 이미 채취하지 않았을까?"

다시 회의실에 햇빛이 비쳤다. 다들 시선을 교환했다. 부끄러워하는 듯한 시선이었다. 이 뻔하고, 이 간단한 사실을 아무도 생각 못했다니…….

"오늘 회의는 새로운 사실이 많이 밝혀진 힘든 회의였군." 벨만이 말했다. "분명 우리 뇌도 좀 지치기 시작했을 거야. 하지만 이걸 어떻게 생각하나, 홀름?"

비에른 홀름은 이마를 찰싹 때렸다. "당연히 토니의 집에 있던 지문들은 모두 보관하고 있습니다. 당시에는 토니가 범인이고, 그의 집이 범죄 현장일지도 모른다고 생각하며 조사했으니까요. 피살자의 지문과 일치하는 지문이 나오기를 바라고 있었죠."

"신원을 밝혀내지 못한 지문이 많았나?" 벨만이 물었다.

"그게 문제예요." 비에른 홀름이 미소를 지었다. "토니의 집에는 일주일에 한 번씩 청소를 해주는 폴란드인 여자가 둘 있었어요. 그 여자들이 엿새 전에 와서 아주 반짝반짝하게 청소를 해놓고 갔죠. 그래서 우리가 찾아낸 지문은 토니 라이케와 레네 갈통, 두 폴란드 여자, 그리고 피살자들의 지문과 전혀 일치하지 않는 신원 미상자의 지문뿐이었어요. 토니에게 알리바이가 있었던 게 밝혀지고 그가 풀려나면서, 그게 누구의 지문인지 더 조사하지 않았죠. 하지만 지금 당장은 그 신원 미상자의 지문이 어디서 발견되었는지 기억이 안 나네요."

"난 기억해요." 베아테 뢴이 말했다. "스케치와 사진이 첨부된 보고서를 받았거든요. 'X1'의 왼손 지문은 거만하고 흉물스러운 책상 위에서 나왔어요. 이렇게요." 베아테는 자리에서 일어나 왼손으로 책상을 짚었다. "내 추측이 틀리지 않았다면, 아마 유선전화기 근처였을 거예요. 이렇게." 그녀는 오른손으로 전화를 나타내는 만국 공통의 모양을 만들었다. 엄지는 귀에, 새끼손가락은 입에 댄 모양.

"신사 숙녀 여러분." 벨만이 활짝 웃으며, 한쪽 팔을 펼쳤다. "이제야

말로 진짜 단서가 나온 것 같군요. X1과 일치하는 지문을 계속 찾아봐, 홀름. 하지만 부탁이니 그게 공짜전화 몇 통 걸려고 들어왔던, 폴란드 청소부 아줌마의 남편이었다는 말은 하지 말아주게."

나가는 길에 펠리컨이 해리 옆으로 슬그머니 다가왔다. 그녀는 땋아 내린 머리를 어깨 뒤로 넘기며 말했다. "내가 생각했던 것보다 실력이 좋으시네요, 반장님. 하지만 자기 가설을 설명할 때 가끔씩 '내 생각에는'을 넣어주면 어디 덧나나요?" 그녀는 미소를 짓더니 그의 옆구리를 슬쩍 찔렀다.

해리는 그녀의 미소가 고마웠지만, 옆구리를 찌른 것은 좀……. 주머니에 들어 있던 휴대전화가 부르르 떨렸다. 전화를 꺼내보니 병원은 아니었다.

"그 사람 아이디가 내슈빌이에요." 카트리네 브라트가 말했다.

"미국의 도시?"

"네. 그자는 대형 신문사의 웹사이트에 죄다 들어가서 살인사건 기사들을 빠짐없이 읽었어요. 나쁜 소식은 내가 알아낼 수 있는 건 거기까지라는 거예요. 내슈빌은 딱 두 달 동안만 인터넷에서 활발하게 활동했는데, 오로지 살인사건 관련 정보들만 검색했어요. 이건 뭐 조사받기를 기다리고 있었던 사람 같아요."

"우리가 찾는 사람 같군, 좋아." 해리가 말했다.

"카우보이모자 쓴 사람을 찾아보세요."

"뭐라고?"

"내슈빌이잖아요. 컨트리 음악의 메카."

잠깐 정적이 흘렀다.

"여보세요? 반장님?"

"듣고 있어. 그래. 고마워, 카트리네."

"키스는 안 해주세요?"

"얼굴 구석구석에 해주지."
"됐네요."
그들은 전화를 끊었다.

◆

해리가 배정받은 사무실에서는 브륀 시가지가 내려다보였다. 그가 브륀 시가지의 볼품없는 구석구석을 바라보고 있을 때 노크 소리가 들렸다.

베아테 뢴이 문간에 서 있었다.

"흠, 적과 동침하는 기분이 어때요?"

해리는 어깨를 으쓱였다. "적은 백마 탄 왕자님이야."

"그렇다면 다행이고요. 책상에서 채취한 지문을 데이터베이스에 넣고 돌렸는데, 일치하는 지문이 없다는 소식을 말해주려고 들렀어요."

"예상대로군."

"아버님은 어떠세요?"

"이번 주를 못 넘길 거야."

"정말 유감이에요."

"고마워."

둘은 서로를 바라보았다. 불현듯 그가 장례식에서 보게 될 얼굴이 바로 저 얼굴이라는 생각이 들었다. 예전에 다른 장례식에서 봤던 얼굴, 비극적인 커다란 눈동자에 눈물로 얼룩진 작고 창백한 얼굴. 마치 장례식용으로 만들어진 듯한 얼굴.

"무슨 생각하세요?" 베아테가 물었다.

"내가 아는 살인범 중에 이런 식으로 살인을 저지르는 사람은 딱 한 명뿐이야." 해리가 다시 등을 돌려 전망을 바라보며 말했다.

"범인이 스노우맨을 연상시키나 보군요, 그렇죠?"

해리는 천천히 고개를 끄덕였다.

그녀는 한숨을 쉬었다. "말하지 않겠다고 약속했는데, 실은 라켈이 전화했었어요."

해리는 헬스퓌르의 아파트 단지를 바라보았다.

"반장님에 대해 묻더군요. 잘 지낸다고 했어요. 제가 잘한 건가요?"

해리는 숨을 깊이 들이쉬었다. "물론이지."

베아테는 한동안 문간에 서 있다가 떠났다.

라켈은 어떻게 지낸대? 올레그는? 지금 어디에 있대? 밤이 되면 뭘 하지? 누가 그들을 지켜주고, 망을 봐주지? 해리는 손으로 머리를 받친 채 귀를 막았다.

백마 탄 왕자님의 머릿속을 들여다볼 수 있는 사람은 오직 한 명뿐이다.

불현듯 오후의 어스름이 내려앉았다. 걸핏하면 제보를 해대는 호텔 접수원 겸 정보원인 캡틴에게서 전화가 걸려왔다. 그는 〈아프텐포스텐〉에 실린 목격자 이스카 펠러 양이 그 호텔에 묵는지 물어보는 전화를 받았다고 보고했다. 해리는 아마 기자일 거라고 대답했다. 하지만 캡틴은 아무리 인간 말종 같은 기자라 해도 게임의 법칙은 알고 있다고 했다. 다시 말해, 기자들은 반드시 자신의 이름과 소속 신문사, 직급을 밝힌다는 것이다. 해리는 캡틴에게 고맙다고 말했다. 또 무슨 일이 있으면 연락 달라고 말하려던 찰나, 괜히 귀찮아질지 모른다는 생각에 관뒀다. 곧이어 벨만이 전화해서 기자회견이 열릴 거라고 했다. 혹시 해리가 참석하고 싶다면······.

해리는 거절했고, 벨만은 안도하는 듯했다.

해리는 손가락으로 책상을 두들겨댔다. 전화기를 들어 카야에게 전화하려다가 다시 내려놓았다.

다시 전화기를 들어, 시내의 주요 호텔에 전화했다. 다른 호텔은 이스카 펠러에 대해 묻는 전화를 받은 적이 없다고 했다.

해리는 손목시계를 보았다. 술이 마시고 싶었다. 벨만의 사무실로 쳐들어가, 내 아편을 대체 어떻게 했느냐고 호통치며 주먹을 쳐들고 싶었다. 자신의 주먹 앞에서 벨만이 움츠리는 꼴을 보고 싶었다.

오로지 한 사람만 알고 있다.

해리는 자리에서 일어나 의자를 발로 차고는, 코트를 들고 밖으로 나갔다.

도심으로 차를 몰아, 노르웨이 극장 앞에 차를 세웠다. 주차 금지라고 크게 적힌 구역이었다. 그러고는 길을 건너, 호텔 프런트로 갔다.

캡틴이 그 별명을 얻게 된 것은 이 호텔의 도어맨으로 일하던 시절부터였다. 그 이유는 아마도 그가 입은 새빨간 제복 그리고 끊임없이 주위의 모든 사람과 사물에 대해 지적하고, 명령을 내리는 성격 때문일 것이다. 게다가 그는 스스로를 도심에서 발생하는 중대한 모든 사건의 교차로이자, 도심의 맥박을 짚는 자, 모든 것을 아는 자라고 생각했다. 오슬로를 안전하게 지켜주는 경찰 조직에서 이루 헤아릴 수 없이 중요한 위치를 차지하는 정보원이라고.

"제 뇌의 바로 뒤쪽에서 지금도 그 특이한 목소리가 들리네요." 캡틴이 입맛을 다시며 자신의 말을 음미했다. 옆에 서 있던 직원이 어이없다는 표정으로 눈알을 굴렸다.

"게이 같더군요." 캡틴이 결론지었다.

"고음이었나요?" 해리는 아델의 친구가 했던 말을 생각하며 물었다. 아델은 남자친구의 말투에 무언가 홀딱 깨는 구석이 있다고 했다. 자신의 게이 룸메이트처럼.

"아뇨, 그보다는 이런 식이었습니다." 캡틴이 손끝을 구부리고, 눈꺼풀을 파르르 떨더니, 시끄러운 게이 흉내를 냈다. "나ᄂ한테 지-인짜로 화났어, 쇠렌!"

쇠렌이라고 적힌 이름표를 달고 있던 직원이 킥킥거렸다.

해리는 고맙다고 말했고, 이번에도 하마터면 또 무슨 일이 있으면 연락 달라고 말할 뻔했다. 그는 호텔 밖으로 나가, 담배에 불을 붙이고 호텔 간판을 올려다보았다. 무언가가 있었다……. 순간 그의 차 뒤로 주차 단속 차량이 보였다. 제복을 입은 주차단속 요원이 해리가 몰고 온 차의 등록 번호를 적고 있었다.

해리는 길을 건너가 신분증을 보여주었다. "경찰 업무차 온 거요."

"상관없수다. 주차 금지는 주차 금지니까." 제복이 계속 적으면서 말했다. "억울하면 항의서 보내든가."

"음. 우리 경찰도 원하면 주차 딱지 발부할 수 있다는 거 알죠?"

남자는 고개를 들고 씩 웃었다. "당신 주차 딱지를 직접 발부할 수 있게 해달라는 얘기라면, 사람 잘못 봤소, 형씨."

"난 당신 차를 두고 한 말인데." 해리가 가리켰다.

"그건 내 차고, 난 주차 단속하려고……."

"주차 금지는 주차 금지니까."

제복이 심통 난 표정으로 그를 노려보았다.

해리는 어깨를 으쓱였다. "억울하면 항의서 보내요, 형씨."

제복은 탁 소리 나게 수첩을 덮고는, 몸을 돌려 자신의 차로 걸어갔다.

해리가 우니베르시텟스 가에 도달했을 때 휴대전화가 울렸다. 군나르 하겐이었다. 좀처럼 통제력을 잃는 법이 없는 강력반 책임자의 목소리가 흥분으로 살짝 떨렸다.

"당장 여기로 오게, 해리."

"무슨 일입니까."

"와 보면 알아. 배수로로 와."

◆

콘크리트 복도 맨 끝의 사무실에 도달하기 한참 전부터 목소리가 들리고, 플래시가 터지는 게 보였다. 군나르 하겐과 비에른 홀름은 해리의 옛 사무실 문 옆에 서 있었다. 과학수사과의 여자 요원이 지문을 채취하기 위해 브러시로 문과 손잡이를 털고 있었다. 비에른을 닮은 남자 요원은 사무실 한쪽 구석에 반쯤 찍힌 발자국을 카메라로 찍고 있었다.

"그 발자국은 옛날 거야." 해리가 말했다. "우리가 여기를 사무실로 쓰기 전부터 있었다고. 이게 다 무슨 일이야?"

비에른의 닮은꼴이 어떻게 할지 묻자, 비에른은 그만 하라는 뜻으로 고개를 끄덕였다.

"교도관 하나가 이 사무실 문 옆에서 이걸 발견했네." 하겐은 그렇게 말하며, 증거를 담아두는 투명한 비닐백을 들어보였다. 안에는 갈색 봉투가 들어 있었다. 봉투에 붙은 주소 스티커에는 해리의 이름이 인쇄되어 있었다.

"교도관 말로는 이 봉투가 최대한 이틀간 여기 놓여 있었을 거라는군. 이 배수로는 사람들이 매일 다니는 곳이 아니니까."

"지금 봉투의 습도를 측정하고 있어요." 비에른이 말했다. "비슷한 봉투를 여기에 두고, 같은 수치의 습도가 나오려면 얼마나 걸리는지 기다리는 중입니다. 그런 다음에 거슬러 가야죠."

"오호. 꼭 〈CSI〉 같은데?" 해리가 말했다.

"시기를 알아낸다고 해서 꼭 도움이 되는 건 아닐세." 하겐이 말했다. "범인은 분명 감시 카메라를 피해서 왔을 거야. 그건 사실 누워서 떡먹기지. 사람들이 붐비는 로비를 지나서 엘리베이터를 타고, 여기로 내려오면 되니까. 감옥이 있는 곳으로 올라가지만 않는다면, 여기 문들은 다 열려 있으니까."

"잠가둘 이유가 없죠. 담배 좀 피워도 될까요?" 해리가 말했다.

아무도 대답하지 않았지만, 표정만으로 충분한 답이 되었다. 해리는 어깨를 으쓱였다.

"지금쯤이면 저 봉투 안에 뭐가 들었는지 말해줘야 하는 거 아닌가요?" 해리가 말했다.

비에른 홀름이 또 다른 비닐백을 들어 올렸다.

하지만 불빛이 침침한 터라 안에 뭐가 들어 있는지 잘 보이지 않았다. 해리는 한발 더 가까이 갔다.

"이런 젠장." 해리는 얼른 반 발짝 물러섰다.

"가운뎃손가락일세." 하겐이 말했다.

"손가락은 먼저 부러진 듯합니다." 비에른이 말했다. "그런 다음에 아주 깔끔하고 매끈하게 잘렸어요. 피부도 전혀 너덜너덜해지지 않았고요. 도끼 같은 걸로 자른 거죠. 아니면 커다란 칼이나."

이쪽으로 뛰어오는 누군가의 급박한 발소리가 배수로에 울려 퍼졌다.

해리는 손가락을 바라보았다. 하얀색이었고 피는 모두 빠졌지만, 손끝은 푸르스름한 검은색으로 물들어 있었다.

"저게 뭐지? 벌써 지문 채취를 한 거야?"

"네. 운이 좋으면 그 결과가 오는 중일 거예요." 비에른이 말했다.

"내 짐작엔 오른손 같군." 해리가 말했다.

"맞네. 잘 봤어." 하겐이 말했다.

"봉투에 또 다른 건 없었고?"

"네. 우리가 아는 건 다 말씀드렸어요. 이제 우리나 반장님이나 아는 건 똑같아요."

"아마도." 해리는 담뱃갑을 만지작거렸다. "하지만 그 손가락에 대해 내가 아는 게 하나 더 있어."

"우리도 그 점에 대해 생각했네." 하겐이 비에른 홀름과 시선을 교환하며 말했다. 쿵쿵 뛰어오는 발소리가 더 가까워졌다. "오른손 가운뎃손가락. 스노우맨이 자네에게서 가져간 손가락이지."

"여기 뭔가 나왔어요." 여자 과학수사 요원이 끼어들었다.

다들 그녀를 돌아보았다.

그녀는 바닥에 쪼그리고 앉은 채 엄지와 검지 사이에 무언가를 들고 있었다. 진회색 물건이었다. "보르그뉘의 살해 현장에서 발견되었던 자갈과 비슷하지 않나요?"

해리가 가까이 다가갔다. "맞아. 용암이야."

뛰어오는 발소리의 주인공은 셔츠 앞주머니에 경찰 신분증을 단 젊은 남자였다. 그는 비에른 홀름 앞에 멈춰 서서, 양손으로 무릎을 짚은 채 헐떡거렸다.

"어떻게 됐어, 로케르?" 비에른이 물었다.

"일치하는 지문이 나왔어요." 젊은 남자가 헐떡거렸다.

"내가 맞혀볼까?" 해리가 입술 사이로 담배를 밀어 넣으며 말했다.

다른 사람들의 시선이 해리에게로 향했다.

"토니 라이케."

킴 에리크 로케르의 얼굴은 실망한 기색이 역력했다. "어, 어떻게……?"

"난 스쿠터 아래로 튀어나온 토니의 오른손을 봤다고 생각했어. 그 손은 손가락이 멀쩡했지. 그러니까 그건 분명 오른손이 아니라 왼손이었던 거야." 해리는 비닐백을 향해 고갯짓했다. "손가락은 부러진 게 아니야. 그냥 뒤틀린 거야. 관절염 때문이지. 집안 내림이지만 전염은 되지 않는."

69
동글동글한 글씨

호브세테르에 위치한 테라스가 달린 집의 현관문이 열렸다. 문을 연 여자는 레슬링 선수처럼 어깨가 딱 벌어졌고, 키는 해리만큼 컸다. 여자는 그를 바라보며 참을성 있게 기다렸다. 마치 방문객들에게 찾아온 목적을 설명하라고 기다려주는 습관이 있는 사람처럼.

"네?"

그것은 예전에 전화 통화를 하면서 들었던 프리다 라르센의 목소리였다. 목소리만 들었을 때는 가냘프고 자그마한 여자라고 생각했었다.

"해리 홀레라고 합니다. 전화번호부에서 주소를 찾아냈습니다. 펠릭스 라르센 씨 있나요?"

"체스 하러 나갔는데요." 그녀가 심드렁하게 말했다. 그녀의 평소 태도인 듯했다. "이메일로 연락하세요."

"라르센 씨와 이야기를 좀 하고 싶습니다."

"무슨 이야기요?" 그녀는 엿볼 생각 말라는 듯이 문간을 막아섰다. 그녀의 몸집 때문에 엿볼 수도 없었다.

"경찰청에서 용암 조각을 발견했습니다. 전에 우리가 보내드린 샘플과 같은 화산에서 나온 건지 궁금해서요."

그녀보다 두 계단 아래에 서 있던 해리는 작은 돌을 들어 올렸다. 하지만 그녀는 문지방에서 꿈쩍도 하지 않았다.

"안 보여요. 오빠에게 이메일로 연락하세요." 그녀가 문을 닫으려고 움직였다.

"어쨌든 용암은 맞는 거죠, 그렇죠?"

해리의 질문에 프리다가 머뭇거렸다. 해리는 기다렸다. 경험상 전문가는 비전문가의 실수를 정정해주지 않고서는 못 견딘다는 사실을 알고 있었다.

"화산마다 용암의 성분은 제각각이에요." 그녀가 말했다. "게다가 분출할 때마다 달라지죠. 분석해보기 전에는 몰라요. 철광 함량으로 많은 걸 알 수 있죠." 그녀의 얼굴은 무표정했고, 눈은 무관심했다.

"제가 정말로 관심 있는 건 화산을 연구하면서 전 세계를 여행하는 사람들입니다. 그런 사람은 많지 않거든요. 그래서 혹시 오빠 분에게 노르웨이 대표단에 대해 대략적인 설명을 들을 수 있을까 해서 왔습니다."

"우리 같은 사람들은 당신이 상상하는 것보다 많아요."

"당신도 그중 한 명인가요?"

그녀는 어깨를 으쓱였다.

"두 분이 마지막으로 함께 올라갔던 화산이 어디죠?"

"탄자니아에 있는 올도이니오렝가이 산이에요. 그리고 산에 올라간 게 아니라, 근처에 머물기만 했어요. 화산이 폭발하고 있었거든요. 마그마 나트로카보나이트. 처음에는 검정색이지만, 공기와 접촉하면서 몇 시간 후에는 새하얗게 변하죠. 눈처럼."

그녀의 목소리와 얼굴이 갑자기 생기를 띠었다.

"오빠 분은 왜 사람을 피하죠? 혹시 벙어리인가요?"

프리다의 얼굴이 다시 딱딱하게 굳었다. 목소리는 생기를 잃고 무덤덤해졌다. "이메일로 연락하세요."

문이 어찌나 세게 닫혔는지 해리의 눈에 먼지가 들어갔다.

카야는 마리달스바이엔 가에 차를 세웠다. 찌그러진 울타리를 뛰어넘어, 가파른 내리막길을 조심스럽게 내려갔다. 길은 카도크 공장이 위치한 숲으로 이어졌다. 카야는 손전등을 켜고, 그녀의 얼굴을 찌르려고 덤벼드는 앙상한 나뭇가지들을 밀쳐내며 관목 속으로 걸어갔다. 수풀은 우거졌고, 그림자는 말없는 늑대처럼 주변을 펄쩍펄쩍 뛰어다녔다. 심지어 그녀가 걸음을 멈추고 귀를 기울이며 주변을 둘러볼 때도 나무 그림자들이 나무 위로 떨어졌다. 그 때문에 거울의 미로에 들어온 것처럼 뭐가 뭔지 알 수 없었다. 하지만 무섭지는 않았다. 닫힌 문을 무서워하는 사람치고는 이상하리만치 그녀는 어둠이 무섭지 않았다. 그녀는 강의 포효에 귀 기울였다. 무슨 소리가 들렸나? 여기서 들릴 리가 없는 소리? 카야는 계속 걸어갔다. 바람에 쓰러진 나무 아래로 고개를 숙이고 지나가다가 다시 걸음을 멈췄다. 하지만 그녀가 멈추는 순간, 다른 소리도 멈췄다. 카야는 숨을 깊이 들이쉬고, 생각의 고리를 끊었다. 모습을 드러내고 싶어 하지 않는 누군가가 그녀의 뒤를 밟고 있다는 생각.

그녀는 뒤돌아, 손전등을 비췄다. 이제 슬슬 어둠이 무서워지는 것 같기도 했다. 손전등의 불빛 속에서 몇몇 나뭇가지들이 흔들렸다. 하지만 분명 아까 그녀가 건드렸던 가지일 것이다. 그렇겠지?

카야는 다시 앞으로 돌아섰다.

손전등을 올리는 순간, 핏기 없이 창백한 얼굴과 휘둥그레진 눈동자가 나타났다. 그녀는 비명을 지르며 손전등을 떨어뜨리고, 뒤로 물러섰다. 하지만 눈앞의 형체는 꿀꿀거리는 웃음소리를 내며 뒤따라왔다. 어둠 속에서 형체가 허리를 숙였다가 다시 폈다. 그러더니 그녀가 떨어뜨린 손전등의 강렬한 빛이 그녀의 얼굴을 비췄다.

카야는 숨을 죽였다.

꿀꿀거리던 웃음소리가 멈췄다.

"받아." 목이 쉰 듯한 남자의 목소리가 말하더니 불빛이 옮겨갔다.

"받으라뇨?"

"손전등." 목소리가 말했다.

카야는 손전등을 받아들고, 남자의 옆을 비췄다. 남자를 눈부시게 하지 않으면서 그를 볼 수 있도록. 남자는 금발머리에 심한 주걱턱이었다.

"누구세요?" 카야가 물었다.

"트룰스 베른트센. 미카엘과 함께 일하지."

당연히 아는 이름이었다. 트룰스 베른트센. 그림자. 하지만 미카엘은 그를 비비스라 부르지 않았던가?

"난……."

"카야 솔네스지."

"맞아요, 어떻게……?" 그녀는 침을 삼키고 질문을 바꿨다. "여기는 어쩐 일이에요?"

그가 다시 꿀꿀거리는 소리로 웃었다. 하지만 대답은 하지 않았다. 그저 양팔을 몸에서 뗀 채 축 늘어뜨린 자세로 그녀 앞에 서 있었다. 마치 안에 벌레라도 들어간 것처럼 한쪽 눈꺼풀을 씰룩거리며.

카야는 한숨을 내쉬었다. "나와 같은 목적으로 왔다면, 공장을 감시하러 왔겠군요. 범인이 다시 나타날 경우를 대비해서."

"맞아, 범인이 다시 나타날 경우를 대비해서." 비비스를 닮은 남자가 그녀에게서 시선을 떼지 않은 채 말했다.

"그렇게 터무니없는 일도 아니에요, 그렇죠? 범인이 여기가 불에 탔다는 걸 모를 수도 있으니까."

"우리 아버지는 여기서 일했어. PSG를 만들고, 기침을 하면 PSG가 나오고, PSG가 되어간다고 말하곤 했지."

"여기 크리포스 사람들이 많이 왔나요? 미카엘이 당신에게 가보라고 한 거예요?"

"당신 이제 미카엘 안 만나지? 이젠 해리 홀레를 만나지?"

카야는 배 속이 차가워지는 것을 느꼈다. 이 남자가 어떻게 그런 것까지 알고 있지. 정말로 미카엘이 사람들에게 둘의 관계에 대해 떠들어대고 다녔나?

"당신은 호바스에 가지 않았죠?" 그녀가 화제를 바꾸었다.

"그랬나?" 꿀꿀거리는 웃음소리. "비번이었던 것 같아. 휴가를 냈지. 하지만 콜카는 갔어."

"네. 콜카는 있었죠." 카야는 나직하게 말했다.

갑자기 돌풍이 불자, 카야는 나뭇가지가 얼굴을 할퀴지 못하도록 고개를 돌렸다. 저 사람은 그녀의 뒤를 밟은 걸까? 아니면 그녀가 오기 전부터 있었던 걸까?

그걸 물어보려고 몸을 돌렸지만, 그는 이미 사라지고 없었다. 카야는 나무 사이로 손전등을 비췄다. 그의 모습은 어디에도 없었다.

새벽 2시, 카야는 도로에 차를 주차했다. 대문을 통과해 노란 집으로 이어지는 계단을 올라간 뒤, 동글동글한 글씨체로 멋을 부려 '홀레 가'라고 적힌 세라믹 타일 옆의 초인종을 눌렀다.

세 번째로 초인종을 눌렀을 때 등 뒤에서 나지막한 기침소리가 들렸다. 뒤를 돌아보았더니, 해리가 리볼버를 바지 안쪽에 집어넣고 있었다. 소리 없이 집 모퉁이를 살금살금 돌아나온 게 분명했다.

"무슨 일이에요?" 카야가 깜짝 놀라 물었다.

"조심해서 나쁠 거 없잖아. 온다고 미리 전화하지 그랬어?"

"제가 오면 안 되나요?"

해리는 그녀를 지나 계단을 올라간 뒤, 문을 열었다. 카야는 뒤따라 들어가며 뒤에서 그를 껴안았다. 그의 등에 매달린 채 발로 문을 차서 닫았다. 해리는 카야의 팔을 풀고, 뒤를 돌아보았다. 막 무슨 말을 하려는 찰나, 그녀가 키스로 그의 입을 막았다. 그의 응답을 요구하는 탐욕스런 키스. 그녀는 차가운 손을 그의 셔츠 안으로 밀어 넣어, 침대에서 막 나온 뜨거운 살결을 만졌다. 그의 바지 안쪽에 꽂혀 있던 리볼버도 빼서, 복도 테이블에 탕 내려놓았다.

"당신을 원해요." 그녀가 속삭이며 그의 귀를 깨물고는 그의 바지 아래로 손을 집어넣었다. 그의 페니스는 따뜻하고 부드러웠다.

"카야……."

"당신을 가져도 돼요?"

그에게서 약간의 머뭇거림, 약간 내키지 않는 기색이 느껴졌다. 카야는 다른 손으로 그의 목을 감싸며, 그의 눈을 똑바로 바라보았다. "부탁이에요……."

그가 미소를 짓더니 근육의 긴장이 풀어졌다. 그가 그녀에게 키스했다. 조심스럽게. 그녀가 원했던 것보다 더 조심스럽게. 그녀가 불만스러운 신음 소리를 내며, 그의 바지 단추를 풀었다. 손을 움직이지 않은 채 그의 페니스를 꽉 쥐었다. 페니스가 커지는 게 느껴졌다.

"제기랄." 그가 한숨을 쉬며 그녀를 들어 올렸다. 그녀를 안은 채 계단을 올라갔다. 발로 침실 문을 차서 열고는 그녀를 침대에 눕혔다. 어머니가 눕던 쪽에. 카야는 머리를 뒤로 젖힌 채 눈을 감았다. 그녀의 옷이 재빨리, 효율적으로 벗겨졌다. 그가 그녀에게로 몸을 숙이고, 그녀의 다리를 벌리는 순간, 그의 살갗의 열기가 느껴졌다. 그래요, 날 가져요.

카야는 그의 가슴에 볼과 귀를 댄 채 누워서 그의 심장 박동을 들었다.

"죽음이 눈앞에 다가왔다는 걸 알고 눈 속에 누워 있었을 때 무슨 생각 했어요?" 그녀가 속삭였다.

"내가 살 거라는 생각." 해리가 말했다.

"그게 다예요?"

"그게 다야."

"사랑하는 사람들을…… 다시 만나게 될 거라는 생각은 없었어요?"

"없었어."

"난 그런 생각이 들었는데. 참 이상하더군요. 너무나 겁이 나서 뭔가 소중한 것이 박살날 것 같았어요. 그러더니 공포심이 사라지고, 마음이 평화로 가득 찼어요. 그 상태로 그냥 잠이 들었죠. 그런데 당신이 왔어요. 당신이 날 깨우고 구해줬죠."

해리가 그녀에게 담배를 건네자, 그녀가 한 모금 빨더니 킥킥거렸다.

"당신은 영웅이에요, 해리. 사람들이 메달을 수여하는 그런 영웅. 당신에게 그런 면이 있을 줄 누가 알았겠어요, 네?"

해리는 고개를 저었다. "정말이지 난 내 생각밖에 안 했어. 벽난로까지 가고서야 비로소 당신 생각이 났다고."

"그럴지도 모르죠. 하지만 당신이 벽난로에 도달했을 때도 공기는 아주 희박했어요. 날 구해내면 공기가 두 배로 빨리 사라진다는 걸 알고 있었잖아요."

"내가 워낙 너그러운 성격인 걸 어쩌겠어?"

그녀가 그의 가슴을 찰싹 때리며 웃었다. "영웅이라니까요!"

해리가 담배를 힘껏 빨아들였다. "아니면 그냥 생존 본능이 양심을 가뿐히 누른 건지도 모르지."

"무슨 말이에요?"

"내가 눈 속에서 맨 처음 찾아낸 사람은 힘이 너무 세서 스키 스틱을 막 움직일 정도였어. 그래서 난 그게 분명 콜카이고, 그가 살아 있다는 걸 알았지. 한시라도 바삐 그를 구해내야 했어. 하지만 난 그를 구하는 대신, 당신을 찾기 위해 눈을 팠어. 당신은 움직임이 없었어. 난 당신이 죽었다고 생각했지."

"그래서요?"

"그러니까 어쩌면 내 마음 깊은 곳에서는 죽은 사람을 먼저 파내면, 그 동안에 산 사람이 죽을지도 모른다고 생각했을 수 있다는 거야. 그렇게 되면 공기를 나 혼자 독차지할 수 있으니까. 내가 무엇에 이끌려 행동했는지는 알 수 없어."

카야는 조용해졌다. 밖에서 오토바이의 으르렁거림이 높아졌다 낮아졌다. 3월에 오토바이라니. 게다가 오늘은 철새까지 보았다. 모든 게 균형을 잃었다.

"늘 그렇게 생각이 많아요?" 그녀가 물었다.

"아니. 그럴 수도 있고. 나도 모르겠어."

그녀가 몸을 꿈지럭거리며 그에게 더 가까이 다가갔다. "지금은 무슨 생각해요?"

"그가 지금 알고 있는 걸 어떻게 알게 됐을까 하는 생각."

그녀가 한숨을 쉬었다. "범인 말이에요?"

"그리고 왜 날 가지고 노는지, 왜 내게 토니 라이케의 손가락을 보냈는지, 무슨 속셈인지."

"그리고 어떻게 하면 그걸 알아낼까도 생각하겠죠."

해리는 머리맡 테이블의 재떨이에 담배를 비벼 껐다. 숨을 깊이 들이쉬고는 길게 내뱉었다. "그게 문제야. 해결책은 하나뿐이야. 그자와 이야기를 해봐야겠어."

"누구요? 백마 탄 왕자님?"

"그와 비슷한 사람."

잠의 문지방을 넘어섰을 때 꿈을 꿨다. 그는 못을 올려다보고 있었다. 남자의 머리에 튀어나와 있는 못이었다. 오늘 밤은 그의 얼굴이 어딘지 익숙했다. 익숙한 초상화, 숱하게 봤던 얼굴이었다. 최근에 봤던 얼굴. 해리의 입속에 든 이물질이 터졌고, 그는 움찔했다. 그러고는 다시 잠이 들었다.

사각지대

해리는 사복 차림의 교도관과 함께 병원 복도를 걸어갔다. 두 걸음 앞에는 여의사가 걸어가고 있었다. 그녀는 해리에게 이미 환자의 상태를 말해주었으며, 마음의 준비를 시켰다.

세 사람이 문 앞에 도달하자, 교도관이 열쇠로 문을 열었다. 문 너머로 다시 복도가 몇 미터 이어졌다. 왼쪽 벽에 문 세 개가 있었다. 그중 한 문 앞에 제복 입은 교도관이 서 있었다.

"일어났나요?" 교도관이 해리의 몸을 수색하는 동안, 여의사가 물었다. 교도관이 고개를 끄덕이며, 해리의 주머니에 든 물건을 모두 테이블에 꺼내놓았다. 그러고는 열쇠로 문을 열고 옆으로 물러섰다.

여의사는 해리에게 잠시 기다리라는 손짓을 하더니, 교도관과 함께 안으로 들어갔다가 금방 나왔다.

"최대한 15분이에요. 상태가 나아지긴 했지만, 여전히 쇠약해요." 여의사가 말했다.

해리는 고개를 끄덕였다. 심호흡을 한 번 하고는 방 안으로 들어섰다.

문 옆에서 걸음을 멈추자, 등 뒤로 문 닫히는 소리가 들렸다. 방 안은 커튼이 쳐져 있었고, 머리맡의 램프를 제외하고는 어두웠다. 램프의 불빛이 베개에 기댄 채 비스듬히 앉은 형체 위로 떨어졌다. 푹 숙인 고개,

양 옆으로 길게 늘어뜨린 머리카락.

"가까이 와, 해리." 목소리가 변했다. 기름칠을 하지 않은 경첩의 탄식 같았다. 그래도 해리는 그 목소리를 기억했고, 그러자 몸 안의 더운 피가 싸늘하게 식었다.

해리는 침대로 다가가, 옆에 놓인 의자에 앉았다. 남자가 고개를 들었다. 순간 해리는 숨이 멎는 듯했다.

마치 누군가 그의 얼굴에 뜨거운 밀랍을 들이붓고, 그 밀랍이 굳어 가면이 된 것 같았다. 가면이 너무 조이는 바람에 이마와 턱은 뒤로 당겨지고, 입술이 사라진 입은 그저 울룩불룩한 피부 위의 작은 구멍이 되어버렸다. 웃음소리마저도 짧게 터져 나오는 숨에 불과했다.

"날 못 알아보겠어, 해리?"

"눈은 그대로군. 그거면 충분해. 너 맞아." 해리가 말했다.

"새로운 소식이라도 있나?" 잉어 주둥이처럼 생긴 작은 입이 미소를 짓는 듯했다. "……우리의 라켈에게서?"

해리는 이 질문에 대비했었다. 통증에 대비하는 권투선수처럼 마음을 단단히 먹고 있었다. 그랬는데도 막상 그의 입에서 라켈의 이름이 나오자, 주먹에 힘이 들어갔다.

"우리가 하기로 한 이야기는 그게 아닐 텐데. 한 남자에 대해 이야기하기로 했잖아. 너와 비슷한 남자."

"나와 비슷하다고? 나보다는 잘생겼겠지." 다시 두 번의 짧은 숨이 새어 나왔다. "정말 이상해, 해리. 난 결코 허영심이 많은 사람은 아니었어. 이 병의 가장 괴로운 점은 통증이라고 생각했지. 하지만 이거 알아? 가장 괴로운 건 통증이 아니라 퇴화야. 거울 속의 얼굴을 보는 것, 괴물로 변해가는 나를 보는 거지. 아직까지는 혼자서 화장실을 가도록 허락해주는데 난 거울을 보지 않아. 난 미남이었다고, 당신도 알다시피."

"내가 보내준 자료는 읽었나?"

"대충 훑어봤어. 닥터 뒤레고는 내가 무리하면 안 된다고 생각하거든. 감염, 염증, 발열의 위험 때문에. 그녀는 진정으로 내 건강을 염려해줘, 해리. 내가 한 짓을 생각하면 정말 놀라운 일 아니야? 개인적으로는 난 죽는 데 더 관심 있어. 내가 죽인 사람들이 부러운 것도 그 때문이라니까. 더 죽일 수 있었는데 당신이 중지시켰지. 안 그래, 해리?"

"네게 죽음은 지나치게 친절한 형벌이야."

병자의 눈동자에 불이 이는 듯하더니, 눈구멍에서 차가운 하얀 빛이 새어 나왔다.

"최소한 나는 역사의 기록에 내 이름과 자리를 남겼어. 사람들은 스노우맨에 대해 읽을 거야. 누군가는 내 역할을 물려받아 내 생각을 실행에 옮기기도 할 거고. 그런데 네겐 뭐가 있지, 해리? 아무것도 없어. 오히려 가진 것을 다 잃었지. 얼마 되지도 않았지만."

"맞아. 네가 이겼어."

"가운뎃손가락이 없어서 아쉽나?"

"음, 지금은 아쉽군." 해리는 고개를 들어 상대의 눈을 바라보았다. 잉어 주둥이 같은 입술이 벌어지더니, 웃음소리가 새어나왔다. 소음기를 단 권총이 발사될 때와 같은 소리였다.

"적어도 유머 감각은 잃지 않았군, 해리. 내가 널 돕는 대가로 뭔가를 요구하리라는 건 알지?"

"범인을 잡지 못하면, 대가도 없어. 어쨌거나 말해봐."

남자는 머리맡 테이블을 향해 힘겹게 몸을 비틀더니, 테이블에 놓여 있던 물컵을 들어 입으로 가져갔다. 해리는 컵을 쥔 손을 바라보았다. 흰 새의 발 같았다. 남자는 물을 다 마시더니 조심스럽게 컵을 되돌려놓고, 입을 열었다. 그의 입에서 새어 나오는 탄식은 배터리가 다 떨어진 라디오 소리처럼 더 희미해졌다.

"아마 교도관들 지침서에 내가 자살 위험이 높다고 적혀 있을 거야. 어쨌든 여기서는 교도관들이 날 엄중하게 감시해. 들어오기 전에 몸수색을 당했지? 당신이 칼이나 그 비슷한 물건을 가지고 왔을까봐 그랬을 거야. 하지만 난 내가 더 망가지는 꼴을 보고 싶지 않아, 해리. 이 정도면 충분하다고 생각하지 않아?"

"아니. 충분하지 않아. 그만 다른 얘기 하지." 해리가 말했다.

"그냥 거짓말로 그렇다고 해줄 수도 있잖아."

"내가 거짓말하길 원해?"

남자는 손사래를 쳤다. "라켈을 만나고 싶어."

해리의 한쪽 눈썹이 올라갔다. "왜지?"

"할 말이 있어."

"뭔데?"

"그건 우리 둘만의 문제야."

의자 밀리는 소리가 나며, 해리가 일어섰다. "꿈 깨시지."

"기다려. 자리에 앉아."

해리는 다시 앉았다.

남자는 시선을 내리깔며 이불을 끌어당겼다. "오해는 하지 마. 다른 여자들에게는 한 치의 후회도 없어. 다 창녀들이었으니까. 하지만 라켈은 달라. 라켈은…… 달라. 그냥 그 말을 해주고 싶어."

해리는 말문이 막힌 채 그를 바라보았다.

"그러니까 어때?" 스노우맨이 물었다. "내 부탁을 들어주겠다고 해줘. 거짓말이라도 좋아."

"알았어." 해리가 거짓말을 했다.

"거짓말엔 영 소질이 없군, 해리. 당신을 돕기 전에 라켈 먼저 만나고 싶어."

"불가능해."

"그럼 내가 왜 당신을 믿어야 하지?"

"선택의 여지가 없으니까. 도둑은 어쩔 수 없는 상황에서는 다른 도둑을 믿어야 하거든."

"그런가?"

해리는 억지로 희미한 미소를 지었다. "내가 홍콩에서 아편을 살 때 한동안 랜드마크 쇼핑센터의 고장 난 화장실을 이용했어. 내가 먼저 들어가서 맨 오른쪽 화장실의 변기 수조 속에 젖병을 넣어두지. 잠시 돌아다니면서 짝퉁 시계를 구경하고 돌아오면, 젖병은 거기 그대로 있어. 늘 알맞은 양의 아편이 든 채로. 상대를 맹신하는 거지."

"그런데 왜 '한동안'이라고 했지?"

해리는 어깨를 으쓱였다. "하루는 젖병이 없어졌더라고. 마약상이 날 속였거나, 누군가 우리가 거래하는 걸 알고 돈만 혹은 마약만 갖고 튄 걸 수도 있고. 누가 알겠어."

스노우맨이 골똘히 생각에 잠긴 채 해리를 바라보았다.

해리는 여의사와 함께 복도를 걸어갔다. 교도관은 앞장서서 걷고 있었다.

"금방 끝났네요." 여의사가 말했다.

"간단히 끝내더군요." 해리가 말했다.

해리는 로비를 통과해 주차장으로 나가, 차 문을 열었다. 점화장치에 열쇠를 꽂는 그의 손이 부들부들 떨렸다. 운전석에 기대앉자, 땀에 흠뻑 젖은 셔츠가 등에 찰싹 달라붙었다.

그의 조언은 간단했다.

"그자가 나와 같은 자라고 가정해봐, 해리. 어차피 그런 가정하에서만, 내가 당신을 도울 수 있어. 그렇다면 동기가 최우선이야. 증오. 시뻘겋게 타오르는 증오. 이것이 그를 살아가게 해주지. 그가 온기를 유지하는 건 바로 내면의 마그마 덕분이야. 그리고 마그마처럼 증오가 삶의 전제 조건이야. 그 때문에 얼어붙지 않고 버티는 거야. 동시에 내부 열기에서 비롯된 압력은 결국 폭발로 이어질 거야. 온갖 파괴적인 물질이 분출되지. 오래 참았다가 일어나는 폭발일수록 더 격렬할 거야. 지금 한창 폭발이 진행 중이고, 아주 격렬해. 당신은 과거로 거슬러 올라가 원인을 찾아야 해. 왜냐하면 이 수수께끼를 풀어줄 단서는 증오에서 비롯된 행동 그 자체가 아니라, 증오의 원인이니까. 원인을 모르면 범인의 행동은 납득이 되지 않을 거야. 증오는 쌓이는 데 시간이 걸려. 하지만 원인은 단순하지. 무슨 일이 일어났어. 이 모든 게 바로 그 하나의 사건 때문이야. 그게 뭔지 찾아. 그럼 범인을 잡게 될 거야."

하고 많은 상징 중에 왜 하필이면 화산을 골랐을까? 해리는 가파른 굽잇길을 따라 베룸 병원을 빠져나왔다.

"여덟 번의 살인. 이제 그자는 왕이야, 꼭대기에 있다고. 그는 우주를 만들었고, 그 안에서는 모든 게 그에게 순종하지. 그자는 꼭두각시 조종사야. 그리고 당신네 경찰 모두와 놀고 있어. 특히 당신과. 왜 하필 당신을 선택했는지는 모르겠어. 그냥 우연일 수도 있고. 어쨌거나 꼭두각시를 조종하다보면 점차 스릴을 추구하게 돼. 꼭두각시에게 말을 걸고, 그들에게 가까이 다가가고, 자신의 승리를 최고로 만끽할 수 있는 곳에서 자신이 짓밟은 사람들과 함께 승리를 만끽하지. 하지만 그자는 기막히게 변장했을 거야. 절대 꼭두각시 조종사처럼 두드러지지 않아. 심지어 순종적으로 보이는 사람일 수도 있어. 귀가 얇은 사람, 과소평가된 사람, 이렇게 복잡한 드라마를 지휘하리라고는 상상도 할 수 없는 사람일 수 있지."

해리는 E18 도로를 따라 도심으로 향했다. 도로는 차들로 꽉 막혀 있었다. 그는 대중교통 전용 차선으로 끼어들었다. 나는 경찰이라고, 젠장. 그리고 이건 엄청나게 긴급하고 또 긴급한 일이야. 입안이 바짝 말랐고, 뱃속의 개들이 미친 듯이 짖어댔다.

"그자는 당신 가까이에 있어, 해리. 그것만은 확실해. 당신을 그냥 지나칠 수 없었을 거야. 사각지대에서 당신에게 다가갔을 거야. 어떤 식으로든 당신의 삶에 잠입해서, 당신이 다른 일에 정신 팔렸을 때 혹은 당신이 약해졌을 때 당신과 신뢰를 쌓을 거야. 그자는 홈그라운드에 있어. 이웃이나, 친구, 동료일 수 있어. 혹은 그냥 거기 있는 사람, 당신과 가까운 누군가의 뒤에 있는 사람, 그 사람의 그림자, 그 사람의 부록 정도로밖에 생각하지 않았던 누군가일 수도 있고. 당신의 시야를 가로질러 갔던 사람들을 생각해봐. 그자도 그중 한 명일 테니까. 당신은 이미 그의 얼굴을 알고 있어. 당신과 많은 대화를 나누지 않았을 수도 있어. 하지만 그자가 나와 같다면, 도저히 참을 수 없었을 거야, 해리. 그자는 분명 당신과 친해지려 했을 거라고."

해리는 사보이 호텔 앞에 차를 세우고, 호텔 바로 들어갔다.

"뭘 드릴까요?"

해리의 시선이 바텐더 뒤의 유리 선반에 놓인 병들을 이리저리 훑어보았다.

비프이터, 조니 워커, 브리스톨 크림, 앱솔루트, 짐 빔.

그는 증오로 이글거리는 남자를 찾고 있었다. 감정이 한 치도 새어 나가지 않도록 가둬둔 사람. 심장이 딱딱하게 굳어버린 사람.

방황하던 그의 시선이 딱 멈췄다. 그러더니 뒤로 펄쩍 뛰었다. 그의 입이 벌어졌다. 마치 신성한 섬광 같았다. 그리고 그 섬광 안에 모든 것이, 모든 것이 들어 있었다.

멀리서 목소리가 들렸다.

"손님? 실례합니다, 손님."

"뭡니까?"

"결정하셨나요?"

해리는 고개를 서서히 끄덕였다.

"그렇소. 결정했소."

행복

군나르 하겐은 양 집게손가락으로 연필을 주거니 받거니 굴리며 해리를 바라보았다. 해리는 하겐의 책상 앞에 놓인 의자에 (비스듬히 누운 자세가 아니라) 처음으로 반듯하게 앉아 있었다.

"엄밀히 말해서, 당분간 자네는 크리포스 소속일세. 따라서 벨만의 팀원이지. 고로 자네가 범인을 체포한다면 그건 벨만의 승리네." 강력반 최고 책임자가 말했다.

"그럼 만약, 이건 어디까지나 만약입니다. 제가 경정님께 정보를 제공해서 강력반의 누군가, 이를테면 카야 솔네스나 망누스 스카레가 체포한다면요?"

"난 그런 너그러운 제안은 거절하도록 강요받았네. 설사 상대가 자네라고 해도 말이야, 해리. 말했듯이 나는 합의에 매인 몸이라네."

"흠. 경정님은 아직도 벨만의 손아귀에 있는 겁니까?"

하겐은 한숨을 쉬었다. "만약 내가 꼼수를 부려 노르웨이에서 가장 중요한 살인범의 체포를 벨만에게서 빼앗는다면, 법무부가 당장 자초지종을 알고 싶어 할 걸세. 또 만약 내가 그들의 명령을 어기고, 자네를 다시 강력반으로 데려와 사건 수사를 맡긴다면 그건 명령 불복종으로 간주될 거고. 그렇게 되면 강력반 전체에도 타격이 클 거야. 미안하지만, 해리,

난 그렇게 못하겠네."

해리는 허공을 응시한 채 생각에 잠겼다. "알겠습니다, 보스." 그가 의자에서 벌떡 일어나 문으로 걸어갔다.

"잠깐!"

해리는 걸음을 멈췄다.

"그런데 지금 왜 그런 걸 묻는 건가, 해리? 내가 알아야 할 일이라도 있나?"

해리는 고개를 저었다. "그냥 몇 가지 가설을 실험해본 겁니다, 보스. 그게 우리 일이잖습니까."

해리는 3시가 될 때까지 몇 시간 동안, 이곳저곳에 전화했다. 마지막으로 전화한 상대는 비에른 홀름이었다. 비에른은 함께 드라이브하자는 해리의 제안을 두말없이 승낙했다.

"어디로 갈 건지, 왜 가는지도 말 안 했는데?" 해리가 말했다.

"상관없어요. 반장님을 믿으니까요." 비에른은 마지막 문장을 힘주어 말했다.

잠시 정적이 흘렀다. "내가 그 정도 대접은 받을 자격이 있나 보군." 해리가 말했다.

"네."

"내가 사과한 것 같은데, 했던가?"

"아뇨."

"안 했어? 좋아. 음…… 음…… 음……. 젠장, 이거 어렵구만. 음…… 음……."

"시동이 잘 안 걸리나 보네요." 비에른이 말했다. 그러나 해리는 그의 목소리에서 미소를 들을 수 있었다.

"미안. 드라이브하기 전에 지문을 하나 얻어올 건데 자네가 좀 확인해 줬으면 해. 그게 일치하지 않으면, 드라이브는 안 해도 돼. 내 말 무슨 뜻인지 알지?"

"왜 그렇게 은밀히 하는 거죠?"

"자네가 날 믿으니까."

3시 반이 되었을 때 해리는 국립병원의 작은 당직실 문을 두드렸다. 시구르 알트만이 문을 열었다.

"잘 있었나? 이것 좀 봐주겠어?"

해리는 얇은 사진 뭉치를 간호사에게 건넸다.

"찐득거리네요." 알트만이 말했다.

"암실에서 막 나온 따끈한 녀석들이거든."

"흠. 절단된 손가락이네요. 이게 왜요?"

"아무래도 이 손가락 주인에게 다량의 케타노메가 주입된 것 같아. 그래서 마침 전문가인 자네에게 묻고 싶어. 이 손가락에서 약물의 흔적이 나올까?"

"네, 물론이죠. 케타노메는 혈액과 함께 몸 전체를 순환하니까요."

알트만은 사진을 휘리릭 넘겼다. "손가락에서 혈액이 다 빠져나간 것 같기는 하지만, 이론상으로는 혈액 한 방울만으로도 충분해요."

"그럼 다음 질문. 오늘 밤에 범인 체포를 도와줄 수 있겠나?"

"제가요? 검시관이 있지 않나요? 그 사람들……."

"케타노메에 대해서는 자네가 더 잘 알아. 그리고 믿을 수 있는 사람이 필요하거든."

알트만은 어깨를 으쓱이며 손목시계를 보고는, 사진을 다시 돌려주었다. "두 시간 뒤에 교대이긴 한데……."

"좋아. 두 시간 후에 데리러 올게. 자넨 노르웨이 범죄 역사의 일부가 될 거야, 알트만."

간호사가 힘없이 미소 지었다.

해리가 과학수사과 건물로 걸어가고 있을 때 미카엘 벨만에게서 전화가 왔다.

"지금 어디야, 해리? 아침 회의에도 안 나왔던데."

"여기저기."

"여기저기 어디?"

"어디긴. 우리의 아름다운 도시지." 해리는 그렇게 말하며, 킴 에리크 로케르 앞의 작업대에 A4 봉투를 내려놓았다. 그러고는 그 안의 지문을 채취해 달라는 뜻으로 자신의 손끝을 가리켰다.

"하루 종일 내 레이더망에 잡히질 않으니까 불안해서 말이야, 해리."

"날 못 믿는 건가, 미-카-엘? 내가 술이라도 퍼마시고 있을까 두려워?"

전화기 너머가 조용해졌다.

"넌 내게 보고해야 하고, 난 그저 계속 보고받기를 원할 뿐이야."

"그럼 보고할 게 아무것도 없다고 보고합니다, 보스."

해리는 전화를 끊고, 비에른을 보러 들어갔다. 비에른의 사무실에는 벌써 베아테가 와 있었다.

"하실 말씀이라는 게 뭐예요?" 베아테가 물었다.

"진짜 도둑과 경찰 이야기." 해리는 그렇게 말하며, 자리에 앉았다.

그가 반쯤 이야기를 들려주었을 때, 로케르가 문을 열고 고개를 내밀었다.

"채취했습니다." 로케르가 지문이 찍힌 슬라이드 필름을 들어 올리며 말했다.

"고마워." 컴퓨터 옆에 앉아 있던 비에른은 필름을 받아들었다. 필름을 스캐너에 올린 뒤, 토니 라이케의 집에서 찾아낸 지문 파일을 열어 지문 대조 프로그램을 작동시켰다.

몇 초면 끝나리라는 걸 알고 있었지만 해리는 눈을 감았다. 결과를 알고 있었는데도 심장이 두근거렸다. 결과는 뻔했다. 그는 알고 있었다. 스노우맨도 알고 있었다. 알고서 해리에게 필요했던 그 작은 부분을 채워주었다. 단어로 표현하고, 눈사태를 일으켜줄 음파를 만들어주었다.

결과는 일치해야만 했다.

몇 초밖에 안 걸려야 했다.

그의 심장이 쿵덕쿵덕 뛰었다.

비에른 홀름이 목을 가다듬었다. 하지만 아무 말도 들리지 않았다.

"비에른." 해리가 여전히 눈을 꼭 감은 채 말했다.

"네, 반장님."

"이게 지금 자네가 말하던 뜸 들이기의 미학인가?"

"네."

"이제 그만 말해, 이 망할 자식아."

"네. 일치했어요."

해리는 눈을 떴다. 햇살. 사무실 안으로 햇살이 쏟아져 들어왔다. 어찌나 가득 쏟아져 들어오는지 그 안에서 수영도 할 수 있을 것 같았다. 행복했다. 돌아버릴 정도로 행복했다.

세 사람은 동시에 일어섰다. 입을 벌린 채 침묵의 환호성을 지르며 서로를 바라보았다. 그러고는 엉성하게 서로 껴안았다. 비에른 홀름이 바깥쪽에 섰고, 몸집이 작은 베아테는 두 남자 사이에서 납작 짜부라졌다. 그들은 침묵의 함성을 계속 지르며 조심스럽게 하이파이브를 했다. 비에른 홀름은 행크 윌리엄스의 팬 치고는 놀라우리만치 흠잡을 데 없는 문워크를 선보였다.

보이

망레루드 교회와 고속도로 사이의 작은 잔디 둔덕(하지만 잔디는 없는)에 두 남자가 서 있었다.

"우린 그걸 땅에 묻은 담뱃대라고 부르곤 했수다." 가죽 라이더 재킷을 입은 남자가 숱 없는 머리칼을 옆으로 튕기며 말했다. "여름이면 여기 누워서 가진 걸 몽땅 피워댔지. 망레루드 경찰서에서 불과 50미터 떨어진 거리인데 말이야." 그가 씩 웃었다. "나와 울라, 테베, 테베의 깔치, 거기다 몇 명 더 있었어. 그때가 좋았지."

로게르 옌뎀이 수첩에 받아 적자, 남자가 따분한 표정을 지었다.

율레를 찾아내기는 쉽지 않았다. 하지만 결국에는 오토바이족들이 모이는 알나부루의 클럽에서 그를 찾아냈다. 알고 보니 율레는 그곳에서 기거하면서, 자유로운 영혼으로 살고 있었다. 하지만 사실 그는 스누스와 빵을 사러 슈퍼마켓에 가는 것을 제외하고는 밖에 나간 적이 없었다. 옌뎀은 전에도 그런 사람을 본 적이 있었다. 감옥은 사람으로 하여금 익숙한 환경, 정해진 일과, 안도감에 의존하게 만든다. 하지만 이상하게도 율레는 옛날이야기를 해주겠노라고 선선히 승낙했다. 그의 마음을 움직인 요소는 벨만이었다.

"울라는 내 깔치였어. 좆나 신나는 일이었지. 망레루드의 남자들은 다들 울라를 사랑했으니까." 율레는 자신의 말에 동의하듯이 고개를 끄덕였다. "하지만 그놈만큼 질투심에 불타는 놈은 없었어."

"미카엘 벨만?"

율레는 고개를 저었다. "그 옆의 놈. 그림자. 비비스."

"무슨 일이 있었습니까?"

율레는 양 손바닥을 펼쳤다. 그의 손바닥에는 딱지가 앉아 있었다. 감옥을 들락거리며 안에서나 밖에서나 마약을 하는 사람들의 특징이었다. "미카엘 벨만이 내가 기름을 훔쳤다고 꼰질렀어. 난 마약 때문에 이미 집행유예 상태였던지라 복역을 해야만 했지. 내가 감옥에 있을 때 벨만이 울라와 만난다는 소문을 들었어. 그러다 출소해서 울라를 만나러 가는데, 비비스 자식이 날 기다리고 있는 거야. 날 죽일 기세였어. 울라는 자기 거라더군. 그리고 미카엘 거라고. 어쨌든 내 건 아닌 거지. 그러더니 앞으로 조금이라도 자기들 근처에 얼씬거리면……." 율레는 거뭇거뭇 수염이 나 있는 가느다란 목을 검지로 긋는 시늉을 했다. "완전 똘아이지. 근데 좆나 무서웠어. 갱단 사람들에게 하마터면 비비스 손에 죽을 뻔했다고 말했는데, 아무도 내 말을 안 믿더군. 그 자식은 그저 벨만 꽁무니만 졸졸 쫓아다니는 똘마니라면서."

"아까 다량의 헤로인과 관련된 이야기를 하셨죠?" 엔뎀이 물었다. 그는 마약과 관련된 사람들을 취재할 때는 자신이 그 분야의 은어를 오해하지 않고 정확히 이해했는지 늘 확인한다. 워낙 급속도로 변화하고, 지역에 따라 의미도 다르기 때문이다. 예를 들어, '스맥^{smack}'이라는 단어는 호브세테르에서는 코카인을, 헬레루드에서는 헤로인을 의미하며, 아빌쇠에서는 취하게 하는 것은 무엇이든 그렇게 부른다.

"내가 빵에 갔던 그해 여름, 나와 울라, 테베, 테베의 깔치까지 넷이서 오토바이로 유럽 여행을 갔어. 오는 길에 코펜하겐에서 500그램짜리 보이^{boy}를 데려왔지. 나와 테베 같은 오토바이족들은 국경을 통과할 때마다 검문을 받기 마련이야. 그래서 계집애들 먼저 보냈어. 그년들 진짜 죽여줬지! 파란 눈동자에 하늘하늘한 여름 원피스, 보지에는 마약을 250그램씩 집어넣고 말이야. 그렇게 가져온 마약을 트베이타의 한 마약상에게 팔았어."

"아주 솔직하시군요." 옌뎀이 받아 적으며 말했다. 그는 나중에 다른 단어로 바꾸기 위해 '보지' 양 옆으로 괄호를 치고, 헤로인의 기나긴 동의어 목록에 '보이'를 추가했다.

"오래전 일이니까. 이젠 그 일로 쇠고랑 찰 일이 없거든. 문제는 트베이타의 그 마약상이 체포됐다는 거야. 그런데 경찰에서 그 새끼한테 마약을 공급해준 사람이 누군지 불면, 형을 감해준다고 했지. 그 새끼는 물론 그렇게 했고. 쓰레기 같은 놈."

"그걸 어떻게 아셨죠?"

"하! 몇 년 후에 그 새끼랑 나랑 울레르스모 교도소에서 함께 복역할 때 그놈이 말해줬수다. 우리 네 명의 이름과 주소를 모두 불었다더군. 울라도 포함해서. 우리 주민번호만 빼고 다 말해준 모양이야. 그 사건이 보류된 게 천만다행이지."

옌뎀은 맹렬하게 받아 적었다.

"근데 스토브네르 경찰서에서 그 사건을 담당했던 게 누군지 아쇼? 누가 그 새끼를 취조했는지? 그 사건을 기각해야 한다, 보류해야 한다고 제안한 게 누군지? 울라를 구해준 게 누군지?"

"당신이 직접 말해주면 좋겠군요, 율레."

"기꺼이 말해드리리다. 바로 그 보지 도둑놈이오. 미카엘 벨만."

"마지막으로 하나만 묻죠." 옌뎀은 이제부터가 중요하다는 것을 알고 있었다. 과연 이 이야기를 입증할 수 있을까? 이 이야기의 진원지를 확인할 수 있을까? "그 마약상의 이름을 아십니까? 물론 그 사람이 위험해질 일은 없습니다. 어차피 그의 이름은 기사에 나가지도 않을 거니까요."

"지금 나더러 그놈을 꼰지르라는 거요?" 율레는 껄껄 웃었다. "당연히 그렇게 해야지."

율레가 이름의 철자를 부르자, 옌뎀은 수첩 페이지를 넘기고 그 이름을 대문자로 받아 적었다. 그의 입꼬리가 점차로 올라가며 미소를 지으려 했다. 옌뎀은 다시 마음을 진정시키고, 무표정한 얼굴로 돌아갔다. 하지만 이 맛의 여운이 오래 남으리라는 것을 알고 있었다. 달콤한 특종의 맛.

"여러 가지로 감사합니다." 옌뎀이 말했다.

"내가 고맙수다. 그 벨만 자식을 꼭 박살내쇼. 그럼 형씨는 나한테 빚진 거 없을 테니."

"아, 그런데 한 가지 궁금한 게 있습니다. 왜 그 마약상은 당신을 고자질해놓고 그걸 당신에게 털어놓았을까요?"

"겁을 먹었으니까."

"겁을 먹어요? 왜요?"

"너무 많이 알고 있었거든. 혹시라도 그 짭새가 협박을 실천할까 봐 다른 사람들에게 알린 거요."

"벨만이 정보원을 협박했단 말입니까?"

"벨만 말고, 그 그림자. 그자가 마약상에게 앞으로 한 번만 더 울라의 이름을 벙긋했다가는 영원히 입 다물게 해주겠다고 그랬다더군."

73

체포

비에른 홀름의 볼보 아마존이 트램 정거장 맞은편의 국립병원으로 들어갔다. 시구르 알트만은 더플코트 주머니에 손을 찔러 넣은 채 서 있었다. 뒷자리에 앉은 해리가 그에게 손짓했다. 알트만과 비에른은 인사를 주고받았고, 세 사람은 링바이엔 가로 향했다. 거기서 다시 동쪽으로 차를 몰아 신센 교차로 방향으로 갔다.

해리는 앞좌석 사이로 상체를 내밀었다.

"이건 마치 예전 학창시절의 화학실험 같았어. 화학반응을 일으키는 데 필요한 성분들은 다 있는데, 촉매제가 없는 거야. 반응을 촉발시키는 데 필요한 발화장치, 외부 요소가 없었지. 내게는 모든 정보가 있었고, 오로지 그걸 올바른 방식으로 조립하도록 도와줄 무언가가 필요했어. 내 촉매제는 병자였지. 스노우맨으로 알려진 살인자. 그리고 바의 선반에 있던 술병. 담배 좀 피워도 될까?"

침묵이 흘렀다.

"알았어. 할 수 없지……."

자동차는 브륀의 터널을 통과해 뤼엔 교차로와 망레루드 쪽으로 올라갔다.

❖

트룰스 베른트센은 개발되지 않은 옛날 부지에 서서 비탈을, 비탈에 자리한 미카엘 벨만의 집을 올려다보았다.

참으로 이상했다. 어릴 때 뻔질나게 드나들며 저녁을 먹고, 놀고, 자고 가기도 했던 저 집을 미카엘과 울라가 살게 된 후로는 한 번도 가본 적이 없었다.

이유는 간단했다. 초대받은 적이 없기 때문이다.

그는 지금처럼 황혼 무렵이면 가끔씩 여기 서서, 이렇게 저 집을 올려다보곤 했다. 그녀를 보기 위해서. 그녀는 아무도 가질 수 없는 여자였다. 그 남자, 왕자님, 미카엘만 제외하고. 이따금씩 미카엘이 아는 게 아닐까 하는 의문이 들었다. 알고 있기 때문에 그를 초대하지 않는 게 아닐까. 어쩌면 그녀가 알고 있는지도 모른다. 그래서 여러 말 하지 않고 미카엘에게 분명히 말한 것이다. 그가 어릴 때 함께 자란 비비스는 그들이 사적으로 어울려야 할 상대가 아니라고. 적어도 마침내 그의 경력에 날개가 달린 이 시점에는. 지금은 제대로 된 무리에 들어가, 제대로 된 사람들을 만나고, 제대로 된 신호를 보내야 했다. 잊는 게 최상인 사건들이 존재하는 과거에서 온 유령들을 곁에 두는 것은 똑똑한 전략이 아니다.

물론 트룰스도 그 사실을 알고 있었다. 다만 왜 울라가 그의 마음을 알아주지 않는지 의문이었다. 그는 절대로 그녀를 해칠 사람이 아니다. 오히려 그 반대다. 지금까지 그녀와 미카엘을 보호해준 사람이 바로 그가 아니던가? 그랬다, 지금까지 계속 그래왔다. 그들을 위해 망을 보고, 뒤처리를 해주고, 늘 곁에 있어주었다. 그들의 행복을 보살폈다. 그것이 그의 사랑이었다.

오늘 저녁, 저 집의 창문에는 불이 밝혀져 있었다. 파티라도 열린 걸까? 음식을 먹고, 깔깔거리고, 망레루드에서는 절대 구할 수 없는 고급 와인을 마시며, 전과는 다르게 고상한 말투로 이야기하고 있을까? 미소 지은 울라의 눈동자가 반짝거릴까? 너무도 아름다워서 그 눈길을 받는 것만으로도 가슴 시린 눈동자. 만약 그가 돈을 많이 벌어서 부자가 된다면, 울라는 그를 더 좋게 봐줄까? 그게 가능할까? 그렇게 간단할까?

트룰스는 여기저기 폭발의 잔재가 남아 있는 건물 부지에 한동안 그렇게 서 있었다. 그러다 집을 향해 느릿느릿 걸어갔다.

◆

뤼엔의 로터리를 돌아가는 비에른 홀름의 아마존이 옆으로 심하게 기울었다.

망레루드로 빠지는 출구 간판이 보였다.

"어디로 가는 겁니까?" 시구르 알트만이 차문에 몸을 기대며 물었다.

"스노우맨이 가라고 했던 곳으로 가는 중이야." 해리가 말했다. "과거로 거슬러 가는 거지."

그들은 출구를 지났다.

"여기야." 해리가 말하자, 비에른이 오른쪽으로 차를 돌렸다.

"E6?"

"그래, 동쪽으로 가는 중이야. 뤼세렌으로. 이쪽 지역 잘 아나, 시구르?"

"잘 알기는 하지만······."

"여기서부터 이야기가 시작되지." 해리가 말했다. "오래전, 댄스홀 앞에서. 내가 자네에게 보여준 사진 속 손가락의 주인인 토니 라이케는 숲 가장자리에서 미아라는 아가씨와 키스를 하고 있었어. 미아는 그 지역 담당자인 스카이 경관의 딸이었지. 미아를 사랑했던 올레라는 청년은 미아를 찾다가 우연히 그 장면을 목격하게 돼. 엄청난 충격과 분노에 휩싸인 올레는 자신과 미아의 사이에 끼어든 매력적인 남자, 토니에게 달려

들지. 하지만 그로 인해 토니의 또 다른 면이 모습을 드러냈어. 늘 미소 짓고, 매력적이고, 인기 있던 바람둥이 대신 야수가 나타난 거야. 위협감을 느낀 동물들이 모두 그렇듯이 토니도 상대를 공격했어. 그의 분노와 잔인함은 올레와 미아는 물론 그를 지켜보던 사람들까지 망연자실하게 만들었지. 핏빛 안개가 내려앉았고, 사람들이 말리기도 전에 토니는 칼을 꺼내들어 올레의 혀 절반을 잘라버렸어. 이 사건에서 올레는 아무 잘못이 없었는데도, 수치심에 시달린 쪽은 바로 올레였어. 사람들 앞에서 짝사랑을 내보인 수치심, 여자를 사이에 둔 결투에서 졌다는 굴욕감, 그리고 패배의 영원한 증거인 언어 장애. 그래서 올레는 달아났지. 멀리. 여기까지 이해하겠어?"

알트만은 고개를 끄덕였다.

"그리고 오랜 시간이 흘렀어. 올레는 새로운 곳에 자리를 잡았지. 동료들에게 호감과 인정을 받는 직장도 구했어. 친구들도 생겼지. 많지는 않지만, 그 정도면 충분했어. 중요한 건 그들은 그의 과거를 모른다는 거야. 한 가지 아쉬운 건 여자였어. 인터넷이나 신문 광고, 레스토랑의 우연한 만남 등을 통해 몇 명 만나기는 했지만 그들은 곧 사라져버렸어. 혀 때문이 아니었어. 마치 똥으로 가득 찬 배낭을 짊어지듯이 그가 늘 패배감을 짊어지고 다녔기 때문이야. 그의 몸에 뿌리박힌 자기 폄하적인 말투, 여자에게 거부당하는 것이 당연하다는 생각, 그에게 정말로 관심 있는 것처럼 행동하는 여자들에 대한 의심 때문이었어. 뻔한 이유였지. 그에게서는 모든 사람들을 달아나게 하는 패배감의 악취가 풍겼던 거야. 그러던 어느 날, 사건이 생겼어. 한 바람둥이 여자를 만나게 된 거야. 여자는 심지어 그의 성적 환상까지 실현시켜주었지. 두 사람은 폐기된 공장에서 만나 섹스를 했어. 올레는 그 여자에게 산으로 스키 여행을 가자고 했어. 자신이 진심이라는 것을 보여주기 위한 첫 번째 신호였지. 여자의 이름은 아델 베틀레센이었고, 그녀는 마지못해 올레를 따라가."

아마존은 소각하는 쓰레기에서 연기가 피어오르는 그뢴모의 도로로 진입했다.

"두 사람은 즐거운 스키 여행을 했어. 아마 그랬을 거야. 아니면 아델이 지루해 했을 수도 있고. 그 여자는 싫증을 잘 내니까. 아무튼 두 사람은 호바스의 산장에 갔지. 그곳에는 이미 다섯 명의 손님이 있었어. 마리트 올센, 엘리아스 스코그, 보르그뉘 스템 뮈레, 샬로테 롤레스, 그리고 고열 때문에 방에서 혼자 자고 있던 이스카 펠러. 저녁 식사 후에 그들은 벽난로를 피웠고, 누군가 레드 와인을 한 병 땄지. 샬로테 롤레스처럼 자러 간 사람도 있었어. 올레는 침실의 침낭 속에 누워 아델이 들어오기를 기다렸어. 하지만 아델은 자려고 하지 않았지. 어쩌면 드디어 그녀도 올레에게서 풍기는 악취를 맡았는지 몰라. 그러다 사건이 터졌어. 마지막 투숙객이 밤늦게 도착한 거야. 벽이 얇은 탓에 새로 온 남자의 목소리가 들렸어. 그 목소리를 들은 올레의 몸이 굳었지. 그의 가장 지독한 악몽, 그리고 복수라는 가장 달콤한 꿈에 나왔던 목소리였어. 하지만 그럴 리가 없어. 그자일 리가 없어. 올레는 귀를 기울였어. 목소리는 한동안 마리트 올센과 이야기하다 이내 아델과 이야기를 했지. 아델의 웃음소리가 들렸어. 그러더니 차츰 목소리가 낮아졌지. 다른 사람들이 옆의 침실로 들어가는 소리가 들렸어. 하지만 아델은 오지 않았어. 귀에 익은 목소리의 그 남자도 마찬가지였고. 한동안 아무 소리도 나지 않다가 마침내 밖에서 무슨 소리가 들렸어. 올레는 창가로 다가가서 밖을 내다보았어. 그리고 그들을, 아델의 흥분한 얼굴을 봤지. 쾌락에 들뜬 그녀의 신음 소리가 들렸어. 올레는 도저히 있을 수 없는 일이 벌어졌다는 걸 알았어. 과거가 반복되고 있었던 거야. 왜냐하면 아델의 뒤에 서서 그녀를 범하고 있는 남자를 봤거든. 바로 그자였어. 토니 라이케."

비에른 홀름은 히터를 올렸다. 해리는 뒷좌석에 등을 기댔다.

"다음날 아침이 되어 다들 일어났을 때 토니는 벌써 떠나고 없었어. 올레는 아무것도 모르는 사람처럼 행동했지. 왜냐하면 이제 그는 더 강해졌으니까. 오랜 세월의 증오가 그를 단단하게 만들었으니까. 그는 알고 있었어. 다른 사람들도 아델이 토니와 함께 있는 모습을 봤다는 걸. 예전처럼 그들도 그의 굴욕을 목격한 거야. 하지만 올레는 차분했어. 어떻게 해야 할지 알고 있었으니까. 어쩌면 그는 오랫동안 갈망해왔는지도 몰라. 이렇게 마지막으로 자신의 등을 떠밀어줄 계기, 그리고 추락을. 며칠 후, 그는 계획을 다 세웠어. 우선 호바스 산장으로 돌아갔지. 어쩌면 스노모빌을 얻어 타고 갔을지도 몰라. 거기서 그날 손님들의 이름이 적힌 숙박부의 페이지를 찢어냈어. 이번에는 수치심에 사로잡혀 도망치는 게 그가 아닐 테니까. 고통받아야 할 사람들은 바로 그들이었어. 그리고 아델. 하지만 가장 큰 고통을 받아야 할 사람은 토니였지. 그는 지금까지 올레가 짊어졌던 모든 수치심을 짊어져야만 했어. 그의 이름에 먹칠이 되고 그의 삶은 산산이 부서질 거야. 상사병에 빠진 불쌍한 청년의 혀가 절단되는 것을 지켜보기만 했던 바로 그 부당한 신에 의해 고통받게 될 거야."

시구르 알트만은 손잡이를 돌려 창문을 내렸다. 부드러운 휘파람 소리가 차 안을 채웠다.

"올레가 맨 먼저 해야 할 일은 누구의 방해도 없이 일할 수 있고, 발각될 우려가 없는 곳, 자신의 본부를 찾는 일이었어. 그의 생애 가장 짜릿한 밤을 보냈던 폐기된 공장이야말로 본부가 되기에 안성맞춤이었지. 그곳에서 죽일 사람들의 정보를 모으고, 세세한 계획을 짜기 시작했어. 물론 제일 먼저 죽어야 할 사람은 아델 베틀레센이었어. 호바스 산장에 묵었던 사람들 중에서 그의 신분을 알고 있는 사람은 그녀뿐이니까. 그런 산장에서 주고받는 이름이야 금세 잊어버리기 마련이고, 숙박부의 복사본도 없으니까. 나 정말 담배 피우면 안 되는 거야?"

대답이 없었다. 해리는 한숨을 쉬었다.

"그래서 올레는 아델을 다시 만나기로 해. 그러고는 좌석에 일부러 비닐을 씌워둔 차에 그녀를 태우지. 그들은 인적 없는 곳으로 갔어. 아마도 카도크 공장일 거야. 거기서 올레는 노란색 손잡이가 달린 큼직한 칼을 꺼냈어. 그러고는 아델에게 자기가 부르는 대로 엽서에 받아 적으라고 협박했지. 수신인은 드람멘의 룸메이트에게로 하고. 그런 다음에 아델을 죽였어. 비에른?"

비에른 홀름은 기침을 하며, 기어를 변속했다. "검시 결과 범인은 아델의 경동맥을 찔렀어요."

"올레는 차에서 내렸어. 그러고는 목에 칼이 꽂힌 채 조수석에 앉아 있는 아델의 사진을 찍었지. 사진. 그것이야말로 복수의 증거, 승리의 증거였어. 카도크 공장에 있는 그의 사무실 벽에 맨 처음으로 걸린 사진이 바로 그것이었어."

앞에서 오던 차가 차선을 벗어나더니 다시 차선으로 돌아갔고, 경적을 울리며 그들을 지나갔다.

"아델을 죽이기는 쉬웠을 거야. 아니었을 수도 있고. 어쨌거나 올레는 그녀가 가장 중요한 피살자라는 걸 알고 있었어. 두 사람은 자주 만나지는 않았지만, 아델이 친구들에게 그의 이야기를 어디까지 했는지 확실하지 않았어. 한 가지 분명한 건, 만약 그녀의 시신이 발견된다면 화살이 그에게로 향하리라는 사실이었지. 실연당한 연인은 경찰의 주요 용의자이니까. 하지만 어디까지나 그녀의 시신이 발견될 때의 이야기야. 반대로 그녀가 아프리카로 여행을 떠난다든가 해서 사라져버린다면, 그는 안전해.

그래서 올레는 그가 아주 잘 아는 곳에 그녀의 시신을 빠뜨렸어. 수심이 깊고, 게다가 사람들이 피하기까지 하는 곳. 창가에 버림받은 신부가 있는 곳. 바로 뤼세렌 호수 옆의 밧줄 제조소였어. 그런 다음, 라이프치히로 가서 매춘부인 율리아나 베르니에게 돈을 주고 아델이 쓴 엽서를 르완다에 가져가도록 부탁해. 아델의 이름으로 예약된 호텔에 묵고, 노르웨이로 엽서를 보내달라고 말이야. 또한 콩고에서 어떤 물건도 구입해달라고 했지. 살인 무기인 레오폴드의 사과. 물론 이 특별한 무기는 그냥 불쑥 고른 게 아니야. 콩고와 연관성이 있어야 했고, 경찰로 하여금 콩고를 드나드는 사람, 토니 라이케를 의심하도록 하기 위한 수단이었지. 올레는 라이프치히로 돌아간 율리아나에게 약속한 돈을 줬어. 어쩌면 그때였을지 몰라. 부들부들 떠는 율리아나를 내려다보면서, 그녀가 눈물지으며 레오폴드의 사과를 받아들이기 위해 입을 벌리는 모습을 보면서 올레는 기쁨을, 사디즘의 황홀경을 느끼기 시작했을지도 몰라. 그것은 오랫동안 복수의 외로운 백일몽을 꿈꾸며 키워온 성적 쾌락과도 같았어. 율리아나를 죽인 후에는 그 시신을 강에 던져버렸지. 하지만 시신은 수면으로 떠올라 발견되었어."

해리는 숨을 깊이 들이쉬었다. 길은 더 좁아졌고, 어느새 슬그머니 다가온 숲이 양쪽으로 무성하게 펼쳐졌다.

"다음 몇 주 동안 그는 보르그뉘 스템 뮈레와 샬로테 롤레스를 죽였어. 아델이나 율리아나와 달리 이번에는 시신을 숨기지 않았어. 그런데도 경찰은 올레의 바람과 달리, 시신들과 토니 라이케의 연관성을 찾아내지 못했어. 그래서 올레는 살인을 계속하면서 흔적을 남기고, 경찰을 밀어붙였어. 하원의원인 마리트 올센을 죽여 프롱네르 공원 수영장에 전시까지 했지. 이제 경찰은 살해된 여자들 간의 연관성을 찾아내고, 레오폴드의 사과를 가진 남자를 찾아내야 했어. 하지만 그런 일은 일어나지 않았어. 올레는 자신이 개입해야 한다는 걸 알았지. 위험을 무릅쓰고 경찰을 도와야 했어. 그래서 홀멘바이엔 가에 있는 토니 라이케의 집을 감시했어. 토니가 집을 나서자 지하실을 통해 그 집에 숨어들었지. 거실로 올라가 책상에 있던 전화기로 다음 피해자인 엘리아스 스코그에게 전화했어. 그러고는 평범한 빈집털이로 위장하기 위해 자전거를 훔쳐서 나왔어. 거실에 남긴 지문은 걱정하지 않았어. 경찰이 평범한 강도사건을 수사하지 않는다는 것은 누구나 아는 사실이니까. 그런 다음 스타방에르로 갔지. 이 시점에서 그의 사디즘은 만개하게 돼. 그는 엘리아스 스코그를 욕실에 접착제로 붙여버리고, 수도꼭지를 튼 채로 나와버렸어. 이봐, 주유소야! 누구 배고픈 사람?"

비에른 홀름은 속도를 줄이는 시늉조차 하지 않았다.

"좋을 대로. 그런 다음 또 일이 터졌어. 올레에게 편지가 한 통 도착했지. 협박범이 보낸 편지였어. 협박범은 올레가 한 짓을 알고 있다며 돈을 요구했어. 그러지 않으면 경찰에 알리겠다고 했지. 올레의 머릿속에 제일 먼저 떠오른 생각은 협박범이 그가 호바스 산장에 묵었다는 것을 알고 있다는 점이었어. 따라서 분명 두 생존자 중 하나였지. 이스카 펠러 아니면 토니 라이케. 이스카 펠러는 당장 제외시켰어. 그녀는 오스트레일리아인이고, 벌써 그곳으로 돌아갔으니까. 어쨌거나 그녀가 노르웨이어로 편지를 썼을 것 같지는 않았어. 그렇다면 토니 라이케뿐이야. 이 무슨 아이러니인지! 그들은 산장에서는 얼굴을 마주치지 않았지만, 아델이 토니와 시시덕거리던 중에 그의 이름을 말했을 수도 있어. 아니면 토니가 숙박부에서 올레의 이름을 봤을 수도 있고. 어쨌든 토니는 분명 신문에 실린 살인사건들 사이의 연관성을 짐작했을 거야. 토니가 협박을 시도했다는 사실은 당시 경제지에 실리던 토니에 관한 기사들과 아주 잘 맞아떨어져. 그 기사에 따르면 토니는 콩고 프로젝트를 진행하기 위한 자금난에 허덕이고 있었거든. 올레는 결정을 내리지. 비록 그는 토니가 수치스럽게 살아가는 쪽을 선호했지만, 일이 틀어지기 전에 두 번째 계획을 실행해야 했어. 토니를 죽이는 거지. 올레는 토니의 뒤를 밟았어. 그를 따라 기차를 탔지. 기차는 토니가 늘 가던 곳, 우스타오셋으로 향했어. 스노모빌의 자국을 따라가보니 절벽과 틈 사이에 자리한 관광협회 산장이 나왔어. 그곳에 토니가 있었지. 토니도 유령을 알아보았어. 댄스

홀의 소년, 자신이 혀를 잘라버린 소년을. 그러고는 자신을 기다리는 운명이 무엇인지 깨달았지. 올레는 복수를 했어. 토니를 고문하고, 그의 몸을 태웠지. 혹시라도 그의 협박에 공모했을지 모를 다른 사람들을 알아내기 위해서였을거야. 아니면 그냥 자신의 즐거움을 위해서였을 수도 있고."

알트만은 다시 손잡이를 돌려 차창을 올렸다. 거칠게.

"춥네요." 그가 말했다.

"토니를 고문하는 동안, 올레는 이스카 펠러가 호바스 산장에 온다는 뉴스를 듣게 돼. 그녀를 죽일 수 있는 기회라고 생각하지만, 덫의 냄새를 맡지. 그러다가 산장 위쪽에 쌓여 있던 눈더미가 생각났어. 마을 사람들은 그 눈이 위험하다고 했지. 그래서 결정을 내려. 어쩌면 토니를 가이드 삼아 데려갔을 수도 있고. 아무튼 호바스 산장으로 가서 다이너마이트로 눈사태를 일으키지. 그러고는 다시 방향을 돌려서 달리다가 토니를(살았는지 죽었는지 모르지만) 절벽에서 떨어뜨렸어. 그 뒤를 이어 스노모빌도. 만약 예상과 달리 시신이 발견된다 해도 사고로 보일 거야. 화상을 입은 남자가 도움을 청하러 가다가 사고를 당한 것으로."

눈앞에 전원 풍경이 펼쳐졌다. 그들은 수면에 달이 비친 호수를 지나갔다.

"올레의 승리였어. 그가 이긴 거야. 모든 사람을 바보로 만들고, 감쪽같이 속아 넘겼지. 이제 그는 이 게임을 즐기기 시작했어. 권력을 손에 쥐고, 모두가 자신의 명령에 복종하는 느낌을 즐기기 시작한 거야. 그리하여 각기 다른 여덟 명의 운명을 하나의 거대한 드라마로 만든 거장께서는 그만 작별인사를 하기로 결정했지. 내게 작별인사를 하기로 말이야."

옹기종기 모여 있는 집들과 주유소, 쇼핑센터가 나왔다. 그들은 로터리의 왼쪽 출구로 빠져나왔다.

"올레는 토니의 오른손에서 가운뎃손가락을 잘라냈어. 그리고 토니의 휴대전화도 가지고 있었지. 올레는 그 전화로 우스타오셋에서 내게 전화를 했어. 내 전화번호는 전화번호부에 실려 있지 않지만, 토니의 휴대전화에 저장되어 있었거든. 올레는 내게 아무런 메시지도 남기지 않았어. 그냥 장난친 건지도 모르지."

"아니면 우리를 혼란스럽게 하려고 그랬거나요." 비에른 홀름이 말했다.

"아니면 자신의 우월함을 과시하기 위해서일 수도 있지." 해리가 말했다. "토니의 가운뎃손가락을 내 사무실 앞에 두고 간 것처럼. 그건 말 그대로 우리 면전에 대고 가운뎃손가락을 날린 거야. 그는 그런 대담한 짓을 저지를 수 있어. 수치심을 떨쳐내고 복수에 성공한, 백마 탄 왕자님이니까. 자신을 조롱하고, 그 대역을 맡은 사람들에게까지 모두 복수했으니까. 목격자. 창녀. 바람둥이까지. 그런데 예상치 못했던 일이 터졌어. 카도크 공장의 본부가 발각된 거야. 사실 경찰은 아직 그 본부를 올레와 연결시킬 단서를 전혀 찾지 못했어. 하지만 위험할 정도로 가까이 다가온 거지. 그래서 올레는 상사에게 지금까지 한 번도 쓰지 않은 휴가를 모두 쓰겠다고 했어. 당분간 이 나라를 떠나 있기로 한 거야. 그가 예약한 비행기는 모레 출발 예정이야."

"21시 15분 발, 스톡홀름 경유 방콕 행." 비에른 홀름이 말했다.

"이 이야기에 등장하는 상당수의 세부사항들은 가정이지만, 어쨌거나 거의 다 왔군. 여기야."

비에른은 도로에서 벗어나 자갈길로 접어들었다. 자갈길 끝에는 큼지막한 빨간색 목제 건물이 있었다. 비에른은 차를 세우고 시동을 껐다.

건물 창문에서는 불빛이 전혀 새어 나오지 않았다. 하지만 1층에 걸린 광고 문구로 보아 한때 이 건물 구석에 식료품점이 있었던 모양이었다. 광장 맞은편, 그들에게서 50미터쯤 떨어진 가로등 아래에 초록색 체로키 지프가 있었다.

주위는 고요했다. 바람도, 시간도 멎은 듯했다. 체로키 운전석 차창 위로 피어오른 담배 연기가 가로등 불빛 속으로 스며들었다.
"여기가 그 모든 이야기의 시작점이야. 댄스홀." 해리가 말했다.
"저 사람은 누굽니까?" 알트만이 체로키를 향해 고갯짓하며 물었다.
"못 알아보겠어?" 해리는 담뱃갑에서 담배 하나를 꺼내 입술 사이에 밀어 넣었다. 그러고는 불을 붙이지 않은 채 허기진 시선으로 담배 연기를 바라보았다. "당연히 가로등 때문에 착각했겠지. 옛날 가로등 불빛은 대부분 노란색이거든. 그래서 푸른색 차가 초록색으로 보이지."
"나도 그 영화 봤어요. 〈엘라의 계곡〉." 알트만이 말했다.
"흠. 좋은 영화지. 거의 알트만 수준일 정도로."
"거의요."
"시구르 알트만 수준."
알트만은 대답하지 않았다.
"그래, 이제 행복한가?" 해리가 물었다. "이게 자네가 꿈꾸었던 걸작이야, 시구르? 아니면 올레 시구르라고 부를까?"

브리스톨 크림

"시구르라고 부르세요."

"이름은 성처럼 쉽게 바꿀 수 없어서 유감이야." 해리가 다시 앞좌석 사이로 상체를 내밀며 말했다. "자네가 '-센'으로 끝나는 평범한 성을 바꿨다고 했을 때, 나는 올레 S. 한센의 S가 시구르일 줄은 몰랐어. 하지만 이름을 바꾸는 게 도움이 되던가, 시구르? 바로 이 자갈길에서 모든 걸 잃었던 사람이 새롭게 태어날 수 있던가?"

알트만은 어깨를 으쓱였다. "우린 가능한 멀리 도망갔죠. 새 이름이 절 멀리 데려간 것 같아요."

"흠. 오늘 이것저것 좀 알아봤어. 오슬로로 이사하면서 간호학 공부를 시작했더군. 왜 의학 공부를 하지 않았지? 자네 성적은 학교에서 최상위권이었는데 말이야."

"사람들 앞에서 말하는 걸 피하고 싶었어요." 알트만이 쓴웃음을 지으며 말했다. "간호사가 되면, 그럴 일이 없을 테니까요."

"오늘 언어치료사에게 전화해봤어. 그 사람 말로는 혀의 어떤 근육이 손상되었느냐에 따라 다르다더군. 이론상으로는 설사 혀의 절반이 잘렸다 해도, 훈련을 통해 거의 완벽하게 말할 수 있다고 했어."

"혀끝이 없으면 's'는 발음하기 힘들어요. 그것 때문에 내 정체가 탄로 난 건가요?"

해리는 차창을 내리고, 담배에 불을 붙였다. 어찌나 세게 빨아들였는지 담배에서 빠지직 소리가 났다.

"여러 이유 중 하나였지. 하지만 우린 한동안 착각에 빠져 있었어. 언어치료사가 그러더군. 사람들은 혀 짧은 소리를 게이 남자와 연결시키는 경향이 있다고. 그걸 '게이 혀짤배기'라고 하는데, 그 경우는 언어 장애에 포함되지 않는다고 했어. 그저 's'자를 다르게 발음하는 방식일 뿐이라는 거야. 게이 남자들은 이 혀짤배기소리를 마음 내킬 때마다 구사할 수 있는데, 이걸 일종의 암호로 사용하지. 그리고 그 암호는 아주 잘 먹혀. 그 언어치료사가 한 미국 대학에서 실시한 실험 결과에 대해서도 말해주더군. 녹음된 연설만 듣고 그 사람의 성적 취향을 유추해내는 것이 가능한지 알아본 실험이었는데, 결과는 꽤 정확했어. 하지만 혀짤배기는 게이라는 인식이 너무 강하다보니, 이성애자의 다른 언어적 특징들이 묻혀버린다는 걸 알게 되었지. 브리스톨 호텔의 접수원도 바로 그 함정에 빠진 거야. 그는 이스카 펠러가 그 호텔에 묵는지 묻는 남자의 전화를 받았는데, 상대의 여성스런 말투 때문에 그가 게이라고 결론 내린 거지. 접수원이 남자의 말투를 흉내 내는 것을 보고서야 나는 그가 혀짤배기소리 때문에 그런 결론을 내렸다는 걸 깨달았어."

"그게 전부는 아닐 텐데요."

"물론이지. 브리스톨. 그건 오스트레일리아, 시드니의 교외에 있는 도시야. 이젠 연관성을 알았겠지?"

"잠깐만요. 전 모르겠는데요?" 비에른이 말했다.

해리는 창밖으로 담배 연기를 내뱉었다. "스노우맨이 말해줬어. 범인은 나와 가까워지고 싶어 할 거라고. 내 시야를 지나갔고, 나와 친해지려고 했을 거라고. 그래서 브리스톨 크림이 내 시야를 스쳐갔을 때 비로소 이해가 된 거야. 브리스톨이라고 적힌 간판을 봤던 일, 그리고 누군가에게 했던 말이 기억났어. 나와 친해지려고 했던 누군가에게 했던 말. 그러자 상대가 내 말을 오해했다는 걸 깨달았지. 나는 이스카 펠러가 브리스톨에 머물고 있다고 했어. 오스트레일리아의 브리스톨을 의미한 거였지. 하지만 상대는 그게 오슬로의 브리스톨 호텔이라고 착각했어. 내가 그렇게 말했잖아, 시구르. 눈사태 직후에 병원에서 만났을 때."

"기억력이 좋으시군요."

"일에 관해서만 그래. 일단 자네를 의심하게 되자, 다른 것들도 맞아떨어졌어. 노르웨이에서 케타노메를 얻기 위해서는 마취 분야에서 일해야 한다는 자네의 말도 그랬지. 우리는 종종 매일 보는 것을 원한다는 내 친구의 말도 그랬고. 그러니까 간호사 제복을 입은 여자에게 성적 환상을 품은 남자는 병원에서 일하는 사람일 거라는 생각이 들더군. 카도크 공장에서 사용한 컴퓨터의 아이디가 내슈빌이었던 것도 그래. 내슈빌은……."

"로버트 알트만의 1975년 작품이죠." 알트만이 말했다. "매우 과소평가된 작품."

"그리고 본부에 있던 의자로 말할 것 같으면, 당연히 감독용 의자였지. 거장 감독, 시구르 알트만을 위한 의자."

알트만은 아무런 반응도 보이지 않았다.

"그래도 난 여전히 자네 동기가 뭔지 몰랐어. 그런데 스노우맨이 범인을 움직이는 건 증오라고 말해줬지. 그리고 그 증오는 오로지 단 하나의 사건, 시간의 안개 속을 거슬러 올라가 숨어 있는 하나의 사건에서 비롯된다고. 어쩌면 난 이미 알고 있었는지도 몰라. 허. 혀짤배기소리. 그래서 베르겐에 있는 친구에게 시구르 알트만에 대해 좀 조사해달라고 했지. 그 친구는 30초도 안 돼서 자네가 이름을 바꾸었고, 바꾸기 전의 이름이 토니 라이케의 폭행 전과기록에 언급되어 있는 것을 알아냈어."

체로키 차창에서 담배꽁초가 불똥을 날리며 튕겨 나왔다.

"따라서 이제는 알리바이를 확인하는 문제만 남았지." 해리가 말했다. "우린 국립병원의 근무자명단을 확인했어. 그에 따르면 자네는 두 살인 사건의 경우에 알리바이가 있더군. 마리트 올센과 보르그뉘 스템 뮈레가 살해되던 시간에 자네는 근무 중이었어. 하지만 두 사건 모두 오슬로에서 일어났고, 병원 직원들 중에 그 시간에 자네를 봤는지 분명히 기억하는 사람은 없을 거야. 게다가 자네는 병동 사이를 계속 왔다 갔다 하니까, 두세 시간 동안 자네를 못 봤다고 해서 이상하게 생각할 사람은 없지. 내가 틀렸을지도 모르지만, 자넨 아마 대부분의 여가 시간을 혼자서 보냈을 거야. 집에서."

시구르 알트만은 어깨를 으쓱였다. "아마도요."

"자, 그럼 됐어." 해리가 박수를 짝 쳤다.

"잠깐만요." 알트만이 말했다. "방금 당신이 한 이야기는 순수한 픽션이에요. 당신에게는 아무 증거도 없잖아요."

"아, 깜빡 잊고 말을 안 했군. 아까 내가 보여준 사진 기억해? 훑어보라고 줬던 사진 말이야. 자네가 찐득거린다고 했었지."

"그 사진이 왜요?"

"거기서 자네 지문을 얻어냈거든. 자네 지문이 토니 라이케의 책상에서 발견된 지문과 일치하더군."

상황을 깨닫자, 시구르 알트만의 표정이 서서히 변했다. "내게 사진을 보여준 게…… 오로지 내 지문을 얻기 위해서였습니까?" 알트만은 마치 돌로 변한 사람처럼 몇 초 동안 해리를 바라보았다. 그러더니 양손에 얼굴을 묻었다. 손가락 뒤에서 소리가 새어 나왔다. 웃음소리였다.

"자넨 거의 모든 각도를 고려했더군. 그런데 왜 그럴싸한 알리바이는 만들어놓지 않았지?"

"내게 알리바이가 필요할 줄 몰랐거든요." 알트만은 한 손을 내렸다. "어차피 당신은 다 꿰뚫어봤을 거잖아요, 해리, 아닌가요?"

안경 뒤의 눈동자는 촉촉하게 젖어 있었지만, 암담함은 없었다. 오히려 체념한 듯했다. 해리는 전에도 이런 반응을 본 적이 있었다. 잡혔다는 안도감. 마침내 마음의 짐을 내려놓을 수 있다는 안도감이었다.

"아마도, 공식적으로 이 모든 걸 꿰뚫어본 사람은 내가 아니거든. 저기 저 체로키에 타고 있는 사람이 꿰뚫어봤지. 자넬 체포할 사람도 저 사람이야."

알트만은 안경을 벗고, 웃느라 흘린 눈물을 닦았다. "그러니까 케타노메에 대한 내 지식이 필요하다고 했던 건 순전히 거짓말이었군요?"

"응. 하지만 자네 이름이 노르웨이 범죄사에 남으리라는 말은 빈말이 아니었어."

해리가 비에른에게 고개를 까딱이자, 비에른이 헤드라이트를 깜박였다. 체로키에서 한 남자가 뛰어내렸다.

"자네도 옛날에 알던 사람이야. 최소한 저분의 딸은 알고 지냈지." 해리가 말했다.

남자는 살짝 휜 다리로 느릿느릿 걸어오며, 허리춤을 추켜올렸다. 노년의 경찰관처럼.

"마지막으로 궁금한 게 있어." 해리가 말했다. "스노우맨은 자네가 몰래, 눈에 띄지 않게 내게 다가올 거라고 했지. 내가 약해진 틈을 타서. 그건 어떻게 했지?"

알트만은 다시 안경을 썼다. "누구나 병원에 입원할 때는 가장 가까운 친족의 이름을 써야 해요. 아버님께서 당신 이름을 쓴 모양이더군요. 구내식당에서 한 간호사가 스노우맨을 잡은 형사인 해리 홀레의 아버지가 자신의 담당 병동에 있다고 말했으니까요. 난 유명한 형사인 당신이 당연히 이 사건을 맡으리라고 생각했어요. 그래서 상사에게 담당 병동을 바꿔달라고 했죠. 올라브 홀레가 내 임상 그룹에 딱 들어맞는다, 그러니 그 환자의 사례를 현재 작성 중인 마취 논문에 쓰고 싶다고. 아버지를 통해 당신과 알게 된다면, 사건 수사가 어떻게 진행되는지 들을 수 있을 테니까요."

"나와 가까워질 수 있으리라고 생각했군. 사건의 맥을 느끼고, 자신의 우월함을 확인하고 말이야."

"마침내 당신이 등장했을 때 수사에 관한 직접적인 질문을 하지 않으려고 얼마나 조심했는지 몰라요." 시구르 알트만은 숨을 깊이 들이쉬었다. "의심받고 싶지 않았으니까요. 당신과 신뢰가 쌓일 때까지 참고 기다려야 했죠."

"그래서 성공했군."

알트만은 고개를 천천히 끄덕였다. "고맙군요. 우리 사이에 신뢰가 쌓였다고 믿고 싶어요. 그건 그렇고, 난 카도크 공장의 내 사무실을 편집실이라고 불렀어요. 당신이 거기를 찾아냈을 때는 돌아버릴 뻔했죠. 거긴 내 집이나 다름없었거든요. 너무 화가 나서 하마터면 당신 아버지의 인공호흡기를 뽑아버릴 뻔했다니까요, 해리. 하지만 난 그러지 않았어요. 당신이 그걸 알아줬으면 해요."

해리는 아무 말도 하지 않았다.

"하나 더요." 알트만이 말했다. "문이 잠겨 있던 관광협회 산장은 어떻게 찾아냈죠?"

해리는 어깨를 으쓱였다. "순전히 우연이었어. 동료와 나는 하룻밤 묵을 곳이 필요했거든. 그런데 그곳은 방금 전까지 누군가 있었던 것 같더라고. 그리고 난로에 뭔가 달라붙어 있었지. 살점 같았어. 그걸 스노모빌 밑에 튀어나와 있던 팔과 연결시키기까지는 꽤 오랜 시간이 걸렸지. 그 팔은 꼭 바싹 구운 소시지 같았거든. 우스타오셋 담당 경관이 난로에 붙은 살점을 떼어내 DNA 실험실에 보냈어. 며칠 후면 결과가 나올 거야. 토니는 그 산장에 개인 물품을 보관했더군. 서랍에 가족사진이 있었어. 토니가 어릴 때 찍은 사진. 뒷정리를 잘했어야지, 시구르."

경관이 운전석의 차창 옆에 와서 서자, 비에른은 차창을 내렸다. 경관은 허리를 숙인 채 비에른을 지나 시구르 알트만을 바라보았다.

"잘 있었니, 올레?" 스카이 경관이 말했다. "여러 사람을 살해한 혐의로 널 체포하러 왔다. 내가 피살자들 이름을 다 외웠어야 했는데, 미처 외우질 못했구나. 어쨌든 차근차근 하자. 내가 그쪽으로 가서 문을 열기 전에, 내가 볼 수 있도록 양손을 계기판에 올려다오. 그럼 내가 네 손에 수갑을 채우고, 산뜻하게 단장된 멋진 감방으로 연행할 거야. 우리 마누라가 으깬 순무를 곁들인 미트볼을 만들어놓았다. 네가 그 요리를 좋아했던 기억이 나는구나. 괜찮겠니, 올레?"

PART 8

75

땀

"이게 대체 뭐 하자는 짓거리야?"

아침 7시, 크리포스 건물은 막 깨어나기 시작했고, 해리의 사무실 문간에는 미카엘 벨만이 씩씩거리며 서 있었다. 그의 한 손에는 서류 가방이, 다른 손에는 〈아프텐포스텐〉 한 부가 들려 있었다.

"〈아프텐포스텐〉 기사를 말하는 거라면……."

"당연히 그 기사를 말하는 거지, 그래!" 벨만은 해리 앞의 책상에 신문을 찰싹 내던졌다.

헤드라인이 1면의 절반을 차지하고 있었다. '백마 탄 왕자님, 어젯밤 체포되다.' 그들이 오딘 회의실에서 범인에게 별명을 지어준 그날, 언론 또한 곧바로 그 별명을 알게 되었다. 어젯밤에 체포되었다는 말은 물론 틀린 말이었다. 밤이라기보다 초저녁이었기 때문이다. 하지만 스카이 경관은 자정이 되어서야 간신히 보도자료를 보낼 수 있었다. 방송사의 마감 뉴스가 끝나고, 신문기사가 마감되기 전이었다. 보도자료는 짧고 간략했으며, 정확한 시각이나 상황은 적혀 있지 않았다. 그저 지방 경찰관의 맹렬한 수사 끝에 백마 탄 왕자님이 위트레 에네바크의 댄스홀 앞에서 체포되었다는 내용이었다.

"대체 뭐 하자는 짓거리냐고!" 벨만이 다시 물었다.

"경찰이 노르웨이 역사상 악명 높은 살인범 하나를 잡아넣은 것 같은데?" 해리가 등이 높은 의자를 뒤로 젖히려 하면서 말했다.

"경찰?" 벨만이 나지막이 말했다. "저 촌구석⋯⋯." 그는 지명을 잊은 탓에 신문을 다시 보아야 했다. "⋯⋯위트레 에네바크의 경찰 말이야?"

"사건이 해결되기만 하면, 누가 해결하는지는 문제가 안 된다고 생각했는데. 안 그래?" 해리가 의자 옆에 달린 손잡이를 찾아 더듬거리며 말했다. "이 의자는 대체 어떻게 조절하는 거야?"

벨만이 문을 닫았다. "잘 들어, 홀레."

"이젠 해리라고 안 부르는 건가?"

"입 닥치고, 잘 들어. 네가 어떻게 했는지 알아. 넌 하겐과 상의했고, 아마도 하겐은 범인 체포를 넘겨받을 수 없다고 했겠지. 너무 위험하다면서. 그래서 넌 어차피 너희 팀이 이길 수 없다면, 무승부로 가기로 한 거야. 살인사건 수사에 대해서는 아무것도 모르는 시골뜨기 경관에게 모든 명예와 공로를 줘버리기로 한 거지."

"제가요, 보스?" 해리는 푸른 눈동자로 억울하다는 듯한 표정을 지었다. "시신 한 구가 그의 담당 구역에서 발견됐습니다. 그러니 그 경관이 나름대로 그 사건을 파헤친 건 아주 자연스러운 일 같은데요. 그러다가 토니 라이케의 뒷이야기를 들었고, 사건을 해결한 겁니다. 제 의견은 그렇습니다."

벨만의 이마에 있는 하얀색 잡티가 차례로 빨주노초파남보의 색깔로 변하는 듯했다.

"법무부가 이 일을 어떻게 받아들일지 알아? 그들은 수사 책임을 내게 맡겼고, 나는 매주 아무런 결과도 얻지 못한 채 이 일을 해왔어. 그런데 갑자기 어디서 굴러들어온 개뼉다귀가 이틀 만에 우릴 따라잡은 꼴이라고."

"흠." 해리가 손잡이를 확 잡아당기자, 등받이가 거칠게 뒤로 젖혀졌다. "그런 식으로 표현하니까 별로 듣기 좋지는 않네요, 보스."

벨만은 양 손바닥으로 책상을 짚고, 상체를 내밀었다. 그러더니 해리를 향해 하얀색 파편을 튀겨가며 호통을 쳤다. "네게도 별로 듣기 좋지 않은 소식 하나 알려주지, 홀레. 오늘 오후에 너희 집에서 발견된 아편 덩어리가 실험실로 보내질 거다. 곧 그 성분이 무엇인지 밝혀질 거고, 넌 이제 끝장이야, 홀레!"

"그다음엔요, 보스?" 해리가 의자 레버와 씨름하는 동안, 그의 몸이 오르락내리락했다.

벨만은 얼굴을 찌푸렸다. "그다음이라니?"

"언론과 법무부에는 뭐라고 하실 겁니까? 그들은 보스 이름으로 발부된 수색영장의 날짜를 보게 될 거고, 이렇게 묻겠죠. 어떻게 집에서 아편이 발견된 형사를 그 다음날 바로 자기 수사팀의 요직에 앉힐 수 있느냐고. 누군가는 크리포스의 기강이 엉망이고, 그러니 시골뜨기 경관이 범인을 잡은 게 당연하다고 생각할 겁니다. 감방도 달랑 하나에, 죄수가 먹을 음식도 경관의 아내가 직접 만드는 그런 시골에서요."

벨만이 입을 딱 벌린 채 눈을 계속 깜박였다.

"됐다!" 비로소 해리가 고정된 의자 등받이에 등을 기댔다. 얼굴에 흡족한 미소를 띤 채. 그러나 문이 쾅 닫히면서 바람이 밀려든 탓에, 눈을 찡그릴 수밖에 없었다.

태양이 산 가장자리 너머로 넘어갈 무렵, 크롱리는 스노모빌에서 내려 로이 스틸레에게 다가갔다. 스틸레는 눈 속에 깊이 박힌 스키 스틱 옆에 서 있었다.

"왜 그러세요?"

"찾아낸 거 같아. 홀레라는 친구가 표시하기 위해 꽂아두었다는 스틱.

이게 분명해."

곧 은퇴를 앞둔 이 경찰관은 지금까지 승진하고 싶다는 야망을 품은 적이 없었다. 하지만 숱이 많은 백발과 강렬한 시선, 그리고 차분한 목소리가 주는 인상이 너무도 강렬했기에 그와 이야기를 나눠본 사람은 크롱리가 아닌 그가 상급자라는 결론을 내리게 된다.

"그래요?" 크롱리가 말했다.

크롱리는 스틸레를 따라 벼랑 가장자리로 갔다. 스틸러가 한 지점을 가리켰다. 저기, 저 비탈 아래로 스노모빌이 보였다. 크롱리는 쌍안경을 조정했다. 스노모빌 아래로 튀어나온, 까맣게 그을린 팔에 초점을 맞췄다. 그러고는 소리 내어 중얼거렸다. "이런 젠장. 드디어."

◆

아침 식사 손님들이 스토프 프레센을 나서기 시작했을 무렵, 벤트 노르뵈는 기침소리를 들었다. 그는 읽고 있던 〈뉴욕타임스〉에서 시선을 들고, 안경을 벗어 눈을 가늘게 뜨고는 최대한으로 미소를 지어보았다.

"군나르."

"벤트."

서로의 이름을 부르는 이 인사법은 그들의 모임에서 비롯되었다. 이런 인사를 나눌 때마다 군나르 하겐은 만나면 서로 냄새를 교환하는 개미들이 생각났다. 강력반 책임자는 자리에 앉았지만 코트는 벗지 않았다. "아까 통화할 때 뭔가를 알아냈다고 했나?"

"우리 기자 중 하나가 이걸 알아냈네." 노르뵈는 테이블 너머로 갈색 봉투를 내밀었다. "미카엘 벨만이 자기 부인의 마약사건을 덮어준 모양이야. 옛날 사건이라서 법적으로는 건드릴 순 없지만 언론은……."

"……언제든 건드릴 수 있지." 하겐은 봉투를 받았다.

"이걸로 미카엘 벨만을 충분히 무력화시킬 수 있을 걸세."

"최소한 공포의 균형은 이룰 수 있겠지. 그자도 내 약점을 쥐고 있으니까. 게다가 어쩌면 이게 필요 없을지도 모르네. 그자는 이미 위트레 에네바크의 경관에게 모욕을 당했거든."

"나도 그 기사 읽었네. 법무부도 그 기사를 읽었겠지? 안 그런가?"

"윗분들이야 늘 신문을 읽으며 여론에 귀 기울이지. 그래도 어쨌거나 고맙네."

"천만에. 서로 도와야지."

"누가 알겠나. 언젠가 이게 필요한 날이 올지." 군나르 하겐은 봉투를 코트 안에 집어넣었다.

하지만 벤트 노르뵈는 아무런 대꾸도 하지 않았다. 그의 시선은 이미 신문으로 향해 있었기 때문이다. 미국의 젊은 흑인 상원의원에 대한 기사였는데, 그 글을 쓴 기자는 버락 오바마라는 이름의 그 상원의원이 언젠가 미합중국 대통령이 될 수도 있다고 열변을 토했다.

벼랑 아래로 내려간 크롱리는 위에 있는 사람들에게 도착했다고 큰 소리로 알린 후에, 밧줄을 풀었다.

스노모빌은 아크틱 캣 제품으로, 활주부를 공중에 쳐든 채 뒤집혀 있었다. 크롱리는 부서진 스노모빌까지 3미터를 더 내려갔다. 마치 범죄 현장에 도착한 것처럼 손발을 어디에 둬야 할지 본능적으로 알 수 있었다. 그는 쪼그리고 앉았다. 스노모빌 밑으로 팔 하나가 튀어나와 있었다. 두 바위 사이에 걸쳐져 있던 스노모빌을 건드리자, 스노모빌이 좌우로 흔들렸다. 그는 심호흡을 하고 스노모빌을 한쪽으로 밀었다.

시신은 등을 바닥에 댄 채 누워 있었다. 아무래도 남자인 듯했다. 스노모빌과 바위 사이에 짓이겨진 얼굴과 머리는 먹고 버린 게 껍질 같았다. 뭉개진 시신을 굳이 만져보지 않아도 알 수 있었다. 시신이 젤리처럼, 혹은 뼈를 발라낸 연한 고기 덩어리처럼 되어버렸다는 것을. 또한 몸통이 납작하게 짜부라지고, 골반과 무릎은 이겨지다 못해 가루가 되었다는 것을. 빨간색 체크 셔츠가 아니었다면, 크롱리는 시신의 신원을 알아내지 못했을 것이다. 시신의 신원을 말해주는 것은 하나 더 있었다. 아래턱에 딱 하나 남아 있는 치아, 갈색으로 얼룩진 썩은 이였다.

재정의

"지금 뭐라고 했소?" 해리가 외쳤다. 그는 전화기를 귀에 더 바짝 가져다 대었다. 마치 전화기에 문제가 있다는 듯이.

"스노모빌 밑에 있던 시신은 토니 라이케가 아니라고요." 크롱리가 말했다.

"그럼 누구지?"

"오드 우트모라는 사람입니다. 은둔자처럼 살면서 가이드로 일하던 사람이죠. 늘 빨간색 체크 셔츠를 입고 다녔어요. 게다가 스노모빌도 그가 타고 다니던 것과 똑같고요. 하지만 결정적 단서는 치아였습니다. 썩은 이 하나가 남아 있더군요. 나머지 치아와 교정기는 어찌 됐는지 모르지만."

우트모. 교정기. 카야에게서 그녀를 호바스 산장까지 데려다주었던 노인에 대해 들은 기억이 났다.

"그래도 손가락이 뒤틀려 있을 텐데?" 해리가 물었다.

"물론이죠. 우트모는 심한 관절염에 시달렸거든요, 불쌍하게도. 벨만이 당신에게 직접 전해주라고 하더군요. 당신이 바라던 결과는 아닌가 봐요, 네?"

해리는 책상에서 의자를 밀어냈다. "최소한 내가 예상했던 결과는 아니군. 사고사일 수도 있을까, 크롱리?"
 하지만 대답을 듣기도 전에 해리는 답을 알고 있었다. 그날 저녁과 밤 내내 달이 환하게 떠 있었다. 설사 헤드램프가 없었다 해도, 가이드를 했던 사람이라면 그 협곡을 못 봤을 리가 없다. 특히나 70미터가 넘는 수직 낙하 후에 겨우 3미터 미끄러질 정도로 스노모빌이 느리게 달리고 있었다면.
 "못 들은 걸로 해, 크롱리. 화상은 어느 정도지?"
 전화기 반대편이 잠시 조용해지더니 대답이 들렸다.
 "팔과 등이 다 탔어요. 팔의 살갗은 갈라져서 그 밑의 빨간 살점이 다 보입니다. 등의 일부는 까맣게 탔고요. 그리고 어깨뼈 사이에 무늬가 그슬려 있네요……."
 해리는 눈을 감았다. 산장에 있던 장작난로의 무늬가 떠올랐다. 연기가 나던 살점.
 "……수사슴 무늬 같아요. 또 알고 싶은 거 있습니까? 이제 시신을 운반해야……."
 "아, 그거면 됐소, 크롱리. 고맙소."
 해리는 전화를 끊고, 잠시 생각에 잠겼다. 토니 라이케의 시신이 아니다. 그렇게 되면 물론 세부사항은 바뀌지만, 큰 그림은 바뀌지 않는다. 아마도 우트모는 알트만의 복수 작전에 희생되었을 것이다. 어떤 식으로든 알트만에게 방해가 되었을 것이다. 그들이 가진 것은 토니 라이케의 손가락뿐이다. 그의 나머지 시신은 대체 어디 있단 말인가? 그러자 한 가지 생각이 떠올랐다. 만약 토니가 죽었다면, 이론상으로 그는 어딘가에 갇혀 있을 것이다. 시구르 알트만만이 아는 곳에.
 해리는 스카이 경관의 번호를 눌렀다.
 "누구와도 말하지 않겠다고 거부하고 있소." 스카이 경관이 무언가를 씹으며 말했다. "자기 변호사만 제외하고."

"변호사가 누굽니까?"

"요한 크론. 그자를 아시오? 생긴 건 꼭 고등학생처럼 생겨서……."

"아주 잘 알죠."

해리는 크론의 사무실로 전화했다. 전화를 돌려받은 크론의 목소리에는 반가움과 멸시가 섞여 있었다. 피고 측 변호사들이 경찰 측 사람들을 대할 때 응당 보이는 태도였다. 해리의 요청을 들은 크론이 대답했다.

"유감스럽지만 그렇게는 못하겠군요. 내 의뢰인이 누군가를 감금했거나, 누군가의 행방을 감춤으로써 그를 위험에 빠뜨렸다는 구체적인 증거를 제시하세요. 그러지 않고서는 이 시점에서 당신이 알트만과 이야기하도록 허락할 수 없습니다, 홀레 반장. 당신은 지금 우리 고객에게 매우 불리한 주장을 하고 있고, 고객의 이익을 최대한 보호하는 것이 내 임무라는 것은 굳이 말 안 해도 아시겠죠?"

"좋소. 긴 말 필요 없소."

그들은 전화를 끊었다.

해리는 창밖으로 펼쳐진 도심을 내다보았다. 이 사무실의 의자는 최고급이었다. 의심의 여지가 없었다. 하지만 그의 눈은 어느새 그뢴란의 익숙한 유리 건물을 찾고 있었다.

해리는 다른 번호를 눌렀다.

카트리네 브라트는 몹시 즐거운 듯했고, 역시나 즐겁게 지저귀었다.

"며칠 후면 퇴원할 거예요." 그녀가 말했다.

"본인이 원해서 거기 있는 건 줄 알았는데."

"네, 맞아요. 하지만 공식적으로 퇴원해야 해요. 빨리 퇴원하고 싶어요. 경찰청에서 제 병가가 끝나면 사무직을 주겠다고 했거든요."

"잘됐네."

"뭐 특별히 원하는 거라도 있으세요?"

해리는 상황을 설명했다.

"그러니까 알트만의 도움 없이 토니 라이케를 찾아야 하는군요."

"응."

"어디서부터 시작해야 할지 짐작 가는 데라도 있으세요?"

"딱 하나 있어. 토니가 실종된 직후에 우린 우스타오셋 부근의 어떤 숙박업소에도 토니의 숙박 기록이 없다는 걸 확인했어. 실은 내가 최근 몇 년간의 기록을 더 조사해봤는데, 우스타오셋 부근의 어떤 숙박업소에도 토니가 묵은 기록이 거의 없더라고. 관광협회 소유의 산장 두세 군데에 묵은 게 전부야. 그곳에 꽤 자주 간 것치고는 이상하잖아?"

"산장에서 무전숙박이라도 했나보죠. 예약도 안 하고, 돈도 안 내고."

"그럴 사람이 아니야. 그곳에 아무도 모르는 토니만의 산장이 있지 않을까 생각 중이야."

"좋아요. 또 다른 건요?"

"없어. 아니, 있어. 오드 우트모가 죽기 며칠 전의 행적을 알아봐줘."

"반장님 아직도 솔로예요?"

"뜬금없이 무슨 소리야?"

"솔로 냄새가 덜 나는 거 같아서요."

"그래?"

"네. 근데 반장님에게 어울려요."

"정말?"

"굳이 말하자면, 아뇨."

아슬라크 크롱리는 뻣뻣해진 등을 펴고, 자갈 비탈을 올려다보았다.

한 수색대원이 그를 부른 참이었는데, 잔뜩 흥분한 목소리였다. 수색대원이 다시 외쳤다. "여기 좀 와보세요!"

크롱리는 나지막하게 욕설을 내뱉었다. 감식반원들의 작업도 끝나고,

스노모빌과 오드 우트모의 시신도 절벽 위로 운반된 후였다. 운반할 수 있는 수단이 밧줄뿐인 터라 시간이 오래 걸리는 복잡한 작업이었고, 그것만으로도 충분히 힘들었다.

아까 점심시간에 한 남자가 크롱리에게 이상한 이야기를 해주었다. 호텔 메이드가 비밀이라면서 그에게만 몰래 해준 이야기라고 했다. 죽은 상원의원의 남편인 라스무스 올센이 묵었던 호텔 방의 시트에 혈흔이 있었다는 것이다. 처음에는 그 메이드도 생리혈일 거라고 생각했다. 하지만 나중에 마리트 올센은 호바스 산장에 묵었고, 호텔에는 남편 혼자 묵었다는 것을 알게 되었다.

크롱리는 분명 라스무스 올센이 이 동네 여자를 호텔 방으로 끌어들였거나, 마리트 올센이 우스타오셋에 도착한 아침에 그녀가 호텔로 찾아와 침대에서 화해했을 거라고 말했다. 그러자 남자는 그게 생리혈인지 아닌지 어떻게 아느냐고 중얼거렸다.

"여기요!"

왜 이리 귀찮은 일이 많은지. 아슬라크 크롱리는 집에 가고 싶었다. 저녁을 먹고, 커피도 마시고, 자고 싶었다. 이 엿 같은 사건은 좀 뒤로 미루고 싶었다. 오슬로에서 진 빚은 다 갚았고, 다시는 거기 가지 않을 것이다. 다시는 그 수렁에 빠지지 않을 것이다. 이번만큼은 반드시 그 약속을 지킬 작정이었다.

그들은 눈 속에 흩어졌을지 모를 우트모의 시신을 모두 수거하기 위해 탐지견 한 마리를 데려왔었다. 그런데 좀 전에 그 탐지견이 자갈 비탈을 뛰어오르더니, 100미터쯤 올라간 지점에 서서 짖어대기 시작한 것이다. 가파른 경사의 100미터였다. 크롱리는 오르는 길을 가늠해보았다.

"중요한 일입니까?" 그가 외치자, 메아리의 교향곡이 울려 퍼졌다.

대답이 들려왔고 10분 뒤, 그는 개가 눈 속에서 파낸 물체를 바라보았다. 바위 사이에 끼어 있어 위에서 발견하기란 불가능했을 터였다.

"맙소사. 이게 대체 뭐지?" 크롱리가 말했다.

"토니 라이케는 아닐 겁니다." 탐지견을 부리는 경관이 말했다. "추운 비탈에서 해골이 이렇게 깨끗해지려면 꽤 오래 걸리거든요. 6~7년쯤?"

"18년일세." 그들을 뒤따라온 로이 스틸레가 뒤에서 헐떡거리며 말했다.

"그녀는 18년간 여기 있었어." 스틸레가 쪼그리고 앉으며 말했다.

"그녀?" 크롱리가 물었다.

스틸레는 해골의 골반뼈를 가리켰다. "여자들은 골반이 더 크다네. 실종되었을 당시에는 시신을 발견하지 못했지. 이건 카렌 우트모야."

크롱리는 로이 스틸레의 목소리에서 전에는 들어본 적이 없는 무언가를 들었다. 전율이었다. 감정이 격앙된 남자의 전율. 슬픔에 겨운 전율. 하지만 돌처럼 단단한 그의 얼굴은 여느 때와 같이 무표정했고, 아무것도 드러내지 않았다.

"세상에 맙소사. 그럼 그게 사실이었군요. 아들을 잃은 슬픔에 절벽에서 뛰어내렸다는 소문이." 탐지견을 데리고 있는 경관이 말했다.

"설마요." 크롱리가 말했다. 다른 두 사람이 그를 바라보았다. 크롱리는 두개골의 이마에 뚫린 구멍에 새끼손가락을 집어넣었다.

"그거 총알 자국입니까?" 경관이 물었다.

"그렇다네." 스틸레가 두개골 뒤쪽을 만지며 말했다. "빠져나간 구멍이 없는 걸로 보아, 총알은 아직 두개골 안에 있겠구만."

"그 총알이 우트모의 총과 일치한다고 내기할까요?" 크롱리가 말했다.

"세상에 맙소사." 경관이 또다시 말했다. "그럼 그가 아내를 쐈단 말입니까? 어떻게 그럴 수가 있죠? 자기가 사랑했던 사람을 죽이다니. 그것도 아내가 아들하고……. 생각만 해도 끔찍하네요."

"18년이야." 스틸레가 신음 소리를 내며 일어섰다. "공소시효까지 7년 남았어. 이런 게 아이러니겠지. 발각될까 두려워하며 기다리고 또 기다렸을 거야. 세월이 흐르고 자유가 얼마 남지 않았을 때, 쾅! 아내가 죽은 바로 그 절벽에 떨어져 죽게 되다니."

크롱리는 눈을 감고 생각했다. 그렇다, 사랑하는 사람을 죽이는 것은 가능하다. 어렵지 않다. 하지만 절대 거기서 자유로워질 수는 없다. 절대로. 그는 두 번 다시 여기 오지 않을 것이다.

요한 크론은 세상의 이목 끌기를 즐겼다. 그러지 않고서는 노르웨이에서 가장 인기 있는 변호사가 될 수 없다. 시구르 알트만, 일명 백마 탄 왕자가 그에게 변호 의뢰를 했을 때 그는 단 1초의 망설임도 없이 승낙했다. 지금까지 승승장구하며 누렸던 것보다 더 많은 이목이 집중되리라는 것을 알았기 때문이다. 그는 벌써 아버지의 기록을 깨겠다는 목표를 달성해, 가장 젊은 나이에 대법원 재판에 참여했다. 20대의 나이에 이미 떠오르는 스타이자, 법조계의 총아였다. 그로 인해 약간 우쭐해진 것도 사실이었다. 학창 시절, 그는 별다른 관심을 받지 못하는 학생이었다. 수업 시간에 너무 열심히 손을 들어대서 짜증나는 우등생에 불과했다. 사교 활동에 있어서는 측은할 정도로 애를 썼지만, 토요일 밤의 파티가 어디서 열리는지 늘 맨 꼴찌로 알게 되었다. 아니면 아예 파티가 있는 줄도 모르거나. 하지만 이제는 젊은 여비서들과 여직원들이 그의 칭찬이나, 회식을 하자는 제안에 얼굴을 붉히며 킥킥거렸다. 그리고 여기저기서 초대가 쏟아져 들어왔다. 한말씀 해달라거나, 라디오와 텔레비전 토론에 참가해달라는 요청도 많았고, 심지어 그의 아내가 그토록 좋아하는 시사회에도 초대받았다. 최근 몇 년간은 그런 행사에 너무 신경을 쓴 모양이다. 승리를 거두는 재판의 횟수나 언론이 주목하는 재판을 맡는 경우가 줄어들었고, 더불어 새로운 고객의 수도 감소하고 있었기 때문이다. 그의 명성에 영향을 미칠 정도는 아니었지만, 그래도 그에게 시구르 알트만 사건이 꼭 필요하다는 것을 인식할 정도는 되었다. 그에게는 다시 원래의 위치인 최정상으로 돌아갈 수 있는 사건, 세간의 이목을 끌만한 사건이 필요했다.

그랬기 때문에 요한 크론은 아무 말 없이, 둥근 안경을 쓴 마른 남자의 이야기를 듣고 있었다. 시구르 알트만이 들려주는 이야기는 지금까지 그가 들었던 어떤 이야기보다도 황당무계했지만, 그는 그 이야기가 사실이라고 믿었다. 요한 크론은 벌써부터 법정에 선 자신의 모습을 볼 수 있었다. 재기 넘치는 수사학자이자 선동가, 교묘한 조종가이면서도 법적 정의를 추구하며, 일반인과 판사 모두에게 큰 기쁨을 주는 자신의 모습을. 따라서 처음에 시구르 알트만의 계획을 들었을 때 그는 실망하지 않을 수 없었다. 하지만 아버지가 늘 했던 충고, 변호사는 고객을 위해 존재하는 것이지 그 반대가 아니라는 말을 떠올리며 알트만의 지시를 받아들였다. 요한 크론은 결코 나쁜 사람이 아니기 때문이다.

시구르 알트만이 낮 동안에 이송되어 있는 오슬로 구 감옥을 나오면서 크론은 이 업무의 새로운 잠재성을 보았다. 그리고 그것은 나름대로 특별했다. 그는 사무실로 돌아와 제일 먼저 미카엘 벨만에게 전화했다. 그들은 전에 딱 한 번 만난 적이 있었다. 물론 살인사건 재판에서였다. 하지만 그 한 번의 만남으로도 크론은 벨만이 어떤 사람인지 단번에 알아보았다. 매는 매를 알아보는 법이다. 따라서 그는 오늘 아침, 시골 경관이 범인을 체포했다는 헤드라인으로 벨만의 기분이 어떨지 알고 있었다.

"벨만입니다."

"요한 크론 변호사입니다. 다시 통화하게 돼서 반갑군요."

"안녕하시오, 크론 변호사." 깍듯하지만 불친절한 목소리는 아니었다.

"경정님은 안녕하시지 못하겠군요. 결승선을 몇 미터 앞두고 추월당한 기분이시겠어요."

짧은 침묵이 흘렀다. "용건이 뭐요, 크론 변호사?" 이를 악문 목소리, 성난 목소리였다.

요한 크론은 자신의 작전이 성공했다는 것을 알았다.

◆

해리와 쇠스는 아버지의 침대 옆에 앉아 있었다. 머리맡 테이블과 다른 테이블 두 군데에도 꽃병이 가득했다. 지난 며칠 동안 갑자기 나타난 꽃들이었다. 해리는 꽃을 둘러보며 카드를 읽었다. 그중 한 카드에는 '아끼고 아끼는 올라브에게'라고 적혀 있었다. 보낸 사람은 '당신의 리세'였다. 해리는 리세라는 이름을 들어본 적이 없었다. 더군다나 아버지 인생에 어머니 말고 다른 여자가 있으리라고는 상상할 수도 없었다. 나머지는 모두 동료와 이웃이 보낸 카드였다. 아버지의 임종이 멀지 않았다는 소식이 그들의 귀에도 들어간 모양이었다. 아버지가 카드를 읽을 수 없다는 사실을 알면서도 그들은 이 향긋한 꽃을 보냈다. 병문안을 못 갔다는 사실을 보상하기 위해서였다. 해리의 눈에는 침대를 둘러싼 꽃들이 죽어가는 시신 위를 맴도는 독수리처럼 보였다. 가냘픈 줄기의 목 위로 무거운 머리를 축 늘어뜨린 채 빨갛고 노란 부리를 가진 독수리들.

"여기서는 휴대전화 켜두면 안 돼, 오빠!" 쇠스가 엄하게 꾸짖었다.

해리는 휴대전화를 꺼내서 액정을 보았다. "미안, 쇠스. 중요한 전화야."

카트리네 브라트는 곧장 본론으로 들어갔다. "분명 토니는 우스타오셋과 그 일대에 꽤 자주 갔었어요. 최근 몇 년간 인터넷으로 가끔씩 기차표를 구입했고, 예일로의 주유소에서 신용카드로 계산한 적도 있고요. 먹을거리를 잔뜩 구입하기도 했는데, 대부분이 우스타오셋이었죠. 한 가지 두드러지는 건 건축 자재 청구서예요. 역시 예일로에서 구입했죠."

"건축 자재?"

"네. 청구서 목록을 살펴봤어요. 판자, 못, 공구, 강철줄, 시멘트벽돌, 시멘트 등 30만 크로네가 넘더군요. 하지만 4년 전 일이에요."

"지금 자네도 나랑 같은 생각이야?"

"토니가 산꼭대기 어딘가에 직접 작은 별장을 지었으리라는 거요?"

"우리가 확인해봤는데, 토니에게는 별관을 지을 만한 어떤 산장도 등록되어 있지 않았어. 하지만 호텔이나 관광협회 소속의 산장에 머물 거라면 음식을 쟁여둘 필요가 없지. 내 생각에는 토니가 국립공원 안에 불법 도피처를 지은 것 같아. 예전에 그러고 싶다고 말했거든. 물론 사람들의 눈에 띄지 않는 곳이겠지. 그 누구의 방해도 받지 않을 만한 곳. 하지만 그게 대체 어딜까?" 해리는 어느새 자신이 자리에서 일어나, 앞뒤로 서성이고 있다는 걸 깨달았다.

"저도 모르죠." 카트리네 브라트가 말했다.

"잠깐! 건축 자재를 산 게 언제야?"

"어디 보자…… 출력 용지에는 7월 6일이라고 되어 있네요."

"몰래 짓는 산장이라면, 분명 길에서 떨어진 곳일 거야. 길 없는 외진 곳. 아까 강철줄이라고 했나?"

"네. 그리고 그 이유를 알 거 같아요. 1960년대에 베르겐 사람들은 우스타오셋에서 바람이 가장 많이 부는 지역에 산장을 지었거든요. 그때 산장을 고정시키기 위해 주로 강철줄을 사용했죠."

"그러니까 토니의 산장은 바람이 많이 부는 외진 곳에 있을 거야. 그리고 30만 크로네 가량의 건축 자재를 그곳으로 운반해야만 했어. 최소한 2~3톤은 나갔을 텐데 그걸 어떻게 운반했을까? 그것도 여름에? 눈이 없으면 스노모빌도 사용할 수 없잖아."

"말? 지프?"

"강과 습지대를 넘어 산꼭대기까지 올라가야 하는데? 계속해봐."

"모르겠어요."

"난 알겠어. 사진을 본 적이 있거든. 알았어, 끊어."

"잠깐만요."

"왜?"

"우트모가 죽기 며칠 전의 행적을 조사해달라고 하셨잖아요. 온라인상으로는 그 남자에 대한 기록이 별로 없었어요. 하지만 전화 기록은 몇 개 있더군요. 그가 마지막으로 전화를 걸었던 사람은 아슬라크 크롱리였어요. 근데 음성 사서함으로 넘어간 것 같아요. 마지막으로 통화한 상대는 스칸디나비아 항공사였고요. 예약 시스템을 뒤져봤는데, 코펜하겐 행 비행기를 예매했더군요."

"흠. 여행을 많이 하는 사람 같지는 않던데."

"맞아요. 여권은 발급됐지만, 한 번도 쓴 적이 없어요. 그것도 아주 오랫동안요."

"그러니까 평생 자기 동네를 거의 떠나지 않았던 사람이 갑자기 코펜하겐으로 가려고 했단 말이지. 출발 날짜가 언젠데?"

"어제요."

"알았어. 고마워."

해리는 전화를 끊고, 코트를 낚아챈 다음, 문으로 향했다. 그러다가 그녀를, 자신의 매력적인 동생을 바라보았다. 쇠스에게 혼자서 괜찮겠냐고 물으려다가 그 바보 같은 질문을 삼켜버렸다. 언제 그가 곁에 있어주었던 적이 있던가?

"먼저 갈게." 해리가 말했다.

옌스 라트는 동업자들과 공동으로 사용하는 오피스텔 로비에 있었다. 재킷 안의 셔츠는 땀으로 흥건했다. 방금 비서로부터 경찰이 찾아왔다는 전화를 받았기 때문이다. 라트는 몇 년 전 사기 혐의로 경찰과 충돌한 적이 있었다. 사건은 기각되었지만, 지금도 경찰차를 볼 때마다 식은땀이 줄줄 흘렀다. 이제 옌스 라트는 온몸의 모공이 활짝 열린 것을 느낄 수 있었다. 그는 키가 작았기 때문에 자리에서 일어서는 형사를 올려다봐야 했다. 형사의 정수리는 계속 올라가더니 그보다 50센티미터 높은 곳에서 멈추었다. 형사는 그의 손을 꽉 잡으며 서둘러 악수했다.

"강력, 아니 크리포스의 해리 홀레라고 합니다. 토니 라이케 일로 왔습니다."

"새로운 소식이라도 있나요?"

"자리에 좀 앉을까요, 라트 씨?"

그들은 르코르뷔지에가 설계한 기다란 안락의자에 앉았다. 라트는 밖의 비서에게 커피를 내오지 말라는 신호를 은밀하게 보냈다. 투자자들이 오면 으레 커피를 내오기 때문이다.

"그의 산장이 어디 있는지 안내해주셨으면 합니다." 형사가 말했다.

"산장이라뇨?"

"커피 취소하시는 거 봤습니다, 라트 씨. 괜찮습니다. 피차 바쁜 사람들이니까요. 당신이 연루되었던 사기사건이 기각되었다는 것도 알고 있습니다. 하지만 제 전화 한 통이면, 다시 수사가 재개될 겁니다. 이번에도 허탕 칠지 모르지만, 그쪽에서 요구하는 문서들을 다 준비하려면……"

라트는 두 눈을 감았다. "맙소사……"

"……꽤나 바쁘실 겁니다. 당신의 동료이자 친구인 토니 라이케의 산장을 지어준 기간보다 더 오랫동안요."

옌스 라트의 유일한 재능은 어떤 일의 위험성을 누구보다 빠르고 효과적으로 계산하는 데 있었다. 따라서 방금 그가 받은 제안의 위험성을 계산하는 데는 1초밖에 걸리지 않았다.

"좋습니다."

"내일 아침 9시에 떠날 겁니다."

"뭘로……?"

"당신이 건축 자재를 운반했던 바로 그 방법으로요. 헬리콥터." 형사는 그렇게 말하며 자리에서 일어섰다.

"하나만 물읍시다. 토니는 그 산장의 존재를 아무에게도 알리지 않으려고 늘 전전긍긍했어요. 아마 약혼녀인 레네조차 몰랐을 겁니다. 그런데 어떻게?"

"예일로에서 건축 자재를 구입한 청구서를 보고 알았습니다. 거기다 당신들 셋이서 작업복을 입고 헬리콥터 앞에서 찍은 사진하고요."

옌스 라트가 얼른 고개를 끄덕였다. "아, 그 사진."

"근데 누가 찍은 겁니까?"

"헬리콥터 조종사요. 우리가 예일로를 떠나기 전에 찍었죠. 창업하기 전에 그 사진을 신문사에 보내자는 것이 안드레아스의 아이디어였습니다. 안드레아스는 양복에 넥타이보다, 작업복을 입고 찍는 게 더 멋있을 거라고 생각했죠. 토니도 동의했고요. 토니는 우리가 헬리콥터를 소유한 것처럼 보일 거라고 했죠. 어쨌든 경제지에는 늘 그 사진이 실렸습니다."

"토니의 실종 기사가 났을 때 왜 당신과 안드레아스는 그 산장에 대해 말하지 않았습니까?"

옌스 라트는 어깨를 으쓱였다. "오해는 하지 마십시오. 우리도 당신들만큼이나 토니가 어서 돌아오기를 바라고 있어요. 우리에게는 콩고 프로젝트가 있고, 토니가 천만 크로네를 마련하지 못하면 그 프로젝트는 끝장입니다. 하지만 가끔씩 토니가 사라질 때면 그건 토니가 원해서였어요. 그 친구는 스스로 돌볼 수 있습니다. 그가 용병이었다는 사실을 잊지 마십시오. 아마 지금쯤 토니는 어딘가에서 위스키 한 잔을 들고, 옆에는 이국적인 야생고양이 같은 여자를 끼고서, 해결책을 찾아냈다고 히죽거리고 있을 겁니다."

"흠, 아무래도 그 고양이 같은 여자가 토니의 가운뎃손가락을 우적우적 먹어치운 것 같군요. 포르네부 공항으로 9시까지 나오십시오."

옌스 라트는 자리에서 일어나 형사를 바라보았다. 땀이 비 오듯 흘러 그의 몸을 씻어내렸다.

◆

해리가 병실로 돌아가보니 아직 쇠스가 앉아 있었다. 그녀는 잡지를 뒤적이며 사과를 먹고 있었다. 해리는 독수리 무리를 둘러보았다. 꽃이 더 늘어나 있었다.

"피곤해 보여, 오빠. 집에 가서 쉬어." 쇠스가 말했다.

해리가 큭큭 웃었다. "네가 가야지. 넌 하루 종일 혼자 여기 있었잖아."

"나 혼자 아니었는데." 쇠스가 장난꾸러기 같은 미소를 지으며 말했다. "누가 왔다 갔게?"

해리는 한숨을 쉬었다. "미안한데 쇠스, 알아맞히는 건 그만하고 싶다. 그게 내 직업이라 말이야."

"외위스타인!"

"외위스타인 아이켈란?"

"응! 밀크 초콜릿을 사가지고 왔어. 아빠가 아니라 나 주려고. 근데 내가 다 먹어버리고 없어, 미안." 쇠스는 두 눈이 볼에 파묻힐 정도로 깔깔 웃어댔다.

쇠스가 산책하러 나가자, 해리는 휴대전화를 확인했다. 카야로부터 부재중 전화 두 통이 와 있었다. 해리는 의자를 벽으로 밀어 등을 기댔다.

지문

헬리콥터는 10시 10분에 할링스카르베 산악지대 서쪽 산마루에 도착했다. 그들은 11시경에 산장을 찾아냈다.

산장은 아주 꼭꼭 숨어 있어서, 옌스 라트의 도움이 없었다면 설사 대략적인 위치를 알았다 해도 찾는 데 애를 먹었을 것이다. 산장은 높은 바위 위에 바람을 등지고 동향으로 지어져 있었다. 워낙 높은 곳이라 눈사태의 염려는 없었다. 주변에서 가져온 돌에 시멘트를 발라 거대한 두 개의 바위 사이에 쌓아올려 만든 산장이었는데, 두 바위가 산장의 측벽과 뒷벽을 이루었다. 두드러지게 직각을 이루는 부분은 없었다. 길쭉한 틈처럼 생긴 창문은 벽 깊숙이 자리하고 있어서 햇빛이 반사되지 않았다.

"이런 걸 진짜 제대로 된 산장이라고 하는 거죠." 비에른 홀름이 말했다. 그는 스키를 벗자마자, 눈 속에 털썩 무릎을 꿇었다.

해리는 라트에게 이제 도움은 필요 없으니 헬리콥터로 돌아가, 조종사와 함께 기다리라고 했다.

현관 옆으로 쌓인 눈은 그다지 높지 않았다.

"최근에 누군가 눈을 치웠군." 해리가 말했다.

문에는 금속판이 장식되어 있고, 간단한 자물쇠 하나로 채워져 있었다. 비에른이 가져온 쇠지렛대를 이용하자 쉽게 열렸다.

들어가기 전에 그들은 털장갑을 고무장갑으로 바꿔 끼고, 스키 부츠 위에 푸른색 비닐을 씌웠다.

"와!" 산장 안에 들어선 비에른의 입에서 나지막한 감탄사가 흘러나왔다.

산장 전체는 가로 3미터, 세로 5미터의 방 하나로 이루어져 있었다. 옛날 선장들이 쓰던 것 같은 침대와 둥근 창문, 공간을 적게 차지하는 간소한 가구들. 바닥과 벽, 천장은 방부 처리가 되지 않은 거친 판자로 만들었는데, 실내에 들어오는 적은 양의 햇빛을 최대한으로 활용하기 위해 하얀색 페인트가 칠해져 있었다. 오른쪽의 짧은 벽에는 찬장과 싱크대가 달린 소박한 조리대, 거기다 침대 겸용으로 쓸 기다란 소파까지 있었다. 방 한가운데에는 페인트 방울이 튀어 있는 굴대등받이 의자와 테이블이, 한쪽 창문 앞에는 낡은 책상이 놓여 있었다. 책상 바닥에 이니셜과 짧은 노래 가사들이 새겨져 있었다. 뒤쪽 바위가 그대로 드러나 있는 왼쪽의 긴 벽에는 검은색 장작난로가 놓여 있었다. 연통은 열기를 최대한 활용하기 위해 바위를 오른쪽으로 돌아 수직으로 올라갔다. 장작 바구니에는 불을 붙이기 위한 신문지와 땔감으로 쓸 자작나무가 가득했다. 벽에는 지도 몇 장이 걸려 있었는데, 이 지역과 아프리카 지도였다.

비에른은 책상 위의 창밖을 내다보았다.

"이런 걸 진짜 제대로 된 전망이라고 하는 거죠. 와, 노르웨이 땅 절반은 보이겠는데요."

"빨리 시작하자고. 조종사가 두 시간 줬어. 해변에서 먹구름이 몰려오고 있대."

◆

평소처럼 미카엘 벨만은 6시에 일어나, 지하실에 있는 러닝머신을 달리며 정신을 차렸다. 또 카야의 꿈을 꾸었다. 그녀는 오토바이 뒷좌석에 앉아 앞에 앉은 남자를 껴안고 있었다. 남자는 헬멧을 쓰고, 바이저까지 내린 터라 얼굴이 전혀 보이지 않았다. 카야는 뾰족한 치아를 활짝 드러낸 채 행복에 겨운 미소를 지으며, 손을 흔들고 떠났다. 하지만 저건 훔친 오토바이가 아니던가? 원래 그의 오토바이가 아니던가? 그러나 바람에 휘날리는 카야의 머리카락이 너무 길어 번호판을 가린 터라, 정확히 확인할 수 없었다.

운동이 끝난 후에는 샤워를 하고, 아침을 먹기 위해 위층으로 올라갔다. 접시 옆에는 언제나처럼 아내가 가져다둔 조간신문이 있었다. 벨만은 신문을 펼치기 전에 마음을 단단히 먹었다.

시구르 알트만, 일명 백마 탄 왕자의 사진을 구하지 못했기 때문에 신문사들은 스카이 경관의 사진을 대신 실었다. 사진 속 그는 팔짱을 낀 채 경찰서 앞에 서 있었는데 염병할 곰 사냥꾼이 쓰는 것 같은, 챙이 긴 초록색 모자를 쓰고 있었다. 사진 위에는 '백마 탄 왕자, 체포되다?'라는 헤드라인이 걸려 있었다. 그 옆에 실린, 부서진 노란색 스노모빌 사진 위에는 '우스타오셋에서 또 다른 시체 발견'이라고 적혀 있었다.

벨만은 '크리포스' 혹은 '미카엘 벨만'이라는 글자를 찾아 기사를 쭈욱 훑어봤다. 다행히도 1면에는 없었다.

이어지는 페이지를 펼쳤더니 거기에 있었다. 사진과 함께.

> 크리포스의 수장인 미카엘 벨만은 백마 탄 왕자의 취조가 끝나기 전까지는 어떤 발표도 하고 싶지 않다고 짤막하게 말했다. 또한 위트레 에네바크의 경찰이 용의자를 체포한 것에 대해서도 딱히 할 말이 없다고 했다.
> "일반적으로 모든 경찰 업무는 팀워크입니다. 크리포스에서는 영웅의 화환이 누구의 목에 걸리는지는 별로 중요하게 생각하지 않습니다."

마지막 말은 하지 말았어야 했다. 그것은 거짓말이었고, 듣는 사람에게도 거짓말로 들릴 것이다. 게다가 한심한 패자의 악취까지 풍겼다.

하지만 상관없다. 어제 알트만의 변호사인 요한 크론고 통화하며 들었던 말이 사실이라면, 벨만에게는 모든 것을 바로잡을 수 있는 황금 같은 기회가 있었다. 바로잡는 것 이상이었다. 그가 화환의 주인공이 될 수도 있었다. 크론이 요구하는 대가는 매우 클 테지만, 그걸 지불할 사람은 그가 아니었다. 그 꼴 보기 싫은 곰 사냥꾼과 해리 홀레, 그리고 강력반이었다.

교도관이 면회실의 문을 열어주자, 미카엘 벨만은 요한 크론에게 먼저 들어가라고 했다. 이것은 공식 면담이 아니라 그냥 대화를 나누는 자리이기 때문에 가능한 중립 지대에서 만나야 한다는 것이 크론의 주장이었다. 그러나 백마 탄 왕자는 현재 구류 중인 오슬로 구 감옥을 나갈 수 없는 처지였다. 따라서 그들은 수감자들이 가족을 만나는 일반 면회실에서 보기로 합의했다. 카메라도, 마이크도 없고, 창문 하나 없이 사방이 막힌 평범한 방이었다. 실내 분위기를 밝게 꾸민답시고 테이블에는 레이스로 뜬 테이블보가 깔려 있었고, 벽에는 초인종 줄이 달린 노르웨이풍의 태피스트리가 걸려 있었다. 애인이나 배우자도 여기서 만날 수 있었기 때문에, 정액으로 얼룩진 소파는 스프링이 다 고장 나 있었다. 벨만은 소파에 앉는 크론의 몸이 소파 속으로 한없이 가라앉는 걸 바라보았다.

시구르 알트만은 테이블의 한쪽 끝에 앉아 있었다. 벨만은 맞은편 끝에 앉았기 때문에 알트만과 거의 같은 눈높이에서 마주보았다. 알트만은 볼이 홀쭉하고, 눈은 움푹 들어갔으며 뼈드렁니였다. 여전히 사진으로 보았던 아우슈비츠의 수척한 유태인이 떠올랐다. 영화 〈에일리언〉에 등장했던 괴물도.

"오늘 대화는 공식 대화가 아니오." 벨만이 말했다. "따라서 누구도 대화 내용을 기록해서는 안 되며, 오늘 여기서 한 대화는 이 방 밖으로 새어 나가서는 안 됩니다."

"동시에 우리로서는 경찰 측이 오늘 이 자백의 대가를 반드시 이행해 주신다는 보장이 필요합니다." 크론이 말했다.

"약속하겠소." 벨만이 말했다.

"진심으로 감사드립니다만, 그게 전부입니까?"

"그게 전부라뇨?" 벨만이 피식 웃었다. "그럼 뭘 더 원하시오? 합의서에 사인이라도 해드릴까?" 건방진 변호사 새끼 같으니, 벨만은 생각했다.

"그럼 좋죠." 크론이 그 말과 함께 테이블 위로 종이 한 장을 내밀었다.

벨만은 종이를 바라보았다. 이 문장에서 저 문장으로 건너뛰며 대충 훑어보았다.

"물론 이 문서가 공개되는 일은 없을 겁니다. 약속만 잘 지켜진다면요." 크론이 말했다. "우리 쪽의 조건이 이행되는 대로 이 문서를 돌려드리죠. 그리고 여기," 크론이 벨만에게 펜을 건넸다. "S. T. 듀퐁입니다. 세계 최고의 볼펜이죠."

벨만은 펜을 받아, 테이블 위에 올려두었다.

"이야기를 들어보고 좋으면 사인하겠소." 그가 말했다.

"만약 이게 범죄 현장이라면 범인이 뒤처리를 꽤 잘했는데요."

비에른 홀름은 양 허리에 손을 올린 채 방 안을 둘러보았다. 그들은 위, 아래, 서랍, 선반을 모두 뒤졌고, 혈흔과 지문을 찾아 구석구석 손전등을 비추었다. 비에른은 책상에 꺼내놓은 노트북 컴퓨터에 성냥갑 크기의 지문 스캐너를 연결했다. 탑승객들의 신원을 확인하기 위해 최근 공항에서 사용하는 것과 비슷했다. 지금까지 이 집에서 나온 지문은 모두 한 사람 것이었다. 토니 라이케.

"계속 찾아봐." 해리가 싱크대 밑에 무릎을 꿇고 앉아 플라스틱 파이프를 분해하며 말했다. "여기 어딘가에 있을 거야."

"뭐가요?"

"나도 몰라. 뭔가가 있을 거야."

"계속 찾을 거라면, 난방을 좀 해야겠는데요."

"그럼 난로 피워."

비에른 홀름은 장작난로 옆에 쪼그리고 앉아, 입구를 열었다. 그러고는 장작 바구니에 들어 있던 신문을 죽죽 찢어서 꼬기 시작했다.

"무슨 감언이설을 했길래 스카이 경관이 반장님의 게임에 합류한 거예요? 사실이 밝혀지면 큰 위험을 감수하게 될 텐데요."

"감수할 위험 따위는 없어. 틀린 말은 하나도 안 했으니까. 경관이 한 말을 생각해봐. 성급한 오판을 내린 건 언론이야. 게다가 누구는 용의자를 체포할 수 있고, 누구는 할 수 없다는 경찰 규정 따위는 없다고. 난 어떤 부탁도 할 필요 없었어. 그분은 나도 싫지만 벨만은 더 싫다고 했고, 그걸로 이유는 충분했어."

"그게 다예요?"

"흠, 딸 문제도 있었지. 미아. 딸의 인생이 잘 풀리지 않은 모양이야. 그럴 경우, 부모는 늘 이유를 찾기 마련이지. 딱 꼬집어낼 수 있는 구체적인 계기. 스카이 경관은 댄스홀 밖에서 벌어졌던 사건이 평생 미아를 따라다닌다고 생각했어. 소문에 의하면 미아와 올레는 사귀는 사이였고, 올레가 미아와 토니를 발견했을 때 두 사람이 그냥 키스만 한 건 아니라더군. 스카이 경관의 눈에는 올레와 토니가 딸의 인생을 망쳐놓은 주범으로 보일 거야."

비에른은 절레절레 고개를 흔들었다. "피해자, 피해자. 어딜 가나 피해자군요."

해리는 비에른에게 다가가 손을 내밀었다. 손바닥에는 철조망에서 잘라낸 듯한 철사 조각이 있었다. "이게 하수관 밑에 있었어. 뭔지 알겠어?"

비에른은 철사 조각을 집어 들고, 유심히 바라보았다.

"잠깐! 그거 뭐야?" 해리가 버럭 소리쳤다.

"뭐가요?"

"신문. 이거 봐, 우리가 이스카 펠러 작전을 발표하던 기자회견장이잖아."

비에른 홀름은 아까 1면을 찢어내는 바람에 모습을 드러낸 벨만의 사진을 바라보았다. "정말이네요."

"불과 며칠 전의 신문이야. 누군가 최근에 여기 있었어."

"그러게요."

"1면에 지문이 남아 있을지도……." 해리는 난로 속을 들여다보았다. 1면에 막 불이 붙고 있었다.

"죄송해요. 하지만 다른 페이지를 찾아볼게요." 비에른이 말했다.

"그래. 사실 난 장작을 의심하던 참이야."

"네?"

"여기서 5킬로미터 반경에는 나무가 하나도 없거든. 자네는 신문지를 조사해. 난 주변을 좀 둘러보고 올게."

미카엘 벨만은 시구르 알트만을 뜯어보았다. 그의 차가운 눈동자가 마음에 들지 않았다. 앙상한 몸매도, 윗입술을 바깥쪽으로 밀어내는 뻐드렁니도, 딱딱 끊어진다고 해야 할지 어설픈 혀짤배기소리라고 해야 할지 모를 말투도. 하지만 저 남자가 아무리 싫을지라도, 저자가 자신의 구세주이자 은인이라는 사실에는 변함이 없었다. 알트만이 한 마디 할 때마다 벨만은 승리를 향해 한발씩 나아가기 때문이다.

"사건 과정을 정리한 해리 홀레의 보고서는 읽어보셨겠죠?" 알트만이 말했다.

"스카이의 보고서겠지. 스카이의 정리고." 벨만이 말했다.

알트만이 한쪽 입꼬리를 올리며 미소를 지었다. "좋으실 대로. 사실 해리의 이야기는 놀라울 정도로 정확합니다. 문제는 그가 가진 결정적 증거가 딱 하나라는 거죠. 라이케의 집에서 발견된 내 지문. 내가 거기 있었다고 치죠. 하지만 그거야 제가 토니를 찾아가 옛 추억을 이야기했을 수도 있는 거 아닙니까."

벨만이 어깨를 으쓱였다. "배심원이 그 말을 믿어줄 것 같아?"

"믿게 할 수 있다고 생각하고 싶군요. 하지만……." 알트만의 양쪽 입꼬리가 올라가며, 잇몸이 드러났다. "……이제는 배심원을 볼 일조차 없을 텐데요. 안 그런가요?"

해리는 돌출된 바위 밑에서 초록색 방수포를 뒤집어쓴 장작더미를 발견했다. 도마에는 도끼 한 자루가 꽂혀 있었고, 그 옆에는 칼이 놓여 있었다. 해리는 주위를 둘러보며 발끝으로 눈을 찼다. 여기에는 그다지 눈길을 끄는 물건이 없었다. 그때 신발 밑으로 무언가 스쳐갔다. 하얀색 비닐봉지. 그는 허리를 숙였다. 봉지에는 '10미터 거즈'라고 적힌 라벨이 붙어 있었다. 이게 왜 여기 있지?

해리는 고개를 갸웃한 채 몇 분간 도마를 살펴보았다. 도마 위의 검은색 칼날을 바라보았다. 손잡이를 바라보았다. 매끈한 노란색 손잡이. 도마와 칼로 뭘 했을까? 물론 할 수 있는 일이 몇 가지 있기는 하지만…….

그는 오른손을 도마 위에 올려놓았다. 잘린 가운뎃손가락의 남은 뿌리를 위로 들어 올리고, 나머지 손가락은 아래로 내렸다.

해리는 두 손가락으로 조심스럽게 칼 손잡이 끝을 들어 올렸다. 면도날처럼 예리한 칼날에는 그가 형사로서 일하며 늘 봐왔던 물질의 흔적이 있었다. 해리는 높이 쌓인 눈 속을 헤치며 다리가 긴 무스처럼 달려갔다.

그가 문을 벌컥 열고 들어가자, 컴퓨터를 바라보고 있던 비에른이 고개를 들었다. "신문의 지문도 다 토니 라이케 거예요."

"칼날에 피가 묻었어." 해리가 헐떡이며 말했다. "손잡이에 지문이 있는지 확인해봐."

비에른은 조심스럽게 칼을 받아들었다. 그러고는 광택제가 발라진 매끈한 노란색 나무 손잡이에 검은색 가루를 뿌린 후, 부드럽게 가루를 불었다.

"한쪽 손의 지문뿐인데요. 하지만 선명하게 찍혔네요. 상피세포도 있을지 몰라요." 비에른이 말했다.

"좋았어!" 해리가 말했다.

"왜 그러는 건데요?"

"여기에 지문을 남긴 자가 토니의 손가락을 잘랐어."

"네? 왜 그런 생각을……."

"도마에 피가 있었어. 그리고 상처에 감을 거즈도 준비해두었더라고. 게다가 이 칼을 전에 본 적이 있는 것 같아. 아델 베틀레센을 찍은 흐릿한 사진에서."

비에른 홀름은 부드럽게 휘파람을 불고는, 투명한 필름을 손잡이에 붙였다. 그러자 검은색 가루가 필름에 그대로 찍혔다. 그는 그 필름을 스캐너 위에 올려놓았다.

"시구르 알트만, 훌륭한 변호사 덕분에 토니의 책상에 찍힌 지문은 그럴싸한 평계를 대서 넘어갈 수 있을지도 모르지." 해리가 중얼거리는 동안, 비에른은 검색 버튼을 눌렀다. 푸른색 선이 미친 듯이 움직이다가 막대 오른쪽을 향해 다가가기 시작했다. "하지만 칼에 찍힌 이 지문은 변명의 여지가 없을 거다."

준비…….

'일치하는 결과가 1개 있습니다.'

비에른 홀름은 '보기' 버튼을 눌렀다.

해리는 모니터에 나타난 이름을 바라보았다.

"아직도 이 지문의 주인이 토니의 손가락을 잘랐다고 생각하세요?" 비에른 홀름이 물었다.

78
거래

"아델과 토니가 화장실 옆에서 발정난 개새끼들처럼 섹스하는 걸 보니, 모든 게 되살아났죠. 그동안 덮어두었던 모든 것들. 정신과의사가 이제는 다 흘려보냈다고 말했던 모든 것들. 그건 마치 사슬에 묶어 두었던 짐승이 먹이를 계속 먹어, 전보다 훨씬 더 크고 강해진 것 같았어요. 게다가 그 짐승이 이제는 사슬에서 풀려나기까지 했죠. 해리의 말이 맞아요. 나는 토니가 내게 했던 것처럼 그에게 모욕감을 줘서 복수할 계획이었어요."

시구르 알트만은 자신의 두 손을 내려다보며 미소를 지었다.

"하지만 그다음부터는 해리가 틀렸습니다. 난 아델의 살인을 계획하지 않았어요. 그저 공개적으로 토니에게 망신을 주고 싶었죠. 특히 그가 한 가족이 되고 싶어 하는 처갓집 사람들, 그의 돈줄이 되어줄 갈퉁 집안사람들 앞에서요. 그들은 토니의 콩고 사업에 돈을 대주었죠. 그러지 않고서야 토니가 왜 그런 들쥐같이 생긴 여자와 결혼하려 하겠어요?"

"맞는 말이야." 미카엘 벨만은 자신이 그의 편이라는 것을 보여주기 위해 미소를 지었다.

"그래서 난 아델인 척하고 토니에게 편지를 썼죠. 그날 일로 임신이 되었고, 아이를 낳고 싶다고. 하지만 앞으로 혼자 아이를 키워야 하니 양육

비가 필요하고, 따라서 비밀을 지켜주는 대가로 돈이 필요하다고. 우선 40만 크로네를 준비해서, 이틀 후에 보자고 했죠. 산비카어 있는 레프달 전자제품 매장 뒤의 주차장에서, 자정에. 그런 다음, 아델에게도 토니인 척하고 편지를 보냈어요. 같은 장소에서 만나 데이트를 하자고. 그 주차장이 아델의 취향에도 맞으리라는 걸 알고 있었거든요. 두 사람은 분명 이름이나 전화번호도 교환하지 않았을 거라고 생각했어요. 나중에 그들이 속았다는 사실을 알아도 상관없었죠. 그때쯤에는 이미 내가 원하는 걸 얻은 후일 테니까. 그래서 난 11시에 그곳에 갔습니다. 차에 앉아 카메라를 준비했죠. 두 사람이 만나서 싸우든, 떡을 치든 내 목적은 둘이 만나는 사진을 찍는 거였어요. 그리고 그 사진들을 전부 안데르스 갈퉁에게 보내는 거죠. 모든 것을 폭로하는 글과 함께. 그뿐이었습니다."

알트만은 벨만을 바라보며 다시 한 번 반복했다. "그뿐이었어요."

벨만은 고개를 끄덕였고, 시구르 알트만은 이야기를 계속했다. "토니는 일찍 도착했더군요. 차를 주차하고, 밖으로 나와 주위를 살펴봤어요. 그러더니 강가의 나무들 그림자 속으로 사라져버렸죠. 나는 운전대 뒤에 숨어 있었어요. 그러자 아델이 왔습니다. 무슨 일이 벌어지는지 보기 위해 차창을 내렸어요. 아델은 가만히 서서 기다렸어요. 주위를 둘러보고 시간을 확인하더군요. 그때 토니가 그녀의 바로 뒤까지 다가갔어요. 그렇게 가까운데도 아델이 전혀 눈치채지 못한다는 게 놀랍더군요. 토니는 커다란 칼을 꺼내더니 한 팔로 그녀의 목을 졸랐어요. 버둥거리면서 발로 차는 아델을 그의 차로 끌고 갔죠. 차 문이 열렸을 때 좌석에 비닐이 씌워져 있는 게 보였어요. 토니가 아델에게 뭐라고 하는지는 안 들렸지만, 카메라 줌렌즈로 그들을 잡아 확대시켰죠. 토니가 아델의 손에 펜을 쥐여주면서 엽서에 쓸 말을 불러주고 있었어요."

"키갈리에서 보낸 엽서로군. 아델이 사라지도록 그자가 모든 걸 미리 계획한 거야." 벨만이 말했다.

"난 사진을 찍었어요. 달리 아무 생각도 나지 않더군요. 그런데 갑자기 토니가 칼을 치켜들더니 아델의 목에 꽂아버렸어요. 도저히 믿을 수가 없었죠. 목에서 뿜어 나온 피가 자동차 앞유리에 튀었어요."

두 사람은 크론의 숨소리가 거칠어진 것을 눈치채지 못했다.

"토니는 아델의 목에 칼을 꽂아둔 채 한동안 기다리더군요. 마치 그녀의 몸에서 피를 다 뽑아내려는 것처럼요. 그러더니 아델을 들어 올려 차 트렁크에 넣었어요. 다시 운전석으로 가려던 토니가 걸음을 멈추고, 코를 킁킁거리는 것 같았죠. 토니는 가로등 불빛 아래 서 있었는데, 그때 난 봤어요. 댄스홀 앞에서 날 때려눕히고, 내 입속에 칼을 밀어 넣을 때와 똑같은 표정, 그 휘둥그레진 눈동자와 씩 웃는 미소를. 토니가 아델과 떠난 후에도 난 한참 동안 차에 앉아 있었어요. 너무 무서워서 움직일 수가 없었죠. 이제는 안데르스 갈퉁에게 편지를 보낼 수가 없다는 걸 알았어요. 그 누구에게도 보낼 수 없었죠. 왜냐하면 난 살인방조죄를 저질렀으니까요."

알트만은 앞에 있던 컵의 물을 아주 조금, 입술만 축일 정도로 마신 후에 요한 크론을 바라보았다. 크론은 고개를 끄덕였다.

벨만은 헛기침을 했다. "엄밀히 말해서, 그건 살인방조죄가 아니야. 최악의 경우, 넌 협박과 사기로 고소될 수 있어. 거기서 멈출 수도 있었잖아. 네게는 매우 불쾌한 일이었겠지만, 그래도 경찰에 알릴 수 있었어. 네 이야기를 증명해줄 사진도 있고."

"그래도 고소되어 유죄 판결을 받았겠죠. 검찰은 토니가 스트레스를 받으면 폭력적으로 변한다는 사실을 내가 누구보다 잘 알고 있었다고 주장했을 겁니다. 또한 내가 이 모든 일의 발단이었고, 이렇게 될 줄 알고 있었다고 했겠죠."

"정말 몰랐나? 이런 일이 일어날 줄?" 나무라듯이 쏘아보는 크론의 눈초리를 무시한 채 벨만이 물었다.

시구르 알트만은 미소를 지었다. "참 이상하죠? 종종 자신의 의도를 해석하거나 기억하기가 제일 힘드니 말입니다. 솔직히 말해서 내가 어떤 결과를 예상했는지 기억이 안 납니다."

'기억하고 싶지 않은 거겠지.' 벨만은 생각했다. 하지만 겉으로는 마치 인간의 영혼에 대한 새로운 깨달음을 줘서 고맙다는 듯이 고개를 끄덕이며, 음음 하고 맞장구를 쳤다.

"난 며칠간 고민했어요. 그러다가 호바스 산장으로 돌아가, 숙박부에서 그날 묵은 사람들의 이름과 주소가 적힌 페이지를 찢어냈죠. 그리고 토니에게 또다시 편지를 썼어요. 나는 네가 무슨 짓을 했고, 왜 그랬는지도 알고 있다고요. 네가 호바스 산장에서 아델과 섹스하는 걸 봤다. 그러니 돈을 달라고 했죠. 맨 끝에는 보르그뉘 스템 뮈레라고 서명했어요. 닷새 후 신문에 그녀가 지하실에서 살해되었다는 기사가 실렸더군요. 거기서 끝났어야 했어요. 경찰은 살인사건을 조사하고 토니를 체포했어야 한다고요. 그게 경찰의 임무죠. 토니를 체포하는 것."

시구르 알트만의 언성이 올라갔고, 벨만은 둥근 안경 뒤로 그의 눈에 눈물이 어린 것을 똑똑히 보았다.

"하지만 당신들은 아무런 단서도 얻지 못했어요. 완전 오리무중이었죠. 그래서 난 토니에게 희생자를 계속 바칠 수밖에 없었어요. 숙박부에 적힌 또 다른 이름으로 그를 위협하면서요. 난 신문에서 피살자들의 사진을 오려내 카도크 공장의 편집실 벽에 붙여두었죠. 내가 피살자의 이름으로 보낸 편지의 복사본과 함께요. 토니가 누군가를 죽이기 무섭게 사실은 내가 진짜로 편지를 보낸 장본인이라고 주장하며 또 다른 편지를 보냈죠. 이제는 네가 둘, 셋, 네 명이나 죽였다는 사실을 알고 있고, 따라서 침묵의 대가는 점점 올라간다고." 알트만은 몸을 앞으로 숙였다. 그가 괴로워하는 목소리로 말했다. "당신들에게 그를 잡을 수 있는 기회를 주기 위해 그런 겁니다. 범인은 실수하는 법이잖습니까. 살인을 더 많이 저지를수록, 잡힐 확률이 더 높아지는 거 아닌가요?"

"그리고 범인은 살인에 더 능숙해지지." 벨만이 말했다. "토니 라이케는 살인 초보가 아니라는 사실을 기억하라고. 네가 손에 피 한 방울 안 묻히고 사는 동안, 그자는 아프리카에서 용병 생활을 했어. 이젠 너도 피를 묻히게 됐지만."

"내가 손에 피를 묻혔다고?" 알트만이 갑자기 분통을 터뜨리며 소리를 질렀다. "나는 토니의 집에 들어가서 엘리아스 스코그에게 전화까지 했어. 텔레노르에 기록이 남도록. 손에 피를 묻힌 건 너희 경찰들이야! 아델이나 미아 같은 창녀들과 토니 같은 살인자들이라고. 만약 내가……!"

"그만해요, 시구르." 요한 크론이 자리에서 일어났다. "잠깐 쉬었다 하죠, 네?"

알트만은 눈을 감고 양손을 들어 올린 채 고개를 저었다. "난 괜찮아요, 괜찮아. 빨리 끝내버립시다."

요한 크론은 자신의 고객을 응시하다가, 벨만을 힐끗 보고는 자리에 앉았다.

알트만은 몸을 부르르 떨며 심호흡을 했다. 그러고는 이야기를 계속했다. "세 명인가 네 명인가 죽었을 때쯤에는 당연히 토니도 알게 됐죠. 편지의 발신인이라 주장하는 사람이 꼭 그 편지를 보낸 장본인은 아니라는 걸. 그런데도 계속 죽였어요. 점점 더 잔인한 방법으로. 마치 날 겁줘서, 내가 도망치게 하려는 것 같더군요. 자신은 누구든, 무엇이든 다 죽일 수 있고 결국에는 나도 죽일 수 있다는 걸 보여주려는 듯이."

"아니면 자신이 아델과 함께 있는 걸 봤을 가능성이 있는 목격자들을 모두 없애버리고 싶었거나." 벨만이 말했다. "토니는 그날 밤 산장에 묵었던 사람이 일곱 명 더 있다는 걸 알고 있었어. 단지 그들이 누구인지 알아낼 방법이 없었을 뿐이지."

알트만은 웃음을 터뜨렸다. "상상해봐요! 그 자식은 분명 산장으로 돌아가서 숙박부를 뒤졌을 겁니다. 하지만 페이지는 이미 사라지고, 가운데 종이쪼가리만 남아 있었겠죠. 멍청이 토니!"

"그러는 당신의 동기는?"

"무슨 뜻이죠?" 알트만이 경계하는 표정으로 물었다.

"진작 경찰에 익명의 제보를 할 수 있었을 텐데. 어쩌면 당신도 목격자들을 모두 없애버리고 싶었던 게 아닐까?"

알트만은 귀가 어깨에 닿을 정도로 고개를 기울였다.

"아까도 말했듯이 우리가 하는 행동의 모든 이유를 확인하기란 어렵죠. 우리의 무의식은 생존 본능에 따라 움직이기 때문에 의식적인 생각보다 더 이성적인 경우가 많아요. 어쩌면 내 무의식은 토니가 모든 목격자를 제거하는 게 나에게도 더 안전하다는 걸 깨달았는지 모르죠. 그러면 아무도 내가 거기 있었다는 걸 모를 테고, 길에서 날 알아볼 사람도 없을 테니까. 하지만 그 답은 영영 모르는 겁니다. 안 그래요?"

장작난로가 타닥타닥 소리를 내며 불씨를 뱉어냈다.

"하지만 대체 왜 토니 라이케가 제 손으로 자기 손가락을 잘라요?" 비에른 홀름이 물었다.

비에른이 소파에 앉아 있는 동안, 해리는 부엌 수납장 뒤에서 찾아낸 구급상자를 뒤졌다. 상자 안에는 붕대 네댓 개와 혈액을 재빨리 응고시키는 수렴성 연고가 있었다. 연고의 생산년도를 보니 두 달밖에 안 된 신제품이었다.

"알트만이 강요한 거야." 해리가 아무런 딱지도 붙어 있지 않은 조그만 갈색 유리병을 빙글빙글 돌리며 말했다. "토니는 모욕을 당해야 하니까."

"반장님도 그 말을 안 믿는 것 같은데요?"

"내가 왜 안 믿어?" 유리병의 뚜껑을 돌려 열고, 내용물의 냄새를 맡으며 해리가 말했다.

"그래요? 이 집에 토니 이외의 지문은 하나도 없어요. 머리카락은 죄다 토니처럼 검은색이고, 신발 사이즈는 모두 45예요. 토니의 사이즈죠. 반면 시구르 알트만은 옅은 금발에 신발 사이즈는 42라고요, 반장님."

"뒤처리를 잘한 걸지도 몰라. 나중에 나한테 이거 분석하라고 말해 줘." 해리는 갈색 병을 재킷 주머니에 넣었다.

"뒤처리를 잘했다고요? 범죄 현장도 아닌 곳을? 토니의 집 책상에 지문을 떡하니 남겨두고 간 사람이에요. 우트모를 죽인 산장에 갔을 때 반장님 입으로도 범인이 뒤처리를 잘 못한다고 하셨잖아요. 전 그렇게 생각하지 않아요. 반장님도 마찬가지고요."

"젠장!" 해리가 소리 질렀다. "젠장, 젠장, 젠장." 그는 양손에 이마를 묻고 테이블을 응시했다.

비에른 홀름은 하수관 밑에서 나왔다는 철사 조각을 집어 들고, 손톱으로 금도금을 벗겨냈다. "그건 그렇고, 이게 뭔지 알 것 같아요."

"그래?" 해리가 고개도 들지 않은 채 말했다.

"쇠, 크롬, 니켈과 티타늄."

"그래서?"

"어릴 때 치아교정을 했어요. 교정기를 만들려면 철사를 구부려서, 클립으로 이에 고정시켜야 하죠."

해리는 고개를 번쩍 들고 아프리카 지도를 바라보았다. 마치 퍼즐 조각처럼 서로 딱딱 들어맞는 나라들을 살펴보았다. 마다가스카르만 예외였다. 마다가스카르는 어디에도 맞지 않는 조각처럼 따로 떨어져 있었다.

"치과에 가면……."

"쉿!" 해리는 그렇게 말하며 한 손을 들어 올렸다. 이제야 이해가 갔다. 무언가가 딱 들어맞았다. 들리느니 난로의 타닥 소리와 점점 더 가까워지는 바람 소리뿐이었다. 서로 다른 퍼즐판에 속해 멀리 떨어져 있던 두 개의 퍼즐 조각. 뤼세렌 호수 근처에 살던 외할아버지. 엄마의 아버지. 산장 서랍 속에 있던 사진. 가족사진. 그건 토니 라이케의 것이 아니라 오드 우트모의 것이었다. 관절염. 토니가 뭐라고 했던가. 전염병이 아니라 집안 내림이라고 했지. 큼지막한 이를 드러낸 소년. 입을 꾹 다문 남자. 마치 아무도 모르는 비밀을 숨기려는 듯이. 마치 썩은 이와 교정기를 숨기려는 듯이.

돌. 산장의 목욕탕 바닥에서 찾아낸 짙은색 돌. 그는 주머니 속에 손을 넣었다. 돌은 아직 들어 있었다. 그는 그것을 비에른에게 던졌다.

"잘 살펴봐." 해리가 침을 꿀꺽 삼키며 말했다. "우연히 발견한 건데, 혹시 치아일 수도 있을까?"

비에른은 그것을 불에 비춰보고, 손톱으로 긁었다. "그럴 수도 있겠네요."

"그만 돌아가지." 목의 털이 쭈뼛 곤두서는 것을 느끼며 해리가 말했다. "사람들을 죽인 건 그 망할 놈의 알트만이 아니야."

"네?"

"토니 라이케라고."

"토니 라이케가 체포되었다 풀려난 후의 기사를 읽었을 거야." 벨만이 말했다. "그자에게는 알리바이라는 아주 멋진 녀석이 있었거든. 놈은 보르그뉘와 샬로테가 죽은 시간에 자기가 다른 곳에 있었다는 것을 증명했어."

"거기에 대해서는 나도 아는 게 없어요." 시구르 알트만이 팔짱을 끼며 말했다. "내가 아는 사실은 그저 토니가 칼로 아델의 목을 찔렀다는 것뿐입니다. 그리고 내가 쓴 편지를 보낸 것으로 되어 있는 사람들이 그 후에 곧장 죽었다는 사실하고."

"네가 최소한 살인방조죄를 저질렀다는 건 알고 있겠지?"

요한 크론은 기침을 했다. "그리고 경정님도 우리와 거래했다는 사실을 알고 계시겠죠? 이 거래를 통해 경정님은 진짜 범인의 목을 은접시에 담아 바치게 될 겁니다. 경정님과 크리포스의 이름으로. 그걸로 내부 문제는 모두 해결되겠죠. 경정님은 모든 공을 독차지하게 되고, 법정에서 토니가 아델 베틀레센을 죽이는 걸 봤다고 말해줄 증인까지 생기는 겁니다. 그 외의 이야기는 우리만의 비밀이죠."

"그리고 당신 고객은 무죄로 풀려나고?"

"그게 우리의 거래죠."

"만약 토니 라이케가 그 편지들을 보관하고 있고, 재판에 그 편지를 들고 나온다면 어떻게 되지? 그럼 우리는 곤란해지는데." 벨만이 말했다.

"그렇기 때문에 전 그 편지가 절대 공개되지 않을 거라는 느낌이 드는군요." 크론이 싱긋 웃었다. "안 그런가요?"

"당신이 찍은 아델과 토니의 사진은?"

"카도크 공장 화재에 불타버렸죠. 망할 놈의 홀레." 알트만이 말했다.

미카엘 벨만은 천천히 고개를 끄덕이고는 펜을 집어 들었다. S. T. 듀퐁. 납과 강철로 만들어진 펜은 무거웠다. 하지만 일단 펜 끝이 종이에 닿자, 글씨가 저절로 써지는 듯했다.

"고맙습니다. 통신 끝." 해리가 말했다.

대답 대신 칠판 긁는 듯한 소리가 나더니 조용해졌다. 헤드폰 밖으로 헬리콥터 엔진의 단조로운 소음만 들렸다. 해리는 마이크를 구부리고, 창밖을 내다보았다.

너무 늦었다.

방금 가르데모엔 공항의 관제탑과 무선 교신을 마쳤다. 공항에서는 안보상의 이유로 대부분의 정보를 열람할 수 있는데 거기에는 탑승객 목록도 포함되어 있었다. 그리하여 이틀 전, 오드 우트모가 미리 예약해둔 티켓으로 코펜하겐에 갔다는 사실을 확인할 수 있었다.

그들 아래로 전원 풍경이 서서히 지나갔다.

해리는 실컷 고문하다 죽인 사람의 여권을 들고 공항에 있는 토니의 모습을 그려보았다. 카운터 뒤의 직원은 기계적으로 여권의 이름이 탑승객 명단의 이름과 일치하는지 확인할 것이다. 그러고는 (혹시라도 여권의 사진을 본다면) 치아교정기 한번 거창하다고 생각하며 고개를 들면, 아마도 인공적으로 착색했을 갈색 치아 위에 똑같은 교정기가 보일 것이다. 토니 라이케가 철사를 구부리고 잘라서, 도자기처럼 새하얀 치아에 직접 붙인 교정기. 헬리콥터는 폭풍우 속으로 들어갔다. 폭풍우는 조종석을 감싼 둥근 플렉시 유리를 터뜨릴 기세더니, 옆면에 빗줄기를 뿌리고는 사라져버렸다. 몇 초 후에는 아무 일도 없었다는 듯이 잠잠해졌다.

손가락.

토니 라이케는 자신의 손가락을 잘라 해리에게 보냈다. 수사에 혼선을 주려는 마지막 시도였으며, 자신을 죽은 것으로 위장하기 위해서였다. 그렇게 그는 잊히고, 수사에서 제외되고, 옆으로 밀려났을 것이다. 그가 해리와 같은 손가락을 자른 건, 스스로를 해리와 비슷하게 만든 건 우연일까?

하지만 알리바이는 어떻게 된 거지? 그 완전무결한 알리바이는?

예전에 잠깐 공범의 가능성을 생각한 적이 있지만 이내 떨쳐버렸다. 냉혹한 살인자란 희귀한 존재이며, 비정상적이고 변태적인 영혼이기 때문이다. 하지만 정말로 공범이 있을까? 토니 라이케가 조수와 함께 일했을까? 해답이 그렇게 단순할까?

"젠장!" 해리가 나지막이 말했다. 하지만 소리에 민감한 마이크가 마지막 음절을 다른 세 사람의 헤드폰에 전달했다. 해리는 자신을 힐끗 바라보는 옌스 라트의 시선을 느꼈다. 어쩌면 라트의 말이 맞는지 모른다. 토니 라이케는 정말로 위스키 한 잔을 들고, 옆에는 이국적인 야생 고양이 같은 여자를 끼고서, 해결책을 찾아냈다고 히죽거리고 있을지 모른다.

79
부재중 전화

2시 15분, 헬리콥터는 도심에서 차로 12분 거리에 있는 폐쇄된 포르네부 공항에 도착했다. 크리포스 건물에 들어서면서 해리는 안내원에게 왜 벨만과 다른 요원들이 전화를 받지 않느냐고 물었다. 그러자 안내원은 지금 다들 회의 중이라고 했다.

"근데 왜 우리에게는 연락 안 한 거지?" 복도를 성큼성큼 걸어가며 해리가 중얼거렸다. 비에른은 뒤에서 그를 따라 뛰어오고 있었다.

해리는 노크도 하지 않고 문을 밀쳤다. 일곱 개의 머리가 일제히 두 사람을 향해 돌아갔다. 나머지 하나, 미카엘 벨만은 고개를 돌릴 필요가 없었다. 긴 테이블의 상석에서 문을 마주보고 있었기 때문이다. 게다가 다들 그의 말을 듣고 있던 터였다.

"스탄과 올리*께서 행차하셨군." 벨만이 깔깔거렸다. 다들 웃는 것을 보니, 그들이 없는 동안 그들 이야기를 한 모양이었다. "어디 갔었나?"

"글쎄. 당신들이 여기 앉아 백설 공주와 일곱 난쟁이 놀이를 하고 있는 동안, 우린 토니 라이케의 산장에 다녀왔지." 해리는 벨만의 맞은편 의자에 털썩 앉으며 말했다. "그리고 새로운 사실을 알아냈어. 범인은 알트만

---

* 유명한 2인조 코미디언

이 아니야. 우리가 엉뚱한 사람을 체포했어. 범인은 토니 라이케야."

해리는 딱히 어떤 반응을 기대하지는 않았지만, 그래도 이런 무반응은 아니었다.

벨만이 냉소 띤 얼굴로 의자에 등을 기댔다.

"엉뚱한 사람을 체포한 게 우리라고? 내가 기억하기로는 시구르 알트만을 체포한 사람은 스카이 경관인데. 자네한테 넘겨받아서 말이야. 그리고 그 소식은 별로 새로울 게 없어. 토니 라이케는 이미 한 번 왔다 갔잖아."

해리의 시선이 에르달에서 펠리컨, 다시 벨만에게로 점프하는 동안, 그의 머릿속은 바삐 돌아가고 있었다. 그러고는 한 가지 가능성밖에 없다는 결론을 내렸다.

"알트만이 말했군. 알트만이 토니가 범인이라고 말한 거야. 그 자식은 처음부터 알고 있었어." 해리가 말했다.

"알고 있었던 정도가 아니지. 토니가 호바스의 눈사태를 일으켰듯이, 알트만은 이 모든 살인사건을 일으켰어. 자신도 모르게 말이야. 스카이는 결백한 사람을 체포한 거야, 해리."

"결백?" 해리는 고개를 저었다. "난 카도크 공장에서 사진을 봤어, 벨만. 알트만은 분명히 연루되어 있어. 아직 어떻게 연루되었는지 모를 뿐이야."

"하지만 우린 알아." 벨만이 말했다. "그러니까 이 일은 우리……." 해리는 벨만의 입모양이 '어른들'로 바뀌는 것을 보았다. 하지만 그의 입에서는 다른 말이 나왔다. "……현명한 요원들에게 맡기고, 자네는 상황 파악이 끝나거든 참가하라고, 해리. 알았나? 홀름도 마찬가지고. 그러니 계속하지. 난 토니에게 공범이 있을 가능성을 배제할 수 없다고 말하던 참이었어. 그 공범이 최소한 두 건의 살인을 저지르고, 그동안 토니는 알리바이를 만든 거지. 보르그뉘와 샬로테가 죽었을 때 토니는 사람들과 함께 비즈니스 미팅에 참석한 상태였어."

"영악한 자식." 에르달이 말했다. "토니는 분명 알고 있었어요. 경찰이 모든 살인사건 간의 연관성을 찾아내리라는 걸. 따라서 드 개의 사건에 대해서만 철통같은 알리바이를 만들어두면, 자동으로 혐의가 벗어지리라는 것도요."

"맞아. 하지만 누가 공범일까?" 벨만이 말했다.

해리는 제안, 의견, 의문들이 이어지는 것을 들었다.

"토니 라이케가 아델 베틀레센을 죽인 이유가 단지 40만 크로네를 달라는 요구 때문은 아니었을 거예요." 펠리컨이 말했다. "그보다는 다른 여자를 임신시켰다는 사실이 밝혀져, 레네 갈퉁과 헤어지게 될까 두려웠겠죠. 그러면 그의 콩고 프로젝트에 투입될 갈퉁 가문의 수백만 크로네가 날아가게 될 테니까요. 따라서 우리가 생각해봐야 할 군제는 누가 토니와 공동의 이해관계를 가지고 있느냐는 거예요."

"콩고 프로젝트의 또 다른 투자자들." 수염을 말끔하게 깎은 형사가 말했다. "그와 오피스텔을 함께 쓰는 동업자들은 어때요?"

"토니 라이케에게 이 일은 콩고 프로젝트의 성패를 좌우하는 일이야." 벨만이 말했다. "하지만 다른 동업자들에게는 겨우 10퍼센트의 지분이 달린 일이지. 그걸 확보하자고 두 사람이나 죽였을 리가 없어. 이들은 돈을 벌고, 잃는 데 익숙한 사람들이야. 게다가 토니의 공범은 분명 개인적으로나 사업적으로 신뢰할 수 있는 사람이었을 거야. 보르그뉘와 샬로테를 죽인 도구가 똑같았다는 걸 명심하라고. 그게 뭐라고 했지, 해리?"

"레오폴드의 사과." 여전히 얼떨떨한 상태로 해리가 중얼거렸다.

"더 크게 말해주겠나?"

"레오폴드의 사과."

"고마워. 토니가 용병으로 일했던 아프리카에서 가져온 거지. 따라서 토니가 옛 전우를 고용했다고 보는 게 옳을 것 같아. 거기서 시작하자고."

"용병을 고용해서 두 번째와 세 번째 살인을 저질렀다면, 왜 나머지도 전부 용병에게 맡기지 않았을까요?" 펠리컨이 말했다. "그러면 모든 사건에 있어서 알리바이가 생길 텐데요."

"게다가 많이 의뢰할수록 할인도 받았을 거고요." 난센과 똑같은 콧수염을 기른 남자가 말했다. "용병은 어차피 최고형이라고 해봐야 종신형이잖아요."

"우리가 모르는 또 다른 요인이 있겠지." 벨만이 말했다. "시간이 부족했다든가, 돈이 없었다든가 하는 뻔한 이유. 아니면 그냥 그렇게 된 걸 수도 있고. 범죄에서 가장 흔한 이유가 그거잖아?"

다들 동의의 뜻으로 고개를 끄덕였다. 펠리컨도 그 대답에 만족하는 듯했다.

"다른 질문 있나? 없어? 그럼 이 자리를 빌어 지금까지 우리와 함께해준 해리 홀레에게 감사 인사를 전하고 싶군. 이제 그의 전문지식이 필요 없게 됐기 때문에 이 시간부로 해리는 강력반에 복귀할 거야. 살인사건을 해결하는 새로운 관점을 볼 수 있어서 좋은 자극이 되었어, 해리. 이번 사건은 해결하지 못했지만, 또 누가 아나? 강력반에서 아주 흥미진진한 사건들이 기다리고 있을지. 살인사건은 아니겠지만 말이야. 그러니까 다시 한 번 고맙다는 말을 하고 싶군. 그럼 여러분, 난 기자회견이 있어서 그만 가봐야겠다."

해리는 벨만을 바라보았다. 존경하지 않을 수 없었다. 아무리 약을 뿌려대도 꾸역꾸역 기어 나오는 바퀴벌레를 볼 때와 같은 그런 존경심이었다. 결국에는 그 바퀴벌레가 세상을 물려받으리라.

◆

국립병원에 있는 아버지의 침대 옆에서는 시, 분, 초가 너울 같은 단조로운 곡선을 이루며 느리게 흘러갔다. 간호사들이 왔다가 가고, 쇠스도 왔다가 갔다. 꽃들은 알아차릴 수 없을 정도로 아주 조금, 가까이 다가왔다.

해리는 많은 친척들이 사랑하는 사람의 임종을 기다리다 지치는 모습을 봤었다. 결국 그들은 어서 죽음이 찾아와 그들을 자유롭게 해주기를 기도했다. 죽어가는 자를 위해서가 아닌, 그들 자신을 위해서. 하지만 해리의 경우에는 반대였다. 그는 어느 때보다도 아버지와 가까워진 기분이었다. 어떤 말도 오가지 않고, 오로지 숨소리와 심장 박동 소리만 들리는 여기, 이 병실에서. 아버지를 보는 것은 자기 자신을 보는 것 같았기 때문이다. 평화로움으로 가득 찬, 삶과 무 사이의 존재를 보는 듯했다.

크리포스의 형사들은 많은 것을 알고 있었다. 하지만 이 사건 전체를 훨씬 더 명확하게 해주는 연관성, 그 명백한 연관성은 모르고 있었다. 라이케 농장과 우스타오셋 사이의 연관성. 우트모 농장의 실종된 소년이 귀신이 되어 나타난다는 소문과 그곳을 자신의 '손바닥 안'이라고 부르던 남자 사이의 연관성. 사진 속에서 아름다운 엄마와 못생긴 아빠 사이에 서 있던 소년과 토니 라이케 사이의 연관성.

이따금씩 해리는 전화가 걸려오는 휴대전화를 힐끗 바라보며, 부재중 전화를 확인했다. 하겐. 외위스타인. 카야. 또 카야. 곧 카야에게 전화해줘야 한다. 해리는 그녀에게 전화했다.

"오늘 밤에 당신 집으로 가도 돼요?" 그녀가 물었다.

리듬

 방파제의 나무다리 위로 빗줄기가 퍼부었다. 해리는 나무다리 가장자리에 등지고 선 남자 뒤로 다가갔다.
 "안녕하십니까, 스카이 경관님."
 "안녕하시오, 홀레 반장." 경관이 돌아보지도 않고 말했다. 낚싯대는 반대편 강둑의 갈대밭 속으로 구부러져 있었다.
 "좀 잡았습니까?"
 "허탕이라오. 저 망할 놈의 갈대에 엉켜버렸소."
 "유감이군요. 오늘 신문은 읽으셨나요?"
 "이런 시골에서는 해가 중천에나 떠야 신문이 온다오."
 해리는 그 말이 사실이 아님을 알고 있었지만, 그냥 고개를 끄덕였다.
 "하지만 아마도 기자들이 날 멍청한 시골뜨기라고 써놓았겠구만. 이 소동을 정리하려면 크리포스가 나서야 한다고."
 "거듭 말씀드리지만, 죄송합니다."
 스카이는 어깨를 으쓱였다. "난 아무 불만 없소. 당신은 내게 모든 걸 다 까놓고 말해줬고, 나도 무슨 일인지 알고 한 일이오. 재미도 있었고. 알다시피 이 동네는 심심해서 말이오."
 "흠. 경관님에 관한 기사는 별로 없습니다. 결국에는 토니 라이케가 범인이었다는 게 가장 큰 관심사입니다. 벨만의 말이 많이 인용되었고요."

"그랬겠죠."

"곧 토니의 아버지가 누군지도 밝혀낼 겁니다."

스카이는 고개를 돌려 해리를 바라보았다.

"진작 알았어야 했습니다. 특히 우리가 개명에 대해 이야기했을 때요."

"무슨 말인지 못 알아듣겠소."

"심지어 경관님께서 직접 말씀해주셨죠. 토니가 라이케 농장에서 할아버지와 살았다고. 외할아버지였죠. 토니는 엄마의 성을 따랐고요."

"그거야 흔한 일 아니오."

"그럴 수도 있죠. 하지만 이 사건에서는 그럴 만한 이유가 있었습니다. 토니는 외할아버지의 집에 숨어 있는 처지였으니까요. 어머니가 그를 거기로 보냈거든요."

"왜 그렇게 생각하는 거요?"

"동료에게서 들은 말 때문입니다." 어젯밤에 맡았던 그녀의 향기가 잠시 해리의 코끝을 다시 스치는 듯했다. "동료가 우스타오셋 경관에게 들었던 말을 해줬습니다. 우트모 가족에 대한 이야기. 아버지와 아들이 서로를 죽도로 미워한 나머지, 상대를 죽여버리겠다고 위협한 이야기."

"죽여요?"

"오드 우트모의 전과를 확인해봤습니다. 자기 아들과 마찬가지로 성질이 불같더군요. 젊은 시절 질투에 눈이 멀어 살인을 저지르고 8년간 수감되었습니다. 그 후에 황무지로 이사 갔죠. 카렌 라이케와 결혼해 아들을 얻었습니다. 아들은 10대가 되자 키가 쑥쑥 자랐고 잘생겼으며 매력이 넘쳤죠. 거의 완벽히 고립되다시피 한 곳에서 두 남자와 한 여자가 살았습니다. 그것도 질투로 살인을 저지른 전과가 있는 남자가요. 카렌은 어떻게든 비극을 막아보려고 남편 몰래 아들을 친정에 보낸 것 같습니다. 그러고는 대규모 눈사태가 일어난 곳에 아들의 신발 한 짝을 남겨 두었죠."

"처음 듣는 얘기군요, 홀레 반장."

해리는 천천히 고개를 끄덕였다. "유감스럽지만 카렌의 계획은 그저 비극을 늦춘 데 불과했습니다. 머리에 총알이 박힌 그녀의 시체가 벼랑 바닥에서 발견됐거든요. 거기서 몇 미터 떨어진 곳에 그녀를 죽인 남편이 스노모빌 밑에서 으스러진 채 발견됐고요. 그는 고문당했고, 팔과 등의 피부 대부분이 불에 타서 벗겨졌습니다. 치아는 모두 뽑혔고요. 누가 그랬겠습니까?"

"맙소사……."

해리는 입술 사이에 담배를 밀어 넣었다.

"그 연관성을 어떻게 알아냈소?" 스카이가 물었다.

"유사성. 유전자 때문이죠." 해리는 담배에 불을 붙였다. "아버지와 아들. 아무리 달아나려고 해도 결국엔 제자리입니다. 저주처럼 따라다니죠. 오드 우트모는 호바스의 살인자가 자신을 찾아내리라는 걸 알았던 것 같습니다. 자신을 쫓는 사람이 죽은 아들의 유령이라는 것도요. 그래서 농장을 떠나, 절벽 사이에 안전하게 숨어 있는 관광협회 소속의 산장으로 간 겁니다. 우트모는 가족사진을 한 장 가지고 있었습니다. 자기 손으로 파괴한 가족이었죠. 상상해보십시오. 어쩌면 회한에 잠겼을지 모를 살인자가 겁에 질린 채 혼자서 산장에 있는 모습을요."

"이미 벌을 받았군요."

"전 그 사진을 봤습니다. 토니는 운이 좋게도 엄마를 닮았더군요. 사진 속 소년에게서 토니와 닮은 점을 찾기란 힘들었습니다. 하지만 어릴 때도 치아가 희고 큼지막하더군요. 반면에 그의 아버지는 자신의 치아를 감췄죠. 그게 부자의 차이점이었습니다."

"아까는 유사성 때문에 알아냈다고 하지 않았소?"

해리는 고개를 끄덕였다. "두 사람은 같은 병을 앓았습니다."

"살인자라는 병이겠죠."

해리는 고개를 저었다. "아뇨, 육체적인 의미의 병입니다. 둘 다 관절염이 있었어요. 오늘 아침 두 사람의 가족 관계가 확인됐습니다. 장작난로에 붙어 있던 살점과 토니 라이케의 머리카락 DNA 분석 결과, 두 사람은 부자지간임이 밝혀졌습니다."

스카이는 고개를 끄덕였다.

"어쨌든 도와주셔서 감사하고, 결과가 이렇게 돼서 유감이라는 말을 전하기 위해 왔습니다. 비에른 홀름이 사모님께 안부 전해달라더군요. 사모님의 미트볼과 으깬 순무는 지금까지 먹어본 것 중에서 최고였답니다."

스카이 경관의 얼굴에 미소가 스쳤다. "다들 그럽디다. 심지어 토니도 그걸 좋아했소."

"네?"

스카이는 어깨를 으쓱이고는, 벨트에 달린 칼집에서 칼을 꺼냈다.

"미아가 토니에게 푹 빠졌다고 했었죠? 토니가 올레의 혀를 자른 지 얼마 후의 일이었소. 내가 없는 날을 골라서 미아가 우리 집 점심 식사에 토니를 데려왔다더군요. 아내는 그 둘을 보고 아무 말도 하지 않은 모양이오. 물론 나중에 내가 그 사실을 알게 되었을 때는 한바탕 난리가 났지만, 그 나이의 여자아이들이 사랑에 빠지면 어떤지 잘 알 거요. 난 토니가 폭력적인 남자라는 걸 설명하려고 애썼소. 어리석은 짓이었지. 딸의 남자친구를 비난할수록, 딸은 그 남자에게 더 매달린다는 사실을 미처 몰랐던 거요. 내가 그럴수록 마치 단 둘이서 세상과 맞서 싸우는 꼴이 된다는 걸. 당신도 유죄 판결을 받은 범죄자에게 편지를 보내는 여자들을 봤을 거요."

해리는 고개를 끄덕였다.

"미아는 가출해서 세상 끝까지라도 토니를 따라갔을 거요. 매사 중용이란 없는 법이니까." 스카이는 그렇게 말하며 칼로 낚싯줄을 자른 뒤, 감아올렸다.

해리는 축 처진 낚싯줄을 바라보았다. "흠. 세상 끝까지요."

"그렇소."

"알겠습니다."

스카이는 낚싯줄을 감다 말고, 해리를 바라보았다. "아니오." 그가 단호하게 말했다.

"뭐가 아니라는 겁니까?"

"당신 생각이 틀렸단 말이오."

"제 생각이 뭔데요?"

"미아와 토니가 나중에라도 재회했을지 모른다는 생각. 두 사람은 헤어졌고, 그 후로 다시 만나지 않았소. 딸애의 삶에 토니는 없었어요. 그 애는 이 사건과 아무 상관없소, 아시겠소? 내 말을 믿어요. 그 애는 이제야 제대로 살기 시작했단 말이오. 그러니 제발……."

해리는 고개를 끄덕이며, 입에서 담배를 뺐다. 빗물에 이미 꺼져버린 담배였다.

"전 이제 이 사건을 맡지 않습니다만, 어쨌거나 경관님 말을 믿었을 겁니다."

해리는 차를 몰아 주차장을 빠져나오며 백미러를 바라보았다. 낚시 장비를 꾸리는 스카이 경관의 모습이 보였다.

❖

국립병원. 이제 아버지는 리듬을 타고 있었다. 시간은 사건으로 쪼개지지 않고, 고르게 흘러갔다. 매트리스를 달라고 해서 병실에서 자야겠다. 살짝 청킹맨션으로 돌아간 기분이 들 것이다.

원추형 불빛

사흘이 지났다. 그는 살아 있었다. 다들 살아 있었다.

아무도 토니 라이케의 행방을 모른다. 가짜 오드 우트모의 행적은 코펜하겐에서 끊겼다. 레네 갈퉁이 그레타 가르보처럼 머리에 숄을 뒤집어쓰고, 큼지막한 선글라스를 쓴 사진이 한 신문에 대문짝만 하게 실렸다. 헤드라인은 '노코멘트'였다. 그녀가 런던에 있는 아버지의 집에 은둔한 지 이틀이 지났고, 그 이후 그녀를 목격한 사람은 아무도 없었다. 작업복을 입고 헬리콥터 앞에서 찍은 토니의 사진도 몇몇 신문에 실렸다. 사진 밑에는 하나같이 '백마 탄 왕자님, 잠적'이라고 적혀 있었다. 이제 백마 탄 왕자님이라는 별명은 그의 차지가 되었고, 사람들은 그 별명을 받아들였다. 어차피 알트만보다는 토니에게 훨씬 더 어울리는 별명이었다. 이상하게도 우트모 농장과 토니 라이케의 관계는 아직 언론에서 밝혀내지 못했다. 처음에는 토니의 어머니가, 나중에는 토니가 그 흔적을 잘 감춘 모양이었다.

미카엘 벨만은 매일 기자회견을 열었다. 텔레비전 토크쇼에 출연해 자신의 탁월한 수완을 증명하고, 매력적인 미소를 지으며 사건을 어떻게 해결했는지 설명했다. 두말할 나위 없이 그가 각색한 이야기였다. 그러고는 마치 범인이 체포되지 않은 것이 자신의 불찰인 척했다. 하지만 중요한 것은 '백마 탄 왕자님' 토니 라이케의 가면이 벗겨지고, 그를 무력화시킨 점이라고 강조했다.

어둠이 내려앉는 시간이 매일 저녁마다 조금씩 늦어졌다. 다들 봄 혹은 서리, 둘 중 하나를 기다렸지만 둘 다 오지 않았다.

원추형 불빛이 천장을 훑고 지나갔다.

해리는 모로 누운 채, 담배 연기가 도저히 예측할 수 없는 복잡한 무늬를 이루며 천장으로 올라가는 것을 바라보았다.

"왜 그렇게 말이 없어요?" 카야가 그의 등에 엉겨붙으며 말했다.

"장례식을 치를 때까지만 있다가 떠날 거야."

해리는 다시 담배를 한 모금 빨았다. 카야는 아무 대답이 없었다. 그러더니 놀랍게도 그의 한쪽 어깨뼈에 무언가 축축하고 뜨듯한 것이 느껴졌다. 해리는 재떨이 가장자리에 담배를 걸쳐두고, 그녀를 향해 몸을 돌렸다. "우는 거야?"

"참는 중이에요." 카야가 코를 훌쩍이며 웃었다. "내가 왜 이러는지 모르겠어요."

"담배 피울래?"

그녀는 고개를 저으며 눈물을 닦았다. "오늘 미카엘에게서 전화가 왔어요. 날 만나고 싶대요."

"흠."

그녀가 그의 가슴 위에 머리를 올려놓았다. "내가 뭐라고 했는지 안 궁금해요?"

"말하고 싶다면 들어줄게."

"싫다고 했어요. 그랬더니 나더러 후회할 거라더군요. 당신이 날 끌어내릴 거래요. 당신이 누군가를 끌어내린 게 이번이 처음이 아니라면서."

"음, 맞는 말이네."

카야가 고개를 들었다. "하지만 상관없어요. 모르겠어요? 난 어디든 당신과 함께 있고 싶다고요." 다시 눈물이 흐르기 시작했다. "그게 밑바닥이라면, 난 밑바닥에 있겠어요."

"하지만 거긴 아무것도 없을 거야. 심지어 나도 없을 거라고. 청킹에 있는 날 봤잖아. 눈사태 직후와 같을 거야. 홀로 버려졌다는 사실만 다를 뿐이지."

"하지만 당신은 날 찾아서 구해줬잖아요. 나도 당신에게 똑같이 해줄 수 있어요."

"만약 내가 나가고 싶어 하지 않는다면? 이젠 병든 아버지도 없어. 날 꾀어낼 미끼가 없다고."

"하지만 날 사랑하잖아요, 해리. 당신이 날 사랑하는 거 알아요. 그걸로는 부족해요? 내가 이유가 될 순 없나요?"

해리는 그녀의 머리카락과 뺨을 쓰다듬었다. 손가락에 그녀의 눈물이 떨어지자, 입에 대고 키스했다.

"아니." 그가 슬픈 미소를 지으며 말했다. "이유가 되고도 남지. 아까울 정도로."

카야가 그의 손을 잡고, 아까 그가 키스했던 곳에 똑같이 키스했다.

"싫어요." 그녀가 속삭였다. "그런 말 하지 말아요. 그래서 떠난다고 하지 말아요. 그래서 날 끌어내리지 않을 거라고 하지 말아요. 난 세상 끝까지 당신을 따라갈 거라고요. 알았어요?"

해리는 그녀를 끌어당겼다. 갑자기 무언가가 느슨해지는 듯했다. 마치 자기도 모르게 오랫동안 힘을 주느라 부들부들 떨렸던 근육이 풀어지는 느낌이었다. 그는 놓아버리고 포기했다. 떨어지게 내버려두었다. 그러자 그전까지 느껴졌던 통증이 녹아내렸다. 무언가 따뜻한 것으로 변해 혈액을 따라 그의 몸을 돌며, 마음을 누그러뜨리고 평화롭게 해주었다. 추락하는 기분이 너무도 자유로워서 해리는 목이 메일 지경이었다. 지난번 눈보라가 내리는 절벽 위에 섰을 때에도 마음 한구석으로는 이렇게 떨어지고 싶었다.

"세상 끝까지." 카야가 속삭였다. 그녀의 호흡은 벌써 빨라졌다. 원추형 불빛이 천장을 훑고 지나갔다. 몇 번이고 반복해서.

붉은색

해리는 아버지의 침대 옆에 앉아 있었다. 간호사가 커피 한 잔을 들고 들어왔을 때에도 밖은 아직 캄캄했다. 그녀는 아침으로 뭘 좀 먹었느냐고 물으며, 그의 무릎에 패션지 한 권을 내려놓았다.

"뭔가 다른 생각을 해야 해요." 간호사는 그렇게 말하며 고개를 갸웃했다. 그의 뺨이라도 어루만질 기세였다.

간호사가 아버지를 살피는 동안, 해리는 순순히 잡지를 뒤적거렸다. 하지만 유명 인사들의 기사에는 전혀 관심이 가지 않았다. 새로 산 포르셰를 타고 시사회장이며 오찬 행사장을 빠져나오는 레네 갈퉁의 사진도 여러 장 실려 있었다. 헤드라인은 '토니를 그리워하며'였다. 그 주장을 뒷받침하는 것은 레네 본인이 아니라, 그녀의 유명인사 친구들이 한 말이었다. 런던에 있는 그녀의 집 앞을 찍은 사진도 있었지만, 거기서도 레네를 본 사람은 없었다. 최소한 그녀를 알아본 사람은 없었다. 흐릿한 사진 한 장에는 취리히의 크레디트 스위스 은행 앞에 서 있는 빨간 머리 여자가 조그맣게 찍혀 있었다. 기사는 레네의 미용사 말을 인용해, 그것이 레네 갈퉁이라고 주장했다. "레네가 머리를 곱슬곱슬하게 파마하고, 벽돌색으로 염색해달라고 했어요." 미용사는 아마도 그 정보를 알려준 대가로 꽤 많은 돈을 받았으리라. 토니는 '용의자'로 언급되었고, 그가 저지른 일은 노르웨이 최악의 살인사건이라기보다 일반적인 스캔들 정도로 묘사되어 있었다.

해리는 자리에서 일어나 복도로 나가, 카트리네 브라트에게 전화했다. 아직 7시도 되지 않았지만, 그녀는 벌써 일어나 있었다. 오늘이 퇴원하는 날이었다. 주말이 지나면, 베르겐 경찰청에서 근무를 시작할 예정이었다.

해리는 카트리네가 처음부터 너무 열심히 하지 않기를 바랐다. 무언가를 열심히 하지 않는 카트리네 브라트를 상상하기란 힘들지만.

"마지막 임무야." 그가 말했다.

"그다음엔요?"

"그다음엔 떠날 거야."

"반장님이 보고 싶……."

"싶을 거라고, 알아."

"저런, 보고 싶을 일은 없을 거라는 말이었는데. 끝까지 들어봐야죠."

"취리히에 있는 크레디트 스위스 은행을 조사해줘. 거기 레네 갈퉁의 계좌가 있는지 알고 싶어. 유산의 일부를 미리 받은 걸로 알고 있거든. 스위스 은행이라 까다로울 거야. 아마 시간이 좀 걸릴걸?"

"괜찮아요. 이젠 요령을 아니까."

"다행이군. 그리고 최근 행적을 조사해줬으면 하는 여자가 있어."

"레네 갈퉁?"

"아니."

"아니에요? 그럼 그 패씸한 년 이름이 뭔데요?"

해리는 철자를 불러주었다.

8시 20분, 해리는 동화에 나오는 예쁜 농가처럼 생긴 집 앞에 차를 세

왔다. 다른 차 두세 대가 주차되어 있었고, 빗방울 사이로 파파라치들의 피곤한 얼굴과 긴 망원 렌즈가 보였다. 어제 밤새 여기서 진을 치고 있었던 모양이었다. 해리는 대문 옆의 초인종을 누르고, 안으로 들어갔다.

터키석 눈동자를 가진 여인이 현관 옆에 서서 그를 맞이했다.

"레네는 여기 없어요." 그녀가 말했다.

"그럼 어디 있나요?"

"저 사람들이 찾아내지 못할 곳에 있겠죠." 그녀가 대문 밖의 차량을 가리키며 말했다. "그리고 당신네 경찰은 지난번 방문 후에 더는 레네를 귀찮게 하지 않겠다고 약속했잖아요. 그런데 그 약속은 겨우 세 시간 만에 깨졌죠."

"압니다." 해리는 거짓말을 했다. "하지만 제가 이야기하고 싶은 사람은 부인입니다."

"나요?"

"좀 들어가도 될까요?"

해리는 그녀를 따라 부엌으로 들어갔다. 그녀는 의자에 앉으라고 손짓하더니, 등을 돌리고 조리대에 있는 커피머신의 커피를 잔에 따랐다.

"무슨 사연입니까?"

"사연이라뇨?"

"부인께서 레네의 어머니가 된 사연요."

커피잔이 바닥에 떨어지며 산산조각 났다. 그녀는 조리대를 움켜잡았고, 해리는 그녀의 등이 들썩이는 것을 보았다. 그는 잠깐 주저했지만, 심호흡을 하고 준비해온 말을 했다.

"DNA 테스트 결과가 나왔습니다."

그녀가 성난 표정으로 뒤돌아보았다. "어떻게요? 당신들은 아무것도……." 그녀의 말이 뚝 끊어졌다.

해리의 시선이 그녀의 터키색 눈동자와 마주쳤다. 계획대로 그녀가 그의 거짓말에 속아 넘어갔다. 자신의 부끄러운 행동에 마음이 살짝 불편했지만 그 불편함은 이내 사라졌다.

"나가요!" 그녀가 쏘아붙였다.

"저들에게 갈까요?" 해리는 파파라치들을 향해 고갯짓을 했다. "전 경찰을 그만두고 여행을 떠날 예정입니다. 가기 전에 돈 좀 벌 수도 있죠. 레네가 무슨 색으로 머리를 염색했는지 말해주는 대가로 미용사가 2만 크로네를 받았다면, 전 얼마나 받을 것 같습니까? 레네의 친엄마가 누구인지 알려주는 대가로요."

여자가 분노로 한 손을 쳐들고 그에게 한 발짝 다가왔다. 그러나 순간, 눈물이 흐르며 이글거리던 눈동자의 불이 꺼져버렸다. 그녀는 힘없이 의자에 털썩 주저앉았다. 해리는 필요 이상으로 잔인한 말을 한 자신에게 마음속으로 욕을 퍼부었다. 하지만 수위를 적절히 조절한 작전을 구사하기에는 시간이 턱없이 부족했다.

"사과드립니다. 하지만 전 따님을 구하려는 겁니다. 그러기 위해서는 부인의 도움이 필요하고요. 이해하시겠습니까?"

해리가 그녀의 손 위에 한 손을 올리자, 그녀가 홱 뿌리쳤다.

"놈은 살인자입니다. 하지만 레네는 상관하지 않죠. 어차피 마음먹은 대로 할 겁니다." 해리가 말했다.

"뭘요?" 여자가 코를 훌쩍였다.

"세상 끝까지 그를 따라가는 거요."

여자는 대답하지 않았다. 그저 고개를 흔들며 말없이 눈물만 흘렸다.

해리는 기다렸다. 자리에서 일어나 커피를 한 잔 따른 후, 키친타월을 뜯어서 여자 앞에 놓아두었다. 그러고는 다시 자리에 앉아 기다렸다. 커피를 한 모금 마시고, 또 기다렸다.

"나와 똑같은 실수를 해서는 안 된다고 했어요." 그녀가 코를 훌쩍였다. "함께 있으면 내가 예뻐진 듯한…… 실제보다 더 예뻐진 듯한 기분이 든다는 이유로 남자를 사랑해서는 안 된다고요. 그런 남자를 만나면 축복 같지만, 사실은 저주예요."

해리는 기다렸다.

"그의 눈에 비친 아름다운 자신의 모습을 보게 되면, 그건 마치…… 마치 홀리는 것과 같죠. 실제로도 그렇고요. 아름다워진 자신의 모습을 한 번 더 보고 싶어서 홀리고, 또 홀리게 되죠."

해리는 기다렸다.

"전 어린 시절을 캠핑카에서 보냈어요. 우린 그걸 타고 이곳저곳 떠돌아다녔기 때문에 학교를 다닐 수가 없었죠. 여덟 살이 되자, 아동복지부 직원이 찾아오더군요. 열여섯 살에 갈퉁 가문 소유의 선박회사에서 청소일을 시작했어요. 안데르스의 아이를 임신했을 때 그이는 약혼한 상태였죠. 돈이 많은 쪽은 안데르스가 아니라, 약혼녀였어요. 그이는 주식에 투자했는데, 선박 가격이 폭락해서 선택의 여지가 없었죠. 난 그이의 말에 따라 짐을 싸서 떠났어요. 하지만 그녀가 날 찾아냈어요. 내가 아이를 낳아야 한다고 주장한 것도 그녀였죠. 내가 그들의 집에 가정부로 들어가고, 내 어린 딸은 그 집 자식으로 키워야 한다더군요. 그녀가 아이를 낳을 수 없기 때문에 레네를 데려가기로 한 거예요. 내가 키워봤자 아이에게 해줄 수 있는 게 뭐가 있느냐고 하더군요. 난 혈혈단신에, 제대로 배우지도 못한 미혼모였으니까요. 그런 주제에 어떻게 딸애에게서 유복한 삶의 기회를 빼앗겠어요? 난 너무 어리고 두려웠어요. 그들의 말이 옳다고 생각했죠. 이게 최선이라고."

"아무도 몰랐나요?"

그녀는 키친타월을 집어 들고, 콧물을 닦았다. "이상하게도 속고 싶어 하는 사람들을 속이기란 정말 쉽더군요. 속지 않은 사람들은 모른 척했어요. 전 어느 쪽이든 상관없었죠. 전 그저 갈퉁 집안의 상속자를 낳아준 씨받이에 불과했어요. 그래서 어쩌라고요?"

"그게 다입니까?"

그녀는 어깨를 으쓱였다. "아뇨. 어쨌든 내게는 레네가 있었어요. 난 그 애에게 젖을 물리고, 밥을 먹이고, 기저귀를 갈아주고, 옆에서 함께 잤죠. 말하는 법과 예의범절을 가르치고 키웠어요. 하지만 우리 모두 그게 오래 가지 못하리라는 걸 알았죠. 언젠가는 그 애를 놓아줘야 하니까요."

"놓아주셨나요?"

그녀가 쓴웃음을 지었다. "어떤 엄마가 자식을 놓아줄 수 있나요? 딸은 엄마를 놓아버릴 수 있어도. 레네는 내가 한 짓을 경멸했어요. 나도 경멸했고요. 하지만 그 애를 보세요. 이제 그 애는 나와 똑같은 짓을 하고 있어요."

"잘못된 남자를 따라 세상 끝까지 가는 것 말입니까?"

그녀는 다시 어깨를 으쓱였다.

"따님이 어디 있는지 아시나요?"

"아뇨. 토니와 함께 떠났다는 것만 알아요."

해리는 커피를 한 모금 더 마셨다. "전 세상 끝이 어딘지 알고 있습니다."

그녀는 아무 말도 하지 않았다.

"부인을 위해 그곳에 가서 따님을 데려올 수도 있습니다."

"그 애는 돌아오려 하지 않을 거예요."

"시도해볼 수는 있죠. 부인께서 도와주신다면요." 해리는 종이 한 장을 꺼내, 그녀 앞에 놓았다. "어떻게 생각하십니까?"

그녀는 종이에 적힌 내용을 읽고는 고개를 들었다. 터키색 눈동자에서 홀쭉한 뺨으로 검은 눈물이 흘러내렸다.

"우리 딸을 무사히 데려오겠다고 맹세해주세요, 홀레 반장님. 맹세하세요. 맹세하시면 동의할게요."

해리는 그녀를 바라보았다.

"맹세하죠."

다시 밖으로 나온 해리는 담배에 불을 붙이며, 그녀가 한 말을 생각했다. '어떤 엄마가 자식을 놓아줄 수 있나요?' 아들의 사진을 가지고 산장에 숨어 있었던 오드 우트모를 생각했다. '딸은 엄마를 놓아버릴 수 있어도.' 정말 그럴까? 레네는 그럴 수 있을까? 그는 담배 연기를 내뿜었다. 그는 놓아버릴 수 있을까?

군나르 하겐은 파키스탄 사람이 운영하는 단골 식료품점의 채소 코너 옆에 서 있었다. 도저히 믿을 수 없다는 표정으로 자신의 수사관을 뚫어지게 바라보면서. "또 콩고에 가겠다고? 레네 갈퉁을 찾으러? 그리고 이번 출장은 살인사건 수사와 아무런 관계가 없다고?"

"지난번과 마찬가지입니다." 해리가 처음 보는 채소를 집어 들며 말했다. "우리는 실종자를 찾는 겁니다."

"레네 갈퉁은 실종 신고조차 되지 않았어. 저질 언론에서만 그녀가 실종되었다고 떠들어댈 뿐이지."

"이젠 신고가 됐습니다." 해리는 코트 주머니에서 종이를 꺼내, 하겐에게 사인을 보여주었다. "그녀의 친모에 의해서요."

"알겠네. 그럼 콩고에서 수색작전을 펼쳐야 한다는 걸 법무부에 어떻게 설명해야 하나?"

"단서가 있습니다."

"그게 뭔데?"

"〈세 오그 회르〉에서 레네 갈퉁이 머리카락을 벽돌색으로 염색했다는 기사를 봤습니다. 전 이 나라에서 머리를 그런 색으로 염색해주는 줄도 몰랐습니다. 아마 그래서 기억이 났나 봅니다."

"뭐가?"

"라이프치히에 사는 율리아나 베르니의 여권에 머리카락이 벽돌색이라고 적혀 있던 거요. 그때 전 귄터에게 베르니의 여권에 키갈리 소인이 찍혀 있는지 알아봐달라고 했었죠. 하지만 경찰은 그녀의 여권을 찾지 못했습니다. 분명 토니 라이케가 가져간 겁니다."

"여권을? 그래서?"

"이젠 레네 갈퉁이 가지고 있죠."

하겐은 청경채를 쇼핑 바구니에 담은 뒤, 천천히 고개를 저었다. "지금 가십란에서 읽은 기사를 근거로 콩고에 가겠다는 건가?"

"제가, 아니 카트리네 브라트가 율리아나 베르니의 최근 행적에 대해 알아낸 사실에 근거해 가는 겁니다."

하겐은 오른쪽 벽, 계산대 뒤에 서 있는 남자를 향해 움직이기 시작했다. "베르니는 죽었네, 해리."

"죽은 사람이 어떻게 비행기를 타겠습니까? 율리아나 베르니, 혹은 벽돌색 곱슬머리의 여자가 취리히에서 세상 끝까지 가는 항공권을 산 것으로 밝혀졌습니다."

"세상 끝?"

"콩고의 고마요. 내일 아침 일찍 출발합니다."

"그럼 레네 갈퉁이 죽은 지 두 달이 넘은 사람의 여권으로 여행했다는 사실이 밝혀졌을 때 그쪽에서 체포하면 되겠군."

"ICAO에 물어봤습니다. 죽은 사람의 여권 번호가 목록에서 삭제되기까지는 대략 1년 정도 걸린답니다. 따라서 누군가 오드 우트모의 여권으로 콩고에 입국했을 수도 있다는 뜻이죠. 하지만 노르웨이는 아직 콩고와 어떤 협정도 맺지 않았습니다. 게다가 돈으로 매수해 감옥행을 면하는 게 그리 어려운 일은 아니죠."

계산대의 남자가 물건의 가격을 합하는 동안, 하겐은 양 관자놀이를 문지르며 불가피한 두통을 조금이나마 피해보려 했다. "그럼 취리히에서 잡으면 되겠네. 스위스 경찰을 공항으로 보내라고 해."

"현재 감시 중입니다. 레네 갈퉁은 우리를 토니 라이케에게 안내할 겁니다, 보스."

"토니 라이케가 아니라 지옥일 거야, 해리." 하겐은 돈을 지불하고, 물건을 챙겨 가게에서 나왔다. 그뢴란슬라이레 가에는 비가 내리고 바람이 몰아쳤다. 사람들은 깃을 세우고 고개는 숙인 채 바삐 지나갔다.

"이해를 못하셨군요. 카트리네가 알아낸 바에 따르면, 레네 갈퉁은 이틀 전 취리히 계좌에 있던 돈을 모두 인출했습니다. 200만 유로죠. 엄청난 액수는 아니고, 분명 광산 프로젝트 전체의 자금을 댈 수 있을 정도도 아닙니다. 하지만 위기를 넘기기에는 충분한 액수죠."

"근거 없는 추측일세."

"그러지 않고서야 현찰 200만 유로로 뭘 하겠습니까? 허락해주십시오, 보스. 우리에게 남은 유일한 기회입니다." 해리는 하겐과 나란히 걷기 위해 발걸음을 재촉했다. "콩고에서는 작정하고 숨어 있으면 아무도 찾아내지 못합니다. 그 염병할 나라는 서유럽만큼이나 크고, 국토의 대부분은 백인이 한 번도 본 적 없는 숲으로 이뤄져 있습니다. 지금 당장 가야 합니다. 그러지 않으면 밤마다 토니가 나오는 악몽을 꾸실 겁니다, 보스."

"난 자네처럼 악몽에 시달리지 않는다네, 해리."

"그래서 자식들에게 밤마다 두 다리 쭉 뻗고 잔다고 말씀하셨습니까, 보스?"

군나르 하겐이 우뚝 멈춰 섰다.

"죄송합니다, 보스. 반칙이었습니다."

"반칙 맞네. 그런데 사실 왜 자네가 허락해달라면서 이렇게 귀찮게 구는지 모르겠군. 전에는 내가 허락하든 말든 상관하지 않았잖나."

"경정님께 자신이 결정을 내리는 책임자라는 기분을 느끼게 해드리고 싶었습니다, 보스."

하겐은 경고하는 시선으로 해리를 쏘아보았다. 해리는 어깨를 으쓱였다. "허락해주십시오, 보스. 나중에 명령을 어긴 죄로 절 쫓아내시면 됩니다. 모든 비난은 제게 돌리십시오. 전 괜찮으니까요."

"괜찮아?"

"어차피 이 일이 끝나면 그만둘 거라서요."

하겐은 해리를 바라보았다. "알았네. 다녀오게." 하겐은 다시 걷기 시작했다.

해리는 그를 따라잡았다. "가도 되는 겁니까?"

"그래. 어차피 처음부터 허락할 생각이었네."

"네? 그럼 왜 안 된다고 하신 겁니까?"

"내가 결정을 내리는 책임자라는 기분을 느끼고 싶어서."

PART 9

세상의 끝

꿈에서 그녀는 닫힌 문 앞에 서 있었다. 숲에서 추위에 떠는 외로운 새의 울음소리가 들렸다. 햇빛이 환하게 비치는 더운 날씨였기 때문에 그 소리는 더욱 기이하게 들렸다. 그녀는 문을 열었다…….

카야는 해리의 어깨에 머리를 기댄 채 잠에서 깼다. 양 입꼬리에 침이 말라붙어 있었다. 곧 고마에 착륙한다고 알리는 기장의 목소리가 흘러나왔다.

그녀는 창밖을 내다보았다. 동쪽의 회색빛 줄무늬가 새로운 하루의 시작을 알리고 있었다. 오슬로를 떠난 지 열두 시간째였다. 몇 시간 후면, 탑승객 명단에 율리아나 베르니가 있는 취리히 발 비행기가 이곳 고마에 도착할 것이다.

"왜 하겐이 이런 식으로 레네를 미행해도 된다고 허락했는지 이상해." 해리가 말했다.

"당신의 설득력 있는 주장을 높이 평가해서겠죠." 카야가 하품했다.

"흠. 너무 느긋해 보이더라고. 뭔가 비장의 카드가 있는 것 같아. 이 일로 크리포스에게 깨지지 않으리라는 확신이 있었어."

"어쩌면 법무부나 법무부에 있는 누군가의 약점을 잡았는지도 모르죠."

"흠. 아니면 벨만의 약점을 잡았거나. 당신과 벨만의 관계를 알아낸 걸까?"

"그럴 리가요." 카야는 그렇게 말하며, 어둠 속을 응시했다. "여긴 불빛이 거의 없네요."

"정전된 모양이군. 공항은 자가발전기를 돌렸을 거야."

"저기 불빛이 보여요." 그녀가 도심 북쪽에서 붉게 일렁이는 빛을 가리켰다. "저게 뭐죠?"

"니라공고. 용암이 하늘을 밝히는 거야."

"진짜요?" 카야가 창문에 코를 납작 눌러대며 말했다.

해리는 컵에 든 물을 마셨다. "우리 계획을 한 번 더 훑어볼까?"

카야는 고개를 끄덕이며, 등받이를 곧추세웠다.

"당신은 도착 로비로 가서 비행기 도착시간을 계속 지켜봐. 모든 게 계획대로 되는지 확인하라고. 그동안 난 쇼핑하러 갈 거야. 여기서 도심까지 15분밖에 걸리지 않으니까, 레네의 비행기가 도착하기 훨씬 전에 돌아올 거야. 당신은 계속 지켜보면서 레네를 마중 나온 사람은 없는지 살펴봐. 그리고 레네의 뒤를 밟는 거야. 레네가 내 얼굴을 아니까 난 공항 밖에서 택시를 타고 기다릴게. 예상 못했던 일이 생기면, 당장 내게 전화하고. 알았지?"

"알았어요. 정말 레네가 고마에 머물 거라고 확신해요?"

"난 아무것도 확신 안 해. 고마에서 아직 정상적으로 영업하는 호텔은 딱 두 군데야. 카트리네가 조사한 바에 따르면, 두 곳 모두 베르니 갈퉁의 이름으로 된 예약은 없었어. 하지만 게릴라가 서쪽과 북쪽 도로를 점령했고, 여기서 가장 가까운 남쪽 도시는 차로 13킬로미터나 떨어져 있다고."

"토니가 레네를 여기까지 불러들인 이유가 정말 오로지 돈 때문일까요?"

"옌스 라트의 말에 의하면, 지금 콩고 프로젝트는 위기에 처했어. 다른 이유가 뭐가 있겠어?"

카야는 어깨를 으쓱였다. "심지어 살인자라 해도 누군가를 너무 사랑해서 함께 있고 싶을 수 있잖아요. 그게 그렇게 뜻밖의 일이에요?"

해리는 고개를 끄덕였다. '그래, 맞는 말이야'라는 뜻인 것도 같았고 혹은 '그래, 뜻밖의 일이야'라는 뜻인 것도 같았다.

마치 카메라가 서서히 작동할 때처럼 웅웅 소리와 찰칵 소리가 나더니, 기체가 낮아지기 시작했다.

카야는 창밖을 바라보았다.

"그리고 난 쇼핑이 마음에 안 들어요, 해리. 꼭 총을 사야 해요?"

"토니는 폭력적인 놈이야."

"경찰 신분을 숨기고 돌아다니는 것도 싫어요. 그렇다고 콩고에 무기를 밀반입할 수는 없지만, 콩고 경찰에게 체포를 도와달라고 할 수도 있잖아요."

"이미 말했듯이, 노르웨이와 콩고는 아직 범인인도협정이 체결되지 않았어. 게다가 토니 같은 자산가는 지방 경찰을 매수해놓았을 확률이 높아. 아마 경찰 쪽에서 토니에게 알려줄 거야."

"음모론이군요."

"응. 간단한 이치이기도 하고. 콩고 경찰의 월급은 가족을 부양하기에는 부족하거든. 걱정 마. 반 보르스트에게는 멋진 총이 많아. 게다가 프로 정신이 투철해서 절대 다른 사람에게 알리지 않을 거야."

바퀴가 활주로에 닿으며 비명을 질렀다.

카야는 실눈을 뜨고 창밖을 내다보았다. "왜 여기는 이렇게 군인들이 많죠?"

"UN이 병력을 보강하고 있어. 지난 며칠간 게릴라들이 진격해왔거든."

"무슨 게릴라요?"

"후투 게릴라, 투치 게릴라, 마이마이 게릴라. 누가 알겠어?"
"해리?"
"응?"
"이번 일 빨리 끝내고 집에 가요."
그는 고개를 끄덕였다.

◆

해리가 공항 밖에 늘어선 택시들 옆으로 걸어갈 때쯤에는 이미 날이 훨씬 밝은 상태였다. 그는 택시 운전사를 한 명씩 붙잡고 짧게 이야기를 나누었다. 그러다 마침내 영어가 유창한 운전사를 찾아냈다. 사실 그의 영어는 유창한 정도가 아니라 아주 훌륭했다. 체구가 작고, 눈동자는 영민했으며, 머리카락은 희끗희끗했다. 관자놀이와 높이 솟아 반짝거리는 이마 양쪽으로 굵은 혈관이 튀어나와 있었다. 그의 영어는 분명 영국식으로, 지나치게 점잔을 빼는 옥스퍼드 영어에 강한 콩고 억양이 섞여 있었다. 해리는 그에게 오늘 하루 종일 자신의 기사가 되어달라고 했다. 그들은 재빨리 금액에 합의했고, 합의된 금액의 3분의 1에 해당되는 달러와 악수, 이름이 오갔다. 해리와 두이가메 박사.

"영문학 전공이죠." 남자가 해리 앞에서 대놓고 돈을 세며 설명했다. "하지만 하루 종일 함께 다닐 거라면 사울이라 부르세요."

그는 찌그러진 현대 차의 뒷문을 열어주었다. 해리는 사울에게 어디로 가야 할지 말해주었다. 불에 탄 교회 옆으로 난 길.

"여기 와본 적이 있나 보군요." 사울이 고르게 쭉 뻗은 아스팔트 도로를 따라 차를 몰며 말했다. 하지만 간선도로로 나가자, 아스팔트는 달의 표면이 따로 없었다. 분화구와 갈라진 금 천지였다.

"딱 한 번뿐이오."

"그럼 조심하십쇼." 그가 빙긋 웃으며 말했다. "일단 아프리카에 마음을 열었다가는 다른 데 가고 싶어지지 않을 거라고 헤밍웨이가 썼으니까."

"헤밍웨이가 그런 말을 썼다고?" 해리가 미심쩍다는 듯이 물었다.

"그렇다니까요. 하지만 헤밍웨이는 늘 그런 낭만적인 헛소리를 써댔죠. 술에 취해 총으로 사자를 쏘고는, 죽은 사자들에게 위스키 냄새와 단내 나는 오줌을 갈겨대는 위인이었으니까요. 실상은 부득이한 사정이 있지 않고서는 아무도 콩고에 다시 오려고 하지 않죠."

"나도 부득이한 사정이 있어 온 거요. 그건 그렇고, 지난번에 여기 왔을 때 날 태워줬던 운전사에게 연락하려는데 연락이 안 되는군. 난민지원센터에서 일하던 조라는 친구인데……"

"조는 떠났습니다." 사울이 말했다.

"떠나?"

"차 한 대를 훔쳐서 가족들을 데리고 우간다로 갔어요. 고마는 포위됐고, 놈들이 다 죽일 겁니다. 나도 곧 떠날 거예요. 조는 좋은 차가 있으니 아마도 탈출에 성공했을 겁니다."

한때 니라공고가 삼켰던 폐허 위로 솟아 있는 교회 첨탑이 해리의 눈에 익었다. 자동차가 도로에 움푹 파인 구멍을 통과하자, 그는 차를 꽉 잡았다. 차체에 무언가가 두세 번 긁히기도 하고, 쾅 부딪히기도 했다.

"여기서 기다리시오. 여기서부터는 걸어갈 테니까. 금방 돌아올 거요." 해리가 말했다.

해리는 차에서 내려 향신료와 썩은 물고기 냄새, 회색빛 먼지를 들이마셨다.

그러고는 걷기 시작했다. 술에 취한 남자 하나가 해리의 어깨를 들이받으려다 빗나가는 바람에, 비틀거리며 도로에 주저앉았다. 해리는 뒤에서 들리는 욕설을 무시한 채 계속 걸어갔다. 너무 빠르지도, 느리지도 않게. 가게들이 모인 광장의 유일한 벽돌집 앞에 도착해 계단을 올라갔다.

문을 세게 두드리고 기다렸다. 집 안쪽에서 민첩한 발소리가 들렸다. 반 보르스트의 발소리라기에는 너무 민첩했다. 문이 살짝 열리더니, 검은 얼굴 반쪽과 눈 하나가 나타났다.

"반 보르스트 씨 있습니까?" 해리가 물었다.

"없어." 큼지막한 금니가 번득였다.

"권총 좀 사려고 하는데, 도와주겠어요?"

여자는 고개를 저었다. "미안. 잘 가."

해리는 문틈 사이로 발을 밀어 넣었다. "돈은 두둑이 내죠."

"총 없어. 반 보르스트 여기 없어."

"그럼 언제 돌아옵니까?"

"몰라. 나 시간 없어 이제."

"노르웨이에서 온 남자를 찾고 있어요. 토니라고. 키가 크고 잘생겼죠. 본 적 있습니까?"

여자는 고개를 저었다.

"반 보르스트가 오늘 저녁에 돌아옵니까? 중요한 일입니다."

그녀가 그를 바라보며 저울질했다. 머리에서 발끝까지 찬찬히 훑어보더니 다시 얼굴을 보았다. 그녀의 치아 위로 부드러운 입술이 슬그머니 벌어졌다. "당신, 부자?"

해리는 대답하지 않았다. 그녀가 졸린 듯이 눈을 깜박이자, 새까만 눈동자가 반짝거렸다. 그러더니 능글맞게 웃었다. "30분. 그때 다시 와."

해리는 택시로 돌아가 조수석에 타고는, 사울에게 호텔로 가자고 했다. 그리고 카야에게 전화했다.

"아직 도착 로비에 있어요. 취리히 발 비행기가 제시간에 도착한다는 것 말고는 아무런 방송도 나오지 않았어요." 카야가 말했다.

"우리가 묵을 호텔에 체크인부터 하고, 다시 반 보르스트에게 가서 필요한 물건을 살 거야."

호텔은 도심 동쪽, 르완다와의 접경지대를 향해 있었다. 로비 앞의 주차장은 바닥에 용암이 한 겹 입혀졌고, 나무로 둘러싸여 있었다.

"지난번 화산 폭발 이후에 심은 나무들입니다." 마치 해리의 생각을 읽은 것처럼 사울이 말했다. 고마에는 나무가 거의 없었다. 더블룸은 호수 옆에 위치한 나지막한 건물 2층이었는데, 발코니에서 호수가 내려다보였다. 해리는 담배를 피우며, 수면 위로 부서지는 아침 햇살을 바라보았다. 저 멀리서 석유 굴착기가 번쩍거렸다. 그는 시간을 확인하고, 다시 주차장으로 나갔다.

사울은 정체된 교통상황에 마음까지 적응된 듯이 운전도, 말도, 손짓도 모두 느려졌다. 그는 반 보르스트의 집에서 한참 떨어진, 교회 벽 앞에 주차했다. 그러더니 시동을 끄고는, 해리에게 나머지 3분의 2에 해당되는 금액을 달라고 공손하게 말했다.

"날 못 믿는 건가, 사울?" 해리가 한쪽 눈썹을 치켜세운 채 말했다.

"돈을 내고자 하는 당신의 진심은 믿죠. 하지만 고마에서는 당신보다 내가 돈을 가지고 있는 편이 안전합니다. 부끄럽지만 사실이에요."

해리는 고개를 끄덕이며 그 말이 옳다는 것을 인정하고, 남은 돈을 세어서 주었다.

"혹시 차 안에 권총 크기만 한 물건 있나? 작고 묵직한 걸로. 손전등 같은 거." 해리가 물었다.

사울은 고개를 끄덕이더니 사물함을 열었다. 해리는 그 안에서 손전등을 꺼내, 재킷 안주머니에 넣고 손목시계를 보았다. 25분이 지나 있었다.

해리는 시선을 정면에 고정시킨 채 걸어갔다. 하지만 시야의 양쪽 구석으로, 뒤돌아 그를 뜯어보는 남자들이 보였다. 그들은 그의 키와 몸무게, 걸음의 탄성, 살짝 삐뚤어진 재킷과 안주머니에 든 묵직한 물건을 뜯어보았다. 그러고는 기회가 아니라고 판단했다.

해리는 계단을 올라가 문을 두드렸다.

아까와 똑같이 사뿐한 발소리가 들렸다.

문이 열렸다. 여자는 그를 바라보더니, 그의 등 뒤로 펼쳐진 거리를 살폈다.

"빨리, 들어와." 여자는 그의 팔을 잡으며 집 안으로 끌어당겼다.

해리는 문지방을 넘어 희끄무레한 어둠 속에 섰다. 창의 커튼이 죄다 쳐져 있었다. 해리가 처음 여기 왔을 때 이 여자가 반쯤 벗은 채로 누워 있던 침대 위의 창문만 제외하고.

"그는 오지 않았어, 아직." 여자가 간단하지만 효율적인 영어로 말했다. "곧 와."

해리는 고개를 끄덕이며 침대를 보았다. 이 여자가 저기에 누워 있던 모습을 상상하려 했다. 허리에 담요만 걸친 채 햇볕이 그녀의 살결 위로 떨어지는 모습. 하지만 상상이 되지 않았다. 무언가가 그의 주목을 끌었기 때문이다. 무언가 잘못된 것, 사라진 것, 혹은 거기 있어서는 안 되는 것.

"혼자 왔어?" 그녀가 그의 주위를 돌며 묻더니, 침대에 앉았다. 한 손을 매트리스에 내려놓자, 드레스의 한쪽 어깨끈이 스르륵 떨어졌다.

해리는 무엇이 잘못되었는지 찾기 위해 시선을 옮겼다. 그리고 찾았다. 식민지 지배자이자 착취자인 레오폴드 왕.

"응." 그게 왜 이상한지 아직 정확한 이유를 모른 채 해리가 건성으로 대답했다. "혼자."

지난번에 벽에 걸려 있었던 레오폴드 왕의 초상화는 사라지고 없었다. 그러자 얼른 그다음 생각이 뒤따랐다. 반 보르스트는 오지 않는다. 그도 떠났다.

해리는 그녀를 향해 반발짝 내딛었다. 그녀는 고개를 살짝 기울인 채 도톰하고 검붉은 입술에 침을 묻혔다. 이제는 충분히 가까운 거리였다.

벨기에 왕의 초상화를 대신한 것이 무엇인지 볼 수 있을 만큼. 그림이 걸려 있던 못에는 지폐가 꽂혀 있었다. 지폐의 가치를 정하는 그 안의 얼굴은 예민해 보였으며, 잘 다듬어진 콧수염을 길렀다. 에드바르 뭉크.

해리는 무슨 일이 벌어질지 깨닫고 몸을 돌리려 했다. 하지만 왠지 늦어도 한참 늦었다는 느낌이 들었다. 그는 정확히 있어야 할 자리에 있었다. 누군가의 각본에 적혀 있는 대로.

등 뒤에서 움직임이 보였다기보다 느껴졌다. 목이 따끔하지도 않았고, 그저 관자놀이에 누군가의 숨결만 느껴졌다. 이내 목이 얼어붙더니 위로는 두피까지, 아래로는 등을 따라 몸이 마비되었다. 약물이 뇌에 도달하자, 다리가 휘청거리며 의식이 흐려졌다. 케타노메의 약효는 정말 놀랄 정도로 빠르군. 어둠이 그를 감싸기 전에 그가 마지막으로 했던 생각이었다.

재회

카야는 아랫입술을 깨물었다. 무언가 잘못되었다.
다시 해리의 번호로 전화했다.
이번에도 음성 사서함으로 넘어갔다.
몇 시간 동안, 그녀는 도착 로비(동시에 출발 로비이기도 했다)에 앉아 있었다. 그녀가 앉아 있는 플라스틱 의자는 닿는 부위마다 살갗이 쓸렸다.

비행기가 슈욱 내려앉는 소리가 들리더니, 딱 하나뿐인 모니터에 취리히 발 KJ337기가 도착했다는 공지가 떴다. 모니터라지만 실은 천장에 설치된 두 개의 녹슨 철사 사이에 걸린 대형 텔레비전이었다.

그녀는 1분에 한 번씩 사람들을 훑어보며, 토니 라이케가 없는지 확인했다.

다시 해리에게 전화했다가 금방 끊었다. 자신이 그저 무언가를 하기 위해 전화하고 있다는 것을 깨달았기 때문이다. 게다가 이것은 행동을 취하는 것이 아닌, 그저 무의식적인 반응에 불과했다.

수하물 찾는 곳의 자동문이 열리며, 기내용 수트케이스를 든 첫 번째 승객이 나왔다. 카야는 자리에서 일어나 자동문 옆의 벽으로 갔다. 택시 운전사들이 도착하는 승객들을 향해 들고 있는 플라스틱 팻말이나 종이 쪼가리에 적힌 이름을 훑어보기 위해서였다. 어디에도 율리아나 베르니나 레네 갈퉁은 적혀 있지 않았다.

그녀는 다시 망보던 의자로 돌아가, 손바닥을 깔고 앉았다. 손바닥이 땀으로 축축해져 있었다. 어떻게 해야 하지? 그녀는 선글라스를 아래로 내리고, 자동문을 바라보았다.

몇 초가 흘렀다. 아무 일도 일어나지 않았다.

레네 갈퉁은 보랏빛 선글라스로 얼굴을 거의 다 가린 채 덩치 큰 흑인 남자 뒤로 몸을 숨기며 나왔다. 붉게 염색한 머리카락은 곱슬곱슬했고, 청재킷에 카키색 바지, 튼튼한 등산화를 신고 있었다. 맞춤 제작한 수트케이스는 수화물로 허용되는 최대 크기였다. 핸드백은 없었고, 대신 소형의 반짝이는 금속 서류가방을 들고 있었다.

아무 일도 일어나지 않았다. 모든 일이 일어났다. 평행하게 그리고 동시에, 과거와 현재에서 마침내 기회가 찾아온 것이다. 그녀가 기다리던 기회가. 올바른 일을 할 기회가.

카야는 레네 갈퉁을 똑바로 보지 않았다. 그저 그녀의 시야 왼쪽에 머물렀다. 그녀가 지나간 후에야 차분히 일어나서 가방을 들고, 그녀를 따라갔다. 눈부신 햇살 속으로. 여전히 레네에게 말을 거는 사람은 아무도 없었다. 빠르고 단호한 걸음걸이로 보아, 도착 후에 어떻게 해야 하는지 아주 세세하게 훈련받은 듯했다. 그녀는 늘어선 택시를 지나 길을 건너더니, 진한 푸른색 레인지로버의 뒷좌석에 올라탔다. 양복을 입은 흑인 남자가 열린 차문을 붙잡고 있었다. 남자는 문을 닫은 뒤, 운전석으로 돌아갔다. 카야는 대기하고 있던 맨 첫 번째 택시의 뒷좌석에 올라타, 앞좌석 사이로 몸을 내밀었다. 재빨리 머리를 굴려보았지만, 말하는 것 외에는 다른 방법이 없다는 결론을 내렸다. "저 차를 따라가세요."

운전사가 양쪽 눈썹을 들어 올린 채 백미러에 비친 그녀를 바라보았다. 그녀가 앞에 있는 차를 손가락으로 가리키자, 운전사는 알았다는 듯이 고개를 끄덕였지만 기어는 여전히 중립 상태였다.

"두 배로 줄게요." 카야가 말했다.

운전사가 머리를 짧게 끄덕이더니 클러치를 풀었다.

카야는 해리에게 전화했다. 여전히 받지 않았다.

택시는 주요 간선도로를 따라 서쪽으로 거북이처럼 기어갔다. 차 지붕에 밧줄로 수트케이스를 묶은 자동차와 화물차, 손수레들로 도로가 바글거렸다. 도로 양 옆으로 머리에 엄청나게 큰 보따리를 인 사람들이 걸어갔고, 교통이 완전히 정체된 곳도 몇 군데 있었다. 운전사는 카야의 요청을 제대로 파악하고, 최소한 한 대 이상의 격차를 둔 채 레인지로버를 따라갔다.

"다들 어디 가는 건가요?" 카야가 물었다.

운전사는 미소를 짓더니, 무슨 말인지 모른다는 뜻으로 고개를 저었다. 카야는 불어로도 물어봤지만 허사였다. 결국 그녀는 택시를 스치며 지나가는 사람들을 가리키고는 물어보는 표정을 지었다.

"피-난-민. 떠나요. 나쁜 사람들 온다." 운전사가 말했다.

카야는 "아하" 하는 입모양을 만들었다.

다시 해리에게 문자를 보냈다. 패닉 상태에 빠질 것 같았다.

고마 한복판의 갈림길에 이르자, 레인지로버는 왼쪽으로 돌았다. 한참 더 간 뒤에 다시 왼쪽으로 돌아 호수를 향해 갔다. 이곳은 좀 전과는 완전히 다른 동네였다. 높은 쇠창살의 담장에 둘러싸인 커다란 주택들이 드문드문 떨어져 있고, 담장 안에는 잘 손질된 정원이 있었다. 정원의 나무는 그늘을 제공할 뿐 아니라, 엿보기 좋아하는 사람들의 눈길을 차단해주었다.

"구시가지." 운전사가 말했다. "벨-기에. 식-민-지 거-주-민."

주택가에는 차량이 없었다. 비록 레네 갈퉁이 미행을 알아차리는 법까지 훈련받았을 리는 없지만, 어쨌든 카야는 레인지로버와의 간격을 더 벌리라고 지시했다. 100미터 앞에서 레인지로버가 멈추자, 카야는 운전사에게 차를 세우라고 손짓했다.

회색 제복을 입은 남자가 대문을 열자, 레인지로버는 안으로 들어갔고 다시 문이 닫혔다.

◆

레네 갈퉁의 심장이 방망이질 쳤다. 지난번 토니에게서 전화가 걸려왔을 때와 똑같았다. 그는 자신이 있는 아프리카로 와달라고 했다. 그녀가 필요하다고. 그녀만이 자신을 도와줄 수 있다고 했다. 그녀만이 훌륭한 프로젝트를 구제해줄 수 있다고 했다. 프로젝트는 그의 것일뿐 아니라 그녀의 것이기도 했다. 그는 그 프로젝트가 있어야 일할 수 있었다. 남자에게는 일이 필요했다. 미래가 필요했다. 아이들을 키울 수 있는 곳에서 안정된 삶이 필요했다.

운전사가 그녀를 위해 문을 열어주자, 레네 갈퉁은 차에서 내렸다. 햇빛은 우려했던 것만큼 강렬하지 않았다. 그녀의 앞에 등장한 저택은 웅장했다. 선조들의 돈으로 벽돌 하나씩 차근차근, 튼튼하게 쌓아올린 저택이었다. 그들도 그렇게 할 것이다. 토니를 처음 만났을 때 그는 그녀의 족보에 완전히 매료되었다. 노르웨이 귀족인 갈퉁 가문은 이민자가 아닌, 극소수의 토종 혈통 가운데 하나였다. 토니는 그 사실을 몇 번이고 반복해서 말했다. 어쩌면 그녀가 선뜻 자신의 처지를 고백하지 못했던 이유도 그 때문일지 모른다. 자신도 그와 같은 평범한 혈통, 자갈밭 속의 자갈에 불과하며 그저 신분 상승을 했기 때문이다.

하지만 이제 두 사람은 스스로 귀족이 될 수 있고, 자갈밭 속에서 반짝반짝 빛나게 될 것이다. 하나씩 쌓아올릴 것이다.

운전사가 앞장서서 현관으로 이어지는 벽돌 계단을 올라갔다. 얼굴에 얼룩덜룩 칠을 하고 무장한 채 현관을 지키고 있던 남자가 문을 열어주었다. 로비에는 진짜 크리스털로 만든 샹들리에가 걸려 있었다. 레네는 땀으로 축축해진 금속 가방의 손잡이를 꼭 쥐었다. 가방 안에는 돈이 들어 있었다. 심장이 가슴 속에서 터져버릴 것만 같았다. 머리가 흐트러지지는 않았을까? 수면 부족과 장시간의 여행으로 얼굴이 초췌하지는 않을까? 누군가 2층으로 이어지는 널찍한 계단을 내려오고 있었다. 토니가 아니다. 흑인 여자다. 아마도 가정부일 것이다. 레네는 그녀에게 다정하면서도, 지나치지 않을 정도의 반가운 미소를 지어 보였다. 여자는 금니를 번쩍이며 도도한, 거의 거만할 정도의 미소로 답하더니 현관문을 빠져나갔다.

그러자 그가 나타났다.

그는 2층 난간 옆에 서서 그들을 내려다보고 있었다.

키가 크고 머리카락이 검은 그가 가운을 걸치고 있었다. 그의 구릿빛 가슴팍 위에서 하얗게 빛나는 매력적인 흉터가 보였다. 그가 미소를 짓자, 그녀의 심장 박동이 빨라졌다. 그의 미소. 그것은 그의 얼굴과 그녀의 마음을 환하게 밝혔고, 어떤 크리스털 상들리에보다도 더 반짝거렸다.

그는 느릿느릿 계단을 내려왔다.

레네는 바닥에 금속 서류가방을 내려놓고, 그를 향해 날아갔다. 그는 양팔을 벌려 그녀를 맞이했고, 다음 순간 그녀는 그의 품에 있었다. 그의 체취가 풍겼다. 어느 때보다 강렬한 그 체취에는 다른 향이 섞여 있었다. 강하고 매운 향. 그가 입은 가운에서 나는 향이었다. 그제야 그녀는 그 우아한 실크 가운이 소매가 똥짤막하고, 아주 낡은 것을 알아보았다. 그녀를 떼어내려는 그의 손길을 느끼고서야, 레네는 자신이 그에게 매달려 있었음을 깨닫고 얼른 몸을 뗐다.

"달링, 울고 있잖아." 그가 웃으며 말했다. 그러고는 손가락으로 그녀의 볼을 쓰다듬었다.

"내가요?" 레네도 웃으며 눈물을 닦았다. 눈 화장이 흘러내리지 않아야 할 텐데.

"당신에게 줄 깜짝 선물이 있어." 그녀의 손을 잡으며 그가 말했다. "따라와."

"하지만……." 그녀는 뒤를 돌아보았지만, 금속 서류가방은 이미 사라지고 없었다.

두 사람은 2층으로 올라갔다. 방문을 열고 들어가자, 커다랗고 환한 침실이 나왔다. 바닥까지 닿는 고운 커튼이 테라스 밖에서 불어오는 미풍에 살랑거렸다.

"자고 있었어요?" 시트가 어지럽혀진 사주식 침대를 가리키며 그녀가 물었다.

"아니." 그가 빙긋 웃었다. "눈 감고, 여기 앉아봐."

"하지만……."

"내 말대로 해, 레네."

그의 말투에서 왠지 짜증이 느껴져서 그녀는 얼른 그가 하라는 대로 했다.

"이제 곧 샴페인이 올 거고, 그럼 내가 당신에게 뭔가를 물어볼 거야. 하지만 먼저 당신에게 해줄 이야기가 있어. 준비됐어?"

"네." 레네는 알고 있었다. 지금이 바로 그 순간이라는 것을. 그녀가 꿈에 그리던 순간, 남은 평생 동안 기억하게 될 순간.

"내가 당신에게 들려줄 이야기는 나에 관한 이야기야. 내 질문에 대답하기 전에, 당신이 나에 대해 알아야 할 것이 몇 가지 있어."

"알았어요." 마치 샴페인 거품이 벌써 그녀의 정맥을 타고 흐르는 것 같았다. 그녀는 웃음이 터져 나오는 걸 참기 위해 정신을 집중해야 했다.

"내가 부모님이 돌아가셔서 외할아버지와 함께 살았다고 했지? 하지만 사실 난 열다섯 살때까지 부모님과 함께 살았어."

"그럴 줄 알았어요!" 그녀가 외쳤다.

토니가 한쪽 눈썹을 치켜세웠다. 섬세한 모양의 감탄이 절로 나오는 아름다운 눈썹이라고 그녀는 생각했다.

"난 늘 당신에게 비밀이 있을 거라고 생각했어요, 토니." 그녀가 웃었다. "하지만 나도 비밀이 있어요. 우리 서로에게 모든 걸 다 털어놔요!"

토니는 한쪽 입꼬리를 올리며 미소 지었다. "그러니까 더 방해하지 말고 내 이야기부터 들어, 사랑스런 레네. 우리 어머니는 신앙심이 깊은 분이셨는데 교회에서 아버지를 만났지. 아버지는 질투심에 휩싸여 사람을 죽인 죄로 복역을 마치고 막 석방된 상태였어. 복역하던 중에 주님을 만난 거지. 우리 어머니에게 그건 성경에나 나오는 이야기였어. 회개한 죄인이라니. 구원과 영생을 찾도록 도와주면서 엄마 스스로도 속죄할 수 있는 그런 대상이었던 거야. 그래서 그놈과 결혼했다고 엄마가 말해줬어."

"뭐라고요?"

"쉿! 아버지는 자신의 죄를 회개하기 위해 신을 찬양하지 않는 모든 것을 죄악시했어. 다른 아이들이 하는 평범한 일들이 내게는 결코 허락되지 않았지. 아버지의 말에 대들었다가는 따끔한 벨트 맛을 봐야 했어. 아버지는 성경에 태양이 지구를 돈다고 적혀 있다면서 내게 시비를 걸었지. 아버지의 말에 대들었다가는 무조건 매질이었어. 한번은 열두 살 때 엄마와 함께 옥외 화장실을 갔어. 늘 엄마와 함께 갔거든. 그런데 화장실에서 나왔더니 아버지가 삽으로 날 때리는 거야. 그 나이에도 엄마와 함께 화장실에 간다는 건 죄를 짓는 일이라면서. 그 흉터가 평생 남았지."

레네는 놀라서 침을 꿀꺽 삼켰다. 토니는 관절염으로 뒤틀린 손가락으로 가슴의 흉터를 훑어 내렸다. 그제서야 레네는 그의 손가락 하나가 없는 것을 보았다.

"토니! 어쩌다가?"

"쉿! 마지막으로 아버지에게 맞았던 때가 열다섯 살이었어. 쉬지 않고 벨트로 23분 동안 날 때렸지. 총 일천삼백구십이 초였어. 내가 세어봤어.

아버지는 기계처럼 정확히 4초마다 때렸어. 내가 울지 않았기 때문에 점점 더 화가 나서 계속 날 때렸어. 결국에는 팔이 너무 아파서 멈춰야만 했지. 총 삼백사십여덟 대였어. 그날 밤, 나는 아버지가 코를 골 때까지 기다렸어. 그러고는 침실로 몰래 숨어들어서, 한쪽 눈에 산(酸)을 한 방울 떨어뜨렸지. 아버지는 미친 듯이 비명을 질러댔지만, 나는 양팔로 그를 꽉 잡고 이렇게 속삭였어. 한 번만 더 날 건드리면 죽여버리겠다고. 아버지의 몸이 굳어지더군. 내가 자기보다 강하다는 걸 깨달은 거야. 그리고 내 안에 그게 있다는 것도."

"뭐가 있다는 거예요, 토니?"

"살인자."

레네의 심장이 멎었다. 사실이 아니다. 그럴 리 없다. 토니는 자신이 범인이 아니라고, 경찰이 착각한 거라고 했었다.

"그날 이후로 우린 호시탐탐 서로를 공격할 기회만 노렸어. 엄마는 우리 둘 중 하나는 죽으리라는 걸 알았지. 그러던 어느 날, 엄마가 내게 오더니 아버지가 라이플 탄약을 사러 예일로에 갔다고 했어. 이 틈에 내가 도망가야 한다고. 이미 외할아버지에게 얘기를 해두었다고 했어. 할아버지는 뤼세렌 호수 옆에서 혼자 살았거든. 할아버지는 당신이 날 숨겨주지 않으면, 아버지가 찾아내리라는 걸 알고 있었어. 그래서 난 집을 떠났지. 엄마는 내가 눈사태로 죽은 것처럼 꾸몄어. 아버지는 사람들과 전혀 교류하지 않았기 때문에, 외부와의 접촉은 모두 엄마가 맡아서 했어. 그래서 엄마가 내 실종 신고를 했으리라고 생각했지. 하지만 사실 엄마가 자초지종을 설명한 사람은 딱 한 명뿐이었어. 그 마을 경관인 로이 스틸레. 두 사람은…… 뭐랄까, 서로를 속속들이 아는 사이였거든. 스틸레는 현명한 사람이어서, 경찰이 나선다 해도 아버지와 내가 서로로부터 안전해질 수 없다는 걸 알고 있었지. 그래서 우리 흔적을 지우는 걸 도와줬어. 난 할아버지 집에서 아무 탈 없이 자랐지. 엄마가 산에서 실종되었다는 소식을 듣기 전까지는."

레네는 한 손을 내밀었다. "가여워라. 가여운 토니."

"눈 감아!"

그녀는 그의 위협적인 어조에 움찔하며 손을 다시 거둬들이고, 두 눈을 꼭 감았다.

"난 장례식에 갈 수 없다고 할아버지가 그러셨어. 내가 살아 있다는 걸 누구도 알아서는 안 되니까. 장례식에 다녀오신 할아버지는 목사가 어머니에 대해 했던 연설을 토씨 하나 빠짐없이 그대로 들려주셨어. 딱 세 문장이었지. 세상에서 가장 강하고 아름다운 여성에게 고작 세 문장이라니. '카렌은 이 세상을 사뿐히 밟고 갔다'가 마지막 문장이었어. 나머지는 예수님과 죄의 용서에 대한 헛소리였고. 딱 세 문장과 어머니가 짓지도 않은 죄의 용서에 대한 이야기."

레네는 토니의 숨소리가 거칠어진 것을 느꼈다.

"사뿐히 밟고 갔다. 그 목사 새끼는 연단에 서서 우리 어머니가 아무런 족적도 남기지 않았다고 나불댄 거야. 살아온 인생이 그랬던 것처럼, 아무런 흔적도 남기지 않고 연기처럼 사라져버렸다고. 그러고는 성경의 다음 구절로 넘어갔지. 할아버지는 그걸 내게 그대로 말해줬어. 전혀 돌려서 말하지 않고. 그거 알아, 레네? 그날이 내 인생에서 가장 중요한 날이야. 이해하겠어?"

"음…… 모르겠어요, 토니."

"나는 그 새끼가 거기 앉아 있으리라는 걸 알고 있었어. 엄마를 죽인 살인자. 그리고 복수하겠노라고 맹세했지. 놈에게, 세상 모든 사람에게 보여주겠노라고. 그날 난 결심했어. 내게 무슨 일이 일어나든, 난 절대로 그 새끼처럼 살지 않겠다고. 또 엄마처럼 살지도 않겠다고. 그렇게 단 세 줄로 끝나버리는 인생 말이야. 그리고 장례식장에 앉아 있던 그 새끼나 나나 우리가 지은 죄를 용서받을 필요도 없었어. 우린 신과 함께 낙원을 나눠 갖느니, 불에 타 죽는 편이 나으니까." 그는 목소리를 낮췄다. "그 누구도, 그 누구도 내 앞길을 막을 수 없어. 이제 이해하겠어?"

"네." 레네는 미소 지었다. "그리고 당신은 그럴 자격이 있어요, 토니. 모든 걸 누릴 자격이요. 정말 열심히 일했잖아요!"

"당신이 그렇게 이해심이 넘치니 다행이야. 이제 나머지 이야기를 해줄게. 준비됐어?"

"네." 레네는 박수를 치며 말했다. 자신의 미래가 보이는 듯했다. 딸아이가 토니에게 사랑받는 걸 못마땅해 하며 질투와 외로움, 씁쓸함을 느끼는 미래가.

"나는 모든 걸 손에 넣었어." 토니가 말했고, 레네는 그의 손이 그녀의 무릎에 닿는 걸 느꼈다. "당신, 당신 아버지의 돈, 여기 콩고의 프로젝트. 일이 틀어질 염려는 없다고 생각했지. 호바스 산장에서 그 발정난 암캐 같은 년하고 붙어먹기 전까지는 말이야. 편지를 받기 전까지는 그년 이름을 기억도 못했어. 편지에는 자기가 임신했으니 돈을 달라고 적혀 있더군. 그년이 내 앞길을 막았어, 레네. 그래서 난 철두철미하게 계획을 세웠지. 자동차 좌석에 비닐을 씌우고, 집 안에 굴러다니던 새 엽서도 가져갔어. 콩고에서 산 엽서였는데, 그녀에게 거기다 몇 줄 받아 적게 했어. 당분간 떠나 있을 거라고 말이야. 그런 다음에 칼로 그년의 목을 푹 찔렀지. 피가 좌석 비닐에 튀는 소리가 말이야, 레네…… 참 독특하더라고."

85

에드바르 뭉크

마치 누군가 고드름으로 그녀의 머리를 내려친 듯했다. 그런데도 그녀는 억지로 눈을 떴다. "당신이…… 당신이…… 그 여자를 죽였다고요? 산에서…… 잤던 여자를?"

"내 성욕은 당신보다 강해, 레네. 당신이 내 요구대로 해주지 않으니 다른 여자와 하는 수밖에."

"하지만 당신이…… 요구한 건……." 그녀는 목이 메었다. "……자연스럽지 않은 일이었어요!"

토니는 낄낄 웃었다. "그년은 상관 안 하던데, 레네. 율리아나도 그랬고. 물론 그 대가로 돈은 두둑하게 받았지만."

"율리아나? 지금 무슨 말을 하는 거예요, 토니? 토니?" 레네는 장님처럼 손으로 그를 더듬었다.

"내가 정기적으로 만나던 라이프치히의 창녀야. 돈만 주면 무슨 짓이든 다 했지."

레네는 눈물이 볼을 타고 흐르는 것을 느꼈다. 그의 목소리는 지극히 차분했다. 이 모든 게 비현실적으로 느껴질 정도로.

"사실이…… 사실이 아니라고 말해줘요, 토니. 제발 그만해요."

"쉿. 그러다 두 번째 편지가 왔어. 사진과 함께. 아델이 목에 칼이 꽂힌 채 내 차에 앉아 있는 사진을 봤을 때 내가 얼마나 놀랐을지 아마 짐작이 갈 거야. 편지에는 보르그뉘 스템 뮈레라고 서명이 돼 있었어. 자신은 돈을 원하고, 돈을 주지 않으면 경찰에 내가 아델 베틀레센을 죽였다고 신고할 거라고 했어. 물론 난 그 여자도 죽여야 한다는 걸 알았지. 하지만 경찰이 보르그뉘와 그녀의 협박 시도를 나와 연결시킬 경우를 대비해서, 알리바이가 필요했어. 원래는 다음에 콩고에 올 때 내가 직접 아델의 편지를 부칠 생각이었지. 그런데 우연히 더 기막힌 아이디어가 떠올랐어. 난 율리아나에게 연락해서 그녀를 고마로 보냈어. 율리아나는 아델의 이름으로 여기까지 와서 키갈리에서 엽서를 보냈어. 그런 다음, 반 보르스트에게 가서 내가 보르그뉘에게 주려고 생각 중이던 사과를 샀지. 율리아나는 돌아왔고, 우리는 라이프치히에서 만났어. 거기서 내가 그녀에게 처음으로 사과의 맛을 보여줬지. 큭큭. 그 멍청이는 그게 무슨 섹스 토이인줄 알더라고, 불쌍한 것."

"그 여자도…… 죽였다고요?"

"응. 그리고 보르그뉘도. 난 그녀를 미행했어. 그녀가 자신이 사는 아파트 단지의 문을 여는 순간, 내가 칼을 들이댔지. 그러고는 뉘달렌의 지하실로 데려갔어. 거기에는 사과와 자물쇠를 비롯한 모든 게 준비되어 있었으니까. 일단 그녀에게 케타노메를 주입했어. 그런 다음 내 증인이 돼줄 투자자들이 기다리는 시엔으로 갔지. 알리바이를 만들려고. 거기서 우리가 축배를 드는 동안, 보르그뉘가 알아서 할 테니까. 결국에는 다들 그러거든. 다시 오슬로로 돌아와 지하실에서 자물쇠와 사과를 수거하고, 집으로 갔지. 당신에게로. 우리는 사랑을 나눴어. 당신은 오르가슴에 도달한 척했지. 기억나?"

레네는 말문이 막힌 채 고개를 저었다.

"눈 감으라고 했을 텐데."

그의 손가락이 그녀의 이마를 미끄러져 내려와 눈을 감겼다. 마치 장의사처럼. 독백하듯이 웅얼거리는 그의 목소리가 들렸다.

"아버지가 왜 날 때리는 걸 좋아했는지 이제는 알겠어. 타인에게 고통을 가하고, 상대가 굴복하는 모습을 보면서 자신이 더 강해진 느낌이 들었던 거야. 그대의 뜻이 하늘에서와 같이 땅에서도 이루어진 거지."

레네는 그에게서 섹스의 냄새를 맡을 수 있었다. 여자와의 섹스. 그러자 다시 그의 목소리가 들렸다. 이번에는 그녀의 귓가에서. "내가 그 사람들을 죽이는 동안, 무언가 변하기 시작했어. 그들의 피가 지금까지 내 안에 잠들어 있던 씨앗에 물을 줬나 봐. 예전에 내가 아버지의 눈에서 봤던 게 무엇인지 깨닫기 시작했지. 난 알아봤던 거야. 아버지가 내게서 자신의 모습을 봤듯이, 나도 거울 속 내 모습에서 아버지를 보기 시작했으니까. 나는 힘 그리고 무력감이 좋았어. 게임, 위험, 기복이 심한 것도 좋았지. 산꼭대기에 올라가 머리는 구름 속에 잠기고, 낙원의 천사들이 합창하는 소리가 들릴 때는 발밑으로 지옥의 불꽃이 너울거리는 소리도 들어야 해. 왜냐하면 거기에는 무슨 의미가 있을 테니까. 아버지는 그걸 알고 있었어. 이제는 나도 알고 있고."

레네는 눈꺼풀 안쪽에서 붉은 얼룩이 춤추는 것을 보았다.

"나는 내 증오가 어느 정도인지 깨닫지 못했어. 그러다가 몇 년 후에 댄스홀 뒤의 숲에서 한 소녀와 서 있었지. 그런데 어떤 녀석이 내게 덤벼들었어. 녀석의 눈에 질투심이 이글거리더군. 그 모습에서 갑자기 삽을 들고, 우리 모자를 향해 달려오던 아버지의 모습이 보였어. 난 그놈의 혀를 싹둑 잘라버렸지. 경찰에 체포됐고, 징역형을 받았어. 수감되어 있는 동안 감옥이 사람에게 어떤 영향을 미치는지 깨달았어. 그리고 왜 아버지가 자신의 수감 생활에 대해 한 번도, 한마디도 한 적이 없었는지도. 나는 짧은 형을 언도받았어. 하지만 마음속으로는 미쳐가고 있었지. 복역하는 동안, 내가 뭘 해야 하는지 깨달았어. 난 엄마를 살해한 아버지를 감옥에 처넣어야 했어. 죽이는 걸로는 안 돼. 감금하고 성매장시켜야 했지. 하지만 먼저 증거가, 어머니의 유해가 필요했어. 그래서 산 속에 산장을 지었어. 열다섯 살 때 행방불명된 날 알아볼 사람이 있을지도 모르니까 마을에서 아주 멀리 떨어진 곳에. 그러고는 매년 고원을 평방킬로미터 단위로 뒤지고 다녔어. 눈이 녹자마자 수색을 시작했지. 되도록 돌아다니는 사람이 없는 밤에 절벽과 눈사태 지역을 샅샅이 훑고 다녔어. 때에 따라서는 관광협회 소유의 산장에서 자기도 했어. 거긴 여행객들만 머무르는 곳이니까. 하지만 그렇게 조심했는데도 마을 사람들 중에 날 본 사람이 있었던 모양이야. 우트모 아들의 귀신이 떠돌아다닌다는 소문이 나돌기 시작했으니까." 토니는 큭큭 웃었다. 레네는 눈을 떴지만, 토니는 알아차리지 못했다. 가운 주머니에서 꺼낸 담배파이프에 정신이 팔려 있었기 때문이다. 레네는 황급히 다시 눈을 감았다.

"보르그뉘를 죽인 후에 다시 '샬로테'라는 이름으로 편지가 왔어. 자신이 지난번 편지를 보낸 장본인이라더군. 그제서야 난 덫에 걸렸다는 걸 알았어. 이번에도 그냥 허풍일 수 있었어. 혹은 그날 밤 호바스 산장에 있었던 다른 누군가일 수도 있었고. 그래서 난 그 산장의 숙박부를 살펴보기로 했지. 하지만 그날의 페이지는 찢겨나가고 없었어. 그래서 샬로테도 죽였어. 그리고 다음 편지를 기다렸어. 역시나 편지가 오더군. 이번에는 마리트 올센을 죽였어. 다음에는 엘리아스 스코그. 그러고 나니 좀 잠잠해졌어. 그러다가 신문에서 피살자들과 같은 날 호바스 산장에 머물렀던 사람들은 경찰에 신고하라는 기사를 봤어. 물론 그날 밤 내가 거기 있었다는 사실은 아무도 모를 테지만, 만약 내가 경찰에 연락한다면 누가 거기 있었는지 알아낼 수 있었어. 누가 날 쫓는지 말이야. 그래서 가장 많이 알고 있을 거라고 생각한 사람에게 갔어. 해리 홀레 반장에게. 그에게 다른 투숙객에 대해 물었지. 하지만 허탕만 쳤어. 오히려 그 미카엘 벨만이라는 놈이 찾아와 날 체포하더군. 누가 우리 집에서 엘리아스 스코그에게 전화했다는 거야. 그제서야 빛이 보였어. 이건 돈이 목적이 아니었던 거야. 내가 경찰에 체포되는 게, 날 감옥에 가두는 게 목적이었어. 그렇게 사람들이 줄줄이 죽어 나가는데도…… 꿈쩍하지 않고 계속 내게 대항하는 놈이 누굴까? 날 그렇게 미워하는 사람이 누굴까? 그러자 마지막 편지가 왔어. 이번에는 자신의 신분을 밝히지 않았더군. 그저 자기도 그날 밤 호바스 산장에 있었지만, 유령처럼 보이지 않는 존재라고 했어. 나도 아주 잘 아는 사람이라고. 그러고는 날 죽이러 오겠다고 했어. 그제서야 모든 게 분명해졌어. 마침내 아버지가 날 찾아낸 거야."

토니는 숨을 돌렸다.

"아버지도 나와 똑같은 계획을 세운 거지. 날 생매장하고 영원히 감옥에 가두겠다고. 하지만 어떻게 그 많은 일을 했을까? 호바스 산장을 계속 감시했던 걸까? 그래서 내가 살아 있다는 걸 알았을까? 멀리서 날 미행했을까? 당신과 약혼한 후로 연예인 가십 잡지들이 내 사진을 찍어대긴 했지. 어쩌면 아버지도 가끔은 그런 잡지를 뒤적였는지 몰라. 하지만 분명 공범이 있었을 거야. 예를 들어서, 아버지가 오슬로의 내 집에 몰래 숨어들거나, 아델의 목에 칼이 꽂힌 사진을 직접 찍었을 리가 없거든. 아니면 그럴 수도 있을까? 농장에 가보니 그 미꾸라지 같은 자식은 벌써 도망가고 없더군. 하지만 아버지가 모르는 사실이 하나 있었어. 지난 몇 년 동안 어머니를 찾으러 다니느라, 이제는 내가 그 지역을 아버지보다 훨씬 더 잘 알고 있다는 거였지. 결국 셰프텐에 있는 관광협회 산장에서 아버지를 찾아냈어. 얼마나 기쁘던지. 하지만 그건 안티클라이막스였어."

실크가 스르륵 움직이는 소리.

"아버지를 고문하는 건 생각만큼 즐겁지 않았어. 그 장님 새끼는 날 알아보지도 못하더라고. 하지만 상관없었어. 난 아버지에게 내가 성공한 모습을 보여주고 싶었어. 아버지 본인은 죽었다 깨어나도 이룰 수 없었던 성공을. 하지만 아버지는 날 자기와 똑같은 사람으로 보더군. 살인자로." 그는 한숨을 쉬었다. "그리고 아버지에게 공범도 없다는 걸 깨닫기 시작했어. 아버지에게는 그 모든 일을 혼자서 할 능력이 없었어. 너무 쇠약하고, 겁에 질린데다가 완전 겁쟁이였어. 난 거의 패닉 상태로 호바스에 눈사태를 일으켰지. 그제야 알았기 때문이야. 제3자가 있다는 걸. 모습도 보이지 않고, 소리도 내지 않는 사냥꾼이 어둠 속 어딘가에 서 있었어. 내 숨소리에 자신의 숨소리를 맞춘 채. 난 도망가야 했어. 노르웨이를 떠나, 아무도 찾아낼 수 없는 곳으로. 그래서 우리가 여기 있는 거야, 내 사랑. 서유럽만 한 크기의 밀림 가장자리에."

레네의 몸이 주체할 수 없이 떨렸다. "왜 이러는 거예요, 토니? 내게 왜…… 이 이야기를 해주는 거예요?"

그녀의 뺨에 그의 손이 닿았다. "당신은 들을 자격이 있으니까, 내 사랑. 당신 성은 갈퉁이고, 죽으면 긴 추도사를 듣게 될 테니까. 당신이 내 질문에 대답하기 전에 나에 관한 모든 걸 들을 자격이 있다고 생각했으니까."

"무슨 질문요?"

"나와 결혼하고 싶은지, 아닌지."

이제 레네는 머릿속이 빙글빙글 돌기 시작했다. "내가 당신과 결혼……."

"눈을 떠, 레네."

"하지만 난……."

"눈 뜨라고 했어."

그녀는 시키는 대로 했다.

"이건 당신에게 주는 선물이야." 그가 말했다.

레네 갈퉁은 숨을 헉 들이쉬었다.

"금으로 만든 거지." 토니가 말했다. 무광택의 황갈색 금속 표면 위로 햇살이 반짝거렸다. 그것은 두 사람 사이에 놓인 커피 테이블 위에 있었는데, 그 아래에는 종이 한 장이 깔려 있었다. "당신이 이걸 꼈으면 해."

"끼라고요?"

"물론 우리의 결혼 계약서에 서명한 후에."

레네는 계속 눈을 껌벅였다. 이 악몽에서 깨어나려고 했다. 뒤틀린 손가락이 테이블을 가로질러 그녀의 손을 잡았다. 레네는 시선을 내려, 그가 입은 버건디색 실크 가운의 무늬를 바라보았다.

"당신이 무슨 생각하는지 알아. 당신이 가져온 돈은 얼마 못 갈 테지만, 당신과 결혼하면 당신이 죽을 경우 내게 유산이 상속되지. 그러니 내가 당신을 죽이려는 걸까 궁금해 하고 있지?"

"날 죽일 건가요?"

토니는 낄낄 웃으며 그녀의 손을 꽉 잡았다. "내 앞길을 막을 거야, 레네?"

그녀는 고개를 저었다. 그녀가 원하는 것은 그저 누군가의 곁을 지켜주는 것뿐이었다. 그의 곁을. 그녀는 마치 최면에 걸린 사람처럼 그가 건네주는 펜을 받아들였다. 펜을 종이 위로 가져갔다. 서명 위에 눈물이 떨어져서 잉크가 얼룩졌다. 토니는 종이를 낚아챘다.

"아주 잘했어." 토니가 말했다. 그러고는 서명이 빨리 마르도록 후 불더니, 커피 테이블을 가리켰다. "이제 저걸 낀 당신의 모습을 보자고."

"무슨 말이에요, 토니? 이건 반지가 아닌데."

"입을 크게 벌리라는 말이야, 레네."

해리는 눈을 깜빡였다. 그는 침대 위에 반듯이 누운 상태였다. 알몸으로. 늘 꾸던 꿈과 똑같았다. 다만 이것은 꿈이 아니었다. 그의 위쪽 벽에는 못이 하나 튀어나와 있었고, 그 못은 에드바르 뭉크의 머리를 관통했다. 노르웨이 화폐. 하품을 어찌나 크게 했는지 부서진 턱이 찢어지는 것 같았다. 그런데도 압박감은 사라지지 않았다. 머리가 터질 듯했다. 이것은 꿈이 아니다. 케타노메의 약효가 떨어지면서 통증 때문에 더는 꿈을 꿀 수 없었다. 얼마 동안이나 이렇게 누워 있었지? 얼마나 더 있으면 통증으로 미쳐버릴까? 그는 조심스럽게 머리를 틀어 방 안을 훑어보았다. 여기는 여전히 반 보르스트의 집이었고, 그는 혼자였다. 손발은 묶여 있지 않았다. 원한다면 일어설 수도 있었다.

그의 시선이 현관문 손잡이에 달린 철사를 따라갔다. 철사는 방을 가로질러 그의 뒤에 있는 벽으로 향했다. 그는 조심스럽게 머리를 반대편으로 돌렸다. 철사는 그의 머리 바로 뒤에 있는 U볼트를 거쳐 그의 입안으로, 레오폴드의 사과로 이어졌다. 그는 옴짝달싹할 수 없는 신세였다. 현관문은 바깥쪽으로 열렸기 때문에 누군가 저 문을 열면, 레오폴드의 사과에서 바늘이 튀어나와 그의 얼굴을 밤송이로 만들 것이다. 또한 그가 너무 심하게 움직여도 바늘이 튀어나올 것이다.

해리는 엄지와 검지를 양쪽 입꼬리로 밀어 넣었다. 동그랗게 돌출된 부분이 만져졌다. 그 아래로 손가락을 넣어보려고 했으나 허사였다. 오히려 발작하듯이 기침이 나오며 눈앞이 캄캄해졌다. 그는 숨을 쉬려고 안간힘을 썼다. 돌출된 부분 때문에 인두 주위의 살이 부어서, 질식의 위험이 있었다. 문손잡이에 달린 철사. 절단된 손가락. 이 모든 게 우연일까? 아니면 토니 라이케가 스노우맨에 대해 알고 있는 걸까? 그래서 스노우맨을 능가하고자 하는 걸까?

해리는 발로 벽을 걷어차고, 성대를 조였다. 하지만 입안의 공이 소리를 삼켜버렸다. 그는 포기하고 벽에 몸을 기댔다. 통증을 각오하고 억지로 입을 다물어 보았다. 인간 턱의 악력은 백상어에 뒤지지 않는다는 글을 읽은 적이 있다. 하지만 턱 근육이 돌출된 부분을 간신히 누르기도 전에 입이 저절로 벌어졌다. 공이 고동치는 듯했다. 마치 그의 입속에 살아 있는 철 심장이라도 들어 있는 듯이. 해리는 사과에 달린 철사를 만져보았다. 모든 본능이 그 철사를 잡아당기라고, 잡아당겨서 사과를 꺼내라고 외쳐댔다. 하지만 철사를 당기면 어떻게 되는지 그는 이미 보았다. 범죄 현장의 사진을 보았다. 만약 그 사진을 보지 않았더라면…….

그 순간, 해리는 깨달았다. 자신이 어떻게 죽을 것인지뿐 아니라, 다른 사람들이 어떻게 죽었는지도. 그리고 왜 이 방법으로 죽어야 했는지도. 갑자기 웃고 싶은 충동이 일었다. 기막히게 간단했다. 기막힐 정도로 간단해서 꼭 악마가 생각해낸 것만 같았다.

토니 라이케의 알리바이. 그에게는 공범이 없었다. 다시 말해서, 피살자들 스스로 그의 공범이 되었다. 보르그뉘와 샬로테가 마취 상태에서 깨어났을 때 그들은 입안에 든 물건이 무엇인지 전혀 몰랐을 것이다. 보르그뉘는 지하실에 갇혀 있었다. 샬로테는 야외에 있었지만, 입안의 철사가 그녀 앞에 있는 파손된 차량의 트렁크로 이어져 있었다. 아무리 몸부림을 치고, 트렁크의 뚜껑을 긁고 잡아당겨도 트렁크는 잠긴 채 꿈쩍도 하지 않았을 것이다. 두 사람 모두 그 상황을 벗어나기란 불가능했다. 그리하여 고통이 극심한 순간에 이르렀을 때 정해진 절차를 따랐다. 철사를 잡아당긴 것이다. 그들은 무슨 일이 일어날지 예상했을까? 너무 고통스러운 나머지 한 줄기 희망을 품었을까? 철사를 잡아당기면 돌출된 부분이 정체불명의 물건 속으로 들어가리라 생각했을까? 두 여자가 느리지만 확실하게 의심과 추측의 고통스러운 순간을 거쳐 필연적인 행동에 이르는 동안, 토니 라이케는 수십 킬로미터 떨어진 곳에서 만찬이나 강연회에 참석하고 있었다. 그들이 이 일의 마지막 과정을 스스로 행하리라 확신하면서. 더불어 그에게 최고의 알리바이까지 만들어주리라 믿으면서. 아주 엄밀히 말하면, 그는 그들을 죽이지도 않았다.

해리는 고개를 비틀어, 철사를 당기지 않으면서 움직일 수 있는 행동

반경이 어느 정도인지 살펴보았다.

어떻게든 해야 했다. 무엇이든 해야 했다. 철사가 팽팽해진 것 같아 그는 신음 소리를 냈다. 숨을 멈추고 문을 바라보았다. 문이 열리기를 기다렸다. 왜냐하면…….

하지만 문은 열리지 않았다.

그는 반 보르스트가 이 사과로 시범을 보여주었던 장면을 기억해내려 했다. 그냥 내버려두었을 때 튀어나온 부분이 얼마나 오랫동안 나와 있었더라? 입을 좀 더 크게 벌릴 수만 있다면, 그의 턱이…….

해리는 눈을 감았다. 이상하게도 이 아이디어가 매우 정상적이며 확실한 해결책으로 느껴졌다. 거부감은 거의 들지 않았다. 오히려 반대로 안도감이 느껴졌다. 필요하다면, 살아남기 위해 목숨을 담보로 자신에게 더 심한 고통을 가한다는 사실에 마음이 놓였다. 논리적이고 간단했다. 똑똑하고 명확하며 정신 나간 아이디어 덕분에 의심의 검은 공동이 사라졌다. 해리는 배를 바닥에 댄 채 몸을 돌려, 머리로 U볼트를 눌렀다. 덕분에 철사가 좀 느슨해졌다. 그러고는 무릎을 딛고 조심스럽게 일어섰다. 턱을 만져보았다. 목표 지점을 찾아냈다. 이곳이 모든 것의 중심이었다. 통증, 턱 관절, 뻣뻣한 느낌, 홍콩에서의 사고 이후로 그의 턱을 이어주는 것 외에 다른 기능은 전혀 못하는 턱 근육과 신경의 집합소. 아무래도 원하는 만큼 세게 박지 못할 테니 체중을 실어야 한다. 그는 검지로 못을 만져보았다. 벽에서 4센티미터 가량 튀어나와 있었다. 넓적하고 큼지막한 머리가 달린 평범한 못이었다. 적절한 힘만 가한다면, 자신에게 달려드는 것은 무엇이든 부숴버릴 것이다. 해리는 못을 향해 턱을 겨누고, 연습 삼아 못에 턱을 대보았다. 일어서서 어떤 각도로 떨어져야 할지 계산했다. 못이 어디까지 들어가야 할지, 그리고 어디까지 들어가면 안 될지 가늠했다. 목의 신경을 건드렸다가는 마비가 올 것이다. 그는 이 모든 것을 계산했다. 결코 차분하고 냉정하게, 라고는 할 수 없지만 어쨌든 계산했다. 억지로 머리를 굴렸다. 못의 머리는 T자의 꼭대기 같은 모양이 아니라, 몸체를 향해 아래로 기울어져 있었다. 따라서 부딪히는 것을 무엇이든 박살내지 않을 것이다. 마지막으로 해리는 혹시 간과한 점이 없는지 생각해보았다. 그러다가 이것이 시간을 끌기 위한 머리의 꼼수임을 깨달았다.

그는 숨을 깊이 들이쉬었다.

몸이 말을 듣지 않았다. 그의 명령에 저항하고 항의했다. 고개를 숙이려고 하지 않았다.

"멍청이!" 해리는 소리치려 했지만, 고함은 휘파람으로 변해버렸다. 뜨거운 눈물이 볼을 타고 흘러내렸다.

충분히 울었어. 이제는 좀 죽어야 할 때야.

그는 머리를 아래로 내리꽂았다.

못이 무거운 한숨을 쉬며 그를 맞이했다.

카야는 손을 더듬어 휴대전화를 찾았다. 방금 전에 카펜터스가 3중창으로 "Stop!"이라고 외치는 소리가 들리더니, 이내 카렌 카펜터스가 "Oh, yes, wait a minute"이라고 대답했다. SMS 알림음이었다.

차 밖에는 갑자기 어둠이 무자비하게 내려앉아 있었다. 그녀는 아까 해리에게 세 개의 메시지를 보냈다. 공항에서의 일을 설명하고, 현재 레네 갈퉁이 들어간 집 근처에 대기 중이며, 앞으로 어떻게 해야 할지, 그리고 무사한지 알려달라고 했다.

잘했어. 교회 남쪽 길에 있는 집으로 날 좀 데리러 와. 찾기 쉬워. 유일한 벽돌집이거든. 문은 열어뒀으니까 곧장 들어오면 돼. 해리.

카야는 택시 기사에게 주소를 보여줬다. 기사는 고개를 끄덕이며 하품하더니, 시동을 걸었다.

그녀는 다시 해리에게 문자를 보냈다. '가는 중이에요'. 택시는 불이 환하게 밝혀진 거리를 따라 북쪽으로 향했다. 화산이 백열등처럼 밤하늘을 밝히며 별을 지워버리고, 모든 사물을 은은한 핏빛으로 빛나게 했다.

15분 뒤, 그들은 폭탄이 떨어져 움푹 파인 도로에 들어섰다. 상점 밖에 걸린 파라핀 램프 두세 개를 제외하고는 어두컴컴했다. 또 정전이거나, 아니면 이 동네에는 아예 전기가 들어오지 않는 듯했다.

운전사가 택시를 세우더니 어딘가를 가리켰다. 반 보르스트의 집이라고 했다. 과연 그곳에 벽돌집이 있었다. 카야는 주위를 둘러보았다. 거리 위쪽에 레인지로버 두 대가 보였다. 헤드라이트가 흔들거리는 모페드 두 대가 경적을 울리며 지나갔다. 어떤 집에서는 요란한 아프리카 디스코 음악이 흘러나왔다. 여기저기서 주홍빛 담뱃불과 새하얀 눈동자가 보였다.

"여기서 기다려요." 카야는 그렇게 말하며, 챙 달린 모자 안으로 머리카락을 집어넣었다. 그녀를 말리는 운전사의 외침을 모른 척하고, 차문을 열어 밖으로 나갔다.

그녀는 서둘러 벽돌집으로 걸어갔다. 고마 같은 도시에서는 어둠이 내린 후에 백인 여자가 어떤 일을 당할 수 있는지 그녀도 잘 알고 있었다. 하지만 지금은 어둠이 그녀의 좋은 친구였다.

용암이 굳어서 만들어진 검은색 돌을 양쪽에 쌓아올린 문이 보였다. 서둘러야 했다. 그것이 다가오는 게 느껴졌고, 따라서 선수를 쳐야 했다. 그녀는 서두르다 하마터면 넘어질 뻔했다. 입을 벌리고 숨을 쉬면서 앞으로 달려 나갔다. 그리고 문 앞에 섰다. 손가락으로 손잡이를 쥐었다. 일몰 이후로 기온이 급강하했지만, 그녀의 등과 가슴에는 땀이 흐르고 있었다. 카야는 억지로 문의 손잡이를 아래로 내리고, 귀를 기울였다. 으스스할 정도로 조용했다. 마치 예전 그때처럼.

울음이 나올 것 같았고, 목구멍에 끈끈한 시멘트 반죽이 걸린 듯했다.

"제발. 지금 이러면 어떡해." 그녀가 속삭였다.

카야는 눈을 감았다. 호흡에 집중했다. 머릿속의 생각을 모두 비웠다. 이젠 할 수 있다. 생각이 느려졌다. 생각을 삭제하고, 또 삭제했다. 잘했어. 이제 아주 사소한 생각 하나만 남았다. 이것만 비우면, 문을 열 수 있으리라.

해리는 한쪽 입꼬리가 당기는 느낌에 잠에서 깼다. 눈을 떠보니 사방이 어두웠다. 기절한 모양이었다. 공이 아직 입안에 있었다. 그걸 깨닫는 순간 심장에 발동이 걸리더니 빨라지기 시작했고 마구 고동쳤다. 그는 볼트를 향해 입을 들어 올렸다. 지금 이 순간에도 누가 밖에서 문을 열기만 하면, 이 모든 게 허사라는 사실을 알고 있었다.

밖에서 새어 들어오는 한 줄기 빛이 그의 머리 위의 벽에 드리웠다. 벽에 피가 번들거렸다. 그는 손가락을 입안에 넣어 아랫니에 대고 눌렀다. 통증에 잠시 눈앞이 캄캄해졌지만, 턱이 아래로 내려갔다. 턱이 탈골되었다! 그는 한 손으로 턱을 아래로 누른 채 다른 손으로 사과를 잡아당겼다.

그때 문 밖에서 소리가 들렸다. 젠장, 젠장, 젠장! 아직 공이 치아를 통과하지 못했다. 그는 턱을 더 아래로 눌렀다. 뼈가 우두둑거리고, 조직이 찢어지는 소리가 마치 귀에서 나는 것처럼 생생하게 들렸다. 턱을 완전히 아래로 내려 한쪽으로 밀면, 사과를 옆으로 꺼낼 수 있을지도 모른다. 하지만 그렇게 하면 볼에 걸릴 것이다. 문의 손잡이가 돌아가는 것이 보였다. 시간이 없다. 시간이 없어. 여기서는 시간이 멈춰버렸다.

◆◇◆

마지막으로 남은 사소한 생각 하나. 아까 받은 문자. 길Gaten. 교회Kirken. 평소에 해리는 그런 어미엔를 쓰지 않는다. Gata와 Kirka로 썼다. 본인이 직접 말했다. 카야는 눈을 떴다. 베란다에 앉아 판테의 책 제목에 대해 이야기할 때 그가 뭐라고 했더라? 자기는 절대 문자를 보내지 않는다고 했다. 영혼을 잃고 싶지 않으니까, 사라질 때 아무런 흔적도 남기지 않고 연기처럼 사라지고 싶으니까. 따라서 카야는 지금까지 그의 문자를 받은 적이 없었다. 아까 그 문자를 제외하고. 해리라면 전화했을 것이다. 그답지 않은 행동이다. 괜히 문을 열지 않기 위한 핑계를 찾는 게 아니다. 이건 함정이다.

카야는 부드럽게 손잡이에서 손을 뗐다. 목에 따뜻한 기운이 느껴졌다. 마치 누군가의 숨결이 닿는 것처럼. 카야는 '마치'를 취소하고, 뒤를 돌아보았다.

남자 둘이 서 있었다. 그들의 얼굴은 어둠과 섞여 있었다.

"뭐 찾는 거라도 있나, 아가씨?"

기시감을 느끼며 카야는 대답했다. "잘못 찾아온 것뿐이에요."

그 순간, 자동차 시동 소리가 났다. 뒤돌아보니 아까 그녀가 타고 온 택시가 미등을 흔들며 떠나고 있었다.

"걱정 마, 아가씨. 택시비는 우리가 냈으니까." 목소리가 말했다.

카야는 다시 몸을 돌려 시선을 내렸다. 그녀를 겨눈 총구가 보였다.

"따라와."

카야는 다른 대안을 생각했다. 생각하고 말 것도 없었다. 대안은 없었다.

그녀는 길에 주차된 두 대의 레인지로버를 향해 앞장서서 걸어갔다. 그들이 다가가자, 그중 한 레인지로버의 뒷문이 휙 열렸다. 카야는 차에 올라탔다. 새 가죽과 알싸한 에프터쉐이브 로션 냄새. 그녀의 뒤로 차 문이 쾅 닫혔다. 그가 미소를 짓자, 새하얗고 큼지막한 이가 보였다. 그의 목소리는 부드럽고 명랑했다.

"안녕, 카야."

토니 라이케는 노란색과 회색이 어울린 군복을 입고 있었다. 손에는 빨간 휴대전화를 든 채. 해리의 휴대전화였다.

"곧장 집 안으로 들어오라는 문자를 받았을 텐데. 왜 문 앞에서 멈췄지?"

그녀는 어깨를 으쓱였다.

"재미있군." 그가 고개를 갸웃하며 말했다.

"뭐가요?"

"넌 전혀 무섭지 않은 모양이야."

"왜 무서워야 하죠?"

"왜냐하면 넌 곧 죽을 테니까. 아직 감이 안 와?"

카야의 목구멍이 오그라들었다. 머릿속에서 저건 괜한 협박이야, 난 경찰이니 절대 죽일 리가 없어, 라고 외치는 목소리가 들렸다. 하지만 그와 만만치 않은 다른 목소리도 들렸다. 지금 그녀 앞에 토니 라이케가 있고, 지금이 어떤 상황인지 정확히 알고 있다고 말하는 목소리였다. 그녀와 해리는 고국에서 멀리 떨어진 두 명의 멍청한 가미카제로 어떤 허가도 받지 못했고, 지원 병력도 없으며, 대안도 없었다. 아무런 희망도 없었다.

토니가 버튼을 누르자, 차창이 슥 내려갔다.

"가서 끝내버리고, 거기로 데려와." 토니가 두 남자에게 말했고, 차창은 다시 올라갔다.

"당신이 문을 연다면, 금상첨화일 거라고 생각했지." 토니가 말했다. "해리는 시적인 죽음을 맞이할 자격이 있잖아? 이젠 시적인 작별로 만족해야겠지만." 그가 앞으로 몸을 내밀며, 하늘을 올려다보았다. "아름다운 붉은색이지. 안 그래?" 이제야 카야는 그의 얼굴에서 볼 수 있었다. 그의 목소리에서 들을 수 있었다. 그리고 그녀의 목소리, 진실을 말했던 목소리가 말해주었다. 이젠 정말로 죽게 될 거라고.

구경

킨존지는 우드리에게 반 보르스트의 벽돌집을 가리키며, 현관 오른쪽에 레인지로버를 대라고 말했다. 그러고는 차에서 내려, 우드리가 자동차 열쇠를 주머니에 넣고 따라오기를 기다렸다. 미스터 토니의 명령은 간단했다. 그자를 죽여 그곳으로 데려올 것. 그 일은 킨존지에게 아무런 감정도 불러일으키지 않았다. 두려움도, 즐거움도, 심지어 긴장감조차. 그저 해야 할 일에 불과했다.

킨존지는 열아홉 살이었다. 열한 살 때 인민 민주 독립군인 PDLA가 그의 마을에 쳐들어오면서 군인이 되었다. 그들은 칼라슈니코프의 개머리판으로 형의 머리통을 박살냈고, 그의 누나와 여동생을 강간하면서 아버지에게 억지로 그 광경을 보게 했다. 강간이 끝나자, 사령관은 아버지에게 그들 앞에서 킨존지의 여동생과 섹스하라고 명령했다. 그러지 않으면 킨존지와 누나를 죽이겠다고 협박하면서. 하지만 사령관의 말이 끝나기도 전에, 아버지는 그들이 들고 있던 칼로 배를 찔러 자살했다. 그들의 웃음소리가 집 안을 가득 채웠다.

마을을 떠나기 전, 킨존지는 몇 달 만에 처음으로 제대로 된 식사를 했고 베레모를 받았다. 사령관은 그것이 그의 제복이라고 했다. 두 달 후에는 칼라슈니코프를 받았고, 처음으로 사람을 쏴 죽였다. PDLA에게 담요를 넘기지 않겠다고 버티던 아줌마였다. 열두 살이 되었을 때는 어린 소녀를 강간하기 위해 다른 병사들과 함께 줄을 섰다. 그가 살던 곳에서 멀지 않은 마을이었다. 하지만 그의 차례가 되자, 갑자기 이 소녀가 그의 여동생일지도 모른다는 생각이 들었다. 동생과 같은 나이였기 때문이다. 하지만 소녀의 얼굴을 자세히 들여다보았을 때 가족들의 얼굴이 더는 생각나지 않았다. 아버지, 어머니, 누나, 동생. 모두 사라졌다. 그의 기억 속에서 지워졌다.

4개월 후, 그는 두 명의 전우와 함께 사령관의 양팔을 자르고 그가 출혈 과다로 죽는 것을 지켜보았다. 복수심이나 증오 때문이 아니었다. 콩고 자유 전선인 CFF가 더 많은 돈을 주기로 했기 때문이다. 5년 동안, 그는 CFF가 북 키부의 정글을 급습해 가져온 물건들로 연명해나갔다. 하지만 늘 다른 게릴라들이 공격해오지 않는지 망을 봐야 했다. 또한 마을은 이미 오랫동안 다른 게릴라들에게 약탈당해 주민들도 굶는 처지라서, 쳐들어가봐야 소용없었다. CFF는 죄수를 사면해주고 일자리를 주면 군비를 축소하겠다는 조건으로 한동안 정부군과 협상을 벌여왔다. 하지만 임금 문제로 협상은 결렬되었다.

기아에 허덕이던 CFF는 절박해진 나머지 콜탄을 채굴하는 한 회사를 공격했다. 채굴회사가 그들보다 더 좋은 무기와 용병을 거느리고 있다는 사실을 알면서도 한 짓이었다. 킨존지에게는 자신이 장수를 누리거나, 혹은 싸우다 죽는 것 이외의 다른 죽음을 맞이하게 되리라는 환상은 애초에 없었다. 따라서 의식이 돌아왔을 때 자신을 향해 총을 겨눈 백인을 보고도 눈 하나 깜짝하지 않았다. 백인은 외국어로 그에게 뭐라고 말했고, 킨존지는 어서 죽이라는 뜻으로 고개를 끄덕였다. 두 달 후, 상처는 나았고 이제 채굴회사가 그의 새 주인이 되었다.

그 백인이 미스터 토니였다. 미스터 토니는 임금을 후하게 줬지만, 조금이라도 배신의 기미가 보이면 가차 없었다. 그렇다, 그는 그들과 대화를 나누었고, 지금까지 킨존지가 모셨던 상사 중에 최고였다. 그래도 자신에게 득이 된다면 킨존지는 한 치의 망설임도 없이 토니를 쐈을 것이다. 그러나 득이 될 것이 없었다.

"서둘러." 킨존지가 총알을 장전하는 우드리에게 말했다. 그들이 문을 열어 금속 사과에서 바늘이 튀어나오고, 그로 인해 백인 경찰이 죽을 때까지는 시간이 걸릴 것이다. 따라서 문을 열자마자 총을 쏜 다음, 그 시신을 니라공고로 가져가야 한다. 미스터 토니와 여자들이 기다리는 곳으로.

노천에 의자를 두고 앉아 담배를 피우던 옆 상점의 남자가 못마땅하다는 듯이 중얼거리며 어둠 속으로 사라졌다.

킨존지는 현관문의 손잡이를 바라보았다. 이 집에 처음 온 것은 반 보르스트를 데리러 왔을 때였다. 전설적인 알마를 본 것도 그때가 처음이었다. 반 보르스트는 싱가포르 슬링과 신변 보호, 그리고 알마에게 전 재산을 쏟아 붓고 있었다. 알마는 데리고 살기에 돈이 적게 드는 여자는 아니었다. 그러다 반 보르스트가 자포자기한 심정으로 인생 최후의 실수를 저질렀다. 미스터 토니에게 경찰에게 신고하겠다고 협박한 것이다. 그들이 찾아왔을 때 그 벨기에인은 놀라기보다 체념한 듯한 표정이었고, 마시던 술을 마저 마셨다. 그들은 그의 시신을 적당한 크기로 잘라, 난민 캠프 밖에서 키우는 살찐 돼지에게 먹였다. 알마는 미스터 토니의 차지가 되었다. 잘록한 허리와 금니, 색기 넘치는 나른한 눈빛을 가진 알마를 위해서라면 킨존지는 미스터 토니의 머리에 총알을 박았을 수도 있다. 그것이 그에게 득이 된다면.

킨존지는 문의 손잡이를 아래로 누르며 힘껏 잡아당겼다. 문은 반쯤 열리다가, 안쪽에 고정된 가는 철사에 의해 멈췄다. 철사가 팽팽해진 순간, 크고 또렷한 딸깍 소리와 금속끼리 부딪치는 소리가 났다. 마치 총검을 쇠로 된 칼집에 집어넣는 듯한 소리였다. 삐걱 소리와 함께 문이 열렸다.

킨존지는 안으로 들어갔다. 우드리를 집 안으로 끌어당기고는 문을 닫았다. 쏩쓸한 토사물 냄새가 코를 찔렀다.

"손전등 켜봐."

우드리는 명령대로 했다.

킨존지는 방을 바라보았다. 벽의 못에는 피에 흠뻑 젖은 지폐가 꽂혀 있었다. 못에서 바닥으로 붉은 핏줄기가 떨어졌다. 침대에는 노란색 토사물 웅덩이 속에 피범벅이 된 금속 공이 놓여 있었다. 마치 태양의 광선처럼 긴 바늘이 튀어나와 있었다. 하지만 백인 경찰은 없었다.

문. 킨존지는 총 쏠 자세를 잡고, 한 바퀴 돌았다.

아무도 없다.

무릎을 꿇고 침대 밑을 들여다보았다. 역시 아무도 없다.

우드리는 방에 하나뿐인 벽장을 열었다. 텅 비어 있었다.

"도망갔어." 우드리가 킨존지에게 말했다. 킨존지는 침대 옆에 서서, 손가락으로 매트리스를 눌렀다.

"그게 뭐야?" 우드리가 다가가며 물었다.

"피." 그는 우드리에게서 손전등을 빼앗아 바닥을 비췄다. 핏자국을 따라가보니 바닥 한가운데 멈춰 있었다. 그곳에 둥근 쇠고리가 달린 문이 있었다. 킨존지는 그쪽으로 다가가 문을 들어 올렸다. 손전등으로 문 아래의 어둠을 비췄다. "가서 총 가져와, 우드리."

우드리가 밖으로 나가 AK-47을 가지고 돌아왔다.

"엄호해줘." 킨존지는 그렇게 말하고, 계단을 내려갔다.

바닥에 이르자, 권총과 손전등을 한 손에 쥐고 몸을 반대편으로 휙 돌렸다. 손전등의 불빛이 벽을 따라 늘어선 선반과 벽장을 훑었다. 방 한가운데 홀로 떨어져 있는 찬장도 훑었다. 거기에는 기괴하게 생긴 하얀 가면들이 놓여 있었다. 못을 박아넣어 눈썹을 만든 가면도 있고, 빨간 입술이 한쪽만 귀 밑까지 비대칭으로 올라간 가면도 있었다. 꼭 살아 있는 사람 같았다. 그런가 하면 눈알이 없고, 양 볼에 창 문신이 새겨진 가면도 있었다. 맞은편 벽의 선반을 손전등으로 비추던 킨존지는 갑자기 동작을 멈췄다. 그의 몸이 굳었다. 무기. 총. 탄환. 인간의 뇌는 훌륭한 컴퓨터다. 1초도 되기 전에 수많은 정보를 기록하고 처리하며, 올바른 답을 추론해낸다. 따라서 킨존지가 손전등으로 다시 가면을 비췄을 때 뇌는 벌써 대답을 내놓았다. 손전등의 불빛이 비대칭으로 웃고 있는 하얀 가면에 떨어졌다. 어금니가 빨갛게 번들거렸다. 아까 못에서 벽으로 흘러내리던 피가 번들거렸듯이.

킨존지에게는 자신이 장수를 누리거나, 혹은 싸우다 죽는 것 이외의 다른 죽음을 맞이하게 되리라는 환상은 애초에 없었다.

그의 뇌는 손가락에게 권총의 방아쇠를 당기라고 말했다. 인간의 뇌는 훌륭한 컴퓨터다.

찰나의 순간, 손가락이 방아쇠를 잡아당겼다. 그와 동시에 그의 뇌는 이미 추론을 끝냈다. 답을 내놓았다. 결과가 어떻게 될지 알고 있었다.

해리는 해결책이 하나뿐이라는 걸 알고 있었다. 머뭇거릴 시간이 없다. 그래서 다시 못에 머리를 박았다. 이번에는 약간 더 높게. 못이 볼을 관통해 입안의 금속 공에 부딪쳤지만 별다른 느낌이 없었다. 그는 볼의 근육을 수축시킨 상태에서 침대로 몸을 낮추었다. 머리를 벽에 들이밀며, 온 힘을 다해 벽에서 몸을 뗐다. 처음에는 아무 일도 일어나지 않더니, 이내 욕지기가 올라왔다. 그리고 패닉 상태에 빠졌다 이렇게 레오폴드의 사과를 입에 문 채 토한다면, 필시 질식사할 것이다 하지만 욕지기를 참을 수가 없었고, 그의 위장은 벌써 식도를 통해 토사물을 내보내려고 수축하기 시작했다. 절박한 마음에 해리는 머리와 허리를 든 다음, 침대 위로 세게 떨어졌다. 볼이 찢어지고 벌어지는 게 느껴졌다. 피가 입안으로 흘러들어가 기도로 내려갔고, 그러자 반사적으로 기침이 나오려 했다. 못이 앞니에 부딪히는 게 느껴졌다. 해리는 한 손을 입안에 넣었지만, 온통 피범벅이 된 사과가 미끄러워서 손에 잡히지 않았다. 한 손은 사과 뒤로 넣어 앞으로 밀면서, 다른 손으로는 턱을 아래로 눌렀다. 사과가 이에 긁히는 소리가 들렸다. 그러더니 토사물이 올라왔다.

어쩌면 그 덕분에 사과가 나온 것인지도 모른다. 해리는 벽에 머리를 기댄 채 매트리스를 바라보았다. 반짝이는 살인 발명품이 그의 토사물을 뒤집어쓰고 유볼트 아래 떨어져 있었다.

해리는 벌거벗은 채 후들거리는 다리로 일어났다. 이제 자유다.

현관문을 향해 가다가, 자신이 왜 이 집에 왔는지 기억났다. 세 번 만에야 겨우 바닥에 달린 문을 열었다. 사다리 계단을 내려던 도중, 자기 피에 발이 미끄러져 칠흑 같은 어둠 속으로 굴러 떨어졌다. 콘크리트 바닥에 누워 숨을 헐떡이는데, 밖에 차 한 대가 멈춰 서는 소리가 들렸다. 사람 목소리, 차 문이 쾅 닫히는 소리. 해리는 간신히 일어서서 어둠 속을 더듬거렸다. 두 걸음 만에 사다리를 올라가 지하실로 통하는 문을 닫는 순간, 현관문이 열리며 사과의 흉포한 찰칵 소리가 들렸다.

해리는 조심스럽게 사다리를 내려갔고, 이내 발바닥에 차가운 콘크리트 바닥이 닿았다. 눈을 감고 기억을 더듬었다. 지난번에 왔을 때 봤던 영상을 떠올렸다. 왼쪽 선반부터 칼라슈니코프, 글록, 스미스앤드웨슨, 매르클린 라이플이 든 케이스, 탄약의 순서였다. 그는 더듬거리며 앞으로 나아갔다. 손가락이 총신 위를 방황했다. 글록의 매끄러운 강철이었다. 그 옆으로 스미스앤드웨슨 38구경이 만져졌다. 그가 경찰청에서 지급받은 것과 같은 리볼버였다. 그는 스미스앤드웨슨을 집어든 다음, 탄환 상자를 향해 손을 뻗었다. 손끝에 나무가 느껴졌다. 천장 위에서 성난 목소리와 발소리가 들렸다. 탄환 상자의 뚜껑을 열어야 한다. 이제는 약간의 행운이 필요했다. 손을 집어넣어 종이 상자 하나를 집어 들었다. 손가락으로 탄약통의 윤곽을 훑었다. 젠장, 너무 크다! 그 옆에 있던 나무 상자의 뚜껑을 여는데, 지하실로 통하는 문이 열렸다. 해리는 종이 상자를 집어 들었다. 38구경의 탄환이어야 했다. 순간, 스포트라이트처럼 둥근 불빛이 지하실의 어둠을 관통해 사다리 옆의 바닥을 밝혔다. 덕분에 종이 상자에 적힌 상표를 읽을 수 있었다. 7.62밀리미터. 젠장! 해리는 선반을 보았다. 저기 있다. 그 옆의 상자가 38구경 탄환이었다. 바닥을 떠난 불빛이 크게 흔들리며 천장을 가로질렀다. 열린 문으로 칼라슈니코프의 실루엣이 보이더니, 한 남자가 사다리를 내려왔다.

뇌는 훌륭한 컴퓨터다.

해리가 탄환 상자의 뚜껑을 열고, 종이 상자를 꺼냈을 때 뇌는 벌써 계산을 끝냈다. 그리고 너무 늦었다는 결론을 내놓았다.

87

칼라슈니코프

"우리가 탄광 산업을 하지 않았다면, 여기에는 도로가 없었을 거야." 좁은 길을 따라 들썩이는 차 안에서 토니 라이케가 말했다. "나 같은 사업가들이야말로 콩고 같은 나라의 유일한 희망이지. 덕분에 콩고는 자립해서 우리를 따라 문명국가가 될 수 있는 거야. 다른 대안은 자기들 스스로 알아서 하게 두는 건데, 그러면 지금까지 해왔던 대로 서로 죽이기밖에 더 하겠어? 이 땅덩어리의 사람들은 모두 사냥꾼이자 희생자야. 굶어 죽어가는 아프리카 아이들의 간절한 눈동자를 볼 때 그 사실을 잊지 말라고. 아이들에게 음식을 주면, 곧 그 눈동자가 다시 당신을 찾아올 거야. 자동 소총을 들고. 그 아이들에게 자비란 없어."

카야는 대답하지 않았다. 대신 앞좌석에 앉은 여자의 빨간 머리를 응시했다. 레네 갈퉁은 움직이지도, 말하지도 않았다. 그저 등을 꼿꼿이 펴고 양 어깨를 뒤로 젖힌 채 앉아 있을 뿐이었다.

"아프리카에서는 모든 게 돌고 돌지." 토니가 말을 이었다. "우기와 가뭄, 밤과 낮, 삶과 죽음, 잡아먹고 잡아먹히고. 자연의 흐름이 전부야. 아무것도 바뀔 수 없어. 그 흐름을 따라가면서 가능한 한 오래 살아남고, 주어지는 대로 받아들이는 것, 그뿐이야. 선조들의 삶이 곧 우리의 삶이고, 아무것도 변화시킬 수 없으며, 개발은 불가능하니까. 이건 아프리카

철학이 아니야. 그저 몇 세대에 걸쳐 내려온 경험이지. 변해야 하는 것은 경험이야. 경험이 바뀌어야 사고방식이 바뀌는 거야. 그 반대가 아니라."

"백인에게 착취당한다는 것이 경험이라면요?" 카야가 말했다.

"착취의 개념을 뿌린 사람은 백인이야. 하지만 그 개념을 유용한 도구로 활용한 사람은 아프리카의 지도자들이지. 사람들을 자기편으로 끌어모으기 위해 공동의 적을 가리켜야 했으니까. 1960년대에 식민지 정부가 분해되자마자, 그들은 백인들의 죄책감을 이용해 권력을 손에 넣었어. 그때부터 진정한 착취가 시작된 거지. 아프리카 식민지화에 대해 백인들이 죄책감을 느꼈다니 참 한심해. 아프리카인들이 서로를 도살하고 파괴하도록 두는 것이야말로 진정한 범죄인데 말이야. 내 말 믿어, 카야. 벨기에의 지배를 받지 않았더라면 콩고는 더 악화되었을 거야. 식민지에 저항하는 봉기도 국민들의 뜻에 의해서가 아니라, 권력을 얻고자 하는 개인의 탐욕에서 비롯되었다고. 소규모 파벌들이 여기 키부 호수 근처의 벨기에인 저택들을 습격하곤 했지. 저택이 아주 우아했기 때문에 자신들이 원하는 뭔가가 있을 거라고 생각한 거야. 과거에도 그랬고, 지금도 그렇지. 그래서 그런 저택에는 항상 대문이 최소한 두 개야. 도둑들이 쳐들어오는 대문, 집주인이 도망가는 대문."

"그래서 내게 들키지 않고 집에서 빠져나온 건가요?"

토니가 웃음을 터뜨렸다. "정말로 당신이 우릴 미행했다고 생각했나? 두 사람이 공항에 도착하는 순간부터, 난 당신들을 감시하고 있었어. 고마는 돈으로 모든 것이 해결되고, 권력 체계가 분명한 작은 마을이야. 달랑 둘이서 여길 오다니, 매우 무모한 짓이었어."

"누가 무모한지 모르겠군요. 고마에서 노르웨이 경찰 두 명이 실종되면 노르웨이 정부가 가만 있을 것 같아요?"

토니는 어깨를 으쓱였다. "고마에서는 납치가 비일비재하지. 곧 이곳 경찰은 자유의 전사가 보낸 편지 한 통을 받게 될 거야. 너희 두 사람의 몸값으로 상당한 액수의 돈을 요구하는 편지. 게다가 그 편지에는 카빌라 대통령 정부에 반대하는 것으로 알려진 유명 포로도 석방하라고 적혀 있을 거야. 협상은 며칠이 걸릴 테지만 결국 흐지부지 끝나고 말 거야. 애초에 그건 실행이 불가능한 요구였으니까. 그럼 너희는 영영 사라지는 거야. 여기서는 매일 있는 일이라고, 카야."

카야는 백미러로 레네 갈퉁과 시선을 마주치려 했지만, 레네는 계속 시선을 피했다.

"저 여자는요? 저 여자도 당신이 그 사람들을 다 죽인 걸 아나요, 토니?" 카야가 물었다.

"이젠 알지. 그리고 그런 날 이해해줬어. 그게 진정한 사랑이야, 카야. 그래서 오늘 밤 나와 레네가 결혼하려는 거고. 당신도 초대됐어." 그가 웃음을 터뜨렸다. "지금 교회에 가는 길이거든. 우리가 서로에게 영원한 정절을 맹세하는 순간이 아주 낭만적일 거야. 안 그래, 레네?"

순간 조수석에 앉은 레네가 몸을 앞으로 숙였고, 카야는 왜 그녀의 어깨가 뒤로 젖혀졌는지 알 수 있었다. 그녀의 손이 등 뒤에서 핑크색 수갑으로 채워졌기 때문이다. 토니는 레네의 어깨를 붙잡아 거칠게 그녀를 뒤로 잡아당겼다. 레네가 몸을 돌려 그들을 바라보자, 카야는 겁에 질려 움찔했다. 레네 갈퉁의 얼굴은 알아볼 수 없을 지경이었다. 눈물범벅인 데다가 한쪽 눈은 부어 있고, 입은 억지로 벌어져 O자 모양을 하고 있었다. 안쪽으로 무광의 금속이 얼핏 보였다. 그리고 그 둥근 구체에는 짧은 빨간색 철사가 달려 있었다.

다음 순간, 토니가 한 말은 카야가 했던 또 다른 결혼 서약의 메아리였다. 눈 속에 묻힌 채 죽음의 문턱에서 했던 말. "죽음이 우리를 갈라놓을 때까지."

◈

　사다리를 내려온 형체가 몸을 돌려 손전등을 비추자, 해리는 가면이 놓인 선반 뒤로 슬그머니 들어갔다. 숨을 곳이 아무 데도 없었다. 그저 발견되기 전까지의 카운트다운만 남았을 뿐이다. 해리는 눈이 부시지 않도록 아예 눈을 감은 채 왼손으로 탄약통이 든 상자를 열었다. 총알 네 개를 꺼냈다. 그의 손가락은 총알 네 개가 어떤 감촉인지 정확히 알고 있었다. 오른손으로 탄창을 젖히고, 손가락이 자동으로 움직이도록 내버려두었다. 예전에 카브리니 그린의 아파트에 홀로 앉아, 너무 심심한 나머지 재빨리 장전하는 법을 연습했을 때처럼. 하지만 지금은 혼자가 아니었다. 그리고 심심하지도 않았다. 손가락이 떨렸다. 불빛이 그의 얼굴에 떨어지자, 눈꺼풀 안쪽의 빨간 속살이 보였다. 그는 마음의 준비를 했다. 하지만 총알은 날아오지 않았다. 빛이 움직였다. 그는 죽지 않았다, 아직은. 손가락이 그의 명령을 따랐다. 빈 여섯 개의 약실 중 네 개에 총알을 밀어 넣었다. 한 손으로, 느긋하면서도 신속하게. 탄창이 제자리로 돌아갔다. 다시 빛이 그의 얼굴을 비추자, 해리는 눈을 떴다. 그리고 눈이 부신 채로 빛을 향해 발사했다.

　빛이 위로 휙 올라가 천장을 비추더니 사라져버렸다. 총소리가 울리는 동안, 손전등은 요란한 소리를 내며 혼자서 또글또글 굴러갔다. 등대처럼 나지막한 불빛을 사방으로 쏘아대면서.

　"킨존지! 킨존지!"

　손전등이 선반에 닿으며 멈췄다. 해리는 앞으로 몸을 던져 손전등을 잡았다. 그러고는 옆으로 몸을 돌려 바닥에 누운 채 손을 쭉 뻗어 최대한 손전등의 불빛이 몸에서 멀어지게 했다. 다시 양다리를 구부려 선반을 차, 사다리 쪽으로 미끄러져 마침내 지하실 천장에 달린 문 바로 아래 오게 되었다. 그러자 총알이 피웅 날아와, 손전등 옆의 바닥에 박혔다. 콘크리트 먼지 가루가 그의 팔과 가슴에 내려앉는 게 느껴졌다. 그는 손전등의 빛을 받은 채 문 옆에 양 다리를 벌리고 선 형체를 향해 조준하고 총을 쏘았다. 재빨리 방아쇠를 세 번 잡아당겼다.

칼라슈니코프가 먼저 떨어졌다. 요란한 쿠당탕 소리와 함께 해리의 머리 옆으로. 그다음에 사람이 고꾸라졌다. 해리는 사람이 바닥으로 떨어지기 전에, 간신히 몸을 옆으로 피했다. 떨어진 몸뚱이는 아무런 저항도 없었다. 그저 축 처진 살덩어리였다.

2초간 정적이 흘렀다. 그러다가 킨존지(그게 저자의 이름이라면)의 나지막한 신음 소리가 들렸다. 해리는 손전등을 든 채 바닥에서 일어났다. 킨존지 근처에 글록이 떨어져 있는 것을 보고, 발로 차버렸다. 그러고는 칼라슈니코프를 집어 들었다.

해리는 위층에서 떨어진 남자를 가능한 한 킨존지에게서 멀리 떨어진 벽으로 끌고 갔다. 손전등을 비춰보았다. 조금 전 이 남자는 해리가 그랬던 것처럼 눈이 부신 상태로 빛을 향해 총을 쏘았다. 해리는 남자의 사타구니가 피로 물든 것을 알아차렸다. 사타구니에 맞은 총알이 배로 올라갔을 테지만, 그렇다고 죽었을 리는 만무했다. 어깨에서도 피가 흐르는 것으로 보아, 총알 하나는 겨드랑이로 들어간 듯했다. 칼라슈니코프가 먼저 떨어진 게 설명이 된다. 해리는 쪼그려 앉았다. 하지만 그것만으로는 이 남자가 숨 쉬지 않는 이유가 설명되지 않는다.

그는 손전등으로 남자의 얼굴을 비췄다. 왜 이 소년은 숨을 쉬지 않는 걸까?

턱 밑에 또 다른 총알 자국이 있었다. 아까 그가 총을 쏜 각도에서라면 분명 총알이 소년의 입을 통과해 입천장과 뇌로 갔으리라. 해리는 숨을 들이쉬었다. 많아야 열여섯이나 열일곱밖에 되지 않은 소년이었다. 그것도 잘생긴 소년. 낭비된 아름다움. 해리는 자리에서 일어나 총구를 죽은 소년의 머리에 대고 외쳤다. "그 사람들 어디 있지? 토니 라이케. 어디 있어?"

그는 잠시 기다렸다.

"뭐라고? 더 크게 말해. 안 들려. 어디? 3초 주지. 하나, 둘……."

해리는 방아쇠를 당겼다. 칼라슈니코프는 자동으로 발사되는 모양이었다. 그의 손가락이 방아쇠에서 떨어지기도 전에 최소한 네 발이 발사되었기 때문이다. 소년의 얼굴 위로 총알이 일제히 떨어지자, 해리는 눈을 감았다. 다시 눈을 떴을 때는 소년의 잘생긴 이목구비가 뭉개져 있었다. 해리는 자신의 벌거벗은 몸 위로 뜨겁고 축축한 피가 흘러내리는 것을 깨달았다.

그는 킨존지에게 다가갔다. 양다리를 벌린 채 그의 옆에 서서 손전등으로 얼굴을 비췄다. 그의 이마에 총을 겨누고 아까와 똑같은 질문을 반복했다.

"그 사람들 어디 있어? 토니 라이케. 어디 있어? 3초 주지……."

킨존지가 눈을 떴다. 해리는 그의 흰자위가 떨리는 것을 보았다. 죽음에 대한 공포는 살고자 하는 욕망의 전제조건이다. 그래야만 했다. 적어도 여기 고마에서는.

킨존지는 천천히, 또박또박 대답했다.

교회

 킨존지는 죽은 듯이 누워 있었다. 키가 큰 백인 남자가 손전등을 바닥에 내려놓은 터라 불빛이 천장을 비췄다. 킨존지는 백인 남자를 바라보았다. 그는 우드리의 옷을 입더니, 우드리의 티셔츠를 길쭉하게 찢어 턱과 머리를 묶었다. 그러자 벌어진 턱과 입꼬리에서 귀밑으로 이어진 상처가 가려졌다. 남자는 하악골이 한쪽으로 치우치지 않도록 단단히 동여맸다. 킨존지가 보고 있는 동안, 천에 피가 배어나왔다.
 그는 남자가 묻는 몇 가지 질문에 대답했다. 어디 있지? 몇 명이야? 가지고 있는 무기는 뭐야?
 이제 백인 남자는 선반으로 가서 검은 상자를 꺼냈다. 상자를 열고, 그 안에 든 물건을 살펴보았다.
 킨존지는 자신이 죽으리라는 걸 알고 있었다. 젊은 나이의 잔인한 죽음이 될 것이다. 하지만 어쩌면 지금은, 오늘 밤은 아닐지 모른다. 누군가 그에게 산을 부은 것처럼 배가 쿡쿡 쑤셨다. 하지만 괜찮다.
 백인은 우드리의 칼라슈니코프를 들고 있었다. 그가 킨존지에게 다가오더니, 등 뒤로 손전등을 든 채 그를 내려다보았다. 죽은 사람을 땅에 묻기 전에 천으로 턱을 감듯이, 하얀 천을 머리에 둘둘 감은 채 우뚝 솟은 형체. 킨존지가 총에 맞아 죽을 운명이라면, 지금이 바로 그 순간이었다. 백인은 자신이 쓰고 남은 천 조각을 바닥에 던졌다.

"마음껏 써."

백인 남자는 끙끙거리며 사다리를 올라갔다.

킨존지는 두 눈을 감았다. 머지않아 출혈 과다로 쓰러지기 전에 지혈시킬 수 있을 것이다. 엉금엉금 기어 길을 건너가면, 사람을 발견할 수도 있다. 운이 좋다면, 그들은 지금까지 그가 만났던 고마의 독수리떼와는 다른 부류의 사람이리라. 알마를 찾아낼 수도 있다. 알마를 그의 여자로 만들 수도 있다. 이제 알마에게는 주인이 없기 때문이다. 킨존지에게도 주인이 없었다. 아까 키 큰 백인 남자가 상자에서 꺼낸 물건을 보았기 때문이다.

해리는 나지막한 교회담장 앞, 아직 그곳에 주차된 땅딸막한 현대 차와 마주보는 곳에 레인지로버를 세웠다.

차 안에서 담뱃불이 주홍빛으로 타올랐다.

해리는 헤드라이트를 끄고, 창문을 내려 창밖으로 머리를 내밀었다.

"사울!"

담뱃불이 움직이더니, 택시 운전사가 밖으로 나왔다.

"해리. 어떻게 된 겁니까? 얼굴이……."

"계획이 틀어졌어. 당신이 아직까지 여기 있을 줄은 몰랐군."

"제가 어딜 가겠습니까? 하루 종일 따라다니기로 하고 돈을 받았는데." 사울이 한 손으로 레인지로버의 보닛을 훑었다. "멋진 차군요. 훔쳤나요?"

"빌렸어."

"빌린 차라. 그것도 빌린 옷인가요?"

"응."

"핏자국이 있네요. 전 주인의 피인가요?"

"당신 차는 여기 두고 나와 함께 가지, 사울."

"제가 따라가고 싶을까요, 해리?"

"아닐 수도 있지. 내가 좋은 사람 편이라고 한다면 도움이 될까?"

"미안하지만, 고마에서는 그게 무슨 뜻인지 오래전에 잊었어요, 해리."

"흠. 100달러면 될까, 사울?"

"200달러." 사울이 말했다.

해리는 고개를 끄덕였다.

"그리고 50 더."

해리는 차에서 내렸고, 사울이 운전대를 잡았다.

"그 사람들이 거기 있는 게 확실해요?" 레인지로버가 부르릉거리며 도로로 올라가자, 사울이 물었다.

"확실해." 해리가 뒷좌석에서 말했다. "예전에 누군가가 거기야말로 고마의 사람들이 천국에 갈 수 있는 유일한 곳이라고 말했지."

"난 거기가 싫어요."

"왜?" 해리가 옆에 놓인 상자를 열며 말했다. 매르클린이었다. 총을 조립하는 법은 뚜껑 안쪽에 풀로 붙어 있었다. 해리는 작업에 착수했다.

"사악한 영혼, 바토예 때문이죠."

"옥스퍼드에서 공부한 사람이 그런 걸 믿나?" 기름칠이 된 무광택 부품들이 딱딱 들어맞았다.

"당신은 불의 악마에 대해 아무것도 모를 텐데요."

"모르지. 하지만 이건 잘 알아." 해리가 매르클린 상자 안의 칸막이에서 탄약 하나를 꺼내 들며 말했다. "그리고 이걸로 바토예를 물리칠 거야."

희미한 노란 불빛에 황금색 탄약통이 어슴푸레 빛났다. 이 안에 든 납 총알은 직경 16밀리미터였다. 세상에서 제일 큰 구경. 그가 레드브레스트 사건 수사에 관해 보고서를 쓸 때 탄도학자는 매르클린의 구경은 모든 한계를 훌쩍 넘어선다고 했다. 심지어 코끼리도 쏠 수 있었다. 나무를 쓰러뜨리는 데 더 적합할 정도였다.

해리는 망원조준기를 제자리에 딸칵 밀어 넣었다. "좀 닦아줘, 사울."

해리는 비어 있는 조수석 위에 총신을 올리고, 방아쇠를 당겨보았다. 차가 들썩였기 때문에 조준기에 눈을 댈 수가 없었다. 총을 쏘기 전에 망원조준기를 조정하고, 눈금을 매기고, 미세 조정을 해야 했다. 하지만 그럴 기회가 없을 것이다.

그들은 목적지에 도착했다. 카야는 차창 밖을 내다보았다. 발아래 점점이 뿌려진 불빛이 고마웠다. 저 멀리 키부 호수에 환하게 불을 밝힌 석유 굴착 장치가 보였다. 암녹색 수면 위로 달이 반짝거렸다. 막판에는 길이라기보다 그저 산 정상까지 구불구불 이어진 흙탕물에 가까웠다. 자동차의 헤드라이트가 황량한 검은 풍경을 가로질렀다. 산 정상은 대략 직경 100미터의 평평하고 둥근 암석으로 이루어진 고원이었다. 니라공고 분화구 주변으로 붉게 물든 채 부유하는 하얀 연기를 가르며 자동차는 고원의 맨 끝으로 달려갔다.

운전사가 시동을 껐다.

"뭐 하나 물어봐도 될까?" 토니가 말했다. "지난 몇 주간 골똘히 생각해온 문제야. 이제 죽는다고 생각할 때의 심정이 어때? 위험한 상황에 처했을 때의 두려움을 말하는 게 아니야. 그거라면 나도 여러 차례 겪어봤으니까. 지금 여기서 내 삶이 끝난다고 완벽하게 확신할 때의 기분을 말하는 거야. 그 기분을…… 전달해줄 수 있겠어?" 토니는 카야와 눈을 마주치기 위해 몸을 앞으로 살짝 내밀었다. "시간을 줄 테니까 적확한 단어를 찾아보라고."

카야는 그와 시선을 마주쳤다. 패닉 상태에 빠질 줄 알았는데 예상 외로 그렇지는 않았다. 감정적으로 그녀는 저 옆에 있는 돌멩이와 같았다.

"아무런 감정도 들지 않아요." 그녀가 말했다.

"그러지 말고 말해봐. 다른 사람들은 너무 겁에 질려서 대답조차 못했어. 그냥 횡설수설하더라고. 샬로테 롤레스는 충격을 받은 것처럼 얼어버렸어. 엘리아스 스코그는 제대로 말을 못했고, 우리 아버지는 질질 짰지. 그냥 혼란스럽기만 해? 아니면 곰곰이 생각하게 되나? 슬퍼? 후회돼? 아니면 더는 싸우지 않아도 된다는 생각에 마음이 놓여? 예를 들어서, 레네를 보라고. 레네는 다 포기하고 온순한 양처럼 자신의 죽음을 받아들이잖아. 당신은 어떻지, 카야? 당신도 간절하게 통제권을 포기하고 싶나?"

카야는 그의 눈에서 순수한 호기심을 볼 수 있었다.

"그 질문에 답하는 대신 나도 질문 하나 할게요, 토니." 그녀가 습기를 찾아 혀로 입안을 훑으며 말했다. "보이지 않는 사람에게 조종당해 한 명씩 차례로 죽일 때 당신은 얼마나 간절히 통제권을 되찾고 싶었나요? 더구나 그 배후인물이 예전에 당신에게 혀를 잘렸던 소년이라는 걸 알았을 때요. 그걸 말해줄 수 있겠어요?"

토니는 중거리 지점을 바라보며 천천히 고개를 저었다. 마치 다른 질문에 대답하는 듯이.

"인터넷에서 스카이 아저씨가 우리 마을에서 누군가를 체포했다는 기사를 읽기 전까지는 전혀 몰랐어. 그게 올레였다니. 그놈에게 그런 배짱이 있을 줄 누가 알았겠어?"

"배짱이 아니라 증오겠죠."

토니는 주머니에서 권총을 꺼내고, 손목시계를 보았다.

"해리가 늦는군."

"올 거예요."

토니가 웃었다. "하지만 불행히도 이미 숨은 끊어져 있을 거야. 그건 그렇고, 난 해리가 맘에 들어. 진심이야. 데리고 놀면 재미있으니까. 우스타오셋에서 내가 해리에게 전화했지. 예전에 자기 번호를 알려줬거든. 그랬더니 음성 사서함으로 넘어가면서, 앞으로 이틀간 전화가 터지지 않는 곳에 있을 거라는 인사말이 나오는 거야. 어찌나 웃기던지. 그거야말로 그가 호바스 산장에 있다는 증거였지. 교활한 녀석." 토니는 한쪽 손바닥에 권총을 올려두고, 다른 손으로 검은색 강철을 쓰다듬었다. "경찰청에서 만났을 때 알아봤지. 나와 같은 부류라는 걸."

"설마."

"맞다니까. 야심가에 마약 중독자. 자신이 원하는 것을 얻기 위해서라면 무슨 짓이든 하는 사람. 설사 주위에서 사람이 죽어나간다 해도 말이야. 내 말 맞지?"

카야는 대답하지 않았다.

토니는 다시 손목시계를 보았다. "아무래도 우리끼리 시작해야겠군."

그는 반드시 올 거야, 카야는 생각했다. 시간을 벌어야 해.

"그래서 걸음아 나 살려라, 하고 도망간 건가요? 아버지의 여권으로?"

토니는 그녀를 바라보았다.

그는 그녀의 의도를 알고 있었다. 그리고 그걸 마음에 들어 했다. 자신이 어떻게 경찰을 속였는지 말해주는 것. 범인들은 늘 그랬다.

"이거 알아, 카야? 아버지가 여기서 지금의 내 모습을 봤으면 좋겠어. 여기, 산꼭대기에서. 내 모습을 보고, 날 이해해줬으면 좋겠어. 내 손에 죽기 전에. 지금 레네가 자신이 죽을 수밖에 없다는 사실을 이해하듯이. 당신도 그걸 이해해줬으면 해, 카야."

그제야 그녀는 공포를 느낄 수 있었다. 그것은 패닉 상태에 빠진다기보다 육체적 통증에 가까워 그녀의 이성을 붕괴시켰다. 그녀는 또렷이 보고, 듣고, 추론할 수 있었다. 그랬다, 그 어느 때보다도 또렷하게.

"당신은 바람을 피웠다는 사실을 감추기 위해 살인을 시작했어." 이제 그녀의 목소리는 쉬어 있었다. "갈통 가문의 돈을 지키기 위해서. 그런데 레네에게 여기로 가져오라고 속인 돈은 뭐야? 그걸로는 프로젝트를 구제하기에 부족해?"

"모르겠어." 토니는 미소를 지으며, 권총의 개머리판을 잡았다. "알아봐야지. 어서 나가."

"그럴 가치가 있을까, 토니? 정말로 이 많은 사람들을 다 죽일 가치가 있을까?"

총신이 옆구리를 찌르자, 카야는 숨을 헉 들이쉬었다. 토니의 목소리가 그녀의 귓가에서 울렸다.

"주위를 둘러봐, 카야. 여긴 인간성의 요람이야. 인간의 목숨이 얼마나 가치 있는지 보라고. 한쪽에서는 사람이 죽고, 한쪽에서는 더 많은 생명이 태어나지. 끝없이 반복되는 열띤 시합이나 다름없어. 누군가의 목숨이 다른 누군가보다 특별히 더 나을 것도 없어. 하지만 게임은 가치가 있어. 정열, 열정. 어느 바보들 말대로 하자면, 도박 중독. 그게 전부야. 니라공고처럼 모든 걸 소진시키고, 모든 걸 파괴하지. 하지만 그것이 모든 생명의 전제조건이야. 열정이 없으면 의미도 없어. 내면에 부글부글 끓는 용암도 없고. 그럼 여기 있는 모든 것들은 다 죽고, 꽁꽁 얼어버리지. 열정이라고, 카야. 당신에게는 조금이라도 열정이 있나? 아니면 사화산이야? 아니면 장례식 연설에서 고작 세 문장으로 요약될 수 있는 인간 먼지에 불과한가?"

카야가 총부리에서 몸을 홱 떼자, 토니가 즐겁다는 듯이 큭큭 웃었다.

"결혼식에 참석할 준비는 됐나, 카야? 해동될 준비됐어?"

유황의 악취가 풍겼다. 운전사가 문을 열고 무관심하게 카야를 바라보더니, 총신이 짧은 총을 그녀에게 겨눴다. 분화구 가장자리에서 10미터나 떨어진 차 안에서도 후끈한 열기가 느껴졌다. 카야는 움직이지 않았다. 운전사가 차 안으로 몸을 숙여 그녀의 팔을 움켜잡았다. 카야는 아무런 저항 없이 그가 잡아끄는 대로 움직였다. 다만 그녀를 끌어내던 운전사가 균형을 잃고 비틀거릴 정도로 힘이 없는 것을 눈여겨보았다. 그녀가 불시에 공격한다면 이길 승산이 있었다. 운전사는 놀라우리만치 야위었고, 키도 그녀보다 약간 작은 듯했다. 카야는 팔꿈치로 그를 쳤다. 주먹보다 팔꿈치가 훨씬 강력하다는 것을 알고 있었다. 목과 관자놀이, 코가 좋은 표적이라는 것도 알고 있었다. 팔꿈치가 뭔가에 부딪치며 우두둑 소리가 났고, 운전사는 쓰러지며 총을 떨어뜨렸다. 카야는 한쪽 발을 들어 올렸다. 바닥에 쓰러진 사람을 무력화시키는 가장 효과적인 방법은 허벅지를 밟는 것이라고 배웠다. 몸무게를 실어 위에서 내려찍고, 아래에서 땅이 받쳐주면 그 즉시 허벅지 근육에 광범위한 출혈을 일으킬 수 있다. 그리하여 상대는 더 쫓아올 수 없게 된다. 그다음으로 좋은 곳은 가슴과 목이다. 이 두 군데 역시 치명적인 결과를 가져올 가능성이 있다. 그녀가 운전사의 드러난 목에 시선을 고정시켰을 때 달빛이 그의 얼굴에 떨어졌다. 카야는 잠시 멈칫했다. 자살 당시의 에벤 오빠보다 어려 보이는 얼굴이었다.

뒤에서 두 팔이 그녀를 껴안더니, 그녀의 팔을 억지로 비틀어 옆으로 가져갔다. 발이 허공에 뜬 그녀가 무력하게 발길질을 하는 동안, 폐 속의 공기가 배출되었다. 귓가에서 쾌활한 토니의 목소리가 들렸다. "좋아, 카야. 열정이 있군. 살고 싶지? 저 친구의 임금을 삭감하도록 하지. 약속해."

바닥에 주저앉은 소년은 자리에서 일어나 총을 집어 들었다. 이제는 무관심한 표정이 아니었다. 눈동자가 하얀 분노로 빛났다.

토니가 그녀의 양손을 등 뒤로 모으더니, 손목에 얇은 플라스틱 수갑을 채웠다.

"이제 레네의 들러리가 돼주시겠습니까, 솔네스 양?" 토니가 말했다.

그제서야 마침내 카야는 패닉 상태에 빠졌다. 그것은 머릿속에서 다른 모든 것을 비워버렸다. 모든 것을 텅 빈 백지 상태로 만들었다. 잔인하고, 쉽게 만들었다. 그녀는 비명을 질렀다.

89
결혼식

카야는 분화구 가장자리에 서서 아래를 내려다보았다. 그슬릴 듯한 공기가 솟구쳐 뜨거운 바람처럼 그녀의 얼굴에 닿았다. 유독한 연기 탓인지 벌써 어지러웠다. 어쩌면 일렁이는 공기 때문에 그저 시야가 흐려진 것인지도 모른다. 심연 저 깊은 곳에서 노란색과 빨간색으로 빛나는 용암이 진동하는 것처럼 보이는 것도 그 때문인지 모른다. 얼굴에 머리카락 한 줌이 떨어졌지만, 그녀의 손은 플라스틱 수갑으로 등 뒤에 묶여 있었다. 그녀는 레네 갈퉁과 어깨를 나란히 하고 서 있었다. 몽유병자처럼 전방을 응시하는 것으로 보아 레네는 약물에 취한 상태인 듯했다. 내면은 서리와 황무지뿐인, 흰 옷을 입은 산송장이었다. 밧줄 제조소의 창문 앞에 웨딩드레스를 입고 서 있던 마네킹이었다.

토니는 그들 바로 뒤에 있었다. 그녀의 척추가 움푹 들어간 지점에 그가 손을 올렸다.

"그대는 이 남자를 남편으로 맞이하여, 좋을 때나 힘들 때나 가난할 때나 부유할 때나 아플 때나 건강할 때나 사랑하고 존경하겠습니까……." 그가 속삭였다.

자신이 잔인해서 이러는 게 아니라고 그가 설명했다. 그저 이편이 실용적이기 때문이라고 했다. 그들의 흔적은 말끔히 지워질 것이다. 아무도 의심하지 않을 것이다. 콩고에서는 매일 사람들이 실종되니까.

"이제 두 사람이 결혼했음을 선언합니다."

카야는 기도를 중얼거렸다. 기도라고 생각했다. 그 말이 들리기 전까지는. "……왜냐하면 내가 사랑하는 사람과 나는 맺어질 수 없으니까요."

에벤 오빠의 유서에 쓰여 있던 말이다.

저속 기어 상태의 자동차 엔진이 요란하게 으르렁거렸고, 헤드라이트가 하늘을 훑었다. 분화구 반대쪽에서 레인지로버가 등장했다.

"이제야 나타나셨군. 손 흔들어야지, 착한 아가씨들." 토니가 말했다.

레인지로버가 분화구 옆의 고원으로 올라갈 때 해리는 어떤 광경이 자신을 맞이하게 될지 몰랐다. 킨존지 말로는 두 여자를 제외하면 토니는 운전사와 단 둘뿐이라고 했다. 하지만 둘 다 자동 권총으로 무장한 상태였다.

꼭대기에 도달하기 전, 해리는 사울에게 차에서 내릴 기회를 주었다. 하지만 사울은 거절했다. "내겐 남은 가족이 없어요, 해리. 어쩌면 당신이 천사 편이라는 말이 사실일지도 모르죠. 어차피 오늘 하루치 돈도 다 받았고."

레인지로버가 미끄러지며 멈춰 섰다.

헤드라이트가 분화구를 가로질러 그 가장자리에 모인 세 사람을 비췄다. 그들은 다시 연기 속으로 사라졌지만, 해리는 그들을 보았고 벌써 상황을 파악했다. 총신이 짧은 총을 든 남자 하나가 세 사람 뒤에 서 있고, 레인지로버 한 대가 주차되어 있으며, 시간이 얼마 없다는 것을. 그러자 두둥실 연기가 흘러가며, 토니와 또 다른 남자가 손으로 눈에 그늘을 만들어 이쪽을 바라보는 모습이 보였다. 마치 무언가를 기다리는 사람처럼.

"엔진 꺼." 뒷좌석에 앉은 해리가 앞좌석에 매르클린을 올리며 말했다. "하지만 헤드라이트는 계속 켜둬."

사울은 그대로 했다.

군복을 입은 남자가 무릎을 꿇고 어깨에 총을 올린 다음, 정조준했다.

"헤드라이트를 두 번 껐다가 켜봐." 해리가 한쪽 눈을 조준기에 대며 말했다. "저쪽에서 무슨 신호를 기다리는 모양이야."

해리는 왼쪽 눈을 찡그리며 감았다. 세상의 반을 시야에서 지웠다. 두 여자의 창백한 얼굴과 카야가 저기 있다는 사실, 레네가 불룩해진 볼과 충격으로 새까맣게 된 눈을 하고 저기 있다는 사실, 그리고 1분 1초가 중요하다는 사실도 지웠다. 그가 "맹세합니다"라고 말했을 때 그를 뜯어보던 터키색 눈동자도 지웠다. 그들이 잘못된 신호를 보냈다는 증거인 탕 탕 울리는 총성도, 총알이 차체에 맞는 쾅 소리도, 그 뒤를 잇는 쿵 소리도 지웠다. 오로지 자동차 앞유리의 빛 굴절, 분화구 위로 아른거리는 열기 속의 빛 굴절, 둥둥 흘러가는 증기처럼 오른쪽으로 구부러질 총알의 편차와 관련된 것에만 집중했다. 그는 지금 자신을 지탱해주는 것이 오로지 하나뿐임을 알고 있었다. 아드레날린. 천연 자극제는 효력이 짧다. 언제라도 사라질 수 있다. 하지만 심장이 뇌에 혈액을 공급하는 한, 그에게는 그 찰나의 순간이라도 필요했다. 뇌는 훌륭한 컴퓨터이기 때문이다. 토니 라이케의 머리는 레네의 머리에 반쯤 가려 있었지만, 약간 더 높았다.

해리는 카야의 뾰족한 치아를 겨냥했다. 거기서 레네의 입술 사이에 든 반짝이는 공으로 이동했다. 거기서 더 위로 올라갔다. 미세 조정은 하지 않았다. 운에 맡겨야 한다. 마지막 도박이다.

왼쪽에서 증기가 다가오고 있었다.

이제 그들은 곧 저 증기에 휩싸일 것이다. 마치 순간적으로 그의 시야가 또렷해진 것처럼, 해리는 알 수 있었다. 증기가 사라지고 나면 저곳에는 더 이상 아무도 서 있지 않으리라는 것을. 그는 방아쇠를 잡아당겼다. 조준기의 십자가 위로 눈을 깜빡이는 카야의 얼굴이 보였다.

맹세합니다.

이것으로 그는 끝장이다. 마침내.

차 안은 마치 소리로 폭발한 듯했고, 그의 어깨는 탈골된 듯했다. 앞유리창에는 서리처럼 새하얀 구멍이 조그맣게 뚫렸다. 핏빛 구름이 분화구 반대쪽을 완전히 덮어버렸다. 해리는 몸을 부르르 떨며 숨을 깊이 들이마시고, 기다렸다.

말론 브란도

해리는 등을 대고 누운 채로 떠 있었다. 둥둥 떠내려갔다. 그러다 키부 호수 속으로 가라앉았다. 그와 다른 사람의 피는 호수의 피와 섞여 하나가 되어, 우주의 위대한 잠 속으로 사라져버렸다. 그의 머리 위로 뜬 별들은 차갑고 검은 물속에서 꺼져버렸다. 심연과 정적, 무無 속의 평화. 그러다 메탄가스의 방울을 타고 다시 수면 위로 올라왔다. 살갗 아래로 기니 기생충이 들끓으며 마구 돌아다니는 암청색 시체가 되어. 그는 키부 호수에서 나가야만 했다. 살기 위해. 기다리기 위해.

해리는 두 눈을 떴다. 머리 위로 호텔 발코니가 보였다. 몸을 옆으로 돌려, 뭍까지 몇 미터를 헤엄쳐갔다. 호수에서 걸어나왔.

곧 동이 틀 것이고, 그는 오슬로 행 비행기에 앉아 있을 것이다. 곧 군나르 하겐의 사무실에서 다 끝났다고 말할 것이다. 다들 사라졌다고, 영원히 사라졌다고. 경찰이 졌다고. 따라서 그 역시 사라질 거라고.

해리는 몸을 떨며 커다란 하얀색 수건으로 몸을 감싼 채 호텔 방으로 이어지는 계단을 올라갔다.

증기가 걷혔을 때 분화구 주위에는 아무도 없었다.

해리의 시선은 자동적으로 저격수를 찾았다. 그를 발견하고 총을 쏘려는 순간, 그것이 등을 돌린 채 차로 달려가는 뒷모습이라는 걸 알았다.

그러더니 시동이 걸린 레인지로버가 그들을 지나 사라졌다.
그는 아까 카야와 토니, 레네를 봤던 곳으로 시선을 돌렸다. 시야를 조정했다. 발자국이 보였다. 세 쌍의 발자국.
해리는 매르클린을 내던지고 차에서 뛰어내렸다. 리볼버로 앞을 겨눈 채 분화구 주위를 돌아 달려갔다. 달려가며 기도했다. 그들 옆으로 미끄러지며 무릎으로 주저앉았다. 보기도 전에 이미 자신이 실패했다는 것을 알고 있었다.
해리는 호텔 방의 문을 열었다. 욕실로 가서 머리에 두른 젖은 붕대를 떼어내고, 호텔 프런트에서 받은 새 붕대를 감았다. 임시로 꿰맨 바늘자국이 찢어진 볼을 이어주었다. 볼은 턱처럼 방치할 수 있는 상황이 아니었다. 가방은 이미 다 꾸려서 침대 옆에 놓아두었고, 입고 갈 옷은 의자에 걸쳐 두었다. 그는 바지 주머니에서 담뱃갑을 꺼내 발코니로 나가, 플라스틱 의자에 앉았다. 추위에 턱과 볼의 통증이 무뎌졌다. 앞으로 살아생전에 다시는 볼 일이 없는 호수, 그 반짝이는 은빛 호수 너머를 바라보았다.
그녀는 죽었다. 직경 1.5센티미터의 납총알이 그녀의 오른쪽 눈을 관통했다. 그와 동시에 그녀의 얼굴 절반이 날아갔고, 토니 라이케의 큼지막한 하얀색 앞니가 그의 두개골을 통과해 머리 뒤쪽에 커다란 구멍을 뚫어놓았다. 그리고 화산 바위 100제곱미터 위로 온갖 물질이 다 튀어 있었다.
해리는 토악질을 했다. 그들 위로 초록색 점액을 뱉어내고는 뒤로 비틀거렸다.
담뱃갑에서 담배 두 개비를 꺼내 입술 사이로 밀어 넣었다. 추위에 딱딱 부딪히는 치아 때문에 담배가 위아래로 끄덕거렸다. 비행기는 네 시간 후에 떠난다. 공항까지 사울의 택시를 타고 가기로 약속해두었다. 너무 지쳐서 눈을 뜨고 있기도 힘들었다. 하지만 잠을 잘 수도, 자고 싶지도 않았다. 첫날밤에는 귀신들도 그에게 접근하지 못한다.

"말론 브란도." 그녀가 말했다.

"뭐라고?" 해리가 담배에 불을 붙여, 한 개비를 그녀에게 건네며 말했다.

"내가 기억이 안 난다고 했던 마초 배우요. 남자 배우 중에 가장 여성스런 목소리를 가졌죠. 그런데 그 사람, 혀짤배기소리로 말하는 거 알아요? 귀에 들릴 정도는 아니지만 분명 혀 짧은 소리예요. 우리의 귀는 소리로 인식하지 못하지만 뇌는 알아듣는 배음처럼요."

"무슨 말인지 알겠어." 해리는 담배를 빨며 그녀를 바라보았다.

피와 조직, 뼈, 뇌의 물질이 그녀의 얼굴에 온통 튀어 있었다. 그녀의 손목을 묶은 플라스틱 수갑을 잘라내는 데 오랜 시간이 걸렸다. 그의 손가락이 도무지 말을 듣지 않았기 때문이다. 마침내 손이 자유로워지자 그녀는 벌떡 일어났고, 무릎으로 서 있던 그는 두 손으로 털썩 땅을 짚었다.

그는 말리지 않았다. 그녀가 토니의 멱살과 벨트를 잡아, 분화구 가장자리에 있던 그의 시신을 분화구 안으로 굴려 넣는 것을 그저 바라만 보았다. 아무 소리도 들리지 않았다. 그저 바람이 속삭이는 소리뿐. 카야는 화산 아래를 내려다보다가 그를 향해 돌아섰다.

그는 고개를 끄덕였다. 설명은 필요 없었다. 해야만 하는 일이었다.

그녀는 묻는 듯한 시선으로 레네 갈퉁의 시신을 바라보았다. 하지만 해리는 고개를 저었다. 그는 실용성과 도덕적 배려를 따져보았다. 매끄러운 결말과 엄마에게 딸의 무덤이 생기는 결말을 따져보았다. 남은 생을 더 살 만하게 해줄 거짓말과 고통스럽게 해줄 진실을 따져보았다. 그러고는 자리에서 일어나 레네 갈퉁을 들어 올렸다. 젊은 여자의 가냘픈 몸이었는데도 그의 발걸음이 휘청거렸다. 그는 심연의 가장자리에 서서 두 눈을 감았다. 잠시 떨어지고 싶은 욕망에 마음이 동요되었다. 이윽고 그녀를 떨어뜨렸다. 눈을 뜨고, 그녀의 추락을 지켜보았다. 그녀는 이미 점이 되어 있었고, 이내 연기에 삼켜졌다.

"콩고에서는 매일 사람들이 실종돼요." 사울과 함께 호텔로 돌아가는 길에 카야가 말했다. 해리는 그녀를 안은 채 뒷좌석에 앉아 있었다.

아주 짧은 보고서가 될 것이다. 흔적 없음. 실종되었음. 어디에 있는지 아무도 모름. 그들이 받게 될 모든 질문에 대한 대답은 이것이 될 것이다. 콩고에서는 매일 사람들이 실종됩니다. 심지어 그녀, 터키석 눈동자를 가진 여인이 묻는다 해도. 그것이 가장 간단한 결말이기 때문이다. 시신도 없고, 내사도 없다. 경찰이 총을 쏘면 으레 내사를 받기 마련이다. 서로가 낯을 붉힐 국제적 사고도 없다. 적어도 공식적으로는 수사가 계속될 테지만, 토니 라이케 수색 작전은 형식적으로만 유지될 것이다. 레네 갈퉁은 실종 신고가 될 것이다. 그녀는 비행기 티켓을 구입한 적도 없고, 콩고의 이민국에 그녀의 입국이 기록된 적도 없기 때문이다. 그것이 최선이라고 하겐은 말할 것이다. 모든 사람들에게. 어쨌거나 중요한 관련자들에게.

터키석 눈동자를 한 여인도 고개를 끄덕일 것이다. 자신이 들은 말을 받아들일 것이다. 하지만 그의 말을 듣다보면 아마도 알 것이다. 그녀는 선택할 수 있다. 자신의 딸이 죽었으며, 그가 올바른 지점이라 생각하는 곳보다 훨씬 오른쪽인 레네의 미간을 겨눴고, 그것이 실은 총알이 너무 오른쪽으로 돌아가 그의 동료, 그와 함께 갔던 여자를 맞추지 않기 위해서였다는 진실을 선택할 수 있다. 혹은 음파를 위로 밀어 올리는 거짓말, 무덤 대신 희망이 있는 거짓말을 선택할 수 있다.

그들은 캄팔라에서 비행기를 갈아타야 했다.

게이트 앞에 있는 딱딱한 플라스틱 의자에 앉아, 뜨고 내려앉는 비행기를 바라보던 카야는 어느새 잠이 들어 머리가 해리의 어깨 위로 떨어졌다.

그녀는 무언가에 잠을 깼다. 무슨 일인지는 몰라도 뭔가가 변했다. 실내 기온일까? 아니면 해리의 심장 박동 리듬? 녹초가 된 그의 창백한 얼굴 위의 주름? 해리가 재킷 주머니 속에 휴대전화를 넣는 것이 보였다.

"누구예요?" 그녀가 물었다.

"병원이야." 그의 멍한 시선은 그녀를 지나 전망창 밖으로, 콘크리트 활주로와 눈부신 담청색 하늘의 지평선으로 사라졌다.

"돌아가셨대."

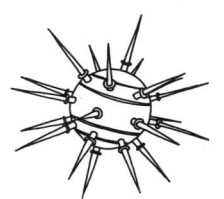

PART 10

작별

올라브 홀레의 장례식에는 비가 내렸다. 조문객의 수는 해리의 예상대로였다. 어머니의 장례식 때처럼 많지는 않았지만, 민망할 정도로 적지도 않았다.

장례식이 끝나고, 해리와 쇠스는 교회 앞에 서서 사람들의 조문을 받았다. 대부분 이름을 들어본 적도 없는 연로한 친척들이거나 처음 보는 아버지의 연로한 학교 동료들, 이름은 귀에 익지만 얼굴은 본 적이 없는 연로한 이웃들이었다. 곧 사신을 만날 순간이 임박하지 않은 사람은 해리의 경찰청 동료인 군나르 하겐과 베아테 뢴, 카야 솔네스, 비에른 홀름뿐이었다. 외위스타인 아이켈란은 장례식장을 향해 곧 출발할 것처럼 굴더니, 결국은 전날 밤에 술을 진탕 마셔서 못 가겠다고 양해를 구했다. 사정상 올 수 없었던 트레스코는 그에게 애도의 말을 전했다. 해리는 조금 전까지 맨 뒤에 앉아 있던 두 사람을 찾아 주위를 둘러봤지만, 그들은 출관出棺 전에 나간 모양이었다.

해리는 조문객들을 슈뢰데르에 초대해 미트볼과 맥주를 대접했다. 사람들은 날씨에 대해서만 떠들어댈 뿐, 올라브 홀레에 대해서는 별 말이 없었다. 해리는 사과 주스를 다 마시고, 선약이 있어서 먼저 가봐야겠다고 말했다. 그리고 와주셔서 감사하다는 인사를 드린 후, 자리를 떴다.

그는 택시를 불러 세우고, 운전사에게 홀멘콜렌의 주소를 말해주었다.

고지대라 그런지 그곳의 정원에는 아직도 잔설이 남아 있었다.

택시가 검은 목제 저택을 향해 올라가자, 해리의 가슴이 심하게 두근거렸다. 익숙한 현관문 앞에 서서 초인종을 누르고, 발소리가 다가오자 심장 박동은 더 빨라졌다. 귀에 익은 발소리였다.

그녀는 예전과 똑같았다. 앞으로도 늘 그럴 것이다. 갈색 머리, 부드러운 갈색 눈동자, 가느다란 목. 빌어먹을. 너무 아름다워서 마음이 아플 지경이었다.

"해리." 그녀가 말했다.

"라켈."

"당신 얼굴. 아까 교회에서 봤어. 어떻게 된 거야?"

"별거 아니야. 나을 거라고 했어." 그는 거짓말을 했다.

"들어와. 커피 내올게."

해리는 고개를 저었다. "길에서 택시가 기다려. 올레그는?"

"방에 있어. 보고 갈래?"

"나중에. 며칠이나 있을 거야?"

"사흘. 아니면 나흘. 닷새가 될 수도 있고. 두고 봐야지."

"곧 셋이 함께 볼 수 있을까? 괜찮겠어?"

그녀는 고개를 끄덕였다. "잘한 짓인지 모르겠어."

해리가 미소를 지었다. "잘하는 짓이 뭔지 누가 알겠어?"

"그게 아니라, 교회 간 거 말이야. 우린…… 방해되기 전에 먼저 나왔어. 당신은 다른 일도 처리해야 하잖아. 어쨌거나 장례식에 간 건 아버님을 위해서였어. 당신도 알다시피 아버님과 올레그는…… 사이가 좋았잖아. 두 내성적인 사람끼리. 어떤 인연도 당연시하면 안 되지."

해리는 고개를 끄덕였다.

"올레그는 당신 얘기를 많이 해, 해리. 올레그에게 당신은 중요한 존재야. 당신이 생각했던 것보다 훨씬 더." 그녀는 시선을 내리깔았다. "어쩌면 내가 생각했던 것보다 훨씬 더."

해리는 헛기침을 했다. "여기는 모든 게 다 그대로야? 그때……."

라켈이 재빨리 고개를 끄덕인 덕분에 해리는 도저히 끝맺을 수 없는 문장을 끝맺는 수고를 덜게 되었다. 그때 스노우맨이 바로 이 집에서 두 모자를 죽이려고 한 이후로.

해리는 그녀를 바라보았다. 그저 그녀를 바라보고, 그녀의 목소리를 듣고 싶었다. 자신을 바라보는 그녀의 시선을 느끼고 싶었다. 그녀에게 묻고 싶지 않았다. 그는 다시 헛기침을 했다. "당신에게 묻고 싶은 게 있어."

"뭔데?"

"잠깐 부엌으로 갈 수 있을까?"

그들은 부엌으로 갔다. 그는 그녀와 식탁에 마주보고 앉았다. 천천히, 상세하게 설명했다. 그녀는 아무 말 없이 듣기만 했다.

"당신이 병원으로 와주길 바라고 있어. 당신에게 용서를 구하고 싶대."

"내가 왜 그래야 하지?"

"그 대답은 당신 스스로 해야지, 라켈. 다만 그에게는 시간이 얼마 남지 않았어."

"어딘가에서 그 병에 걸려도 꽤 오래 산다고 읽었는데."

"그에게는 시간이 얼마 남지 않았어." 해리는 다시 한 번 말했다. "생각해봐. 지금 당장 대답할 필요는 없어."

그는 기다렸다. 그녀가 눈을 깜박이고, 눈에 눈물이 글썽이는 것을 보았다. 그녀가 소리 없이 흐느끼는 소리를 들었다. 그녀가 숨을 헐떡였다.

"당신이라면 어떻게 하겠어, 해리?"

"나라면 거절할 거야. 하지만 나야 인간 말종이니까."

그녀의 웃음소리가 눈물과 섞였다. 어떻게 특정한 소리, 대기의 특정한 진동을 그리워할 수가 있을까? 특정한 웃음소리를 얼마나 오랫동안 그리워할 수 있을까?

"그만 가야겠어." 그가 말했다.

"왜?"

"약속이 세 개나 남았거든."

"남았다고? 그다음엔 뭘 할 건데?"

"내일 전화할게."

해리는 자리에서 일어났다. 위층에서 음악 소리가 들렸다. 슬레이어. 슬립낫.

그는 택시에 올라타 다음 주소를 말한 뒤, 그녀의 질문을 생각했다. 그다음엔 뭘 할 건데? 모든 것을 끝낼 것이다. 자유로워질 것이다. 아마도.

택시는 금방 도착했다.

"이번엔 좀 오래 걸릴 거요." 그가 말했다.

해리는 숨을 들이쉬고, 대문을 열어 동화 속에서 나온 듯한 집의 현관으로 걸어갔다.

부엌 창문에서 그를 지켜보는 터키색 눈동자가 보이는 듯했다.

추락

미카엘 벨만은 오슬로 구 감옥 출입문 안쪽에 서서, 시구르 알트만과 교도관이 카운터를 향해 어슬렁어슬렁 걸어오는 것을 바라보았다.

"체크아웃?" 카운터 뒤의 교도관이 물었다.

"네." 알트만이 서류를 건네며 말했다.

"미니바에서 먹은 건 없고?"

죄수가 석방될 때마다 써먹는 상투적 농담에 알트만과 함께 온 교도관이 낄낄거렸다.

교도관은 선반에서 알트만의 소지품을 꺼내 환하게 웃으며 돌려주었다. "여기 머무는 동안 즐거우셨기를 바랍니다, 알트만 씨. 곧 다시 뵈었으면 좋겠군요."

벨만은 알트만을 위해 미리 열어둔 문을 붙잡고 있었다. 두 사람은 함께 계단을 내려갔다.

"밖에 기자들이 있어." 벨만이 말했다. "그러니까 배수로를 통해 나가자고. 크론의 차가 경찰청 뒤에 대기하고 있어."

"그러죠. 허풍의 제왕님." 알트만이 가시 돋친 미소를 지으며 말했다.

벨만은 무슨 뜻인지 묻지 않았다. 다른 질문이 있었기 때문이다. 최후의 질문. 앞으로 남은 300미터 안에 그 답을 들어야 했다. 자물쇠에서 웽

소리가 나자, 그는 배수로로 들어가는 문을 밀었다. "이제 계약이 완료되었으니 몇 가지 질문의 답을 듣고 싶은데."

"뭡니까?"

"해리가 널 체포하려 했을 때 왜 사실대로 말해주지 않았지?"

알트만은 어깨를 으쓱였다. "그의 오해가 내겐 절호의 기회라고 생각했으니까요. 물론 모든 상황이 완벽하게 이해가 갔어요. 다만 한 가지 이해할 수 없는 것은 왜 내가 위트레 에네바크에서 체포되느냐 하는 거였죠. 왜 하필 거기일까? 뭔가 이해가 안 가는 게 있을 때는 입 다물고 있는 게 최고죠. 그래서 난 그렇게 했어요. 그러다 눈부신 빛이 보였죠. 전체 그림이 보였어요."

"전체 그림이 뭐였는데?"

"내가 시소 위에 앉아 있더군요."

"무슨 뜻이야?"

"크리포스와 강력반이 충돌하고 있다는 걸 알았어요. 더불어 그게 내 기회라는 것도. 시소 위에 앉아 있다는 건 어느 한쪽에 무게를 실어줄 수 있다는 뜻이죠."

"그런데 왜 나에게 했던 제안을 해리에게는 하지 않았지?"

"시소 위에 앉아 있을 때는 늘 지는 편으로 가야 해요. 지는 편이 더 절박하고, 따라서 어떤 요구든 기꺼이 들어주려 하니까요. 간단한 도박 이론이죠."

"해리가 지는 편이 아니라고 어떻게 확신했지?"

"확신은 없었어요. 하지만 다른 요소가 있었죠. 나는 차츰 해리를 알아가던 중이었어요. 그는 당신과 달라요, 벨만. 타협을 모르는 사람이죠. 개인적 위신 따위는 신경도 안 써요. 그저 나쁜 놈을 잡고 싶어해요. 나쁜 놈이라면 가리지 않고. 그는 아마 토니가 주연이고, 내가 감독이며 따라서 나 또한 무거운 벌을 받아야 한다고 생각했을 거예요. 하지만 당신처럼 성공을 추구하는 사람은 다르게 볼 거라 생각했죠. 요한 크론도 내 의견에 동의했어요. 자신이 범인을 잡는 장본인이 될 때 어떤 이득을 누리게 될지 당신은 알고 있었어요. 사람들이 관심 있는 것은 누가 그 일을 했느냐 하는 거예요. 누가 살인을 계획했느냐가 아니라, 누가 물리적으로 살인을 저질렀느냐. 당신은 그걸 알고 있었어요. 영화가 망하면, 감독에게는 주연 배우가 톰 크루즈였다는 사실이 큰 위안이죠. 왜냐하면 사람들이 신나게 비난할 대상은 톰 크루즈이니까요. 관객과 언론은 단순한 걸 좋아해요. 그런데 내 범죄는 간접적이고 복잡하죠. 재판정은 분명 내게 종신형을 선고했을 거예요. 하지만 이 사건은 재판정 소관이 아니라, 정치 소관이었죠. 언론과 국민이 행복하면, 법무부도 행복하고 그럼 모두가 적당히 행복한 상태로 집에 갈 수 있죠. 집행 유예야 손목 한 대 찰싹 맞는 것에 불과하고, 그 정도는 아무것도 아니죠."

"모두가 그런 건 아니야." 벨만이 말했다.

알트만이 웃었다. 그 메아리에 발소리가 묻혔다. "현실을 아는 사람의 충고를 받아들이세요. 더 문제 삼지 말아요. 거기에 잡아먹히지 말라고요. 부당함은 날씨와 같죠. 받아들일 수 없다면 다른 곳으로 떠나야 해요. 부당함은 제도라는 기계의 부품이 아니에요. 제도 그 자체죠."

"날 말하는 게 아니야, 알트만. 난 받아들일 수 있어."

"나도 당신을 말한 게 아니에요, 벨만. 받아들이지 못하는 사람을 말하는 거였어요."

벨만은 고개를 끄덕였다. 그는 분명 이런 상황을 받아들일 수 있었다. 얼마 전에 법무부로부터 전화가 걸려왔다. 물론 장관이 직접 전화한 것은 아니었다. 하지만 그들의 피드백은 오로지 하나의 의미로밖에 해석되지 않았다. 그들이 행복해 하고 있으며, 이번 일이 크리포스와 자신에게 긍정적인 결과를 가져오리라는 것.

두 사람은 계단을 올라가 햇빛 속으로 나갔다.

그들이 길을 건너는 동안, 요한 크론이 푸른색 아우디에서 내려 시구르 알트만에게 한 손을 내밀었다.

벨만은 풀려난 죄수와 그의 변호사를 태운 아우디가 틔엔으로 향하는 모퉁이를 돌아 사라지는 것을 지켜보았다.

"우리 동네에 왔는데 인사도 안하기요, 벨만?"

벨만은 뒤를 돌아보았다. 군나르 하겐이었다. 그는 길 건너편 인도에 서 있었다. 재킷도 입지 않은 채 팔짱을 끼고.

벨만은 길을 건너갔고, 두 사람은 악수를 했다.

"내가 왔다는 소문이라도 퍼졌나요?" 벨만이 물었다.

"여기 강력반에서는 모든 비밀이 밝혀지는 법이라오." 하겐이 환하게 웃으며 말하고는, 몸을 부르르 떨며 차가워진 양손을 비볐다. "그건 그렇고, 다음 달 말에 법무부 사람들과 회의가 있소."

"아, 네." 벨만은 태연하게 말했다. 그게 무엇을 의논하는 자리인지 잘 알고 있었다. 구조조정. 인원삭감. 살인사건 수사의 권한 양도. 다만 모든 비밀이 밝혀진다는 하겐의 말이 무슨 뜻인지 알 수 없었다.

"하지만 그 회의에 대해서는 이미 알고 있겠죠?" 하겐이 말했다. "우리 둘 다 살인사건 수사를 담당하게 될 향후 조직에 관한 추천서를 제출하라는 요청을 받았잖소. 마감이 얼마 남지 않았소."

"각자에게 편파적인 우리의 프레젠테이션을 법무부가 중요하게 생각할 것 같지 않군요." 벨만은 하겐을 바라보며, 그가 하고자 하는 말이 무엇인지 알아내려 했다. "우린 그저 각자의 의견을 말해야겠죠. 관용의 이름으로."

"우리 둘 다 같은 주장을 한다면 상황이 달라질 거요. 모든 수사가 한 지붕 아래서 이루어지는 것보다 현재 구조가 더 바람직하다고." 하겐이 이를 딱딱 부딪히며 말했다.

벨만이 깔깔거렸다. "옷을 더 입으셔야겠습니다, 하겐 경정."

"당신 말이 맞을 수도 있소. 하지만 난 한 사람이 이끄는 새로운 수사 기구에는 회의적이오. 더구나 그 사람이 자신의 지위를 이용해 미래의 아내가 될 여자를 마약 밀수 혐의에서 빼준 적이 있다면 말이오. 심지어 목격자가 그녀를 지목까지 했는데도."

벨만은 숨이 멎었다. 바위를 쥔 손아귀의 힘이 빠지는 게 느껴졌다. 중력이 그를 잡아당기고, 머리카락이 솟구치며, 몸이 아래로 떨어졌다. 그가 늘 꿔오던 악몽이었다. 꿈에서는 신경이 곤두서는 정도였지만, 현실에서는 잔혹했다. 밧줄도 없이 떨어지는 추락이었다. 홀로 산에 오르던 자의 추락.

"이젠 당신도 추운 것 같소, 벨만."

"엿이나 처먹어, 하겐."

"나 말인가?"

"원하는 게 뭐야?"

"원하는 거? 장기적으로는 우리 경찰이 또 다른 공공 스캔들에 휘말려 평범한 경찰들까지 성실함을 의심받는 일이 없기를 바라네. 그리고 구조 조정에 관해서는……." 하겐은 양 어깨를 들어 올리더니, 발로 바닥을 굴렀다. "이제 법무부에서는 모든 수사 인력을 하나로 모으고 싶어할 거야. 리더가 누구든 간에 말이지. 만약 내게 그 조직을 이끌어달라고 요청한다면, 물론 난 그 요청을 고려할 걸세. 하지만 전반적으로는 지금 이대로 가는 게 더 기능적이라고 생각해. 대체적으로 살인자들이 제대로 처벌받고 있으니까 말이야. 안 그런가? 그러니 이 문제에 있어서 내 경쟁자께서 나와 생각을 같이한다면, 난 크리포스와 공동으로 수사를 진행할 준비가 되어 있네. 어떻게 생각하나, 벨만?"

미카엘 벨만은 마침내 밧줄이 그를 잡아당기는 걸 느꼈다. 하네스가 조여지고, 그의 몸이 두 동강 나고, 압박감을 이기지 못해 등이 부러지는 것을 느꼈다. 통증과 마비가 동시에 찾아왔다. 그는 무력하게, 어지럽게 대롱대롱 매달려 있었다. 천국과 이승 사이의 어딘가에. 그래도 숨은 붙어 있었다.

"생각해보지."

"잘 생각해보라고. 하지만 너무 시간을 끌지는 말게. 알다시피 마감이 얼마 남지 않았으니까 말이야. 우린 협력해야 하잖나."

벨만은 하겐이 등을 돌리고, 경찰청사 출입문을 향해 성큼성큼 뛰어가는 것을 바라보았다. 그러고는 몸을 돌려 그뢴란을 뒤덮은 건물 옥상을 내려다보았다. 도시를 뚫어져라 바라보았다. 그의 도시를.

대답

해리가 거실 한가운데 서서 주위를 둘러보고 있을 때 휴대전화가 울렸다.
"나야, 라켈. 뭐 하고 있어?"
"뭐가 남는지 살펴보고 있어. 사람이 죽은 후에."
"그래서?"
"많이 남았어. 하지만 또 그렇게 많지는 않아. 쇠스가 가져가고 싶은 물건은 따로 챙겨뒀고, 내일 어떤 남자가 와서 세간을 사갈 거야. 5만 크로네에 탈탈 털어 다 가져가고 싶다고 넌지시 말하더군. 자기가 청소도 해놓겠다고 했어. 그걸로…… 음……." 해리는 다음 말을 찾을 수 없었다.
"알아. 우리 아버지가 돌아가셨을 때도 그랬어. 정말로 소중하고, 절대 다른 물건으로 대체할 수 없다고 생각했던 아버지의 물건들이 의미를 잃더라고. 오로지 아버지만이 그 물건에 가치를 불어넣는 것 같았어."
"아니면 남겨진 우리들이 깨달은 건지도 모르지. 청소하고, 태워버리고, 새롭게 시작해야 한다는 걸." 해리는 부엌으로 들어갔다. 부엌 찬장 아래 붙은 사진을 바라보았다. 소피스 가에 있는 그의 아파트에서 가져온 사진. 라켈과 올레그의 사진.
"아버지와 작별 인사를 제대로 했기를 바라. 작별 인사를 하는 건 중요하거든. 특히 남겨진 사람들에게." 라켈이 말했다.

"글쎄. 우리 부자는 만남의 인사도 제대로 한 적이 없어서. 난 아버지를 실망시켰어."

"어쩌다가?"

"내게 죽여달라고 하셨어. 난 거절했고."

전화기 반대편이 잠잠해졌다. 배경 소리가 들렸다. 공항의 소음.

다시 목소리가 들렸다. "아버지의 부탁을 들어드렸어야 한다고 생각해?"

"응. 지금은 그렇게 생각해."

"생각하지 마. 어차피 너무 늦었어."

"그럴까?"

"그래, 해리. 너무 늦었어."

전화기 반대편이 다시 조용해졌다. 암스테르담 행 비행기의 탑승을 알리는 코맹맹이 소리가 들렸다.

"그래서 안 만날 생각이야?" 해리가 물었다.

"만날 수 없어, 해리. 내 생각엔 나도 나쁜 사람인 것 같아."

"그럼 다음번에는 더 잘해보자고."

그녀가 미소 짓는 소리가 들렸다. "그럴 수 있을까?"

"너무 늦은 때란 없지. 올레그에게 안부 전해줘."

"해리……"

"응?"

"아니야."

그녀가 전화를 끊자, 해리는 부엌 창밖을 바라보았.

그러고는 계단을 올라가 짐을 싸기 시작했다.

여의사는 해리가 나오기를 기다리고 있었다. 그가 화장실에서 나오자,

두 사람은 복도를 마저 내려가 교도관에게로 갔다.

"현재는 안정된 상태예요. 아마 다시 감옥으로 이송될 거예요. 오늘 방문의 목적은 뭐죠?" 여의사가 말했다.

"사건이 해결되도록 도와줘서 고맙다는 말을 하고 싶습니다. 또 그가 했던 부탁의 답도 들려주고요."

해리는 재킷을 벗어 교도관에게 넘기고, 양팔을 벌린 채 몸수색을 당했다.

"딱 5분이에요. 더 이상은 안 됩니다. 아셨죠?"

해리는 고개를 끄덕였다.

"내가 함께 들어가죠." 흉터가 있는 해리의 뺨에서 눈을 떼지 못한 채 교도관이 말했다.

해리는 한쪽 눈썹을 치켜세웠다.

"민간인의 방문 규칙입니다." 교도관이 말했다. "당신이 경찰을 그만뒀다는 소문이 들려서요."

해리는 어깨를 으쓱였다.

남자는 침대에서 나와 창가 의자에 앉아 있었다.

"범인을 잡았어." 해리가 의자 하나를 그에게 가까이 가져가며 말했다. 교도관은 문가에 서 있었지만, 그들의 대화를 충분히 들을 수 있는 거리였다. "도와줘서 고마워."

"나는 부탁을 들어줬으니까 이젠 당신 차례야." 남자가 말했다.

"라켈이 오고 싶지 않대."

남자의 얼굴은 미동도 없었다. 그저 칼바람을 맞은 것처럼 오그라들었다.

"백마 탄 왕자의 산장 선반에서 약병 하나를 발견했어. 어제 그 내용물을 분석해달라고 했지. 케타노메였어. 그가 피살자들에게 썼던 것과 같은 약물. 케타노메에 대해 들어봤나? 다량으로 투여하면 치명적이지."

"왜 그 이야기를 하는 거지?"

"최근에 나도 맞아봤어. 어떤 면으로는 마음에 들더라고. 하지만 나야 뭐 약물이라면 다 좋아하니까. 당신도 잘 알 거야. 내가 홍콩의 랜드마크 쇼핑센터 화장실에서 뭘 했는지 말해줬잖아."

해리를 바라보던 스노우맨의 시선이 조심스럽게 교도관을 힐끗거리다가 다시 해리에게 향했다.

"그랬지." 그가 단조로운 음성으로 말했다. "화장실 맨 끝……."

"……오른쪽 칸." 해리가 말했다. "아까도 말했지만, 고마워. 거울은 보지 말도록."

"누가 할 소리." 남자는 그렇게 말하며, 앙상한 하얀 손을 내밀었다.

교도관의 안내를 받으며 복도 끝에 도달한 해리는 뒤를 돌아보았다. 스노우맨이 교도관과 함께 비틀거리며 걸어나오더니, 화장실로 들어가는 모습이 얼핏 보였다.

94
국수

"안녕, 홀레." 카야가 미소를 지으며 그를 올려다보았다.

그녀는 양손을 허벅지 아래에 집어넣은 채 바의 낮은 스툴에 앉아 있었다. 그녀의 눈동자는 또렷했고, 입술은 핏빛이었으며, 양 볼은 발그스름했다. 해리는 그녀가 화장한 얼굴을 보기는 처음이라는 걸 깨달았다. 또한 여자는 결코 화장으로 예뻐질 수 없다는 자신의 무지몽매한 믿음이 틀렸음을 깨달았다. 그녀는 아무 장식 없는 검은 드레스를 입고 있었다. 쇄골 위에 놓인 금과 하얀 진주로 된 짧은 목걸이는 그녀가 숨을 쉴 때마다 은은한 빛을 반사했다.

"오래 기다렸어?" 해리가 물었다.

"아뇨." 해리가 미처 앉기도 전에 그녀가 자리에서 일어나며 말했다. 그러고는 해리를 한쪽으로 잡아끌어 그의 어깨에 머리를 얹더니, 막무가내로 끌어안았다. "근데 좀 추워요."

그녀는 자신을 바라보는 다른 사람의 시선은 무시한 채 그를 놓아주지 않았다. 대신 양손을 그의 재킷 속에 집어넣어 등을 위아래로 쓰다듬으며 손을 녹였다. 조심스러운 기침 소리에 해리가 고개를 들어보니, 수석 웨이터로 보이는 남자가 다정하게 고개를 끄덕였다.

"테이블이 준비됐나 봐요." 카야가 말했다.

"테이블? 술만 한잔하는 줄 알았는데."

"사건이 해결된 걸 축하해야죠. 음식을 미리 주문해뒀어요. 아주 특별한 걸로."

그들은 웨이터의 안내를 받아, 빈자리가 없는 레스토랑 안으로 들어가 창가 자리에 앉았다. 웨이터가 촛불에 불을 붙이더니, 두 사람의 잔에 사과 사이다를 따르고는 병을 다시 얼음통에 집어넣었다.

카야는 잔을 들어 올렸다. "건배."

"뭘 위해서?"

"강력반이 계속 존속할 수 있게 된 것을 위하여. 나쁜 놈들을 잡은 당신과 나를 위하여. 지금 이렇게 여기, 함께 있는 것을 위하여."

두 사람은 사이다를 마셨다. 해리는 식탁보 위에 잔을 내려놓았다. 잔을 옆으로 밀었더니 바닥에 젖은 자국이 남았다. "카야……"

"당신에게 줄 선물이 있어요, 해리. 지금 이 순간 가장 원하는 게 뭔지 말해봐요."

"있잖아, 카야……"

"왜요?" 그녀가 숨 가쁘게 물었다. 어서 듣고 싶다는 듯 상체를 내밀며.

"내가 다시 떠날 거라고 했지? 그게 내일이야."

"내일?" 그녀가 깔깔 웃었다. 웨이터가 묵직하고 새하얀 냅킨을 펼쳐 그들의 무릎에 놓아주자, 그녀의 미소가 희미해졌다. "어디로요?"

"멀리."

카야는 아무 말 없이 테이블을 내려다보았다. 해리는 그녀의 손을 잡아주고 싶었지만 참았다.

"그러니까 나로는 부족한 거네요? 우리로는 부족한 거네요?" 그녀가 속삭였다.

해리는 그녀와 눈이 마주칠 때까지 기다렸다. "응. 우리로는 부족해. 당신에게도, 내게도."

"뭐가 충분한 건지 당신이 어떻게 알아요?" 그녀가 울먹이는 목소리로 말했다.

"잘 알아."

카야는 헐떡거리며 목소리를 진정시키려고 했다. "라켈 때문인가요?"

"응. 늘 라켈 때문이지."

"하지만 당신 입으로 그녀는 당신을 원하지 않는다고 말했잖아요."

"지금 이런 모습의 나는 원하지 않아. 그래서 난 날 수리해야만 해. 다시 좋아져야만 해. 이해하겠어?"

"아뇨, 이해 못하겠어요." 작은 눈물 두 방울이 그녀의 아래쪽 속눈썹에 대롱대롱 매달려 있었다. "당신은 지금 이대로도 좋아요. 그 흉터는 그냥……."

"지금 흉터 얘기를 하는 게 아니라는 거 잘 알잖아."

"다시 볼 수 있을까요?" 두 개의 눈물방울 중 하나를 손톱으로 훔쳐내며 그녀가 말했다.

그녀는 그의 손을 잡았다. 관절이 새하얗게 될 정도로 꼭 쥐었다. 해리가 그녀를 바라보자, 비로소 손을 놓아주었다.

"이번에는 찾아가서 다시 데려오지 않을 거예요." 그녀가 말했다.

"알아."

"뜻대로 안 될 걸요?"

"아마도." 그는 미소 지었다. "하지만 누군들 뜻대로 사나?"

그녀는 고개를 갸웃했다. 그러고는 그 뾰족한 이를 드러내며 미소 지었다.

"난 그래요."

해리는 어둠 속에서 부드럽게 차 문이 닫히고, 디젤 엔진에 시동 걸리는 소리가 들릴 때까지 의자에 앉아 있었다. 식탁보를 내려다보고는 막 일어서려는 찰나, 수프 그릇이 그의 시야에 들어왔다. 수석 웨이터의 목소리와 함께. "숙녀 분께서 특별히 주문하신 요리입니다. 홍콩에서 날아온 리위안의 국수죠."

해리는 국수를 뚫어져라 내려다보았다. 카야가 아직 의자에 앉아 있다고 상상했다. 레스토랑 전체가 비눗방울이 되고, 이제 날아오른다. 도심 위를 떠돌다가 멀리 떠난다. 부엌에서는 음식이 끊이질 않고, 우리는 절대 착륙하지 않는다.

해리는 자리에서 일어나 나갈 채비를 했다. 그러다 마음을 바꾸고 다시 자리에 앉아, 젓가락을 집어 들었다.

연합국

해리는 더 이상 아무도 춤추지 않는 댄스 레스토랑을 나왔다. 차를 몰아 언덕을 내려가, 더 이상 선원들이 다니지 않는 선원 양성 학교로 갔다. 학교를 지나 침입자들로부터 이 나라를 지켰던 벙커에 차를 세웠다. 그의 발아래로 피오르와 도심이 안개 속에 숨어 있었다. 고양이처럼 노란색 눈동자가 달린 자동차들은 조심스럽게 기어갔다. 안개를 뚫고 나타난 트램은 마치 이를 가는 귀신 같았다.

차 한 대가 그의 앞에 멈춰 서자, 해리는 조수석에 올라탔다. 스피커에서 고뇌에 찬 케이티 멜루아의 꿀이 뚝뚝 떨어지는 목소리가 찐득하게 흘러나왔다. 해리는 필사적으로 라디오의 전원 버튼을 찾아 껐다.

"히익, 너 꼴이 그게 뭐야!" 외위스타인이 겁에 질려 말했다. "널 치료한 외과의사는 봉합 과정에서 낙제한 게 분명해. 그래도 할로윈에 가면은 안 사도 될 테니 너 돈 굳었다. 웃지 마. 웃으면 그 상판대기 또 찢어질라."

"알았어."

"그건 그렇고, 오늘이 형님 생일이시다." 외위스타인이 말했다.

"이런 젠장. 자, 이 담배 연기 받아. 내가 너한테 주는 선물이야. 공짜 선물."

"원하던 바야."

"음. 받고 싶은 선물 없어? 더 큰 걸로."

"이를테면?"

"세계 평화 같은 거."

"세계 평화에 눈 뜨는 날은 실제로는 눈을 못 뜨는 날일 거야, 해리. 이 도시에 큰 게 하나 떨어졌을 테니까."

"알았어. 다른 사적인 소원은?"

"별로 없어. 새 양심 정도?"

"새 양심?"

"지금 양심은 영 신통치 않아서 말이지. 근데 너, 양복 좋다? 너 단벌 신사 아니었나?"

"아버지 거야."

"맙소사, 너 완전히 쪼그라들었구나."

"응." 해리가 넥타이를 똑바로 매며 말했다. "나 완전히 쪼그라들었어."

"에케베르그 레스토랑은 어때?"

해리는 두 눈을 감았다. "괜찮아."

"옛날에 거기가 비 줄줄 새는 판잣집이었을 때 우리가 몰래 들락거렸던 거 기억 나? 그때가 몇 살이었지? 열여섯?"

"열일곱."

"너 킬러 퀸하고 춤추지 않았던가?"

"그랬을 걸."

"우리 소싯적의 꼴줌마가 양로원에서 생을 마친다고 생각하니 끔찍하다."

"꼴줌마?"

외위스타인은 한숨을 쉬었다. "꼴리는 아줌마."

"음. 외위스타인?"

"응."

"왜 우리가 친구가 됐지?"

"함께 자랐으니까 그렇지."

"그게 다야? 우연히 같은 동네에 살았다는 이유? 영적 유대감은 없고?"

"내가 알기론 없어. 내가 아는 한 우리의 공통점은 딱 하나야."

"그게 뭔데?"

"아무도 우리와 친해지려 하지 않았다는 거."

두 사람은 차가 다음 모퉁이를 돌아가는 동안 아무 말도 하지 않았다.

"트레스코만 제외하고." 해리가 말했다.

외위스타인은 콧방귀를 뀌었다. "발냄새가 너무 지독해 아무도 곁에 앉으려고 하지 않는 놈?"

"그래. 하지만 우리는 잘 견뎠지."

"인간 승리야. 그래도 그 자식 발냄새는 정말 으웩이야."

둘은 함께 웃었다. 부드럽고 태평하며 슬픈 웃음.

외위스타인은 누런 풀밭 위에 주차하고, 차 문을 열어두었다. 해리는 벙커 위로 올라가 다리를 대롱거리며 가장자리에 앉았다. 차 안의 스피커에서 스프링스틴의 노래가 흘러나왔다. 폭풍우 치는 밤에 피를 나눈 형제, 그리고 지켜야 하는 서약에 대한 노래였다.

외위스타인은 해리에게 짐 빔을 건넸다. 도심에서 사이렌 소리가 높아졌다가 낮아지기를 반복하더니, 힘을 잃고 죽어버렸다. 독한 술이 들어가자, 목구멍과 위장이 따끔거려 다시 토해냈다. 두 번째 마시니 한결 나았다. 세 번째는 술술 잘 넘어갔다.

맥스 와인버그는 마치 부술 듯한 기세로 드럼을 연주했다.

"내가 후회를 좀 더 많이 해야 한다는 생각이 종종 들어." 외위스타인이 말했다. "하지만 난 좆도 신경 안 써. 처음 깨어난 순간부터 내가 좆나게 게으른 놈이라는 사실을 그냥 받아들인 것 같아. 넌 어때?"

해리는 곰곰이 생각했다. "난 후회하는 일이 엄청나게 많아. 하지만 그건 아마도 내가 너무 고매한 자아상을 가지고 있기 때문일 거야. 사실 난 내가 다른 선택을 할 수 있었다고 믿어."

"하지만 그럴 수 없었잖아."

"그 당시에는 그렇지. 하지만 다음번엔 할 수 있어, 외위스타인. 다음번엔."

"한 번이라도 그런 적 있었냐? 좆같은 인류 역사상 한 번이라도 그런 적이 있었어?"

"그런 적이 없었다고 해서 아예 그런 일이 일어날 수 없다는 건 아니야. 만약 이 병을 놓아버리면 떨어지리라는 걸 난 몰라. 젠장, 그 철학자가 누구였지? 홉스? 흄? 하이데거? H로 시작하는 사람이었는데."

"내 질문에나 대답해."

해리는 어깨를 으쓱였다. "난 배우는 게 가능하다고 생각해. 문제는 우리의 배우는 속도가 더럽게 느리다는 거지. 너무 느려서 뭔가를 깨달았을 때는 이미 늦어. 예를 들어, 사랑하는 사람이 너에게 뭔가를, 사랑을 베푸는 행동을 부탁했다고 치자. 예를 들면, 죽여달라는 것 같은 부탁. 넌 싫다고 해. 왜냐하면 그런 걸 배운 적이 없고, 따라서 그런 일에 대한 통찰력이 없으니까. 마침내 이해하게 되었을 때는 너무 늦은 거지." 해리는 술을 한 모금 마셨다. "그래서 다른 사람에게 사랑을 베푸는 거야. 설사 그게 미워하는 사람일지라도."

외위스타인은 해리가 건네는 술병을 받아들었다. "뭔 소린지 모르겠다만, 개소리처럼 들린다."

"꼭 그렇진 않아. 선행을 베풀기에 너무 늦은 때란 결코 없다는 거지."

"언제나 너무 늦은 게 아니고?"

"아냐! 난 늘 우리가 서로를 너무 미워하기 때문에 다른 충동을 따르는 게 불가능하다고 생각했어. 하지만 아버지는 생각이 다르더라고. 미움과 사랑이 같은 거라고 하셨어. 모든 게 사랑에서 시작하고, 미움은 사랑의 뒷면이라고."

"아멘."

"그렇다면 반대로도 갈 수 있다는 뜻이야. 미움에서 사랑으로. 미움은 좋은 시작점이야. 거기서부터 무언가를 배우고, 변화하고, 다음번엔 다르게 행동할 수 있어."

"네가 너무 긍정적으로 나오니까 토 나올 것 같다, 해리."

후렴에 오르간 연주가 등장해 칭얼거리며, 회전 톱처럼 파고들었다.

외위스타인은 머리를 갸웃한 채 담뱃재를 털었다. 해리는 하마터면 눈물이 나올 뻔했다. 친구가 늘 하던 대로 담뱃재를 터는 몸짓에서 그들의 삶이 되고, 또 그들 자신이 되어버린 세월을 보았기 때문이다. 마치 담배가 너무 무겁다는 듯이 옆으로 몸을 기울이고, 마치 이렇게 삐딱하게 보면 세상이 더 좋아진다는 듯이 머리를 갸웃한 모습, 그리고 학교 끽연 구역의 땅바닥으로, 초대받지도 않고 갔던 파티의 빈 맥주병 속으로, 벙커의 차갑고 거친 콘크리트 바닥으로 떨어지던 담뱃재.

"어쨌든 너도 이젠 늙었나 보다, 해리."

"왜?"

"남자가 자기 아버지 말을 인용하기 시작하면 늙은 거래. 시합 끝난 거지."

순간, 해리는 깨달았다. 지금 가장 원하는 게 무엇이냐는 카야의 질문에 대한 답. 그가 원하는 것은 딱딱하게 굳어버린 심장이었다.

에필로그

푸르스름한 먹구름이 홍콩에서 가장 높은 빅토리아 피크 위를 훑고 지나 갔다. 하지만 9월 초부터 끊임없이 똑똑 떨어지던 비가 마침내 멎었다. 태양이 구름 사이로 얼굴을 내밀고, 홍콩 섬과 주룽 반도 사이에 거대한 무지개를 수놓았다. 해리는 두 눈을 감고, 따뜻하게 내리쬐는 햇살에 얼굴을 맡겼다. 오늘 저녁부터 시작되는 경마 시즌에 맞춰 날씨가 좋아지기 시작했다.

웅웅거리는 일본인들의 목소리가 다가왔다가, 그가 앉은 벤치를 지나 갔다. 피크 트램에서 내린 관광객들이었다. 트램은 1888년부터 관광객과 현지인을 이곳으로, 도심 위의 신선한 공기 속으로 끌어들였다. 해리는 다시 눈을 뜨고, 경마 프로그램을 휘리릭 넘겼다.

그는 홍콩에 오자마자 허먼 클루이트에게 연락했다. 클루이트는 해리에게 빚 수금하는 일을 맡겼다. 다시 말해, 빚을 갚지 않고 도망간 사람들을 찾아내는 일이었다. 덕분에 클루이트는 상당한 손해를 봐가며 트라이어드에게 빚을 팔아야 할 필요가 없었고, 그들이 빚을 받아내기 위해 사용하는 잔인한 방법을 걱정할 필요도 없었다.

해리가 그 일을 즐겼다고까지 하면 과장이겠지만, 어쨌거나 보수도 좋고 단순한 일이었다. 직접 수금할 필요 없이 빚쟁이들의 위치만 알아내면 끝이었다. 하지만 192센티미터의 키와 입에서 귀까지 이어진 흉터 때문에 빚쟁이들은 그를 보기만 해도 그 자리에서 돈을 내놓았다. 그가 독일에 있는 서버를 통해 검색엔진을 이용해야 하는 경우도 극히 드물었다.

그 비결은 마약과 알코올을 멀리하는 것이었는데, 지금까지는 성공이었다. 오늘 호텔 프런트에 그의 앞으로 편지 두 통이 와 있었다. 그들이 어떻게 그의 행방을 알아냈는지는 미지수였다. 그저 카야가 연루되었을 것만 같았다. 첫 번째 편지는 봉투에 오슬로 경찰청의 문양이 있는 걸로 보아, 군나르 하겐이 보낸 듯했다. 두 번째 편지는 의심의 여지가 없었다. 그는 아직도 어린아이의 티가 남아 있는 올레그의 꼿꼿한 필체를 단박에 알아보았다. 해리는 두 통 모두 재킷 주머니에 넣었다. 편지를 정말로 읽을 것인지, 읽는다면 언제 읽을지 결정하지 않은 채.

해리는 경마 프로그램을 접어, 벤치 옆에 내려놓았다. 저 멀리 중국 본토를 바라보았다. 저곳은 해마다 노란 스모그가 짙어지고 있었다. 하지만 산꼭대기인 이곳의 공기는 신선할 정도였다. 그는 해피 밸리*를 바라보았다. 왕나이청 로드 서쪽에 있는 공동묘지가 보였다. 그 묘지에는 개신교, 가톨릭교, 이슬람교, 힌두교의 구역이 따로 있었다. 오늘 저녁의 경기에 대비해 기수와 말들이 잔디밭 위에 나와 있을 경마장도 보였다. 곧 관중들이 쏟아져 들어올 것이다. 희망을 가진 자들, 아무런 희망도 없는 자들, 운이 좋은 자들, 운이 없는 자들. 꿈을 실현시키기 위해 온 자들, 그저 꿈만 꾸기 위해 온 자들. 위험 요소를 전혀 계산하지 않은 패자들, 위험 요소를 계산하지만 결국에는 지는 패자들. 그들은 전에도 여기 온 적이 있으며 모두 다시 돌아왔다. 심지어 저 아래 공중묘지의 귀신들, 1918년 해피 밸리 경마장의 대화재로 죽은 수백 명의 귀신들도. 왜냐하

---

* 여기서는 상류층이 모여 사는 동네를 말한다. 해피 밸리 경마장도 이 동네에 있다

면 오늘 밤이야말로 분명 그들이 이길 차례이고, 대운이 따르는 날이며, 주머니를 빳빳한 홍콩 달러로 채울 수 있고, 사람을 죽이고도 무사한 날이기 때문이다. 앞으로 두 시간 후면 그들은 경마장 안으로 들어가 프로그램을 읽고 오늘의 단승식, 복승식, 연승단식, 삼복승식, 초연승단식 등 도박의 신이 명하는 것은 무엇이든지 다 응모할 것이다. 자신이 걸 돈을 손에 쥔 채 마권업자 앞에 줄을 설 것이다. 결승선 테이프가 끊어질 때마다 대다수는 조금씩 죽어갈 테지만, 구원은 멀리 있지 않다. 겨우 15분만 지나면 다음 경기를 위해 게이트가 다시 열리고 새로운 말이 등장하기 때문이다. 물론 한 경기에 전 재산을 몽땅 거는 자살 행위만 하지 않았다면. 하지만 아무도 불평하지 않는다. 다들 확률을 알기 때문이다.

그러나 확률을 아는 사람이 있는가 하면, 결과를 아는 사람도 있다. 최근 남아프리카에서는 경마장 출발선 땅속에서 파이프를 발견했다. 파이프 속에는 압축 공기와 진정제 성분이 묻은 소형 다트가 들어 있었다. 그리하여 멀리서 리모컨 작동으로 말의 배를 맞힐 수 있었다.

카트리네 브라트는 시구르 알트만이 상하이의 한 호텔을 예약했다고 알려주었다. 여기서 한 시간밖에 걸리지 않는 거리다.

해리는 경마 프로그램의 첫 페이지를 마지막으로 바라보았다.

결과를 아는 자들.

"이건 그냥 게임일세." 허먼 클루이트는 그렇게 말하곤 했다. 아마도 그가 늘 이기는 쪽이기 때문이리라.

해리는 손목시계를 바라보고는 자리에서 일어나, 트램을 향해 걸어가기 시작했다. 세 번째 경주의 유망주에 대해 들은 정보가 있었다.

옮긴이의 말

《스노우맨》 작업을 시작했던 때가 2011년 봄 무렵이었다. 작업하면서 내게는 개인적으로 고충이 하나 있었는데 이 책이 얼마나 재미있는지, 요 네스뵈가 얼마나 대단한 작가인지 공감해주는 사람이 없다는 것이었다. (당시는 요 네스뵈가 한국에 소개되기 전이었다.) 나는 원래 내가 번역하는 책에 콩깍지가 씌는 팔불출 번역가인지라, 내가 아무리 재미있다고 떠들어대도 주변 사람들은 건성으로 흘려듣기 일쑤였다. 그래서 남자에게 참 좋은데 표현할 방법이 없다던, 모 산수유 광고의 사장님처럼 나 혼자 벙어리 냉가슴을 앓았더랬다. 그러던 차에 《스노우맨》이 출간되고, 이제는 누구나 다 아는 베스트셀러가 되고 나니 무엇보다 함께 공감할 수 있는 사람들이 늘어서 행복했다. 날 거짓말쟁이 양치기 소년 취급했던 지인과 가족들도 이제는 다함께 해리 홀레와 요 네스뵈를 칭송하고 있음은 물론이다.

《레오파드》는 《스노우맨》의 뒤를 잇는, 해리 홀레 시리즈의 여덟 번째 작품으로 작가 스스로도 지금까지 쓴 작품 중에서 가장 길고 복잡하다고 했다. 《스노우맨》을 읽은 독자들이라면 잘 알겠지만, 그의 작품에 낭비되는 설정이나 배경은 없다. 모든 것이 다른 모든 것의 상징이자 복선이고 암시이며, 작품 전체를 관통하는 주제의 연장선상에 있다. 마치 인물과 요소 하나하나가 눈에 보이지 않는 거미줄로 이어진 듯한 느낌인데, 이 작품에서는 그 거미줄이 더욱 크고 촘촘하며 정교해졌다. 조금만 한눈을 팔았다가는 그 거미줄에 걸린 파리 신세가 될 터이니, 아무쪼록 눈을 크게 뜨고 읽어주시길 바란다.

　사실 이렇게 가볍고 팔랑팔랑한 후기를 쓰기가 미안할 정도로, 해리 홀레 시리즈는 어둡고 무거운 작품이다. 스릴러라는 장르가 원래 유쾌할 수야 없지만, 이 시리즈는 유독 해리의 활약상이 빛날수록 그의 그림자가 짙게 드리운다. 하지만 그 그림자 덕분에 해리 홀레는 단순히 소설 속의 인물로 머물지 않고, 내가 아는 누군가 혹은 나를 닮은 누군가로 보인다. 이렇듯 이 책에서 그의 그림자가 더욱 깊어졌다면, 살인 방법이나 도구들은 더 잔혹하고 참신해졌다. 기존의 어떤 책이나 영화에서도 보지 못한 독창적인 방법들인데, 어떤 장면은 번역하면서 속이 어찌나 울렁거리는지 최대한 상상하지 않으려고 노력했다. (게다가 교정하면서 그 장면들을 읽고 또 읽어야 하는 괴로움이라니.) 격투 장면도 예사롭지 않은데, 특히 소설 말미의 나체 총격신은 영화 《이스턴 프라미스》에서 비고 모텐슨이 보여주었던 충격적인 사우나 나체 혈투신에 버금간다. (아마 피는 이쪽이 더 많이 흘리지 않을까 싶다.)

　나는 이런 류의 소설은 일체의 스포일러 없이, 백지 상태에서 봐야 가장 재미있다고 생각하는 사람이기 때문에 내용에 대한 언급은 하지 않겠다. 다만 이번 책에 새롭게 등장하는 인물인 과학수사과 요원, 킴 에리크 로케르에 얽힌 이야기를 소개하겠다. 네스뵈는 한창 뮤지션이자 주식중개인으로 활동할 무렵, 6개월간의 휴가를 얻어 오스트레일리아로 떠난다. 그리하여 오스트레일리아의 호텔 방에 도착하자마자 소설을 써내려가기 시작했는데, 그것이 해리 홀레 시리즈의 첫 작품인 《The Bat Man》이었다. 그는 혹시라도 출판사가 유명 뮤지션이라는 자신의 신분에 편견을 가질까 염려되어 예명으로 출판사에 원고를 보낸다. 하지만 정작 출판사에서는 그의 본명을 듣고도 그가 누구인지 전혀 알지 못했다고 한다. 그가 속한 유명한 밴드의 이름을 말했을 때는 한 직원이 알은 체를 하며 노래를 흥얼거렸는데, 그나마도 다른 밴드의 노래였다. 그때 네스뵈가 썼던 예명이 킴 에리크 로케르다. 하마터면 우리는 요 네스뵈 대신 킴 에리크 로케르라는 작가를 만나게 될 뻔했다.

이 책에는 매르클린이라는 총이 등장하는데, 아무리 검색을 해봐도 자료가 없는 것으로 보아 작가가 만들어낸 총인 듯하다. (물론 내 검색 능력은 카트리네 브라트에 못 미치니 내가 못 찾아낸 것일 수도 있다.) 매르클린은 해리가 맡았던 '레드브레스트' 사건에 등장했던 총인데, 다음에 출판될 해리 홀레 이야기가 바로 그 사건을 다룬 《레드브레스트》이다. 전체 시리즈 중에서 세 번째 작품이나, 사실상 이 시리즈의 시작이라고 할 수 있기 때문에(1, 2권은 배경이 각각 오스트레일리아와 태국이다) 시리즈를 처음부터 읽고 싶었던 분들에게 희소식이 될 것이다. 더욱 젊고 혈기왕성한 30대의 해리 홀레, 그가 어떻게 강력반 반장이 되며 라켈과의 로맨스는 어떻게 시작되는지 기대해주시길.

노진선

노진선_ 숙명여자대학교 영어영문학과를 졸업했고 뉴욕대학교에서 소설 창작 과정을 공부했다. 전문 번역가로 활동하며, 《스노우맨》을 시작으로 해리 홀레 시리즈를 번역하고 있다. 옮긴 책으로는 《하트 모양 상자》《투 미닛 룰》《먹고 기도하고 사랑하라》《탐스 스토리》《토스카나, 달콤한 내 인생》 등이 있다.